40

改革开放
四十年文学丛书

寻根文学

陈晓明　主编

作家
出版社

出版说明

今年是改革开放40周年。40年来，当代中国发生了翻天覆地的变化，社会经济繁荣发展，人民生活幸福美好，当代文学硕果累累。为了庆祝这一盛大的节日，展示改革开放40年来的文学创作成就，进一步树立文化自信和文学自信，推动中国文学创作的大发展大繁荣，根据中宣部和中国作家协会的部署，我们特别策划了这套规模宏大的"改革开放40周年文学丛书"。

文学是时代的一面镜子。40年来，中国当代文学在反映时代变化和人民精神面貌上做出了突出贡献，一大批反映改革开放伟大历程和人民精神风貌变化的作品涌现出来，真实地记录了改革开放40年来我们伟大祖国和人民所走过的不平凡的道路。因此，这套丛书的编辑出版一方面在展示当代文学40年的光辉历史，同时也展现改革开放40年的伟大成就。

在体例上，丛书以文学思潮和重大题材为纲，选取了改革开放40年中出现的比较有典型性和影响力的文学思潮和重大题材，以此为中心，遴选最能代表该文学思潮的作家作品。需要说明的是，这些文学思潮是历时性地交叉出现的，有一个更迭演变的过程，彼此之间在文学理念上各不相同又有诸多联系。受此文学环境的影响，作家们的创作也多是穿插于这些文学思潮之间的，许多作家在不同的文学思潮中有多个优秀的作品出现。但出于丛书体量和编排体例的整体考虑，我们每位作家只选取了一部作品并放置于某一个文学思潮的类目之下，这绝不是说该作家只有这一种类型的文学创作，而是为了显示其对某一个文学思潮的突出贡献，展现其创作的独特性。

入选丛书的作品经过了论证委员会的认真评审，专家评审从文学性、时代性、影响力等多方面进行综合考察，选取了最具代表性的作品。在一定意义上，这些作品构成了一部特殊形态的当代文学史，代表了当代文学40年的伟大成就。

40年来，中国文学始终与人民同心，与时代同行，文学既植根于时代生活的沃土，又以自身的发展融入时代的洪流，推动历史的前进。我们期待，丛书的出版能够实现对于当代文学40年光辉历程的展示，能够实现对于改革开放40年伟大成就的留影。更期待当代文学能够继续为人民美好生活的需要提供更多更优秀的精神食粮，为中华民族伟大复兴中国梦的实现贡献力量。

由于丛书体量有限，遗珠之憾在所难免，恳请读者朋友理解并谅解，同时更盼批评指正。

作家出版社
2018年10月

目 录

最后一个渔佬儿

李杭育

太阳落山的当儿，福奎想起该去收一趟滚钓了。他猫起身子拱出船棚，站到堤坡上，野狗觅食般有所期望地嗅着那带点咸味的江风，仿佛凭他这只闪闪发光的像是刚刷上油漆的鼻子便晓得有没有大鱼上钩。

他的船棚搭在堤岸下一条小水沟上，远远望去像座坟墓。这里的死人没有被埋到地下的。坟地上是一座座齐腰高的青砖小屋，盖着瓦片，还开了小窗，考究得叫活人都羡慕。福奎的船棚是茅草苫的。他穷得恐怕死后也住不上那样的屋子，只配缩在草窝里升天。

当然这会儿他离死还远。他精壮得像一只硬邦邦的老甲鱼，五十岁了，却还有小伙子们那种荒唐劲头，还能凭这点劲头搞上个把不大规矩的婆娘。他的赭红色的宽得像一扇橱门似的背脊，暴起一棱棱筋肉，像是木匠没把门板刨平；在他的右边肩胛骨下，那块暗红色的疤痕又恰似这橱门的拉手。这块伤疤是早先跟人家抢网打起架来，被对方用篙子上的矛头戳的。

福奎提了一只盛满蚯蚓的鬶子，朝沙滩尽头的江边走去。他光着上身，只穿了条又肥又大还带点碎花的土布裤衩，走起来十分惬意，跟光屁股一样滋味。他睡觉也总喜欢赤条条的。光着睡舒坦、爽气。这条裤衩是阿七给他的。那几年他是她守寡后的头一个相好。她本来会嫁给他的，只因为他太穷了，穷得连裤衩都问她讨，才没嫁成。

江水退潮了，他的船搁浅在远离水边的沙岸上。他那双光着的大脚扑哧扑哧地踏着松软的沙土。沙滩整整晒了一天，这会儿还有点烫哩。不过福奎的脚底板厚得像是请鞋匠给掌了两块皮子，已经不大能觉出冷暖了。他走到船旁，背起一根拴在船板窟窿里的绳索，把船拖下江里。

这条平底小船比福奎的个头大不了多少，躺下身去，每每叫他想到这家伙做他的棺材倒蛮合身的，再加个盖儿就成。

他荡开船去，在船尾躺下身来，摊开两条毛茸茸的粗腿，左右开弓，蹬起双桨。葛川江上的渔佬儿都会这么干，为的是能腾出手来下网、收钓。福奎的熊掌似的大脚此刻比猫爪子还灵巧。他扯开那对蘑菇蛋似的脚拇趾，勾住桨柄，两条腿一屈一伸，桨板一起一落……

夕阳像在江上撒了一把簇新的金币，江面金光耀眼。

船到江心了。离小船不远有一个毛竹罐做的漆得红白相间的大浮筒。顺着水流往下数，一共有八个这样的浮筒，每个相隔三十多米，一溜排开。这就是福奎两个多钟头前布下的滚钓。他使劲蹬了几下船桨，靠向滚钓的第一个浮筒。

滚钓顺水布放，收钓也得顺头收起。在一条长几百米的只有单股电线那样粗细的尼龙绳的一端，拴着一块大石头，它沉在江底，以免滚钓漂走。凭借那些浮筒的浮力，尼龙绳从江底斜着升起，浮出水面。绳子每隔三五米又系着一个猪尿泡做的小浮标，远看像一串水里冒起的气泡。浮标下垂着装有钓钩的尼龙鱼丝，长的有十多米，短的只有两三米，因为鱼群游来有深有浅。滚钓是专为钓大鱼的，它的钓钩比一般人在河里用钓竿钓鱼所用的钓钩要大得多，穿上蚯蚓，就像套上塑料软管的衣架钩子。鱼上钩的话，这只钓钩上的浮标就会沉入水里，渔佬儿凭这个便知道该收哪只钓钩，而别的空钓则不必牵动。假如上钩的是一条特别大的鲤鱼或者花鲢，它拼死挣扎，全部钓钩就会一齐向它滚来。它越是翻腾，钓钩便扎得越多。这就是滚钓的厉害。

可惜，这厉害家伙越来越没有用武之地了。葛川江的污染一年比一年严重，两岸的渔佬儿又只捕不养，眼下江里的鱼怕是还没对岸的九溪自由市场上搁着卖的鱼多，更别提什么大鱼了。

福奎的船顺着那一溜浮标往下漂着。有几个浮标半沉半浮，上下跳动。他收起几条不到半斤重的小鲳条子，心里很不痛快。为这么几条小猫鱼儿是犯不着下滚钓的。他撒一网也不止这点收获。这年头连鱼都变得鬼头鬼脑了，小鲳条子居然也潜下深水里去咬钩，居然还咬上了。福奎对此很不理解。他从钓钩上摘下小鱼，又往钩子上重新穿上了蚯蚓。

这时，福奎远远望见西岸船埠头走下一个穿得很招眼的女人。她下到一条小舢板上，身子一扭一扭地朝他这边摇了过来。福奎眼力不错，老远就看清了这是阿七。他甚至能猜到她一准是到西岸找官法师傅去的。

西岸是省城宾州的南郊，是个风景很好的疗养区，也是宾州南郊最大的居民点。早些年，葛川江这段江面上少说有百把户渔佬儿，光他们小柴村就有七十来户，大都常年泊在西岸，一早一晚下江捕鱼，就近卖给九溪新村的居民；白天则补织渔网，修整滚钓。那日子过得真舒坦，江里有鱼，壶里有酒，船里的板铺上还有个大奶子大屁股的娘们，就连她大声骂娘他都觉着甜滋滋的。那才叫过日子呢！而顶要紧的是，那时候，他柴福奎是个有脸面、有模样的汉子，受人敬重，自己也活得神气。九溪的居民们唯独对他不用"渔佬儿"这个带点轻蔑的称呼。他甚至还跟疗养院里养病的一位大首长交了朋友。那回官法师傅领来那位大首长到他船上挑了几条刚钓上的大鳜鱼，让他有机会跟大首长一起喝喝老酒，拉拉家常。

官法师傅在疗养院当厨师，是小柴村人的本家。有这层关系，小柴村的渔佬儿常有用得着他的地方，都拿他当大，打了鱼总给他送几条去。官法师傅吃鱼从不花钱，对此街坊们都羡慕不已。日子一长，自然有人求上门来，求官法师傅替他们牵线买鱼。官法师傅社会责任感很强，一向助人为乐，当然愿意为大家包揽鱼虾生意。起先，江里有的是鱼，足够供应所有的西岸居民，官法师傅的作用还不很突出，只是难得有一两回因为坏天气鱼打得少而有幸露一手。直到后来，鱼一年比一年少了，少得每天街口的鱼摊子刚摆起一根烟的工夫就得收摊了，这光景，官法师傅便大有作为了。他索性取缔了街口的鱼摊子，叫渔佬儿们每天一早把鱼筐抬到他家里来，由他做主，该卖给谁和不卖给谁，甚至鱼价也由他定，仿佛他的家就是国家的物价管理机构。久而久之，街坊们背地里给这位热心肠的大师傅起了个不大好听的外号——渔霸。

福奎和官法本是堂兄弟，早先十分要好。这两年，因为江里打不到鱼，小柴村的渔佬儿全都转业了，剩下他自己一个，偏偏又手气不好，官法师傅也做不成"渔霸"了，他俩之间没啥生意上的来往；特别是阿七插了一杠子，从他的窝里爬到了官法的床上，弄得老哥俩见了面彼此都很不自在。官法像是有点歉意，他则觉着自己矮了一截。就这样，他俩渐渐疏远了。

阿七的船离他越来越近。他已经能看清她身上穿着的簇新的短袖衫的白底上那一个个深蓝色的圆点儿了。

前些日子，他听村里人说阿七常在对江官法那里过夜，总有点将信将疑。阿七今年四十岁了，十年前她男人死在江里，此后她一直打算改嫁，却总没嫁成。她名声不好，村里人又总爱对她捕风捉影，那些糟蹋她的话不大靠得住。今天，他可是亲眼看见她从西岸过来的，还打扮得这么招摇，仿佛她觉着自己还是个大姑娘……八成是这么回事。无风不起浪嘛。

福奎正想着，忽然觉出手上刚拎起的那根钓丝有点分量。没等他收上鱼来，靠近他船旁的阿七就对他嘲笑上了：

"呦，福奎，"她指着他船里那堆小鲴条子，"好大的鱼呀，今日你可发了！嘻嘻……"

福奎脸红起来。真后悔刚才忘了拿草帽把这堆鱼盖上。对葛川江上的渔佬儿来说，钓这种小不点儿的猫鱼儿，就像没本事的狗偷自家窝旁的茸毛小鸡填肚皮，实在是很丢脸的。特别是在这个女人面前。他低下头，迟疑地拎起手里那根钓丝，心里赌咒着，老天爷给点面子吧，这回莫让他再出洋相了……

"呦！鲥鱼！"阿七抢在他头里惊叫起来，激动得眼珠子都快掉出来了。"天哪！该不是龙王显灵，你时来运转了吧……我说福奎，好多年没听说这江里还有鲥鱼了，我都差不多把鲥鱼的样子忘记了……真扎眼！它少说有三斤重哩……这回可叫我讲着了，今日你倒真是发了！"

"我脑子不糊涂。"福奎也得意起来，"你刚才是挖苦我呢。"

"话可不能这样讲。我那是给你冲冲晦气呢！"

"你倒嘴巧……"

"可不是巧么！我一来，你的手气也来了。我话还没讲完，你就钓起了这家伙……福奎，不要不识好歹。今日还有我一份功劳哩。"

说着嘴的当儿，福奎收拾好钓钩，掉转船头，随阿七一起往回划了。滚钓还留在原处。还有几条咬上钩的鱼来不及收起来。葛川江的渔佬儿有个迷信的说法，以为有了意外的收获就不该再往下收了，免得越收越不景气，把先前的手气全给败了。留着好手气下回用，福奎也信这话。

"这条鱼能卖十块钱呢，福奎。"

"我不卖。"

"不卖？"

"留着自家吃。"他这是真话。他至少有五年没打着过鲋鱼了。刚才钓上它的那一瞬间，他愣了一会儿，简直没敢认它。鲋鱼是葛川江里最名贵的鱼种，肉嫩、味鲜，眼下自由市场上起码能卖三块钱一斤。要是每天能打着这么一条鲋鱼，哪怕就这一条，他倒真能发了。可惜呀，如今鲋鱼稀罕得很，几乎在葛川江里绝迹。这条家伙是从哪儿钻出来的，他怎么也弄不明白。不过有一点他是明白的：这也许就是葛川江里最后一条鲋鱼了，就像他本人是这江上的最后一个渔佬儿。最后一个渔佬儿享受最后一条鲋鱼，这倒是天经地义的。他相信自己有这个口福。这条鲋鱼他要留着自己独个儿吃……也许，应该叫阿七也尝尝……瞧她这会儿馋的，像只猫儿……

福奎斜过眼盯着阿七那一扭一扭的屁股。她站着摇橹，舢板紧挨在他的船旁。他躺在船尾，还像先前一样用脚蹬桨。他的脑袋斜对着她的屁股。这娘们曾跟他一起过了八年。起先当然是偷偷摸摸的，她不敢留他过夜，因为她的宝子把她看得紧。多死那年，宝子已经懂事了。她只比宝子大十六岁，她当妈的时候真还是个小姑娘哩。她只有这么一个儿子，不愿在他眼皮子底下胡来。直到后来宝子娶了媳妇，小两口跟她分开过了，她的名声也臭开了，她才破罐子破摔，公然养汉了。约莫有一年光景，他俩每夜都一起睡，来往毫不避人，俨然是一对正经夫妻，就差在人家面前提起"我那口子"如何如何了。那时候，村里人都认可了他俩，都等着喝他俩的喜酒。尽管是续娶、改嫁，酒总归要喝的。

"你老盯着我做啥？我没穿裤子吗？"

福奎把脸掉开了。不知怎么搞的，好像阿七对他施了什么妖术，弄得他这个半截入土的人还老想些不安分的念头。此刻，要不是隔着船，他真想把她掀翻在地，拿拳头对着她说：嫁给我，阿七，不要再跟官法鬼混了！我老了，一个人在江里打鱼太孤单了，你来做个伴吧……

可是话到嘴边他又改口了："这阵子，官法……还好吧？"

"呦，你怎么晓得我去寻官法了？"

他支支吾吾地答不上话来。他觉出自己好像在吃醋。在他这年纪上，跟人吃醋总不大像话。你这老东西中了什么邪！他骂自己，没沾过女人吗？

"病是好些了，"阿七告诉他，"可心病难除啊！自从村里人都改行上岸种地，官法当不成'渔霸'了，他就没早先那么虎生生了，就跟吃不上奶的娃儿似的。早先官法在街坊们眼里不比他们的疗养院长官儿小多少，眼下可比臭狗屎还不如了……他有病，提早退休了。如今一个人闲在家，孤单单的，只好成天价灌黄汤，灌得脸孔越来越干巴，像张揩屁股的草纸，又黄又皱……有个娘们照顾他就好啰！"她停下手里的橹把，直起身子，迟迟疑疑地说："福奎，有件事情……问你讨个话。"

"啥事情？"他也收住脚，任小船自己漂着。

"宝子成家后，我也蛮孤单的……官法要我跟他去做伴。"

他差点没嚷嚷起来：我不孤单么！我也巴不得有个娘们做做伴呀！……不过他马上想到，他能跟官法比么？人家是国家的人，老来生活有着落，吃穿不愁，而他连个像样的窝都没有。

"这些年你待我不错，这事情我不瞒你。"

"我不管。"福奎有点恼了，"你想嫁谁嫁谁，我管不着！"

"你不用跟我翻脸！"阿七也火了，索性扔下橹把，两条胳膊往腰上一叉，像要跟他打架，"凭良心讲，我待你不薄。我三十守寡，等了你十年，别的不要，只指望你能存点钱造幢屋，日子过得像个人样。可你偏不听，偏逞强，充好汉，像守着你爹坟似的守在这江里，打那点猫鱼儿真还不够一顿猫食。你倒撒泡尿照照你这穷模烂样的，连条裤头都买不起，大白天穿姘头的裤头，你也不觉着丢脸！你不听我的话，弄得越来越潦倒，还有脸孔跟我耍态度……我可不能老给你当姘头！有本事，你造幢屋，明媒正娶嘛！"

"你嫌我穷……"他有点委屈地说。

"嫌你穷又怎么的？你是自作自受！再说，眼下穷可不是桩光彩事情，不比早些年了。我说福奎，人家能富，你怎么就富不了呢？有本事你也富富嘛!"她放下胳膊,重新操起橹把摇了起来,"说实在的,我可没受穷的瘾。我这辈子够苦的了,我得享点福了。跟你困草窠,喝西北风,我没这胃口。"

福奎不再还嘴了,没精打采地蹬起桨来。天色越来越暗,江面上升起灰蒙蒙的水汽,像是整个天地都被洗去了颜色。

"你啥时候过去?"他问。

"快了。不过我走以前还想帮你一个忙。"她像是舍不得跟他分手似的,亲亲热热地看了他一眼,"福奎,你帮我拉扯过宝子,我忘不了你的情分。"

"莫提这些了。"他刚才被她数落得垂头丧气,此刻心里才好受起来。阿七还记着早先的情分哩。

"我走了,公社味精厂就缺一个打杂的。我跟队长讲了,他答应让你顶我的缺,只要你自己再找大贵求个情,这事情就成了。到厂里做,生活轻松,又有固定收入,比在这连根毛儿都不见的江里打鱼牢靠多了。听我的话没错,福奎!人老了,总得有个靠头。"

大贵是社管会委员,也是福奎的表外甥。不过福奎从来没沾过他什么光。

船到岸了。顺着东溪往上,到小柴村还有三里路。阿七得摇船回家。福奎因为夜里还要再收一回滚钓,就把船划进了他的船棚。他拴好船,把那条鲥鱼和一堆小鲳条子统统扔进鱼篓,走上了东溪的堤岸。他步行,走得比阿七的船快,不一会儿就赶上她了。

"阿七,到了家,你也来尝尝鲥鱼。"

"好,我一定来。"她在水上应着,吃吃地笑着。

福奎加快了步子。他得赶紧到家,把鱼烧好。鲥鱼最好清蒸,光搁几片葱叶就成。路过人家的菜园子,福奎顺手拔了几根小葱。他边走边理,掐成一截一截,握在手里。

小柴村紧贴在东溪的北岸,溪上有条新架的拱桥,过了桥便是公社所在地大柴村,眼下倒更像个镇子了。桥的两旁,河埠头那些木桩上拴着好多渔船,横七竖八,像是躺了一地死人。多半的船都常年不用了,有的已经霉烂,有的散了架,有的船帮上长满了青苔和寄生螺,仿佛它们几百年前就被扔在了这儿。

福奎的手上鱼腥味很重，到家的时候，那把葱叶像是已经跟他的鱼煮过一开了。

他的家只是一座小草棚子，是拿竹片夹上麦草苫的。这地方瓦房叫"屋"，草房叫"舍"，而福奎的连"舍"都算不上，村里有些富足人家的猪圈都苫得比他的草舍考究。福奎好不费力地用肩膀撞开门板，呼的一声，门框往下一坠，险些碰着他的脑袋。这扇门要关上可不容易。他扔下鱼篓，用脚使劲顶起那根蛀掉了底脚的门柱子，就势把门推上。他屋里没蚊帐，敞着门的话，夜里蚊子会把他吃了。

时候不早了，鱼得赶紧剖洗。福奎坐在水缸旁的一块大橡树桩上，剖开鱼腹，挖出肚肠。吃鲫鱼是不刮鳞的。蒸在锅里，那鳞会沥下一层油来，使鱼肉更嫩、更鲜。鳞片嚼在嘴里，咯吱咯吱的，也很好吃。福奎把鱼肠从窗口甩了出去。他的草屋只分两间，一间睡觉，这一间是灶间，连做带吃。除了吃饭、睡觉，他什么也不需要。灶间里堆满了杂物，破渔网挂得满墙都是。西边墙脚下长出了几簇带花点的蘑菇。一只胖得圆滚滚的大黑猫蹲在锅台上，不动声色地盯着福奎手上的大鱼。它在这儿常有鱼吃，而这份人家啥也没有，老鼠都不屑光顾，所以它清闲得很，享福得很。

一只蜘蛛从梁上吊下来，正好落在福奎的鼻尖上，痒痒的。他抹了一把，蜘蛛溜上去了，可是没等他把洗好的鱼放进锅里，那家伙又落下来，在他脸上爬了一圈，仿佛对他这张黑不溜秋的老脸很感兴趣。

这当儿，外边忽然响起手扶拖拉机的突突声，越来越近，最后停在了他家门外。

来者是大贵，他的表外甥，一进门便像个大喇叭似的哇啦起来："好哇，二舅，听阿七讲你今日钓上一条鲫鱼。好多年没吃到鲫鱼了。我那塘子里养不活鲫鱼。今日借你的光，来尝尝。"

福奎很不情愿地把他让进屋来，心里一个劲地骂阿七嘴快。

"鱼蒸上了么?"大贵坐到床上，朝灶间那边使劲抽了抽鼻子。

"不急……先烧饭。"福奎咕噜了一句，走进灶间，呆呆地盯着那条搁在大盘子里的鲫鱼。他不是小气鬼，换作任何一个村里乡亲来跟他分享今日的口福，他都乐意，而偏偏对大贵，他一百个不情愿。他忘不了这个表外甥敲过他的竹杠，敲得好狠啊!

那是前年春天的事。那回他倒霉透了。他的滚钓被不知哪条瞎了眼的轮船卷跑了，一个钓钩也没留下。他咒天骂地，把自己都骂糊涂了。等到脑袋清醒过来，他又得为钓钩犯愁。他跑了好多地方，却到处买不到他这号的钓钩。在大柴村，生产资料门市部的营业员告诉他，这号背时货早就不生产了，眼下葛川江的渔佬儿都上了岸，成了庄稼佬儿。人家不会专为他一个户头生产那玩意儿。"拉倒吧，老爹！"那营业员好心开导他，"如今的渔业生产讲究科学化、现代化。在江里下滚钓打鱼，这方法实在太原始了！何况这些年江水污染得厉害，鱼都死光了。你看人家大贵，承包个鱼塘，好生养着，塘里的鱼就像锅里煮着的汤团儿，一伸手就能捞上几条。去年他赚了八千块，自家买起了拖拉机。你呢，老爹？"他不以为然地哼了一声。他也实在琢磨不了什么"科学"呀、"污染"呀、"原始"呀……这些让牛去琢磨，它们脑袋大。照他想来，江里的鱼跟果木树一样，也分大年小年。没准明年又多起来了呢。早先，他手气好的日子，一天能钓百八十斤。最大的，一条就能卖二十块钱。讲不定挺过这几年，早先的好年景还会再来。就这样，他去找了大贵，因为他晓得大贵手头有一副钢火很好的上等钓钩，八成新的，正经是十八里铺胡老大的手工货。"胡老大死了，三个儿子都进城当工人了，他们家的祖传手艺也就到此为止了。"大贵看了他一眼，好像在等他琢磨琢磨胡老大的死跟他有什么关系。"说真的，二舅，这兴许就是胡老大留下的最后一副钓钩了，我想留着做个纪念……你晓得么，将来这物件值钱得很，没准能进博物馆呢……啥叫博物馆？啊，就是把七老八古的物件统统堆在一幢房子里……啥？啧啧，你可真是土包子！打个比方讲，要是你手头有一根姜太公用过的钓鱼竿，或者哪怕是托塔天王屙下的一堆臭屎，你也能发大财哩！……当然，胡老大刚死不久，这副钓钩还不能算是出土文物，不及姜太公的钓鱼竿值钱。不过报纸上讲，眼下外国人都肯花大钱收买这号断子绝孙的手工制品……说到头来，这副钓钩我得留着，除非……那回五喜拿六条大鲤子来换，我都没答应呢。"大贵最后那句话他听明白了。那以后两个月里，他一共给大贵送去了十条大鲤鱼，才算把那副钓钩换到了手。跟听生产资料门市部那个营业员的开导一样，大贵这番指点他也多半琢磨不了。博物馆、出土文物、外国人如何如何，这些都离他十万八千里。他能琢磨的，就是吃饭、睡觉、下滚钩，还有到时候叫人家敲一下竹杠……

葛川江的渔佬儿八辈子碰不上一桩了不得的大事，所以，没有比被人家当作屄头敲了竹杠更叫他们觉得丢脸的了。被人骗了，耍了，还可以装傻，权当没觉出有这码事。可认了敲诈，你就没法装模作样了，因为敲诈总是明着来的。当一回傻子总比当一回屄头脸面上好看一些。

有过那样一回来往，今日再让这龟孙吃他的鱼，喝他的酒，还给他看那副不吃白不吃的无赖相，这光景，福奎那点肚量肯定包涵不了。人家打你巴掌，你却弯下腰去亲他的屁股，这倒真够得上屄头了。

不过渔家从来没有轰客人出门的道理。福奎揭开锅盖，为难地瞅着那条上面撒着些葱叶的鲫鱼。

黑猫跳上锅台，战战兢兢地凑近鱼盘。

"哈！你也想尝鲜？"他抓起老猫，想从窗口把它扔出去。可转念一想，反倒把鱼扔了给它。

今日能帮他打发走大贵的，看来只有这畜生了。这倒也爽快！他宁肯自己也不尝。

黑猫大口大口地撕咬着鲫鱼，仿佛福奎自己在撕咬着大贵。他兴奋得浑身打战。

他走进隔壁屋里。大贵问道："鱼蒸上了吧，二舅？"

"屁！叫猫叼去了。"

"啥？"大贵像个炮仗似的蹦了起来，忽地冲进灶间，差点踩着饕餮而食的老猫。

"哎呀呀，该死的畜生！"他刚抬腿，那猫便倏地溜了。鱼已被它撕得稀烂。福奎看大贵的样子，好像那鱼若还不曾被撕成这样，但凡稍稍有些囫囵，他八成还会拿回家去洗洗蒸蒸吃了。"二舅，你怎么搞的！……哎呀呀，太可惜了！……这该死的猫，换成我的话，非把它宰了不可！"

无论如何，鱼是吃不成了。大贵没精打采地跟福奎闲扯了几句，败兴地走了。

福奎望着大贵的手扶拖拉机蹦蹦跳跳地开上了桥，快活得哼起小调儿来。不过他哼得不成调儿，倒更像是哞哞的牛叫。

他把小鲹条子都洗了出来。等歇儿阿七来了，他只能拿这些来招待她了。小鲳条子味道也不差，只是刺多些。他把盛了鱼的盘子放进锅里，坐到灶膛跟前，点着了柴火。

火烧得很旺。他慢腾腾地往里添柴，一边等候阿七，一边想着心事。

等到了九点多钟，还不见阿七的影儿。她讲好要来的，怎么能变卦呢？

他等不及了。今晚还得去江里收一趟滚钓。他匆匆吃下凉饭，提着马灯出了家门。

村子里好多人家在乘凉，有说有笑，还有广播喇叭里缠缠绵绵的越剧，不时地被一阵阵狗叫淹没。从江那边吹来咸丝丝的夜风，吹得福奎的破褂子底下的整个身子舒爽极了，像一只娘们的小手在轻轻摩挲着他。

这娘们正在前头等他。

从他家往江边去，要经过阿七的小屋。尽管夜里很黑，她还是老远便认出了他的像头公牛的身影。

"你俩怎么喝这么久？酒当药喝？"她问。

"喝个屁！"

"你俩没喝？"

"我跟谁喝？"

"大贵呀！他没去你家？"

"嘻嘻……去是去了，屁也没尝着！"

阿七疑疑惑惑地盯着福奎这副孩子气的兴奋的面孔，听他有声有色地讲完刚才怎么作弄大贵的详情细节。

"你真糊涂！"她正要开口大骂，忽又心里一软，可怜起他来。她今天是存心安排大贵去福奎那里"尝鲜"的，为的是让福奎借此机会跟大贵提提去味精厂顶她缺的事。这可是个现成的机会。吃了他的鱼，喝了他的酒，想必大贵不会不答应。老福奎能把这事情办妥了，日后有个牢靠的着落，她就可以放心走了。常言道"一日夫妻百日恩"。她当了他八年姘头，尽管名目不正，好歹总顶得上一日夫妻了。"福奎，"她还抱着一线希望问道，"你跟大贵提过顶我缺的事情吧？"

"提个屁！我可不想到工厂去受罪。"福奎没把她的好心当回事儿，"照着钟点上班下班，螺蛳壳里做道场，哪比得上打鱼自由自在？那憋气生活我做得来么?"

他说的是实话。葛川江上打鱼，老大的天地，自由自在，他从十四五岁起就干这门营生了。叫一个老头改变他几十年的活法、套路，他一定很不情愿。对这种活法，他习惯了，习惯得仿佛他天生就是个渔佬儿，在他娘的肚子里就学会撒网、放钓了。

阿七是个明白人，晓得让一条狗去啃草地或者叫一头牛改吃荤腥，都是费劲又白搭。她眼巴巴地望着福奎朝江边走去，去碰他的运气⋯⋯

夏夜的葛川江很像一个浑身穿戴得珠光宝气的少妇。福奎老远望见对岸新铺的江滨大道那一溜恍如火龙的街灯。这些日子，一过晚上七点，仿佛有神仙作法，眨眼工夫，这条火龙唰地亮了。这奇景常叫福奎想到城里那帮照着钟点干活的屠头还真有点能耐。

他来到江边，点起马灯，把小船划出船棚。岸上那片草虫咕咕的叫声越来越远，渐渐被扑通扑通的水声盖住了。这声音是一群小猫鱼儿搅起来的，它们团团围住小船，跟随着他的灯光，一同往江心游去，仿佛虾兵蟹将簇拥着龙王。每天夜里，他要是照准它们撒一网的话，他如今的日子不会弄得这么落魄。城里人嘴馋，鱼苗苗也照样买了吃。哪怕他每天只撒一网，他也能赚些钱的。可是他绝对不肯撒网捕小鱼。他想得很美：既然他是这条江上的最后一个渔佬儿，江里的鱼就全都是他的，所以慢慢来，不着急，他要等这些鱼长大了再捕。到那时候，从前的运道就会再来，从前的日子还会⋯⋯从前样样都称心，他还跟大首长喝过酒呢。

不过，从前可没有对岸那条火龙。他每夜都数那一溜街灯，却从没数准过究竟是多少。他对这些街灯很感兴趣。尽管当初铺路的时候，炸药把江岸的山崖崩得惊天动地，把江里的鱼都吓跑了，但他得认了，如今西岸这富丽堂皇的气派，委实叫人着迷。

他划到了江心，顺着滚钓划了个来回。整串滚钓上一无所有。那些浮标全都懒洋洋地漂在水面上，一动不动。

福奎也懒洋洋地躺下身来，乱蓬蓬的脑袋枕着船尾的坐板，一双光着的大脚插进船头的板空里。他想，要是死的时候也能这么安安稳稳地躺着，那就好了。他情愿死在船上，死在这条像个娇媚的小荡妇似的迷住了他的大江里。死在岸上，他会很丢脸的，因为他不能像别的死鬼那样住进那种开着窗户让死鬼透气的小屋子。他会被埋到地底下去，埋他的人会用铁锹把坟堆上的土拍得很结实，叫他透不上气来。而死在江里，就跟睡在那荡妇的怀里一般，他没啥可抱屈的了。

那群小鱼依然尾随着他的小船，好像还越聚越多了。

福奎搬过那只氅子，一把把地往江里撒着蚯蚓……

从前，"喂鱼"这个话是渔佬儿的耻辱。不过，从前的好多规矩眼下都不管用了。

爸爸爸

韩少功

一

　　他生下来时，闭着眼睛睡了两天两夜，不吃不喝，一个死人相，把亲人们吓坏了，直到第三天才哇地哭出一声来。能在地上爬来爬去的时候，就被寨子里的人逗来逗去，学着怎样做人。很快学会了两句话，一是"爸爸"，二是"×妈妈"。后一句粗野，但出自儿童，并无实在意义，完全可以把它当作一个符号，比方当作"×吗吗"也是可以的。三五年过去了，七八年也过去了，他还是只能说这两句话，而且眼目无神，行动呆滞，畸形的脑袋倒很大，像个倒竖的青皮葫芦，以脑袋自居，装着些古怪的物质。吃饱了的时候，他嘴角沾着一两颗残饭，胸前油水光光的一片，摇摇晃晃地四处访问，见人不分男女老幼，亲切地喊一声"爸爸"。要是你冲他瞪一眼，他也懂，朝你头顶上的某个位置眼皮一轮，翻上一个慢腾腾的白眼，咕噜一声"×吗吗"，掉头颠颠地跑开去。他轮眼皮是很费力的，似乎要靠胸腹和颈脖的充分准备，才能翻上一个白眼。掉头也很费力，软软的颈脖上，脑袋像个胡椒碾槌晃来晃去，须沿着一个大大的弧度，才能成功地把头稳稳地旋过去。跑起来更费力，深一脚浅一脚找不到重心，靠头和上身尽量前倾才能划开步子，目光扛着眉毛尽量往上顶，才能看清方向。一步步跨度很大，像在赛跑中慢慢地做最后冲线。

都需要一个名字，上红帖或墓碑。于是他就成了"丙崽"。

丙崽有很多"爸爸"，却没见过真实的爸爸。据说父亲不满意婆娘的丑陋，不满意她生下了这个孽障，很早就贩鸦片出山，再也没有回来。有人说他已经被土匪"裁"掉了，有人说他在岳州开了个豆腐坊，有人则说他拈花惹草，把几个钱都嫖光了，曾看见他在辰州街上讨饭。他是否存在，说不清楚，成了个不太重要的谜。

丙崽他娘种菜喂鸡，还是个接生婆。常有些妇女上门来，叽叽咕咕一阵，然后她带上剪刀什么的，跟着来人交头接耳地出门去。那把剪刀剪鞋样，剪酸菜，剪指甲，也剪出山寨一代人，一个未来。她剪下了不少活脱脱的生命，自己身上落下的这团肉却长不成个人样。她遍访草医，求神拜佛，对着木人或泥人磕头，还是没有使儿子学会第三句话。有人悄悄传说，多年前，有一次她在灶房里码柴，弄死了一只蜘蛛。蜘蛛绿眼赤身，有瓦罐大，织的网如一匹布，拿到火塘里一烧，臭满一山，三日不绝。那当然是蜘蛛精了，冒犯神明，现世报应，有什么奇怪的呢？

不知她听说过这些没有，反正她发过一次疯病，被人灌了一嘴大粪。病好了，还胖了些，胖得像个禾场磙子，腰间一轮轮肉往下垂。只是像儿子一样，间或也翻一个白眼。

母子住在寨口边一栋孤零零的木屋里，同别的人家一样，木柱木板都毫无必要地粗大厚重——这里的树很不值钱。门前常晾晒一些红红绿绿的小孩衣裤及被褥，上面有荷叶般的尿痕，当然是丙崽的成果了。丙崽在门前戳蚯蚓，搓鸡粪，玩腻了，就挂着鼻涕打望人影。碰到一些后生倒树归来或上山去"赶肉"，被那些红扑扑的脸所感动，就会友好地喊一声："爸爸——"

哄然大笑。被他眼睛盯住了的后生，往往会红着脸，气呼呼地上前来，骂几句粗话，对他晃拳头。要不然，干脆在他的葫芦脑袋上敲一丁公。

有时，后生们也互相逗耍。某个后生上来笑嘻嘻地拉住他，指着另一位，哄着说："喊爸爸，快喊爸爸。"见他犹疑，或许还会塞一把红薯片子或炒板栗。当他照办之后，照例会有一阵开心的大笑，照例要挨丁公或耳光。如果愤怒地回敬一句"×吗吗"，昏天黑地中，头上和脸上就火辣辣地更痛了。

两句话似乎是有不同意义的，可对于他来说，效果都一样。

他会哭，哭起来了。

妈妈赶来，横眉横眼地把他拉走，有时还拍着巴掌，拍着大腿，蓬头散发地破口大骂。骂一句，在大腿弯子里抹一下，据说这样就能增强语言的恶毒。"黑天良的，遭瘟病的，要砍脑壳的！渠是一个宝（蠢）崽，你们欺侮一个宝崽，几多毒辣呀！老天爷你长眼呀，你视呀，要不是吾，这些家伙何事会从娘肚子里拱出来？他们吃谷米，还没长成个人样，就烂肝烂肺，欺侮吾娘崽呀！……"

她是山外嫁进来的，口音古怪，有点好笑。只要她不咒"背时鸟"——据说这是绝后的意思，后生们一般不会怎么计较，笑一笑，散开。

骂着，哭着，哭着又骂着，日子还热闹，似乎还值得边发牢骚边过下去。后生们一个个冒胡桩了，背也慢慢弯了，又一批挂鼻涕的奶崽长成后生了。丙崽还是只有背篓高，仍然穿着开裆的红花裤。母亲总说他只有"十三岁"，说了好几年，但他的相明显地老了，额上隐隐有了皱纹。

夜晚，她常常关起门来，把他稳在火塘边，坐在自己的膝下，膝抵膝地对他喃喃说话。说的词语，说的腔调，甚至说话时悠悠然摇晃着竹椅的模样，都像其他母亲对待自己的孩子："你这个奶崽，往后有什么用啊？你不听话啰，你教不变啰，吃饭吃得多，又不学好样啰。养你还不如养条狗，狗还可以守屋。养你还不如养头猪，猪还可以杀肉咧。呵呵呵，你这个奶崽，有什么用啊，眶眦大的用也没有，长了个鸡鸡，往后哪个媳妇愿意上门啰？……"

丙崽望着这个颇像妈妈的妈妈，望着那死鱼般眼睛里的光辉，舔舔嘴唇，觉得这些嗡嗡的声音一点也不新鲜，兴冲冲地顶撞："×吗吗。"

母亲也习惯了，不计较，还是悠悠然地前后摇着身子，竹椅吱吱呀呀地呻吟。

"你收了亲以后，还记得娘么？"

"×吗吗。"

"你生了娃崽以后，还记得娘么？"

"×吗吗。"

"你当了官以后，会把娘当狗屎嫌吧？"

"×吗吗。"

"一张嘴只晓得骂人，好厉害咧。"

丙崽娘笑了，眼小脖子粗。对于她来说，这种关起门来的模仿，是一种谁也无权夺去的享受。

二

寨子落在大山里，白云上，常常出门就一脚踏进云里。你一走，前面的云就退，后面的云就跟，白茫茫的云海总是不远不近地团团围着你，留给你脚下一块永远也走不完的小小孤岛，托你浮游。小岛上并不寂寞，有时可见树上一些铁甲子乌，黑如焦炭，小如拇指，叫得特别焦脆洪亮，有金属的共鸣。它们好像从远古一直活到现在，从未变什么样。有时还可能见白云上飘来一片硕大的黑影，像打开了的两页书，粗看是鹰，细看是蝶，粗看是黑灰色的，细看才发现黑翅上有绿色、黄色、橘红色的纹络斑点，隐隐约约，似有非有，如同不能理解的文字。行人对这些看也不看，毫无兴趣，只是认真地赶路。要是觉得迷路了，赶紧撒尿，赶紧骂娘，据说这是对付"岔路鬼"的办法。

点点滴滴一泡热尿，落入白云中去了。云下面发生了一些什么事情，似与寨里的人没有多大关系。秦时设有"黔中郡"，汉时设过"武陵郡"，后来"改土归流"……这都是听一些进山来的牛皮商和鸦片贩子说的。说就说了，吃饭还是靠自己种粮。

种粮是实在的，蛇虫瘴疟也是实在的。山中多蛇，粗如水桶，细如竹筷，常在路边草丛嗖嗖地一闪，对某个牛皮商的满心喜悦抽上黑黑的一鞭。据说蛇好淫，把它装在笼子里，遇见妇女，它就会在笼中上下顿跌，几乎气绝。取蛇胆也不易，击蛇头则胆入尾，击蛇尾则胆入头，耽搁久了，蛇胆化水也就没有用了。人们的办法是把草扎成妇人形，涂饰彩粉，引蛇抱缠游戏，再割其胸，取胆，蛇陶陶然竟毫无感觉。还有一种挑生虫，人染虫毒就会眼珠青黄，十指发黑，嚼生豆不腥，含黄连不苦，吃鱼会腹生活鱼，吃鸡会腹生活鸡。解毒的办法是赶快杀一头白牛，喝生牛血，还得对牛血学三声公鸡叫。至于满山蒙蒙密密的林木，同大家当然更有关系了。大雪封山时，寄命一塘火。大木无须砍劈，从门外直接插入火塘，一截截烧完为止。有一种柟木，很直，直到几丈或十几丈的树巅才散布枝叶。古代常有采官进山，催调徭役倒伐这种树，去给州府做殿廷的楹栋，支撑官僚们生前的威风。山民们则喜欢用它造船板，远远送下辰州、岳州，那些"下边人"拆散船板移作他用，琢磨成花窗或妆匣，叫它香柟。但出山有些危险。碰上祭谷的，可能取了你的人头；碰上剪径的，钩了你的船，抄了你的腰包。还有些妇人，用公鸡血引各种毒虫，掺和干制成粉，藏于指甲缝中，趁你不留意时往你茶杯中轻轻一弹，可叫你暴死。这叫"放蛊"，据说放蛊者由此而益寿延年。故青壮后生不敢轻易外出，外出也不敢随便饮水，视潭中有活鱼游动，才敢去捧上几口。有一次，两个汉子身上衣单，去一个石洞避风寒，摸索进去，发现洞底有一堆人的白骨，石壁上还有刀砍出来的一些花纹，如鸟兽，如地图，如蝌蚪文，全不可解。谁知道这是怎么回事呢？

加上大岭深坑，长树干不易运送，于是大部分树木都用不上，雄姿英发地长起来，争夺阳光雨雾，又默默老死山中。枝叶腐烂，年年厚积，软软地踏上去，冒出几注黑汁和几个水泡泡，用阴湿浓烈的腐臭，浸染着一代代山猪的嚎叫。

也浸染着村村寨寨，所以它们变黑了。

这些村寨不知来自何处。有的说来自陕西，有的说来自广东，说不太清楚。他们的语言和山下的千家坪的就很不相同。比如把"看"说成"视"，把"说"说成"话"，把"站立"说成"倚"，把"睡觉"说成"卧"，把指代近处的"他"换成作"渠"，颇有点古风。人际称呼也有些特别的习惯，好像是很讲究大团结，故意混淆远近和亲疏，把父亲称为"叔叔"，把叔叔称为"爹爹"，把姐姐称为"哥哥"，把嫂嫂则称为"姐姐"，等等。爸爸一词，是人们从千家坪带进山来的，还并不怎么流行。所以照旧规矩，丙崽家那个跑到山外去杳无音信的人，应该是他的"叔叔"。

这与他没什么关系。

对祖先较为详细和权威的解释，是古歌里唱的。山里太阳落得早，夜晚长得无聊，大家就悠悠然坐人家，唱歌，摆古，说农事，说匪患，打瞌睡，毫无目的也行。坐得最多的地方，当然是那些灶台和茶柜都被山猪油抹得清清亮亮的殷实人家。壁上有时点着山猪油灯壳子，发出淡蓝色的光，幽幽可怖。有时则在铁丝的灯篮里烧松膏块，洒下赤铜色的光。碰到噼叭一炸，火光惶惶然一闪，灯篮就睡意浓浓地抽搐几下。火塘里总有烟火，冬天用火取暖，夏天用烟驱蚊。栋梁壁顶都被烟火熏得黑如墨炭，浑然一色中看不清什么线条和界限，散发出清冽戳鼻的烟味。还悬挂着一根根灰线子，火气一冲，就不时落下点点烟屑，上下飞舞，最后飘到人们的头上或肩上、膝头上，不被人们注意。

德龙最会唱歌了。他没有胡子，眉毛也淡，平时极风流，妇女们一提起他就含笑切齿咒骂。天生的娘娘腔，噪音尖而细，憋住鼻孔一起调，一句句像刀子在你脑门顶里剜着，刮着，使你一身皮肉发紧，大家对他十分佩服：德龙的喉咙就真是个喉咙啊！

他揣着一条敲掉了毒牙的青蛇，跨进门来，嬉皮笑脸地被大家取笑，不须多劝，就会盯住木梁，捏捏喉头，认真地唱起来：

辰州县里好多房？
好多柱来好多梁？
鸡公岭上好多鸟？
好多窝来好多毛？

这类"十八扯"之外，最能博取笑声的是大胆的情歌，他也最愿意唱（这里不便引大胆的）：

思郎猛哎，
行路思来睡也思，
行路思郎留半路，
睡也思郎留半床。

三

如果寨里有红白喜事，或是逢年过节，那么照规矩，大家就得唱"简"，即唱古，唱死去的人。从父亲唱到祖父，从祖父唱到曾祖父，一直唱到姜凉。姜凉是我们的祖先，但姜凉没有府方生得早，府方又没有火牛生得早，火牛又没有优耐生得早。优耐是他爹妈生的，谁生下优耐他爹呢？那就是刑天——也许就是陶潜诗中那个"猛志固常在"的刑天吧。刑天刚生下来时天像白泥，地像黑泥，叠在一起，连老鼠也住不下，他举斧猛一砍，天地才分开。可是他用劲用得太猛了，把自己的头也砍掉了，于是以后以乳头为眼，以肚脐为嘴。他笑得地动山摇，还是舞着大斧，向上敲了三年，天才升上去；向下敲了三年，地才降下来。

刑天的后代是怎么到这里来的呢？——那是很早以前，五支奶和六支祖住在东海边上，子孙渐渐多了，家族渐渐大了，到处都住满了人，没有晒席大一块空地。五家嫂共一个春房，六家姑共一担水桶，这怎么活下去呢？于是在凤凰的提议下，大家带上犁耙，坐上枫木船和楠木船，向西山迁移。他们以凤凰为前导，找到了黄央央的金水河，金子再贵也是淘得尽的；他们找到了白花花的银水河，银子再贵也是挖得完的；最后才找到了青幽幽的稻米江。稻米江，稻米江，有稻米才能养育子孙。于是大家唱着笑着来了。

奶奶离东方兮队伍长，
公公离东方兮队伍长。
走走又走走兮高山头，
回头看家乡兮白云后。
行行又行行兮天坳口，
奶奶和公公兮真难受。
抬头望西方兮万重山，
越走路越远兮哪是头？

据说，曾经有个史官到过千家坪，说他们唱的根本不是事实。那人说，刑天的头是争夺帝位时被黄帝砍掉的。此地彭、李、麻、莫四大姓，原来住在云梦泽一带，也不是什么"东海边"。后因黄帝与炎帝大战，难民才沿着五溪向西南方向逃亡，进了夷蛮山地。奇怪的是，古歌里居然没有一点战争逼迫的影子。

鸡头寨的人不相信史官，更相信德龙——尽管对德龙的淡眉毛是看不上眼的。眉淡如水，是孤贫之相。

德龙唱了十几年，带着那条小青蛇出山去了。

他似乎就是丙崽的父亲。

丙崽喜欢看人，尤其对陌生的人感兴趣。碰上匠人进寨来了，他都会迎上去喊"爸爸"。要是对方不计较，丙崽娘就会眉开眼笑，半是害羞，半是得意，还有对儿子又原谅又责怪地呵斥："你乱喊什么？"

呵斥完了，她也笑。

窑匠来了，丙崽也要跟着上窑去看，但窑匠不让，因为有老规矩在。传说烧窑是三国时的诸葛亮南征时，路过这里，教给山民们的。所以现在窑匠来，先要挂一太极图，顶礼膜拜。点火也极有讲究，有阴火与阳火之分，用鹅毛扇轻轻扇起来——诸葛亮不就是用的鹅毛扇吗？

女人和小孩不能上窑，后生去担泥坯，也得禁恶言秽语。这些规矩，使大家对窑匠颇感神秘。歇工时，后生就围着他，请他抽烟，恭敬地打听点山外的事。这其中，最为客气的可能要数石仁，他总会盛情邀请窑匠到他家去吃肉饭，去"卧夜"——当然是由于他在家里并不能做主。

石仁外号仁宝，算是老后生了，还没有婚娶。他常躲到林子里去，偷看女崽们笑笑闹闹地在溪边洗澡，被那些白色的影子弄得快快活活地心痛。但他眼睛不好，看不大清楚，作为补偿，就常常去看小女崽撒尿，看母狗和母牛的某个部位。有一次，他用木棍对一头母牛进行探究，被丙崽娘看见了。这婆娘爱好是非，回头就找这个嘀咕几句，找那个嘀咕几句，眉头跳跳的，见仁宝来了才镇定自若地走开。后来仁宝上山挖个笋子，刮点松膏，或是到牛栏房去加点草料，也总看见那婆娘探头探脑，装着在寻草药什么的，死鱼般的眼睛充满信心地往这边瞥一瞥。仁宝冒着火，却没理由发作，骂了阵无名娘，还是不解恨，只好在丙崽身上出气。见到他，见他娘不在面前，也没什么旁人，就狠狠地在他脸上扇耳光。

小老头被打惯了，经得打，嘴巴歪歪地扯了几下，没有痛苦的表情。

他再来几下，手指有些痛。

"×吗吗，×吗吗……"小老头这才感到形势不妙，稳稳地逃跑。

仁宝追上去，捏紧他的后颈皮，让他给自己磕了几个响头。前额上有几颗陷进皮肉的沙粒。

他哭起来，哭没有用。等那婆娘来了，他半个哑巴，说不清是谁打的。仁宝就这样报复了一次又一次，婆娘欠下的债，让小崽又一笔笔领回去，从无其他后果。

丙崽娘从果园子里回来，见丙崽哭，以为他被什么咬伤或刺伤了，没发现什么伤痕，便咬牙切齿："哭，哭死！走不稳，要出来野，摔痛了，怪哪个？"

碰到这种情况，丙崽会特别恼怒，眼睛翻成全白，额上青筋一根根暴出来，咬自己的手，揪自己的头发，疯了一样。旁人都说："唉，真是死了好。"

后来，不知为什么，仁宝同她又亲亲热热起来，开口"婶娘"，喊得特别甜，特别轻滑。帮她家舂个米，修个桶，都是挽起袖子，轰轰烈烈地干。对有关丙崽娘的闲言碎语，他也总是力表公允地去给以辩解和澄清。旁人自然有些疑惑。寡妇门前是非多，他们耳根不清静，被妇女们指指点点，也是难免的。

丙崽娘挤着笑眼看他，想为他说门亲。她常常出寨去接生，跑的地方多，同女人们熟，但说过好几家，未见得人家送八字红帖来。也不奇怪，这几年鸡头寨败了，单身后生岂止仁宝一个？仁宝由此悲观了几年，渐渐有了老相。听说有一种"花咒"——后生看中了哪位女子，只要取她一根头发，系在门前一片树叶上，当微风轻拂的时候，口念咒语七十二遍，就能把那女子迷住。仁宝也试过，没有效果。

他眼睛有点眯，没看清人的时候，一脸戳戳的怒气。看清了，就可能迅速地堆出微笑，顺着对方的言语，惊讶，愤慨，惋惜，或者有悲天悯人的庄严。随着他一个劲地点头，后颈上一点黑壳也有张有弛。他尤其喜欢接近一些平凡的人物：窑匠，界（锯）匠，商贩，读书人，阴阳先生等等。他同这些人说话，总是用官话。吹捧之后，巧妙地暗示自己也记得瓦岗寨的一条好汉乃至六条好汉。有时还从衣袋摸出一块纸片，出示上面的半边对联，谦虚谨慎地考一考外来人，看对方能否对得出下联，是否懂一点平仄。

自己也就有些地位了。

山下女崽多，他常下山，说是去会朋友，有时一连几天不见他的影子。不知他什么时候走的，什么时候回来的。菜园子都快荒了，草深得可以藏一头猪。从山下回来，他总带回一些新鲜玩意儿，一个玻璃瓶子，一盏破马灯，一条能长能短的松紧带子，一张旧报纸或一张不知是什么人的小照片。他踏着一双很不合脚的大皮鞋壳子，在石板路上嘎嘎咯咯地响，更有新派人物的气象。

仁宝的父亲仲满，是个裁缝，也不会作菜园，不会喂猪，对他那皮鞋壳子最感到戳眼。"畜生！三天两头颠下山，老子剁了你的脚！"

"剁死也好，来世投胎到千家坪去。"

"到千家坪，吃金子屙银子？"

"千家坪的王先生穿皮鞋，鞋底还钉了铁掌子，走起来当当地响，你视见过？"

仲满没见过什么钉铁掌的皮鞋，不敢吭声了。停了片刻才说："皮鞋子上不得坡，下不得河，不透气，穿起来脚臭，有什么稀奇？"

"铁掌子，我是说铁掌子。"

"只有骡马才钉掌子，你不做人，想做个畜生？"

仁宝觉得父亲侮辱了自己的同志，十分恼怒，狠狠地报复了一句："辣椒秧子都干死了！晓得么？"

叭——裁缝一只鞋摔过来，正打仁宝的脑袋。他不允许儿子这样不遵孝道。

"哼！"

仁宝怕，但坚强地不去摸脑袋，冲冲地走进另一间屋，继续戳他的旧马灯罩子。

听说他挨了打，后生们去问他，他总是否认，并且严肃地岔开话题："这鬼地方，太保守了。"

后生们不明白，保守是什么意思，于是新名词就更有价值，他也更有价值。人们常见他忙忙碌碌，很有把握地窝在自家小楼上，研究着什么。有时研究对联，有时研究松紧带子，有时研究烧石灰窑。有一回，还神秘地告诉后生们：他在千家坪学会了挖煤，现在他要在山里挖出金子来。金子！黄央央的金子哩！他真的提着山锄，在山里转了好几天。有几个想沾光的后生，偷偷地跟着看，看了几天，发现他并没有真正动手。

对付同伴们的疑惑，他宽容地笑一笑，然后拍拍对方的肩，贴心地做些勉励：“就要开始了，听说没有？县里来了人，已经到了千家坪，真的。”或者说：“就要开始啦，真的，明天就会落雪，秧都靠不住。”说完回头望一望什么，似乎总有个无形的人在跟着他。

有时甚至干脆只有一句：“你等着吧，可能就在明天。”

这些话赫赫有威，使同伴们崇敬，但大家弄不懂其中深意。要开始，当然好，要开始什么呢？是要开始烧石灰窑？还是要开始挖金子，还是像他曾经说过的那样——开始下山去做上门女婿？不过众人觉得他穿着皮鞋壳子，总有沉思的表情，想必有些名堂。邀伴去犁田、倒树，干这一类庸俗的事，不敢叫他了。

今天开祠堂门商议祭谷神，他不以为然。他见过千家坪的人做阳春，那才叫真正的做家。哪像这鬼地方，一年一道犁，不开水圳也不铲倒墈，还想田里结谷？再说田里谷多谷少，也与他的雄图没有关系。不过他还是去看了看。他看到父亲也在香火前下拜，就冷笑。这像什么话呢？为什么不行帽檐礼？他在千家坪见过的。

他自信地对身边一个后生说：“会开始的。”

“开始。”后生不解地点点头。

他觉得对方并非知音，没什么意思。于是目光往左边的女人们投过去。有个媳妇，晃着耳环，不停地用衣袖擦着汗珠。跪下去时没注意，侧边的裤缝张开了，露出了里面的白肉。仁宝眯着眼睛，看不太清楚，不过已经足够了，可以发挥想象了，似乎目光已像一条蛇，从那窄窄的缝里钻了进去，曲曲折折转了好几个弯，上下奔蹿，恢恢乎游刃有余。他在脑子里已经开始亲那位女人的肩膀，膝盖，乃至脚上每个趾头，甚至舌尖有了点酸味咸味……

他想，他一定要去同那位媳妇谈一谈帽檐礼。

四

女人们爱坐人家，偷偷地沿着屋檐溜进东家或西家，凑在火塘边叽叽咕咕一阵，茶水喝干了几吊壶，尿桶里涨了好几寸，直说得个个面色发白，汗毛倒竖，才拿起竹篮或捣衣的木槌，罢休而去。她们早就在说，某某家的鸡叫起来像鸭；腊月里居然没下一场雪。丙崽娘去岭那边的鸡尾寨接生，还带回来一个消息，说鸡尾寨的三阿公坐在屋里被一条大蜈蚣咬死了，死了两天还没有人知道，结果有只脚被老鼠吃去了一半——好像都是些不祥之兆。

但后来又有人说，三阿公并没有死，前两天还看见他在坡上扳笋子。这样一说，三阿公又变得恍恍惚惚，有无都成为一个问题了。

像要印证这些兆头似的，后来一阵倒春寒，下了一阵冰雹，田里大部分秧苗都冻成了黑水，只剩下稀稀拉拉几根，像没有拔尽的鸡毛。几天后暴热，田里又多虫。

碰上寨子里这几年奶崽生得多，家家都觉得米柜太浅，一舀就见到底。有的开始借谷，一借就有了连锁反应，不管楼上有谷没谷的，都踊跃地借，以示自己也会盘算村邻。丙崽娘也借得要死要活的，其实心里并不很着急。这两年来她大模大样地积德，义务照看祠堂。怕老鼠啃了族谱，扰乱了祖宗的安宁，就养了一只猫。这只猫不能亏待，每年由公田出两担谷养着它。丙崽娘天天拿瓦罐盛着半罐饭，吆吆喝喝从一些门户前经过，说是去送猫食，其实一进祠堂，就自己吃了。靠这只猫，娘崽不也可以混个半饱么？大家似乎知道这个中机巧，有人在她背后指指点点。她横眉横眼，装着没听见就是。

一直借到寨子里人心惶惶，女人们又开始谈起祭谷神。丙崽娘有点兴高采烈，积极投入了这场对谷神的议论。得闲的时候，就带上针线鞋底，拉上丙崽，矮胖的身子左一顿，右一顿，屁股磨进一家家高大的门槛。对一些没听说过谷神的女崽，好谆谆教导：这可是个老规矩哪。要杀个男的，选头发最密的，分给狗吃。杀到哪一家，就叫哪一家"吃年成"……说得姑娘们睁大眼睛，互相挤靠得越来越紧，她又笑起来，神秘地压低声音:"你屋里不会吃年成的,放心。你男人头发胡子都稀……不过,也不蛮稀。"或者说:"你屋里不会吃年成的,放心。你竹哥太瘦了,没有几斤肉,不过……也不蛮瘦。嗯啦。"

她圆睁双眼,把一户户女人都安慰得心惊肉跳之后,才弯着一个指头,把碗里的茶叶扒起来,嚼得吱吱响,拉着丙崽起了身,严肃认真地告别:"吾去视一下。"

"视一下"有很含混的意思,包括我去打听一下,我去说说情,有我做主,或者是我去看看我的鸡坶什么的,都通。但在女人们的恐慌中,这种含混也很温暖,似乎也值得寄予希望。

实在是看鸡坶去了。

鸡坶那边就是仁宝父子的家。丙崽娘看完鸡坶,总是朝那边望一眼。这一眼的意思也很模糊,似乎是招呼,似乎是警惕,似乎是窥探隐私,也似乎是不示弱地挑战。每天都这样偷偷地望几眼,叫仲裁缝心里发毛。

仲裁缝恨女人,更恨丙崽娘。说起来她还算他的弟媳,又与他打邻,地坪相连,树荫相接,要是拆了墙壁,大家会发现对方也不过是吃饭、睡觉、训儿子,没什么两样。但越接近就越看得清楚,看出些不一样来。丙崽娘常常挑起一竹篙女人的衣裤,显眼地晒在地坪里,正冲着裁缝的大门,使他一出门就觉得很晦气,这不是有辱斯文么?她还经常在地坪里摊晒一些胞衣,作为大补佳药拿去吃,或卖钱。那些婆娘们腹中落下来的肉囊,有血腥气,在晒席上翻来滚去的,晒出一条条皱纹,像一个个鬼魂,令人须发倒竖。不过,这一切都不如她那眼光可恶。似乎是心不在焉地看一眼,有毫无理由的理由,有毫不关心的关心,像投来一条无形的毒蛇。

"妖怪!"有一天,仲裁缝在大门口怒骂起来。

地坪里没有他人,正架起一条腿剥脚皮的丙崽娘知道他是骂谁。哼了一声,又恨恨地剥下两大块茧皮。

就这样交了恶。但仲缝裁从没有拿丙崽复仇。有一回,小老头怯怯地来到他家门口,研究了一下他脸上的麻子。把绿色的一团鼻涕抹在条凳上的一段布料上。裁缝只是瞪了一眼,旋即把布料塞进火塘,烧了。

避女人与小子,乃有君子之风。仲裁缝算不算君子,不好说。但他在寨子里是个有"话份"的人。话份也是一个很含糊的概念，初到这里来的人许久还弄不明白。似乎有钱，有一门技术，有一把胡须，有一个很出息的儿子或女婿，就有了话份，后生们都以毕生精力来争取有话份。

有话份意味着有人来听你说话。仲裁缝粗通文墨，自婆娘早死之后，孤独度日，读了几本六叔留下的没头没尾的线装页子，知道不少似真似假的旧事。晋公子重耳，吕洞宾，马伏波，还有他最为崇拜的贤相诸葛亮。有时也在火塘边把竹烟管喝得嗬啰啰地响，慢条斯理向后生们讲上两段。三个字一顿，五个字一停，说话时总是开口半晌以后，再"哎"一声，再接上正文。目光茫茫然，像不是同听者讲话，是在同死去的先人讲话，后生们望着他脸上几颗冷峻的阴麻子，不敢催促他。

"汽车算个卵。"他说，"卧龙先生，造了木牛流马。只怪后人蠢了，就失传了。"

他还说："先人一个个身高八尺，力敌千钧。哪像现在，生出那号小杂种。"

大家知道他是说丙崽。

他越这样感慨，越觉得日子不顺心。摇着蒲扇，还是感到闷，鼻尖上直冒汗——呸！妖怪，先前哪有这么热呢？他恨椅子也太不合意，吱吱呀呀叫得很阴险——妖怪，如今的手艺也真是哄鬼啊，先前一张椅子从出嫁坐到外婆，还是紧紧实实的。想来想去，觉得没有了卧龙先生，世道怕是要败了，这鸡头寨怕是要绝了。

是要绝了么？

眼下，听人们都在议论要祭谷神，他坐在家里不知要做点什么才好。好像出了点问题，仔细思量，才知是肚子饿了。近来很少有人接他去做衣，得自己煮饭。即使接他去，人家的饭食也越来越软，这是他最不能忍受的。如果米饭不是粒粒如铁砂，他决不摸筷子。

"仁拐子！"他叫喊。

没有人回答。

他又喊了一声，想了想，上楼去找。发现儿子的铺盖蚊帐，还有他的锈马灯壳子一类，都不翼而飞。只剩下一张空床，还有几个大瓦坛子，很久没有酸菜可装的，倒立在墙角，像几个囚犯在受大刑，永远倒栽在那里。还有一具棺木，不知是仁宝为谁准备的，横霸中央，呼呼大睡。

明白了什么，一句话也没说。

他看见墙边一只老鼠一晃，好像更明白了什么。妖怪！对了，就是这个妖怪！——他梦见过的，梦里的这只老鼠，还拱手而立，同情地冲他笑了笑。这畜生耳红足赤，眼睛也红鲜鲜的。在书上不是说过吗？那是偷吃胭脂所致。妖妇捕之可为媚药。仁拐子一定是被它媚去的，这个寨子也一定是被它败了的！

仲裁缝骂着娘，一铁尺打过去，咣地破了个坛子，老鼠尾巴又缩进壁缝去了。他跑到另一房间，撬破一个木柜，捅烂两只笺篓，还是没有胜利。咚咚咚地跑到楼下，凡可疑之处都给以惊天动地的检查。一瞬间，碗钵烂了，吊壶也倒了，桌椅板凳都苦苦地跪倒或趴下，或歪歪斜斜地艰难站立，他引火烧鼠洞，黑油油的帐子又接上了火，燎起热爆爆的一片金黄色光亮。

老鼠总算被他戳死了，大小六只，全被他斩首断肢，拿到火塘中烧出了一股奇臭。他听见地坪中有沉着的脚步声，回过头，又看见丙崽娘若无其事地朝这边看了一眼，更冒出一股无名火。咬咬牙，把老鼠的尸灰泡在水里，全都喝了下去。

他脸发黑，感到丹田之气已尽，默坐一阵之后，出了门。

公鸡正在叫午，寨里静得像没有人，像死了。对面是鸡公岭，鸡头峰下一片狰狞的石壁，斑斓石纹有的像刀枪，有的像旗鼓，有的像兜鍪铠甲，有时像战马长车，还有些石脉不知含了什么东西，呈棕红色，如淋漓鲜血，劈头劈脑地从山顶泻下来，一片惨烈的兵家气象。仲裁缝觉得，那是先人们在召唤自己。

路边瓜棚里，冒出一张老人的笑脸。

"仲老，吃了？"

"吃了。"也淡淡一笑。

"要祭谷神？"

"要祭的。"

"要谁的脑袋？"

"听说……摇签罢。"

"摇签？"

"你吃了？"

"吃了。"

"哦,吃了的。"

双方不再说话。

山上的树漫天生长。从茶子坡过去,大木就多了。有些树上扎了篾条,那都是寿木。寨里的人很小就要上山给自己看寿木的,看中了,留个记号,以后每年来看一两次。但仲裁缝很少进山,也一直没来选过寿木,而且憎恶这一根根居心不良的鸟树。君子坐有坐相,立有立相,死也要有个死相,死得不能倒威。说死就死,准备什么?他捏着弯刀来的,要选一块好位置,砍出一个尖尖的树桩,坐桩而死,死得慷慨。他见过这样死去的人,前些年马子洞龙拐子就是一个,他咳痰,咳得不耐烦,就去死。死后人们发现树桩前的地皮都被十指抓得坑坑洼洼的,起了一层浮土,可见死得惨烈,死得好。载上了族谱。

他选了一棵小松树,用裁缝的手,不熟练地砍削起来。

五

本来要拿丙崽的头祭谷神,杀个没有用的废物,也算成全了他。活着挨耳光,而且省得折磨他那位娘。不料正要动刀,天上响了一声雷,大家又犹疑起来:莫非神圣对这个瘦瘪瘪的祭品还不满意?

天意难测。于是备了一桌肉饭,请来一位巫师。巫师指点:年成不好,主要是叫鸡精在作怪——你们没看见对面的那鸡公岭么?鸡头峰正冲着寨里的两垅田,把谷子都吃进肚子里去啦。

人们立即商议着要炸鸡头。这事牵涉到鸡尾寨。鸡尾寨也是个大寨,几百号人口,在寨前的麻石大牌坊下进进出出,主要以种鸦片为业,比较富足。出了一些读书人,据说有的成了大文豪,有的在新疆带兵,回乡省亲都是坐八人大轿。过年,寨里家家宰牛,有牛叫,牛皮商也最喜欢往那里钻。寨前一口水井,一棵大樟树,常有些娃崽在树下用小石块玩开山棋,人们一直把树和井当作男女生殖器的象征,常常敬以香火,祈望寨子里发人。有一年寨子里一连几胎都生的女崽,还生了个什么葡萄胎,弄得空气十分紧张。察究了一段,有人说鸡头寨的一个什么后生路过这里时，曾上树摸鸟蛋，弄断了一根枝丫。

从此两寨结下了怨恨。后来又有人说，那是马子洞与鸡尾寨有世仇，暗中著事，移祸于它。这段公案查无实证，不了了之。官府鞭长莫及，也不来过问，只是有次要修官道，来山里催过一次徭役。

听说鸡头寨要炸鸡头，却是确凿的了。鸡尾寨果然更是群情激奋。他们的田土肥沃，就是靠鸡屁股拉屎，对炸鸡头岂能不管？在岭上吵了一架，双方还动起手脚来，鸡头寨的后生撤回去了。

寨里还是很安静。有鸡叫，有牛铃铛的声音，或某个屋顶下冒出一句女人骂男人的声音，只冒一下，就被巨大的沉默淹灭了。丙崽摇摇摆摆地敲着一面小铜锣，口袋里有红薯丝，掏出来一两根，就撒落了三四根，引来两条狗跟着他转。他对仲裁缝家的老黑狗会意地笑了一笑，又朝两棵芭蕉树哇地叫嚣了一声。近来他对祠堂有些好感了，大概没忘记那天准备砍他的头之前，他在那里吃过一餐肉饭。于是低压着头，朝那边一顿一顿地"冲线"。

几个娃崽在祠堂前玩耍，看见了他。

"视，宝崽来了。"

"他没有叔叔，是个野崽。"

"吾晓得，渠是蜘蛛变的。"

"根本不是，渠的妈妈是蜘蛛变的。"

"要渠磕头，好不好！"

"不！要渠吃牛屎！最臭最臭的，啊呀，臭死人！"

"哈哈！"

丙崽朝他们敲了一下锣，舔舔鼻涕，兴奋地招呼："爸爸……"

"哪个是你爸爸？呸！矮下来！"

娃崽们围上去，捏他的耳朵，让他跪在一堆牛屎前，鼻尖就要触到牛粪堆了。

幸好来了一群热热闹闹的大人，才使娃崽们的兴趣转移，遗憾地一哄而散。丙崽还在那里跪着，半天发现周围已没有人影，他爬起来朝四下看看，咕咕哝哝，阴险地把一个小娃崽的斗笠狠狠踩了几脚，再若无其事地跟上人群，看热闹。

大人们牵来了一头牛，牛身上的泥片已被洗刷干净了，须毛清晰，屁股头的胯骨显得十分突出。牛嘴总是湿腻腻的，一挪一磨，散出胃里翻出来一种草料臭。但丙崽并不怕，对动物都不怕。

一个汉子提着大刀走过来，把刀插在地上，脱光上衣，大碗喝酒。那刀也令丙崽感到新奇。刀被磨洗过，刀口一道银光，柔顺而清凉，十分诱人。有凹纹的木柄被桐油擦得黄澄澄的，看来很合手，好像就要跳到你手上来，不用你费什么力，就会嚓地朝什么东西砍去。

汉子已经喝完酒了，叭的一声，随手把酒碗摔碎。拔起刀走过来，一跺脚，一声嘿，手起刀落，牛头就在地动山摇之间离开了牛身，像一块泥土慢慢垮下来，牛角戳地，戳出一个小土块。牛颈处像一个西瓜的剖面，皮层裹着鲜鲜的红肉。但没有头的牛身还稳稳地站了片刻。

娃崽们吓了一跳，他们不知道，这是一种战前的预测。当年马伏波将军南征时，每次战斗前都要砍牛头，如牛进，则预胜利，否则是失败。

"赢!"

"赢了!"

"杀他的××巴寨!"

牛往前倒了，汉子们欢呼起来。这突然的声音太响亮了。太有酒气了，丙崽吓得半边嘴唇向上跳了一下，咕咕哝哝。

他看见有一缕红红的东西，从大人们纷杂的腿缝中流出来。像一条赤蛇，弯弯曲曲地窜。蹲下去捏了捏，有些滑手。弄到衣上，倒很好看。不一会儿，满身满脸就全是牛血。大概牛血弄到嘴里有些腥，小老头翻了个白眼。

娃崽们望着他的脸，拍手笑起来。他不知道人们笑什么，也笑起来。

人影和人声更多了。丙崽娘也提了个篮子来，想看看牛肉怎么分。听人家说，不出阵的没有肉吃，正呀着嘴巴生气。一眼瞥见丙崽这血污污的样子，更把脸盘气大了。"你要死! 要死啊!"她上前揪住小老头的嘴巴，揪得眼皮直往下扯，黑眼珠转都转不过来，似乎还望着祠堂那边。

"×吗吗。"

"又要老子洗，又要老子洗，你这个催命鬼，要磨死我啊!"

"×吗吗。"

儿子骂亲娘，似乎是很好笑的事。于是有些后生拍手，喷酒气:

"丙崽，咒得好！""丙崽，再咒！""再咒！"……气得丙崽娘绷紧一脸横肉，半天都不正眼望人。

她把丙崽像提小狗一样提回家，当然少不了又是一顿好打。"死到个面去做么事？做么事！要打冤了，你上得阵？"

把丙崽一索子捆在椅子上，自己拿起三根香，掩门到祠堂里去了。

丙崽在椅子上睡了一觉。听见外面远远有锣声，接着是吹牛角号，接着就平静了。不知什么时候，外面又有嘈杂的脚步声，叫喊声，铁器碰撞的声音，然后又有女人的号哭……外面发生了什么事。

夜里，松明子闪闪烁烁，男女老幼，全都头缠白布，聚集在祠堂门内外，一眼看去，密密的白点，起起伏伏，飘移游动。女人们互相扶着，靠着，抱着，哭得捶胸顿足，天昏地暗，泪水湿了袖口和肩头。丙崽娘也陪着把眼圈哭红了，显得纯真了，有一张娃娃脸，不时用袖口去擦拭。她坐在二满家的媳妇旁边，缩缩鼻子，捉住对方的手，用外乡口音说："人生一世，草木一秋，去也就去了。你要往开处想。你还有后，吾呢，那死鬼不知是死是活，一个丙崽也做不得个正人用的，啊？"

她说得确实诚恳，但女人们还是哭。

"打冤总是要死人的，早死也是死，晚死也是死。早死早投胎，说不定投个富贵人家，还强了。"

女人们还是哭出各种怪腔调。

大概想到了什么伤心处，丙崽娘拍着双膝，也大哭起来。白布条在胸前滑上去，又滑下来。"吾那娘老子哎，你做的好事呀！你疼大姐，疼二姐，疼三姐，就是不疼吾呀！你做的好事呀，马桶脚盆都没有哇……"

这就不知道是什么意思了。

火光越烧越亮。人圈子中央，临时砌了个高高的锅台，架着一口大铁锅。锅口太高，看不见，只听见里面沸腾着，有咕咕嘟嘟的声音，腾腾热气，冲得屋梁上的蝙蝠四处乱窜。大人们都知道，那里煮了一头猪，还有冤家的一具尸体，都切成一块块，混成一锅。由一个汉子走上粗重的梯架，抄起长过扁担的大竹扞，往看不见的锅口里去戳，戳到什么就是什么，再分发给男女老幼。人人都无须知道吃的是什么，都得吃。不吃的话，就会有人把你架到铁锅前跪下，用竹扞戳你的嘴。

劈柴和松膏烧得叭叭作响，灶口的火气一浪浪袭来，把前排人的胯裆都烤热了，不由自主往后挪。油浸浸的长竹扦，映着火色，亮亮的。不时带出一点汁水来，也很亮，像零零星星落下一些火珠，落入暗处。一个赤着上身的大汉站起来，发疯般地大叫一声："怕死的倚开！老子一个人……"又被几双手拉扯下去了，每块白布下面都有一双眼睛，每双眼睛里都有火光在跳动。你最好不要看四壁和屋顶，不然你会发现那些比真人扩大了几倍及至十几倍的人影，一下被拉长了，一下又压瘪了，忽大忽小，轮廓随时扭曲成各种形状。

"德龙家的，过来!"

叫到丙崽娘的名字了。她哭得泪眼糊糊的，还在连连拍膝。

"吾不要哇……"

"碗拿过来。"

"吃命哇……"

"丙崽，你吃。"

丙崽咬着开裆裤的背带，很不耐烦地被推到前面。他抓起一块什么肺，放到口中嚼了嚼，大概觉得味道不好，翻了个白眼，忧心忡忡地朝母亲怀里跑去了。

"你要吃。"有人叫他。

"你要吃!"很多人叫他。

一位老人，对他伸出寸多长的指甲，响亮地咳了一声，激动地教诲："同仇敌忾，生死相托，既是鸡头寨的儿孙，岂有不吃之理?"

"吃!"掌竹扦的那位，冲着他把碗递过去。于是，屋顶上有了一个无比巨大的手影。

六

仁宝以为那天一声炸雷，是冲着自己的什么淫邪念头来的。悬心吊胆，卷起铺盖下山去了。一是躲雷威，二是想打打零工，找个机会再去做上门女婿。他听说前几天有一队枪兵从千家坪过，觉得太好了。嘿!这不就是要开始了么? 可枪兵过就过了，既没有往鸡头寨去，也没邀他去畅谈一下什么，使他相当失望。倒是有一个担炭的从山里出来，说鸡头寨与鸡尾寨打冤了，还说马子溪漂下来了一具尸体，不知为什么脚朝上，吓死人……

仁宝想起鸡尾寨有他一位窑匠朋友，一位教书先生朋友，堪称莫逆，想回去劝劝乡亲们言和算了。同饮一溪水，动什么武呢？坐拢来吃餐肉饭不就行了？

仁宝回到家里，发现父亲重伤在床——那天他去坐桩，被一个砍柴的发现了，把他救回来的。

"不是渠不孝，仲爹何事会寻绝路？"

"坐桩没死，兴怕也会被气死。"

"崽大爷难做，没得办法。"

"你看渠个脸相，吊眉吊眼的，是个克爷娘的种。"

"娘故得那样早，兴怕……"

这些话，从耳后飘来，仁宝都听入耳了。他装着没听见，毫无意义地扫了扫地，又毫无意义地踩死了几只蚂蚁，把父亲的水烟筒抽了一阵，往祠堂去了。

祠堂门前一圈人，正在谈打冤的事。这似乎是端正形象的好机会。

"鸡头峰嘛，这个，当然啰，可以不炸的。"他显出知书识礼的公允，老腔老板地分析："炸不掉，躲得开的。不过话说回来，说回来，××巴寨（他也学着把鸡尾寨改称××巴寨了）明火执仗打上门来，欺人太甚！小事就不要争了，不争——"闭眼拖起长长的尾音，接着恶狠狠地扫了众人一眼，"但我们要争口气！争个不受欺！"

打冤的正义性，被他用新的方式又豪迈地解说了一遍。众人没怎么在意他那番道理，只觉得那恶狠狠的扫视还是很感人的。他眯着眼睛，看出了这一点，更兴奋了。把衣襟嚓地一下撕开，抢起一把山铲，朝地上狠狠砸出一个洞，吼着："报仇！老子的命——就在今天了！"

他勇猛地扎了扎腰带，勇猛地在祠堂冲进冲出，又勇猛地上了一趟茅房，弄得众人都肃然。最后，发现今天没有吹牛角，并没有什么事可干，就回家熬苞谷粥去了。

总像要开始什么，他在寨内外转来转去，对着一棵树，或一块岩石，锁着眉头细心研究。弄得后生去守哨。都不敢叫他。转完了，他见人就作心情沉重的嘱托：

"金哥，以后家父，就拜托你了。我们从小就像嫡亲兄弟，不分彼此的。那次赶肉，要不是你，吾早就命归阴府了。你给吾的好处，吾都记得的……"

"二怕爷，腰子还阴痛么？你老要好好保重。有些事只怪吾，吾本来要给你砍一屋柴火。那次帮你垫楼板，也没垫得齐整。往后走，你要吃就吃点，要穿就穿点，身骨子不灵便，就莫下田了。侄儿无用，服侍你的日子不多了，这几句还是烦请你把它往心里去……"

"庆嫂子，有件事，实在想找你话一话。吾以前做了好些蠢事，你莫记恨。有次偷了你家两个菜瓜，给窑匠师傅吃了，你不晓得。现在吾想起来，吾今日特地来，说声得罪了，对不起。你要咒，就咒……"

"幺姐……你……你在洗么？这次……实在是没有办法了，你千万……莫难过。吾是个没用的人，文不得，武不得，几丘田都作不肥。不过人生一世，总是要死的。八尺男儿，报家报国，义不容辞。你说呢？好些事，眼下也没法讲了。反正只要你心里还有一个石仁哥，我去也就落心落意了。你千万……硬朗点，形势总会好的。吾这就告辞了……"

他很能克制悲伤，不时缩缩鼻子。

弄得大家都有点戚戚地悲伤了："石仁哥，你不要这样。"

"不，吾决心已定。"他低着头，望着路边一块破瓦片。

都不知道他要干什么，不知道他马上要干什么。听见他的皮鞋子还是在石阶上响来响去，发现他还没有去赴汤蹈火。好在山里的事情多，又是鸡上屋，又是牛吃谷，又是丙崽娘为丙崽的事同什么人吵架，众人也没顾上研究这位大忙人。甚至也慢慢习惯了。要是他不忙，众人还会觉得少了点什么，有什么地方不对劲了。

这天，他被仲裁缝骂出了门，抹抹脸，往祠堂蹿去。那里正在写帖子告官。自古打冤都是不动朝，不告官的，如今找官府打交道，对文书款式都没有把握。几位老人想了想，记起仲裁缝说过的什么，对提笔的那位说："兴许，叫禀帖吧？"

人群中冒出仁宝一撮硬戳戳的头发，摇摇手："不是不是，叫报告。"

"禀帖吧？"

"是报告。"

"总要讲点礼性。"

"要讲礼性，报告就最礼性了。"仁宝宽容地一笑，"没错的，没错的。"

"你去问你叔叔。"

"他只懂些老皇历。"

"是禀帖。"

"你不看现在是什么时候？"

"报告？听起来太戳气了。下边人用，下边人打个屁也是香的？"

"伯爷们，大哥们，听吾的，绝不会差。昨天落了场大雨，难道老规矩还能用？我们这里也太保守了，真的。你们去千家坪视一视，既然人家都吃酱油，所以都作兴'报告'。你们晓不晓得？松紧带子是什么东西做的？是橡筋，这是个好东西。你们想想，还能写什么禀帖么？正因为如此，我们就要赶紧决定下来，再不能犹犹豫豫了，所以你们视吧。"

众人被他"既然""因为""所以"了一番，似懂非懂，半天没答上话来。想想昨天确实落了雨，就在他"难道"般的严正感面前，勉强同意写成"报帖"。

接下去，又发生一些问题。老班子要用文言写，他主张要用白话；老班子主张用农历，他主张用什么公历；老班子主张在报告后面盖马蹄印，他说马蹄印太保守了，太土气了，免得外人笑话，应该以什么签名代替。他时而沉思，时而宽容，时而谦虚地点头附和——但附和之后又要"把话说回来"，介绍各种新章法，俨乎然一个通情达理的新党。

"仁麻拐，你耳朵里好多毛！"竹义家的大寨突然冒出一句。

仁宝自我解嘲地摆摆头，嘿嘿一笑，眼睛更眯了。他意会到不能太脱离群众，便把几皮黄烟叶掏出来，一皮皮分送给男人们，自己一点末屑也没剩。加上这点慷慨，今天的表现就十分完满了。

他摩拳擦掌，去给父亲寻草药。没留神，差点被坐在地上的丙崽绊倒。

丙崽是来看热闹的，没意思，就玩鸡粪，不时搔一搔头上的一个脓疮。整整半天，他很不高兴，没有喊一声"爸爸"。

七

连连失利，连连赔头，大家慌了，就乱想了，有个后生突然想起了一些古怪的事。他说那天要杀丙崽祭谷神，突然天降霹雳。后来宰牛占卜胜败，不灵；丙崽咒了句"×吗吗"，像是给了个坏兆头，却灵验了……这不十分可疑吗？

这一想，大家都觉得丙崽神秘，你看他只会说"爸爸"和"×吗吗"两句话，莫非就是阴阳二卦？

大家决定打一打这个活卦。于是连忙拆了张门板，把丙崽抬到祠堂前。

"丙相公。"

"丙大爷。"

"丙仙。"

汉子们伏拜在他面前，紧紧盯住他，一双双眼球顶得额头上皱纹叠着皱纹。

丙崽刚坐过门板，很快活，脸上笑得皱纹舒展，把停下来的门板踩了好半天，发现它不再动了，便翻了个白眼。

实在不好理解。

是不是他要吃了才显灵呢？有人给他弄来了一块粽粑，又使他兴奋起来。他掰了一块，没抓稳，掉了，其实就掉在他右脚边，但他眼睛和脑袋转起来都不灵活，轮着眼皮居然左边望了一下，这样吃下去。吃一半掉了一半，每掉一块，照例去找，照例找错了方向。发现了前几次掉的，捡起来就往嘴里塞。

他拍拍巴掌，听见了麻雀叫，仰头轮了个方向不够准确的白眼。最后，手指定了一个方向，咕哝一句："爸爸。"

"胜卦！"

汉子们欢呼着一跃而起。不过，丙崽的手指是什么意思呢？顺着他指的方向看去，那是祠堂一个尖尖的檐角，向上弯弯地翘起。瓦上生了几根青草，檐板已经腐朽苍黑，像一只伤痕累累的老凤，拖着长长的大翼，凝望着天空。檐下有麻雀叽叽喳喳地叫。

"渠是指麻雀。"

"不，是指屋檐。"

"檐和言同音，怕是要言和?"

"絮聒！檐和炎同音，双火为炎，是要用火攻。"

争了半天，最后还是服从有"话份"的。于是用火攻，又打了一仗。混战回来点人头，发现又少了几颗。

寨子里的狗，已经习惯牛角声了，一听到呜呜地吹起来，须毛就蓬勃地张扬竖立，纷纷挤出门缝，跳越石墙，身体拉成一条线，向号声射去，满怀希望地尾随着人影。坡上，路口，圳沟里，都可能出现尸体。它们撕咬着，咀嚼着，咬得骨头咯咯咯地脆响。一只只已经吃得肥大起来，眼睛都发红，在茅草中窜来窜去时，只见草动，动成一线，像条条草龙。龙头所到之处，都有血迹，还有丝丝块块，被它们叼得满处都是。有时你去灶房，无意中搬开一捆柴火，也许会突然发现柴弯里滚出一只陌生的手或脚来。

它们对人突然变得十分有兴趣了。有一群人在议事，或者有两个人吵架，都会引来狗。它们大大方方地露出尖牙，长长的舌头活泼得像一条飘带，一片水波，等待着什么结果发生。据说竹义家的阿公有次在树下打瞌睡，被狗误认成尸体，大咬了一口。

丙崽把一泡屎拉在椅子上了。

丙崽娘照例唤狗来舔："呵哩——呵哩——呵哩——"

狗来了，嗅一嗅屎又走了，似乎对屎尿已丧失了热情。它们来，是因为听到召唤，来敷衍一下，在主人面前不显得过分的趾高气扬，富贵不忘旧情。

于是寨子里屎多了，苍蝇多了，臭起来。

丙崽娘遇到竹义家的媳妇，缩缩鼻子，"你身上怎么有股臭味?"

竹义家的瞪大眼："怪事！是你身上臭。"

两人嗅了一阵，发现手是臭的，袖口是臭的，连棰棒和竹篮也有股怪味，这才恍然大悟。原来空气早就臭了。只说这些天，没人去出猪牛粪，地坪里一片片黑乎乎的，空气能不臭么?

丙崽娘的娘家那边是颇讲究清洁利索的，因此她一直有些与众不同的习惯。她带上草把和茶枯，把丙崽拉脏了的裤子和椅子，拿到溪边去擦洗，洗了两遍，还没有除掉臭味。她喘着气，翻着白眼，感到气虚。虽然以前吃过不少胞衣，可现在腹中的米粮实在太少了。猛地站起来，两眼一黑便歪歪地倒下去。

不知道是怎样爬回来的。没有被狗分了吃，就是万幸。她望着蚊帐上一片密密麻麻的苍蝇，伤心地号哭了一场："吾那娘老子哎，你做的好事呀！你疼大姐，疼二姐，疼三姐，就是不疼吾呀，马桶脚盆都没有哇……"

丙崽怯怯地看着她，试探地敲了一下小铜锣，似乎想使她高兴。

她望着儿子，手心朝上地推了两把鼻涕，慈祥地点头，"来，坐到娘面前来。"

"爸爸。"儿子稳稳地坐下了。

"对，你要去找你那个砍脑壳的鬼！"

她咬着牙关，两眼像两片孔雀毛，黑眼球往中间挤，眼球之外有一圈宽宽的白眼睑。当然是很可怕的，丙崽愣了。

"×吗吗。"他轻声试了一句。

"你要去找你爸爸，他叫德龙，淡眉毛，细脑壳，会唱些瘟歌。"

"×吗吗。"

"你记住，他兴许在辰州，兴许在岳州，有人视见过他的。"

"×吗吗。"

"你要告诉那个畜生，他害得吾娘崽好苦啊！你天天被人打，吾天天被人欺，大户人家的哪个愿意朝我们看一眼？要不是祠堂一份猫食，吾娘崽早就死了。其实死了还是福，比死还不如啊！你要一五一十都告诉那个畜生啊！"

"×吗吗。"

"你要杀了他！"

丙崽不吭声了，半边嘴唇跳了跳。

"吾晓得，你听懂了，听懂了的。你是娘的好崽。"丙崽娘笑了，眼中溢出了一滴清泪。

她挽着个菜篮子，一顿一顿地上山去了，再也没有回来。后来有各种传说，有的说她被蛇咬死了，有的说她被鸡尾寨的人杀了，还有的说她碰上岔路鬼，迷了路，摔到陡壁下去了……这些都无关紧要。尸身被狗吃了，却是可以基本肯定的。

丙崽一直等妈妈回来。太阳下山，石蛙呱呱地叫，门前小道上的脚步声也稀少了，还没有见到那张熟悉的面孔。好像有很多蚊子，咬得全身麻麻地直炸。小老头使劲地搔着，搔出了血，愤怒起来。他要报复那个人。走到家里去，把椅子推倒，把茶水泼在床上，又把柴灰灌到吊壶里。一块石头砸过去，铁锅也叭的一声裂开。他颠覆了一个世界。

一切都沉到黑暗中去了，屋外还是没有熟悉的脚步声。只有隔邻的那栋木屋里，传来麻脸裁缝断断续续的呻吟。

小老头在蚊虫的包围下睡了一觉，醒来后觉得肚子饿，踉踉跄跄地走。

月亮很圆，很白，浓浓的光雾，照得世界如同白昼，连对面山上每棵树，每一叶茅草，似乎也看得清楚。溪那边，哗哗响处有一片银光灼灼的流水，大块的银光中有几团黑影，像捅了几个洞，当然是雄踞溪水中的礁石。石蛙声已经停了，大概它们也睡了。但远处不知什么地方有密集的狗吠，像发生了什么事。

丙崽含着指头，在鸡埘前坐了一阵，想了想，走出了寨子。

妈妈曾带他出去接生，也许妈妈现在在那些地方。他要去找。

他在月光下的山道上走着，在笼罩大地的云雾之上走着，走得很自由，上身微微前倾，膝弯处悠悠地一晃一晃，像随时可能折断。不知过了多久，不知走了多远，他踢到了一个斗笠，又踢到了一个藤编的盾牌，空落落地响。他咕噜了几声，撒了泡尿，继续往前走。前面躺着一个人影，是女的，但丙崽从来没有见过。他摇了摇她的手，打她的耳光，扯她的头发，见她总是不能醒来。手触到了乳房，那肥大的东西似乎是可以吃的，小老头捧着它吸了几口，却没吸到任何东西，便扫兴地撒手了。但这个人的肢体很柔软，有弹性，小老头骑上腹去，仰了仰，压了压，瘦尖尖的屁股头感觉到十分舒服。

"爸爸。"他累了，靠着乳头，靠着这个很像妈妈的女人睡了。两人的脸都被月光照得如同白纸。还有耳环一闪。

那也是一个孩子的妈妈。

八

"爸爸。"

丙崽指着祠堂的檐角傻笑。

檐角确实没有什么奇怪，像伤痕累累的一只老凤。瓦是寨子里烧的，用山里的树，山里的泥，烧出这凤的羽毛。也许一片片羽毛太沉重了，它就飞不起来了，只能听着山里的斑鸠，鹧鸪，画眉，乌鸦，听着静静的早晨和夜晚，于是听老了。但它还是昂着头，盯着一颗星星或一朵云。它还想拖起整个屋顶腾空而去，像当年引导鸡头寨的祖先们一样，飞向一个美好的地方。

两个后生从祠堂里抬着大铁锅出来，见到丙崽，不禁有些奇怪。

"那不是丙崽吗?"

"渠还没死?"

"八字贱得好，死不到渠的头上。"

"兴怕是阎王老子忘记渠了。"

"这个小杂种，上次妈妈的一臭卦，险些把老子的命都'卦'去了。"

这些天，人们对丙崽已经不以为然。甚至觉得打冤的惨败，也是受了他的愚弄。鸡头寨的天灾人祸，也是沾了他的晦气。两个后生放下锅，见留在树下的一个斗笠，刚被丙崽坐得瘪瘪的，更冒火。其中一位大步闯上前来，甩了他一个耳光——根本没用什么气力，他就像一棵草倒了下去。另一位抽出尖刀顶住他的鼻尖，唾沫星又飞到他脸上："快!打自己的嘴巴，不打，老子收拾你祭刀!"

"敢!"身后冒出冷冰冰的声音，回头看，是铁青色的一张麻脸。

仲裁缝是最讲辈分的，伸出双指，点着两个后生的额头，"渠是你们叔爹，岂能无礼?"

后生立刻想到了自己的地位，想到了仲裁缝还是丙崽的伯伯，立即避开裁缝的怒目交换了一个什么眼色，抬锅去了。

仲裁缝向家里走去，想了想，又回转身，对坐在地上的侄儿伸出巴掌："手!"

丙崽往后躲，眼睛不像是看他，而是看他头上的一棵树。脸皮紧张得直抽搐，半边上唇跳了跳，是试图压住恐惧的勉强一笑。好半天，才抬起小手。手太瘦，太冷，简直是只鸡爪子。仲裁缝抓住它，颤了一下，胸口有些发热。

他帮丙崽抹了抹脸，赶走头上几只苍蝇，扣好一个衣扣。这件衣不知是谁做的，他从来没给丙崽做过衣。

"跟吾走。"

"爸爸。"

"听话。"

"爸爸。"

"谁是你爸爸？"

"×吗吗。"

"畜生！"

他不再看他，牵着他，默默走下台阶。不知为什么，他突然想起自己做过的很多很多衣，长的，短的，胖的，瘦的，一件件向他飘来，像一个个无头鬼，在眼前乱晃。那天他看见鸡尾寨的一具尸体，上面的衣不就是他做的么？——他认得那针脚。想到这里，把丙崽的小爪又抓得更紧了："不要怕，吾就是你爸爸，跟吾走。"

山里有一种草，叫雀芋，很毒，传说鸟触即死，兽遇则僵。仲裁缝刚才已采来了几株，熬了半锅汁，寨里已无三日粮了，几头牛和青壮男女，要留下来作阳春，繁衍子孙，传接香火，老弱就不用留了吧。族谱上白纸黑字，列祖列宗们不也是这样干过吗？仲裁缝想起自己生不逢时，愧对先人，今日却总算殉了古道，也算是稍稍有了点安慰。

裁缝先给丙崽灌了半碗，才走出门去。从他家进寨子有一条石阶路，弯曲上升。两旁有石板垒成的矮墙，或厚重的木房墙缝中伸出些杂草，野花，逗引着蜻蜓或蜜蜂。有些准备盖房子的。在路边或跨路占了地基，立了些光溜溜的木柱和横梁。有时一占多年，并不急着行墙上瓦，让路人们坐了歇息。遇到什么事情，这些空梁上也要贴红，用来避邪。

裁缝知道哪家有老小残弱，提着瓦罐子，一户户送上门。老人们都在门槛边等着，像很有默契，一见到他就扶着门，或扶着拐棍迎出来，明白来意地点点头。

"时辰到了？"

"到了。收拾好了么？"

"收拾好了。"

元贵老倌请求："仲满，吾还想去铡把牛草。"

裁缝说："你去，不碍事的。"

老人颤颤抖抖地走了，铡完草，搓搓手，又颤颤抖抖地回来。接过瓷碗，喉头滚动了两下，就喝光了。胡须上还挂着几点水珠。

"仲满，你坐。"

"不坐了。今天天气好燥热。"

"嗯啦。"

另一位老人抱着一个小奶崽，给仲裁缝看了看，眼里旋着一圈泪。"仲满，你试试，兴许要给渠换件褂子？你连的那件，渠还没上过身。"

裁缝眨了一下眼皮，表示了赞同。

老人转身回屋去了，一会儿，让奶崽穿着新崭崭的褂子来了，长命锁也戴好了。枯瘦的手在新布上摸着，划出嚓嚓的响声。"这下就好了，这下就好了。"

他先给奶崽灌了，自己再一饮而尽。

罐子已经很轻了，仲裁缝想了想，记起最后一位——玉堂娭毑。这位老人总是坐在门前晒太阳，像一座门神。老得莫辨男女，指甲长长的，用无齿的牙龈艰难地勾留着口水，皮肤像一件宽大的衣衫。落在骨架上，架起的一条瘦腿，居然可以和下面那条腿同时踩着地。任何人上前问话，她都听不见，只是漠然地望你一眼。也许人们在很多地方，都看见过这种村寨所常有的活标志。

裁缝走到她正前面，她才感觉到身边有了人，浑浊的眼帘里闪耀一丝微弱的光。她也明白什么，牙龈勾一勾口水，指指裁缝，又慢慢地指指自己。

裁缝知道她的意思，先磕了个头，再朝无牙的深深口腔里灌下黑水。

所有的这些老人都面对东方而坐。祖先是从那边来的，他们要回到那边去。那边，一片云海，波涛凝结不动，被太阳光照射的一边，雪白晶莹，镶嵌着阴暗的另一边。几座山头从云海中探出头来，好像太寂寞，互相打打招呼。一只金黄色的大蝴蝶从云海中飘来，像一闪一闪的火花。飘过永远也飞不完的青山绿岭，最后落在一头黑牯牛的背上——似乎是世界上最大的一只蝴蝶。

鸡尾寨的男人来了，还陆陆续续来了些妇女，儿童，狗。听说这边的人要"过山"，迁往其他地方，想来捡点什么有用的东西。昨天已办过赔礼酒席了，双方交清人头，又折刀为誓，永不报冤。

一座座木屋，已经烧毁，冒出淡淡的青烟，暴露出一些破瓦坛子或没有锅的灶台——贪婪的黑灶口，暴露出现在看来窄狭得难以叫人相信的屋基——人们原来活在这样小的圈子里吗？头缠白布的青壮男女们，脸黄得像一盏盏油灯，准备上路了，赶着牛，带上犁耙，棉花，锅盆，木鼓，错错落落，筐筐篓篓的。一个锈马灯壳子，也晃晃地晃在牛屁股上。

作为仪式，他们在一座座新坟前磕了头，抓起一把土包入衣襟，接着齐声"嘿哟喂"——开始唱"简"。

他们的祖先是姜凉，姜凉没有府方生得早，府方没有公牛生得早，公牛没有优耐生得早，优耐没有刑天生得早。他们原来住在东海边，子孙渐渐多了，家族渐渐大了，到处住满了人，没有晒席大一块空地。五家嫂共一个春房，六家姑共一担水桶。这怎么活得下去呢？没有晒席大一块空地啊，于是大家带上犁耙，在凤凰的引导下，坐上了枫木船和楠木船。

> 奶奶离东方兮队伍长，
> 公公离东方兮队伍长。
> 走走又走走兮高山头，
> 回头看家乡兮白云后。
> 行行又行行兮天坳口，
> 奶奶和公公兮真难受。
> 抬头望西方兮万重山，
> 越走路越远兮哪是头？

男女们都认真地唱，或者说是卖力地喊。声声不太整齐，很干，很直，很尖厉，没有颤音，一直喊得引颈塌腰，气绝了才留一个向下的小小滑音，落下音来，再接下一句。这种歌能使你联想到山中险壁，林间大竹，还有毫无必要那样粗重的门槛。这种水土才会渗出这种声音。

还加花，还加"嘿哟嘿"。当然是一首明亮灿烂的歌，像他们的眼睛，像女人的耳环和赤脚，像赤脚边笑眯眯的小花。毫无对战争和灾害的记叙，一丝血腥气也没有。

一丝也没有。

人影像一支牛帮，已经缩小成黑点，折入青青的山坳，向更深远的山林里去了。但牛铃声和歌声，还从绿色中淡淡地透出来。山冲显得静了很多，哗哗流水声显得突然膨胀了。溪边有很多石头，其中有几块比较特别，晶莹，平整，光滑，是女人们捣衣用过的。像几面暗暗的镜子，摄入万相光影却永远不再吐露出来。也许，当草木把这一片废墟覆盖之后，野物也会常来这里嚎叫。路经这里的猎手或客商，会发现这个山坳和别处的没有什么不同，只是溪边那几块青石有点奇异，似有些来历，藏着什么秘密的。

丙崽不知从什么地方冒出来了——他居然没有死，而且头上的脓疮也褪了红，结了壳。他赤条条地坐在一条墙基上，用树枝搅着半个瓦坛子里的水，搅起了一道道旋转的太阳光流。他听着远方的歌，方位不准地拍了一下巴掌，用很轻很轻的声音，咕哝着他从来不知道是什么模样的那个人：

"爸爸。"

他虽然瘦，肚脐眼倒足足有铜钱大，使旁边几个小娃崽很惊奇，很崇拜。他们瞥一瞥那个伟大的肚脐，友好地送给他几块石头，学着他的样，拍拍巴掌，纷纷喊起来：

"爸爸爸爸爸！"

一位妇女走过来，对另一位妇女说："这个装得潲水么？"于是，把丙崽面前那半坛子旋转的光流拿走了。

棋王

阿城

第一章

车站是乱得不能再乱，成千上万的人都在说话。谁也不去注意那条临时挂起来的大红布标语。这标语大约挂了不少次，字纸都折得有些坏。喇叭里放着一首又一首的语录歌儿，唱得大家心更慌。

我的几个朋友，都已被我送走插队，现在轮到我了，竟没有人来送。父母生前颇有些污点，运动一开始即被打翻死去。家具上都有机关的铝牌编号，于是统统收走，倒也名正言顺。我虽孤身一人，却算不得独子，不在留城政策之内。我野狼似的转悠一年多，终于还是决定要走。此去的地方按月有二十几元工资，我便很向往，争了要去，居然就批准了。因为所去之地与别国相邻，斗争之中除了阶级，尚有国际，出身孬一些，组织上不太放心。我争得这个信任和权利，欢喜是不用说的，更重要的是，每月二十几元，一个人如何用得完？只是没人来送，就有些不耐烦，于是先钻进车厢，想找个地方坐下，任凭站台上千万人话别。

车厢里靠站台一面的窗子已经挤满各校的知青，都探出身去说笑哭泣。另一面的窗子朝南，冬日的阳光斜射进来，冷清清地照在北边儿众多的屁股上。两边儿行李架上塞满了东西。我走动着找我的座位号，却发现还有一个精瘦的学生孤坐着，手拢在袖管儿里，隔窗望着车站南边儿的空车皮。

我的座位恰与他在一个格儿里，是斜对面儿，于是就坐下了，也把手拢在袖里。那个学生瞄了我一下，眼里突然放出光来，问：下棋吗？倒吓了我一跳，急忙摆手说：不会！他不相信地看着我说：这么细长的手指头，就是个捏棋子儿的，你肯定会。来一盘吧，我带来家伙呢。说着就抬身从窗钩上取下书包，往里掏着。我说：我只会马走日，象走田。你没人送吗？他已把棋盒拿出来，放在茶几上。塑料棋盘却搁不下，他想了想，就横摆了，说：不碍事，一样下。来来来，你先走。我笑起来，说：你没人送吗？这么乱，下什么棋？他一边码好最后一个棋子，一边说：我他妈要谁送？去的是有饭吃的地方，闹得这么哭哭啼啼的。来，你先走。我奇怪了，可还是拈起炮，往当头上一移。我的棋还没移到，他的马却啪的一声跳好，比我还快。我就故意将炮移过当头的地方停下。他很快地看了一眼我的下巴，说：你还说不会？这炮二平六的开局，我在郑州遇见一个高人，就是这么走，险些输给他。炮二平五当头炮，是老开局，可有气势，而且是最稳的。嗯？你走。我倒不知怎么走了，手在棋盘上游移着。他不动声色地看着整个棋盘，又把手袖起来。

就在这时，车厢乱了起来。好多人拥进来，隔着玻璃往外招手。我就站起身，也隔着玻璃往北看月台上。站上的人都拥到车厢前，都在叫，乱成一片。车身忽地一动，人群嗡地一下，哭声四起。我的背被谁捅了一下，回头一看，他一手护着棋盘，说：没你这么下棋的，走哇！我实在没心思下棋，而且心里有些酸，就硬硬地说：我不下了。这是什么时候！他很惊愕地看着我，忽然像明白了，身子软下去，不再说话。

车开了一会儿，车厢开始平静下来。有水送过来，大家就掏出缸子要水。我旁边的人打了水，说：谁的棋？收了放缸子。他很可怜的样子，问：下棋吗？要放缸的人说：反正没意思，来一盘吧。他就很高兴，连忙码好棋子。对手说：这横着算怎么回事儿？没法儿看。他搓着手说：凑合了，平常看棋的时候，棋盘不等于是横着的？你先走。对手很老练地拿起棋子儿，嘴里叫着：当头炮。他跟着跳上马。对手马上把他的卒吃了，他也立刻用马吃了对方的炮。我看这种简单的开局没有大意思，又实在对象棋不感兴趣，就转了头。

这时一个同学走过来，像在找什么人，一眼望到我，就说：来来来，四缺一，就差你了。我知道他们是在打牌，就摇摇头。同学走到我们这一格，正待伸手拉我，忽然大叫：棋呆子，你怎么在这儿？你妹妹刚才把你找苦了，我说没见啊。没想到你在我们学校这节车厢里，气儿都不吭一声。你瞧你瞧，又下上了。

棋呆子红了脸，没好气地说：你管天管地，还管我下棋？走，该你走了。就又催促我身边的对手。我这时听出点音儿来，就问同学：他就是王一生？同学睁了眼，说：你不认识他？哎呀，你白活了。你不知道棋呆子？我说：我知道棋呆子就是王一生，可不知道王一生就是他。说着，就仔细看着这个精瘦的学生。王一生勉强笑一笑，只看着棋盘。

王一生简直大名鼎鼎。我们学校与旁边几个中学常常有学生之间的象棋厮杀，后来拼出几个高手。几个高手之间常摆擂台，渐渐地，几乎每次冠军就都是王一生了。我因为不喜欢象棋，也就不去关心什么象棋冠军，但王一生的大名，却常被班上几个棋篓子供在嘴上，我也就对其事迹略闻一二，知道王一生外号棋呆子，棋下得神不用说，而且在他们学校那一年级里数理成绩总是前数名。我想棋下得好而且有个数学脑子，这很合情理，可我又不信人们说的那些王一生的呆事，觉得不过是大家寻逸闻鄙事，以快言论罢了。后来运动起来，忽然有一天大家传说棋呆子在串联时犯了事儿，被人押回学校了。我对棋呆子能出去串联表示怀疑，因为以前大家对他的描述说明他不可能解决串联时的吃喝问题。

可大家说呆子确实去串联了，因为老下棋，被人瞄中，就同他各处走，常常送他一点儿钱，他也不问，只是收下。后来才知道，每到一处，呆子必要挤地头看下棋。看上一盘，必要把输家挤开，与赢家杀一盘。初时大家见他其貌不扬，不与他下。他执意要杀，于是就杀。几步下来，对方出了小汗，嘴却不软。呆子也不说话，只是出手极快，像是连想都不想。待到对方终于闭了嘴，连一圈儿观棋的人也要慢慢思索棋路而不再支着儿的时候，与呆子同行的人就开始摸包儿。大家正看得紧张，哪里想到钱包已经易主？待三盘下来，众人都摸头。这时呆子倒成了棋主，连问可有谁还要杀？有那不服的，就坐下来杀，最后仍是无一盘得利。

后来常常是众人齐做一方，七嘴八舌与呆子对手。呆子也不忙，反倒促众人快走，因为师傅多了，常为一步棋如何走自家争吵起来。就这样，在一处呆子可以连杀上一天。后来有那观棋的人发觉钱包丢了，闹嚷起来。慢慢有几个有心计的人暗中观察，看见有人掏包，也不响，之后见那人晚上来邀呆子走，就发一声喊，将扒手与呆子一齐绑了，由造反队审。呆子糊糊涂涂，只说别人常给他钱，大约是可怜他，也不知钱如何来，自己只是喜欢下棋。审主看他呆相，就命人押了回来，一时各校传为逸事。后来听说呆子认为外省马路棋手高手不多，不能长进，就托人找城里名手近战。有个同学就带他去见自己的父亲，据说是国内名手。名手见了呆子，也不多说，只摆一副据说是宋时留下的残局，要呆子走。呆子看了半晌，一五一十道来，替古人赢了。名手很惊讶，要收呆子为徒。不料呆子却问：这残局你可走通了？名手没反应过来，就说：还未通。呆子说：那我为什么要做你的徒弟？

名手只好请呆子开路，事后对自己的儿子说：你这同学倨傲不逊，棋品连着人品，照这样下去，棋品必劣。又举了一些最新指示，说若能好好学习，棋锋必健。后来呆子认识了一个捡烂纸的老头儿，被老头儿连杀三天而仅赢一盘。呆子就执意要替老头儿去撕大字报纸，不要老头儿劳动。不料有一天撕了某造反团刚贴的檄文，被人拿获，又被这造反团栽诬于对立派，说对方施阴谋，弄诡计，必讨之，而且是可忍，孰不可忍！对立派又阴使人偷出呆子，用了呆子的名义，对先前的造反团反戈一击。一时呆子的大名王一生贴得满街都是，许多外省来取经的革命战士许久才明白王一生原来是个棋呆子，就有人请了去外省会一些江湖名手。交手之后，各有胜负，不过呆子的棋据说是越下越精了。只可惜全国忙于革命，否则呆子不知会有什么造就。

这时我旁边的人也明白对手是王一生，连说不下了。王一生便很沮丧。我说：你妹妹来送你，你也不知道和家里人说说话儿，倒拉着我下棋！王一生看着我说：你哪儿知道我们这些人是怎么回事儿？你们这些人好日子过惯了，世上不明白的事儿多着呢！你家父母大约是舍不得你走了？我怔了怔，看着手说：哪儿来父母，都死屎了。我的同学就添油加醋地叙了我一番，我有些不耐烦，说：我家死人，你倒有了故事了。王一生想了想，对我说：那你这两年靠什么活着？我说：混一天算一天。王一生就看定了我问：怎么混？我不答。

待了一会儿，王一生叹一声，说：混可不易。一天不吃饭，棋路都乱。不管怎么说，你父母在时，你家日子还好过。我不服气，说：你父母在，当然要说风凉话。我的同学见话不投机，就岔开说：呆子，这里没有你的对手，走，和我们打牌去吧。呆子笑一笑，说：牌算什么，瞌睡着也能赢你们。我旁边儿的人说：据说你下棋可以不吃饭？我说：人一迷上什么，吃饭倒是不重要的事。大约能干出什么事儿的人，总免不了有这种傻事。王一生想一想，又摇摇头，说：我可不是这样。说完就去看窗外。

一路下去，慢慢我发觉我和王一生之间，既开始有互相的信任和基于经验的同情，又有各自的疑问。他总是问我与他认识之前是怎么生活的，尤其是父母死后的两年是怎么混的。我大略地告诉他，可他又特别在一些细节上详细地打听，主要是关于吃。例如讲到有一次我一天没有吃到东西，他就问：一点儿都没吃到吗？我说：一点儿也没有。他又问：那你后来吃到东西是在什么时候？我说：后来碰到一个同学，他要用书包装很多东西，就把书包翻倒过来腾干净，里面有一个干馒头，掉在地上就碎了。我一边儿和他说话，一边儿就把这些碎馒头吃下去。不过，说老实话，干烧饼比干馒头解饱得多，而且顶时候儿。他同意我关于干烧饼的见解，可马上又问：我是说，你吃到这个干馒头的时候是几点？过了当天夜里十二点吗？我说：噢，不。是晚上十点吧。他又问：那第二天你吃了什么？我有点儿不耐烦。讲老实话，我不太愿意复述这些事情，尤其是细节。我觉得这些事情总在腐蚀我，它们与我以前对生活的认识太不合辙，总好像是在嘲笑我的理想。我说：当天晚上我睡在那个同学家。第二天早上，同学买了两个油饼，我吃了一个。上午我随他去跑一些事，中午他请我在街上吃。晚上嘛，我不好意思再在他那儿吃，可另一个同学来了，知道我没什么着落，硬拉了我去他家，当然吃得还可以。怎么样？还有什么不清楚？他笑了，说：你才不是你刚才说的什么一天没吃东西。你十二点以前吃了一个馒头，没有超过二十四小时。更何况第二天你的伙食水平不低，平均下来，你两天的热量还是可以的。我说：你恐怕还是有些呆！要知道，人吃饭，不但是肚子的需要，而且是一种精神需要。不知道下一顿在什么地方，人就特别想到吃，而且，饿得快。他说：你家道尚好的时候，有这种精神压力吗？恐怕没有什么精神需求吧？有，也只不过是想好上再好，那是馋。馋是你们这些人的特点。我承认他说得有些道理，禁不住问他：你总在说你们、你们，可你是什么人？他迅速看着其他地方，只是不看我，说：我当然不同了。我主要是对吃要求得比较实在。唉，不说这些了，你真的不喜欢下棋？何以解忧？唯有象棋。我瞧着他说：你有什么忧？他仍然不看我，没有什么忧，没有。"忧"这玩意儿，是他妈文人的佐料儿。我们这种人，没有什么忧，顶多有些不痛快。何以解不痛快？唯有象棋。

　　我看他对吃很感兴趣，就注意他吃的时候。列车上给我们这几节知青车厢送饭时，他若心思不在下棋上，就稍稍有些不安。听见前面大家拿吃时铝盒的碰撞声，他常常闭上眼，嘴巴紧紧收着，倒好像有些恶心。拿到饭后，马上就开始吃，吃得很快，喉结一缩一缩的，脸上绷满了筋。常常突然停下来，很小心地将嘴边或下巴上的饭粒儿和汤水油花儿用整个儿食指抹进嘴里。若饭粒儿落在衣服上，就马上一按，拈进嘴里。若一个没按住，饭粒儿由衣服上掉下地，他也立刻双脚不再移动，转了上身找。这时候他若碰上我的目光，就放慢速度。吃完以后，他把两只筷子吮净，拿水把饭盒冲满，先将上面一层油花吸净，然后就带着安全到达彼岸的神色小口小口地呷。有一次，他在下棋，左手轻轻地叩茶几。一粒干缩了的饭粒儿也轻轻地小声跳着。他一下注意到了，就迅速将那个饭粒儿放进嘴里，腮上立刻显出筋络。我知道这种干饭粒儿很容易嵌到槽牙里，巴在那儿，舌头是赶它不出的。果然，待了一会儿，他就伸手到嘴里去抠。终于嚼完，和着一大股口水，咕的一声儿咽下去，喉结慢慢地移下来，眼睛里有了泪花。他对吃是虔诚的，而且很精细。有时你会可怜那些饭被他吃得一个渣儿都不剩，真有点儿惨无人道。我在火车上一直看他下棋，发现他同样是精细的，但就有气度得多。他常常在我们还根本看不出已是败局时就开始重码棋子，说：再来一盘吧。有的人不服输，非要下完，总觉得被他那样暗示死刑存些侥幸。他也奉陪，用四五步棋逼死对方，说：非要听"将"，有瘾？

　　我每看到他吃饭，就回想起杰克·伦敦的《热爱生命》，终于在一次饭后他小口呷汤时讲了这个故事。我因为有过饥饿的经验，所以特别渲染了故事中的饥饿感觉。他不再喝汤，只是把饭盒端在嘴边儿，一动不动地听我讲。我讲完了，他呆了许久，凝视着饭盒里的水，轻轻吸了一口，才很严肃地看着我说：这个人是对的。他当然要把饼干藏在褥子底下。照你讲，他是对失去食物发生精神上的恐惧，是精神病？不，他有道理，太有道理了。写书的人怎么可以这么理解这个人呢？杰……杰什么？嗯，杰克·伦敦，这个小子他妈真是饱汉子不知饿汉饥。我马上指出杰克·伦敦是一个如何如何的人。他说：是呀，不管怎么样，像你说的，杰克·伦敦后来出了名，肯定不愁吃的，他当然会叼着根烟，写些嘲笑饥饿的故事。我说：杰克·伦敦丝毫也没有嘲笑饥饿，他是……他不耐烦地打断我说：怎么不是嘲笑？把一个特别清楚饥饿是怎么回事儿的人写成发了神经，我不喜欢。我只好苦笑，不再说什么。可是一没人和他下棋了，他就又问我：嗯？再讲个吃的故事？其实杰克·伦敦那个故事挺好。我有些不高兴地说：那根本不是个吃的故事，那是一个讲生命的故事。你不愧为棋呆子。大约是我脸上有种表情，他于是不知怎么办才好。我心里有一种东西升上来，我还是喜欢他的，就说：好吧，巴尔扎克的《邦斯舅舅》听过吗？他摇摇头。我就又好好儿描述一下邦斯舅舅这个老饕。不料他听完，马上就说：这个故事不好，这是一个馋的故事，不是吃的故事。邦斯这个老头儿若只是吃而不馋，不会死。我不喜欢这个故事。他马上意识到这最后一句话，就急忙说：倒也不是不喜欢。不过洋人总和咱们不一样，隔着一层。我给你讲个故事吧。我马上感了兴趣：棋呆子居然也有故事！他把身体靠得舒服一些，说：从前哪，笑了笑，又说：老是他妈从前，可这个故事是我们院儿的五奶奶讲的。嗯——老辈子的时候，有这么一家子，吃喝不愁。粮食一囤一囤的，顿顿想吃多少吃多少，嘿，可美气了。后来呢，娶了个儿媳妇。那真能干，就没说把饭做糊过，不干不稀，特解饱。可这媳妇，每做一顿饭，必抓出一把米来藏好……听到这儿，我忍不住插嘴：老掉牙的故事了，还不是后来遇了荒年，大家没饭吃，媳妇把每日攒下的米拿出来，不但自家有了，还分给穷人？他很惊奇地坐直了，看着我说：你知道这个故事？可那米没有分给别人，五奶奶没有说分给别人。我笑了，说：这是教育小孩儿要节约的故事，你还拿来有滋有味儿地讲，你真是呆子。这不是一个吃的故事。他摇摇头，说：这太是吃的故事了。首先得有饭，才能吃，这家子有一囤一囤的粮食。可光穷吃不行，得记着断顿儿的时候，每顿都要欠一点儿。老话儿说"半饥半饱日子长"嘛。我想笑但没笑出来，似乎明白了一些什么。为了打消这种异样的感触，就说：呆子，我跟你下棋吧。他一下高兴起来，紧一紧手脸，啪啪啪就把棋码好，说：对，说什么吃的故事，还是下棋。下棋最好，何以解不痛快？唯有下象棋。啊？哈哈哈！你先走。我又是当头炮，他随后把马跳好。我随便动了一个子儿，他很快地把兵移前一格儿。我并不真心下棋，心想他念到中学，大约是读过不少书的，就问：你读过曹操的《短歌行》？他说：什么《短歌行》？我说：那你怎么知道"何以解忧，唯有杜康"？他愣了，问：杜康是什么？我说：杜康是一个造酒的人，后来也就代表酒，你把杜康换成象棋，倒也风趣。他摆了一下头，说：啊，不是。这句话是一个老头儿说的，我每回和他下棋，他总说这句。我想起了传闻中的捡烂纸老头儿，就问：是捡烂纸的老头儿吗？他看了我一眼，说：不是。不过，捡烂纸的老头儿棋下得好，我在他那儿学到不少东西。我很感兴趣地问：这老头儿是个什么人？怎么下得一手好棋还捡烂纸？他很轻地笑了一下，说：下棋不当饭。老头儿要吃饭，还得捡烂纸。可不知他以前是什么人。有一回，我抄的几张棋谱不知怎么找不到了，以为当垃圾倒出去了，就到垃圾站去翻。正翻着，这老头儿推着筐过来了，指着我说：你个大小伙子，怎么抢我的买卖？我说不是，是找丢了的东西，他问什么东西，我没搭理他。可他问个不停，钱，存摺儿？结婚帖子？我只好说是棋谱，正说着，就找到了。他说叫他看看。他在路灯底下挺快就看完了，说，这棋没根哪。我说这是以前市里的象棋比赛。可他说，哪儿的比赛也没用，你瞧这，这叫棋路？狗脑子，我心想怕是遇上异人了，就问他当怎么走。老头儿哗哗说了一通棋谱儿，我一听，真的不凡，就提出要跟他下一盘。老头让我先说。我们俩就在垃圾站下盲棋，我是连输五盘。老头儿棋路猛听头几步，没什么，可着子真阴真狠，打闪一般，网得开，收得又紧又快。后来我们见天儿在垃圾站下盲棋，每天回去我就琢磨他的棋路，以后居然跟他平过一盘，还赢过一盘。其实赢的那盘我们一共才走了十几步。老头儿用铅丝筢子敲了半天地面，叹一声，你赢了。我高兴了，直说要到他那儿去看看。老头儿白了我一眼，说，撑的？！告诉我明天晚上再在这儿等他。第二天我去了，见他推着筐远远来了。到了跟前，从筐里取出一个小布包，递到我手上，说这也是谱儿，让我拿回去，看瞧得懂不。又说哪天有走不动的棋，让我到这儿来说给他听听，兴许他就走动了。我赶紧回到家里，打开一看，还真他妈不懂。这是本异书，也不知是哪朝哪代的，手抄，边边角角儿，补了又补。上面写的东西，不像是说象棋，好像是说另外的什么事儿。我第二天又去找老头儿，说我看不懂，他哈哈一笑，说他先给我说一段儿，提个醒儿。他一开说，把我吓了一跳。原来开宗明义，是讲男女的事儿，我说这是四旧。老头儿叹了，说什么是旧？我这每天捡烂纸是不是在捡旧？可我回去把它们分门别类，卖了钱，养活自己，不是新？又说咱们中国道家讲阴阳，这开篇是借男女讲阴阳之气。阴阳之气相游相交，初不可太盛，太盛则折，折就是"折断"的"折"。我点点头。"太盛则折，太弱则泻"。老头儿说我的毛病是太盛。又说，若对手盛，则以柔化之。可要在化的同时，造成克势。柔不是弱，是容，是收，是含。含而化之，让对手入你的势。这势要你造，需无为而无不为。无为即是道，也就是棋运之大不可变，你想变，就不是象棋，输不用说了，连棋边儿都沾不上。棋运不可悖，但每局的势要自己造。棋运和势既有，那可就无所不为了。玄是真玄，可细琢磨，是那么个理儿。我说，这么讲是真提气，可这下棋，千变万化，怎么才能准赢呢？老头儿说这就是造势的学问了。造势妙在契机。谁也不走子儿，这棋没法儿下。可只要对方一动，势就可入，就可导。高手你入他很难，这就要损。损他一个子儿，损自己一个子儿，先导开，或找眼钉下，止住他的入势，铺排下自己的入势。这时你万不可死损，势式要相机而变。势势有相因之气，势套势，小势开导，大势含而化之，根连根，别人就奈何不得。老头儿说我只有套，势不太明。套可以算出百步之远，但无势，不成气候。又说我脑子好，有琢磨劲儿，后来输我的那一盘，就是大势已破，再下就是玩了。老头儿说他日子不多了，无儿无女，遇见我，就传给我吧。我说你老人家棋道这么好，怎么干这种营生呢？老头儿叹了一口气，说这棋是祖上传下来的，但有训——"为棋不为生"，为棋是养性，生会坏性，所以生不可太盛。又说他从小没学过什么谋生本事，现在想来，倒是训坏了他。我似乎听明白了一些棋道，可很奇怪，就问：棋道与生道难道有什么不同么？王一生说：我也是这么说，而且魔怔起来，问他天下大势。老头儿说，棋就是这么几个子儿，棋盘就是这么大，无非是道同势不同，可这子儿你全能看在眼底。天下的事，不知道的太多。这每天的大字报，张张都新鲜，虽看出点道儿，可不能究底。子儿不全摆上，这棋就没法儿下。

我就又问那本棋谱。王一生很沮丧地说：我每天带在身上，反复地看。后来你知道，我撕大字报被造反团捉住，书就被他们搜了去，说是四旧，给毁了，而且是当着我的面儿毁的。好在书已在我脑子里，不怕他们。我就又和王一生感叹了许久。

火车终于到了，所有的知识青年都又被用卡车运到农场。在总场，各分场的人上来领我们。我找到王一生，说：呆子，要分手了，别忘了交情，有事儿没事儿，互相走动。他说当然。

第二章

这个农场在大山林里，活计就是砍树，烧山，挖坑，再栽树。不栽树的时候，就种点儿粮食。交通不便，运输不够，常常就买不到煤油点灯。晚上黑灯瞎火，大家凑在一起臭聊，天南地北。又因为常割资本主义尾巴，生活就清苦得很，常常一个月每人只有五钱油，吃饭钟一敲，大家就疾跑如飞。大锅菜是先煮后搁油，油又少，只在汤上浮几个大花儿。落在后边，常常就只能吃清水南瓜或清水茄子。米倒是不缺，国家供应商品粮，每人每月四十二斤。可没油水，挖山又不是轻活，肚子就越吃越大。我倒是没有什么，毕竟强似讨吃。每月又有二十几元工薪，家里没有人惦记着，又没有找女朋友，就买了烟学抽，不料越抽越凶。

山上活儿紧时，常常累翻，就想：呆子不知怎么干？那么精瘦的一个人。晚上大家闲聊，多是精神会餐。我又想，呆子的吃相可能更恶了。我父亲在时，炒得一手好菜，母亲都比不上他，星期天常邀了同事，专事品尝，我自然精于此道。因此聊起来，常常是主角，说得大家个个儿腮胀，常常发一声喊，将我按倒在地上，说像我这样儿的人实在是祸害，不如宰了炒吃。下雨时节，大家都慌忙上山去挖笋，又到沟里捉田鸡，无奈没有油，常常吃得胃酸。山上总要放火，野兽们都惊走了，极难打到。即使打到，野物们走惯了，没膘，熬不得油。尺把长的老鼠也捉来吃，因鼠是吃粮的，大家说鼠肉就是人肉，也算吃人吧。我又常想，呆子难道不馋？好上加好，固然是馋，其实饿时更馋。不馋，吃的本能不能发挥，也不得寄托。又想，呆子不知还下棋不下棋。我们分场与他们分场隔着近百里，来去一趟不容易，也就见不着。

转眼到了夏季。有一天，我正在山上干活儿，远远望见山下小路上有一个人。大家觉得影儿生，就议论是什么人。有人说是小毛的男的吧。小毛是队里一个女知青，新近在外场找了一个朋友，可谁也没见过。大家就议论可能是这个人来找小毛，于是满山喊小毛，说她的汉子来了。小毛丢了锄，跌跌撞撞跑过来，伸了脖子看。还没等小毛看好，我却认出来人是王一生——棋呆子。于是大叫，别人倒吓了一跳，都问：找你的？我很得意。我们这个队有四个省市的知青，与我同来的不多，自然他们不认识王一生。我这时正代理一个管三四个人的小组长，于是对大家说：散了，不干了。大家也别回去，帮我看看山上有什么吃的弄点儿。到钟点儿再下山，拿到我那儿去烧。你们打了饭，都过来一起吃。大家于是就钻进乱草里去寻了。

我跳着跑下山，王一生已经站住，一脸高兴的样子，远远地问：你怎么知道是我？我到了他跟前说：远远就看你呆头呆脑，还真是你。你怎么老也不来看我？他跟我并排走着，说：你也老不来看我呀！我见他背上的汗浸出衣衫，头发已是一绺一绺的，一脸的灰土，只有眼睛和牙齿放光，嘴上也是一层土，干得起皱，就说：你怎么摸来的？他说：搭一段儿车，走一段儿路，出来半个月了。我吓了一跳，问：不到百里，怎么走这么多天？他说：回去细说。

说话间已经到了沟底队里。场上几只猪跑来跑去，个个儿瘦得赛狗。还不到下班时间，冷冷清清的，只有队上伙房隐隐传来叮叮当当的声音。

到了我的宿舍，就直进去。这里并不锁门，都没有多余的东西可拿，不必防谁。我放了盆，叫他等着，就提桶打热水来给他洗。到了伙房，与炊事员讲，我这个月的五钱油全数领出来，以后就领生菜，不再打熟菜。炊事员问：来客了？我说：可不！炊事员就打开锁了的柜子，舀一小匙油找个碗盛给我，又拿了三只长茄子，说：明天还来打菜吧，从后天算起，方便。我从锅里舀了热水，提回宿舍。

王一生把衣裳脱了，只剩一条裤衩，呼噜呼噜地洗。洗完后，将脏衣服按在水里泡着，然后一件一件搓，洗好涮好，拧干晾在门口绳上。我说：你还挺麻利的。他说：从小自己干，惯了。几件衣服，也不费事。说着就在床上坐下，弯过手臂，去挠背后，肋骨一根根动着。我拿出烟来请他抽。他很老练地敲出一支，舔了一头儿，倒过来叼着。我先给他点了，自己也点上。他支起肩深吸进去，慢慢地吐出来，浑身荡一下，笑了，说：真不错。我说：怎么样？也抽上了？日子过得不错呀。他看看草顶，又看看在门口转来转去的猪，低下头，轻轻拍着净是绿筋的瘦腿，半晌才说：不错，真的不错。还说什么呢？粮？钱？还要什么呢？不错，真不错。你怎么样？他透过烟雾问我。我也感叹了，说：钱是不少，粮也多，没错儿，可没油哇。大锅菜吃得胃酸。主要是没什么玩儿的，没书，没电影儿。去哪儿也不容易，老在这个沟儿里转，闷得无聊。他看看我，摇一下头，说：你们这些人哪！没法儿说，想的净是锦上添花。我挺知足，还要什么呢？你呀，你就叫书害了。你在车上给我讲的两个故事，我琢磨了，后来挺喜欢的。你不错，读了不少书。可是，归到底，解决什么呢？是呀，一个人拼命想活着，最后都神经了，后来好了，活下来了，可接着怎么生活呢？像邦斯那样？有吃，有喝，好收藏个什么，可有个馋的毛病，人家不请吃就活得不痛快。人要知足，顿顿饱就是福。他不说了，看着自己的脚趾动来动去，又用后脚跟去擦另一只脚的背，吐出一口烟，用手在腿上掸了掸。

我很后悔用油来表示我对生活的不满意，还用书和电影儿这种可有可无的东西表示我对生活的不满足，因为这些在他看来，实在是超出基准线上的东西，他不会为这些烦闷。我突然觉得很泄气，有些同意他的说法。是呀，还要什么呢？我不是也感到挺好了吗？不用吃了上顿惦记着下顿，床不管怎么烂，也还是自己的，不用窜来窜去找刷夜的地方。可是我常常烦闷的是什么呢？为什么就那么想看看随便什么一本书呢？电影儿这种东西，灯一亮就全醒过来了，图个什么呢？可我隐隐有一种欲望在心里，说不清楚，但我大致觉出是关于活着的什么东西。

我问他：你还下棋吗？他就像走棋那么快地说：当然，还用说？我说：是呀，你觉得一切都好，干吗还要下棋呢？下棋不多余吗？他把烟卷儿停在半空，摸了一下脸说：我迷象棋，一下棋，就什么都忘了。待在棋里舒服。就是没有棋盘，棋子儿，我在心里就能下，碍谁的事儿啦？我说：假如有一天不让你下棋，也不许你想走棋的事儿，你觉得怎么样？他挺奇怪地看着我说：不可能，那怎么可能？我能在心里下呀！还能把我脑子挖了？你净说些不可能的事儿。我叹了一口气，说：下棋这事儿看来是不错。看了一本儿书，你不能老在脑子里过篇儿，老想看看新的。下棋可不一样了，自己能变着花样儿玩。他笑着对我说：怎么样，学棋吧？咱们现在吃喝不愁了，顶多是照你说的，不够好，又活不出个大意思来。书你哪儿找去？下棋吧，有忧下棋解。

我想了想，说：我实在对棋不感兴趣。我们队倒有个人，据说下得不错。他把烟屁股使劲儿扔出门外，眼睛又放出光来：真的？有下棋的？嘿，我真还来对了。他在哪儿？我说：还没下班呢。看你急的，你不是来看我的吗？他双手抱着脖子仰在我的被子上，看着自己松松的肚皮，说：我这半年，就找不到下棋的。后来想，天下异人多得很，这野林子里我就不信找不到个下棋下得好的。现在我请了事假，一路找人下棋，就找到你这儿来了。我说：你不挣钱了？怎么活着呢？他说：你不知道，我妹妹在城里分了工矿，挣钱了，我也就不用给家寄那么多钱了。我就想，趁这工夫儿，会会棋手。怎么样？你一会儿把你说的那人找来下一盘？我说当然，心里一动，就又问他：你家里到底是怎么个情况呢？

他叹了一口气，望着屋顶，很久才说：穷。困难啊！我们家三口儿人，母亲死了，只有父亲、妹妹和我。我父亲嘛，挣得少，按平均生活费的说法儿，我们一人才不到十块。我母亲死后，父亲就喝酒，而且越喝越多，手里有俩钱儿就喝，就骂人。邻居劝，他不是不听，就是一把鼻涕一把泪，弄得人家也挺难过。我有一回跟我父亲说：你不喝就不行？有什么好处呢？他说：你不知道酒是什么玩意儿，它是老爷们儿的觉啊！咱们这日子挺不易，你妈去了，你们又小。我烦哪，我没文化，这把年纪，一辈子这点子钱算是到头儿了。你妈死的时候，嘱咐了，怎么着也要供你念完初中再挣钱。你们让我喝口酒，啊？对老人有什么过不去的，下辈子算吧。他看了看我，又说：不瞒你说，我母亲解放前是窑子里的。后来大概是有人看上了，做了人家的小，也算从良。有烟吗？我扔过一支烟给他，他点上了，把烟头儿吹得红红的，两眼不错眼珠儿地盯着，许久才说：后来，我妈又跟人跑了，据说买她的那家欺负她，当老妈子不说，还打。后来跟的这个是什么人，我不知道，我只知道我是我妈跟这个人生的。刚一解放，我妈跟的那个人就不见了。当时我妈怀着我，吃穿无着，就跟了我现在这个父亲。我这个后爹是卖力气的，可临到解放的时候儿，身子骨儿不行，又没文化，钱就挣得少。和我妈过了以后，原指着相帮着好一点儿，可没想到添了我妹妹后，我妈一天不如一天。那时候我才上小学，脑筋好，老师都喜欢我。可学校春游、看电影我都不在，给家里省一点儿是一点儿。我妈怕委屈了我，拖累着个身子，到处找活。有一回，我和我母亲给印刷厂叠书页子，是一本讲象棋的书。叠好了，我妈还没送去，我就一篇一篇对着看。不承想，就看出点儿意思来。于是有空儿就到街上看人家下棋。看了有些日子，就手痒痒，没敢跟家里要钱，自己用硬纸剪了一副棋，拿到学校去下。下着下着就熟了。于是又到街上和别人下。原先我看人家下得挺好，可我这一跟他们真下，还就赢了。一家伙就下了一晚上，饭也没吃。我妈找来了，把我打回去。唉，我妈身子弱，都打不痛我。到了家，她竟给我跪下了，说：小祖宗，我就指望你了！你若不好好儿念书，妈就死在这儿。我一听这话吓坏了，忙说：妈，我没不好好儿念书。您起来，我不下棋了。我把我妈扶起来坐着。那天晚上，我跟我妈叠页子，叠着叠着，就走了神儿，想着一路棋。我妈叹一口气说，你也是，看不上电影儿，也不去公园，就玩儿这么个棋。唉，下吧。可妈的话你得记着，不许玩儿疯了。功课要是拉下了，我不饶你。我和你爹都不识字儿，可我们会问老师。老师若说你功课跟不上，你再说什么也不行。我答应了。我怎么会把功课落下呢？学校的算术，我跟玩儿似的。这以后，我放了学，先做功课，完了就下棋，吃完饭，就帮我妈干活儿，一直到睡觉。因为叠页子不用动脑筋，所以就在脑子里走棋，有的时候，魔怔了，会突然一拍书页，喊棋步，把家里人都吓一跳。我说：怨不得你棋下得这么好，小时候就都在你脑子里呢！他苦笑笑说：是呀，后来老师就让我去少年宫象棋组，说好好儿学，将来能拿大冠军呢！可我妈说，咱们不去什么象棋组，要学，就学有用的本事。下棋下得好，还当饭吃了？有那点儿工夫，在学校多学点儿东西比什么不好？你跟你们老师们说，不去象棋组，要是你们老师还有没教你的本事，你就跟老师说，你教了我，将来有大用呢。啊？专学下棋？这以前都是有钱人干的！妈以前见过这种人，那都是身份，他们不指着下棋吃饭。妈以前待过的地方，也有女的会下棋，可要的钱也多。唉，你不知道，你不懂。下下玩儿可以，别专学，啊？我跟老师说了，老师想了想，没说什么。后来老师买了一副棋送我，我拿给妈看，妈说，唉，这是善心人哪！可你记住，先说吃，再说下棋。等你挣了钱，养活家了，爱怎么下就怎么下，随你。我感叹了，说：这下儿好了，你挣了钱，你就能撒着欢儿地下了，你妈也就放心了。王一生把脚搬上床，盘了坐，两只手互相捏着腕子，看着地下说：我妈看不见我挣钱了。家里供我念到初一，我妈就死了。死之前，特别跟我说，这一条街都说你棋下得好，妈信。可妈在棋上疼不了你。你在棋上怎么出息，到底不是饭碗。妈不能看你念完初中，跟你爹说了，怎么着困难，也要念完。高中，妈打听了，那是为上大学，咱们家用不着上大学，你爹也不行了，你妹妹还小，等你初中念完了就挣钱，家里就靠你了。妈要走了，一辈子也没给你留下什么，只捡人家的牙刷把，给你磨了一副棋。说着，就叫我从枕头底下拿出一个小布包来，打开一看，都是一小点儿大的子儿，磨得是光了又光，赛象牙，可上头没字儿。妈说，我不识字，怕刻不对。你拿了去，自己刻吧，也算妈疼你好下棋。我们家多困难，我没哭过，哭管什么呢？可看着这副没字儿的棋，我绷不住了。

我鼻子有些酸，就低了眼，叹道：唉，当母亲的。王一生不再说话，只是抽烟。

山上的人下来了，打到两条蛇。大家见了王一生，都很客气，问是几分场的，那边儿伙食怎么样。王一生答了，就过去摸一摸晾着的衣裤，还没有干。我让他先穿我的，他说吃饭要出汗，先光着吧。大家见他很随和，也就随便聊起来。我自然将王一生的棋道吹了一番，以示来者不凡。大家都说让队里的高手脚卵来与王一生下。一个人跑了去喊，不一刻，脚卵来了。脚卵是南方大城市的知识青年，个子非常高，又非常瘦。动作起来颇有些文气，衣服总要穿得整整齐齐，有时候走在山间小路上，看到这样一个高个儿纤尘不染，衣冠楚楚，真令人生疑。脚卵弯腰进来，很远就伸出手来要握，王一生糊涂了一下，马上明白了，也伸出手去，脸却红了。握过手，脚卵把双手捏在一起端在肚子前面，说：我叫倪斌，人儿倪，文武斌。因为腿长，大家叫我脚卵。卵是很粗俗的话，请不要介意，这里的人文化水平是很低的。贵姓？王一生比倪斌矮下去两个头，就仰着头说：我姓王，叫王一生。倪斌说：王一生？蛮好，蛮好，名字蛮好的。一生是哪两个字？王一生直仰着脖子，说：一二三的一，生活的生。倪斌说：蛮好，蛮好。就把长臂曲着往外一摆，说：请坐。听说你钻研象棋？蛮好，蛮好，象棋是很高级的文化。我父亲是下得很好的，有些名气，喏，他们都知道。我会走一点点，很爱好，不过在这里没有对手。你请坐。王一生坐回床上，很尴尬地笑着，不知说什么好。倪斌并不坐下，只把手虚放在胸前，微微向前侧了一下身子，说：对不起，我刚刚下班，还没有梳洗，你候一下好了，我马上就来。噢，问一下，乃父也是棋道里的人么？王一生很快地摇头，刚要说什么，但只是喘了一口气。倪斌说：蛮好，蛮好。好，一会儿我再来。我说：脚卵洗了澡，来吃蛇肉。倪斌一边退出去，一边：不必了，不必了。好的，好的。大家笑起来，向外嚷：你到底来是不来？什么？不必了，好的！倪斌在门外说：蛇肉当然是要吃的，一会儿下棋是要动脑筋的。

大家笑着脚卵，关了门，三四个人精着屁股，上上下下地洗，互相开着身体的玩笑。王一生不知在想什么，坐在床里边，让开擦身的人。我一边将蛇头撕下来，一边对王一生说：别理脚卵，他就是这么神神道道的一个人。有一个人对我说：你的这个朋友要真是有两下子，今天有一场好杀。脚卵的父亲在我们市里，真是很有名气哩。另外的人说：爹是爹，儿是儿，棋还遗传了？王一生说：家传的棋，有厉害的。几代沉下的棋路，不可小看。一会儿下起来看吧。说着就紧一紧手脸。我把蛇挂起来，将皮剥下，不洗，放在案板上，用竹刀把肉划开，并不切断，盘在一个大碗内，放进一个大锅里，锅底蓄上水，叫：洗完了没有？我可开门了！大家慌忙穿上短裤。我到外边地上摆三块土坯，中间架起柴引着，就将锅放在土坯上，把猪吆喝远了，说：谁来看看？别叫猪拱了。开锅后十分钟端下来。就进屋收拾茄子。

有人把脸盆洗干净，到伙房打了四五斤饭和一小盆清水茄子，捎回来一棵葱和两瓣野蒜、一小块姜，我说还缺盐，就又有人跑去拿来一块，捣碎在纸上放着。

脚卵远远地来了，手里抓着一个黑木盒子。我问：脚卵，可有酱油膏？脚卵迟疑了一下，返身回去。我又大叫：有醋精拿点儿来！

蛇肉到了时间，端进屋里，掀开锅，一大团蒸气冒出来，大家并不缩头，慢慢看清了，都叫一声好。两大条蛇肉亮晶晶地盘在碗里，粉粉地冒蒸气。我嗖地一下将碗端出来，吹吹手指，说：开始准备胃液吧！王一生也挤过来看，问：整着怎么吃？我说：蛇肉碰不得铁，碰铁就腥，所以不切，用筷子撕着蘸料吃。我又将切好的茄块儿放进锅里蒸。

脚卵来了，用纸包了一小块儿酱油膏，又用一张小纸包了几颗白色的小粒儿，我问是什么，脚卵说：这是草酸，去污用的，不过可以代替醋。我没有醋精，酱油膏也没有了，就这一点点。我说：凑合了。脚卵把盒子放在床上，打开，原来是一副棋，乌木做的棋子，暗暗的发亮。字用刀刻出来，笔画很细，却是篆字，用金丝银丝嵌了，古色古香。棋盘是一幅绢，中间亦是篆字：楚河汉界。大家凑过去看，脚卵就很得意，说：这是古董，明朝的，很值钱。我来的时候，我父亲给我的。以前和你们下棋，用不到这么好的棋。今天王一生来嘛，我们好好下。王一生大约从来没有见过这么精彩的棋具，很小心地摸，又紧一紧手脸。

我将酱油膏和草酸冲好水，把葱末、姜末和蒜末投进去，叫声：吃起来！大家就乒乒乓乓地盛饭，伸筷撕那蛇肉蘸料，刚入嘴嚼，纷纷嚷鲜。

我问王一生是不是有些像蟹肉，王一生一边儿嚼着，一边儿说：我没吃过螃蟹，不知道。脚卵伸过头去问：你没有吃过螃蟹？怎么会呢？王一生也不答话，只顾吃。脚卵就放下碗筷，说：年年中秋节，我父亲就约一些名人到家里来，吃螃蟹，下棋，品酒，作诗。都是些很高雅的人，诗作得很好的，还要互相写在扇子上。这些扇子过多少年也是很值钱的。大家并不理会他，只顾吃。脚卵眼看蛇肉渐少，也急忙捏起筷子来，不再说什么。

不一刻，蛇肉吃完，只剩两副蛇骨在碗里。我又把蒸熟的茄块儿端上来，放少许蒜和盐拌了。再将锅里热水倒掉，续上新水，把蛇骨放进去熬汤。大家喘一口气，接着伸筷，不一刻，茄子也吃净。我便把汤端上来，蛇骨已经煮散，在锅底刷拉刷拉地响。这里屋外常有一二处小丛的野茴香，我就拔来几棵，揿在汤里，立刻屋里异香扑鼻。大家这时饭已吃净，纷纷舀了汤在碗里，热热地小口呷，不似刚才紧张，话也多起来了。

脚卵抹一抹头发，说：蛮好，蛮好的。就拿出一支烟，先让了王一生，又自己叼了一支，烟包正待放回衣袋里，想了想，便放在小饭桌上，摆一摆手说：今天吃的，都是山珍，海味是吃不到了。我家里常吃海味的，非常讲究，据我父亲讲，我爷爷在时，专雇一个老太婆，整天就是从燕窝里拔脏东西。燕窝这种东西，是海鸟叼来小鱼小虾，用口水粘起来的，所以里面各种脏东西多得很，要很细心地一点一点清理，一天也就能搞清一个，再用小火慢慢地蒸。每天吃一点，对身体非常好。王一生听呆了，问：一个人每天就专门是管做燕窝的？好家伙！自己买来鱼虾，熬在一起，不等于燕窝吗？脚卵微微一笑，说：要不怎么燕窝贵呢？第一，这燕窝长在海中峭壁上，要拼命去挖。第二，这海鸟的口水是很珍贵的东西，是温补的。因此，舍命，费工时，又是补品，能吃燕窝，也是说明家里有钱和有身份。大家就说这燕窝一定非常好吃。脚卵又微微一笑，说：我吃过的，很腥。大家就感叹了，说费这么多钱，吃一口腥，太划不来。

天黑下来，早升在半空的月亮渐渐亮了。我点起油灯，立刻四壁都是人影子。脚卵就说：王一生，我们来下一盘？王一生大概还没有从燕窝里醒过来，听见脚卵问，只微微点一点头。脚卵出去了。王一生奇怪了，问：嗯？大家笑而不答。一会儿，脚卵又来了，穿得笔挺，身后随来许多人，进屋都看看王一生。脚卵慢慢摆好棋，问：你先走？王一生说：你吧。大家就上上下下围了看。

走出十多步，王一生有些不安，但也只是暗暗捻一下手指。走过三十几步，王一生很快地说：重摆吧。大家奇怪，看看王一生，又看看脚卵，不知是谁赢。脚卵微微一笑，说：一赢不算胜。就伸手抽一棵烟点上。王一生没有表情，默默地把棋重新码好。两人又走。又走到十多步，脚卵半天不动，直到把一根烟吸完，又走了几步，脚卵慢慢地说：再来一盘。大家又奇怪是谁赢了，纷纷问。王一生很快地将棋码成一个方堆，看看脚卵问：走盲棋？脚卵沉吟了一下，点点头。两人就口述棋步。好几个人摸摸头，摸摸脖子，说下得好没意思，不知谁是赢家。就有几个人离开走出去，把油灯带得一明一暗。

我觉出有点儿冷，就问王一生：你不穿点儿衣裳？王一生没有理我。我感到没有意思，就坐在床里，看大家也是一会儿看看脚卵，一会儿看看王一生，像是瞧从来没有见过的两个怪物。油灯下，王一生抱了双膝，锁骨后陷下两个深窝，盯着油灯，时不时拍一下身上的蚊虫。脚卵两条长腿抵在胸口，一只大手将整个儿脸遮了，另一只大手飞快地将指头捏来弄去。说了许久，脚卵放下手，很快地笑一笑，说：我乱了，记不得。就又摆了棋再下。不久，脚卵抬起头，看着王一生说：天下是你的。抽出一支烟给王一生，又说：你的棋是跟谁学的？王一生也看着脚卵，说：跟天下人。脚卵说：蛮好，蛮好，你的棋蛮好。大家看出是谁赢了，都高兴松动起来，盯着王一生看。

脚卵把手搓来搓去，说：我们这里没有会下棋的人，我的棋路生了。今天碰到你，蛮高兴的，我们做个朋友。王一生说：将来有机会，一定见见你父亲。脚卵很高兴，说：那好，好极了，有机会一定去见见他。我不过是玩玩棋。停了一会儿，又说：你参加地区的比赛，没有问题。王一生问：什么比赛？脚卵说：咱们地区，要组织一个运动会，其中有棋类。地区管文教的书记我认得，他早年在我们市里，与我父亲认识。我到农场来，我父亲给他带过信，请他照顾。我找过他，他说我不如打篮球。我怎么会打篮球呢？那是很野蛮的运动，要伤身体。这次运动会，他来信告诉我，让我争取参加农场的棋类队到地区比赛，赢了，调动自然好说。你棋下到这个地步，参加农场队，不成问题。你回你们场，去报名就可以了。将来总场选拔，肯定会有你。王一生很高兴，起来把衣裳穿上，显得更瘦。大家又聊了很久。

将近午夜，大家都散去，只剩下宿舍里同住的四个人与王一生、脚卵。脚卵站起来，说：我去拿些东西来吃。大家都很兴奋，等着他。一会儿，脚卵弯腰进来，把东西放在床上，摆出六颗巧克力，半袋麦乳精，纸包的一斤精白挂面。巧克力大家都一口咽了，来回舔着嘴唇。麦乳精冲成稀稀的六碗，喝得满屋喉咙响。王一生笑嘻嘻地说：世界上还有这种东西？苦甜苦甜的。我又把火升起来，开了锅，把面下了，说：可惜没有调料。脚卵说：我还有酱油膏。我说：你不是只有一小块儿了吗？脚卵不好意思地说：咳，今天不容易，王一生来了，我再贡献一些。就又拿了来。

大家吃了，纷纷点起烟，打着哈欠，说没想到脚卵还有如许存货，藏得倒严实，脚卵急忙申辩这是剩下的全部了。大家吵着要去翻，王一生说：不要闹，人家的是人家的，从来农场存到现在，说明人家会过日子。倪斌，你说，这比赛什么时候开始呢？脚卵说：起码还有半年。王一生不再说话。我说：好了，休息吧。王一生，你和我睡在我的床上。脚卵，明天再聊。大家就起身收拾床铺，放蚊帐。我和王一生送脚卵到门口，看他高高的个子在青白的月光下远远去了。王一生叹一口气，说：倪斌是个好人。

王一生又待了一天，第三天早上，执意要走。脚卵穿了破衣服，肩了锄来送。两人握了手，倪斌说：后会有期。大家远远在山坡上招手。我送王一生出了山沟，王一生拦住，说：回去吧。我嘱咐他，到了别的分场，有什么困难，托人来告诉我，若回来路过，再来玩儿。王一生整了整书包带儿，就急急地顺公路走了，脚下扬起细土，衣裳晃来晃去，裤管儿前后荡着，像是没有屁股。

第三章

这以后，大家没事儿，常提起王一生，津津有味地回忆王一生光膀子大战脚卵。我说了王一生如何如何不容易，脚卵说：我父亲说过的，"寒门出高士"。据我父亲讲，我们祖上是元朝的倪云林。倪祖很爱干净，开始的时候，家里有钱，当然是讲究的。后来兵荒马乱，家道败了，倪祖就卖了家产，到处走，常在荒野店投宿，很遇到一些高士。后来与一个会下棋的村野之人相识，学得一手好棋。现在大家只晓得倪云林是元四家里的一个，诗书画绝佳，却不晓得倪云林还会下棋。倪祖后来信佛参禅，将棋炼进禅宗，自成一路。这棋只我们这一宗传下来。王一生赢了我，不晓得他是什么路，总归是高手了。大家都不知道倪云林是什么人，只听脚卵神吹，将信将疑，可也认定脚卵的棋有些来路，王一生既然赢了脚卵，当然更了不起。这里的知青在城里都是平民出身，多是寒苦的，自然更看重王一生。

将近半年，王一生不再露面。只是这里那里传来消息，说有个叫王一生的，外号棋呆子，在某处与某某下棋，赢了某某。大家也很高兴，即使有输的消息，都一致否认，说王一生怎会输棋呢？我给王一生所在的分场队里写了信，也不见回音，大家就催我去一趟。我因为这样那样的事，加上农场知青常常斗殴，又输进火药枪互相射击，路途险恶，终于没有去。

一天脚卵在山上对我说，他已经报名参加棋类比赛了，过两天就去总场，问王一生可有消息？我说没有。大家就说王一生肯定会到总场比赛，相约一起请假去总场看看。

过了两天，队里的活儿稀松，大家就纷纷找了各种借口请假到总场，盼着能见着王一生。我也请了假出来。

总场就在地区所在地，大家走了两天才到。这个地区虽是省以下的行政单位，却只有交叉的两条街，沿街有一些商店，货架上不是空的，即是展品概不出售。可是大家仍然很兴奋，觉得到了繁华地界，就沿街一个馆子一个馆子地吃，都先只叫净肉，一盘一盘地吞下去，拍拍肚子出来，觉得日光晃眼，竟有些肉醉，就找了一处草地，躺下来抽烟，又纷纷昏睡过去。

醒来后，大家又回到街上细细吃了一些面食，然后到总场去。

一行人高高兴兴到了总场，找到文体干事，问可有一个叫王一生的来报到。干事翻了半天花名册，说没有。大家不信，拿过花名册来七手八脚地找，真的没有，就问干事是不是搞漏掉了。干事说花名册是按各分场报上来的名字编的，都已分好号码，编好组，只等明天开赛。大家你望望我，我望望你，搞不清是怎么回事儿。我说：找脚卵去。脚卵在运动员们住下的草棚里，见了他，大家就问。脚卵说：我也奇怪呢。这里乱糟糟的，我的号是棋类，可把我分到球类组来，让我今晚就参加总场联队训练，说了半天也不行，还说主要靠我进球得分。大家笑起来，说：管他赛什么，你们的伙食差不了。可王一生没来太可惜了。

直到比赛开始，也没有见王一生的影子。问了他们分场来的人，都说很久没见王一生了。大家有些慌，又没办法，只好去看脚卵赛篮球。脚卵痛苦不堪，规矩一点儿不懂，球也抓不住，投出去总是三不沾，抢得猛一些，他就抽身出来，瞪着大眼看别人争。文体干事急得抓耳挠腮，大家又笑得前仰后合。每场下来，脚卵总是嚷野蛮，埋怨脏。

赛了两天，决出总场各类运动代表队，到地区参加地区决赛。大家看看王一生还没有影子，就都相约要回去了。脚卵要留在地区文教书记家再待一两天，就送我们走一段。快到街口，忽然有人一指：那不是王一生？大家顺着方向一看，真是他。王一生在街口另一面急急地走来，没有看见我们。我们一齐大叫，他猛地站住，看见我们，就横街向我们跑来。到了跟前，大家纷纷问他怎么不来参加比赛？王一生很着急的样子，说：这半年我总请事假出来下棋，等我知道报名赶回去，分场说我表现不好，不准我出来参加比赛，连名都没报上。我刚找了由头儿，跑上来看看赛得怎么样。怎么样？赛得怎么样？大家一迭声儿地说早赛完了，现在是参加与各县代表队的比赛，夺地区冠军。王一生愣了半晌，说：也好，夺地区冠军必是各县高手，看看也不赖。我说：你还没吃东西吧？走，街上随便吃点儿什么去。脚卵与王一生握过手，也惋惜不已。大家就又拥到一家小馆儿，买了一些饭菜，边吃边叹息。王一生说：我是要看看地区的象棋大赛。你们怎么样？要回去吗？大家都说出来的时间太长了，要回去。我说：我再陪你一两天吧。脚卵也在这里。于是又有两三个人也说留下来再耍一耍。

　　脚卵就领留下的人去文教书记家，说是看看王一生还有没有参加比赛的可能。走不多久，就到了。只见一扇小铁门紧闭着，进去就有人问找谁，见了脚卵，不再说什么，只让等一下。一会儿叫进了，大家一起走进一幢大房子，只见窗台上摆了一溜儿花草，伺候得很滋润。大大的一面墙上只一幅主席诗词的挂轴儿，绫子黄黄的很浅。屋内只摆几把藤椅，茶几上放着几张大报与油印的简报。不一会儿，书记出来，胖胖的，很快地与每个人握手，又叫人把简报收走，就请大家坐下来。大家没见过管着几个县的人的家，头都转来转去地看。书记呆了一下，就问：都是倪斌的同学吗？大家纷纷回过头看书记，不知该谁回答。脚卵欠一下身，说：都是我们队上的。这一位就是王一生。说着用手掌向王一生一倾。书记看着王一生说：噢，你就是王一生？好。这两天，倪斌常提到你。怎么样，选到地区来赛了吗？王一生正想答话，倪斌马上就说：王一生这次有些事耽误了，没有报上名。现在事情办完了，看看还能不能参加地区比赛。您看呢？书记用胖手在扶手上轻轻拍了两下又轻轻用中指很慢地擦着鼻沟儿，说：啊，是这样。不好办。你没有取得县一级的资格，不好办。听说你很有天才，可是没有取得资格去参加比赛，下面要说话的，啊？王一生低了头，说：我也不是要参加比赛，只是来看。书记说：那是可以的，那欢迎。倪斌，你去桌上，左边的那个桌子，上面有一份打印的比赛日程。你拿来看看，象棋类是怎么安排的。倪斌早一步跨进里屋，马上把材料拿出来，看了一下，说：要赛三天呢！就递给书记。书记也不看，把它放在茶几上，掸一掸手，说：是啊，几个县嘛。啊？还有什么问题吗？大家都站起来，说走了。书记与离他近的人很快地握了手，说：倪斌，你晚上来，嗯？倪斌欠欠身说好的，就和大家一起出来。大家到了街上，舒了一口气，说笑起来。

大家漫无目的地在街上走，讲起还要在这里待三天，恐怕身上的钱支持不住。王一生说他可以找到睡觉的地方，人多一点恐怕还是有办法，这样就能不去住店，省下不少钱。倪斌不好意思地说他可以住在书记家。于是大家一起随王一生去找住的地方。

原来王一生已经来过几次地区，认识了一个文化馆画画儿的，于是便带了我们投奔这位画家。到了文化馆，一进去，就听见远远有唱的，有拉的，有吹的，便猜是宣传队在演练。只见三四个女的，穿着蓝线衣裤，胸脯得不能再高，一扭一扭地走过来，近了，并不让路，直脖直脸地过去。我们赶紧闪在一边儿，都有点儿脸红。倪斌低低地说：这几位是地区的名角。在小地方，有她们这样的功夫，蛮不容易的。大家就又回过头去看名角。

画家住在一个小角落里，门口鸡鸭转来转去，沿墙摆了一溜儿各类杂物，草就在杂物中间长出来。门又被许多晒着的衣裤布单遮住。王一生领我们从衣裤中弯腰过去，叫那画家。马上就乒乒乓乓出来一个人，见了王一生，说：来了？都进来吧。画家只是一间小屋，里面一张小木床，到处是书、杂志、颜色和纸笔。墙上钉满了画的画儿。大家顺序进去，画家就把东西挪来挪去腾地方，大家挤着坐下，不敢再动。画家又迈过大家出去，一会儿提来一个暖瓶，给大家倒水。大家传着各式的缸子、碗，都有了，捧着喝。画家也坐下来，问王一生：参加运动会了吗？王一生叹着将事情讲了一遍。画家说：只好这样了。要待几天呢？王一生就说：正是为这事来找你。这些都是我的朋友。你看能不能找个地方，大家挤一挤睡？画家沉吟半晌，说：你每次来，在我这里挤还凑合。这么多人，嗯——让我看看。他忽然眼里放出光彩来，说：文化馆里有个礼堂，舞台倒是很大。今天晚上为运动会的人演出，演出之后，你们就在舞台上睡，怎么样？今天我还可以带你们进去看演出。电工与我很熟的，跟他说一声，进去睡没问题。只不过脏一些。大家都纷纷说再好不过了。脚卵放下心的样子，小心地站起来，说：那好，诸位，我先走一步。大家要站起来送，却谁也站不起来。脚卵按住大家，连说不必了，一脚就迈出屋外。画家说：好大的个子！是打球的吧？大家笑起来，讲了脚卵的笑话。画家听了，说：是啊，你们也都够脏的。走，去洗洗澡，我也去。大家就一个一个顺序出去，还是碰得叮当乱响。

原来这地区所在地，有一条江远远流过。大家走了许久，方才到了。江面不甚宽阔，水却很急，近岸的地方，有一些小洼儿。四处无人，大家脱了衣裤，都很认真地洗，将画家带来的一块肥皂用完。又把衣裤泡了，在石头上抽打，拧干后铺在石头上晒，除了游水的，其余便纷纷趴在岸上晒。画家早洗完，坐在一边儿，掏出个本子在画。我发觉了，过去站在他身后看。原来他在画我们几个人的裸体速写。经他这一画，我倒发觉我们这些每日在山上苦的人，却矫健异常，不禁赞叹起来。大家又围过来看，屁股白白的晃来晃去。画家说：干活儿的人，肌肉线条极有特点，又很分明。虽然各部分发展可能不太平衡，可真的人体，常常是这样，变化万端。我以前在学院画人体，女人体居多，太往标准处靠，男人体也常静在那里，感觉不出肌肉滚动，越画越死。今天真是个难得的机会。有人说羞处不好看，画家就在纸上用笔把说的人的羞处涂成一个疙瘩，大家就都笑起来。衣裤干了，纷纷穿上。

这时已近傍晚，太阳垂在两山之间，江面上便金子一般滚动，岸边石头也如热铁般红起来。有鸟儿在水面上掠来掠去，叫声传得很远。对岸有人在拖长声音吼山歌，却不见影子，只觉声音慢慢小了。大家都凝了神看。许久，王一生长叹一声，却不说什么。

大家又都往回走，在街上拉了画家一起吃些东西，画家倒好酒量。天黑了，画家领我们到礼堂后台入口，与一个人点头说了，招呼大家悄悄进去，缩在边幕上看。时间到了，幕并不开，说是书记还未来。演员们化了妆，在后台走来走去，伸一伸手脚，互相取笑着。忽然外面响动起来，我拨了幕布一看，只见书记缓缓进来，在前排坐下，周围空着，后面黑压压一礼堂人。于是开演，演出甚为激烈，尘土四起。演员们在台上泪光闪闪，退下来一过边幕，就喜笑颜开，连说怎么怎么错了。王一生倒很入戏，脸上时阴时晴，嘴一直张着，全没有在棋盘前的镇静。戏一结束，王一生一个人在边幕拍起手来，我连忙止住他，向台下望去，书记不知什么时候已经走了，前两排仍然空着。

大家出来，摸黑拐到画家家里，脚卵已在屋里，见我们来了，就与画家出来和大家在外面站着，画家说：王一生，你可以参加比赛了。王一生问：怎么回事儿？脚卵说，晚上他在书记家里，书记跟他叙起家常，说十几年前常去他家，见过不少字画儿，不知运动起来，损失了没有？脚卵说还有一些，书记就不说话了。过了一会儿书记又说，脚卵的调动大约不成问题，到地区文教部门找个位置，跟下面打个招呼，办起来也快，让脚卵写信回家讲一讲。于是又谈起字画古董，说大家现在都不知道这些东西的价值，书记自己倒是常在心里想着。脚卵就说，他写信给家里，看能不能送书记一两幅，既然书记帮了这么大忙，感谢是应该的。又说，自己在队里有一副明朝的乌木棋，极是考究，书记若是还看得上，下次带上来。书记很高兴，连说带上来看看。又说你的朋友王一生，他倒可以和下面的人说一说，一个地区的比赛，不必那么严格，举贤不避私嘛。就挂了电话，电话里回答说，没有问题，请书记放心，叫王一生明天就参加比赛。

大家听了，都很高兴，称赞脚卵路道粗，王一生却没说话。脚卵走后，画家带了大家找到电工，开了礼堂后门，悄悄进去。电工说天凉了，问要不要把幕布放下来垫盖着，大家都说好，就七手八脚爬上去摘下幕布铺在台上。一个人走到台边，对着空空的座位一敬礼，尖着嗓子学报幕员，说：下一个节目——睡觉。现在开始。大家悄悄地笑，纷纷钻进幕布躺下了。

躺下许久，我发觉王一生还没有睡着，就说：睡吧，明天要参加比赛呢！王一生在黑暗里说：我不赛了，没意思。倪斌是好心，可我不想赛了。我说：咳，管它！你能赛棋，脚卵能调上来，一副棋算什么？王一生说：那是他父亲的棋呀！东西好坏不说，是个信物。我妈妈留给我的那副无字棋，我一直性命一样存着，现在生活好了，妈的话，我也忘不了。倪斌怎么就可以送人呢？我说：脚卵家里有钱，一副棋算什么呢？他家里知道儿子活得好一些了，棋是舍得的。王一生说：我反正是不赛了，被人作了交易，倒像是我沾了便宜。我下得赢下不赢是我自己的事，这样赛，被人戳脊梁骨。不知是谁也没睡着，大约都听见了，咕噜一声：呆子。

第四章

第二天一早儿，大家满身是土地起来，找水擦了擦，又约画家到街上去吃。画家执意不肯，正说着，脚卵来了，很高兴的样子。王一生对他说：我不参加这个比赛。大家呆了。脚卵问：蛮好的，怎么不赛了呢？省里还下来人视察呢！王一生说：不赛就不赛了。我说了说，脚卵叹道：书记是个文化人，蛮喜欢这些的。棋虽然是家里传下的，可我实在受不了农场这个罪，我只想有个干净的地方住一住，不要每天脏兮兮的。棋不能当饭吃的，用它通一些关节，还是值的。家里也不很景气，不会怪我。画家把双臂抱在胸前，抬起一只手摸了摸脸，看着天说：倪斌，不能怪你。你没有什么了不得的要求。我这两年，也常常糊涂，生活太具体了。幸亏我还会画画儿。何以解忧？唯有——唉。王一生很惊奇地看着画家，慢慢转了脸对脚卵说：倪斌，谢谢你。这次比赛决出高手，我登门去与他们下。我不参加这次比赛了。脚卵忽然很兴奋，攥起大手一顿，说：这样，这样！我呢，去跟书记说一下，组织一个友谊赛。你要是赢了这次的冠军，无疑是真正的冠军。输了呢，也不太失身份。王一生呆了呆：千万不要跟什么书记说，我自己找他们下。要下，就与前三名都下。

大家也不好再说什么，就去看各种比赛，倒也热闹。王一生只钻在棋类场地外面，看各局的明棋。第三天，决出前三名。之后是发奖，又是演出，会场乱哄哄的，也听不清谁得的是什么奖。

脚卵让我们在会场等着，过了不久，就领来两个人，都是制服打扮。脚卵作了介绍，原来是象棋比赛的第二、三名。脚卵说：这位是王一生，棋蛮厉害的，想与你们两位高手下一下，大家也是一个互相学习的机会。两个人看了看王一生，问：那怎么不参加比赛呢？我们在这里待了许多天，要回去了。王一生说：我不耽误你们，与你们两人同时下。两人互相看了看，忽然悟到，说：盲棋？王一生点一点头。两人立刻变了态度，笑着说：我们没下过盲棋。王一生说：不要紧，你们看着明棋下。来，咱们找个地方儿。话不知怎么就传了出去，立刻嚷动了，会场上各县的人都说有一个农场的小子没有赛着，不服气，要同时与亚、季军比试。百十个人把我们围了起来，挤来挤去地看，大家觉得有了责任，便站在王一生身边儿。王一生倒低了头，对两个人说：走吧，走吧，太扎眼。有一个人挤了进来，说：哪个要下棋？就是你吗？我们大爷这次是冠军，听说你不服气，叫我来请你。王一生慢慢地说：不必。你大爷要是肯下，我和你们三人同下。众人都轰动了，拥着往棋场走去。到了街上，百十人走成一片。行人见了，纷纷问怎么回事，可是知青打架？待明白了，就都跟着走。走过半条街，竟有上千人跟着跑来跑去。商店里的店员和顾客也都站出来张望。长途车路这里开不过，乘客们纷纷探出头来，只见一街人头攒动，尘土飞起多高，轰轰的，乱纸踏得嚓嚓响。一个傻子呆呆地在街中心，咿咿呀呀地唱，有人发了善心，把他拖开，傻子就依了墙根儿唱。四五条狗窜来窜去，觉得是它们在引路打狼，汪汪叫着。

到了棋场，竟有数千人围住，土扬在半空，许久落不下来。棋场的标语标志早已摘除，出来一个人，见这么多人，脸都白了。脚卵上去与他交涉，他很快地看着众人，连连点头儿，半天才明白是借场子用，急忙打开门，连说可以可以，见众人都要进去，就急了。我们几个，马上到门口守住，放进脚卵、王一生和两个得了名誉的人。这时有一个人走出来，对我们说：高手既然和三个人下，多我一个不怕，我也算一个。众人又嚷动了，又有人报名。我不知怎么办好，只得进去告诉王一生。王一生咬一咬嘴说：你们两个怎么样？那两个人赶紧站起来，连说可以。我出去统计了，连冠军在内，对手共是十人，脚卵说：十不吉利的，九个人好了。于是就九个人。冠军总不见来，有人来报，既是下盲棋，冠军只在家里，命人传棋。王一生想了想，说好吧。九个人就关在场里。墙外一副明棋不够用，于是有人拿来八张整开白纸，很快地画了格儿。又有人用硬纸剪了百十个方棋子儿，用红黑颜色写了，背后粘上细绳，挂在棋格儿的钉子上，风一吹，轻轻地晃成一片，街上人也嚷成一片。

人是越来越多。后来的人拼命往前挤，挤不进去，就抓住人打听，以为是杀人的告示。妇女们也抱着孩子们，远远围成一片。又有许多人支了自行车，站在后架上伸脖子看，人群一挤，连着倒，喊成一团。半大的孩子们钻来钻去，被大人们用腿拱出去。数千人闹闹嚷嚷，街上像半空响着闷雷。

王一生坐在场当中一个靠背椅上，把手放在两条腿上，眼睛虚望着，一头一脸都是土，像是被传讯的犯人。我不禁笑起来，过去给他拍一拍土。他按住我的手，我觉出他有些抖。王一生低低地说：事情闹大了。你们几个朋友看好，一有动静，一起跑。我说：不会。只要你赢了，什么都好办。争口气。怎么样？有把握吗？九个人哪！头三名都在这里！王一生沉吟了一下，说：怕江湖的不怕朝廷的，参加过比赛的人的棋路我都看了，就不知道其他六个人会不会冒出冤家。书包你拿着，不管怎么样，书包不能丢。书包里有……王一生看了看我，我妈的无字棋。他的瘦脸上又干又脏，鼻沟也黑了，头发立着，喉咙一动一动的，两眼黑得吓人。我知道他拼了，心里有些酸，只说：保重！就离了他。他一个人空空地在场中央，谁也不看，静静的像一块铁。

棋开始了。上千人不再出声儿。只有自愿服务的人一会儿紧一会儿慢地用话传出棋步，外边儿自愿服务的人就变动着棋子儿。风吹得八张大纸哗哗地响，棋子儿荡来荡去。太阳斜斜地照在一切上，烧得耀眼。前几十排的人都坐下了，仰起头看，后面的人也挤得紧紧的，一个个土眉土眼，头发长长短短吹得飘，再没人动一下，似乎都把命放在棋里搏。

我心里忽然有一种很古的东西涌上来，喉咙紧紧地往上走。读过的书，有的近了，有的远了，模糊了。平时十分佩服的项羽、刘邦都目瞪口呆，倒是尸横遍野的那些黑脸士兵，从地下爬起来，哑了喉咙，慢慢移动。一个樵夫，提了斧在野唱。忽然又仿佛见了呆子的母亲，用一双弱手一张一张地折书页。

我不由伸手到王一生书包里去掏摸，捏到一个小布包儿，拽出来一看，是个旧蓝斜纹布的小口袋，上面绣了一只蝙蝠，布的四边儿都用线做了圈口，针脚很是细密。取出一个棋子，确实很小，在太阳底下竟是半透明的，像是一只眼睛，正柔和地瞧着。我把它攥在手里。

太阳终于落下去，立即爽快了。人们仍在看着，但议论起来。里边儿传出一句王一生的棋步，外面的人就嚷动一下。专有几个人骑车为在家的冠军传送着棋步，大家就不太客气，笑话起来。

我又进去，看见脚卵很高兴的样子，心里就松开一些，问：怎么样？我不懂棋。脚卵抹一抹头发，说：蛮好，蛮好。这种阵式，我从来也没有见过，你想想看，九个人与他一个人，九局连环！车轮大战！我要写信给我的父亲，把这次的棋谱都寄给他。这时有两个人从各自的棋盘前站起来，朝着王一生鞠躬，说：甘拜下风。就捏着手出去了。王一生点点头儿，看了他们的位置一眼。

王一生的姿势没有变，仍旧是双手扶膝，眼平视着，像是望着极远极远的远处，又像是盯着极近的近处，瘦瘦的肩挑着宽大的衣服，土没拍干净，东一块儿，西一块儿。喉结许久才动一下。我第一次承认象棋也是运动，而且是马拉松，是多一倍的马拉松！我在学校时，参加过长跑，开始后的五百米，确实极累，但过了一个限度，就像不是在用脑子跑，而像一架无人驾驶飞机，又像是一架到了高度的滑翔机只管滑翔下去。可这象棋，始终是处在一种机敏的运动之中，兜捕对手，逼向死角，不能疏忽。我忽然担心起王一生的身体来。这几天，大家因为钱紧，不敢怎么吃，晚上睡得又晚，谁也没想到会有这么一个场面。看着王一生稳稳地坐在那里，我又替他赌一口气：死顶吧！我们在山上扛木料，两个人一根，不管路不是路，沟不是沟，也得咬牙，死活不能放手。谁若是顶不住软了，自己伤了不说，另一个也得被木头震得吐血。可这回是王一生一个人过沟坎儿，我们帮不上忙。我找了点儿凉水来，悄悄走近他，在他跟前一挡，他抖了一下，眼睛刀子似的看了我一下，一会儿才认出是我，就干干地笑了一下。我指指水碗，他接过去，正要喝，一个局号报了棋步。他把碗高高地平端着，水纹丝儿不动。他看着碗边儿，回报了棋步，就把碗缓缓凑到嘴边儿。这时下一个局号又报了棋步，他把嘴定在碗边儿，半晌，回报了棋步，才咽一口水下去，咕的一声儿，声音大得可怕，眼里有了泪花。他把碗递过来，眼睛望望我，有一种说不出的东西在里面游动，嘴角儿缓缓流下一滴水，把下巴和脖子上的土冲开一道沟儿。我又把碗递过去，他竖起手掌止住我，回到他的世界里去了。

我出来，天已黑了。有山民打着松枝火把，有人用手电筒照着，黄乎乎的，一团明亮。大约是地区的各种单位下班了，人更多了。狗也在人前蹲着，看人挂动棋子，眼神凄凄的，像是在担忧。几个同来的队上知青，各被人围了打听。不一会儿，王一生、棋呆子、是个知青、棋是道家的棋，就在人们嘴上传。我有些发噱，本想到人群里说说，但又止住了，随人们传吧，我开始高兴起来。这时墙上只有三局在下了。

忽然人群发一声喊。我回头一看，原来只剩了一盘，恰是与冠军的那一盘。盘上只有不多几个子儿。王一生的黑子儿远远近近地峙在对方棋营格里，后方老帅稳稳地待着，尚有一士伴着，好像帝王与近侍在聊天儿，等着前方将士得胜回朝；又似乎隐隐看见有人在伺候酒宴，点起尺把长的红蜡烛，有人在悄悄地调整管弦，单等有人跪奏捷报，鼓乐齐鸣。我的肚子拖长了音儿在响，脚下觉得软了，就拣个地方坐下，仰头看最后的围猎，生怕有什么差池。

红子儿半天不动，大家不耐烦了，纷纷看骑车的人来没有，嗡嗡地响成一片。忽然人群乱起来，纷纷闪开。只见一老者，精光头皮，由旁人搀着，慢慢走出来，嘴嚼动着，上上下下看着八张定局残子。众人纷纷传着，这就是本届地区冠军，是这个山区的一个世家后人，这次出山玩玩儿棋，不想就夺了头把交椅，评了这次比赛的大奖，直叹棋道不兴。老者看完了棋，轻轻抻一抻衣衫，跺一跺土，昂了头，由人搀进棋场。众人都一拥而起。我急忙抢进了大门，跟在后面。只见老者进了大门，立定，往前看去。

王一生孤身一人坐在大屋子中央，瞪眼看着我们，双手支在膝上，铁铸一个细树椿，似无所见，似无所闻。高高的一盏电灯，暗暗地照在他脸上，眼睛深陷进去，黑黑的似俯视大千世界，茫茫宇宙。那生命像聚在一头乱发中，久久不散，又慢慢弥漫开来，灼得人脸热。众人都呆了，都不说话。外面传了半天，眼前却是一个瘦小黑魂，静静地坐着，众人都不禁吸了一口凉气。

半晌，老者咳嗽一下，底气很足，十分洪亮，在屋里荡来荡去。王一生忽然目光短，发觉了众人，轻轻地挣了一下，却动不了。老者推开搀的人，向前迈了几步，立定，双手合在腹前摩挲了一下，朗声叫道：后生，老朽身有不便，不能亲赴沙场。命人传棋，实出无奈。你小小年纪，就有这般棋道，我看了，汇道禅于一炉，神机妙算，先声有势，后发制人，遣龙治水，气贯阴阳，古今儒将，不过如此。老朽有幸与你接手，感触不少，中华棋道，毕竟不颓，愿与你做个忘年之交。老朽这盘棋下到这里，权做赏玩，不知你可愿意平手言和，给老朽一点面子？

王一生再挣了一下，仍起不来。我和脚卵急忙过去，托住他的腋下，提他起来。他的腿仍是坐着的样子，直不了，半空悬着。我感到手里好像只有几斤的分量，就暗示脚卵把王一生放下，用手去揉他的双腿。大家都拥过来，老者摇头叹息着。脚卵用大手在王一生身上，脸上，脖子上缓缓地用力揉。半晌，王一生的身子软下来，靠在我们手上，喉咙嘶嘶地响着，慢慢把嘴张开，又合上，再张开，啊啊着。很久，才呜呜地说：和了吧。

老者很感动的样子，说：今晚你是不是就在我那儿歇了？养息两天，我们谈谈棋？王一生摇摇头，轻轻地说：不了，我还有朋友。大家一起来的，还是大家在一起吧。我们到、到文化馆去，那里有个朋友。画家就在人丛里喊：走吧，到我那里去，我已经买好了吃的，你们几个一起去。真不容易啊。大家慢慢拥了我们出来，火把一团儿照着。山民和地区的人层层团了，争睹棋王风采，又都点头儿叹息。

我搀了王一生慢慢走，光亮一直随着。进了文化馆，到了画家的屋子，虽然有人帮着劝散，窗上还是挤满了人，慌得画家急忙把一些画儿藏了。

人渐渐散了，王一生还有一些木。我忽然觉出左手还攥着那个棋子，就张了手给王一生看。王一生呆呆地盯着，似乎不认得，可喉咙里就有了响声，猛然哇的一声儿吐出一些黏液，呜呜地说：妈，儿今天……妈——大家都有些酸，扫了地下，打来水，劝了。王一生哭过，滞气调理过来，有了精神，就一起吃饭。画家竟喝得大醉，也不管大家，一个人倒在木床上睡去。电工领了我们，脚卵也跟着，一齐到礼堂台上去睡。

夜黑黑的，伸手不见五指。王一生已经睡死。我却还似乎耳边人声嚷动，眼前火把通明，山民们铁了脸，肩着柴火林中走，咿咿呀呀地唱。我笑起来，想：不做俗人，哪儿会知道这般乐趣？家破人亡，平了头每日荷锄，却自有真人生在里面，识到了，即是幸，即是福。衣食是本，自有人类，就是每日在忙这个。可囿在其中，终于还不太像人。倦意渐渐上来，就拥了幕布，沉沉睡去。

小鲍庄

王安忆

引 子

七天七夜的雨,天都下黑了。洪水从鲍山顶上轰轰然地直泻下来,一时间,天地又白了。

鲍山底的小鲍庄的人,眼见得山那边,白茫茫地来了一排雾气,拔腿便跑。七天的雨早把地下喧了,一脚下去,直陷到腿肚子,跑不赢了。那白茫茫排山倒海般地过来了,一堵墙似的,墙头溅着水花。

茅顶泥底的房子趴了,根深叶茂的大树倒了,玩意儿似的。

孩子不哭了,娘儿们不叫了,鸡不飞,狗不跳,天不黑,地不白,全没声了。

天没了,地没了。鸦雀无声。

不晓得过了多久,像是一眨眼那么短,又像是一世纪那么长,一根树浮出来,划开了天和地。树横漂在水面上,盘着一条长虫。

还是引子

小鲍庄的祖上是做官的，龙廷派他治水。用了九百九十九天时间，九千九百九十九个人工，筑起了一道鲍家坝，围住九万九千九百九十九亩好地，倒是安乐了一阵。不料，有一年，一连下了七七四十九天的雨，大水淹过坝顶，直泻下来，浇了满满一洼水。那坝子修得太坚牢，连个去处也没有，成了个大湖。

直过了三年，湖底才干。小鲍庄的这位先人被黜了官。念他往日的辛勤，龙廷开恩免了死罪。他自觉对不住百姓，痛悔不已，扪心自省又实在不知除了筑坝以外还有什么别的做法，一无奈何。他便带了妻子儿女，到了鲍家坝下最洼的地点安家落户，以此赎罪。从此便在这里繁衍开了，成了一个几百口子的庄子。

这里地洼，苇子倒长得旺。这儿一片，那儿一片，弄不好，就飞出蝗虫，飞得天黑日暗。最惧怕的还是水，唯一可做的抵挡便是修坝。一铲一铲的泥垒上去，眼见那坝高而且稳当，心理上也有依傍。天长日久，那坝宽大了许多，后人便叫作鲍山，而被鲍山环围的那一大片地，人们则叫作湖。因此别处都说"下地做活"；此地却说"下湖做活"。山不高，可是地洼，山把地围得紧。那鲍山把山里边和山外边的地方隔远了。

这已是传说了，后人当作古来听，再当作古讲与后人，倒也一代传一代地传了下来，并且生出好些枝节。比如：这位祖先是大禹的后代，于是，一整个鲍家都成了大禹的后人。又比如：这位祖先虽是大禹的后代，却不得大禹之精神——娶妻三天便出门治水，后来三次经过家门却不进家。妻生子，禹在门外听见儿子哭声都不进门。而这位祖先则在筑坝的同时，生了三子一女。由于心不虔诚，过后便让他见了颜色。自然，这就是野史了，不足为信，听听而已。

一

鲍彦山家里的，在床上哼唧，要生了。队长家的大狗子跑到湖里把鲍彦山喊回来。鲍彦山两只胳膊背在身后，夹了一杆锄子，不慌不忙地朝家走。不碍事，这是第七胎了，好比老母鸡下个蛋，不碍事，他心想。早生三个月便好了，这一季口粮全有了，他又想。不过这是做不得主的事，再说是差三个月，又不是三天，三个钟点，没处懊恼的。他想开了。

他家门口已经蹲了几个老头。还没落地，哼得也不紧。他把锄子往墙上一靠，

也蹲下了。

"小麦出的还好？"鲍二爷问。

"就那样。"鲍彦山回答。

屋里传来呱呱的哭声，他老三家里的推门出来，嚷了一声："是个小子！"

"小子好。"鲍二爷说。

"就那样。"鲍彦山回答。

"你不进来瞅瞅？"他老三家里的叫她大伯子。

鲍彦山耸了耸肩上的袄，站起身进屋了。一会儿，又出来了。

"咋样？"鲍二爷问。

"就那样。"鲍彦山回答。

"起个啥名？"

鲍彦山略微思索了一下："大号叫个鲍仁平，小名就叫个捞渣。"

"捞渣？！"

"捞渣。这是最末了的了，本来没提防有他哩。"鲍彦山惭愧似的笑了一声。

"叫是叫得响，捞渣！"鲍二爷点头道。

他老三家里的又出来了，冲着鲍彦山说："我大哥，你不能叫我大嫂吃芋干面坐月子。"说完不等回答，风风火火地走了，又风风火火地

来了，手里端着一舀小麦面，进了屋。

"家里没小麦面了？"鲍二爷问。

鲍彦山嘿嘿一笑："没事，这娘儿们吃草都能变妈妈。"此地，把奶叫作了妈妈。

大狗子背了一箕草从东头跑来："社会子死了！"

东头一座小草屋里，传出鲍五爷哼哼唧唧的哭声，挤了一屋老娘儿们，唏唏溜溜地抹眼泪甩鼻子。

"你这个老不死的，你咋老不死啊！你咋老活着，活个没完，活个没头。你个老绝户活着有个啥趣儿啊！"鲍五爷咒着自个儿。

他唯一的孙子直挺挺地躺着，一张脸蜡黄。上年就得了干痨，一个劲儿地吐血，硬是把血呕干死的。

"早起喝了一碗稀饭，还叫我，'爷爷，扶我起来坐坐。'没提防，就死了哩！"

鲍五爷跺着脚。

老娘儿们抽搭着。

队长挤了进来，蹲在鲍五爷身边开口了：

"你老别忒难受了，你老成不了绝户，这庄上，和社会子一辈的，'仁'字辈的，都是你的孙儿。"

"就是。"

"就是啊！"周围的人无不点头。

"小鲍庄谁家锅里有，就少不了你老碗里的。"

"我这不成吃百家饭的了吗！"鲍五爷又伤心。

"你老咋尽往低处想哇，敬重老人，这可不是天理常伦嘛！"

鲍五爷的哭声低了。

"现在是社会主义，新社会了。就算倒退一百年来说，咱庄上，你老见过哪个老的，没人养饿死冻死的！"

"就是。"

"就是啊！"

鲍五爷抑住啼哭："我是说，我的命咋这么狠，老娘儿们，儿子，孙子，全叫我撵走了……"

"你老别这么说，生死不由人。"队长规劝道。鲍五爷这才渐渐地缓和了下来。

二

鲍山那边，有个小冯庄，庄上有个大闺女，叫小慧子。六〇年，跟着她大往北边要饭，一去去了二三年。回来时，她大没了，却多了个二岁的小小子，说是路边上拾来的。她就叫他拾来，他就叫她大姑。于是，渐渐地，一庄子人都改口叫大姑了。大姑一辈子没嫁人，守着拾来过。大姑疼拾来，疼亲儿似的。拾来吃稠的，大姑喝稀的；拾来穿新的，大姑穿补的。只见大姑对拾来翻过一次脸，倒也不是为什么大事。拾来不知从哪翻出个货郎鼓，坐在门口摇着耍，大姑劈手夺过去，给了他一耳巴子。多少好东西叫拾来糟蹋了，大姑也不心疼，也不知这货郎鼓是金打的，还是银打的。倒是有些蹊跷。还有一桩蹊跷事。有一天，几个媳妇姊妹坐在一堆晒太阳纳鞋底，拾来走过来，一头钻进大姑怀里，伸手就掀她的褂子前襟。大姑脸变了，推开拾来，站起身拾了板凳就朝家走，留下拾来呆站着。媳妇们逗拾来：

"想吃妈妈？找你娘去，这是你姑啊！"

拾来扁扁嘴，要哭又没哭。

渐渐地，庄上传出一个怪话，说的什么怪话，从不叫大姑听见，倒是常常有人去问拾来：

"拾来，你大姑那货郎鼓找来让我要要可管？"

"拾来，你大姑的妈妈你吃过吗？"

"拾来，你大姑……"

拾来虽小，却晓得问的不是好话，倒不回去向大姑学嘴，只是一味地沉默。问的人便越发觉着蹊跷，越发地要问。

拾来阴沉沉地看着他，然后一声不作地走了。于是，人们更加觉着这一大一小共同保守着一个什么秘密。而拾来则变得孤寂起来，尽力躲着人，和一切人疏远着，只与他大姑接近。

就这样，大姑带着拾来过。到如今，大姑老了，没人上门提亲了；拾来大了，长得又高又大，堂堂一条汉子，干活拿九分五的工了。住的还是大姑她大盖的那间小屋，快趴到地底下去了，拾来要弯下腰才能进门。屋里黑洞洞的，一眼两块砖大的窗，冬天塞团草，夏天把草投了。灶底下是张案板，案板边上是一张床，床板上一领凉席，凉席上一个枕头一条被。拾来大了，一头睡不下了，大姑缝了个布口袋，塞进麦穰，又做了个枕头。一人一头睡。大姑抱着拾来的脚丫子睡，拾来的脚丫子一直伸到大姑暖暖的怀里，心里才觉着踏实，不一会儿就睡过去了。

初春的夜里，拾来觉着有点燥热，忽然睡不着了。一双脚搁在大姑的怀里，暖暖的，软软的。他轻轻地动了一下脚趾头，脚趾头碰到了一个更加柔软的地方，他头皮麻了一下，不敢再动了。他听见了自己的心跳。风吹进窗洞，窗洞里的草"嗞啦啦"轻响了一下。他试探着又动了一下脚，想离那柔软远一些，不料他的脚在那柔软暖和中陷得更深了。拾来这才发现，他的脚是在一个温暖的峡谷里。这双脚已经在这峡谷里沉睡了十五年了。他感觉到那峡谷最底层，最深处，有一颗心在跳动。风吹进窗洞，轻轻地响了一声。

第二天早起，拾来眼皮子耷拉着喝稀饭，不吭一声。大姑问他：

"怎么啦？哪儿不好过？"

他不说话。

大姑去摸他的脑门。

他一扭头，让开了。

中午，大姑烧开了锅，才见他扛了个凉床架子回来了。问他从哪扛来的，他不吱声，闷着头，扯绳子网床。

夜里，他自个儿睡在凉床上，枕着枕头，裹着一床破棉絮，缩成了一团，直到下半夜才慢慢伸展开来。他梦见自己的一双脚又搁进了温和的峡谷里，岂不知大姑把棉被给他盖上，自己和衣蜷了一宿。

三

鲍仁文缠定了老革命鲍彦荣，要了解他的生平，以著成一部长篇小说。题目已经起定，就叫作《鲍山儿女英雄传》。老革命这一生尽管有过几日峥嵘岁月：跟着陈毅的队伍打了好几个战役，可谓是九死一生，眼下每月还从民政局领取几元津贴，可他极不善于总结自己，也一无自我荣耀的欲望。他最关心的是一家六七张口，如何填得满。见了鲍仁文成天拿了个本本问那早已作了古的事，而且问了一遍又一遍，心下早已烦了。想起身而去，又经不住鲍仁文烟卷的笼络。十分的折磨。

"我大爷，打孟良崮时，你们班长牺牲了，你老自觉代替班长，领着战士冲锋。当时你老心里怎么想的？"鲍仁文问道。

"屁也没想。"鲍彦荣回答道。

"你老再回忆回忆，当时究竟怎么想的？"鲍仁文掩饰住失望的表情，问道。

鲍彦荣深深地吸着烟卷："没得工夫想。脑袋都叫打昏了，没什么想头。"

"那主动担起班长的职责，英勇杀敌的动机是什么？"鲍仁文换了一种方式问。

"动机？"鲍彦荣听不明白了。

"就是你老当时究竟是为什么，才这样勇敢！是因为对反动派的仇恨，还是为了家乡人民的解放……"鲍仁文启发着。

"哦，动机。"他好像懂了，"没什么动机，杀红了眼。打完仗下来，看到狗，我都要踢一脚，踢得它嗷嗷的。我平日里杀只鸡都下不了手，你大知道我。"

"这是一个细节。"鲍仁文往本子上写了几个字。

"大文子，你赔了这么多工夫，还搭上烟卷，是要干啥哩？"他动了恻隐之心，关切地问道。

"我要写小说。"鲍仁文回答他。

"小说？"

"就是写书。"

"是民政局让你写的？"

"不是。"

"是公社要你写的？"

"不是。"

"那是给谁写的呢?"

问到了文学的目的,鲍仁文作难了。这是历代多少大文豪争辩不清的问题,他小小的鲍仁文作何回答。他只草草地说了一句:"我自己想写呢!"

"写成书能得钱吗?"老革命锲而不舍地问道。

"没得钱。'文化大革命'了,稿费取消了。"鲍仁文耐着性子解释道。

"那你图啥?"又回到了"文学的目的"的问题上。

鲍仁文不再回答,只是微笑了一下,笑得有点忧郁。停了一会儿,他又问:

"我大爷,你老再说说涟水战役可好?"

鲍彦荣沉默了一会儿,从兜里摸出烟袋。

"你老吸这个。"鲍仁文递上烟卷。

"我还是吸这个过瘾。"鲍彦荣执意不接受烟卷,他忽然觉着自己在小辈面前做得有点不体面。

鲍仁文只得自己点了一支吸起来。

烟雾缭绕着一盏油灯,一点火光跳跃着,把人的影子投在墙上,鬼似的乱扭着。

影子在霉湿的墙上扭着,忽而缩小,忽而扩张起来,包围住整间屋子。人坐在影子底下,渺小得很。

"我要写一本书。"他心想。他在县中念了二年,晓得苏联有个高尔基,没上过一天学堂,结果成了大作家;他有一本《创业史》,听说那作家是在乡里的;他有一本《林海雪原》,听说那作家是个行伍出身,不识几个字的……古今中外,无穷的事实证明,作家是任何人都能做得的,只要勤奋。"勤奋出天才",他写在自家床上。

他没日没夜地写着,写在中学里没用完的练习本上,写了有几厚本了。他大他娘要给他说媳妇,他也拒绝了。先著书,后成家,这也是他的座右铭,记在了心里。

人家叫他"文疯子",这里有着几重的意思。一是他的名字叫仁文;二是他这个疯子是文的,而不像鲍秉德家里的,是武的,要起疯来几个男人也弄不了她;三是这"文疯子"的"文"里还有着一层"文章"的意思。

面对大家善意的讥讽，他不动声色，心里想着他记在本子上的又一句话："鹰有时飞得比鸡低，而鸡永远也飞不到鹰那么高。"

四

牛棚里，孤老头子鲍秉义坐在凉床上，唱花鼓戏：

"关老爷门口字两行，古人又留下劝人方。这一字出马一杆枪，二字上横短来下横长。三字立起来像川字，四字好比四堵墙……"老革命鲍彦荣目不转睛地看着他，听得出神。

鲍彦山家老大建设子替他喂牛，铡齐的麦穰子填进槽，刷啦啦地响。

鲍秉义打小跟一个戏班子唱戏，卖过嘴，叫族里人瞧不起。老了，回来了。孤身一人去、孤身一人回。问他在外成过家吗？他微微一摇头。有多事的人，给他说过几回寡妇，他还是微微一摇头。

后来，传出一个怪话，说他在戏班子里，和那挂头牌的女角儿相好了，那女戏子又把他甩了。还有个怪话，说他对东头鲍彦川家里的有点意思。鲍彦川死了有四年了，他家里的拖了四个孩子，再嫁也是难。只不过，都是一族里的，论起辈分来，鲍彦川家里的该叫鲍秉义叔，是想也不敢想的。

如今，他单身一人，就让他喂牛，住在牛棚，他有落脚处了，牛也有照应了。

虽瞧不起他干的那行当，可大人小孩都爱听他唱，都叫他作唱古的。一段曲儿能唱遍上下五千年的英雄豪杰：

> 一字出马一杆枪，韩信领兵去见霸王。
> 霸王逼在乌江死，韩信死在厉未央。
> 写个二字两条龙，王母娘娘显神通。
> 花果高山摆下阵，水帘洞里捉妖精。
> 写一个三字三条街，陈世美求官未回来。

家里撇下他的妻，怀抱琵琶又上长街。

……

一把坠子吱吱嘎嘎地拉着过门。

五

捞渣满地乱爬了。小脸儿黄巴巴的，一根头毛也没有，小鬼似的。就是笑起来的模样好，眼睛弯弯的，小嘴弯弯的，亲热人，恬静人。大人们说他看上去"仁义"。

他没得什么吃，只有他娘的奶。他娘像头老牛——他大说的，吃什么都能变成奶。开始是吃红芋，后来红芋也不能吃净的了，要掺红芋秧子。

他大哥建设子过年十九了，还没说上媳妇。媒人还没进门，就吓回去了。黑洞洞的三间屋，给水泡松了，眼看着就要瘫成一堆烂泥。屋里两块床板，两床棉花套子破成渔网了。

这天，门前来了个打莲花落子要饭的，一个十一二岁的小丫头，尖尖的下巴颏，圆圆的一对眼睛。他大姐抱着捞渣站在门前玩，那小妮子站定了，打响莲花落子。滴溜溜地打了一转，才开口唱道：

"这大嫂，实在好，抱小孩，也不闹……"

他大姐还没过门呢，涨红了脸，唾了一声，进屋去了。他娘却乐了，觉着这妮子鬼得喜人，从大锅里舀了一瓢稀饭给她喝。她不喝，倒在一个大瓷碗里，说要端给她娘喝。

"你娘在哪里？"他娘问。

"在庄东头大柳树底下，有病了。"小丫头说着走了。

他娘一顿饭吃得不踏实，心里七上八下的，像是搁进了一桩事。吃罢饭，她把锅撂下，又盛了一满碗稀饭，抓了两张煎饼，往庄东头去了。

庄东头大柳树是小鲍庄最高的地方，那年夏天，下了九天九夜的雨，一整个庄子，全淹在水里，只露出大柳树的梢，一丛子草似的，停了几十只老鼠。

柳树下果然靠了个病病歪歪的女人，蜡黄的脸皮。小妮子偎在她身边自己给自己梳小辫。干巴巴猴儿似的人儿，倒有两条乌黑油亮的大辫子。鲍彦山家里的往这娘俩身边一蹲，摸摸丫头的辫子，说：

"早年，我也有这么一头好头毛。那时，只扎一根独辫子，这么长一段红头绳。"她将手指伸成一拃。

后半晌，有人看见鲍彦山家里的，带着外乡人模样的娘俩，往家去了。过了二日，那女人脸色滋润了一些，走了。小闺女留下了。每日里，跟着捞渣那十二岁的小哥文化子下湖割猪菜，回到家就抱着捞渣在门前玩，唱小调儿，嗓门又尖又脆，听着喜人，惹得那些二流子似的小伙站在门前不走了：

"小翠子，唱个'十二月'！"

鲍彦山家里的便从门里蹦出来，先把二流子们骂退了，再骂小翠子：

"甭唱了，没脸没皮的，唱什么！"说急了，还在她身上拍两下。渐渐地，小翠子便不唱了。嗓门也像暗了似的，哑哑的，连说话都懒得说了。她唱，她不唱，捞渣总和和气气地对着她笑，笑得她也只好笑了。

人人喜欢捞渣，独独鲍五爷见了他就来气。为的是捞渣落地的时候，正是他的社会子咽气。于是他便认定他的社会子是叫捞渣抓了替身。如今他被队里五保起来了，心中却是很不乐意听说这"五保"两个字。"五保户"在人们心目中，就算是"绝户"的代名词了。鲍五爷脾气偏，见不得自己成了大伙的累赘，总到队里争活儿干。队里便给了他些烂草烂绳头，让他搓绳。于是，他每日里就坐在磨房的墙根下，晒着太阳搓绳。

磨房里人不断。小驴蹄子嘚嘚打着地；石磨轱辘辘地压着石盘；推磨的娘儿们尖起嗓子吆喝驴；面，沙沙地从筛子上洒下箩。他听着总觉得心窝里暖烘烘的，不那么寂寥了。

小翠子背着捞渣，一手挎着篮子，一手牵着小叫驴，来磨面了。

小叫驴套上了套，戴了眼罩，捞渣被放下了地，坐在太阳下抓石子玩，就在鲍五爷脚边上。鲍五爷斜起眼瞅他，轻轻骂了声："鬼！"

"鬼"听见了，伸出手拍了一下鲍五爷的大毛窝，笑了。

鲍五爷心里头咯噔一下子，觉得那笑模样实在像他社会子，鼻子一酸，叫道：

"你这个鬼哦！"

小叫驴嘚嘚地围着磨盘转，小翠子轻轻吆喝着："吁，吁。"

六

鲍秉德家里的又闹了，爬树上梁的，把锅都砸了。几个大男人拉住她，被她拖了几丈远。最后把她四脚朝天翻倒在地，才捆住了。她龇牙咧嘴地吼着，没人声了。

鲍秉德抱着脑袋蹲着。鲍彦山家里的端了一碗稠得能挑上筷子的芋干子稀饭，夹了两张煎饼，给他送去。他不吃，说心里堵得慌。众人们也没得法子，只能陪他叹气。

鲍秉德家里的疯了有八九年了。她娘家是鲍山那边十里铺的人家，做姑娘时如花似玉。都说鲍秉德交了桃花运，娶了十里铺的一枝花。不料这娘儿们中看却不中用。来的头年怀了一胎，生下是个死孩子，第二年又是一胎，还是个死孩子，怀了有三四胎，胎胎是死的。暗地里就有人说怪话：兴许是做姑娘时不规矩来着。生下第五个死孩子时，疯了。疯了以后，那怪话才没有了。说疯子的怪话就太不厚道了。

刚疯的那阵子，曾经有人劝过鲍秉德，把她离了，再娶一个。鲍秉德一口回绝：

"我不能这么不仁不义。一日夫妻百日恩，到这份儿上了，我不能不仁不义。"他说不出过多的道理，只是口口声声的"不能不仁不义"。后来，"文疯子"写了一个广播稿，题名大约是"阶级感情深似海"，还是"阶级情义比海深"之类的，投给了公社广播站，给广播了一下。后来，他又往县广播站投，就没投中。不过，鲍仁文的名声还是出去了，知道小鲍庄有了个舞文弄墨的。鲍秉德的名声也出去了。这下子，就是他想离也离不成了。就这么凑合过吧，只是鲍秉德一日比一日话少，成了个哑巴。他心底深处，很奇怪的，暗暗的，总有点恨着鲍仁文。好像，他给自己的事情做了包办，后来却又撒手不管，很不负责。而鲍仁文，隐隐的，也有些畏着鲍秉德，似乎觉着自己欠了他些什么。总之，有些尴尬起来。

鲍秉德家里的在地上乱挣着，一会儿，地上就被她歪了一个坑，浮土一蓬一蓬地扬起来。这疯子虽说是武的，却不伤别人，只打她男人，打孙子似的揍。鲍秉德是不怕她揍的，这么捆起来只是为了怕他伤了自己。有一年腊月里，她一股劲跑到湖里跳了大沟，鲍秉德忘了自己不会水，也跟着跳了下去，让人一起救了上来。

鲍秉德闷着头，不由滴下一滴泪来。他遮掩着大声咳了几声，吐出几口痰，把那滴泪盖住了。

"你也别太愁了。"鲍二爷劝他，"啥事都有个头，你又没做过缺德事，凭什么这样难为你。"

"我家里的她娘家，有个疯子，疯得蹊跷，好得也蹊跷。"鲍彦山说，"不知怎么就疯了，疯了有十几年，爬树上梁的。后来，他奶奶死了，棺材一落地，他这边立马就好了。醒过来了哩，就好比做了一场梦。问他是怎么啦！他什么也不知道，这十多年就像是睡过来似的。"

"真是的吗？"大家都问他，连鲍秉德也抬起眼睛，好像看到了一丝希望。

"现在都有两个儿子，好好的，清冷得很。"

"这是胡八扯的。"远远的，蹲着鲍仁文，"说正道的，该送我七奶去城里疯人院。"

"那是不成的。"大家一起反对。

"那么些疯子都关在一起，不打成一堆，撕碎了才怪。"

"听人说，那就像坐大狱似的。"

"大夫都拿着带钉的棍哩！"

"这不是病！"

鲍秉德自己是不用再说什么了，只是恨恨地盯着了鲍仁文。

鲍仁文长叹一声，立起身，走了。傍晚的太阳，落在地沿上，把他的影子拉得细溜溜长，孤单单地斜过去了。

七

拾来和他大姑分床睡了，到了夏天，他便把凉床抬出去，在大槐树下睡。等到秋凉了，外面睡不住人了，把凉床子扛进屋的时候，他大姑猛然发现拾来长成了一条汉子，屋子越发的小了。

拾来越发的孤独了，唯一可接近的大姑，这会儿他却疏远起来，比对平常人还要疏远得厉害。一天没有三句话，吃饭只听得喝稀饭响。吃罢饭，对坐着，连喝稀饭的响都没了，只觉得又腻味又不自在，只得早早上了床睡去。夜里听见大姑的磨牙声，打鼾声，睡也睡不踏实。到后来，他见了大姑就要躲，怕似的，又像是恨似的。自己也琢磨不透，只觉得心窝里烦躁得慌。

早起，他大姑和他商议，把猪卖了。

"卖就是了。"他没好气地说，像有一肚子火似的。

"卖了猪，扯几丈布，给你缝个新被窝。"大姑说。

"扯就是了。"

"买个凉床子。"

"买就是了。"

"那凉床，冯大家虽然没说要，可话里那音，总是急着要使的意思。"

"还就是了。"他就好像吃了枪子儿似的，绷着脸，埋着头。

"你向队长告个假，上街一趟。"

"不管。"他一口回绝。

"咋不管？"

"不管就是不管。"他硬邦邦地说。自己也不晓得为啥不管，故意要找别扭。

"你不去我去。"大姑也气了。她也弄不明白，这些日子咋侍弄不好这个侄儿了。

大姑换了一身衣裳，借了一挂平车，把猪捆了，推起就走。她迎着早晨的太阳走去了，蓝白花的褂子裹着她健壮的身子，肩膀头圆滚滚的，轻轻快快地上了路。

拾来眼睁睁看着他大姑上了路，心中又十分的后悔起来。一整天，他心里都不安生，不时抬头看看日头，再往大路上眺一眼。大路上走着一挂平车，却不是他大姑，是个大男人，推着一平车的红芋。

直到收工，他大姑还没回来。拾来烧开了锅，馏上馍，蹲在家门口等着。不晓得怎么回事，这会儿，他想起了他大姑的种种好处。他心里那一团无名火溶成了一片热腾腾的东西，像水似的荡漾开来，流遍了他的全身。他想着，该对他大姑好。

上弦月升起来了，碧空上细弯弯的一勾，却把个大地照得明晃晃，白花花。

他心里忽然不安起来，会不会出什么事了？都什么时候啦？他浑身一激灵，站起身，来不及锁门，就往庄头走。迎面过来几个割猪菜的小孩，背上的草箕子比人高，小山似的。走到跟前，让开了道，看着拾来过去，看稀罕似的。拾来总叫人觉得稀罕。而面对这么些探究的眼光，拾来更与人接近不了了。他成天价虎着个脸，叫人见了害怕，岂不知他心里是害怕人的。

白花花的一条大路，弯弯曲曲盘过一道坝子，没了。

坝子上翻过来一只黑虫，顺着白花花的路爬了过来，越来越大了。定睛一看，是一挂平车哩！

拾来一拍大腿，三步并两步地迎上去。果然见他大姑推着一挂平车，平车上是凉床，凉床底下一只篮子，篮子里，有布，有二斤肉，还有一盒卷烟。拾来眼窝热了一下：她见我吸烟了？

拾来捡了一个烟嘴，拾掇了一个烟袋，背着人吸呢。

他跑上去，接过大姑的车把子，迈开大步，把大姑甩下了二丈远。他的两张大脚片子踩在白花花的大路上，轻轻巧巧地走着。车轱辘"嗞咕嗞咕"转着。路边一只小虫"吱吱"地唱，秫秫"刷刷"地在拔节儿。月亮婆婆把什么都照得明明晃晃，清清白白。拾来心里一片空明，又平静又欢愉。他不明白，事情咋会变得那么好，叫人觉得，活着是一桩多大的美事，受了多大的恩德。

八

小翠子长个儿了。细溜溜的身子，穿了她大姐的紫花布褂子，直拖到膝盖上。

烧锅，刷碗，割猪菜割得比谁都多。人喜欢她，她也喜欢人。就是不和建设子说话，建设子也不理她。两人不能搁一个桌上吃饭。有时见了面，隔老远眼皮子就耷拉下来了，像是几百年的仇人似的。鲍彦山家里的倒喜欢，说这才稳重，稳重好。她对小翠样样满意，就是有一桩搁在心里老放不下，这丫头子太聪明了。她时常想起第一次看见小翠的情景：滴溜溜地打着莲花落子，小嘴一张："这大嫂，实在好，抱小孩，也不闹！"太鬼了！其实，她最怕的也就是当时她最爱的。看看建设子那么蔫，几棍子打不出一个响。这丫头子能乖乖地跟他过吗？鲍彦山家里的心中没有一点数。因此，有时候，她难免觉得自己要吃亏。逢到这种念头上来，她就拼命地使唤小翠子，似乎是要在鸡飞蛋打之前把本给捞回来。

"翠，喂猪了！"

"翠，把你哥的衣裳拿河里洗了！"

"死妮子，水缸见底了。"

小翠给使唤得滴溜溜转。她眼睛里的笑模样一天比一天少，变得十分严肃，下巴颏越发的尖，两条乌黑的大辫也有点见黄。有人看见她在庄东头大柳树下哭过，不出声，抹抹眼泪，赶紧地又走家了。看见的人自然要叹息，可是大家都晓得，比起别庄上的童养媳，小翠可说是享福了，不挨打，给吃饱。小鲍庄的童养媳是最好做的了，方圆几百里都知晓，这庄的人最仁义，可惜是太穷了。

有了小翠这一把割猪菜的好手，文化子下了晚学，再不必急急忙忙地下湖了。

他深感得着了小翠的好处，嘴甜得很，赶着小翠叫"翠姐"。他叫一声，小翠的脸就红一下。文化子不愧是文化人，读着书，晓得男女平等的道理，有着很先进的民主思想，见他娘吆喝小翠吆喝得紧了，他常常会挺身而出："我去担水。"

他担着桶去了，小翠攥着喊他放下。他不干，飞快地跑，小翠便飞快地追。这么跑着追着到了井沿上，他抢什么似的把桶放了下去，桶脱钩了，飘在水上。傻眼了。

"你看你，慌啥?"小翠说他。

"都是叫你赶的。"文化说她。

"看你咋办?"小翠说。

"这有啥难的!"文化弯下腰去，伸下扁担去钩，扁担绳晃悠晃悠。

"看你能的!"小翠撇撇嘴，弯下腰去夺扁担。

"我能行。"文化不放手。

"给我。"

"不给。"

两人趴在井沿上，水上飘着一只桶，一根扁担钩晃悠晃悠。井底映着两个人影，一个小翠，一个文化。扁担钩子勾着了桶，却没吊起来，倒把水搅花了，花了一阵，又平了。小翠和文化又出来了，看电影似的。

"你看你那样儿!"小翠说文化。

"我看你还怪俊哩，翠姐!"文化嘻着脸说小翠。

"呸!"小翠唾了他一下。

"怎么，我说错了?"

"错了。"

"你丑吗?"

"不是这个错。"

"那又怎么错了?"文化子纳闷。

"就是错，就是错!"小翠点着他鼻子说，那活泼泼的样子又回来了一点。文化子又傻了眼，不吭气了。

桶，捞上来了，水打满了。两桶水搁中间，文化在后，小翠在前。文化把扁担搁上肩，弯着腰，半蹲着，等着小翠上肩。刚要上肩，小翠又直起腰回过头问道："你多大，我多大?"

"你属牛，我属鼠。"文化立即回答。

"那么你咋叫我姐?"

文化一愣。

"可不是你错了！"小翠直起腰，扁担上了肩，刷溜溜地就走，把文化拽得一踉跄。

扁担悠着。水在桶里悠着，悠到桶边上，又回来了。

九

捞渣歪歪扭扭地能走了，话也能说不老少了。正吃晚饭，鲍五爷拄着拐来了。

鲍彦山招呼他：

"五爷，来吃。"

捞渣学嘴："来七（吃）。"

鲍五爷装没听见，不理会他，在门槛上坐下来，看蚂蚁搬家。

"吃过了吗？"鲍彦山紧问着。

"吃过了。"鲍五爷回答。

"咋吃的？"

"煎饼，稀饭，咸菜。"

"你老要懒得烧锅了，就过来。咱家人多锅大，多一人少一人见不着。"鲍彦山家里的说。

"我能烧。"鲍五爷回答。闷着头看地。天黑了，看不见蚂蚁了，一只蚱蜢蹦跳过去。

什么东西碰了他的嘴，定睛一看，捞渣什么时候到了跟前，小手里攥着一块煎饼，捏成了团，直送到他嘴边。他看看捞渣，捞渣朝他笑着，一脸厚道相。他心里又是咯噔一下，扭过了脸去。

月亮升起了，眼前豁亮了许多。

鲍五爷掉回头，捞渣正坐在他脚边抓土玩，稀稀的黄头毛底下露出了头皮。鲍五爷伸出手在那头皮上胡噜了一下，心想："我咋像是在哪见过这鬼哩。"

前边牛棚里在唱古，坠子吱吱嘎嘎地传得老远：

写一个五字无底洞，薛仁贵跨海又去征东。

征东招够人共马，回马枪挑凤凰城。

写一六字变化开，我配姣娥女裙钗。

带领三千人共马，才把唐王我主救出来。

……

十

在一千里外的北京，正进行着一场江山属于谁的斗争。

一千里外的上海，整好了装，等着发枪了。

十一

里外三新的新被窝，软软和和地裹着拾来。拾来钻在被窝里，舒服得心里发虚，有点不实在。翻来覆去，不知怎么舒服才好，反倒睡不踏实了。

月光照进堵了一半的窗洞，落在大姑的床上。大姑盖着一床旧棉被，薄得像纸，硬得也像纸。

大姑是真疼自己，拾来想。这世上不会再有像大姑这样疼自己的人了。是媳妇也不能这样，是娘也不能这样，是姊妹更不能这样。拾来这辈子没娘，没姊妹，还没媳妇，他不知娘、媳妇、姊妹的疼是啥味道，他只觉得大姑的疼是天底下最最好，最最好的了。

是大姑给铺的被，身下垫一层，身上盖一层，脚后跟还折了一道，紧紧地裹住了脚。脚一暖，浑身都暖了，俗话说："寒从脚底来"。好多日子，脚没这么暖和过了。可是，这暖和又和那暖和不一样。拾来想起那温暖的峪谷。那柔软的暖和是非常特别地包围着他的脚。

月光移到了大姑的脸上，那脸庞近二年丰腴了起来，只是眼角的皱纹很密。

大姑好像微微地哆嗦了一下，拾来赶紧闭上了眼，等他再睁眼时，大姑已经掉过身去，脸朝里了。月光移到了她的身上，洼下去而又凸起来的地方。

过了几日，有一天，大姑对拾来说：

"拾来，你过年就十八了吧！"

"嗯哪！"拾来生硬地回答。天一亮，他夜里的那些柔情便全退潮似的退去了，不晓得退到什么地方，找也找不见了。

"也该说媳妇了。"她停了一下。

拾来不吭声，心跳了。

"二奶她娘家高庄有个闺女，比你长一岁。啥都好，就是小时出花，脸上落了疤。"她又停了一下。

拾来不吭声，心跳得凶，气都喘不过来了。

"她不嫌咱家穷，愿意跟你过。你要是愿意，明天就上高庄去一下。我让冯大家二小子进城捎了两斤果子。"她停住不再说了。她听见拾来的喘气声，像牛一样。

只听得"砰"的一声，碗碎了。拾来站起身跑了，带倒了案板，带倒了板凳，咸菜碟子掉了，臭豆子撒了一地。

大姑怔怔地望着一地的碗渣子。进来一只鸡，啄着臭豆子。啄啄，又丢下；啄啄，又丢下。

拾来出去一天，直到夜半才回来，三星都偏西了。大姑坐在床沿，没睡，等他。

他一进门，拉开被子，蒙上头就睡倒了。

"拾来。"大姑叫他。

他不动弹。

"拾来，"大姑脸对着窗洞，一字一句地说，"我给你置一副货郎挑子，你走吧！"

他不动弹。

"你成人了，自己过去吧。我不能养你一辈子，你也不能守我一辈子。"

他不动弹，只觉得从头到脚都凉了，就像掉进了冰窟。

一个风和日暖的早晨，拾来挑着一副货郎挑子，上路了。上路前，大姑不知从哪摸出一个货郎鼓，她用手抹了抹鼓面，轻轻摇了一下："叮咚"，货郎鼓响了一下，响得还脆。她看看鼓，又看看拾来，张张嘴，要说什么，又没说。然后把鼓交给了拾来。拾来接过鼓看了看，恍恍惚惚记着小时玩过，为了玩它还挨了一耳巴子。这是他从小长成人，第一次挨耳巴子，就一次，也记得住了。他随手把货郎鼓往货架上一插，径直走了，没有回头。货郎挑子在他宽厚的肩上晃悠着，货郎鼓清清脆脆地响着：

"叮咚，叮咚，叮咚，叮咚。"

大姑听着那鼓声一步一步远远地去了，眼泪直流了下来。

十二

早几天就听说，县上要来个作家，来此地采访治水的事。

这几天又听说，那作家日后就到了，住宿都安排妥了，住县一招。

鲍仁文要去见见那作家。早几天，就把他这些年写的文章拾掇出来，看了几遍，改了几遍。这几天，又重新抄了一遍，整整齐齐地摞在一起，用他娘糊的鞋靠子贴上光溜溜的画报纸，做了个精装的封面，封面上用墨笔写了两个立体的美术字——作品。直弄到夜半。他只迷盹了一小会儿，天就亮了。他起床洗了脸，刷了牙，又用他娘的破梳子沾了点清水梳梳头，穿上他的蓝卡其学生装，夹着"作品"出发了。

他娘撵了他有半里地，要他捎上半篮鸡蛋上街卖了。他装没听见，大步流星地走出了庄子。

太阳很好，把风都暖热了。半个多月没下雨，大路上的浮土有半脚深了。大车过去，平车过去，自行车过去，人走过去，把个浮土踢起来，扬了个半天，遮黄了太阳。

他感到燥热，走过大方家井沿上，向个提水的老头讨了半瓢水喝，再接着赶路。路，向前蜿蜒，看不到头，难得遇见个人。远远的，看见个小黑点。走着走着，渐渐大了，大了，大了，显出人形了，辨清男女了，认出眉眼了。到了跟前，过去了，前边只有一条白生生的路，蜿蜒到看不见的远处去了。太阳到了头顶，踩着自己的影子走。

他觉得困顿，像是睡着了。"作品"的封面滑溜溜的，老往下打滑，他把它搂搂好，向前走。

这是他的宝贝，他的心肝，他的所有的一切，一切的所有。他为它熬了多少夜，熬了多少灯油。他累极了，困极了，难极了，写不出一个字却又非要不停地写下去，写下去，这时候，他便会困惑起来：

"这么苦究竟是为啥？究竟图的啥？会有个什么结果呢？"于是他会一下子委顿下来，心里充满了虚无的情绪。这种心情冲击得最强烈的一次，他竟把他写了九个晚上还没写完的一篇小说撕了。然而，等那一阵狂暴过去之后，他望着一地的碎纸片，落寞地哭了。这时，他特别想往什么上面偎靠一下，温暖一下，安慰一下自己这颗破碎而孤寂的心。他觉得自己苦得很，苦得很。他蜷缩着，自己偎依自己，慢慢地平静下来，又重新摊开一张纸，拿起笔。除此以外，他不明白还有什么能给自己安慰和偎靠的。只有这么写着，他才能够希望着什么，妄想着什么。

路，无穷无尽地延伸着，这是一条寂静的路。他又觉着渴，却再不能遇上一口井了。

日头偏过正午，他走上了刘庄的地，前边就是县城了。有人担着空挑子往回走，是从街上下来的。

城里很安静。街中央馆子里，一地的鸡骨鱼刺，一个围着稀脏的围裙的娘儿们，正往外扫，招来了两条狗。剃头店里只有一个师傅靠在剃头椅子上打呼噜。一只猪大摇大摆地从百货店走出来。

他走过邮局，走进招待所。他心中忽然有些紧张。他努力回想着"作品"中最叫自己满意激动的段落，语句，想给自己增添一点信心和勇气。然而，却怎么也想不起来，那些绞尽脑汁写下来的章句全消失得无影无踪。他发觉，自己过去的半生的价值，和今后半生的价值，马上就要得到一个裁决。他有些腿软，几乎要掉过头走去了。

传达室的老头在打盹，口水流在衣襟上。一个女人低着头织毛线。没人理会他。

"大姐。"他犹豫了一下，还是叫了。

"大姐"皱着眉头抬起脸，不太耐烦的样子。

"大姐，这里住的可有一位作家？"

"什么'坐'家，'站'家，不知道！"她回答。

"就是从外面来的，写文章，写书的。"

"叫什么名儿？"

"不知道。"

"男的女的？"

"不知道。"

她低下头继续织毛线，不再搭理他。

他又恳切地叫了一声"大姐"，没有回应。无奈，只好罢了。他站在招待所门口，思忖了一会儿，掉过身往县委走去。他有个中学里的老同学，在县委宣传部打字。

很顺利地找到了那老同学，她也还认得他。而当他向她打听作家时，她却茫然了好一阵，然后才想起带他去找一位王科长打听。王科长皱皱眉头，抬起手，抖一抖手腕，把袖子抖下去，露出亮晶晶的坦克链表带，然后才去抚摸锃亮的分头：

"听说过这么一件事，不清楚，不清楚，听说过。"

"你去问问张科长嘛！"那老同学微微撒娇地扯扯他的袖管。

原来这位王科长只是个干事，"科长"不过叫叫听听而已。等找着了张科长，真相才大白。是有这么回事，曾经是要来个作家。可是后来不来了。也许是这里治水的事情不够典型吧，犯不着曲里拐弯地到此地来。于是，便不来了。

鲍仁文寂寞地走在大街上，心中不知是喜还是悲。倒像是放下了一块石头，觉得轻了，又觉得空了。他慢慢地走着，觉出了饿，口袋里有一卷夹了大葱的煎饼，他打算出了城就吃它，走过邮局，他站在报栏前看一会儿报纸。他注意到一张报纸的下角有一块目录，是省里一个文艺刊物的目录。何不向他投一稿试试呢？他忽然想到。不由激动起来，血液向上涌去，脸红了。他镇定了一会儿，默记下那刊物的地址。然后，走进邮局，在角落里坐下，翻开他的作品。

他把"作品"放在桌沿底下看，没有人瞅见。邮局里没有人，只有一个老头，在缝一只包裹。那老头像是个先生，文质彬彬的样子，戴了一副框架发黄的眼镜，笨手笨脚地拿着一管大针，一针一针缝合着包裹。包裹是寄往青海的——鲍仁文偷看了一眼。

鲍仁文挑了一篇小说，又挑了一篇散文，想想，再挑了一篇小说，卷在一起。

柜台里的人问他："是什么东西？"

"稿子。"他迟疑了一下，脸红了。

"什么？"那人不明白。

"稿子。"他说，脸又白了，好像在做一桩极见不得人的勾当似的。

那人把稿子往秤上一扔，过了秤，然后又拿起来往一个大筐里一扔。鲍仁文瞅在眼里，怪心疼的。就好像自己亲手养大的孩子要出远门游历去了。

从邮局出来，他心里却又一片恬静。太阳落了，黄黄地照着路边的土墙。有人进了馆子，传出划拳声。猪，哼着。广播里在播放一支快活的曲子。

他算着那稿子的路程，什么时候可以到省城了。他从这一刻起，就在等待了。

他从此便有了理由等待，有了东西可希望了。

他觉着很幸福，不由跟着广播哼了一句，没合上调，哼得难听，赶紧住了嘴。

晚霞在他身后的天空上变幻着。他看不见晚霞，只觉着了那绚烂的光。

十三

大姑耳朵跟前，老有一只货郎鼓在响着：

叮咚，叮咚，叮咚，叮咚。

十四

太阳落到地边上，割猪菜的孩子都往家走了。小翠和文化来得晚，草箕子里还差点儿才满。

"文化子，你每日价，在学校，一早晨，一白天，忙的啥呀？"小翠子问道。

"上课呗。语文、算术、地理、历史、自然……学习就是了。"文化告诉她。

"学啥哩？我看你啥也不懂，桶掉井里也勾不起来，割猪菜割得多笨！"小翠子讥笑文化。只有在湖里，对着文化子，她才敢撒野。

"哼，我懂的，你不懂的，多着呢！"文化子不服气，他在学校里尽得两分，只有在小翠跟前，才有得显摆。

"你说说看！"小翠斜着眼瞅瞅他。

"你知道，人是打哪儿来的?"文化问。

小翠扑哧笑了："娘肚子里生出来的呗！我当你知道什么哩。在学校里就学了这个？躲滑罢了。"

文化微微一笑，不与她斗嘴，继续深入问道："娘是打哪儿来的？你会说娘是姥姥肚里生出来的。姥姥打哪来的？姥姥的姥姥打哪来的?"

小翠果然被问住了，扑闪着大眼睛，不吱声了。

"告诉你吧，人是猴子变的。"文化压低声音，极其神秘地说道。

小翠轻轻地惊呼了一声。

"你看，猴和人像吧？活像！"

"那，猴又是什么变的呢?"小翠怔怔地问。

"猴子，是鱼变的。"文化犹豫了一下，最终还是很肯定地说出来了。

"咋是鱼变的?"小翠困惑极了，鱼和人可是一点也不像。

"你知道吧，这是地球。"

"地球？啥球?"

文化打了个格愣，感到和小翠说话十分困难，由此领会到了进行启蒙教育的必要性："就是咱们住的这地。"文化用脚跺跺地，又伸出胳膊画了个圈。

小翠转头看看周围，大地笼罩在苍茫的暮色里。

"这地上，最早，最早，最早，最早，什么也没有，只有水，只有水。"

"哦！"小翠抬起眼睛，望着渐渐暗下去的天，出着神。

"只有水，只有水。"

"那可不就像闹水的时候。"小翠轻轻地说。

"你们那地方也闹水?"文化问。

"差不多年年闹。我小时候，刚满周岁那一年，闹的可凶。听俺娘说，没天没地了，只有水。"

"你能记得?"

"我记得……有一条长虫。"小翠怔怔地说。暮色越来越浓，她的眼睛在暮色里闪亮着，像两颗星星。

"回家吧。"文化有点害怕。

"割满了就走。"小翠子垂下眼睛割了一棵富富苗。

文化低下头，割了一棵七七芽："回家吧!"

"你割不满没事，我割不满可不管。"小翠忽然气了。

"瞧你说的，我娘就这么偏心吗?"文化有点难堪。

"你娘偏心，天底下没有比你娘更偏心的娘了。"

"你咋胡说哩!"文化也有点气了。

"咋是胡说? 你娘为啥叫你念书，不叫你哥念书?"小翠回过头，一双黑黑的眼睛看定了他。

文化说不出话了，半天才结结巴巴地说："我哥人老实哩。"

"谁稀罕他老实。"小翠子提起草箕子，跨过两条芋头趄，又蹲下了。

"老实人靠得住。"文化又结结巴巴地说了一句。

小翠不理他，手脚麻利地割着猪菜。她眼尖，哪儿有猪菜都逃不过她的眼。她的手快，眼到了，手也到了。过了一会儿，小翠说话了。

"文化，你往后给我讲讲，你们上的学吧。"

"管。"文化说，又加了一句，"那还不管。"

小翠说："我不会亏待你，我唱曲儿给你听。"

"唱个'十二月'。"文化子立马说。他是从那些二流子嘴里听说有个"十二月"，也不知"十二月"究竟是什么，想得心里痒痒的。

小翠子稍停了会儿，唱了一句:

"正月里来本是个新年。"

她调门起得很高，声音细细的，尖尖的，颤颤的。文化觉着，小草抖索了一下。四下，毕静。

"喜欢笑那哈万象更新。牵挂个美少年，知心人难见，相思对谁言……"她哀哀怨怨地唱着，并不懂一字一句里的意思，听大人唱，她也唱，唱熟了，便觉出那一股凄戚很对她心思。

她凄凄戚戚地唱着，文化子凄凄戚戚地听着。

十五

捞渣会给鲍五爷送煎饼了。这倔老头才怪，谁送他饭食，他都不要，似乎一吃人家饭，他便真成绝户了。可是捞渣给送去，他便为难了。看看那张小脸，不收就觉着不过意。

捞渣会的拉呱了，见鲍五爷一个人孤得慌，晓得同他问长问短地解闷。

"吃过了吗?"他问鲍五爷。

"吃过了，你哪?"鲍五爷搭理他。

"吃过了。"

"吃的啥饭食?"鲍五爷问他。

"吃的面条子。"

"不孬。"

"你吃的啥?"他问鲍五爷。

"煎饼，稀饭，臭豆子。"鲍五爷一字一句地回答，毫不含糊。

"蛐蛐儿。"他拿给鲍五爷看。

"是蛐蛐儿。"五爷点头。

"是男的，是女的?"

五爷笑了:"这鬼。蛐蛐儿咋说男女，要说公的，母的。"

"是公的，是母的?"

五爷自己默了一会儿神，感叹道:"要论起来，说男女也没错，也是个性灵。"

"把它放了吧!"捞渣忽然抬头说。

"放就放吧。"五爷说。

一老一小看着那蛐蛐儿一蹦，蹦没影了。

捞渣和鲍仁远家二小子说"斗老将"。鲍五爷帮着捞渣将杨树叶子，将了满满一大鞋壳，一小鞋壳。鲍五爷捂一只鞋，捞渣捂一只鞋，一捂捂两天。捂出来的杨树叶梗子，黑得油亮，比麻还韧。鲍仁远家二小子的杨树叶梗子捂得嫩，拉不过捞渣。斗一个，断一个，斗一个，断一个。急眼了，越急越断。捞渣就把自己的换给了二小子。然后，二小子便翻本了，斗一个，赢一个，斗一个，赢一个。捞渣输惨了，可他不急不躁，依然是喜眉喜眼的。鲍五爷在边上瞅了这半晌，等二小子走了，他问捞渣：

"捞渣哎，你咋把你的'老将'全换给二小子了？"

"我看他要哭了。"捞渣说。

"你输了不难受吗？"

"难受。"

"那你还换给他？"

"我看他要哭了。"捞渣又说。

鲍五爷不问了，看看捞渣，在他稀稀拉拉的黄头毛上胡噜了一下，叹了一口气。

停了一会儿，自语似的说：

"你也该让他，论起来，你是他叔哩。"

十六

大姑老听得见一只货郎鼓响：

叮咚，叮咚，叮咚，叮咚。

十七

鲍仁文每天收工都要往庄东大路上走两步，见有没有送信的来。大前天迎到一回，有两封信，一封是鲍彦海家大小子打金华部队上来的；一封是鲍二爷家的，打关外来的，鲍二爷家里的是那年他闯关东从关外带来的。昨天又迎到一次送信的，却没有信，送信的只是打这里路过，往大刘庄去的。

今天他又往大路上走去，远远地听见有什么在响：叮咚，叮咚，像是一只货郎鼓，渐渐地才看见过来一个人，是个走路的，担着货郎挑，慢慢地近了。

他背后是太阳，红通通地停在大路的尽头，他走在大路上，货郎鼓叮咚叮咚响着。

"兄弟，你见没见有骑车子的往这边来?"鲍仁文大声问道。

"没有。"卖货的回答。走近过来了，剃得雪青的头皮，黑黝黝的脸膛子，宽肩大膀，嘴唇上的胡子却还没硬，软软地趴着。

"大哥，前面的庄子叫什么名?"他问道。

"小鲍庄。"鲍仁文回答他，慢慢转过身往回走。

"哦，这就是小鲍庄。"小伙子说，和鲍仁文齐着肩走，货郎鼓叮咚叮咚地响。

"怎么，你知道小鲍庄?"鲍仁文瞅瞅他。

"咋不知道? 小鲍庄的名声可响哩。都知道这庄上人缘好，仁义。"小伙子说。

"哦。"鲍仁文不再问了。

小伙子东张西望着，早有几个小媳妇听见货郎鼓声音，探出头来了。

"大兄弟，你停一停，让我挑个顶针儿。"有人喊。

回头一看，见是个四十多岁的女人从台子上走下来。她黄白的皮肤，头发在脑后随随便便窝了个纂，耳朵边上散落下几绺头发。身上穿的褂子破得可以，好像就前后披了块布，闪闪忽忽，飘飘荡荡，结实的身躯时隐时现着。她走到货郎挑子跟前，低下头，在匣子里挑顶针儿，手腕圆圆的。垂下的眼睑上长着密密长长的眼毛，是个毛呼眼。

"收工啦? 大文子。"她招呼鲍仁文。

"买针啊? 二婶子。"他招呼鲍彦川家里的。

又来了几个媳妇儿，要买针头线脑的。鲍彦川家里的，挑个顶针儿挑个没完了。

"他二婶，你再挑也挑不出金的银的来。"鲍彦山家里的说她。

"我就是买根针，也要挑个可心的。"她回答，耐心地挑着。"大兄弟，打哪儿来的?"鲍彦山家里的问他。

"打山那边来的。"

"家里有父母吗?"

"没了。"小伙子瓮声瓮气地说。

"有兄弟姐妹吗?"

"没。"

"呀，是个苦命的孩子。"鲍彦山家里的抬起头看他，看他宽鼻大眼，生得厚道，不由怜惜起来。

鲍彦川家里的正试着一个顶针儿，试戒指似的。这会儿回过头来问:

"你叫个啥名儿?"

"拾来。"他说。他发现这女人的声音好听，低低的，厚厚的，听起来就好像一股温吞吞的河从心上淌过去。

她终于挑好了，把一个两分的分币递到货郎手里，温呼呼的，有点儿潮。

一群媳妇姊妹围着他，都抬头看他，看得他背上冒冷汗，不自在得很。

"咦唏!"娘儿们同情地叹息着。

拾来脑门上开始冒汗，虽说别扭，可心里却暖和和的。自打走出冯井，他第一次露出了笑脸儿。

那么些媳妇姊妹的手在他匣子里翻江倒海地翻腾，他一点不生气，蹲下来，拔出烟袋。烟荷包里却挖不出烟了。忽然，"啪"的一声响，一样软乎乎的东西掉在他手上，一个烟荷包。抬头一看，那买顶针儿的二婶正看着他，说了声:"吸吧!"转身走了。一件破大褂子挂在身上，飘飘忽忽地上了台子，闪进一扇门里。

这天夜里，拾来宿在牛棚，和唱古的鲍秉义挤一床。晚上，牛棚里照例挤了一屋人，听他唱古:

> 写一个七字把腿翘，关老爷手提偃月刀。
> 我问老爷哪儿去，霸王桥上去逮曹操。
> 写一个八字两边排，八仙随后过海来。
> 蓝采和撕掉阴阵板，四海龙王又糟糕。
> ……

十八

鲍彦山家里的很纳闷：小翠可不是天天在眼皮底下转，怎么猛地一下，开始长身子。那身板不再是竹竿子似的直溜到底，不知什么时候圆了，结实了，胸脯子满满的，小腿肚子鼓了起来，尖下巴颏子圆了。女大十八变，变俊了，水灵了。

多少人同她说："该给孩子圆房了。"

她同男人商量："该给孩子圆房了。"

建设子已经二十四，该圆房了。

小翠子觉出了不对劲。她娘待她和气多了，那天失手打了个碗，也没说她，只叫她扫干净碗渣子，别让捞渣扎了脚，便完事了。文化子却又远着他，不再与她说长道短的了。建设子白天黑夜地收拾里屋，往地上垫土，往墙上抹石灰。而庄上那些大嫂大婶们，都对着她挤鼻弄眼的，诡计得很。

小翠子把捞渣从屋里拽出来，带到井沿上，问他：

"捞渣，翠姐待你好不好？"

"比亲姐还好。"捞渣说。

"那你为啥骗翠姐？"

"我没骗。"

"你骗了。"小翠激将他。

"没骗，真没骗！"捞渣急了。

"好，你不骗我，那你告诉我，这几天，我娘和我大商量啥了？家里要办什么事了吗？"

"俺大哥要娶媳妇了。"捞渣说。

小翠子只觉得头脑子"轰"的一声，炸了似的。她定定神，夸奖捞渣："说实话才是好孩子，你回家吧。"

"你上哪儿？翠姐。"捞渣问。

"我站一会儿。"她说，又改口道，"我上二婶家去借个鞋样子。"

捞渣走了，没走远，站在树影里瞅着小翠，他是个有心眼儿的孩子。

小翠一会儿回转身，慢慢地朝东头走去，越走越快，捞渣撵不上了。

她跑到庄东头大柳树前，一头歪倒在树底下，抱着树号啕大哭起来，一边哭一边嚷，嚷一句话：

"我才十六岁，我才十六岁！"

哭声几乎把全庄的人都招来了，捞渣早已跑去报了信，鲍彦山和他家里的一起跑来了，要把小翠拖回家去。小翠死抱着柳树干不松手，号着：

"我才十六岁，我才十六岁！"

旁边的人都忍不住滴下泪来，特别是刚过门的小媳妇们，更是触景生情，哭成泪人儿了。

鲍彦山家里的流着泪劝小翠："咱娘俩一起过了这么些年，有什么话儿不好说，要你这么伤心？"

小翠往树身上撞着头，声泪俱下："我才十六岁，我才十六岁！"

"娘也不瞒你了，娘是想着要给你们圆房了，建设子过年就二十五了……"鲍彦山家里的哭得比小翠还凶，又伤心又忍不住觉得委屈，眼泪像小溪似的流了个满脸。

"我才十六岁，我才十六岁！"小翠号累了，抽抽搭搭地说着。

"建设子虽说生得笨，心眼是好的，丫头。你跟他过，亏不了你的。"

"我才十六岁……"

"你是老大媳妇，这个家就是你当了。丫头，你就不想想娘的心了吗？"

小翠只是摇头，一个字也说不出来，手却牢牢地抱住树干，拖也拖不开。直到鲍彦山当着众人面，宣布圆房再缓二年，她的手才从柳树干上松开了。

事情过去了。小翠子的下巴颏子又削了下去，而身子上圆起来的地方却不再平复下去。她眼睛里的神情越来越严肃，连个笑丝儿也没了。她娘对她又抠起来了，文化子却有点讨好她，见她扫地，就来夺她的扫帚。而她呢，却对文化子结下了仇，把扫帚"啪"地朝地上一扔，转身就走。

终于有一天，文化子在井沿上截住了她：

"小翠，你咋啦，我怎么你了？"

"你没怎么我。"

"那你怄啥？"

"怄你没怎么我。"小翠恶作剧地笑笑，担起扁担要走。

文化子按住扁担，不让她起："你把话说明白。"

"我的话再明白不过了。"

"我咋听不明白？"

"你没长耳朵，你没长人心。"

"你咋骂人！"

"就骂你，没心没肝没肺没肚肠！"她一猛劲，担起了水桶。

文化子没防备，跌了个四脚朝天，恼了。

小翠子却笑了起来，"咯咯咯咯"，清脆的笑声把树上的鸟儿都惊飞了。打那以来，她是第一次笑。

文化子就不好再恼了。

十九

早起，鲍秉德家里的忽然清清冷冷地说道：

"也苦了你了。"

鲍秉德心窝里一热，鼻子一酸，不由落下了泪来。

他家里的也落泪了："我拖了你半辈子了，也该到头了。"

鲍秉德一听这话不吉祥，赶紧喝住了她："什么到头不到头的，一日夫妻百日恩，咱们这一辈子好歹都守在一起了。"

她不言声，抹了一把泪，便起身去喂猪。猪食烧得稠稠的，搅得匀匀的。鲍秉德好久没见她这么利索过了。头发梳平了，光溜溜地在脑后窝了个纂，海昌蓝的褂子很可体。鲍秉德不由看呆了。他想起她做姑娘的时候：他提着两包果子去相亲，一上台子就看见一个小姊妹坐在门口纳鞋底。她看看他，他也看看她。她脸庞像一轮满月，额头上一排牙子齐崭崭地盖到眉毛上头，细细的眉，细细的眼，眼稍微微挑了挑。他看呆了，她忽然脸红了，站起身进了偏屋，只见一条大粗辫子在他脸面前扫了过去。他想起她做新娘子那天：大辫子窝成一个硕大的纂，小山似勾坠得脑袋往后仰，乌黑的头发里埋着一截红头绳，大红袄儿，脸儿像一朵桃花。她端坐在那里，任人怎么闹她只不言声，也不笑，也不恼。鲍秉德只盼着闹房的快走，快走……他想她刚有喜的那阵子：她想吃酸，他跑到山那边去找杏子。每天夜里，他都要趴在她肚子上听听动静，他听得清清冷冷，有一颗心跳，扑通扑通的。他记得他做了个梦：她生了，下了一个大蛋，再仔细瞅瞅，不是蛋，是个大地瓜。后来，生了个死孩子。他揍过她，关着门揍。她一声不哼，任他拳打脚踹，也不哭，也不叫。揍过了，也不和他怄气，照样的，他要咋，她就咋。他揍过了，也心疼，也后悔，可是急了，便什么都忘了，外人是一点儿也看不出来。渐渐地，她的圆脸变长脸了，红颜色褪去了。后来有一天，鲍秉德收工回家，见地没扫，锅没烧，一地的碎碗渣子。正要发火，却见他家里的坐在小凳上拔自己的头发玩儿，一边拔，一边朝他乐……

"上工去吧！"她叫醒了他。他这才听见上工的锣在敲：当，当，当，当，当，他抹了把眼睛，站起身走了。

在湖里平地，鲍二爷和他挨着趟。他告诉鲍二爷：

"她的病见好哩！今天早起清清冷冷地说话哩！"

"她咋说？"鲍二爷问。

鲍秉德一五一十地把那些话都说了。不料鲍二爷变了脸，锨把子拍了一下地：

"不对啊！秉德。"

"咋了？"鲍秉德头皮一麻，心里咯噔地一下。今儿早起，他心里隐隐地，也有点觉着，不对劲。只是说不上来。

"我说老七，你还是回去守着她的好。"鲍二爷说。

"她今早清冷得很哩，比往常都要清冷。"他说，心里"怦怦"地乱跳。

"就是这清冷不对啊，她糊涂着倒不怕。"鲍二爷跺跺脚。

众人都围拢过来，纷纷劝鲍秉德回家去守着她。鲍秉德额头上沁出了冷汗，提起铁锨走了。

他快快地抄着大步往庄里跑。平整过的土地一大片，一大片，看不到边。远远的地方有一丛绿树，那就是小鲍庄。他快快地跑着，跑了半天也跑不近。四下里静静的，隐隐传来说笑声。太阳高了，烤得背上发烫。好像有鸟叫。风贴着地过来了，把裤腿灌满了。

他跑进了庄子，庄子里静静的，见不到人。像是有个小孩担着水穿过杨树林子走过来，再一细瞅，又没了。他跑得喘不过气来了，稍稍放慢了脚步，心想：不会有什么事了。这一庄子都静得睡着了似的，能有什么事？一只狗在喉咙里吼着跑过来，几只鸡悠闲地散着步，啄着土坷垃。太阳，明晃晃地照着。

他吐出一口气，有点笑话自己疑神疑鬼。这会儿，再跑回湖里去，也不值得了。他捎起铁锨，慢慢地上了台了。

有一只烟囱冒烟了，不是他家的。

他家的门闩着。他推了推，推不动。里面扛上了。他拍着门，叫"哎——"

他叫她"哎"，她也叫他"哎"。不能像别人那样，叫"孩他爹"，"孩他娘"。

没个孩子，连个叫头也没了。

她不应声。

他又叫："哎——"

还不应声。

他急了，砰砰地拍着门，脚上来踹了几下，铁锨头拍掉了。招来一群小孩和老娘儿们，一起打门，一起叫。门硬是叫顶开了。进了门，鲍秉德扑通一下坐倒在地上了，只看见一件海昌蓝褂子在眼前晃悠，地上一把踢翻的板凳。他家里的，悬在梁上。

众人七手八脚地把她放了下来，放平在地上。她居然还有气，没勒对地方。鲍秉德上前一把搂住她放声大哭起来，屋里顿时唏嘘一片。

捞渣早已往湖里去喊人了。不一会儿，呼啦啦来了一大下子人。鲍仁文拖开鲍秉德，上来就做人工呼吸，是那年在中学里上生理卫生课时学的。队长那边就招呼人，整好了凉床，把人抬起就走。

"钱！"鲍秉德绝望地叫道，"我兜里半个钱也没啊！"

"队里给你齐。"队长回头对他嚷。

"大伙儿给你齐。"众人对他嚷。他这才踉踉跄跄地跟着跑去了。

两天以后，鲍秉德用挂平车，把他家里的推回来了。他家里的坐在平车上，啃一颗青桃，三岁毛娃似的。像是什么事也不记得了，什么事也不曾有过似的。

二十

耕读老师来动员捞渣上学了。捞渣七岁了，该上学了。

可是文化子已经在公社上中学了。一家供不起两个学生。他大说：要就是捞渣上，要就是文化上。

要早二年，就好办了，文化子巴不得不上学呢！可如今不同了，文化子不知咋的开了窍，一下子学进去了。从班上最后一名蹿到第一名。小鲍庄只有三名考上公社中学的，他就占了一名。他读书上劲多了。家里没得粮票给他带去吃食堂，他就每天来回跑，二十里路哩，中午带一卷煎饼，泡着茶吃。苦死了。

捞渣也想读书。庄上在学校的孩子，脖子上都有一条红围脖，这就叫他羡慕。

他虽然还不知晓这红围脖是啥意思，可他知道是叫人学好的。那天二小子的红围脖叫老师要回去了，因为他和人打仗，把人门牙敲掉了。可见，做了坏事是不能得的，反过来，就是做好事才能得红围脖了。

他大说，还是让捞渣读吧，文化子能写个信儿记个账就算了，回来做活也算是个大半劳力。文化子不干了，又哭又闹还不吃饭，捞渣便说："让我二哥念吧，我不念了。"

文化子这才收了眼泪，下湖去给捞渣逮了一只叫天子，小翠用秫秫秸编了个小笼子。捞渣玩了小半天，就把它给放了。"它自个儿在笼子里，太孤独了。"他说。他大摸摸捞渣的头，叹着气："好孩子，过年大一定叫你念。"

捞渣不念书了，成天下湖割猪菜，和着一班小孩子。小孩子都围他，欢喜和他在一起。谁走得慢，捞渣一定等他。谁割少了，不敢回家，捞渣一定把自己的匀给他。谁们打架了，捞渣一定不让打起来。跟着捞渣，大人都放心。这孩子仁义呢，大家都说。

捞渣能割猪菜了，鲍五爷却连绳头都搓不动了，成天价只能坐在墙根底下晒太阳，一直晒到中午，懒懒起来走回家烧锅。捞渣就不让他走了：

"来俺家吃吧！"

鲍五爷也不推了。吃长了，他大就逗捞渣："你老叫五爷来家吃，俺家粮食不够吃了，咋办？"

捞渣认认真真地回答："我少吃一张煎饼，少喝一碗稀饭。可管？"

他大这才笑出来，摸摸老儿子的脑袋。

这天，嫁到山那边的大闺女带着孩子回来了。捞渣就到鲍五爷那里去借一宿，和鲍五爷脚对脚地挤一床。鲍五爷偎着捞渣小猫似的身子，说：

"捞渣，五爷的被窝叫你焐热了。"

"五爷，我每天给你焐被窝。"捞渣说。

鲍五爷偎着捞渣暖暖和和的小身子，心窝里滚烫滚烫的。话也多了：

"捞渣，你来和五爷睡，你大答应吧？"

"我大最依我了。"捞渣说。

"你娘答应吧？"

"我娘也依我。"

"他们要说我这老头子啰唆哩。"

"不会哩。"

"我老不死，自己都活烦了。"

"好日子都在后头哩，"捞渣开导五爷，"二小子每天上学，他说老师说的，好日子都在后头哩！'四人帮'打倒了，立马有好日子哩！"

"捞渣，你想不想上学？"

"想。"捞渣说，然后又说，"不想。"

鲍五爷看出他是想的："你们学费要几块钱呢？"

"不少，三块多哩。"

"五爷给你付了吧。"

"不能，五爷，你的钱是大伙儿的……"

这一句话提醒了鲍五爷："是的，我吃的是百家饭，我是个老绝户噢！"

"五爷，你咋是绝户呢！咱都叫你爷爷哩。"捞渣说。

"鬼哦，你的嘴好乖哟！"鲍五爷说，过了一会儿又说，"捞渣，你有点像我那社会子哩。"

捞渣没应声，睡着了。

"眉眼像，脾性也像。"鲍五爷说。

捞渣睡得安静，连丝鼻息声都没有。窗洞叫堵上了，屋里黑得伸出手不见五指。

"和社会子一样，都仁义。从不和人吵嘴磨牙……"鲍五爷对着黑暗拉着呱。

墙根有一只虫吱吱地叫着。

二十一

牛棚里在唱古：

写一个九字挂金钩，七狼八虎窜幽州。
就数十字写得全，刘邦去也没回还。

二十二

拾来走了两日，又回来了。他把货郎鼓插在腰里，没让它响。他走到他头回停下来卖货的那台子下，对着台子上喊：

"二婶！"

喊了两声，二婶出来了，穿了一件半旧的褂子，不露肉了。两手黄澄澄的大秫秫面：

"大兄弟，咋又回来了！"

"我上回把二婶的烟荷包带走，忘还来了。"拾来从兜里掏出烟荷包，朝她举了举。

"这还值得送回来吗？给你了，不要了。"二婶说。她低低的，哑哑的，又带点甜味儿的声音叫人心里十分舒坦，像喝了一口热茶。

"哪能。"拾来说着走上台子来了，把那烟荷包朝二婶跟前递过去。

"不要了呢。"二婶说，举着两手黄澄澄的面，朝后退着。

"哪能。"拾来朝他走去。

她只能要了，可是两手的面，怎么好拿？她便侧过身子："替我搁兜里吧！"

拾来把手伸进她斜开的兜，兜里暖暖和和的。他的手停了一下才抽出来，手上带着她的体温。

"进来坐坐，喝碗茶吧！"她说。

"不了，走了。"他说，脚却不动窝。

"坐坐歇歇吧。"她说。

"走了。"他却不走。

"进来坐坐嘛！"她伸出肩膀头子抗了他一下，他顺势进了屋。

屋子不小，有三间。可是空荡荡的，没什么东西。地上爬着两个小孩，一个三岁模样，一个四岁模样。门前架了张鏊子。二婶接着和面，拾来坐在板凳上吸烟。

"这是老几？"拾来问。

"老三老四。"二婶回答。

"怪喜人的。"

"烦人呗。"

他们一句去一句来地拉呱。不知咋的，他在这个二婶跟前，觉着很自在，很舒坦。他觉着这二婶虽说是第二次见面，却好像老早就认得了似的。

"他大做活还没收工？"他问。

"他大做鬼去了，死了！"她回答。

"哦。"他愣了。过了一会儿，慢慢地说："二婶也是个苦命人啊！"

"苦惯了。大兄弟，你能帮着烧把火吗？"

"能。"拾来忙不迭地站起来，挪到鏊子跟前去，点了火。

"大兄弟。"二婶叫道。

"嗯哪！"拾来答应道。

"你打山那边来，那边是分地了吗？"

"都吵吵呢，嗷嗷叫。怕是快了。"

"分了地，就够俺娘几个苦的了。"二婶叹气。

"大伙儿会帮忙的，这庄上的人情特好。"拾来安慰她。

"一分地，劳力就是粮，劳力就是钱，谁知道会是咋样哩。"

"都是一个庄一个姓，大家锅里有，不会少你几张碗的。"拾来说。

"你这个大兄弟嘴怪会说哩。"二婶笑了。

"我嘴最笨了，我说的是实情。"拾来红了脸。

"你说的是实情。"二婶瞅了他一眼，小声说，像是说给自己听的。

面和好了。二婶搬了张小板凳坐到鏊子前，伸手将面团在鏊子上轻轻一抹。嗞啦啦的一阵轻烟腾起。拾来忽然心里一咯噔，他咋在这轻烟里看见了大姑的脸。

一只竹劈子将那煎饼一挑，二婶的脸又清澄起来："别走了，在这儿吃吧。"

"不了。"拾来嗫嚅着，二婶没听见，将面团子在鏊子上一抹，抹得溜溜圆，再一挑。拾来看着二婶的手：手腕圆圆的，手指肚鼓鼓的，手背的皮有点起皱，却结结实实的。他见过最多的是媳妇姊妹的手，每日里有多少双媳妇姊妹的手在他眼皮子底下翻腾，挑来拣去。可他却从没觉得有哪双手像这双那样，看着心里就自在，就舒坦，就亲近，就……怎么说呢，心里就暖暖和和的。他像是在哪里见过这么双手，要不，咋这样眼熟呢！

"你也是个苦命的，"二婶抹着面团子，悠悠地说，"往后路过这里了，就进来喝碗茶，吃顿饭，歇歇脚，就算是个落脚的地方吧！"

拾来鼻子酸酸的，不说话。

"有洗的涮的，就搁下。一人在外苦，不容易。"

"二婶！"拾来抬起头喊了一声，眼睛里满满的都是泪。

二十三

这天夜里，大姑耳朵边没听见货郎鼓响。一夜睡得安恬。

二十四

地分到户了。不论文化子怎么哭怎么闹，他大都不让他念书了。文化子急得没法，找了鲍仁文来说情。鲍仁文对他大说：

"我叔，你眼光得放长远点。分地了，要多收粮食，就看个人本事了。让文化子上学，学点科学，种田才能种好哩，单凭死力总不行。"

鲍彦山只是吸烟，不搭话。

鲍仁文又翻报纸念给他听：某某地方一个高中生养长毛兔成了万元户；某某地方一个大学生种水稻，也挣了不老少……听得鲍彦山眼珠子都弹起来了，可话一回到文化身上，他便又泰然下来。似乎文化子与那些人是一无联系的。任凭鲍仁文深入浅出地解释，他亦是不动心。说：

"远水救不了近火啊，大文子！你不知晓。"

"还是多读书好哇！"鲍仁文不放弃努力。文化子在一边抽抽搭搭的，要放弃也放弃不得。

鲍彦山斜过眼瞅瞅鲍仁文，不吱声。其实，鲍仁文来做这个说客是最不合适的了。他自己本身就是一个极有力的反证，证明着读书无用，反要坏事。时时提醒着人们不要步他的后尘，万万别把自己的孩子们弄成这样：赔了工夫赔了钱，弄了一肚子酸文假醋，不中看、不中用，真正是个"文疯子"。

没有任何办法了。文化子晓得哭也是没用，便也不哭了，省些力气吧。倒是小翠背地里说他：

"就这样算了？"

"算了。"文化子垂头丧气地说。

"甩！"小翠子鄙夷地说了一个字。

文化子脸涨红了。在此地，无能，窝囊，饭桶，狗熊，用一个"甩"字就全包了。一个男人最坏的品质怕就是"甩"了，一个男人"甩"，那还怎么做人？还怎么叫人瞧得起？文化子动动嘴唇，没说什么，站起来要走。小翠子上前一把拽住他的袖子：

"你把我唱的曲儿还给我。"

"这怎么还！"文化子朝她翻翻眼。

"你唱还给我，唱个'十二月'！"小翠揉了他一下。

"我不会唱。"

"不会唱也得唱。"

文化子愣了一会儿，晓得是犟不过小翠的，他总也犟不过小翠，犟不过心里还乐滋滋的，真不知见了什么鬼！"那我唱个别的。"他请求。

"也管。"小翠通融了。

文化子苦着脸想了想，又说："唱个革命歌曲。"

"唱吧！"

文化子沉吟了一会儿，咳了几声，清清嗓子，开口了："一条大河波浪宽——"

他唱了一句便停下来，偷眼瞅瞅小翠，看看她的反应，他怕她笑。

她没笑，看着他，微微张着嘴，倒有些吃惊似的。

"风吹稻花香两岸，我家就在岸上住——"文化子一边唱一边偷看她，她默着神，像在想什么。

"听惯了艄公的号——"文化子唱得鼓起了喉咙，只好认输，"实在是吊不上去了。"

小翠子像醒过来似的抬起眼睛看看他，轻轻地说："这个曲儿怪好听的。"

文化得意起来，雪了耻似的。

文化子不读书的消息一传开，那耕读老师便闻讯而来，动员捞渣上学。不得已，他向鲍彦山兜出了心底话：

"说实在的吧！我这个耕读老师做了这些年，至今也没转正。您让捞渣上学，也是给我脸面。这第一期的学费，我替捞渣交了吧！"

鲍彦山看看老师，终于点头了。不过学费没让老师交，他说："真让他念书了，我就得供他学费，万不能让你老师掏腰包。"

他是说话算话的，一口气交了学费，还花了六毛七分钱，给捞渣买了个新书包。鲍五爷在拾来的货郎挑子上拣了支花杆铅笔，给放在书包里了。

捞渣上学了，做小学生了。第一学期，就得了个"三好学生"的奖状。

小翠把捞渣的奖状拿在手里，颠来倒去地看个不停，看完了便问文化子：

"你念这些年咋没带回过一张花纸来家？"

文化子不屑地看了一眼奖状："这不算什么。"

"啥才算什么？"小翠回他嘴。

他俩时常这么一句去一句来地拌嘴，鲍彦山家里的都看在眼里了，慢慢地看出了些个意思，夜里，在枕头上，和男人商量：

"小翠十七了，该给他们圆房了。"

可是就在这时候，小翠忽然不见了。割完最后一垄麦子，小翠说：

"你们先回家，我去沟里涮涮毛巾。"然后就再没回来。

二十五

现今文艺刊物多起来了，天南海北，总有几十种。鲍仁文往四面八方都寄了稿，那一厚本"作品"已经拆开寄完了。寄出去一份，他就增加一份期待。他的生活里充满了期待，没有空隙去干别的了。他和他老娘那三亩四分地里，苗比别人少，草比别人多，都种不过二婶的地。真不知他是中了什么邪魔了。他娘甚至跑到二十里地外，三里堡的土地庙去烧了一炷香。那土地庙早已被毁了，她就把香插在庙前边的大树上。这个庙的菩萨灵，她认为。

他那在县委宣传部打字的老同学给他个消息，省里要开一个笔会。笔会，就是许多作家聚在一起，谈谈，玩玩，以文会友的意思。笔会先在省城开，然后就要到这鲍山去玩玩。这些年旅游风盛，稍有点来历的地方都叫拿出来作胜地了。鲍庄要说起也算有点来历的，据说，那上边还有个什么脚印儿，是那位鲍家的先人巡察治水情况时留下的。还有一个洞，洞里有石桌石椅，是那位先人坐镇指挥时用的。据说，那里也要设置旅游点了，当然，眼只有一座小房子，里面有卖茶的。荒荒的，野野的，作家们就是要看这野味，亭台楼阁，绮山绣水看惯了，要换换口味。

于是，这批作家便要来游一下鲍山。

于是，省里早早就通知了县里，要县里早早做好准备。县文联——

现在县里都有文联了——计划着请这些作家们和本县的文学青年见见面，座谈座谈，讲讲话，指导指导，以繁荣基层文学创作。海报贴出去了，要听讲座要见面的，得买票。不到两天，票就全卖出去了。现今的文学青年也是非常多的。

那老同学也代鲍仁文买了一张票。鲍仁文早早地就在盼望这一天了。长这么大，读了这么多小说，这么地热爱文学，可他却从来没见过一个作家。这实在是太不公道了。

他早早地就在盼这一天了。眼看着这幸福的一天之前的那些不幸福的日子，一日一日熬了过去。那老同学却托人带话来说：讲座见面会取消了。作家们不来鲍山了。因为有的要到西双版纳开笔会，有的要到九寨沟开笔会，还有的要到西藏参观访问，剩下二三个虽没别处的笔会邀请，却也没了兴致，终于没能成行，早早地分散到各地去开笔会了。近来的笔会是非常多的。比起那西双版纳、九寨沟、西藏，这鲍山又野得很不够了。

于是，他又只能继续往各地刊物寄稿子，继续期待着，继续什么也期待不着。

每日里，他在自家那三亩四分地里做活儿，脑子里就像在开锅，种种事情涌上心头，种种滋味充斥在心里。想想年龄是偌大，著书是偌渺茫，没有业，也没有家，这么一日一日过去，实在令人惧怕得很。那一日复一日的单调平凡的生活后面，究竟掩隐着什么？前头的希望究竟什么时候才能到达？他又恨不能马上跨过五年八年，看看那前景是如何锦绣，或者如何黯淡，也好早早死了心。因此，他望着那毒辣辣的日头，就有些为难起来，究竟要它过去的快还是慢呢？

和他的地挨边儿的是鲍彦川家里的地。她每日里带着十一岁的大儿子在地里做活，不兴歇歇的。天不亮来了，天黑了还不归。吃饭也不回去，她八岁的闺女提着个篮子给送来，就在地里把张煎饼卷巴卷巴，吃了，喝几瓢凉水。然后再接着干。

"一个人管吗？二婶。"他每日都要招呼她一声。

"管。"她回答。她就是说不管，也不见得有人来帮她忙。这地一到手，人就像疯了似的，恨不能睡在地里，谁也顾不上谁了。这阵子，真是谁也顾不上谁了。

不过，每隔三五日，鲍仁文就看见有个膀大腰圆的外乡小伙子在二婶家地里做活。看看不像是雇工，二婶待他像自家兄弟，他待二婶也不外。他干活肯下力得很，一点不掺假。再说，这年头，又上哪儿去请雇工。就算有雇工，二婶也未必请得起。

那小伙子最多有二十岁，憨憨厚厚的。要来总是晌午后来，一干干到天黑。有一次，他直起腰左右看了看，正好看到鲍仁文，便龇着牙笑了一下，牙白得耀眼。鲍仁文认出了，就是那天挑货郎挑的弟们。

小伙子和二婶不外得很。有一次，见他给二婶翻眼皮，二婶眼里进了颗砂子；有一次，见二婶帮他挑手上的刺儿。二婶吸烟，小伙子帮她点火；小伙子吸烟，二婶帮他点火。他叫她"二婶"，她叫他"大兄弟"，孩子们叫他"叔"。瞅不透他们是什么关系。瞅着只觉得怪有趣儿的。

日子过得那么平淡，难挨，看看他俩，倒也解解闷。

二十六

这天，那小伙子正给二婶锄地，却呼啦啦地跑来了一伙子人，为首的正是鲍彦山。他抢起扁担，一家伙把那小伙子掀翻在地上了。接着，一伙人就拥上来，连打带踢，那小伙子抱着头在地上乱滚。

二婶担着一挑水走到地边，来不及搁下桶就朝这边奔过来了。桶翻了，水涓涓地流着。

二婶跑着跑着，绊倒了，爬起来再跑，一边叫道："要打打我，要打打我。"

她跑到跟前，就去拖鲍彦山，鲍彦山给了她一脚："连你一起打。"

她被踢得蹲了一下，又站直了，跑上几步，扑倒在鲍彦山脚边，抱住鲍彦山的膝盖："大哥，你饶了他小命一条吧！"

鲍彦山不由放下了扁担，瞅了一眼弟妹，叹了一口气，骂道："你这不要脸的娘儿们，还有脸给他说情！"说罢，就一使劲甩脱了她。

二婶翻转身，索性抱住了那小伙子，不管不顾地嚷："是我偷了他汉子，没他的事！是我偷了他汉子，没他的事！"

一阵更加激烈的拳脚交加。二婶和那小伙子紧紧抱成一团，再不作声了。任他们怎么踢，怎么打，怎么骂，只是不作声。

打累了，终于歇了手，在他身上踹了一脚，说道："下次再叫我瞅见你往这庄上跑，没你好果子吃。"

他们抱成一团，一动不动，像死过去了似的。人走了，半晌过后，才动了起来。

小伙子哇的一声哭了："二婶，我干了缺德事，败了你家的门风。你揍我吧！"

"这不怪你。"二婶整了整衣衫。眼里没有一滴眼泪，干干的。

"我连累了你，二婶。"

"是我连累了你，拾来。"

"我这就走，再不敢来了。"

"你要走，就走吧。"二婶幽怨地看着他。

他爬起来，要走，却又蹲倒了，脑袋垂在了裤裆里。

"你咋不走？"二婶问他。

"我走了，这地你自己咋锄得完。"拾来说。

"我能锄。"

"那，我走了。"他回过头，犹犹豫豫地对二婶说。

"慢，你的货郎挑子叫他们砸散了，你拿什么去做买卖？"

"我能拾掇。"

两人不再说话，低着头。过了一会儿，二婶慢悠悠地说："我说，拾来。"

"我听着哩。"

"我说，你要不嫌我年岁大，不嫌我孩子多，不嫌我穷，你，你就不走了！"

二婶说罢，猛地扭过脸去了。

拾来却抬起了脸，眼睛里流露出欣喜的光芒，他感激涕零地叫了声："二婶！"

"你别叫我二婶了。"

"管。"

"你叫我，孩他娘。"

"管。"

二婶慢慢地转过脸，望着拾来，泪糊糊地笑了。拾来也憨憨地笑了。两张鼻青眼肿的脸，就这么泪眼婆娑地相对着，傻笑着。

拾来留下了，却不敢叫本家兄弟们看见。可是这怎么瞒得过人！鲍彦川的本家兄弟到处寻着拾来。

拾来去找队长，现在分地了，没有队了，也就没队长了，队长叫作村长了。村长不如队长能管事。他说他管不了鲍家兄弟，他心里也是不想管，这事儿不能管。这是小鲍庄百把年来头一桩丑事，真正是动了众怒。

拾来是个五尺高的汉子，不是一只烟袋一只鞋，不能藏着掖着。早晚叫他们瞅见了，便跑不了一顿饱打。拾来叫他们打急了，撒腿就跑。二婶在后边大声地叫：

"往乡里跑，往乡里跑！"

一句话提醒了拾来，拾来抱住脑袋，掉转身子就往乡里跑。一气跑了七八里地。到了乡里，才算有了公断：照婚姻法第几第几条，寡妇再嫁是合法的，男方到女方入赘也是合法的。从此，拾来在小鲍庄有个合法的身份，不用躲着人了。

可是，倒插门的女婿难免叫人瞧不起，连三岁小孩都敢在头上动土。干干净净的鲍姓里，忽然夹进一个冯姓，并且据说这个冯姓也不那么地道，纯净，是硬续上的，来路十分不明。叫众人难以认可。一篓瓜里夹进了葫芦，叫人怎么看得顺眼。再加上拾来和二婶的年龄，总给人落下话把。好在，拾来从小是在这种好奇又鄙夷的目光中长大，这对他不新鲜了。而他漂落了这几年，终于有了个归宿。他一点儿没觉着二婶对他有什么不合适的，他想不出他怎么去和一个大闺女过日子。和着一个小姊妹过日子，那也叫过日子吗？二婶对他，是娘，媳妇，姊妹，全有了。拾来心满意足，胖了，像是又高了一截子，壮壮实实，地里的活全包了。

二十七

今天晚上和明天白天天气预报：

今天晚上，阴有雨，雨量小到中等，局部地区有大到暴雨。预计明天，仍有中到大雨。希望有关部门及时做好防汛工作……

县里成立了防汛指挥部。

乡里成立了防汛指挥部。

村里也成立了防汛指挥部。

二十八

雨下个不停，坐在门槛上，就能洗脚了。西边洼处有几处房子，已经塌了。

县长下来看了一回。

乡长下来看了两回。

村长满村跑，拉了一批人上山搭帐篷，帐篷是县里发下来的。

这天，天亮了一些，云薄了一些，雨下得消沉了一些，心都想着，这一回大概挨过去了。不料，正吃晌饭，却听鲍山西边轰隆隆的响，像打雷，又不像打雷。打雷是一阵一阵的轰隆，而这是不间断的，轰轰地连成一片，连成一团。"跑吧！"

人们放下碗就跑，往山东面跑。今年春上，乡里集工修了一条石子路，跑得动了。

不会像往年那样，一脚插进稀泥，拔不起来了。啪啪啪的，跑得赢水了。

鲍秉德家里的，早不糊涂，晚不糊涂，就在水来了这一会儿，糊涂了，蓬着头乱跑。鲍秉德越撵她，她越跑，朝着水来的方向跑，撒开腿，跑得风快，怎么也撵不上。最后撵上了，又制不住她了。来了几个男人，抓住她，才把她捆住，架到鲍秉德背上。她在他背上挣着，咬他的肩膀，咬出了血。他咬紧牙关，不松手，一步一步往东山上跑。

鲍彦山一家子跑上了石子路，回头一点人头，少了个捞渣。

"捞渣！"鲍彦山家里的直起嗓门喊。

文化子想起来了："捞渣给鲍五爷送煎饼去，人或在他家了。"

"他大，你回去找找吧！"鲍彦山家里的说。

水已经浸到大腿根了。

鲍彦山往回走了两步，见人就问："见捞渣了吗？"

有人说："没见。"

有人说："见了，和鲍五爷走在一起呢！"

鲍彦山心里略略放下了一些，还是不停地问后来的人："见捞渣了吗？"

有人说："没见。"

有人说："见了，搀着鲍五爷走哩！"

水越涨越高，齐腰了。鲍彦山望着大水，心想："这会儿，要不跑出来，也没人了。"

后面的人跑上来："咋还不跑！"

"找捞渣哩！"

"他早过去了，拖着鲍五爷跑哩！"

鲍彦山终于下了决心，掉回头，顺着石子路往山上跑了。

鲍秉德家里的折腾得更厉害了，拼命往下挣，往水里挣。鲍秉德有点支不住了。

"你不活了吗？"他大叫道。

她居然把绳子挣断了，两只手抱住她男人的头，往后扳。

"狗娘养的！"鲍秉德绝望地号。他脚下在打滑了，他的重心在失去。他拼命要站稳。他知道，只要松一点劲儿，两个人就都完了。水已经到胸口了。

她终于放开了男人的头，鲍秉德稍稍可以喘口气。可还没来得及喘气，她忽然猛地朝后一翻，鲍秉德一个趔趄，不由松了手。疯女人连头都没露一下，没了。

一片水，哪有个人啊！

水撵着人，踩着石子路往山上跑。有了这一条石子路，跑得赢水了。跑到山上，回头往下一看，哪还有个庄子啊，成汪洋大海了。看得见谁家一只木盆在水上漂，像一只鞋壳似的。

村长点着人头，除了疯子，都齐了，独独少鲍五爷和捞渣。

"捞渣——"他喊。

"捞渣——"鲍彦山家里的跺着脚喊。

鲍彦山到处问："你不是说见他和鲍五爷了吗？"

"没见，我没说见啊！"回说。

鲍彦山急眼了，到处问："你不是说见了吗？说他牵着鲍五爷！"

都说没见，而鲍彦山也再想不起究竟是谁说见了的。也难怪，兵慌马乱的，瞅不真，听不真也是有的。

鲍彦山家里的跳着脚要下山去找，几个娘儿们拽住她不放："去不得，水火无情哪！"

"捞渣，我的儿啊！"鲍彦山家里的只得哭了，哭得娘儿们都陪着掉泪。

"别号了！"村长嚷她们，皱紧了眉头。自打分了地，他队长改作了村长，就难得有场合让他出头了，"还嫌水少？会水的男人，都跟我来。"

他带着十来个会水的男人，砍了几棵杂树，扎了几条筏子，提着下山去了。

筏子在水上漂着，漂进了小鲍庄。哪里还有个庄子啊！什么也没了，只有一片水了。一眼望过去，望不到边。水上漂着木板，鞋壳子。

"捞渣——"他们直起嗓子喊，声音飘开了，无遮无挡的，往四下里一下子散了，自己都听不见了。

"鲍五爷——"他们喊着，没有声，好比一根针落到了水里，连个水花也激不起来。

筏子在水上乱漂着，没了方向。这是哪儿和哪儿哩？心下一点数都没有。

筏子在水上打转，一只鸟贴着水面飞去了，鲍山矮了许多。

"那是啥！"有人叫。

"那可不是个人？"

前边白茫茫的地方，有一丛乱草，草上趴着个人影。

几条筏子一齐划过去。划到跟前，才看清，那是庄东最高的大柳树的树梢梢，上面趴着的是鲍五爷。鲍五爷手指着树下，喃喃地说："捞渣，捞渣！"

树下是水，水边是鲍山，鲍山阴沉着。

男人们脱去衣服，一个接一个跳下了水。一个猛子扎下去，再上来，空着手，吸一口气，再下去……足足有一个时辰。最后，拾来一个猛子下去了好久，上来，来不及说话，大口喘着气，又下去，又是好久，上来了，手里抱着个东西，游到近处才看见，是捞渣。筏子上的人七手八脚把拾来拽了上来，把捞渣放平，捞渣早已没气了，眼睛闭着，嘴角却翘着，像是还在笑。再回头一看，鲍五爷趴在筏子上早咽气了。

筏子比上来时多了一老一小，都是不会说话的。筏子慢慢地划出庄子，十来个水淋淋的男人抬着筏子刚一露头，人们就呼啦地围上了。

一老一小静静地躺在筏子上，脸上的表情都十分安详，睡着了似的。那老的眉眼舒展开了，打社会子死，庄上人没再见过他这么舒眉展眼的模样。那小的亦是非常恬静，比活着时脸上还多了点红晕。

鲍彦山家里的瞪着眼，一字不出。大家围着她，劝她哭，哭出来就好了。

村长向人讲述怎么先见到鲍五爷，而后又下水去找捞渣。

拾来结结巴巴地向大家讲述："我一摸，软软的。再一摸，摸到一只小手。我心里一麻，去拽，拽不动，两只手搂着树身，搂得紧……"

人们感叹着："捞渣要自己先上树，死不了的。"

"捞渣要自己先跑，跑得赢的。"

"那可不是？小孩儿腿快，我家二小子跑在我们头里哩！"

"捞渣是为了鲍五爷死的哩！"

"这孩子……"

打过孟良崮的鲍彦荣忽然颤颤地伸出大拇指："孩子是好样儿的！"

"我的儿啊——"鲍彦山家里的这才哭出了声，在场的无不落泪。

捞渣恬静地合着眼，睡在山头上，山下是一片汪洋。鲍秉德蹲在地上，对着白茫茫的一片水，唔唔地哭着。

天渐渐暗了，大人小孩都默着，守着一堆饼干、煎饼、面包，是县里撑着船送来的，连小孩都没动手去抓一块。

天暗了，水却亮了。

二十九

这次大水闹得凶，是一百年来没遇到过的大水。可是全县最洼的小鲍庄只死了一个疯子，一个老人和一个孩子。这孩子本可以不死，是为了救那老人。

水下去了，要办丧事了。大伙儿商议着，不能像发送孩子那样发送捞渣。捞渣人虽小，行的是大仁义，好歹得用一副板子送他。万不能像一般死孩子那样，用条席子卷巴卷巴。

男人们去买板子了，女人们上街扯布。蓝的卡，做一身学生制服，鱼白色的确良，缝个衬里褂子。还买了双白球鞋。捞渣打下地没穿过一件整褂子，都是拾他哥哥们穿破穿烂的。要好好地送他，才心安。

全庄的人都去送他了，连别的庄上，都有人跑来送他。都听说小鲍庄有个小孩为了个孤老头子，死了。都听说小鲍庄出了个仁义孩子。送葬的队伍，足有二百多人，二百多个大人，送一个孩子上路了。小鲍庄是个重仁重义的庄子，祖祖辈辈，不敬富，不畏势，就是敬重个仁义。小鲍庄的大人，送一个孩子上路了。

小鲍庄只留下了孩子们，小孩是不许跟棺材走的，大人们都去送葬了。

女人们互相拉扯着，唔唔哭，风把哭声带了很远很远。男人们沉着脸，村长领着头，全是彦字辈的抬棺，抬一个仁字辈的娃娃。

刚退水的地，沉默着，默不作声地舔着送葬人的脚，送葬队伍歪下了一长串脚印。

送葬的队伍一直走到大沟边。坑，挖好了，棺材，落下了，村长捧了头一捧土。九十岁的老人都来捧土了："好孩子哪！"他哭着，"为了个老绝户死了，死得不值啊！"他跺着脚哭。

风吹过大沟边的小树林子，树林子沙啦啦地响。一满沟的水，碧清碧清，把那送葬的队伍映在水上，微微地动。土，越捧越高，越捧越高，堆成了一座新坟。坟映在清凌凌的水面上，微微地动。

他大在坟上拍了两下，哑着嗓子说：

"孩子，大委屈你了，没让你吃过一顿好茶饭！"

刚止住的哭声又起来了，大沟的水哭皱了，荡起了微波。把那坟影子摇得晃晃的。

天阴阴的，要下似的，却没有下。鲍山肃穆地立着，环起了一个哀恸的世界。

这一天，小鲍庄没有揭锅，家家的烟囱都没有冒烟。人们不忍听他娘的哭声，远远地躲到牛棚里，默默地坐了一墙根，吸着烟袋。唱古的颤巍巍地拉起了坠子：

十字上面搁一撇念作千字，

千里那哈又送京娘。

有九字往里拐念力字，

力大无穷有燕张。

有人字一出头念入字，

任堂辉结拜杨天郎。

……

鲍二爷轻轻问老革命：

"鲍秉德家里的找到没有？"

老革命目不转睛地看着唱古的，轻轻说："没有。"

"这就怪了。"

"大沟都下去摸过了。"他盯着唱古的回答。

"这娘儿们……兴许……怪了……"鲍二爷摇头。

老革命一字不落地听着：

有五字添一个单人还念伍，

伍子胥打马又过长江。

有四字添一横念西字，

西凉年年反朝纲。

……

三十

　　鲍仁文把拾来和二婶的故事，写了一篇文学色彩很浓的广播稿，寄给了广播站。题目叫作《崇高的爱情》。他写拾来不嫌二婶年纪大，孩子多，二婶则不嫌拾来没根底，没地又没房。由于有了崇高的爱情，他们便结为伴侣。白日辛勤地劳动，夜里在灯下制定"致富计划"。等等等等。不出一星期，就广播了，引起了极大的轰动。有人从十几里外来小鲍庄，为了看一眼拾来和二婶。可是，这并没有改变拾来在小鲍庄的地位，人们还是叫他"倒插门"的。

　　和他家地连边的还有鲍仁远家。他光天化日之下，犁去二婶两犁地，拾来也不敢作声。因此二婶没有男人时没受过欺负，这会儿有了男人，倒任人欺负了。而没有男人的二婶不是个省油灯，到处敢和人争和人吵，和人理论理论，现如今有了男人倒不敢了，像有了什么短处似的。她总觉得自己这个男人不是明门正道的，自己心里先亏了三分理，便再也嚷不出去了。可不管怎么说，还是有个男人好啊，不论是明道还是暗道。有个男人，心里踏实多了，过日子有个帮手，到底不那么累人了。她从心底里是感激拾来的。可是她又隐隐地觉着，自己也是收容了拾来。所以，她使唤拾来起来，那话里总难免有一种不客气的味道：

　　"拾来，水缸见底了！"

　　拾来便去挑水。

　　"拾来，烧锅！"

　　拾来便烧锅。

　　"拾来，锅溢了。"

　　拾来便不烧。

　　"拾来，猪跑了。"

　　"我正吃饭哩！"拾来说。

　　"你不能吃着撵着吗？"

　　于是拾来便卷巴一张煎饼跑去了，嘴里"啰、啰"地叫着。

　　拾来也习惯了，任她使唤。使唤不怕，就怕她嘟囔。有时候，拾来任务完成得不那么圆满，她就会嘟囔个没完。拾来虽说是个倒插门的，毕竟也是个男人，也有脾气，发作起来也是不得了的，于是就要闹。不过，他们闹起来和别人不一样。他们插着门闹，压着声儿闹，打死了也不叫唤。闹完了，打完了，开了门，又像没事人一样了。夜里，两口子还是恩恩爱爱，该干啥还干啥。

　　拾来隐隐有点不满足的是，这个家他做不了主。这个家是二婶的家，有什么事，人家从不找他，而是直接去找二婶。其实，就是来找他，他也会去问二婶的，可人们连这个过场都不记着要走一走。而二婶呢？也常常忘记和他打商量。比如，小三子上学的事。其实，她要来问他，他也会让三子上学的，她的孩子就是他的孩子，他能亏待的了吗？可是二婶问都不来问他，好像他不是这家的男人似的。他心里自然有点不自在。心里不自在吧，又不好说出来，憋又憋不住，就在别的事上露出了脸色：

"稀饭咋这么稀，是涮锅水吗？"

"我多放了半瓢水，你凑合喝吧，老爷！"二婶说。

"干一天活，喝这个管吗？雇的短工也得管饱饭！"拾来放下锅，搁重了一点，"砰"的一声响。

"你走街串巷卖货的时候，能喝上这个就不错了哩。"二婶撇撇嘴说。

打人不打脸，揭人不揭短，这话说到了拾来的短处，也是痛处，他干脆把碗摔了。

二婶也会摔碗，摔得比他响，"乒乓"的，当然，没忘了先关门。

打一次，闹一次，当时不觉得什么。可一次一次多了，总归要留下一点什么。一点一点地积了起来，自然是个事儿。虽然不大吧，可搁在心里也是个疙瘩，怪不畅快的。不过，过日子嘛，不畅快原来就比畅快多，没什么大不了的，也能过下去。不如人家的有，可人家不如的也有。就是这么回事。

广播稿在乡里广播了不久，又在县广播站广播了。拾来和二婶觉得怪腻的，可毕竟有点得意。成了名人了，便也觉得不该闹。想不闹就能不闹了吗？也不能。他们只能把门关得更严，声音压得更低。

鲍仁文听到县广播站广播了，便激动得了不得。要知道，被县广播站选中稿子，这在他的文学生涯中，是一个制高点。他自己都不晓得怎么来的一个印象，就是县广播站广播过的稿子都要在县文联办的一份名叫《文苑》的刊物上发表。他沉住气等着县文联给他寄到有他稿子的《文苑》。等了半个多月，也不见动静，又不好意思问上门去，只好作罢。他又想着再加工成一篇小说，给省里的刊物寄走了。接下来，就又是无穷无尽的等待。至于拾来和二婶在屋里打架，他就不负责了。

三十一

捞渣死后，文化子叫他娘数落得够呛。样样事情，他娘都要拿捞渣来对照他。

而他自己也奇怪起来，怎么相对着自己每一处缺点，捞渣都有一处优点。而他的缺点又那么多，一动弹就露出了马脚。于是，便不时提醒起他娘对捞渣的怀念，数落之后便是哭，哭起来就没个完了。

"文化子，给娘捶捶背。"他娘叫道。

"我在喂猪哩。"他说。

他娘便哭了："捞渣要在，不用我说，他就给我捶了。捞渣在，我一进门，他就递洗脸水过来了，不要我动弹了。捞渣，你咋走得那么早哩……"

哭得人心里酸酸的，烦烦的。文化子憋得慌。他心里也难受，难受的不仅仅是弟弟死了。当然，弟弟死了，他也难受得像心里剜去一块肉似的。这个弟弟好，虽然比他小许多，却处处让他。要不为让他，也能早一年读书，多挣俩"三好学生"的奖状来家了。可是，难过归难过，死的死了，活着的还得过日子哩。因此，活着的人就不免要多想想活着的人，活着的事。

他想小翠子。自打小翠子走了，他才渐渐明白过来，小翠子是喜欢自己的，而自己也是喜欢小翠子的。并且，小翠子对他的希望，也一日一日地明了起来了。文化子变闷了，比他哥还闷。小翠子走，他哥也难过，难过的是媳妇没了。他哥二十六了，想媳妇呢。而他文化子难过的不是媳妇，她不是他的媳妇。哥哥还没媳妇，他不敢想媳妇。所以，他又盼着他哥快娶媳妇，但是，最好不是小翠子，一定别是小翠子，可千万别是小翠子。哦，小翠子，可千万别回来。可是他又耐不住地想小翠子回来。下湖去，他想着，小翠子跑过来，推了他一个脸朝天；井沿上，他想着，小翠子蹦出来，按住他的扁担："还我的'十二月'！"他想起他"还"她的那支歌儿，叫她一下子就唱会了，一丝音儿都不跑。"你该是上学念书的。"文化子叹了一口气。他发现小翠子对他的希望其实也是她自己的希望。她真该去上学的。而如今，连他自己都没得学上了，还谈什么小翠子呢！

他想学校，想看书了。他常常跑到鲍仁文那里去，借书看，和他拉呱。他自己也觉得出奇，如今和谁都不大能拉得来，却和鲍仁文能拉。

"文哥，你不能老一个人这样过下去吧！"他说。

"我不能像众人那样过下去。"鲍仁文回答。答得莫名其妙，可文化子全懂。

"你不觉得苦?"

"苦倒不怕，只要有盼头。"

"你有盼头吗?"

"想就有，不想就没有。"鲍仁文极其微妙地笑了一下，可文化子全领悟了。

"怎么过不是过一辈子呀，是不是? 文哥。"

"只要自己觉得有滋味。"

"各人有各人的过法，是不是，文哥?"

"别看别人怎么过，只管自己，就行。"

"也别管别人怎么看咱们过，只管自己过的，就行。"

他俩像参禅似的，能拉一夜。每次从鲍仁文那破得不成样的屋子里出来，文化子便觉得心就敞亮了一点。

有一天夜里，他从鲍仁文家回来。走到家门口，忽然从黑影地里闪出一个人，站在了他的跟前，一双乌溜溜的眼睛看牢了他。是小翠! 他险些儿叫出了声，小翠一把将他的嘴捂住，拖住他，跑到了家后。小翠的手滚烫滚烫，他拽住再不松开了。

两人跑下台子，钻进秫秫地，这才站定。小翠回过头，看着文化，文化也看着小翠。小翠的脸盘子瘦了一圈，眼睛更大了，黑洞洞的，深不见底。月光将秫秫叶的影子投在她脸上，影子摇晃着，她的脸一明一暗，像在梦里似的。

"你跑哪儿去了?"文化子想去摸摸她的脸，却不敢，倒被这个念头弄得哆嗦起来了。

小翠子不回答，只是看定了他。

文化子不由害怕起来了，推推她:"你咋又回来了?"

"为你回来的。"小翠子说，眼泪直流了下来，很大很大的泪珠儿，打在秫秫叶儿上，"啪啪"地响。

这下轮到文化子不说话了。

"你不要我回来?"小翠哀怨地问。

"我正想着找你去。"

小翠子一把抱住了文化子的脖子，文化子这才敢抱住她。月亮悄悄地看着他们，看了一会儿，挪了一点，再看一会儿，再挪一点儿。下露水了。秫秫在拔节，"刷刷"地轻响着。一只秋虫在"吱吱"地唱。秫秫叶子摇晃着，把影子晃到小翠身上，又晃到文化子身上。露水凉凉的，甜甜的。

"翠，别走了。要走，我们一起走。"

"我回来，就是来讨你这句话的。你这么说，我就不怕了。"

"我也不怕，翠。"文化子喃喃地说。

"我就要你这句话，文化。"小翠喃喃地说。

"我想你想得好苦。"文化子哭了。

"我想你想得好苦。"小翠哭得更伤心了。

"我都想你来骂我，打我。"

"贱骨头！"小翠破涕而笑了。笑了一声，又哭了。

两人轻轻地笑着，又轻轻地哭着。月亮悄悄地看着他们，秫秫叶儿悄悄地拍打着他们。

三十二

鲍秉德结婚了。娶的是十里铺的一个麻脸大姊妹，虽是麻脸，人长得粗笨，可还是大闺女的好啊！是鲍彦山家里的给做的媒，一说便成了。立马定好了日子，说娶就娶过来了。虽然那疯子才死了不过三个月，但大伙儿都谅解：这男女两头都不能等了。三亩四分地躺在那里了，天天要人侍弄，家里没个做饭的不成。再说，鲍秉德年已过四十，等着抱儿子哩。

庄上有头有脸的，鲍秉德全请，还请了鲍仁文。可是鲍仁文却推托有事，没去。他坐在他那小破屋里，听到鲍秉德家里传过来的划拳喊令声，心中十分怅惘，像是失落了什么。他觉着，有些寂寥。一盏孤灯伴着个孤魂，自己不明白自己究竟在活的个什么。

那边像是更喧哗了，许是在闹房。又静了下来，大约新娘子在唱小曲儿了。静了一阵，又闹起来，大约是唱毕了。鲍仁文屏着气听那边的动静，没提防门开了，进来了一个文化子，把他结结实实地吓了一跳。

"看新娘子了？"鲍仁文问他。

"瞅了一眼。"文化子说。

"咋样？"

"一脸的坑。"文化子坐在床沿上，翻着书。

鲍仁文脑袋枕着胳膊，躺在床上，望着黑洞洞的梁。

"俺娘又在哭，想捞渣了。捞渣去年这个时候，和俺娘坐一条板凳掰大秫秫棒哩。"

"捞渣是个好样儿的，连鲍彦荣这个功臣都敬着他几分。"鲍仁文说。

"文哥，你不能把捞渣的事写个文章吗？"

"写捞渣？"鲍仁文坐了起来。

"捞渣不是为自己死的，是为鲍五爷死的，有写头哩！"

"可不是，可以写个报告文学。"鲍仁文自言自语道。

"俺这弟弟够苦的，才过了九个年，还没做人呢！就没了。"

"他人虽然小，做的是大德行。"

"俺娘一哭就叨叨，没给他吃过一顿好茶饭。今年能收得多，能吃饱肚了。他又不在了。"

鲍仁文下了地，脚在床下边摸着鞋。他完全被激动了起来，浑身充满了一种幸福的战栗。"灵感来了。"他说，"是灵感来了。"他肯定。赶紧地摸笔、摸纸，把文化子完全忘了，撇在一边。

他不理会文化子，文化子也不理会他，脱了鞋，上了床，枕着胳膊躺倒了，和鲍仁文换了地方。他望着黑洞洞的梁。

小翠子今天晚上不知会不会来了，庄上这么大的动静，人来人往走马灯似的，到三更也消停不了。小翠子在十里地以外的柳家子给人做短工，说一得闲就过来。让文化子每天晚上，月到中天了，就到家后台子上去望望。他们约好，咬着牙等，等建设子娶上了媳妇，小翠回来，和文化子成亲。她虽然和建设子一没结婚，二没登记，可全庄的人，所有的人都认定她是建设子的媳妇了。而文化子，则是她的小叔子。所以，她必须等建设子成了家才能露面。

鲍彦山家里的，为建设子的事愁得不能行。她明白，建设子说不上媳妇的重要原因，是家里没房子。那三间破泥屋，经这么一场百年不遇的水一泡，又趴下去了一截，屋顶天天往下掉土坷垃，就不定什么时候就全趴下了，把一家几口人全埋在了里面。她和男人筹划着，收了秋，把粮食除了留种，全卖了，盖房子。可是没粮食吃什么呢？这又是要发愁的事。两口子，每天夜里在枕头上烙饼，翻来翻去，翻到鸡叫天亮。

文化子望着屋梁，那屋梁上头像是有个黑不见底的大洞，望着望着，文化子觉着自己好像陷进了那大洞。

那边静下来了，有人打门前走过，说话的声音碰地响：

"麻脸倒不怕，能生养就行。"

"看她那粗腰大腚，能生一窝哩！"

"奶奶的，清泠。"

脚步沓沓地敲着泥地，远去了。

月到中天了。

三十三

二婶家大小子有十六了，长成个大个儿，黑黑的脸膛子，不笑。去年，还叫拾来"叔"，今年不叫了。拾来叫他，他也爱理不理的。二婶什么事都跟他商量，就更不和拾来商量了。拾来常常窝气，实在气不过了，他便把那散了架的货郎挑找出来拾掇拾掇，看见了货郎鼓。他拿在手里轻轻一摇：

"叮咚，叮咚。"

货郎鼓的声音生脆生脆。拾来愣愣着，像是想起了什么，最后又什么也没想起。他把货郎鼓往腰里一插，挑起货挑子走了。也没跟二婶打个招呼。二婶烧好了锅，等拾来吃饭，等等不来，等等不来。庄前庄后找了一遍，人说，没见拾来，倒见有个货郎，打大路上走过去，那模样确是有点像拾来。她赶紧跑回家找那散了架的挑子，一找没找到，她便明白了。

"我怕你不回来？贱样！"她撇撇嘴，自己盛碗稀饭，抓张煎饼吃了，把锅刷了睡了。一夜没睡踏实，一有个风吹草动，她就要竖起耳朵听听，是不是有人敲门。没人敲门。

第二天早起，她该干啥还干啥。第三天也这么过了。到了第四天，她有些沉不住气，一夜没合眼，围着被坐在床上，吸着烟愣一宿。天亮了，她换了件海昌蓝的半新褂子，决定去找拾来了。

"我娘，你去找啥？找个熊！"大小子粗鲁地对她说。

"我去找你大！你个没良心的杂种！"她乱骂着，大小子不敢作声了。她还骂：

"要没他，你早死了，不饿死也得累死。他是你大。别看他大不了你多少岁，也是你大。你敢不叫他大，你看着……"二姊骂着，不由有点心酸。她想起拾来刨地的模样，光着脊梁骨，背上的汗珠子亮晶晶的，把裤腰都滚湿了。

拾来挑着货郎挑走在大路上，大路白生生的，翻过了前边的坝子，不见了。他忽然想起了一个月亮夜，这路白花花的，坝子上翻过来一只甲虫，慢慢地近了，近了，是一架平车，一个穿着蓝白花夹袄的女人拉着平车，车上有个凉床架子，一个篮子，篮子里有布，有棉絮，有果子，还有一盒烟卷。他心乱跳着，眼窝里热乎乎的，像有什么东西流了出来，他抬起手摸了一把。庄子里静悄悄的，只有老人和孩子。他走到他家的草屋跟前，那草屋几乎全陷到地底下去了，地面上只剩个烂屋顶了。前前后后的倒有了好些青砖到顶的房子。

门上没锁，虚掩着，推门推不动，再使劲，门倒了。屋子里空空的，一地的碎麦穰穰子。阳光从窗洞里透进来，卷着几缕灰。屋里只有一眼灶，两个床，一个板床，一个凉床。他站着，头快碰上屋梁了。门口拥着几个小孩儿，愣着眼看他。

"这屋的人呢？"他问小孩儿。

"走了。"小孩儿回答。

"走哪儿了？"

小孩儿面面相觑，一个大点儿的说："上北边了。"

拾来站了一会儿，走了出来，把门装好，掩上，回过身来。

阳光扎着他眼疼，睁不开。太阳晃眼。

拾来挑着货郎挑走在大路上，走过一片一片的地，这是两个，那是三个，在做活。他想着二姊的那地。他想着那地被太阳晒得烫脚，烫到心里去的滋味儿；想着那地腥苦腥苦的气味儿；想着那地种什么收什么，一点儿骗不得，也一点儿不骗人的诚实劲儿；想着二姊刨地时，那破褂子飘飘忽忽的，时隐时现着一双柔软结实的妈妈。他懒懒地走在大路上，货郎鼓无精打采地响：

"叮——咚，叮——咚。"

进了庄子，有个媳妇儿来挑花线，有个姊妹来拣纽子……各色各样的手在匣子里翻腾着。他瞅着那些个手，心里闷闷的。好歹等她们挑够了，买了，或是不买了。他整理了一下挑子。上了肩。直起腰，刚迈步，又站住了，离他十来步的地方，站着个娘儿们，脸上又是土，又是汗，成花的了。手拑着腰，恨恨地瞅着他。

"二，二，"他又改口道，"孩、孩他娘。"

"孩他娘死了！被她男人甩了，上吊了，投河了，一头撞在鲍山上撞死了！"

"哪，哪能。"拾来赔着笑脸，心里却像喝了一碗滚烫的茶，舒坦极了。

"她男人找着黄花大姊妹了！找着穿高跟鞋儿，烫狮子头的洋妞了！找着住楼的小姐了！"

"哪，哪能！"拾来走近去，抬起手，碰了碰二婶的肩膀，被二婶一巴掌打掉了。

"她男人死了，她守寡了，她改嫁了，嫁山那边去了！"

"哪，哪能。"拾来把打回来的那只手放到脑袋上，挠着脑袋。

"生了一大嘟噜孩子，有男的，有女的，有长的，有短的，有方的，有圆的……"

二婶自己也笑了，赶紧又掩住。

拾来朝前走了两步。

"你走哪去！"二婶嚷道。

"回家呀！"他回答。

"哪是你的家？你还记得家？"

拾来不敢动了，站在那里。

"你是死了吗？还不动弹，你想死在野地喂狗了？"

拾来这才敢走动，跟在她后边。他心里就像放下了一块石头，他问自己：究竟有啥事呢？什么事也没有，啥事也没有。他回答自己。他越走越轻快，不由走到了二婶头里。

太阳照着土地，风吹着大柳树，柳枝子飘拂来飘拂去，一只雀子唱着。货郎鼓"叮咚叮咚"地响。他走着走着一回头，见二婶在抹眼泪，他又傻了：

"你，这是干啥呢？"

"你这个没良心的！"二婶哽咽着骂。

"我去去就来家了。"

"我不找你，你来家？"

"不找也来家。"

"说瞎话。"

"要是瞎话天打五雷轰！"拾来赌咒发誓。他望着二婶泪糊糊的毛呼眼，鼻子也酸了。

两口子相跟着回了庄，天已到晌午了。二婶开了锁进了屋，一边吆喝拾来：

"烧锅！"

拾来还没坐到锅跟前，她又嚷：

"水缸见底了，还不挑水去，这么没眼色的。"

于是，拾来又站起来去挑水。

三十四

鲍秉德不明白自己咋会有这么多话的。天黑，他脑袋一挨上枕头，就开始对着新媳妇叨叨，叨叨个没完。他告诉她小鲍庄的来历：鲍家祖上做过官，莫看如今贫寒，却是有根底的。他告诉她自己家那些啰啰唆唆的事：自己过去的那女人，那女人怎么变疯了，又怎么想上吊没死成，后来发大水时，又怎么摔下去，淹死了，至今连根头毛都没找着。

媳妇总是静静地听着，黑里见不着她脸上的麻子，什么也看不见，只觉着她的脸贴着他的脸，眼睛眨巴着，半天眨巴一下，半天眨巴一下。他知道，她醒着，在听他说呢！

鲍秉德原以为自己是不好说话的哩。他常常一连几天不说一个字，猛一开口，把自己都吓了一跳。如今这么说个没完，连自己都觉着烦人了。可不会是这几年的话全憋在肚里了。说也奇怪，人一说话就像是活过来似的。他像是活过来了。回想那几年，都不知道自己在活个什么劲。他就是觉得自己说的太多了，怕人烦。

她的脸贴着他的脸，半天一眨巴眼，半天一眨巴眼。她醒着，在听他说哩。

她肚里已经有了，不知为啥，他不用趴到她肚子上去听，也晓得一定是个活跳跳的孩子。他这么断定。他觉得这个娘儿们就是专给他生孩子过日子的，就是个不折不扣的娘儿们，家里的。搂着这样的娘儿们睡，睡得踏实，睡得实在。

可是，有时候，他坐在板凳上，脚泡在脚盆里，吸着烟袋，看着她忙活。看着看着，不由得会看到一个苗苗条条的背影，一条大辫子在背上跳着，长虫似的。他的心，就会像刀剜似的一疼。他觉得那疯子是有意跳下水，给这个媳妇儿让路的，也是给他让路的。唉，要是找着她的尸体，埋在地头，也好时常看看，捧捧土，拔拔草，心里的难受也好有个地方发落。可她不知躲哪儿去了，连根头毛也找不见了，连把土也不让他捧，草也不让他拔，连个地头也不占他的，连个难受也不给他。是放他过去，也是叫他放她过去。

鲍秉德心里酸酸地难受。可是天一黑，一搂着那娘儿们，话又来了。耳根子隐隐的好像家后秫秫地里有人唱小曲，声音细细的，风吹似的。再凝神一听，又没了。

三十五

鲍仁文熬了几宿，写成了捞渣的报告文学。这回，他发了狠，一连抄了四、五、六、七份，发通知似的发给了好几处：省里的，地区的，县文化馆的；刊物，报纸；青年报，少年报……

收过了秋，粮食进了屋，囤了起来。过年了，鲍秉德家里的肚子挺得老高，快生了。

庄前庄后连连响着鞭炮，起屋上梁哩！

这一天，大路上来了一辆吉普车。进庄就问鲍仁文家住在哪里，然后就一径找了过来。

鲍仁文正在地里做活，见一辆吉普车老远地来了。车停了，下来两个人，朝他走过来了，是朝他走过来的，踩着刚出头的麦苗。他站直了腰，用手搭起凉棚望着，心里"怦怦"地跳起来了。他看得出这两个人不是乡里人，其中一个甚至不是此地人。他们是来做什么的？太阳照着眼，眼睁不开。那两个人从太阳照眼的地方走来了。

那两个人一步一步走来了。

两个人一步一步走来了。

两人一步一步走到了跟前，问道：

"你是鲍仁文同志吗？"

"是的。"他说，声音有些打战。

"这是地区《晓星报》的记者老胡同志。"那个像此地人的人指着那个不像此地人的人说，"我是县文化馆的，我姓王。"

老胡同志早已伸出手，握住了他的手。老胡同志戴了副眼镜，嫩相得很，不敢判断他的年龄。城里人的年龄不好说。他热情地摇摇鲍仁文的手，拉他在地头上坐下，好像是他家的地头似的。

他果真是为捞渣的报告文学而来的。他们收到稿子，先是看了一遍，压起来了。后来，过了年，临近三月份了。三月份是礼貌月。领导上要他们好好地抓一个典型，以配合五讲四美的宣传。于是他们又想起了这篇报告文学，重新找出来看了一下，传阅了一下，都觉得事迹是可以的。就是，怎么说呢？文章还要润色，并且要更加充实加强捞渣几年如一日照顾五保户这一情节。要知道，如今老人问题，简直是个世界性的社会问题。所以就派老胡同志来和鲍仁文同志合作，一起完成这篇报告文学。事情很紧急，今天，鲍仁文就要跟他们进城去。要力争在三月以前完成，让老胡同志带着稿子回报社发排，三月一日见报。

鲍仁文听他说着这一切，就好像坠入了五重云雾中。"我不是在做梦吧？"他问自己。"我可不是在做梦吧！"他又问自己。他觉着头晕，觉着身子软软的无力，连微笑也微笑不动。他看着老胡同志那张嫩生生的脸，听不见他在说什么，就好像放电影出了故障，只有人影没有声音似的。老王同志递过烟卷，他糊里糊涂地接过来，居然让老胡同志点的火，连声谢谢也没说。

最后，老胡同志站起来，拍拍屁股上的土，说："就这样。"

鲍仁文也站起来，拍拍屁股上的土，说："好，就这样了。"

"我们现在就走吧！"

"好，走吧。"鲍仁文跟着说。恍恍惚惚的，不知要走到哪里去。走出麦地，上了吉普车，一股子臭汽油的味，叫他清冷起来：老胡同志是要上捞渣家去瞅瞅，和他父母拉拉。

鲍彦山家里的在烧锅，见来了两个陌生人，有些着慌。忙不迭地站起来。老王同志说：

"这是地区《晓星报》的记者，专来采访你家鲍仁平的事迹，要写文章报道哩！"

他娘还是惶惑。

"这是县上、地区上的干部，来问问你家捞渣的事，要写文章表扬哩！"鲍仁文解释说。

她便懂了，释然了："屋里坐，屋里坐！"

屋里漆漆黑，一个粮食囤子占了三分之一的地方。老胡似有些吃惊地左右看看，没有说话。有人到湖里把鲍彦山喊来了。

"这是鲍仁平的父亲。"鲍仁文介绍。

两人一齐上前，一人握住了一只手，使劲摇着。鲍彦山惶惑地看着他们，好容易把手解脱出来：

"坐，坐吧！"

各就各位坐下以后，老胡同志扶了扶眼镜，低沉地问道：

"鲍仁平是从几岁开始照料五保户鲍五爷的？"

"打小就跟鲍五爷亲呢。会说话就会邀鲍五爷吃饭；会走路，就去给鲍五爷送煎饼。"

"他为什么会对鲍五爷这么好呢？"

"他俩有缘分。鲍五爷不理人，偏，就理捞渣，和捞渣亲。"

"鲍仁平生前记不记日记？"

"日记？"

"捞渣活着时每天写不写文章？"鲍仁文解释道，无形中他成了翻译。

"自打他上学，每天放过学，割过猪菜，吃过饭，就趴在桌上写作业。写个不停，冬天手冻麻了，还写；夏天，蚊子咬疯了，还写。叫他，捞渣，明天再写吧！他说：明天还有明天的作业哩！"

"他写的东西还在吗？"

"和他的书包一起烧了。"

"烧了？"老胡同志很吃惊。

"此地的风俗：少年鬼，他的东西不兴留家里，统统都烧，烧不了的就埋了，扔了。"鲍仁文解释。

"哦。"老胡同志轻轻地吸了一口气。

"这孩子命苦，没吃过一顿好茶饭。"他大唏嘘起来，眼泪啪啪地落在了地上。

他咳了一声，吐了两口痰，用脚搓搓，搓去了。

老胡同志不再说话，过了半晌，轻轻地说："走吧。"

鲍仁文带他们到大柳树下去看看。老胡同志仰起头望望那树梢，想象着当时那鲍五爷是怎么趴在那树上的。又低头看看树干，想象着捞渣又是怎么抱住这树干死的。老胡摸摸那粗糙的树身，不说话。

鲍仁文又带他们到大沟边捞渣的坟上去看了看。坟上长了一些青青的草，在和风里微微摇摆着。一只雪白的小羊羔在啃那嫩草，一个小孩在大沟里洗脚，瞪大眼睛严肃地瞅着他们。

"小孩，过来。有话问你。"老王喊他。

他跑上来，牵起小羊羔，转头就跑了。一边跑一边回头看。

"乡里小孩没见过世面。"鲍仁文代他抱歉道。

老王摇摇头，笑了："我想问问他，鲍仁平的事。"

老胡一直没说话，站在捞渣的坟前。

坟上的草青青嫩嫩的，随着和风微微摇摆。

三十六

鲍秉德家里的生了，生得毫不费难。人到湖里喊鲍秉德，他忙不迭地往家跑。

刚到门口，还没搁下锄子，里面就"嗷"的一声，下地了。是个大胖闺女。

不是小子，鲍秉德也不泄气。闺女小子，他都要，一样的金贵。梦里都做过几回了，有人喊他大。

不过两个月，他家里的又怀上了。乡里来动员计划生育，要他女人去流产，去结扎。他嘴里答应着，第二天就把他家里的送回了娘家。留得青山在，不怕没柴烧。

他一个人从她娘家十里堡走回来，想想要乐，想想要乐。

没想到一个人都活到这份上了，眼瞅着没什么指望了，不料，山回路转，又行了。他走到了大沟边上，走过了捞渣的坟。风吹过坟头，青草沙沙地响。他腿一软，蹲下了，他想起了那疯女人。他望着小小的坟，坟下黑黝黝的大沟水，不由生出一个奇怪的念头：

"没准是捞渣把她给拽走了哩，他见我日子过不下去了，拉我一把哩。"

他又望望坟，坟上的草在月光下发亮。

"都说这孩子懂事。这么小，就这么仁义。"

他看看大沟，水，在月光下闪闪发亮。

"这孩子也真奇，仁义得出奇。和鲍五爷的缘分也出奇，这是个小怪孩。"

他抓起一把土，拍在坟头上：

"好孩子，你保佑你七爷生个你这样的好儿子吧！"

他把土拍结实了。又停了一会儿，走了。

庄里噼里啪啦的鞭炮响，起屋上梁哩。

大沟对面，树影地里。有两个人，在说话：

"你家收这么多粮食，还不盖屋？"

"我大说先还账哩！这么些年咱家欠队上的账不少，大说，做人要讲个信义，借了账不能不还。"

"那房子，什么时候盖呢？"

"收了麦，卖了粮食，就盖屋。"

"你家咋不去做生意？光死种粮食。也种点别的，上街卖去。"

"我大说了，最要紧的是粮食。有了粮食，什么也不怕了。再说——"

"再说什么？"

"我大说，咱是本分人，不是生意人。"

"做生意怎么啦？"

"那得会坑人，心要狠才管。"

"一街都是做生意的，一街都是狼了。"

"我不是这个意思。"

一颗石子扔进了大沟，荡起一个水花，水花一圈一圈地荡开了。

"生气了？"

"生什么气？我是怕为了盖房子，把你饿毁了。我知道你是个大肚汉。"

"满地里青的黄的，什么不能吃？灰灰菜，妈妈菜。"

"吃得你生浮肿病。我大是生浮肿病死的。"

"不能。我娘说是把粮食都卖了，总还要留一点儿。"

"这才对了。"

风吹过树林子，一大沟的水微微荡起波纹，闪闪地亮。

"你在想什么！翠。"

"我想，以后来，我带馍馍给你吃。"

三十七

鲍仁文跟着老胡，在县一招住了三天。说是合作，其实就是鲍仁文提供材料，老胡执笔。写完之后，再让鲍仁文看一遍，看有哪些地方失真，不符合事实的。鲍仁文指出后，老胡就改去。弄了两天，鲍仁文只动了嘴，却没有动笔，心里是很不过瘾的。

而这三天与老胡的接触，却使他打破了一些对记者的神秘感。他没料到记者也是和他一样的人，要吃饭，要睡觉，睡觉还打呼，打得如雷贯耳，害得他两宿没睡踏实。而且他晓得了老胡比他要小三四岁，插过队，然后自学成才，进了报社。他有时请鲍仁文喝酒，喝多了就发牢骚。抱怨自己没有文凭，如何的吃不开。房子挤，工资低，奖金制尚在争取之中，等等，等等。鲍仁文只是不明白，从事这么崇高的事业的人，怎么会有这么多俗事的困扰。而有了这许多繁杂俗事的打扰，还怎么能够对人类的灵魂开展工作！

当他从县城往家走的时候，心里充满了一种失落的感觉。不过，等他进了小鲍庄，面对着人们完全改变了的尊敬的目光时，那失落感又消失了，内心渐渐地充实起来。一周以后，《晓星报》上头条登出了文章：《鲍山下的小英雄》。他的名字赫然地用铅字印在了题目下边。老胡后边。他对着那报纸，心跳得厉害，像要从嗓眼里蹦出来了。镇定了一会儿，他开始看文章，心跳渐渐缓了下来，正常了。文章里没有一句是他写的。他慢慢地平静下来，又从头看了一遍。这一遍，他发现有几句话一定是出自于他最早的原稿。比如："死亡面前，他把生留给他人，把死留了自己"。这句话在原稿上，他记得就有的。当他看到第五六遍的时候，他从字里行间看到了自己的劳动。他确确实实地认可了，这是老胡的文章，也是他鲍仁文的文章。他的文章终于用铅字印出来了，他的名字，终于用铅字印出来了。这铅字，便是一种认可，一种肯定。他的名字不再是无足轻重的。他的存在像是更加确定，更加切实了。如果说他原本对自己是否存在还有一些怀疑，一些犹豫，一些不敢肯定，那么这会儿，是完完全全放心了。

文化子把这文章念给他大他娘听，不料他大他娘脸上却淡淡的，好像在听一个别人家的故事似的。那些激动人心的话，对他大他娘作用不大似的。文章里的捞渣，离他们像是远了，生分了。只是当文章提到鲍彦山的名字时，鲍彦山抬起头问了一声：

"提我了？"

"提你了，你是捞渣的大嘛！"

"提我干啥，怪没趣儿的。"

"你是捞渣的大嘛！"

他便不再吱声。

文章里还提了许多人，比如组织救人的村长，捞起捞渣的拾来，他们都让文化子或别的读过书的孩子念了好几遍。

这文章激动了许多人的心，有人给鲍庄小学写信。有人给捞渣他大他娘写信，也有人给小鲍庄全体乡亲写信。清明那天鲍庄小学全体师生，来给捞渣扫墓。照此地规矩，在坟头上压了块土坷垃。然后献上一只花圈，用野花野草扎的。五颜六色的，在阳光下，灿烂得很。

过了两个月，收毕麦子。小鲍庄又来了一辆吉普车，下了三个人。一个是县文化馆的老王，一个是个小妞，穿着连衣裙，另一个是个男的，有四十来岁。他们一起步入了鲍彦山的家。这是从省里来的省报记者。省里决定，要大力宣传捞渣。

鲍彦山比上回镇定多了，握过手，请客人坐下。然后把捞渣牺牲的前后经过讲了一遍。不免要伤心，掉眼泪。

"鲍仁平生前最尊敬的是哪一位英雄人物？"那女的问道。

鲍彦山有点不大明白，可究竟不好意思叫人再三解释。便点点头，想了一会儿说："捞渣对大人孩子都很尊敬的，见了老人总问好：'吃过了吗？'和小孩儿呢，从不打架磨牙。"

那女的便在笔记本上刷刷地记了一阵，又问："他这样做，是受了谁的影响呢？"

鲍彦山又想了一会儿："我和他娘打小就对他说：'见了人要说话，要招呼，比你年长的人，万不可不理会。比你小的呢，要让着，这才是好孩子。'咱这庄上哩，自古是讲究仁义，一家有事大家帮，方圆几十里都知道。这孩子，就是受了这个影响。"

那女的又在笔记本上刷刷地记了一阵。又抬头问道："他照顾鲍五爷，是不是学校安排的任务？"

"不是。他就是对鲍五爷好。他俩有缘分呢！说实在的，鲍五爷也对他好，两好才能合一好呢！"鲍彦山说。

那男的开口了："鲍仁平生前用过的书包，能让我们看看吗？"

"全烧了。"鲍彦山说，"此地的规矩，少年鬼的东西不留家，统统烧的烧，埋的埋。"

"他有没有照片呢？"他又问道。

"没有，他没照过照片。"

"哦。"那男的好像吸了一口气。

"这孩子命苦，没吃过一餐好茶饭。"鲍彦山眼圈又红了，指指屋里的粮食囤，"能吃饱了，他又不在了。"他哽咽起来，再也说不下去。

"我们再去找拾来同志谈谈。"他们站起身来，告辞了。

鲍彦山站在门口，目送他们走去，心里凄然地想：捞渣这孩子，活着虽不咋的。可死了，有这么些人来问他，也算是有了福分。心下不觉安慰了一些。

他倚着门站着，好像听见一阵货郎鼓的响："叮咚、叮咚、叮咚、叮咚!"展目望望，前边村道上，走着一个挑货郎挑的老头。

三十八

拾来正烧锅。见有省里的干部来找，二婶便推起拾来，自己烧了。拾来就吸着烟，和省里的干部说话。

"那天，是你下水去捞上了鲍仁平，是吗?"那男的问。

"大家都下水了，有的捞上来烂鞋壳子，有的捞上来烂棉花套子。最后，我才把捞渣捞上来。"拾来诚实地说。

"你是怎么摸到他的呢?"那男的问。

"我闭着眼一个猛子扎下去，"他正说着，二婶端来了几碗茶，一人一碗，也给拾来端了一碗，拾来赶紧去接。

二婶让开了，放在案板上："别烫着了。"

拾来感激地看了她一眼，接着说："我一个猛子扎下去，手碰到了大柳树，我扶着树干沿着树身摸下去，碰到了一只小手。我的气已经吐完了，浮上来吸了一口，再扎下去，就把他拖上来了。拖不动，他手抱着树，抱得死紧。"

"哦。"那男的吐了一口气，那女的不停地往本子上记。

"他是为鲍五爷死的。"拾来说。

那两人很感动地看看拾来，尤其是那小妞，眼睛里水汪汪，亮晶晶，像是要哭了，拾来被她看得脸上有点发热，低下了头。

"我们再到村长那儿去。是他组织救人的，是吗?"那男的问拾来。

"是他，一听说少了人，立马带我们下山了。"

"他家住在哪里?"

"他家就住在村东，高台子上，有一排……"

"孩他大，你陪二位同志跑一趟不完了。"二婶发话了。

拾来看看二婶，二婶也正看他。他便站起身陪他们去。

不久，省报上登了一大块文章，题目是：《幼苗新风，记舍己为人小英雄鲍仁平》。文章写得很长，很详细，还配了一幅画。大家传着看下来，都说很像捞渣的。文章里提到了拾来，并且进行了一番描写，说他是：纯朴憨厚，身体强壮，几次下水，终于救上了鲍仁平，可是鲍仁平已经在他怀里永远地闭上了眼睛。还把拾来和二婶的事提了一下，说他不嫌二婶穷，把二婶的孩子当自己孩子待。这是作为英雄成长的背景来写的。甚至也提到老革命鲍彦荣。介绍了一番他的光荣历史。说，小英雄从小生长在这么一个地方，前辈们为人民不怕牺牲的精神，无疑对他起了潜移默化的影响作用。

这一段，鲍彦荣找人念了一遍，琢磨了好久，不由唤起了他早已沉睡的荣誉感。有那么一二天，他寻着鲍仁文，想和他拉拉。可是鲍仁文已经不得闲了，他正在抓紧写一个更长、更富有文学性的作品，他决定写一本小英雄的传记。

文章发表后不久，便有邻庄、邻乡，甚至邻县的小学生，排着队，抬着花圈，来到捞渣的墓上，过队日，凭吊小英雄，向小英雄宣誓。各色各样的花圈盖住了坟上的青青草，渐渐地，堆得高了，把小小的坟也盖住了。远远望过去，只看见一个花包子。像绿海上的一个花岛似的，被太阳照出了五光十色。

这时，省里出版社来了一个作家和一个编辑，为了编辑出版一本《小英雄的故事》。

鲍仁文终于这么贴近地看见了一位作家。

作家是个小矮个子，瘦瘦的，四十岁上下的年纪，抽烟抽得厉害。好像有着极严重的气管炎，坐在那里不说话，也听到他喉咙里咕噜咕噜地响。他看了鲍仁文写的草稿，决定和鲍仁文一起来搞这本《小英雄的故事》。在这"传记"的基础上搞，这"传记"确实收集了小英雄的大量生平材料。他们一起对小英雄的亲人进行了反复采访，然后，又去找拾来。

拾来不在，二婶在。鲍仁文就向作家介绍："这是拾来家里的。"

"拾来家里的，你上湖里去喊一下拾来吧！"鲍仁文对她说。

拾来家里的便去了。

鲍仁文对作家说："此地叫妻子都叫：家里的。我这么叫给你听，是好让你知道此地的风俗习惯。"作家笑笑。

拾来回到家，先和作家们招呼，然后对家里的吆喝一声：

"烧茶！"

于是，家里的便去灶前蹲下，引火烧锅。

拾来便向作家们叙述他捞小英雄的过程："我一个猛子扎下去，没有。再一个猛子扎下去，也没有。后来，我想，鲍五爷趴在大柳树上，捞渣准保不能离大柳树远。就挨着树又扎下去，手摸着了树。这是庄东头的树，咱们小鲍庄最高的树。那回，水淹得只剩树梢了。你想，还能有别的了吗？"

作家点头，往本子上记。

"我扶着树干，沿着树干摸下去，碰到了一只小手，冰凉……"他讲述着，渐渐被自己的叙述感动，声音也昂扬起来。这时，二婶端上茶来了。

如今，二婶要敬着拾来三分了，庄上人都要敬着拾来三分了。拾来自己都觉得不同于往日了，走路腰也直溜了一些，步子迈得很大，开始和大伙儿打诨了。

"拾来，今晌午，作家在你家吃晌饭了？"有人找拾来拉呱。

"没有。他们上乡里去吃了。"

"你咋不留作家吃呢？"

"留啦。他们才客气。城里人才客气。"拾来说。

"拾来，你咋不回老家瞅瞅？"

"太远了，不回了。"

"老家还有人吗？"

"就我一人哩。"拾来声音放低了，有些伤感。

过几天，有人给拾来捎了个话：庄口走过一个老货郎，见鲍庄的人就打听拾来，问他成亲过后好不好？有没有娃娃？鲍庄人给他还说得过去吗？那人一一回答他。临了，那老货郎让他捎信给拾来，他大姑在北边过得不错，有吃有穿的。问他："不去看看拾来吗？"老头犹犹豫豫地说："不了。"

这天夜里，拾来做了一个梦，梦里有一只货郎鼓，老在耳边响："叮咚，叮咚，叮咚！"

三十九

这天，县上来了一部吉普车，车子停在鲍彦山家门口。车上走下县委书记，一把握住鲍彦山的手，告诉他："鲍仁平被省团委评为少年英雄了，光荣啊！"

鲍彦山愣愣着，枯树根似的手被县委书记温暖柔软的手包裹着。他不明白，少年英雄究竟意味着什么，只明白被县委书记这般器重是不可多得的。心中激动，一时上什么也说不出来。

县委书记搀着英雄父亲，走进英雄的家，沉默了，半天才说出一句话："苦了你们。"

"现在不苦了，粮食有了。"鲍彦山指指粮食囤子，"就是捞渣他，不在了。"

"粮食够吃吗？"县委书记摸摸粮食囤。

鲍彦山家里的忽然插了进来："咱们商议着把粮食卖了，盖房子哩。"

县委书记抬起头，环顾着黑洞洞的房屋，说："这房子不能住了。"

"没有房子，大孩子二十七了，还说不上媳妇儿。"她抹了一把眼泪。

县委书记望着黑洞洞的房子，说了一句："粮食万万不能卖。"然后紧紧地握了一下鲍彦山的手，走了。

第二天，村长来告诉鲍彦山，县里批给了他家木材，水泥，砖瓦，给他家盖房子呢。

又过了几天，村长告诉鲍彦山，乡里农机厂派给建设子一个名额，让他转吃商品粮了。

正是捞渣死了一周年，县里决定：迁坟。

县里的小学抬着花圈来了，乡里的小学抬着花圈来了，鲍庄的小学抬着花圈来了。

捞渣的棺材从大沟边起出来，迁到了小鲍庄的正中——场上。填了十几步台阶，砌了一个又高又大的墓，垒上砖，水泥抹上缝，竖起一块高高的石碑，碑上写着：永垂不朽。

现在，鲍庄最高的不再是庄东的大柳树，而是这块碑了。碑，矗立着，后面是青幽幽的鲍山。

队鼓敲起来了，队号吹得嘹亮，县委书记讲了话，献上了第一只花圈⋯⋯

鲍彦山和他家里的痴愣愣地坐着，想哭又不敢哭。事先，不少人交代过他们：

"这场合，再哭就不大好了。"

捞渣的墓迁到小鲍庄正中来了，又大又高，像一座房子。砖砌的，水泥抹了缝，再不会长出杂草来了，也不会有羊羔子来啃草吃了。

四十

鲍彦山家的新屋上梁了，封顶了。开了大大的窗，粉白墙，洋灰地，敞敞亮亮的四大间屋。

建设子在农机厂上班了。上门提亲的不断，现在轮到他挑人家了。

建设子结婚的那天，小翠子回来了。她进门就在她大她娘脚边跪下，磕了一个响头。不等她大她娘返过神来，爬起来拿了扁担水桶就去挑水，一趟一趟，把两口大缸都挑满了，满得溢到缸沿上了，还挑。文化子叫她别挑了，她还往井沿上跑，文化子去撵她，撵到井沿上。她正把桶放了下去，文化子夺桶，桶落到了井里，两人便趴在井沿上勾桶。

"笨死了！"小翠说他。

"怎么怪我？"文化子很委屈。

"就怪你，就怪你！"小翠对他撒野。

"怪我什么呢？"文化子越发的委屈。

"怪你不是老大是老二。"

"是老大咋了？是老二又咋了？"

"要是老大，我生成是⋯⋯用得着费这么大周折？"小翠眼圈红了。

文化子眼圈也红了。

两人眼泪都落了下来，啪啪地落在井里，井里横飘着一只桶。

村里开路，把原先的村路拓宽，压平，铺石子。来的人和车一日比一日多，没条路不方便。开路，要开掉拾来家一垅菜地，拾来和他家里的，爽爽快快地答应了，连赔偿也不愿收。拾来说："我要收了这钱，我的人，就没了。"

县里要在捞渣墓后盖纪念馆，收集遗物时犯了难。小英雄生前用过的穿过的，所有的东西都烧了。后来二小子发现，他家茅房泥墙上，有着捞渣写的字，写的是自己的名字——鲍仁平。

问他，确实是小英雄写的吧？他说：

"没错。那天，我和捞渣一起拉屎，各人写各人的名字玩哩！"

当然，边上还有二小子写的字：鲍兆和。

可那泥墙一碰就烂，起不了。只能放那儿了。

尾声

捞渣的墓，高高地坐落在小鲍庄的中央，台阶儿干干净净的。不用村长安排，自然有人去扫。他大，他娘，他哥，他嫂自然不必说了。还有鲍仁文，鲍秉德，拾来，也隔三岔五地去扫。只是要求村长买一把公用的扫帚，用自家扫地的扫帚扫坟头，总不大吉利。

太阳照在那碑上，白生生的，耀眼得很。

碑后面是一片新起的瓦房，青砖到顶，瓦房后面是鲍山，青幽幽的，蒙在雾里似的，像是很远，又像是很近。

还是尾声

鲍秉义拉着坠子，曲儿唱到了终了：

> 有二字添一竖念千字。
> 秦甘罗十二岁做了宰相。
> 有一字添一竖带一勾念丁字，
> 丁郎又刻苦孝敬他的娘。
> 一二三四五六七八九十，

十九八七六五四三二一，

珍珠倒卷帘那么一小段。

　　鲍彦荣听着，像是走了神，像是想起了什么。他想着自个儿的那些好样儿的年月：班长死了，他吼了一声："跟我来！"打得只剩两个半人了。那个只剩半拉胳膊半拉腿的战友，现如今也不知在哪里了。

　　床板上还抱着腿坐了一个人，一个老头，罗锅腰，一脸皱皮，是打很远的北边来的一个老货郎，在这里借宿。他坐在墙角里，听着古，两只眼却盯着坐在门槛上的拾来。

　　拾来觉出有人看他，朝墙角里瞅瞅，看见了一双老眼。他瞅了一眼，又瞅了一眼，心下奇怪，觉着有点熟。再瞅了一眼，就挪不开了。两双眼睛远远地对视着。

　　一把坠子吱吱嘎嘎地拉着。

矮凳桥传奇

林斤澜

溪　鳗

　　自从矮凳桥兴起了纽扣市场，专卖纽扣的商店和地摊，粗算也有了六百家。早年间，湖广客人走到县城，就是不远千里的稀客了。没有人会到矮凳桥来的，翻这个锯齿山做什么？本地土产最贵重的不过是春茶冬笋，坐在县城里收购就是了。现在，纽扣——祖公爷决料不着的东西，却把北至东三省蒙古，南面的香港客都招了来了。接着，街上开张了三十多家饮食店，差不多五十步就有一家。这些饮食店门口，讲究点的有个玻璃阁子，差点的就是个摊子，把成腿的肉，成双的鸡鸭，花蚶港蟹，会蹦的虾，吱吱叫的鲜鱼……全摆到街面上来，做实物招牌。摊子里面一点，汤锅蒸锅热气蒸腾，炒锅的油烟弥漫，这三十多家饮食，把这六百家的纽扣，添上了开胃口吊舌头的色、香、味，把成条街都引诱到喝酒吃肉过年过节的景象里。

　　拿实物做广告，真正的招牌倒不重要了。有的只写上个地名：矮凳桥饭店。有的只取个吉利：隆盛酒楼。取得雅的，也只直白叫作味雅餐馆。唯独东口溪边有一家门口，横挂匾额，上书"鱼非鱼小酒家"，可算得特别。

这里只交代一下这个店名的由来，不免牵扯到一些旧人旧事，有些人事还扯不清，只好零零碎碎听凭读者自己处理也罢。

店主人是个女人家，有名有姓，街上却只叫她个外号：溪鳗。这里又要交代一下，鳗分三种：海鳗、河鳗、溪鳗。海鳗大的有人长，蓝灰色。河鳗粗的也有手腕粗，肉滚滚一身油，不但味道鲜美，还滋阴补阳。溪鳗不多，身体也细小，是溪里难得的鲜货。这三种鳗在生物学上有没有什么关系，不清楚。只是形状都仿佛蛇形，嘴巴又长又尖，密匝匝锋利的牙齿，看样子不是好玩的东西，却又好吃。这三种鳗在不同的水域里，又都有些兴风作浪的传说。乡镇上，把一个女人家叫作溪鳗，不免把人朝水妖那边靠拢了。

不过，这是男人的说法。女人不大一样，有的女人头疼脑热，不看医生，却到溪鳗那里喊喊喳喳，一会儿，手心里捏一个纸包赶紧回家去。有的饭前饭后，爱在溪鳗店门口站一站，听两句婆婆妈妈的新闻。袁相舟家的丫头她妈，就是一天去站两回三回的一个。

这天早晨，丫头她妈煮了粥就"站"去了。回来把锅里的剩粥全刮在碗里，把碗里的剩咸菜全刮在粥里，端起来呼噜喝一大口，说："溪鳗叫你去写几个字呢。"

袁相舟穷苦潦倒时候，在街上卖过春联，贴过"代书"的红纸，街坊邻居叫写几个字，何乐不为。答应一声就走了去。

这家饮食店刚刚大改大修，还没有全部完工。先前是开一扇门进去，现在整个打开。后边本来暗洞洞的只一扇窗户，窗外是溪滩，现在接出来半截，三面都是明晃晃的玻璃窗，真是豁然开朗。这接出来的部分，悬空在溪滩上边，用杉篙撑着，本地叫作吊脚楼的就是。

还没有收拾停当，还没有正式开张。袁相舟刚一进门，溪鳗就往里边让。袁相舟熟人熟事的，径直在吊脚楼中间靠窗坐下，三面临空，下边也不着地，不觉哈了一口气，好不爽快。这时正是暮春三月，溪水饱满坦荡，好像敞怀喂奶，奶水流淌的小母亲。水边滩上的石头，已经晒足了阳光，开始往外放热了；石头缝里的青草，绿得乌油油，箭一般射出来了；黄的紫的粉的花朵，已经把花瓣甩给流水，该结子结果的要灌浆坐果了；就是说，夏天扑在春天身上了。

一瓶烫热的花雕递到袁相舟手边，袁相舟这才发觉一盘切片鱼饼，一双筷子一个酒杯不知什么时候摆上桌子。心想先前也叫写过字，提起笔来就写三个大字："鱼丸面"。下边两行小字："收粮票二角五、不收粮票三角"。随手写下，没有先喝酒的道理，今天是怎么了？拿眼睛看着溪鳗。

素日，袁相舟看溪鳗，是个正派女人，手脚也勤快，很会做吃的。怎么说很会做呢？不但喜欢做，还会把这份喜欢做了进去，叫人吃出喜欢来。她做的鱼丸鱼饼，又脆又有劲头，有鱼香又看不见鱼形。对这样的鱼丸鱼饼也还有不实之词，对这个做鱼丸鱼饼的女人家，有种种稀奇传说，还有这么个古怪外号，袁相舟都以为不公道。

追究原因，袁相舟觉着有两条：一是这个女人长了个鸭蛋脸，眼窝还里眍。本地的美人都是比月亮还圆，月亮看去是扁的，她们是圆鼓鼓的。再是本地美人用不到过三十岁，只要生了两个孩子就出老了。这个女人不知道生过孩子没有，传说不一，她的年纪也说不清。袁相舟上中学的时候，她就鲜黄鱼一样戳眼了。现在袁相舟鹤发童颜一个退休佬，她少说也应当有五十。今天格子布衫外边，一件墨绿的坎肩，贴身，干净，若从眼面前走过去，那袅袅的，论腰身，说作三十岁也可以吧。

溪鳗见袁相舟端着酒杯不喝，就说戏文上唱的，斗酒诗百篇。多喝几杯，给这间专卖鱼丸、鱼饼、鱼松、鱼面的鱼食店，起个好听的名号。溪鳗做鱼，本地有名气，不过几十年没有挂过招牌，大家只叫作溪鳗鱼丸，溪鳗鱼面……怎么临老倒要起名号了？袁相舟觉着意外，看看这吊脚楼里，明窗净几，也就一片的高兴，说：

"嘻，你看丫头她妈，只给我半句：叫你写几个字。连一句话也没有说全。"

溪鳗微微一笑，那牙齿密匝匝还是雪白的，说：

"老夫妻还是话少点的好，话多了就吵了。不是吵，哪有这么多话说呢。"

说着，眼睛朝屋角落一溜。屋角落里有个男人，坐在小板凳上，脚边一堆木头方凳子，他佝偻着身子，拿着尺子，摆弄着方凳子，哆哆嗦嗦画着线。要说是小孩子玩积木吧，这个男人的两鬓已经见白了，脑门已经拔顶了。袁相舟走进屋里来，没有和他打招呼，没有把他当回事。他也没有出声，也没有管别人的闲事。

锅里飘来微微的煳味儿，这种煳味儿有的人很喜欢。好比烟熏那样，有熏鸡、熏鱼、熏豆腐干，也有煳肉、煳肘子，这都是一种风味。溪鳗从锅里盛来一盘刚焙干的鱼松，微微的煳味儿上了桌子。袁相舟也不客气，喝一口酒，连吃几口热鱼松，鱼松热着吃，那煳味特别的香，进口的时候是脆的，最好不嚼，抿抿就化了。袁相舟吃出滋味来，笑道：

"你这里专门做鱼，你做出来的鱼，不论哪一样，又都看不见鱼。这是个少有的特点，给你这里起个招牌，要从这里落笔才好。"

溪鳗倒不理会，不动心思，只是劝酒：

"喝酒，喝酒，多喝两杯，酒后出真言，自会有好招牌。"

说着，在灶下添火，灶上添汤，来回走动，腰身灵活，如鱼游水中，从容自在。俗话说忙者不会，会者不忙，她是一个家务上的会人。

袁相舟端着杯子，转脸去看窗外，那汪汪溪水漾漾流过晒烫了的石头滩，好像抚摸亲人的热身子。到了吊脚楼下边，再过去一点，进了桥洞。在桥洞那里不老实起来，撒点娇，抱点怨，发点梦呓似的呜噜呜噜……

那一条桥，就是远近闻名的矮凳桥。这个乡镇也拿桥名做了名号。不过桥名的由来，一般人都说不知道。那是九条长石条，三条做一排，下边四个桥墩，搭成平平塌塌、平平板板的一条石头桥。没有栏杆，没有拱洞，更没有亭台碑碣。从上边看下来，倒像一条长条矮脚凳。

桥墩和桥面的石条缝里，长了绿茵茵的苔藓。溪水到了桥下边，也变了颜色，又像是绿，又像是蓝。本地人看来，闪闪着鬼气。本地有不少传说，把这条不起眼的桥，蒙上了神秘的烟雾。

不过，现在，广阔的溪滩，坦荡的溪水，正像壮健的夏天和温柔的春天刚刚拥抱，又马上要分离的时候，无处不蒸发着体温。像雾不是雾，像烟云，像光影，又都不是，只是一片的朦胧。袁相舟没有想出好招牌来，却在酒章中，有一支歌涌上心头。二十多年前，袁相舟在县城里上学，迷上了音乐。是个随便拿起什么歌本，能够从头唱到尾的角色。

花非花，雾非雾

夜半来，天明去

来如春梦几多时

去似朝云无觅处

　　这歌词原是大诗人白居易的名作。白居易的诗，袁相舟本来只知道"江州司马青衫湿"，那一首《琵琶行》。因唱歌，才唱会了这一首。

　　见景生情，因情来歌，又因歌触动灵机，袁相舟想出了好招牌，拍案而起。

　　身后桌子上，不知什么时候铺上了纸张，打开了墨盒，横着大小几支毛笔。这些笔墨都是袁相舟家的东西，也不知什么时候丫头她妈给拿过来了。袁相舟趁着酒兴，提笔蘸墨汁，写下六个大字："鱼非鱼小酒家"。

　　写罢叫溪鳗过来斟酌，溪鳗认得几个字，但她认字只做记账用，没有别的兴致。略看一眼，她扭身走到那男人面前，弯下腰来，先看看摆弄着的木头方子，对着歪歪扭扭画的线，笑起来说：

　　"画得好，真好。"

　　其实是和哄一年级小学生一样。说着平伸两只手在男人面前，含笑说了声：

　　"给。"

　　那男人伸手抓住她给的手腕子。溪鳗又说了声：

　　"起。"

　　男人慢慢被拉了起来，溪鳗推着男人的后背，走去看新写的招牌。

　　这个男人的眼睛仿佛不是睁着，是撑着的。他的脸仿佛一边长一边短，一边松动一边紧缩，一只手拳着，一半边身子僵硬。他直直地看了会儿，点着头：

　　"呜啊，呜啊，啊……"

　　溪鳗"翻译"着说：

　　"写得好，合适，就这样……"

　　一边让袁相舟还坐下来喝酒，又推着男人坐在袁相舟对面。袁相舟想着找几句话和男人说说呢，也不知道他喝不喝酒，给不给他拿个酒杯……还没有动身，溪鳗端过来两碗热腾腾的鱼面，热气里腾腾着鱼的鲜味、香味、海味、清味。不用动脑筋另外找话说了，眼前这鱼面的颜色、厚薄、口劲、汤料，就是说不尽的话题。

鱼面也没有一点鱼样子，看上去是扁面条，或是长条面片。鱼面两个字是说给外地人听的，为的好懂。世界上再没有别的地方，吃鱼有这种吃法。本地叫作敲鱼，把肉细肉厚，最要紧是新鲜的黄鱼、鲈鱼、鳗鱼，去皮去骨，蘸点菱粉，用木槌敲成薄片，切成长条……

三十年前，这个男人是矮凳桥的第一任镇长。那时候凡是个头目人，都带枪。部长所长背个"木壳"，镇长腰里别支"左轮"。那"左轮"用大红绸子裹着塞在枪套里，红绸子的两只角龇在枪套外边，真比鲜花还要打眼。记不清搞什么运动，在一个什么会上，镇长训话：

"……别当我们不掌握情况，溪鳗那里就是个白点。苍蝇见血一样嗡到那里去做什么？喝酒？赌钱？迷信？溪鳗是什么好人，来历不明。没爹没娘，是溪滩上抱来的，白生生，光条条，和条鳗鱼一样。身上连块布，连个记号也没有，白生生，光条条，什么好东西，来历不明……"

过不久，规定逢五逢十，溪鳗要到镇上汇报思想，交代情况。镇长忙得不亦乐乎，溪鳗要跟着他走到稻田中间，或是溪滩树林去谈话。

镇长当年才二十多岁，气色红润，脸上还没有肥肉，身上已经上膘。一天傍晚，从锯齿山口吃了酒回来，敞开衣服，拎着红绸枪套，燥燥热热地走到矮凳桥头，日落西山，夜色在溪滩上，像水墨在纸上洇了开来。镇长觉着凉爽，从桥头退下来，想走到水边洗一把脸，醒一醒酒。哟，水边新长出来一棵柳树？哟，是个人，是溪鳗。

"你在这里做什么？鬼鬼怪怪的。"

溪鳗往下游头水里一指，那里拦着网。

"人是要吃饭的。"

"也要吃酒。这两天什么鱼多？"

"白鳗。"

"为什么白鳗多？它过年还是过节？"

"白鳗肚子胀了，到下边去甩籽。"

镇长把红脸一扭："肚子胀了？"两眼不觉乜斜，"红鳗呢？"

溪鳗扭身走开，咬牙说道：

"疯狗拉痢，才是红的。"

夜色昏昏，水色沉沉，镇长的酒暗暗作怪，抢上两步，拦住溪鳗，喘着说道：

"我说有红鳗，就是有。不信你过来。"

溪鳗格格笑起来，说：

"慢着，等我拉网捉了鱼，到我家去，给你煮碗鱼汤醒醒酒。我做的鱼汤，清水见底，看得见鱼儿白生生，光条条……"

镇长扯开衣服，说：

"我下水帮你拉网。"

扭头只见溪鳗走上了桥头。镇长叫道：

"你往哪里走？你当我喝醉了？鱼网在下游头，水中央……"

溪鳗只管袅袅地往前走，镇长追了上去，说：

"我没有醉，骗不了我，随你鬼鬼怪怪。"

眨眼间，只见前边的溪鳗，仿佛一个白忽忽的影子。脚下绿茵茵的石头桥却晃起来，晃着晃着扭过长条石头来。这桥和条大鳗似的扭向下游头，扭到水中央，扭到网那里，忽然，一个光条条的像是人，又像鳗，又好看，又好怕，晃晃地往网那里钻……

镇长张嘴没有叫出声来，拔腿逃命不成脚步。有人在路边看见，说镇长光条条，红通通——那是酒的不是了。

一时间，这成了茶余酒后的头条新闻。过不久，镇长倒了霉，调到一个水产公司当了个副职。这还藕断丝连地给溪鳗捎些做鱼松的小带鱼，做鱼丸的大鲈鱼来。

袁相舟到县城上学，在外边住了几年。隐隐绰绰听说溪鳗生过一个孩子，和谁生的？究竟有没有做下这种传宗接代的事？也无凭据。

倒是这乡镇改造过商贩，也不断割过"尾巴"，个体的饮食业好比风卷落叶了。可是风头稍过一过，溪鳗这里总还是支起个汤锅，关起门来卖点鱼丸，总还有人推门进来，拿纸包了，出去带门。

袁相舟看见过屋里暗洞洞的，汤锅的蒸气仿佛香烟缭绕，烟雾中一张溪鳗的鸭蛋脸。眍眼窝里半合着眼皮，用一个大拇指把揉透的鱼肉，刮到汤锅里，嘴皮嗫嚅的不知道是数数，还是念咒。有的女人家拿纸包了回家，煮一碗热汤，放上胡椒米醋，又酸又辣端给病人吃。

袁相舟又喝了两杯花雕，看着对面当年的镇长，把一碗鱼面吃得汤水淋漓，不忍细看。转头去看窗外，蒸蒸腾腾，溪上滩上似有似无的烟雾，却在心头升起，叫人坐不住，不觉站起来，拿笔斟酌着又写下几句：

> 鳗非鳗，鱼非鱼
>
> 来非来，去非去
>
> 今日春梦非春时
>
> 但愿朝云长相处

溪鳗走过来看一眼，没有看清，也不想看清，就扭身拿块布给那男人擦脸上、手上、衣襟上的汤水，搀起男人，推着他到字纸面前。男人直着撑着的眼睛看了会儿：

"呜啊呜啊，呜呜呜啊……"

溪鳗淡淡笑着，像是跟自己说话：

"他说好，他喜欢，他要贴起来，贴在哪里？他说贴在里屋门口，说贴就要贴，改不了的急性子……"

男人伸手拿纸，拳着的左手帮着倒忙。溪鳗说：

"你贴你贴，我帮你拿着这一头。"

溪鳗伸开两只手，拿住了纸张的五分之四，剩下一条边让男人托着，嘴里说：

"我们抬着，你走前头，你看好地方，你来贴……"

溪鳗在里屋门口板壁上刷上浆子，嘴里说：

"我帮你贴上这个角，帮你贴贴下边。你退后一步看看，啊，不歪不斜，你贴端正了……"

却说当年的镇长祸不单行，随后又打个脚绊，从水产公司的副职上跌下来，放到渔业队里劳动。不多几年前，队里分鱼，倒霉镇长看见鱼里有条溪鳗，竟有两尺长，实在少见。就要了来盘在竹篮里，盖上条毛巾，到了黄昏，挎着篮子回家去。劳动地点离他家有七八里路，走着，天黑了。那天没有月亮，黑得和锅底一样。倒霉镇长把这走熟了的路，不当回事，只管脚高脚低地乱走，只把盘着溪鳗的篮子抱在怀里。其实怀里还不如脚下，高高低低还好说，乱乱哄哄说不得……忽见前边一溜灯火，这里怎么有条街？灯火上上下下，这条街上有楼？走到什么地方来了？只见人影晃晃的，人声嗡嗡的，细一看，看不清一个人模样，细一听，也听不清一句人话……倒霉镇长吃惊不小，把篮子紧紧搂住，忽觉得毛巾下边盘着的溪鳗，扑通扑通地跳动。镇长的两只脚也不听指挥了，自己乱跑起来。又觉得脚底下忽然平整了，仿佛是石板，定睛看时，模糊糊是一条石头桥。一片哗哗水声。在一个墨黑墨黑的水洞里吗？不对，这是矮凳桥，烧成灰也认得的矮凳桥。怎么走到矮凳桥来了呢！倒霉镇长的家，原在相反的方向。镇长一哆嗦，先像是太阳穴一麻痹。麻痹电一样往下走，两手麻木了，篮子掉在地上，只见盘着的溪鳗，顶着毛巾直立起来，光条条，和人一样高。说时迟那时快，那麻痹也下到腿上了，倒霉镇长一摊泥一样瘫在桥头。

一时间，这又是茶余酒后的头条新闻。不过，有件事不是说说的。众人亲眼看见，溪鳗从卫生所把这个男人接到家里来，瘫在床上屎尿不能自理，吃饭要一口口地喂。现在这个样子算是养回来了，像个活人了。贴上了字纸，还会直直盯着，呜啊呜啊地念着，是认得字的。

呜啊，里屋门一开，跑出来一个七八岁的女孩子，直奔后窗，手脚忙不迭地爬上凳子，扑出身子看外边的溪滩，人都来不及看见她的面貌。溪鳗三脚两步，风快走到女孩子身后，说：

"怎么？怎么？"

女孩子好像是从梦中惊醒的，说：

"妈妈，鱼叫，鱼叫。妈妈，叫我，叫我。"

溪鳗搂住女孩子，那鸭蛋脸差点贴着孩子的短发，眍眼窝里垂下眼皮，嘴唇嚅嚅的，啊，袁相舟心里也一惊，真像是念咒了：

"呸，呸，鱼不叫你，鱼不叫你。呸，呸，鱼来贺喜，鱼来问好。女儿，女儿，你是溪滩上抱回来的，光条条抱回来，不过你命好，赶上了好日子，妈妈有钱也有权开店了。妈妈教你，都教你，做好人，开好店，呸，呸……"

袁相舟想溜掉，回头看见那男人，眼睛直撑撑地站在角落里，嘴角流下口水，整个人颤颤的，是从心里颤颤出来的。

袁相舟踅着脚往外走，却看见丫头她妈挑来一挑碧绿青菜，正要叫唤。袁相舟打个手势叫她不要声张，做贼一样踮着脚走了出来，走到街上，还只管轻手轻脚地朝家里走。

丫头她妈小声说道："莫非吃错了酒了。"

车　钻

车钻十六七岁时候，做出来一件事，叫矮凳桥人议论不休。现在过了十多年，若外地有人走来参观访问，还要当作一个典故，可以说一支到两支烟工夫。

当年做这件事，车钻越做越有劲头，一共三天才功德圆满。那三天，有的人坐立不安，又不敢走近，站远点盯着看。有的忍耐不住，走上前去打算理论几句，想想这么个年月，叫人揪住一半句话头，轻者皮肉受苦，重则抄家游街都是现成的。想着想着都踅着脚儿走开了。有人关在屋里流眼泪，有的严重警告儿女，不要到桥上去，权当这条桥"断桥"了。

这件事发生在矮凳桥上。矮凳桥是条石头桥，三三得九，九是极阳之数，这桥用九条长石条架起来，平平板板没有栏杆，平铺在溪滩上没有阶级。远看倒有个长条板凳的样子。中间桥洞的石头桥墩上，原来刻着"沃碧"两个字，是前清乾隆爷游江南的时候，一位县太爷题的。幸好乾隆爷没有游到这里来，有人说这两个字的本地读音和"拗逼"差不多，"拗逼"是别扭的意思。县太爷吓得赶紧叫把两个字颠倒一下，重新刻过，成为"碧沃"。原来的意思翻成白话是："丰美的绿色"。后来是"绿色的丰美"了，倒也差不多。老百姓也喜欢咬文嚼字，不过自有嚼法："碧"字拆开来是王白石，泰山是山中有王气的，王白石也就是泰山石。"沃"字是"水妖"的合写。因此，这两个字有镇妖的作用，和到处可见的"泰山石在此""泰山石敢当"一个道理。

这两个字写得方头方脑，拐角如刀砍，撇捺似斧劈，漆上绿漆，显出好不威风。这是矮凳桥的一宗文物，周围除了墓碑，没有什么石刻。这也是矮凳桥的风水，有这两个字，溺死鬼还爬上桥来变作板凳哄人，没有这两个字，那还了得……不说了，照着鬼故事说下去，两支烟的工夫不消说，只怕两斤酒还不一定够呢。

话说"文化大革命"来到矮凳桥，当头一炮是大革文化命。这一炮响声大，火力着实不够。烧书吧，谁家里有几本书呀，一本两本旧皇历，一张两张月份牌，顶多还有部卷了边的《三国演义》。打庙吧，总共一座单间的土地庙，用不着三拳两脚，拿条烧火棍捅捅就破完四旧了。

有多嘴的，议论桥墩上这两个字。不过谁也没有动手，那悬空在水面上，谁来搭个脚手架呢！这里的水碧绿，传说水里有潭，不知深浅。更不用说是个出鬼的地方，谁肯冒这个险呢！其实破四旧只是个由头，闹热闹热，好比开台锣鼓。三通鼓罢，造反派赶紧起个"卫青""向东"的名目，插旗、扎寨、夺印、坐天下是正经，这么两个字小可可也。

谁知道站出来一个小喽啰，人称车钻。他在桥面石条缝里，打进去一根铁钎，把条麻绳一头绑住铁钎，一头绑在自己腰上，真是费尽心思。出来这么个简练的绝招。人悬半空，脚蹬桥墩，手抢铁锤，敲打"碧沃"。立刻，轰动了一条街。第一天，"王"字上飞起一块石片，划过左边颧骨，好险，离眼珠才一指头，鲜血直流，只好上来包扎。第二天把"王白石"锤成了麻子，那麻绳却叫石条咬断了，扑通掉到水里，幸好抱住桥墩，水鬼拉他的脚，没有拉得动。爬上来换衣服，人家看见这十六七岁的后生，腰上叫绳勒得青紫，紫里见血点子，真是连命也不要了。第三天换根粗绳子，勒在血点子上，继续完成惊天动地的事业。

何苦来？这三天里边，矮凳桥的造反头头们，也顺嘴叫声好，不过连走来看一眼的工夫也没有。老百姓有咬牙的，有肚子里骂的，有咒的，有心口痛的……表现不一，但都有这么一句："何苦来？"也就这一句，没有人回答得出来。

第三天，车钻正在勒粗绳子的时候，一个十来岁的小姑娘，拿着根两头尖尖的竹扁担跑上桥来。看见车钻和绳子，猛地收住脚步。车钻盯了她一眼，小姑娘不好意思地笑笑，倒退着往回走。车钻甩甩绳子，说：

"你过呀，绊不着你。"

小姑娘过呀不过呢，有点为难，老实说道：

"我忘记了。"

"忘记什么了？"

"妈妈叫我不要过这条桥。"

"为什么？"

"说你在这里造反。"

这个小姑娘眉清目秀，小名小三，学名笑杉。车钻看看她手里的竹扁担，说：

"你不过去，柴草自己会走过来吗？"

"不会自己走过来的。妈妈叫我等着我大姐笑翼。"

说着又要倒退回去。她不敢回身。车钻说道：

"你给我看着铁钎，不叫人碰。"

笑杉想了想，小声说道：

"我不是红卫兵。"

"红小兵也可以。"

"也不是。"

"我晓得你们家是黑的，叫你看着就看着——也好立个功。"

笑杉听说她也好立功的，一下子高兴起来。可是这个小姑娘也见过世面，一下子又压下高兴，小小心心问道：

"立什么功？"

车钻扬扬铁锤，指指桥下的字，说：

"破四旧你不晓得？"

"晓是晓得的。不过这里立不了功。"

"哦，这里立不了，哪里立得了呢？"

小姑娘一下子放大嗓门，一口气说了下来：

"在夺印那里，在进驻那里，在革委会那里。这里只有一不怕苦二不怕死，没有别的。"

"这不是你说的话。"

"不是。"

"哪里听来的？"

"老师这样说，老人这样说，街上好多好多人都这样说。"

"他们越说，我越要干到底。若不，我就不是'车钻'了。"

笑杉又小心起来，问道：

"这两个字真不好吗？"

"你说呢？"

"我不告诉你谁说的可以吗？"

"可以。"

"低头看看桥下的水，碧绿，抬头看看桥墩上的字，翠绿。好水还要有好字，好比一个人生得好看，没有文化，就土。有了文化，就灵了。"

"这些话是你妈妈说的。"

笑杉咬着牙，生怕嘴张开来。车钻忽然用劲勒紧腰里的绳子，手上暴青筋，脸上挣红，那眼睛就公牛生气，拿角触人的样子。小姑娘悄悄挪步后退。车钻叫道：

"我管不了这么多，生来就没有人管我。你不要怕，街上随便哪个都说我何苦来，何苦来，你晓得我何苦来吗？"

小姑娘摇摇头。

"你妈妈晓得吗？"

小姑娘又摇头。

车钻鼻子里哼了一声："谁也不晓得。"说着趴下身子，往桥下伸腿，又两手撑住，说，"你又聪明，又老实，我只告诉你一个人，你和你妈妈也不用说……"

小姑娘还摇摇头。

"好了，顶多只告诉你妈妈一个人。我什么也不为，就为叫大家晓得晓得我。"

说完话，滋溜，人到桥下去了。笑杉这才抬头看看姐姐来了没有，却看见远近有人站着，三三五五，指指点点。小姑娘把两头尖尖的扁担往肩上一扛，仿佛一个兵扛杀枪，抬头挺胸，甩着手走过桥去，心想：我也叫大家晓得晓得我。

小孩子都不愿意大人眼里没有他，用叫喊，用爬高爬低的惊险动作，用哭，用淘气来引起注意，把周围的眼光吸住不让转移。这在三岁两岁的孩子，倒是正常的吧。

车钻小时候除了睡觉，不断动：跑动，跳动，吃饭也不能老实坐着，身上总在扭动。常常挨骂挨打，不知什么时候起，他的不断动变成了不断的捣乱、破坏。偷果子，堵阴沟，拉泡屎在人家门洞里，往人家水缸里扔蛤蟆，在墙上画个王八，写上小朋友的名字，下溪摸鱼，上树摸鸟窠……谁还不能看他，越看越刁钻。好比手里握着个小鸟，谁一看，他就扯掉翅膀上一片翎毛；谁再说两句，他能把小鸟扯得露出白骨头，随手扔掉；小鸟只能在地上颠颠扑扑，等着猫来咬死。

小时候街上叫他车虫，车虫有的地方叫跟头虫，学名孑孓。这种虫子漂在水面上，无时无刻不扭着身子，扭着扭着就是活着活着，扭到大了变成蚊子，一生叫人讨厌。

十多岁时候，人家发现他夏天捉蛐蛐蝈蝈，冬天捉鸟，下雪天石头缝里捉鲶鱼，样样在行。他有股子钻劲，不达到目的不罢休。街上改叫车钻了。车钻本是木匠师傅的一件家生，那是长把钻子绕着根麻绳，横着一张弓，上下按动弓，麻绳带动钻子来回飞转，钻头就钻进了木头。

当然，这个钻，也有刁钻的意思。十天半个月，总要做出一件事情来，好叫人说说他。平常的事人家懒得说了，只好越做越刁钻。为这个宁可不吃饭，熬夜、挨打也情愿。

但他从来当不了头头，在造反派里，更是个"末末"。语录只会老三条，到老三篇那里就七当八了。出头露面的事，宁可打鸭子上架，也轮不着他。他不是正经材料，名声又不好。

前两年，忽然胸口嘀里嘟噜挂了个方盒照相机，给四乡上街来的，万元户、专业户、重点户照张标准相。给搞着对象的小青年，给穿件新衣裳就要留影的大姑娘照张艺术相。车钻本来二十大几的人，还鞋袜趿拉，一身的土和条泥鳅一样，叫人扭过头去不爱看。忽然，叫人睁着眼睛看稀奇了，他留起长头发小胡子，穿起紧身衬衣喇叭裤。

矮凳桥的纽扣生意做开来了，不但街上摆满了摊子，常年有千把两千人冲州撞府推销扣子。三朋四友中有机灵的，寻车钻来给扣子照照相，比带着真东西上车下船当然轻便得多。慢慢地，照扣子比照人像有赚头，一张人像顶多洗印四五张吧，这扣子相片是要出去拜码头的，七八十张还怕不够。

一天，车钻在黑屋子里给朋友赶洗相片，时间长了，困了；黑屋子里也太闷，脑门落在药水盘上也不知觉；凉沁沁地梦见自己卧在西湖边上，柳絮飘飘，水波漾漾。有游船过来过去，有游客指着他说道：这个人淹死了自己还不晓得……车钻大吃一惊，醒了过来。

这个梦车钻一天也放不下，直到夜里脱衣服上床，心想不要再做这样的梦了，吓人……忽然灵机一动，窍门大开，暗自叫道：真是淹死了还不晓得！

从此，车钻不等人来叫，更加不让人家指东指西地叫，自己挑销路好的扣子，都给照下来，分门别类存在柜子里。不多久，他的车钻脾气发作起来，起了钻到底的念头，一天到晚到处转来转去不断动，寻找各色各样的扣子。扣子这东西虽小，却是金银铜铁锡，塑料有机玻璃，竹子木头都可以做的东西，老套头新花样，无穷无尽。他成了纽扣收藏家，屋里仿照中药店格式，一片墙一片墙的立起木头架子小抽屉。他编起成本的纽扣目录，成套的纽扣样品图片。卖扣子的找他要样品，买扣子的找他看式样、价钱、产地，做扣子的更要找他要款式资料，钞票翻儿番地飞到他这里来。实际上，他开办了一个纽扣资料公司，往全国的百货商店、服装工厂、批发站、门市部、个体摊贩发信，信里寄去目录。一封印刷品寄费三分，信封一分，目录三分五分不等。一封信成本六分至一角。他成千封地往山南海北发信，一个月信上垫的钞票上千元。他从哪里知道这许多地点，真是一钻到底，费尽了心思。他收买各地的电话本，照着电话本上的地点发信。这些信只要有百分之一、百分之零点几回信来，买一套两套目录上的图片，他就发财了。他请左邻右舍待业的小姑娘，办这些适合小姑娘的事，一个月五十、六十地开工资。闹得姑娘们不但大学不想考，中学也懒得毕业……

矮凳桥历史上没有过这种生意，就是现在，老人半老人眼见这样发的家，这不就是买空卖空吗？哪一天"打击"起来，只怕逃不出如来佛的手掌心。也只有车钻这样刁钻的后生，才钻得出来这种生意经。

车钻自己呢？用本地土话来说：也"朝阳关不牢"了。这是说转向了，不知道太阳打哪边上来了。日子过得忙忙碌碌，又朦朦胧胧。

现在车钻走到街上，满街是人，他的眼里只是满街的扣子。有天，他看见一副圆轮轮的，铜的，凿出许多小窟窿玲玲珑珑的，出世没有见过的扣子……哦，扣子钉在芝麻花的坎肩上……哦，坎肩穿在一个十八九的姑娘身上，走得好快，细长腰身苗苗条条……哦，这不就是笑杉吗？女大十八变了。

车钻猛然想起听人说过，抄家的时候见过，笑杉的妈妈还存着前清的铜扣呢，说是纪念品，说不定还是乾隆爷游江南时候的东西……想到这里，车钻找笑杉，不见了。问问人，谁也没有看见，奇了。

第二天，车钻打听到笑杉还跟着她妈妈住在山口林场里，车钻赶到林场，听说母女两个都进城办事去了。十天半个月不一定回来。车钻打听母女在城里落脚的地方，问得急，林场的几个人你看我，我看你，反问车钻有什么事？车钻又不好说为几个扣子，只好支支吾吾。有一个面熟的笑起来说道：

"笑杉的妈妈李地同志正在平反，平反了以后又是老干部了，有风声要她当矮凳桥的镇长呢。笑杉心高没法子量，矮凳桥没有一样东西看得上眼，一心只想考大学……"

听话听音，这里头发生误会了。车钻也不是细心解释的人，扭头回到街上来。

可怪，这几个铜的古的圆扣子，在车钻脑子里变成了铜铃，不时铃铃地响起来。本来是个不断动的人，这还怎么坐得住，借个由头也进了城。没事就在马路上乱走，在百货商场楼上楼下乱钻；心想年轻姑娘进城，还不买几样时新东西。转了两天，一点影子也没有。他顺脚走进一条小巷，看见一间面店收拾得倒还干净，想吃点点心，无意中一抬头，只见面店上边，三层楼的阳台上，挂着几件衣服，有一件是芝麻花的坎肩……

"鱼丸面米面，猪脏粉馄饨……里面坐，里面坐嗯……"

车钻知道这是和他招呼，就指指三楼阳台，正要发问，只见那件坎肩本来是背面朝外，这时来点小风，转过正面来了。啊，扁扁的珠光扣，那圆轮轮的出世没有见过的扣子呢，不见了……车钻说不出话来。

"……里面坐里面坐，喝酒有酒杯，讲话有答对……"

车钻听出来这招呼有些取笑了，也顾不得回嘴，闷闷地走开。

"耳朵呢耳朵呢，下酒了……"

车钻回过头来，看见一个小胡子举着勺指着楼上：

"叫你呢叫你呢。"

车钻这才听见楼上有个清脆的声音笑了一声。赶紧钻进店堂，顺着小胡子的手势，钻进店堂后边，见有楼梯就往上钻。二楼暗洞洞的，钻到三楼楼梯那里，上边投下来一片明亮，梯脚那里摆着几双拖鞋，再看楼梯喷了朱红油漆，擦得溜光。只好脱掉皮鞋，看看那些拖鞋都小都秀气，只好穿着袜子钻上去，笑杉站在喷漆的明亮的房间里，短头发齐耳朵，白衣青裙，眼睛带光彩，笑容娇中带生气。立刻说道：

"我知道你寻我，知道你寻我做什么。"

"那就好了，阿弥陀佛。"

"我在写诗，坐下，听我念一段。"

车钻造反时候，语录都只有老三条，诗有句把两句，凑不齐一首。此时此地也只好听着。脚上只穿着袜子，更不自在。

"碧沃——"

车钻心里一跳，倒不是为的桥洞那里的旧事重提，为的这两个字，笑杉是用"正音"念出来的，"正音"指的是"以北京话为标准的普通话"。本地人和本地人说话，谁要是忽然舌头一翻说起"正音"来，不是打官腔就是神志不清。不过车钻想了一想，学生唱歌、朗诵、讲演倒是一律"正音"的。又见穿着粉红坡跟拖鞋的两只脚，照丁字步站着，只好板着脸听下去。

　　　碧沃——
　　　我故乡的丰美的绿色
　　　我童年的绿色的丰美
　　　自从你被蠢牛的铁蹄踏碎
　　　碧沃——
　　　故乡没有了你
　　　水灵一去不回
　　　碧沃——
　　　童年没有了你
　　　秀气一身土灰

谁知车钻对"蠢牛"啦"铁蹄"啦不但不怪，反倒得意，说：

"好办好办，叫个老师傅重新刻上就是了。我还想桥头起个老人亭，老人清早黄昏有个地方坐坐，讲讲典故……"

"好了好了，重新刻上就是假的了，假古董就和假钞票一样……"说到钞票，笑杉叫针扎了一下似的叫起来，"你们只晓得钞票钞票，纽扣纽扣，钞票买纽扣，纽扣卖钞票……"

车钻对这一通火，竟全无反应，只管说他的：

"你坎肩上的古铜纽扣呢？刚才吓我一跳，纽扣怎么？"

"还纽扣纽扣，真是个车钻。"好比火上添油，笑杉把个小小手巾包甩在桌子上，咣的一声金属声音，"你们偏要，我偏不要。我打算扔掉，现在我要一锤……"

　　说着，顺手抓起一个锤头，举起来要往手巾包上打。说时迟那时快，车钻一个箭步钻过去，伸右手，抓手巾包，那个锤头却已经下来了，正好打在右手背上。

　　鸦雀无声。

　　眼见车钻的右手背鼓起来，皮破了，渗出血来。车钻伸出左手，笑杉以为这左手是去托起右手来的，不是，没有管右手，只管从右手心里扯出手巾包来，嘴里说着：

　　"何苦来，何苦来……还好还好，没有打着，没有打中，何苦……"

　　笑杉拉开抽屉找棉花找红药水，一边咬牙说道：

　　"何苦来何苦来，告诉你，我什么也不为，就为要你们晓得晓得我。"

老棒子酒馆
——异乡异闻之三

郑万隆

一

这老东西，为了省钱，又用生炭温酒。烟憋在屋里出不来，像羊群一样在桌子上跑来跑去。陈三脚一闻到这种生烟味，酒兴就败了一半。

他的爬犁还没赶进酒馆的障子里，就闻到这种生烟味了。他鼻子特灵。他年轻时候踩山，在兽粪上闻一闻，就能断出野物什么时辰路过这里的。

障子里拴着十几匹马，站满了人。有几个鄂伦春伙计，正在和源生行的"一只眼"用皮子、黄芪和飞龙兑换盐、火药和白面。他们明知道找"一只眼"上当，可又不愿意再跑一百五十里路，到下屯官行去换。西边的天上来了，一场大雪就要封山。封山前他们还要找地方扎窝，还有好多事干。

人多，地上的雪都踏成了泥浆，表面又结了一层薄冰，油一样黑亮黑亮的。"一只眼"一只手托着一架乌木算盘，另一只手拉着袄袖子擦着那只死眼上的眵目糊。他的这只眼是因为和一个坐地猎户抢老婆，让人家用刀扎黑了的。陈三脚不用耳朵听，一眼就能瞧出来这里面的深浅，"一只眼"在打那几张貂皮的主意，可他不愿意说破了这笔"买卖"。他已经没有多管闲事的精神气儿了，要留着这口气自己用哪。

他的爬犁一进来，这些人就像惊了枪的鹿子一样都闪开了，眼珠子要弹出来似的瞪着他。他明白这些人惊的是什么。他还活着。他陈三脚咋还没死？他们看着他把一只短脸熊从爬犁上拖下来。那家伙有三四百斤重，在泥里砸个坑。

"哎，我说脚爷，您打算换点什么吗？""一只眼"笑得烫脸。陈三脚看也不看他，蹲下去解马肚带。

"不出三天就要封山了，脚爷。您这个牲口可以拣着样儿地换！"

陈三脚把马拴在桩子上，走近那熊说："换你娘，你这个王八羔子！找两个人把它给我抬出去。"

他把眼皮撩起来，扫了一下障子里的人，好像在看一群傻瓜。他的目光还是那么犀利，像刀尖一样。这里没有一个人或一条狗不认识他，不怕他，包括女人。他曾经三脚踢死过一头狼，把大脚趾踢折了。大家都背后叫他"黄毛陈三"。但大家谁都说不清楚，他多大年纪，是否有过家，爱过哪一个女人，是汉人还是达翰尔人。他从来不笑，至少没有人见过他笑，好像他这一辈子没有开心的事，包括喝酒的时候。

二

陈三脚坐在酒馆靠窗的一张桌子上，把窗子打开，让风往里灌，让烟往外流。

老棒子在火旁的案板上切萝卜丝。陈三脚每次来都要吃一大盘他拌的糖醋萝卜丝。

"你可有三四个月没来了。"他那双油灯捻儿似的眼睛，忽闪忽闪地打量着陈三脚。

"差一点见不着你了。"陈三脚一丝一丝儿地撕着盘子里的牛肉。

"你说的是信子沟？"

"这段路我走了近一个月。"

"走着？听说那儿上个月就下雪了。"

"我就是下雪那天在呼码尔河口上的船。在饶珠遇上了大风，黑龙江那浪头比帆还高，把船扔起来，摔在岸上，连一块整齐的木板都找不着。"

"船上的人呢？"

"我不就是么。船老板死了。他一家人都死了。老婆孩子，最小的那个刚满一周。他死得倒痛快，连尸首都找不着了。可他还该着我十二个金儿呢！我可没忘。"

"这成了阴间债了。"

"我没打算让他还。我是让他记着，连他的船都是我帮他买的。我看他是条汉子，初来乍到这里……"

糖拌萝卜丝上来了。陈三脚嚼得像牛吃草一样响，和着酒往下咽的时候，布满了红痧的喉结一下一上发出咕噜、咕噜的声音。接着，他就骂酒里掺了水，胡萝卜丝不甜，也没个咬劲儿。

老棒子立在一旁点头哈腰地听着，一声不吭。但他那双油灯似的眼睛里冒出一股幽幽的蓝色，牙肌咬得紧紧的。他恨这个黄胡子。因为自打他开业那一天起，陈三脚来来往往十几年了，吃他喝他，从来没有给过钱。

陈三脚虽然没抬头，但他能揣测出来正在看着他喝酒的老棒子心里想的是什么。在他眼里老棒子不过是一头受了伤的狼。这个绿豆眼从关里来到这里，还没站稳脚的时候，他们就较量了一次。那是他们第二次见面。在路上，陈三脚把马横在那里，手里掂着那把一尺多长弯弯的刀子，翻来翻去的，眼睛像欣赏一只猎物一样直瞪着绿豆眼，说："你是发了一笔大财才跑到这里来的吧？"绿豆眼怔了一下，很快镇静住自己说："这不关你的事！"陈三脚说："你来的日子还浅，大家都知道，我这把刀子天生爱管闲事！"绿豆眼紧盯着那把在对方手里上下翻飞的刀子和那把乱草一样的黄胡子："我是个买卖人，来这里跑生意。"陈三脚说："起码有两条人命坏在你手里。你身上还有腥味呢。"绿豆眼有些慌也有些急了："你可别血口喷人，这不是闹着玩的事。"他的话音还没落地，头上兔皮毡帽已经被刀挑落了，陈三脚用刀子直逼着他的咽喉说："你这老棒子！在这放老实点，要是把我惹急了，我就叫你这儿分开，脑袋和身子两个地方，谁也见不着谁了。"从此陈三脚再也没提这件事，但他的话一直像石头一样压在老棒子的心上。

三

老棒子要跟他在账上找齐！账可是一笔一笔都记得清清楚楚的。交情是交情，买卖是买卖。何况他跟这个"黄毛"算什么交情？简直是他身上的一块牛皮癣，想起来就痒痒。上几个月陈三脚杳无音讯，他逢人就说："陈三脚这老家伙还该着我一笔酒钱呢，连个屁也不放，他还算个男人么?!"——这会儿他要账的话像子弹一样顶在嗓子眼上了。可他没说出来。陈三脚把装酒的双耳铜壶"当"的一声撂在他面前：

"再来半斤。"

"你还喝?"

"怕我给不了你的酒钱啊?"

"这点酒钱我也值不得放在心上。"

"不会瞎了你。我这个人活要活得明白，死也要死得清楚。"

老棒子怪声怪气地笑着，往双耳壶里灌了一斤酒，坐在了陈三脚对面的凳子上。就在他坐下的一刹那，看见陈三脚半敞的衣襟里围着被血迹染黑了的毛巾，一条很大的伤口从脖子上深到里面。他一呼气吸气，那刚刚凝住的伤口就往外渗血水。老棒子有点惊奇也有些惬意。不管是谁干的，这事干得好。他想，这也是报应。

他觉得陈三脚那张脸像烧焦了的破布，虽然浇上了高粱酒，但仍然是一副生命即将消竭的模样。怪不得他把帽子拉得那么低，他是不愿意让人看到他的伤口和脸。他想给认识他的人留下的是他过去的骄傲和光荣。

他没有多长时间了。老棒子忽然觉得自己应该忘记那些账，不该再恨他了。但他又不知道该说些什么，安慰他几句还是骂他一顿?

"你他妈在我的怀里看见啥了吧?"

"啥? ……我啥也没看见。"

虽然陈三脚依然垂着眼睛，一口接一口地呷着酒，连看也没看他一眼，但他感到一股裂肌胫骨的寒气。他的声音颤抖起来。他明白陈三脚是不愿意让他看到这个的，而且为了封死他的口，这个魔鬼什么事都干得出来。

"这回有的人要如愿了，可我不给他这磨牙的工夫。"

"你伤得不厉害吧？"

"哦，还有一口气。"陈三脚把腰间的猎刀解下来，放在桌子上说，"去把你的账本拿来吧。"

"不，脚爷，我可没让您还账的意思！"

"我是让你记上，有哪些人欠我的。"陈三脚看见老棒子拿来了台账和笔砚，把手伸进怀里轻轻地搔着伤口的痒处，合上眼睛慢慢地说，"张疤癞眼欠我十二个金儿；张昭那个混蛋欠我一石麦子、四个金儿；鲁老六欠我两对熊掌钱、十个金儿；柳胡子欠我六匹马……"

老棒子一笔一笔记下，问："就这些吗？"

陈三脚一口将碗里的酒灌下去，说："就这些了。"

"你是想用这些来顶你的酒钱？"

"我是让他们记着，他们都欠我的。他们往后少做点恶事。王凤雄死了，他带了三个人，我一个人。他们可把张寡妇害得不浅。这也是报应。在纳仁河口那儿碰上我了，撞在我的刀子上了。"

"是啊，真是报应。"

"这熊就是他们扔下的，王凤雄那小子也是个不凡的炮手。可惜他遇上我了，都怨他作孽作得太多了。"他用鼻孔笑着。大概是因为笑震动了伤口，他的脸色异常难看。"你把这头熊送到下关屯官行换些白面，还有这口袋钱，都去送给张寡妇。"他从腰间拿出一个狗皮袋子，"嗵"地一下扔到桌上。

老棒子把狗皮口袋在手里掂了掂，说："听说你年轻的时候也和张寡妇有一腿呢……"

陈三脚兀地站起来，一把揪住老棒子的领口，使劲一拧，拧得老棒子面如灰土，两个绿豆眼直往外鼓。他把拳头在老棒子鼻梁上晃了一下说："你要是骨头痒痒，我这两只手可都闲着哪。"

他撒开手，老棒子倒在了地上。

酒馆里死一般寂静。原来在里面喝酒的几个人都走了，障子里的人也散了。

陈三脚又坐下，把壶里的酒都倒进碗里，说："我这个人，一辈子吃过喝过玩乐过，也不欠谁的什么，今儿的酒钱你也给记上，到时候会有人还你。你也记住这才叫活一辈子。"

"你没儿没女拿什么还我?"

"我身上有四十二处伤，你看见了，又添了一块，这就是金子。"

"是啊，我能不明白吗? 我没敢催你。"

"催不催，这次我也跟你算清了。"

"不不，我没这个意思!"老棒子觉得从脚底往上冒冷气，全身抖得上牙咬不住下牙。

陈三脚从手上退下那个金戒指——这戒指是他托人到哈尔滨打的，盘上有条狗。据说这条狗跟了他半辈子，让人偷走了，打死了，吃了狗肉，把狗皮又送回来让他看。他当时又悲又愤，扎了自己嗓眼一刀。幸亏发现得早，抢救过来，要不他得少喝好几桶酒! ——递到老棒子手上说:"记清了，到磨棱找刘三泰，把这个戒指给他，跟他要酒钱。他一个子也少不了你的。"

老棒子掂着那戒指，忽然从中悟出一点什么，怔了好一会儿说:"你就这么走了? 再也不到我的酒馆喝酒了么?"

"是啊，走了，不回来了。"

"去哪儿呢?"

"进磨棱山到小苏沟去。我是从那个金矿来的，我还要回到那里去。"

"你疯啦! 你身上有伤……不出三天就大雪封山了，闹不好冻死在路上……"

"我会冻死?"陈三脚用鼻孔笑着，把铜壶里的酒，嘴对着嘴儿喝下去，把猎刀挂在腰间，披上豹皮大衣，戴上狐皮帽子，像个大狗熊似的推开门走了。

老棒子追到院子里，拦住正在拉马的陈三脚说:"你还是在我这儿住两天，养好了伤再走吧。"

"养伤? 让这儿的人都知道我躺在你家里养伤?!"

陈三脚狠狠地瞪了老棒子一眼，套上马，坐上爬犁走了。

西北的天黑上来了。云压在山顶上，树林像一群黑色的野兽在那里等待着这架爬犁。

四

这是去年的事了。这也是老棒子见到陈三脚的最后一面,他好像把他心里的什么东西也带走了,让他一冬心里都是空落落的,活得没有一点劲头。虽然冬天是酒馆大把进钱的日子,酒里可大量地掺水,但他因为没有得到一点关于陈三脚的消息,像个躲在洞里的兔子一样,身上掉了一层肉,整天把着铜壶喝酒,喝得晕晕乎乎的。他觉得他跟这个酒馆不能挪动一样没有用处。

他不明白的,为什么陈三脚要这样个"去"法儿。他这一辈子呀,有人说他是条硬汉子,是个英雄,也有说他是"魔鬼",是个"胡子"。可他走了以后,没有一个人不想他的,甚至许多年轻人都学他的样子把胡子染黄了,也穿起了豹皮大衣,戴一顶三块瓦的狐皮帽子,就连"一只眼"也都特意跑来一趟,让他把十斤最上等的关东烟叶带给陈三脚。他说他也在小苏沟矿待过。

雪终于化了。春天来了。可草为谁绿呢?

屯子里许多人结队进小苏沟踩陈三脚的消息,可一无所获。他好像根本没有来过,又仿佛是随着春风化开的雪流走了。

老棒子也去了,带着那十斤烟叶,还有一木桶酒,几十斤牛肉。回来的路上,他绕道去了一趟磨棱找刘三泰。

那个屯子巴掌一样大小,就是他不认识刘三泰,站在街上喊一声,刘三泰也会站到他面前来。

他想不到站在他面前的刘三泰,竟是一个十三四岁的孩子。穿着一个空心棉袄敞着怀,露在外面的脸、手和胸脯都像胡萝卜一样红。

这孩子引起了他的好奇:"你真的就叫刘三泰?"

那孩子一点也不慌:"这屯子里没第二个刘三泰。你找我干啥?"

"你认识陈三脚?"

"认识。"

"他让我把这个戒指交给你。"

"他死啦?"

"不知道，去年封山以前，他去的小苏沟。"

"那他回不来了。"

"你怎么知道?"

"我十岁那年，他就说他要去小苏沟，不回来了。他不愿意大伙儿看见他死。他临走没说什么吗?"

"就这么一句，让你替他还我的酒钱。"

"酒钱? 行! 我还你。"

"你还没有一杆枪高，拿什么还我?"

"你急什么? 等我长大了，一个子也少不了你的，你不就是老棒子嘛!"他挑战似的把那戒指往老棒子手里一拍，"你好好活着等着我，到时候我给了你的酒钱，你得把这个还给我，要是丢了，我可饶不了你!"

还没等老棒子纳过闷来，刘三泰已经走了。

他站在那儿，越琢磨这孩子的话心里越热，这一热，对他老棒子来说什么都齐了。他冲那孩子的背影喊起来，"我老棒子的酒钱不用你还啦!"

不知道那孩子听没听见，头也没回，一直走远了。老棒子清楚地看见那孩子身上的牛皮腰带是陈三脚的。

他还在那儿站着，呆呆地凝视着戒子盘面上的狗，老泪盈满了眼睛。那戒指和那泪水在淡远的阳光下一起闪亮。

大淖记事

汪曾祺

一

这地方的地名很奇怪，叫作大淖。全县没有几个人认得这个淖字。县境之内，也再没有别的叫作什么淖的地方。据说这是蒙古话。那么这地名大概是元朝留下的。元朝以前这地方有没有，叫作什么，就无从查考了。

淖，是一片大水。说是湖泊，似还不够，比一个池塘可要大得多，春夏水盛时，是颇为浩渺的。这是两条水道的河源。淖中央有一条狭长的沙洲。沙洲上长满茅草和芦荻。春初水暖，沙洲上冒出很多紫红色的芦芽和灰绿色的蒌蒿（蒌蒿是生于水边的野草，粗如笔管，有节，生狭长的小叶，初生二寸来高，叫作"蒌蒿薹子"，加肉炒食极清香。苏东坡诗："竹外桃花三两枝，春江水暖鸭先知。蒌蒿满地芦芽短，正是河豚欲上时。"蒌蒿见之于诗，这大概是第一次。他很能写出节令风物之美。），很快就是一片翠绿了。夏天，茅草、芦荻都吐出雪白的丝穗，在微风中不住地点头。秋天，全都枯黄了，就被人割去，加到自己的屋顶上去了。冬天，下雪，这里总比别处先白。化雪的时候，也比别处化得慢。河水解冻了，发绿了，沙洲上的残雪还亮晶晶地堆积着。这条沙洲是两条河水的分界处。从淖里坐船沿沙洲西面北行，可以看到高阜上的几家炕房。绿柳丛中，露出雪白的粉墙，黑漆大书四个字："鸡鸭炕房"，非常显眼。炕房门外，照例都有一块小小土坪，有几个人坐在树桩上负曝闲谈。不时有人从门里挑出一副很大的扁圆的竹笼，笼口络着绳网，里面是松花黄色的，毛茸茸，挨挨挤挤，啾啾乱叫的小鸡小鸭。由沙洲往东，要经过一座浆坊。浆是浆衣服用的。这里的人，衣服被里洗过后，都要浆一浆。浆过的衣服，穿在身上沙沙作响。浆是茨实水磨，加一点明矾，澄去水分，晒干而成。这东西是不值什么钱的。一大盆衣被，只要到杂货店花两三个铜板，买一小块，用热水冲开，就足够用了。但是全县浆粉都由这家供应（这东西是家家用得着的），所以规模也不算小了。浆坊有四五个师傅忙碌着。喂着两头毛驴，轮流上磨。浆坊门外，有一片平场，太阳好的时候，每天晒着浆块，白得叫人眼睛都睁不开。炕房、浆坊附近还有几家买卖荸荠、慈姑、菱角、鲜藕的鲜货行，集散鱼蟹的鱼行和收购青草的草行。过了炕房和浆坊，就都是田畴麦垄，牛棚水车，人家的墙上贴着黑黄色的牛屎粑粑——牛粪和水，拍成饼状，直径半尺，整齐地贴在墙上晾干，作燃料，已经完全是农村的景色了。由大淖北去，可至北乡各村。东去可至一沟、二沟、三垛，直达邻县兴化。

大淖的南岸，有一座漆成绿色的木板房，房顶、地面，都是木板的。这原是一个轮船公司。靠外手是候船的休息室。往里去，临水，就是码头。原来曾有一只小轮船，往来本城和兴化，隔日一班，单日开走，双日返回。小轮船漆得花花绿绿的，飘着万国旗，机器突突地响，烟囱冒着黑烟，装货、卸货、上客、下客，也有卖牛肉、高粱酒、花生瓜子、芝麻灌香糖的小贩，吆吆喝喝，是热闹过一阵的。后来因为公司赔了本，股东无意继续经营，就卖船停业了。这间木板房子倒没有拆去。现在里面空荡荡、冷清清，只有附近的野孩子到候船室来唱戏玩，棍棍棒棒，乱打一气；或到码头上比赛撒尿。七八个小家伙，齐齐地站成一排，把一泡泡骚尿哗哗地撒到水里，看谁尿得最远。

大淖指的是这片水，也指水边的陆地。这里是城区和乡下的交界处。从轮船公司往南，穿过一条深巷，就是北门外东大街了。坐在大淖的水边，可以听到远远的一阵一阵朦朦胧胧的市声，但是这里的一切和街里不一样。这里没有一家店铺。这里的颜色、声音、气味和街里不一样。这里的人也不一样。他们的生活，他们的风俗，他们的是非标准、伦理道德观念和街里的穿长衣念过"子曰"的人完全不同。

二

由轮船公司往东往西，各距一箭之遥，有两丛住户人家。这两丛人家，也是互不相同的，各是各的乡风。

西边是几排错错落落的低矮的瓦屋。这里住的是做小生意的。他们大都不是本地人，是从下河一带，兴化、泰州、东台等处来的客户。卖紫萝卜的（紫萝卜是比荸荠略大的扁圆形的萝卜，外皮染成深蓝紫色，极甜脆），卖风菱的（风菱是很大的两角的菱角，壳极硬），卖山里红的，卖熟藕（藕孔里塞了糯米煮熟）的。还有一个从宝应来的卖眼镜的，一个从杭州来的卖天竺筷的。他们像一些候鸟，来去都有定时。来时，向相熟的人家租一间半间屋子，住上一阵，有的住得长一些，有的短一些，到生意做完，就走了。他们都是日出而作，日入而息。吃罢早饭，各自背着、扛着、挎着、举着自己的货色，用不同的乡音，不同的腔调，吟唱吆唤着上街了。到太阳落山，又都像鸟似的回到自己的窝里。于是从这些低矮的屋檐下就都飘出带点甜味而又呛人的炊烟（所烧的柴草都是半干不湿的）。他们做的都是小本生意，赚钱不大。因为是在客边，对人很和气，凡事忍让，所以这一带平常总是安安静静的，很少有吵嘴打架的事情发生。

这里还住着二十来个锡匠，都是兴化帮。这地方兴用锡器，家家都有几件锡制的家伙。香炉、蜡台、痰盂、茶叶罐、水壶、茶壶、酒壶，甚至尿壶，都是锡的。嫁闺女时都要陪送一套锡器。最少也要有两个能容四五升米的大锡罐，摆在柜顶上，否则就不成其为嫁妆。出阁的闺女生了孩子，娘家要送两大罐糯米粥（另外还要有两只老母鸡，一百鸡蛋），装粥用的就是娘柜顶上的这两个锡罐。因此，二十来个锡匠并不显多。

锡匠的手艺不算费事，所用的家什也较简单。一副锡匠担子，一头是风箱，绳系里夹着几块锡板；一头是炭炉和两块二尺见方、一面裱着好几层表芯纸的方砖。锡器是打出来的，不是铸出来的。人家叫锡匠来打锡器，一般都是自己备料，——把几件残旧的锡器回炉重打。锡匠在人家门道里或是街边空地上，支起担子，拉动风箱，在锅里把旧锡化成锡水，——锡的熔点很低，不大一会就化了；然后把两块方砖对合着（裱纸的一面朝里），在两砖之间压一条绳子，绳子按照要打的锡器圈成近似的形状，绳头留在砖外，把锡水由绳口倾倒过去，两砖一压，就成了锡片；然后，用一个大剪子剪剪，焊好接口，用一个木锤在铁砧上敲敲打打，大约一两顿饭工夫就成型了。锡是软的，打锡器不像打铜器那样费劲，也不那样吵人。粗使的锡器，就这样就能交活。若是细巧的，就还要用刮刀刮一遍，用砂纸打一打，用竹节草（这种草中药店有卖的）磨得锃亮。

这一帮锡匠很讲义气。他们扶持疾病，互通有无，从不抢生意。若是合伙做活，工钱也分得很公道。这帮锡匠有一个头领，是个老锡匠，他说话没有人不听。老锡匠人很耿直，对其余的锡匠（不是他的晚辈就是他的徒弟）管教得很紧。他不许他们赌钱喝酒；嘱咐他们出外做活，要童叟无欺，手脚要干净；不许和妇道嬉皮笑脸。他教他们不要怕事，也绝不要惹事。除了上市应活，平常不让到处闲游乱窜。

老锡匠会打拳，别的锡匠也跟着练武。他屋里有好些白蜡杆，三节棍，没事便搬到外面场地上打对儿。老锡匠说：这是消遣，也可以防身，出门在外，会几手拳脚不吃亏。除此之外，锡匠们的娱乐便是唱唱戏。他们唱的这种戏叫作"小开口"，是一种地方小戏，唱腔本是萨满教的香火（巫师）请神唱的调子，所以又叫"香火戏"。这些锡匠并不信萨满教，但大都会唱香火戏。戏的曲调虽简单，内容却是成本大套，李三娘挑水推磨，生下咬脐郎；白娘子水漫金山；刘金定招亲；方卿唱道情……可以坐唱，也可以化了装彩唱。遇到阴天下雨，不能出街，他们能吹打弹唱一整天。附近的姑娘媳妇都挤过来看，——听。

老锡匠有个徒弟，也是他的侄儿，在家大排行第十一，小名就叫个十一子，外人都只叫他小锡匠。这位十一子是老锡匠的一件心事。因为他太聪明，长得又太好看了，他长得挺拔匀称，肩宽腰细，唇红齿白，浓眉大眼，头戴遮阳草帽，青鞋净袜，全身衣服整齐合体。天热的时候，敞开衣扣，露出扇面也似的胸脯，五寸宽的雪白的板带煞得很紧。

走起路来，高抬脚，轻着地，麻溜利索。锡匠里出了这样一个一表人才，真是鸡窝里飞出了金凤凰。老锡匠心里明白：唱"小开口"的时候，那些挤过来的姑娘媳妇，其实都是来看这位十一郎的。

老锡匠经常告诫十一子，不要和此地的姑娘媳妇拉拉扯扯，尤其不要和东头的姑娘媳妇有什么勾搭："她们和我们不是一样的人！"

<h1 style="text-align:center">三</h1>

轮船公司东头都是草房，茅草盖顶，黄土打墙，房顶两头多盖着半片破缸破瓮，防止大风时把茅草刮走。这里的人，世代相传，都是挑夫。男人、女人、大人、孩子，都靠肩膀吃饭。

挑得最多的是稻子。东乡、北乡的稻船，都在大淖靠岸。满船的稻子，都由这些挑夫挑走。或送到米店，或送进哪家大户的廒仓，或挑到南门外琵琶闸的大船上，沿运河外运。有时还会一直挑到车逻、马棚湾这样很远的码头上。单程一趟，或五六里，或七八里、十多里不等。一二十人走成一串，步子走得很匀，很快。一担稻子一百五十斤，中途不歇肩。一路不停地打着号子。换肩时一齐换肩。打头的一个，手往扁担上一搭，一二十副担子就同时由右肩转到左肩上来了。每挑一担，领一根"筹子"，——尺半长，一寸宽的竹牌，上涂白漆，一头是红的。到傍晚凭筹领钱。

稻谷之外，什么都挑。砖瓦、石灰、竹子（挑竹子一头拖在地上，在砖铺的街面上擦得刷刷地响），桐油（桐油很重，使扁担不行，得用木杠，两人抬一桶）……因此，一年三百六十天，天天有活干，饿不着。

十三四岁的孩子就开始挑了。起初挑半担，用两个柳条笆斗。练上一二年，人长高了，力气也够了，就挑整担，像大人一样的挣钱了。

挑夫们的生活很简单：卖力气，吃饭。一天三顿，都是干饭。这些人家都不盘灶，烧的是"锅腔子"——黄泥烧成的矮瓮，一面开口烧火。烧柴是不花钱的。淖边常有草船，乡下人挑芦柴入街去卖，一路总要撒下一些。凡是尚未挑担挣钱的孩子，就一人一把竹笆，到处去捞。因此，这些顽童得到一个稍带侮辱性的称呼，叫作"笆草鬼子"。有时懒得费事，就从乡下人的草担上猛力拽出一把，拔腿就溜。等乡下人撂下担子叫骂时，他们早就没影儿了。锅腔子无处出烟，烟子就横溢出来，飘到大淖水面上，平铺开来，停留不散。这些人家无隔宿之粮，都是当天买，当天吃。吃的都是脱壳的糙米。一到饭时，就看见这些茅草房子的门口蹲着一些男子汉，捧着一个蓝花大海碗，碗里是骨堆堆的一碗紫红紫红的米饭，一边堆着青菜小鱼、臭豆腐、腌辣椒，大口大口地在吞食。他们吃饭不怎么嚼，只在嘴里打一个滚，咕咚一声就咽下去了。看他们吃得那样香，你会觉得世界上再没有比这个饭更好吃的饭了。

他们也有年，也有节。逢年过节，除了换一件干净衣裳，吃得好一些，就是聚在一起赌钱。赌具，也是钱。打钱，滚钱。打钱：各人拿出一二十铜圆，叠成很高的一摞。参与者远远地用一个钱向这摞铜钱砸去，砸倒多少取多少。滚钱又叫"滚五七寸"。在一片空场上，各人放一摞钱；一块整砖支起一个斜坡，用一个铜圆由砖面落下，向钱注密处滚去，钱停住后，用事前备好的两根草棍量一量，如距钱注五寸，滚钱者即可吃掉这一注；距离七寸，反赔出与此注相同之数。这种古老的博法使挑夫们得到极大的快乐。旁观的闲人也不时大声喝彩，为他们助兴。

这里的姑娘媳妇也都能挑。她们挑得不比男人少，走得不比男人慢。挑鲜货是她们的专业。大概是觉得这种水淋淋的东西对女人更相宜，男人们是不屑于去挑的。这些"女将"都生得颀长俊俏，浓黑的头发上涂了很多梳头油，梳得油光水滑（照当地说法是：苍蝇站上去都会闪了腿）。脑后的发髻都极大。发髻的大红头绳的发根长到二寸，老远就看到通红的一截。她们的发髻的一侧总要插一点什么东西。清明插一个柳球（杨柳的嫩枝，一头拿牙咬着，把柳枝的外皮连同鹅黄的柳叶使劲往下一抹，成一个小小球形），端午插一丛艾叶，有鲜花时插一朵栀子，一朵夹竹桃，无鲜花时插一朵大红剪绒花。因为常年挑担，衣服的肩膀处易破，她们的托肩多半是换过的。旧衣服，新托肩，颜色不一样，这几乎成了大淖妇女的特有的服饰。一二十个姑娘媳妇，挑着一担担紫红的荸荠、碧绿的菱角、雪白的连枝藕，走成一长串，风摆柳似的嚓嚓地走过，好看得很！

她们像男人一样挣钱，走相、坐相也像男人。走起来一阵风，坐下来两条腿又得很开。她们像男人一样赤脚穿草鞋（脚趾甲却用凤仙花染红）。她们嘴里不忌生冷，男人怎么说话她们怎么说话，她们也用男人骂人的话骂人。打起号子来也是"好大娘个歪歪子咧！"——"歪歪子咧……"

没出门子的姑娘还文雅一点，一做了媳妇就简直是"姜太公在此百无禁忌"，要多野有多野。有一个老光棍黄海龙，年轻时也是挑夫，后来腿脚有了点毛病，就在码头上看看稻船，收收筹子。这老头儿老没正经，一把胡子了，还喜欢在媳妇们的胸前屁股上摸一把，拧一下。按辈分，他应当被这些媳妇称呼一声叔公，可是谁都管他叫"老骚胡子"。有一天，他又动手动脚的，几个媳妇一咬耳朵，一二三，一齐上手，眨眼之间叔公的裤子就挂在大树顶上了。有一回，叔公听见卖饺面（一半馄饨一半面下在一起，当地叫作饺面。）的挑着担子，敲着竹梆走来，他又来劲了："你们敢不敢到淖里洗个澡？——敢，我一个人输你们两碗饺面！"——"真的？"——"真的！"——"好！"几个媳妇脱了衣服跳到淖里扑通扑通洗了一会。爬上岸就大声喊叫：

"下面！"

这里人家的婚嫁极少明媒正娶，花轿吹鼓手是挣不着他们的钱的。媳妇，多是自己跑来的；姑娘，一般是自己找人。她们在男女关系上是比较随便的。姑娘在家生私孩子；一个媳妇，在丈夫之外，再"靠"一个，不是稀奇事。这里的女人和男人好，还是恼，只有一个标准：情愿。有的姑娘、媳妇相与了一个男人，自然也跟他要钱买花戴，但是有的不但不要他们的钱，反而把钱给他花，叫作"倒贴"。

因此，街里的人说这里"风气不好"。

到底是哪里的风气更好一些呢？难说。

四

大淖东头有一户人家。这一家只有两口人，父亲和女儿。父亲名叫黄海蛟，是黄海龙的堂弟（挑夫里姓黄的多）。原来是挑夫里的一把好手。他专能上高跳。这地方大粮行的"窝积"（长条芦席围成的粮囤），高到三四丈，只支一只单跳，很陡。上高跳要提着气一口气蹿上去，中途不能停留。遇到上了一点岁数的或者"女将"，抬头看看高跳，有点含糊，他就走过去接过一百五十斤的担子，一支箭似的上到跳顶，两手一提，把两箩稻子倒在"窝积"里，随即三五步就下到平地。因为为人忠诚老实，二十五岁了，还没有成亲。那年在车逻挑粮食，遇到一个姑娘向他问路。这姑娘留着长长的刘海，梳了一个"苏州俏"的发髻，还抹了一点胭脂，眼色张皇，神情焦急，她问路，可是连一个准地名都说不清，一看就知道是大户人家逃出来的使女。黄海蛟和她攀谈了一会，这姑娘就表示愿意跟着他过。她叫莲子。——这地方丫头、使女多叫莲子。

莲子和黄海蛟过了一年，给他生了个女儿。七月生的，生下的时候满天都是五色云彩，就取名叫作巧云。

莲子的手很巧、也勤快，只是爱穿件华丝葛的裤子，爱吃点瓜子零食，还爱唱"打牙牌"之类的小调："凉月子一出照楼梢，打个呵欠伸懒腰，瞌睡子又上来了。哎哟，哎哟，瞌睡子又上来了……"这和大淖的乡风不大一样。

巧云三岁那年，她的妈莲子，终于和一个过路戏班子的一个唱小生的跑了。那天，黄海蛟正在马棚湾。莲子把黄海蛟的衣裳都浆洗了一遍，巧云的小衣裳也收拾在一起，焖了一锅饭，还给老黄打了半斤酒，把孩子托给邻居，说是她出门有点事，锁了门，从此就不知去向了。

巧云的妈跑了，黄海蛟倒没有怎么伤心难过。这种事情在大淖这个地方也值不得大惊小怪。养熟的鸟还有飞走的时候呢，何况是一个人！只是她留下的这块肉，黄海蛟实在是疼得不行。他不愿巧云在后娘的眼皮底下委委屈屈地生活，因此发心不再续娶。他就又当爹又当妈，和女儿巧云在一起过了十几年。他不愿巧云去挑扁担，巧云从十四岁就学会结渔网和打芦席。

巧云十五岁，长成了一朵花。身材、脸盘都像妈。瓜子脸，一边有个很深的酒窝。眉毛黑如鸦翅，长入鬓角。眼角有点吊，是一双凤眼。睫毛很长，因此显得眼睛经常是眯缝着；忽然回头，睁得大大的，带点吃惊而专注的神情，好像听到远处有人叫她似的。她在门外的两棵树杈之间结网，在淖边平地上织席，就有一些少年人装着有事的样子来来去去。她上街买东西，甭管是买肉、买菜，打油、打酒，撕布、量头绳，买梳头油、雪花膏，买石碱、浆块，同样的钱，她买回来，分量都比别人多，东西都比别人的好。这个奥秘早被大娘、大婶们发现，她们都托她买东西。只要巧云一上街，都挎了好几个竹篮，回来时压得两个胳臂酸疼酸疼。泰山庙唱戏，人家都自己扛了板凳去。巧云散着手就去了。一去了，总有人给她找一个得看的好座。台上的戏唱得正热闹，但是没有多少人叫好。因为好些人不是在看戏，是看她。

巧云十六了，该张罗着自己的事了。谁家会把这朵花迎走呢？炕房的老大？浆坊的老二？鲜货行的老三？他们都有这意思。这点意思黄海蛟知道了，巧云也知道。不然他们老到淖东头来回晃摇是干什么呢？但是巧云没怎么往心里去。

巧云十七岁，命运发生了一个急转直下的变化。她的父亲黄海蛟在一次挑重担上高跳时，一脚踏空，从三丈高的跳板上摔下来，摔断了腰。起初以为不要紧，养养就好了。不想喝了好多药酒，贴了好多膏药，还不见效。她爹半瘫了，他的腰再也直不起来了。他有时下床，扶着一个剃头担子上用的高板凳，咯噔咯噔地走一截，平常就只好半躺下靠在一摞被窝上。他不能用自己的肩膀为女儿挣几件新衣裳，买两枝花，却只能由女儿用一双手养活自己了。还不到五十岁的男子汉，只能做一点老太婆做的事：绩了一捆又一捆的供女儿结网用的麻线。事情很清楚：巧云不会撇下她这个老实可怜的残废爹。谁要愿意，只能上这家来当一个倒插门的养老女婿。谁愿意呢？这家的全部家产只有三间草屋（巧云和爹各住一间，当中是一个小小的堂屋）。老大、老二、老三时不时走来走去，拿眼睛瞟着隔着一层渔网或者坐在雪白的芦席上的一个苗条的身子。他们的眼睛依然不缺乏爱慕，但是减少了几分急切。

老锡匠告诫十一子不要老往淖东头跑，但是小锡匠还短不了要来。大娘、大婶、姑娘、媳妇有旧壶翻新，总喜欢叫小锡匠来；从大淖过深巷上大街也要经过这里，巧云家门前的柳荫是一个等待雇主的好地方。巧云织席，十一子化锡，正好做伴。有时巧云停下活计，帮小锡匠拉风箱。有时巧云要回家看看她的残废爹，问他想不想吃烟喝水，小锡匠就压住炉里的火，帮她织一气席。巧云的手指划破了（织席很容易划破手，压扁的芦苇薄片，刀一样的锋快），十一子就帮她吮吸指头肚子上的血。巧云从十一子口里知道他家里的事：他是个独子，没有兄弟姐妹。他有一个老娘，守寡多年了。他娘在家给人家做针线，眼睛越来越不好，他很担心她有一天会瞎……

好心的大人路过时会想：这倒真是两只鸳鸯，可是配不成对。一家要招一个养老女婿，一家要接一个当家媳妇，弄不到一起。他们俩呢，只是很愿意在一处谈谈坐坐。都到岁数了，心里不是没有。只是像一片薄薄的云，飘过来，飘过去，下不成雨。

有一天晚上，好月亮，巧云到淖边一只空船上去洗衣裳（这里的船泊定后，把桨拖到岸上，寄放在熟人家，船就拴在那里，无人看管，谁都可以上去）。她正在船头把身子往前倾着，用力涮着一件大衣裳，一个不知轻重的顽皮野孩子轻轻走到她身后，伸出两手咯吱她的腰。她冷不防，一头栽进了水里。她本会一点水，但是一下子蒙了。这几天水又大，流很急。她挣扎了两下，喊救人，接连喝了几口水。她被水冲走了！正赶上十一子在炕房门外土坪上打拳，看见一个人冲了过来，头发在水上漂着。他褪下鞋子，一猛子扎到水底，从水里把她托了起来。

十一子把她肚子里的水控了出来，巧云还是昏迷不醒。十一子只好把她横抱着，像抱一个婴儿似的，把她送回去。她浑身是湿的，软绵绵，热乎乎的。十一子觉得巧云紧紧挨着他，越挨越紧。十一子的心怦怦地跳。

到了家，巧云醒来了。（她早就醒来了！）十一子把她放在床上。巧云换了湿衣裳（月光照出她的美丽的少女的身体）。十一子抓一把草，给她熬了半铫子姜糖水，让她喝下去，就走了。

巧云起来关了门，躺下。她好像看见自己躺在床上的样子。月亮真好。

巧云在心里说："你是个呆子！"

她说出声来了。

不大一会，她也就睡死了。

就在这一天夜里，另外一个人，拨开了巧云家的门。

五

由轮船公司对面的巷子转东大街，往西不远，有一个道士观，叫作炼阳观。现在没有道士了，里面住了不到一营水上保安队。这水上保安队是地方武装。他们名义上归县政府管辖，饷银却由县商会开销，水上保安队的任务是下乡剿土匪。这一带土匪很多，他们抢了人，绑了票，大都藏匿在芦荡湖泊中的船上（这地方到处是水），如遇追捕，便于脱逃。因此，地方绅商觉得很需要成立一个特殊的武装力量来对付这些成帮结伙的土匪。水上保安队装备是很好的。他们乘的船是"铁板划子"——船的三面都有半人高、三四分厚的铁板，子弹是打不透的。铁板划子就停在大淖岸边，样子很高傲。一有任务，就看见大兵们扛着两挺水机关，用箩筐抬着多半筐子弹（子弹不用箱装，却使箩抬，颇奇怪），上了船，开走了。

或七八天，或十天半月，他们得胜回来了（他们有铁板划子，又有水机关，对土匪有压倒优势，很少有伤亡）。铁板划子靠了岸，上岸列队，由深巷，上大街，直奔县政府。这队伍是四列纵队。前面是号队。这不到一营的人，却有十二支号。一上大街，就"打打打滴打大打滴大打"齐齐整整地吹起来。后面是全队弟兄，一律荷枪实弹。号队之后，大队之前的正中，是捉来的土匪。有时三个五个，有时只有一个，都是五花大绑。这队伍是很神气的。最妙的是被绑着的土匪也一律都和着号音，步伐整齐，雄赳赳气昂昂地走着。甚至值日官喊"一、二、三、四"，他们也随着大声地喊。大队上街之前，要由地保事先通知沿街店铺，凡有鸟笼的（有的店铺是养八哥、画眉的），都要收起来，因为土匪大哥看见不高兴，这是他们忌讳的（他们到了县政府，都下在大狱里，看见笼中鸟，就无出狱希望了）。看看这样的铜号放光，刺刀雪亮，还夹着几个带有传奇色彩的土匪英雄的威武雄壮的队伍，是这条街上的民众的一件快乐事情。其快乐程度不下于看狮子、龙灯、高跷、抬阁、和僧道齐全、六十四杠的大出丧。

除了下乡办差，保安队的弟兄们没有什么事。他们除了把两挺水机关扛到大淖边突突地打两梭（把淖岸上的泥土打得簌簌地往下掉），平常是难得出操、打野外的。使人们感觉到这营把人的存在的，是这十二个号兵早晚练号。早晨八九点钟，下午四五点钟，他们就到大淖边来了。先是拔长音，然后各自吹几段，最后是合吹进行曲、三环号（他们吹三环号只是吹着玩，因为从来没有接受检阅的时候）。吹完号，就解散，想干什么干什么。有的，就轻手轻脚，走进一家的门外，咳嗽一声，随着，走了进去，门就关起来了。

这些号兵大都衣着整齐，干净爱俏。他们除了吹吹号，整天无事干，有的是闲空。他们的钱来得容易，——饷钱倒不多，但每次下乡，总有犒赏；有时与土匪遭遇，双方谈条件，也常从对方手中得到一笔钱，手面很大方，花钱不在乎。他们是保护地方绅商的军人，身后有靠山，即或出一点什么事，谁也无奈他何。因此，这些大爷就觉得不风流风流，实在对不起自己，也辜负了别人。

十二个号兵，有一个号长，姓刘，大家都叫他刘号长。这刘号长前后跟大淖几家的媳妇都很熟。

拨开巧云家的门的，就是这个号长！

号长走的时候留下十块钱。

这种事在大淖不是第一次发生。巧云的残废爹当时就知道了。他拿着这十块钱，只是长长地叹了一口气。邻居们知道了，姑娘、媳妇并未多议论，只骂了一句："这个该死的！"

巧云破了身子，她没有淌眼泪，更没有想到跳到淖里淹死。人生在世，总有这么一遭！只是为什么是这个人？真不该是这个人！怎么办？拿把菜刀杀了他？放火烧了炼阳观？不行！她还有个残废爹。她怔怔地坐在床上，心里乱糟糟的。她想起该起来烧早饭了。她还得结网，织席，还得上街。她想起小时候上人家看新娘子，新娘子穿了一双粉红的缎子花鞋。她想起她的远在天边的妈。她记不得妈的样子，只记得妈用一个筷子头蘸了胭脂给她点了一点眉心红。她拿起镜子照照，她好像第一次看清楚自己的模样。她想起十一子给她吮手指上的血，这血一定是咸的。她觉得对不起十一子，好像自己做错了什么事。她非常失悔：没有把自己给了十一子！

她的这个念头越来越强烈。这个号长来一次，她的念头就更强烈一分。

水上保安队又下乡了。

一天，巧云找到十一子，说："晚上你到大淖东边来，我有话跟你说。"

十一子到了淖边。巧云踏在一只"鸭撇子"上（放鸭子用的小船，极小，仅容一人。这是一只公船，平常就拴在淖边。大淖人谁都可以撑着它到沙洲上挑蒌蒿，割茅草，拣野鸭蛋），把蒿子一点，撑向淖中央的沙洲，对十一子说："你来！"

过了一会，十一子泅水到了沙洲上。

他们在沙洲的茅草丛里一直待到月到中天。

月亮真好啊！

六

十一子和巧云的事，师兄们都知道，只瞒着老锡匠一个人。他们偷偷地给他留着门，在门窝子里倒了水（这样推门进来没有声音）。十一子常常到天快亮的时候才回来。有一天，又是这时候才推开门。刚刚要钻被窝，听见老锡匠说：

"你不要命啦！"

这种事情怎么瞒得住人呢？终于，传到刘号长的耳朵里。其实没有人跟他嚼舌头，刘号长自己还不知道？巧云看见他都讨厌，她的全身都是冷淡的。刘号长咽不下这口气。本来，他跟巧云又没有拜过堂，完过花烛，闲花野草，断了就断了。可是一个小锡匠，夺走了他的人，这丢了当兵的脸。太岁头上动土，这还行！这种事从来没有发生过。连保安队的弟兄也都觉得面上无光，在人前矮了一截。他是只许自己在别人头上拉屎撒尿，不许别人在他脸上溅一星唾沫的。若是闭着眼过去，往后，保安队的人还混不混了？

有一天，天还没亮，刘号长带了几个弟兄，踢开巧云家的门，从被窝里拉起了小锡匠，把他捆了起来。把黄海蛟、巧云的手脚也都捆了，怕他们去叫人。

他们把小锡匠弄到泰山庙后面的坟地里，一人一根棍子，搂头盖脸地打他。

他们要小锡匠卷铺盖走人，回他的兴化，不许再留在大淖。

小锡匠不说话。

他们要小锡匠答应不再走进黄家的门，不挨巧云的身子。

小锡匠还是不说话。

他们要小锡匠告一声饶，认一个错。

小锡匠的牙咬得紧紧的。

小锡匠的硬铮把这些向来是横着膀子走路的家伙惹怒了，"你这样硬！打不死你！"——"打"，七八根棍子风一样、雨一样打在小锡匠的身上。

小锡匠被他们打死了。

锡匠们听说十一子被保安队的人绑走了，他们四处找，找到了泰山庙。

老锡匠用手一探，十一子还有一丝悠悠气。老锡匠叫人赶紧去找陈年的尿桶。他经验过这种事，打死的人，只有喝了从桶里刮出来的尿碱，才有救。

十一子的牙关咬得很紧，灌不进去。

巧云捧了一碗尿碱汤，在十一子的耳边说："十一子，十一子，你喝了！"

十一子微微听见一点声音，他睁了睁眼。巧云把一碗尿碱汤灌进了十一子的喉咙。

不知道为什么，她自己也尝了一口。

锡匠们摘了一块门板，把十一子放在门板上，往家里抬。

他们抬着十一子，到了大淖东头，还要往西走。巧云拦住了：

"不要。抬到我家里。"

老锡匠点点头。

巧云把屋里存着的渔网和芦席都拿到街上卖了，买了七厘散，医治十一子身子里的瘀血。

东头的几家大娘、大婶杀了下蛋的老母鸡，给巧云送来了。

锡匠们凑了钱，买了人参，熬了参汤。

挑夫，锡匠，姑娘，媳妇，川流不息地来看望十一子。他们把平时在辛苦而单调的生活中不常表现的热情和好心都拿出来了。他们觉得十一子和巧云做的事都很应该，很对。大淖出了这样一对年轻人，使他们觉得骄傲。大家的心喜洋洋，热乎乎的，好像在过年。

刘号长打了人，不敢再露面。他那几个弟兄也都躲在保安队的队部里不出来。保安队的门口加了双岗。这些好汉原来都是一窝"草鸡"！

锡匠们开了会。他们向县政府递了呈子，要求保安队把姓刘的交出来。

县政府没有答复。

锡匠们上街游行。这个游行队伍是很多人从未见过的。没有旗子，没有标语，就是二十来个锡匠挑着二十来副锡匠担子，在全城的大街上慢慢地走。这是个沉默的队伍，但是非常严肃。他们表现出不可侵犯的威严和不可动摇的决心。这个带有中世纪行帮色彩的游行队伍十分动人。

游行继续了三天。

第三天，他们举行了"顶香请愿"。二十来个锡匠，在县政府照壁前坐着，每人头上用木盘顶着一炉炽旺的香。这是一个古老的风俗：民有沉冤，官不受理，被逼急了的百姓可以用香火把县大堂烧了，据说这不算犯法。

这条规矩记载于《六法全书》，现在不是大清国，县政府可以不理会这种"陋习"。但是这些锡匠是横了心的，他们当真干起来，后果是严重的。县长邀请县里的绅商商议，一致认为这件事不能再不管。于是由商会会长出面，约请了有关的人：一个承审——作为县长代表，保安队的副官，老锡匠和另外两个年长的锡匠，还有代表挑夫的黄海龙，四邻见证，——卖眼镜的宝应人，卖天竺筷的杭州人，在一家大茶馆里举行会谈，来"了"这件事。

会谈的结果是：小锡匠养伤的药钱由保安队负担（实际是商会拿钱），刘号长驱逐出境。由刘号长画押具结。老锡匠觉得这样就给锡匠和挑夫都挣了面子，可以见好就收。只是要求在刘某人的具结上写上一条：如果他再踏进县城一步，任凭老锡匠一个人把他收拾了！

过了两天，刘号长就由两个弟兄持枪护送，悄悄地走了。他被调到三垛去当了税警。

十一子能进一点饮食，能说话了。巧云问他：

"他们打你，你只要说不再进我家的门，就不打你了，你就不会吃这样大的苦了。你为什么不说？"

"你要我说么？"

"不要。"

"我知道你不要。"

"你值么?"

"我值。"

"十一子,你真好!我喜欢你!你快点好。"

"你亲我一下,我就好得快。"

"好,亲你!"

巧云一家有了三张嘴。两个男的不能挣钱,但要吃饭。大淖东头的人家都没有积蓄,也没有什么东西可以变卖典押。结渔网,打芦席,都不能当时见钱。十一子的伤一时半会不会好,日子长了,怎么过呢?巧云没有经过太多考虑,把爹用过的箩筐找出来,磕磕尘土,就去挑担挣"活钱"去了。姑娘媳妇都很佩服她。起初她们怕她挑不惯,后来看她脚下很快,很匀,也就放心了。从此,巧云就和邻居的姑娘媳妇在一起,挑着紫红的荸荠、碧绿的菱角、雪白的连枝藕,风摆柳似的穿街过市,发髻的一侧插着大红花。她的眼睛还是那么亮,长睫毛忽闪忽闪的。但是眼神显得更深沉,更坚定了。她从一个姑娘变成了一个很能干的小媳妇。

十一子的伤会好么?

会。

当然会!

那
五

一

"房新画不古，必是内务府。"那五的祖父做过内务府堂官，所以到他爸爸福大爷卖府的时候，那房子卖的钱还足够折腾几年。福大爷刚七岁就受封为"乾清宫五品挎刀侍卫"。他连杀鸡都不敢看，怎敢挎刀？辛亥革命成全了他。没等他到挎刀的年纪，就把大清朝推翻了。

福大爷有产业时，门上不缺清客相公。所以他会玩鸽子，能走马。洋玩意儿能捅台球，还会糊风筝。最上心的是唱京戏，拍昆曲。给涛贝勒配过戏，跟溥侗合作过《珠帘寨》。有名的琴师胡大头是他家常客。他不光给福大爷说戏、吊嗓，还有义务给他喊好。因为吊嗓时座上无人，不喊好透着冷清。常常是大头拉个过门，福大爷刚唱一句："太保儿推杯换大斗"，他就赶紧放下弓子，拍一下巴掌喊："好！"喊完赶紧再拾起弓子往下拉。碰巧福大爷头一天睡得不够，嗓子发干，听他喊完好也有起疑的时候：

"我怎么觉着这一句不怎么样哪？"

"嗯，味儿是差点，您先饮饮场！"大头继续往下拉，毫不气馁。

福大奶奶去世早，福大爷声明为了不让孩子受委屈，不再续弦。弦是没续，但今天给京剧坤伶买行头，明天为唱大鼓的姑娘赎身。他那后花园子的五间暖阁从没断过堂客。大爷事情这么忙，自然顾不上照顾孩子。

那五也用不着当老子的照顾。他有自己的一群伙伴：三贝子、二额驸、索中堂的少爷、袁宫保的嫡孙。年纪相仿，门第相当。你夸我家的厨子好，我称你府上的裁缝强。斗鸡走狗，听戏看花。还有比他们老子胜一筹的，是学会些摩登派的新奇玩意儿。溜冰、跳舞、在王府井大街卖呆看女人，上"来今雨轩"饮茶泡招待。他们从来不知道钱有什么可珍贵的；手紧了管他铜的瓷的、是书是画，从后楼上拿俩锦匣悄悄交给清客相公，就又支应个十天半月，直到福大爷把房产像卖豆腐似的一块块切着卖完，五少爷把古董像猫儿叼食似的叼净，债主请京师地方法院把他从剩下的号房里轰出来，才知道他这一身本事上当铺当不出一个大子儿，连个硬面饽饽也换不来。

福大爷一口气上不来，西天接引了，留下那五成了舍哥儿。

二

那五的爷爷晚年收房一个丫头，名唤紫云（那五爷爷的侍妾）。比福大爷还小个八九岁。老太爷临去世，叮嘱福大爷关照她些。福大爷并不小气。把原来马号一个小院分给紫云，叫她另立门户，声明从此断绝来往。

紫云是庄子上佃户出身，勤俭惯了的，把这房守住了，招了一户房客。寡妇门前是非多，不敢找没根底的户搭邻居，宁可少收房钱，租与一家老中医。这中医姓过，只有老两口，没有儿女。老太太是个痨病底儿，树叶一落就马趴在床上下不了地。紫云看着大夫又要看病，又要伺候老伴，盆朝天碗朝地，家也不像个家，就不显山不露水地把为病人煎汤熬药、洗干涮净的细活全揽了过来。过老太太开头只是说些感激话，心想等自己能下地时再慢慢补付。哪知这病却一天重似一天。老太太有天就拉着紫云的手说："您寡妇失业的也不容易，天天伺候我俩不落忍。咱们亲姐妹明算账。打下月起咱这房钱再涨几块钱吧！我不敢说是给您工钱，有钱买不下这份情意。"紫云一听眼圈红了，扶着老太太坐在床沿上说："老嫂子，我一个人好混，不在乎几块钱上。那边老太爷从收了我，没几年就走了。除去他，我这辈子没叫人疼过。想疼疼别人，也没人叫我疼。说真格的，我给您端个汤倒个水，自己反觉着比光疼自己活得有精神。您叫我伺候着，就是疼了我了。这比给我钱强！"

又过了两年，老太太觉着自己灯碗要干，就把过大夫支出去，把紫云叫到床边，挣扎着倚在床上要给紫云磕头。紫云吓得忙扶住她说："您这不是净意地折我的寿吗？"过老太太说："我有话对你说，先行个大礼！"紫云说："咱们俩谁跟谁呢？"于是过老太太就一把鼻涕一把泪地说，她和过大夫总角夫妻，一辈子没红过脸。现在眼看自己不行了。一想起丢下老头一个就揪心。这人鹰嘴鸭子爪，能吃不能拿。除去会看病，连钉个纽扣也钉不上。她看了多少年，没有紫云这么心慈面软的好人，要是能把老头交给她，她在九泉下也为紫云念佛。紫云回答说："老姐姐，您不就是放心不下过大夫吗？您把话说到这儿就行了。以后有您在，没有您在，我都把过大夫这个差事当正事办。您要还不放心，咱挑个日子，摆上一桌酒，请来左邻右舍，再带上派出所警察，我当众给过家的祖先磕个头，认过大夫当干哥哥！"

过老太太听了，对紫云又感激又有点遗憾。和过大夫一商量，过大夫却是对紫云钦敬不已。紫云借过端午的机会，挎了一篮粽子去看福大爷，委婉地说了一下认干亲的打算，探探福大爷的口气。福大爷说："从老太爷去世，你跟那家没关系了。别说认干亲，你就嫁人我们也不过问。"紫云擦着泪说："大爷虽然开通，我可不敢忘了太爷的恩典。"

六月初一摆酒认干亲，紫云不记得自己父母姓什么，多少年来在户口上只写"那氏"二字，席间她又塞给警察一个红包。请他在"那"字之下加个"过"字。正式写成过大夫的胞妹。

过老太太言而有信，这事办完不久就驾鹤西游了。紫云正式把家管了起来。人们为此对她另眼相看，称呼她云奶奶。

三

听说那五落魄，云奶奶跟哥哥商量，要把他接来同住。她说："不看金面看佛面。不能让街坊邻居指咱脊梁骨，说咱不仗义。"过大夫对这老妹妹的主张，一向是言听计从的。就到处打听那五的行止，后来总算在打磨厂一家客店找到了他。过大夫说明来意。本以为那五会感激涕零的，谁知那五反把笑容收了，直嘬牙花子：

"到您那儿住倒是行，可怎么个称呼法儿呢？我们家不兴管姨太太称呼奶奶！"

过大夫气得脸色都变了，恨不能伸手抽他几个嘴巴，甩袖走了出来。回到家不好如实说，只讲那五现在混得还可以，不愿意来，不必勉强吧！

云奶奶不死心，再三追问，过大夫无法，就如实告诉了她那五的原话。云奶奶叹口气说："他们金枝玉叶的，就是臭规矩！他爱叫我什么叫什么吧。咱们又不冲他，不是冲他的祖宗吗？他既混得还体面，不来就罢了。"

谁知过了几天，那五自己找上门来了。进门又是请安，又是问好，也随邻居称呼"云奶奶"，叫过大夫"老伯"。尽管辈分不对，云奶奶还是喜欢得坐不住站不住。云奶奶问他："我怕你在外边没人照顾，叫你搬来你怎么不来？"那五说："说出来臊死人，我跟人合伙做买卖，把衣裳全当了做本钱，本想货出了手，手下富裕点，买点什么拿着来看您，谁想这笔买卖赔了……"

云奶奶说："自己一家人，讲这虚礼干什么？来了就好。外边不方便，你就搬来住吧。"

那五难道是个会做买卖的人吗？

买卖是做了一次，但没成交。天津有个德国人，在中国刮了点钱，临回国想买点瓷器带走。到北京几处古玩店看了看，没有中意的。那五到古玩店卖东西，碰上他在看货，就在门外等着。等外国人出来，就上去搭讪，说自己是内务大臣家的少爷，倒有几宗瓷器想出手，可以约个时间看看。外国人要到他府上拜访，他说这事要瞒着家里进行，只能在外边交易。约定三天后在西河沿一家客店见面。那五并没瓷器。但他知道索家老七从家中偷出一套"古月轩"来，藏在连升客栈。索七想卖，又怕家里知道不饶他。那五就找索七说，现在有个好买主，买完就运出中国。不会暴露，又能出大价。你出面怕引起府上注意，我担这个卖主名义好了。事情成了，我按成三破四取佣金，多一个大子儿不要。可你得先借我几十块赎赎当，替我在这客栈包一间房，要不够派头，外国人就不出价儿。索七少比那五还窝囊，完全依计照办。过大夫来找那五时，那五刚搬进客店，还在做发财梦，当然毫不热心。

索七嘴不严，这事叫廊房头条的博古堂古玩店知道了。博古堂掌柜马齐早知道索七偷出这套东西来，一直想弄到手，谈了几次都因为要价高没成交。可是东西看到过，真正的"古月轩"，跟他所收藏的几个小碗是一个窑。恰好德国人来他店中看货，他就悄悄吩咐大伙计，把几个"古月轩"的小碗摆到客厅茶几上。外国人看完货，他让到客厅去休息，假作毫不在意的样子，提起茶壶就往那"古月轩"碗里倒茶，并捧给了德国人。德国人接过茶碗一看，连口称赞，奇怪地说："你们柜上摆的瓷器并不好，怎么平常用的茶具反倒十分精美？"

马齐一听，哈哈大笑，说："你要喜欢，卖给你，比你认为不好的任何一种都便宜，连那一半钱也不值！"

德国人说："你开玩笑？"

马齐说："完全实话。"

德国人问："为什么？"

马齐说："这是假的。你看的不中意的那些是古瓷，这是当今仿制品！买瓷器不能光看外表！要听声，摸底儿，看胎！"他说着从前柜拿来一件瓷器，一边比较一边讲，把个外国人说得迷迷糊糊。最后他把没倒茶的两个碗叫学徒用绵纸包了，放到德国人跟前说："买卖不成仁义在，这一对不值钱的假货送你作纪念！"

那德国人把这碗拿回去，反复地看，没两天就把"假瓷"的特征全记在心里了。等他去客栈拜访那五时，那五一打开箱盖他就笑了起来。这不和博古堂送他的假货一模一样吗？但他却出于礼貌并不说破。问了一下价钱，贵得出奇。再看那五住的这么寒酸，也不像个贵胄子弟，连说"NO，NO"，起身走了。他很感激博古堂的掌柜教给他知识，到那儿把柜台上摆的假瓷器当真货如数买走，高高兴兴回德国了。

买卖不成，索七怪那五做派不像，逼着叫他还赎当的钱，也不肯付房间费。那五把赎出来的衣服又送回当铺，这才投奔云奶奶来。

过了不久，马齐终于由人说合，只花了卖假瓷器的一半钱，把索七的真货弄到了手。等索家发觉来追查时，他早以几倍的高价卖给天津出口商蔡家了。

四

云奶奶是自谦自卑惯了的，那五肯来同住，认为挺给自己争脸，就拿他当凤凰蛋捧着。那五虽说在外边已混得没了体面，在这姨奶奶面前可还放不下主子身份。嘴里虽称呼"云奶奶"，那口气态度可完全是在支使老妈子。他是倒驴不倒架儿，穷了仍然有穷的讲究。窝头个儿大了不吃，咸菜切粗了难咽，偶尔吃顿炸酱面，他得把肉馅分去一半，按仿膳的做法单炒一小碟肉末夹烧饼吃。云奶奶用体己钱把衣裳给他赎出来之后，他又恢复了一天三换装的排场。换一回叫云奶奶洗一回，洗一回还要烫一回。稍有点不平整，就皱着眉说："像牛嘴里嚼过似的，叫人怎么穿哪？"云奶奶请来这位祖宗，从早到晚手脚再没有得闲的时候了。

过大夫仍住在南屋。那五来后，他尽量的少见他少理他，可他还是忍不住气。有天就借着说闲话儿的空儿对那五说："少爷，我们是土埋半截的人了，怎么凑合都行，可您还年轻哪，总得想个谋生之路。铁杆庄稼那是倒定了，扶不起来了。总不能等着天上掉馅饼不是？别看医者小技，总还能换口棒子面吃。您要肯放下架子，就跟我学医吧。平常过日子，也就别那么讲究了。"那五说："我一看《汤头歌》《药性赋》脑壳仁就疼！有没有简便点儿的？比如偏方啊，念咒啊！要有这个我倒可以学学。"过先生说："念咒我不会。偏方倒有一些，您想学治哪一类病的呢？"那五说："我想学打胎。有的大宅门小姐，有了私情怕出丑，打一回胎就给个百儿八十的！"过先生一听，差点儿背过气去！从此不再理他——那年头不兴计划生育、人工流产，医生把打胎看作有损阴德的犯罪行为！

五

那五在云奶奶家住了不到一个月，虽说饭来张口，衣来伸手，可耐不住这寂寞，受不了这贫寒。好在衣服赎出来了，就东投亲西访友想找个事由混混。也该当走运，他随着索七去捧角儿，认识了《紫罗兰画报》的主笔马森。马森见那五对梨园界很熟，又会摆弄照相机，就请那五来当《紫罗兰画报》的记者。

这《紫罗兰画报》专登坤伶动态，后台新闻，武侠言情，奇谈怪论。社址设在煤市街一家小店里。总共两个人。除去马森，还有个副主笔陶芝。这两人两个做派。马森是西装革履，陶芝是蓝布大褂。马森一天刮两次脸，三天吹一次风。陶芝头发披到耳后，满脸胡子拉碴。这办公室屋内只有两张小桌，三把椅子。报纸、杂志全堆在地下。那五上任这天，两位主笔请他到门框胡同吃了顿爆肚，同时就讲明了规矩：他这记者既不拿薪金也没有车马费。稿费也有限。可是发他一个记者证章，他可以凭这证章四处活动，自己去找饭辙。

那五一听，这不是涮人吗？但已答应了，也不好拒绝，决定试试看。他干了两个月，结识了几个同行，才知道这里大有门道。写捧角儿的文章不仅角儿要给钱，捧家儿也给钱。平常多遛遛腿儿，发现牛角坑有空房，丰泽园卖时新菜，就可以编一篇"牛角坑空房闹鬼"的新闻，"丰泽园菜中有蛆"的来信，拿去请牛角坑的房东和丰泽园掌柜过目。说是这稿子投来几天了，我们压下没有登。都是朋友，不能不先送个信儿，看看官了好还是私了好！买卖人怕惹事，房东怕房子没人敢租，都会花钱把稿子买下来。那五很得意，觉着又交上一步好运。

《紫罗兰画报》连载着言情小说《小家碧玉》，作者是正在发红的"醉寝斋主"。不知为什么，发到第十六回，斋主不送稿子来了。正好那五在报社。陶芝委托他去拜访醉寝斋主，带去稿费，索取下文。告诉那五这"醉寝斋"在莲花河后身十号。

六

这莲花河在石头胡同背后，一条窄巷，有三五户民宅。十号是个砖砌的古式二层楼，当中一个天井，院角有一条一踩乱晃、仅容一个人走动的楼梯。一转遭儿上下各有几间房子，家家房门口都摆着煤球炉子、水缸、土簸箕。那五正在院子观望，从楼梯上下来两个人。一个是烫着发、描着眉、穿一件半短袖花丝葛旗袍、软缎绣花鞋的女人；一个是穿灰布裤褂、双脸鞋、戴一顶面斗帽的中年男人。这两人一见那五，交换一下眼色就站住了。男人问："先生，您找谁？"

那五说："有个编小说的……"

"嗯！"男人用嘴朝楼梯下面一努，有点扫兴地冲女人一甩头，两人走了。那五弯腰绕到楼梯下，才看见有个挂着竹帘的小房。门口用白梨木刻了个横额"醉寝斋"。

这房里外两间。里间什么样，因为太黑，看不清楚。外间屋放着一张和这房子极不相称的铁梨木镶螺钿的书桌。两把第一监狱出产的白木茬椅子和一把躺椅。书桌上书报、稿纸、烟盒、烟缸、砚台、笔筒堆得严严实实。随着脚步声，从里间屋门口钻出一个又瘦又高、灰白面孔、留着八字胡的人来："您找谁？"

"醉寝斋主先生住这儿？"

"就是不才，请坐，您从哪儿来？"

"报社，主笔叫我取稿子来了。"

"噢，坐，坐，这两天应酬太多，忙懵懂了，把您这个碴忘了！"

"哎哟，就等您的稿子出版哪！"

"甭忙，您坐一会儿，现写也来得及，上一段写到哪儿啦？"

"啊？"那五并没看这几版小说，红了脸。斋主一笑说道："没关系，您不记得不要紧，我这儿有账！"

他坐到书桌前，从纸堆中拉出个蓝色的流水账本，翻了几页问："在您那儿登的是《燕双飞》吧？"

那五说："不，我们是《紫罗兰画报》，登的是《小家碧玉》。"

"《小家碧玉》。"斋主把账本掀到底，扔到一边，又拉过一本账来，翻了翻说，"啊呀，这《小家碧玉》在哪儿去了呢？噢，有了！"他又扔下这本账，从抽屉里找出本毛边纸钉的一厚册稿子，找到用金枪牌香烟盒隔着的一页，笑道："您好运气，不用现写，抄一段就完了。"马上铺下一张格纸，拿起毛笔，刷刷刷抄了起来。那五临来受了指教，便把一张一元钱的票子捏在手中，转眼斋主把稿子抄好，叠起来放进信封，那五便把那一元票子放在桌上。斋主看了一眼钞票，却不动它，回身冲里屋喊道："来客人了，快沏茶呀！"

屋里走出个五十来岁的妇女，圆脸，元宝头，向那五蹲了蹲身说："早来了您哪，请坐您哪！这浅屋子破房的招您笑话。"就提起一把壶，伸手从桌上抄起那一元钱说："我打水去。"

那五问道："我看外边的小报上，全在登您的小说，你同时写几部呀？"

"八九部！"

"全写好了放在那儿？"

"不，写一段登一段，登一段吃一段。"

"刚才我看这《小家碧玉》不是全本都写好了吗？"

"噢，那是二手活。"

"什么是二手活？"

斋主告诉他，有人写了小说，可是没名气，登不出去。也有人写来消遣，却不愿要这名气。还有人写好了稿子，急着用钱，等不及一段段零登，他们就把稿子卖了，斋主买下来，整趸零售，能赚几分利！

那五奇怪地说："照这么说，只要有钱买稿，自己不动手也能出名喽？"

斋主说："当然，这是古已有之。明朝有个王爷，一辈子刻了多少部戏曲，没一个字是他写的！"

那五听了，眉开眼笑，拿真话当假话说："明儿一高兴我也买两部稿子，过过当名人的瘾。"

斋主正色说："像您这吃报行饭的，没点名气到哪儿都矮一头，玩不转，应该想办法创出牌子来。再说买来稿子您总得看，不光看还要抄。熟能生巧，没有三天力巴，慢慢自己也就会写了。写小说这玩意儿是一层窗户纸，一捅就破。"

说来说去，斋主把一部才买到手的武侠小说《鲤鱼镖》卖给了那五。要价一百大洋。那五正拿着甘子千造的假画要去当，这下就更鼓起了兴头。等他分到三百元当价后，从便宜坊出来就直接来到了"醉寝斋"，对斋主说："钱我是带来了，得先看看货啊？"

斋主说："您又老斗了不是？买稿子这玩意儿不能像买黄瓜，翻过来调过去看，再掐一口尝尝。您把内容看在肚子里，放下不买了，回头照这意思又编出一本来我怎么办？隔山买老牛，全凭的是信用。"

那五把钱在手里掂了又掂，拿不定主意。斋主一拍桌子说："罢了，我交你这个朋友了！"回身进里屋，从床下找出个破鞋盒子，在那里边掏出一本红格纸的稿本，拿到门外拍打拍打尘土，交给那五说："你先看看回目吧！"

那五看看回目，倒也火炽热闹。可掂掂分量，看看厚薄说：

"这哪能分一百段登啊？我一百块钱买下来，等三十段完了……"

斋主说："说您年轻不是？名利是一回事，可不能一块儿来。您不是先求名吗？这稿子写得好，保您一鸣惊人！出名以后再图利！"

那五把钱交了出去，夹着稿子出来，自己没顾上看就交给编辑部，请求逐段发表。马森收下，一放个把月，没有回音。他每次问，马森都说："还没看完，我看还不错。"可就不提发表的事。那五向陶芝打听消息。陶芝笑道：

"那人卖给你稿子，就没告诉你登稿子的规矩？"

那五问："我看咱们登醉寝斋主的稿子也没有什么规矩呀，不就发一段给一块钱吗？"

副主笔笑了起来，对他说："醉寝斋主好比马连良，是唱出名的了，他只要登台就不怕没人捧场。您哪，好比票友，票友唱戏不能挣钱，而要花钱。租场子自己出钱，请场面自己出钱，请人配戏自己出钱，临完还要请人吃饭、送票，人家才来捧场。演员唱戏为的是吃饭。票友唱戏是图出名，图找乐子！捧红了自然也能下海，可先得自己花钱打下底儿来。"

那五又掏出一百元，请陶芝给他开个名单，在宴宾楼请了一桌客，《鲤鱼镖》这才以"听风楼主"的笔名登载出来。自这天起，有些朋友见面就叫他"作家"，祝贺他"一鸣惊人"，说是重振家声大有把握了。那五嘴上谦虚，可心里就像装了四两烧刀子（"烧刀子"——白干酒），晕乎乎热腾腾，说话声音也变了，走道脚下也轻了，觉得二百大洋花得不屈。尽管那张假画露了马脚，逼他又卖了套西服才填上坑。有这成名成家的路子鼓劲，竟没挫了他的锐气。

小说登到七八段上，情形有点不对了。不知是陶芝开的名单不全，怠慢了什么人，还是有人故意为难。另外几家小报上，出现了评论《鲤鱼镖》的文章。这些文章连挖苦带骂。有说他偷的，有说他剽的，有说他"热昏妄语，不知天高地厚"的。还有人查出来"听风楼主者，某内务府堂官之后也。其祖上曾受恩于八卦门某拳师，改写小说贬形意而捧八卦"云云。那五有点沉不住气。他跑去找醉寝斋主。问他说："您这稿子犯了点什么忌讳吧？怎么招来这么多闲话呀？"斋主这本稿子本是花了十块钱买的一位烟客的，自己并没看过。就双手抱拳说："我说您一鸣惊人不是？这儿给您道喜哪！一有人挑眼您就快红了。当初我专门花钱请人写稿骂我呢！你想想，光登小说，你的名字不是三天才见一回报吗？别人一评论，骂也好，捧也好，一篇文章中你这名字就得提好几回，还怕众人记不住？再说，天下之事，成破相辅，大凡有人骂的，相应就会有人捧，他们斗气儿，您坐收渔人之利，岂不大喜？"

那五听了，觉得确有此理，又转愁为乐。可没乐了几天，这天一进编辑部，马森就递过一封信来说："五爷，这是您的信。咱们合作原本是好换好，您可千万别连累我们哥儿俩。给我们留下《紫罗兰画报》这块地盘混粥喝吧！"

口气这么重，那五自然是看作玩笑。等打开信封一看，他这才明白自己落在井口下，正往水深处坠呢。

这是一张宣纸八行朱栏，用浓墨行书写道：

"听风楼主那先生台鉴：兹定于本月初六，午后三时，在大栅栏福寿境土膏店烹茶候教。如不光临，谨防止戈。言出人随，勿谓言之不预也！"署名是"武存忠"。

他问马森："这武存忠好耳熟，是干什么的？"

马森没说话，把一张小报扔给他。那上边用红墨水圈了一篇小文章："武存忠年老体衰，力辞某县长镖师之聘！"下边说武存忠乃形意门传人，清末在善扑营当过拳勇，民国以后在天桥撂场子卖艺，"七七事变"后改行打草绳。近来有位县长以重金礼聘他去当保镖，他力辞不任。那五看完，马森加了一句："你听说前些年有个俄国大力士在中山公园摆擂台，谁要打败他，他让出十块金牌这件事不？"

那五说："不就是叫李存义扔下台去，摔折一条腿的那回吗？"

马森说："对了。武存忠是李存义的师哥！"

那五一听，后脊梁都潮了。带着哭声说："他见我一来劲，不得把我劈了吗？"

马森埋怨他说:"登小说就登小说不结了,你胡扯八卦形意的门户之争干什么?"

那五说:"老佛爷,我哪儿懂啊!那不是买来的稿本吗?"

陶芝见他怪可怜,就安慰说:"你也别急,这路人多半倒讲情面。你去了多磕头少说话,他见你服了软,也未必会怎么样。"

马森说:"你可不能不去,你要不去他敢来把这客店拆了,到时候咱包赔不起!"

打这天起,那五三天之内没吃过一顿整桩饭,没睡过一宿踏实觉。

七

初六这天,偏又是大热天,晒得树叶发蔫、马路流油。他一步挪不了三寸地来到大栅栏。从钱市拐进一个巷子,见一家门口大白瓷电灯罩上写着"福寿境土膏店",就推门进去。迎门却是个楼梯,阴暗潮湿。他上了楼梯,这才看见两边都挂着白布门帘。掀开一个探探头,就有个中年胖子摇着蒲扇拦门坐着:"您买烟?"

"我找个人,武存忠……"

"那边雅座二号。"

那五又掀帘进了另一间屋。这屋是一长条房子,被两排木隔扇隔着。每边四个小门,门上悬着半截布帘,帘上印着号头。他找到二号,轻轻问了声:"武先生在吗?"里边没有动静。这时过来个女招待,手中托着擦得锃亮的烟具,冲他努努嘴。那五感谢地点点头,掀帘走了进去。屋子很小,只有一张烟榻一把椅子,但收拾的干净雅致。榻上铺着凉席枕席,墙上挂着字画。一个穿白竹布裤褂,胸前留着长髯的老人仰面躺着,两目微合,似睡非睡,似醒非醒。

那五轻声说:"武先生,我遵照您的吩咐来了!"

老头连眼皮都没哆嗦一下。那五迟疑片刻又退了出去,站在门外不知如何是好。恰好那女招待又走了过来。那五掏出一元钞票,往女招待围裙的口袋里一塞说:"武先生高睡了。您找个地方叫我歇歇脚,等他醒了叫我一声。"

女招待笑笑，用手指指二号门，摇摇手，推那五一把，径自走了。

那五第二次又进到二号房，一声不响地站在榻前等武存忠睁眼。那五走了一路，早已热了。偏这大烟馆的规矩是既不许开窗户，又不能安电扇的。他站在那儿只觉着脸上身上，汗珠像小虫似的从上往下爬。心里急得像有团火，却又不敢露出焦急相。站了足有五分钟，看老头还没有睁眼的意思，那五心一横就在榻前跪下了。

"武先生，武大爷，武老太爷！我跟您认错儿。我是个混蛋，什么也不懂，信口雌黄。您大人不见小人怪，犯不上跟我这样的人动肝火！我……"

老头绷着绷着，扑哧一声笑了出来。欠起身说："起来起来，别这样啊！"

"我这儿给您赔礼了！"那五就地磕了一个头，这才起来。武老头笑道："看你写得头头是道，还以为你是个练家子呢！"那五说："我什么也不是，马勺上的苍蝇混饭吃！"武老头问道："既是这样，下笔以前也该打听打听，不能乱褒乱贬哪。"那五说："哎哟我的大爷，跟您说实话吧，那小说也不是我编的，我是买的别人的，图个虚名。没想惹您生了这么大气！"

老头哈哈笑了起来，那五一个劲服软，他早消了火了，口气和缓了一点说："你坐，会抽烟吗？"

那五坐下。武存忠问了他几句闲话。打听他家庭出身，听说他是内务府堂官的后人，不由得叹了口气。

"说起来有缘，那年我往蒙古去办差，回来时带了蒙古王爷送给你祖父的礼物。我到府上交接，你祖父还招待了我一顿酒饭。内院我当然见不着，就外院那排场劲我看了都眼晕！当时我就想，太过了，太过了！铁打的衙门流水的官，照这么挥金如土，是座金山也有掏空的日子。儿孙们不知谋生之难，将来会落到哪一步呢？你现在就凭胡诌乱扯混日子？"

那五红着脸点点头。

武存忠说："你还年轻，又识文断字，学点生计还来得及。家有万贯不如薄技在身。拉下脸面，放下架子，干点什么不行？凭劳动吃饭，站在哪儿也不比人低，比当无来优不强吗？"

"是您哪！我爸爸死得早，没人教训我，多谢您教训我。"

武存忠见那五虽然油腔滑调，倒也有几分诚心感谢他的意思，就说："我在先农坛坛根儿住。攒钱买了架机器打草绳子。你别处混不上了，上我这儿来，你又识字，我正少个帮手！"

那五心想，他可太不把武大郎当神仙了，我这金枝玉叶，再落魄也不能去卖苦大力呀！可又不敢让武老头看出他瞧不起这行当，忙说："我现在还混得下去。将来短不了麻烦您！"

武存忠看出他不愿意，也不再劝。就告诉他小说这段公案算是了啦。原来有几个师兄弟很不忿，当真想找到《紫罗兰画报》把那报社砸了，是他把事按住，决定先和这"听风楼主"谈谈再作道理。他做主了结，别人也不会再缠着不放。那五连声称谢，又鞠了几个躬，这才告辞。武存忠挡住他说："别忙，既叫你来了不能叫你白来。中国的武术是衰落了，国家不振，百业必定萧条。不过各派里人才还是有一点。你出去宣传宣传，也给咱们习武的朋友们壮壮气儿。老朽是没什么真本事的，给你表演个小招儿解闷吧！老三！"

这时隔壁就有人虎声虎气地应声："在！"

"点灯去！"

武存忠下榻，提上鞋，紧紧腰上的板带领头出了二号门。这时走廊站着有四五个汉子。有两个年轻人搭过一张桌子来，女招待帮忙点上了三盏大烟灯。

这些精壮汉子，见了那五都互送眼色咧开嘴笑。那五有点胆怯。武存忠说："你甭担心，这都是我的徒弟。本来我们以为你是会个三门科四门斗的，提防着要交手。现在好了，和为贵，大家交个朋友吧！"

说话间就又聚来了几个闲人，把走廊围满了。

这大烟灯乃是山西出品，名叫"太谷灯"，一个个茶杯粗细，下边是个铜盏，上边的玻璃罩是用半寸厚的玻璃砖磨成，立在那儿像个去了尖的小窝头。平常要俯首向下，对准那圆口才能吹熄。女招待把它点亮之后，一个徒弟就把它从里向外摆成直溜溜的一排。武存忠自己看了看，亲自又校正了一下位置。然后退到五步开外，骑马蹲裆式站好，猛吸了一口气，板带之下腹部就鼓起个小盆。武存忠稍稍晃了晃膀子，站稳之后，"呼"地一口把气喷出。只见三个烟灯一齐火苗摇摆，挨次熄灭了。两边看的人齐声喊了声："好！"

武存忠双手抱拳说："献丑献丑。老了，不中用了。白招列位耻笑。"

那五两腿发颤，觉得连汗都变凉了。他挣扎着雇了辆三轮，回到编辑部。向两位上司报告这段险遇，两人听了同声祝贺，一同请他去丰泽园，要了几个菜、一壶酒为他压惊。席间马森把《鲤鱼镖》原稿奉还，说是不宜再往下刊登。同时也表示，那五已成了著名人物，《紫罗兰画报》树矮难栖金凤凰，收回了那个珐琅的记者证章。

八

自从当记者之后，那五自己在南城（唱戏的卖艺的住所）租了间小房，和紫云断绝了来往。这时眼看房钱既拿不出来，饭钱也没着落，厚着脸皮买了盒八大件，去看云奶奶。哪知几个月没见面，情况大变。老中医已经由于急症去世，院里一片凄凉景象。紫云奶奶正在给人成盆地洗衣裳。一见那五进门，就哭了，抽抽噎噎地说："我没照顾好你。叫你吃不爱吃，喝不爱喝的，把你气走了。可你也太心狠。再不好我们不也是亲眷吗？那家的人还剩下谁呢！别看家业旺腾的时候大门口车轿不断流，一败落下来谁还认这门亲？咱俩不亲还有谁亲？"几句话说得那五鼻子也酸溜溜的，低低叫了声："奶奶！"这一声不要紧，老太太又哭了！"哎哟，你别折我的寿。你要心疼我孤苦伶仃的，打今儿就别走了。我给人洗衣服做针线，怎么也能挣出两口人的吃喝来！等你成了家，我伺候你们两口子。有了孩子，我给你看孩子，只要不嫌我下贱就成！叫什么随便！"

那五答应下来。紫云高兴地连声念佛说："你只管待着，爱看书看书，爱玩就玩。只要你不走，我就有了主心骨了。你坐着，我给你打扫房子去！"

紫云把老中医住的房子给那五收拾好，叫他过来看，还有哪里不如意的，再给他拾掇。那五一看，屋中只有一床一桌一把椅子，倒也干净。外间屋还放着两个花梨木书架，上边堆满线装书。他随手翻了翻，除去些《灵枢经》《伤寒论》，就是几本《四书集注》《唐诗别裁》。紫云就说:"别的全卖了发送老头了。就剩下这两架书,他的几个徒弟拦着不让卖,说要卖的话他们买,省得值仨不值俩地便宜了打鼓的。他们这一说,我琢磨兴许有值钱的书,就说等你来了再定。要卖要留等你的话。你拣拣,凡是你要的就留下,不要的送他们得了,老头临死,几个徒弟跑前跑后没少出力,我没什么报答人家的,这也算个人情。"

那五大大方方地说:"您叫他们把书拉走,光把书架儿留给我就行。"

打这天起,紫云脸上有了点笑容。她把那五的衣裳全翻出来。该洗的,该浆的,补领子,缀纽扣,收拾得整整洁洁。有点余钱就给他几角,叫他到门口书摊上租小说看,那五租了几本《十二金钱镖》,看着看着,又想起醉寝斋主卖他稿子这事来,觉得不能这么便宜这老小子。这天推说要去看个朋友,向云奶奶要钱坐车。紫云把刚收来的两块钱工钱全给了他,说:"出去散散心也好,省得憋闷出病来!可记住,别跟那些嘎杂子打连连,咱们是有名有姓的人家!"

一连气的粗茶淡饭,那五觉着肠子上的油都刮干了。出门先到东四拐角喝了碗炒肝。又到隆福寺吃了碗羊霜肠。这才坐电车奔珠市口。来到醉寝斋,一掀帘,斋主趿着鞋忙迎了出来。拉着手问:"哟,您是发财了吧,怎么到处打听就问不出您的下落?"那五说:"有您那本《鲤鱼镖》,我还能不发财吗?差点叫武存忠打折脊梁骨!"斋主说:"这也怨你,哪有买来的文稿就一字不动往外登的?你把形意门八卦门这些词一改,编个什么雁荡派、剑门派不就百无一事了?这些旧话不用提,当前正有一注子财等你去取!"那五说:"您可别拿我离嘻!"斋主说:"信也罢不信也罢,你先坐一会儿,我去去就来。"斋主把那五稳住,倒上杯茶,走出门去,听脚步声是上了楼。过了一顿饭时,一边说着一边领进一个人来:"您不总想见见那少爷吗?今天碰巧驾临茅舍了!我介绍一下,这位是贾凤楼老板!"

那五认出是头次来时指给他门的那个中年男人。忙站起身来,点了点头:"咱们见过!"

"可不是吗?那天我眼睛一搭,就看着您出众!就看着您不凡!说句不怕您生气的话,我打心里不知怎么的就这么爱您!能让我当面和您叙谈一次,这辈子都不枉做人……"

"不敢当，不敢当，您太客气了！"

"这是打心眼里掏出来的真话！后来一打听，您敢情是那大人府上的少爷！我简直想打自己俩嘴巴；这么高贵的人物，我这种贱民怎么敢妄想攀附哪？"

斋主插言说："那少爷可就是文明开通，从不拿大！"

"是啊！我这高邻可再三介绍，说您不摆架子，最开通不过！我就说，您再来了，无论如何赏光到舍下去坐一会儿，咱们认识一下。"

那五说："您太抬爱了！我不过是沾祖上一点光，自己可是不成材的，您快坐！"

贾凤楼就笑着对斋主说："我看就请我那边坐吧。"

斋主对那五说："刚才我一提您来了，贾老板就派人叫菜，却之不恭，您就移步吧！"

那五推辞说："初次见面这合适吗？这么着，咱们上正阳楼，我请客！"

"不赏脸不是？"贾凤楼说，"我妹妹也想见您，要不叫她来劝驾？"

斋主就拉着那五胳膊，连搀带架，三人上楼去。

贾凤楼住着楼上四间房，他和他养妹各住一间，两间做客厅。凤楼把那五让进北边客厅。墙上悬挂着凤魁放大的便装照片和演出照片。镜框里镶着从报纸上剪下的，为凤魁捧场的文章。博古架上放着带大红穗子的八角鼓。一旁挂着三弦。红漆书桌蒙着花格漆布，放了几本《立言画刊》《三六九画报》和宝文堂出的鼓词戏考，戏码折子。茶几上摆着架带大喇叭的哥伦比亚牌话匣子。那五这才知道贾家兄妹是作艺的。坐下之后，斋主就介绍说："那少爷专听京评剧，不大涉足书曲界，您有空去听听，凤魁姑娘的单弦牌子曲，是正宗荣派，色艺双佳！"

那五欠身说："有机会一定领教。"

凤楼说："那少爷哪有工夫赏我们脸呢？舍妹的活儿太粗俗，有污耳音。"

"这可是客气话！"斋主一本正经地说，"凤魁不光艺术精湛，而且最讲情义，最讲良心。我常说，捧角儿的主儿要碰上凤姑娘，是修来的造化。"

那五心想：你别摆罗圈阵。捧大姑娘我爸爸最拿手，我有这心也没这力!

这时一掀门帘,贾凤魁进来了。

贾凤魁今天没涂脂粉,只淡淡地点了点唇膏,显得比头次见面年轻不少,多说也不过十七八岁。穿了件半截袖横罗旗袍,白缎子绣花便鞋,头发松松地往耳后一拢,用珍珠色大发卡卡住,鬓角插了一朵白兰花。她笑一笑,不卑不亢地双手平扶着大腿,微微朝那五一蹲身:

"迎接晚了,少爷多包涵,请那屋用点心吧。"

贾凤楼又把那五让到隔壁另一间客厅里,桌上已摆下了几个烧碟,一壶白酒,一壶花雕。

饮酒之间,无非还是说些奉承那五的话。那五几杯落肚,架子就放下来了。开始和贾凤魁说起逗趣的话来。凤魁既不接碴儿,也不板脸,仿佛她是个局外人。有时听他们说话拣个笑,有时两眼走神想自己的心思。

饭后贾凤楼又把客人往另一间客厅让。斋主推说赶稿儿,抢先溜了。凤魁要收拾残席,告便留下。那五也要告辞,贾凤楼拉住他说:"我正有事相求,话还没说到正题上,您哪能走呢?"

那五只得又坐了下来。

贾凤楼让过一杯茶后,对那五说:"如今有一注财,伸手可取,可就少个量活的,想借少爷点福荫。"

那五知道"量活"是做帮手的意思。就问:"什么事呢?"

"有位暴发户的少爷,这些日子正拿钱砍舍妹。我们是卖艺不卖身的!"

那五说:"可敬,可敬。"

贾凤楼说:"话说回来,没有君子,不养艺人。人不能随他摆弄,钱可得让他掏出来。他们囤积居奇,钱也不是好来的,凭什么让他省下呢?"

那五说:"有这么一说,可怎么才能叫他既摸不着人,又心甘情愿地花钱呢?"

贾凤楼说:"得出来另一个财主,也捧舍妹,舍得拿钱跟他比着花!他既爱舍妹又要面子,不怕他不连底端出来。钱花净了还没压过对手,不怕他不羞惭而退!"

那五说："我明白了。您是叫我跟他比着往令妹身上扔钱！"

"着，着，着！"

那五一笑，嘲弄地说："这主意是极好，我对令妹也有爱慕之心，可惜就是阮囊羞涩。"

贾凤楼说："您想到哪儿去了？咱们是朋友，怎么说生分话？既叫您帮忙还能叫您破财吗？得了手我倒是要给您谢仪呢！"

那五这才郑重起来，精神抖擞地问："你细说说这里的门子。谢仪我不指望，可我为朋友决不惜两肋插刀！"

贾凤楼说："有这句话，事情成了一半了。打明儿起，您天天到天桥清音茶社听玩意儿去。到了那儿自有人给您摆果盘子送手巾帕，您都不用客气。等舍妹上台后，听到有人点段，您就也点。他点一段您也点一段，他赏十块，您可就不能赏十块，至少也得十五，多点二十也行！"

那五说："当场不掏钱吗？"

贾凤楼说："当然得现掏，不过您别担心，到时候我会叫人把钱暗地给您送去。我送多少，您赏多少，别留体己，别让茶房中间抽头就行！活儿完了，咱们二友居楼上雅座见面，夜宵是我的。亲兄弟明算账，谢仪我也面呈不误！"

那五兴致勃勃地说："行！擎好吧！"

"不过……"贾凤楼沉吟一下，压下声音说，"此事你知我知，万不可泄露。还有，您得换换叶子！"

"什么叫叶子？"

"就是换换衣裳。您这一身，一看是个少爷。少爷们别看手松，可底不厚，镇不住人。因为钱在他老子手里。花得太冲了还让人起疑。您得扮成自己当家、有产有业的身份。"

"行！"那五笑道，"装穷人装不像，做阔佬是咱的本色！"

"要不我头一眼就看着您不凡呢！"

临走，贾凤楼把个红纸包塞在那五手中说："进茶社给小费，总得花点。这个您拿去添补着用。"

那五客气地推辞了一下。贾凤楼说："亲是亲，财是财，该我拿的不能叫您破费！"

九

　　那五回到家，却跟云奶奶说，有个朋友办喜事，叫他去帮着忙活几天。云奶奶说："在家靠父母，出外靠朋友，朋友事上多上点心是好事。"那五说："可我这一身儿亮不出去呀！想找您拆兑俩钱，上估衣铺赁两件行头。"云奶奶说："估衣铺衣裳穿不合体，再说烧了扯了的他拿大价儿讹咱，咱赔不起。我这儿有爷爷留下的几件衣裳，都是好料子。我给你改改，保你穿出去打眼。"说着云奶奶就给那五量尺寸，然后从樟木箱中找出几件香云纱的、杭纺的、横罗的袍子、马褂，让那五挑出心爱的，连夜就着煤油灯赶做起来。那五舒舒服服睡了一觉，第二天一睁眼，衣裳烫得平平整整，叠好放在椅子上。他兴冲冲地爬起来试着一穿，不光合体，而且样式也新——云奶奶近来靠做针线过日子，对服装样式并不落伍。那五穿好衣服过去道谢，云奶奶已经出门买菜去了。他自己对着镜子左顾右盼，确像个极有资财的青年东家，只可惜少一顶合适的帽子，没钱买，赶紧去剪剪头，油擦亮点，卷儿吹大点，也顶个好帽子使唤。

　　这清音茶社在天桥三角市场的西南方，距离天桥中心有一箭之路。穿过那些撂地的卖艺场，矮板凳大布棚的饮食摊，绕过宝三带耍中幡的摔跤场，这里显得稍冷清了一点。两旁也挤满了摊子。修脚的、点痣子的、拿瘊子的、代写书信、细批八字、圆梦看相、拔牙补眼、戏装照相。膏药铺门口摆着锅，一个学徒耍着两根棒槌似的东西在搅锅里的膏药，喊着："专治五淋白浊，五劳七伤。"直到西头，才看见秫秸墙抹灰，挂着一溜红色小木牌幌子的"清音茶社"。门口挂着半截门帘，一位戴着草帽、白布衫敞着怀的人，手里托个柳条编的小笸箩，一面掂得里面硬币哗哗响，一面大声喊："唉，还有不怕甜的没有？还有不怕甜的没有？"

　　那五心想："怎么，这里改了卖吃食了？"

　　可那人又接着喊了："听听贾凤魁的小嗓子吧！绷瓷不叫绷瓷，品品那小味吧！旱香瓜、喝了蜜，良乡栗子大鸭梨、冰糖疙瘩似的甜喽……"

灰墙上贴满了大红纸写的人名，什么"一斗珠""白茉莉"，有几个人名是用金箔剪了贴上的，其中有贾凤魁。

那五伸手一掀帘，拿笸箩的人伸胳膊挡住他问道："您贵姓？"

"我姓那呀，怎么着，听玩意还要报户口……"

那人并不理会那五的刺话，只把布帘一挑，高声喊道："那五爷到！"

里边就像回声似的喊了起来："那五爷到！""五爷来了，快请！""请咧！"有两三个茶房，一块儿拥了过来。先请安后带路，把那五让到正中偏左的一个茶桌旁，桌上已摆满了黑白瓜子，几片西瓜。一个茶房送来了茶碗，紧接着就有人送上一块洒了香水的热毛巾。那五伸手去接毛巾，一卷软软的东西就塞到了他手心上。那五擦过脸，低头一看，二十元纸币包着一张字条，上写"风雨归舟"。

那五定下神来，这才打量这茶社和舞台。

茶社不大，池子里摆着七八张桌子，桌子上多半有果盘。靠后边几桌空着。前边儿桌子，多半都坐着三五个人。只和他斜吊角靠边处的一桌上，也是单人独坐。看来比那五还小几岁。西服革履，结着大红底子绣金龙的领带。两廊和后排，全是窄条凳。那儿人倒是挤得满满的，不过一到段子快刹尾，就忽忽地往外走。等到打钱的过去，又呼呼地坐进来。

这舞台是没有后台的。台后墙上挂了些"歌舞升平""声遏青云"之类的幛幅，幛幅下边沿着半月形放了十来把椅子，椅子上坐着各种打扮、浓妆艳抹的女人。台前尽管有人在表演，坐着的人仍不断向台下点头、微笑、打招呼。

这时台上一个胖胖的女人，正在唱梅花大鼓"黑驴段"。她唱完，檀板一撂，歪着头鞠了个躬。台下响起掌声。几个茶房就举着笸箩向两廊和后排冲去，嘴里喊着："钱来，钱来！谢！"台口左边，像药店门口的广告板似的也竖着一块板，上边搭着白粉连纸写的演员姓名，在这纷乱声中，捡场的走去掀过去一张，露出"贾凤魁"三个大字。这名字一露，那穿西装的青年就喊了一声："好！"随即伸起胳膊招了招手，一个茶房赶过去，弯着腰听他吩咐了几句什么，接过钱飞快地从人丛中钻到台口，抄起一个方木盘，捧着走上台高声喊："阎大爷点《挑帘裁衣》，赏大洋拾元！"台上坐着的女人，台下奔忙的茶房，立刻齐声喊道：

"谢！"

贾凤魁从座上袅袅婷婷走到台中，笑着朝那青年鞠了躬。

今天贾凤魁换了身行头，蛋青喇叭袖小衫，蛋青甩腿裤子，袖口、大襟、裤口都镶了两道半寸宽的绣花边，耳后接上假发，梳了根又粗又亮的大辫子，红辫根，红辫梢，坠了红流苏，耳朵上戴着一副点翠珠花长耳坠。那五心想："难怪方才坐下时没认出她来！"

正在出神，肋岔上叫人捅了一下。回头一看，是送毛巾的那个茶房："五爷！"茶房朝那二十元钞票努努嘴。

他急忙点头，把那卷钞票原封不动又给了茶房。茶房正步奔上台口，拿木板盘托着跑上台喊："那经理点个插曲《风雨归舟》，赏大洋二十块！"

台上台下又是一声吼。贾凤魁走上台前，朝那五鞠了一躬，笑嘻嘻不紧不慢地说了声："经理，我们这儿谢谢您哪！"

人们嗡嗡地议论成一片。刷地一下把视线投向了那五。那西装青年站起身来虎视眈眈朝那五盯了一眼，台上响起弦子声这才坐下。一霎时，那五感到自己又回到了家族声势赫赫的时代。扬眉吐气、得意之态不由自主、尽形于色。刚进门时候那股拿架子演戏的劲头全扫尽了，做派十分大方自然！

从这儿开始，茶房就拿着那二十元钞票一会儿放在盘子里送到台上，一会儿悄没声地装作送手巾给那五塞到手中，走马灯似转个六够。后来那位阎大爷大概把带来的钱扔干净了，就气哼哼地拍桌子往门外走。茶房一连声地喊："送阎大爷！"阎大爷回眼扫了一下那五，放大嗓子说："明天给我在前边留三个桌子，有几个朋友要一块儿来给凤姑娘捧场！"

那五听了这几句话，浑似三伏天喝了碗冰镇酸梅汤，打心里往外痛快。这几个月处处受人捉弄，今天也算尝到了捉弄人的美劲，连画儿韩那儿受的闷气似乎都吐出来了！不过随着这位冤大头出门，茶房取走那二十块钱再没往回送。没过够摆阔的瘾头。他勉强又听了两个段子，感到没兴头了，茶房送话儿来，贾凤楼正在二友居等他。他把几毛小费摆在桌上，起身走去。那茶房一边收钱一边又喊了声："那经理回府了！"他就在"送"的喊声中出了门。

贾凤楼在二友居门口等着那五，一路上楼一路说："天生来的凤子龙孙，那派头学是学不像的！您可帮了大忙了！"

虽说就两人吃夜宵，菜可叫了不少。临分手贾凤楼又塞给那五一个红包。到洋车上打开一看，原来就是那五使了多少遍的二十元钞票。那五算算，那位冤大头今天一晚上少说赏了也有一百五十块，分这点红未免太少。又一想，那家少爷跟这种下九流争斤论两有失身份，会叫他小看。忍了吧，捧角儿还挣钱，也算一乐！路过"信远斋"，他下车买了两盒酸梅料。云奶奶正给他等门。他把酸梅料送进堂屋说："给您尝尝鲜！"云奶奶乐得眼睛眯成一条缝。忙问：

"哪来的钱？"

"打牌赢的！"

"往后可别打牌，咱们赢得起可输不起，欠赌账叫人笑话。蚊子轰了，帐子撂下来了，冲个凉快歇着吧！大热的天够多累呀！"

十

那五连着上清音茶社去了十多天，阎大爷少说花了也有一千多块钱。这天竟干脆提个大皮包走了进来。一来一往点了足有十几段。天就耗晚了。警察局有夜禁令，不许超过十二点散场。管事的和贾凤楼下来说情，请二位爷明天再赏脸。那五摇了几下脑袋，算是应允了。阎大爷却不依不饶："你们不是就认识钱吗？大爷没别的，就几个闲钱，还没花完呢！"

这时园子乱了，艺人们也纷纷下了台，凤魁悄没声地走到那五身后拉他一把说："要出事了，你还不快走！"那五这才从梦里醒戒，急忙钻出了茶社。

那五来到门外，才觉出夜已深了。两边的小摊早已收了个一干二净。电车也收了。天桥左边又黑又背，他有点胆怯。就清了清嗓，唱单弦壮胆儿。

"山东阳谷县，有一个武大郎。身量儿不高啊二尺半长。跐着那板凳儿还上不来炕……"

"有跟车的没有？"一辆双人三轮从身后赶了上来。上边坐着一个穿灰裤褂的人，打着鼾声，脑袋摆来摆去。三轮车夫冲那五问："上东城去的再带一个啊，收车了少算点！"

那五正想乘车，就问："少算多少钱？"

"一块钱到东单！"

"一块还少算！"

"您往前后看看，花两块叫得着车叫不着？在这地方一个人溜达？不用碰上黑道儿上的哥儿们，碰上巡逻队查夜，你花一块钱运动费能放您吗？"

拉车的嘴里说话，可并不停车，露出有一搭没一搭的派头。车已超过那五去了，那五叫道："我也没说不坐，你别走哇！"

三轮这才停下，推推车上那位说："劳驾，边上靠靠，再上一个人！"

"什么再上一个人？"那人含糊不清地说，"你一个车拉几份客？"

"两份。您没看是双座的吗！"三轮车夫连推带搡，把那人往边上挪了挪，扶那五上去坐稳当，把车飞快地蹬起来。车出了东西小道，该往北拐了，他却一扭把向南开了下去。

"喂，拉车的，"那五喊道，"上东城，你往哪儿走！"

"老实坐着！"那睡觉的客人一把抓住那五的手，另一只手就掏出把亮晃晃的家伙杵在那五腰上，"再出声我捅了你！"

"哎哟，您……"

"住嘴！"

那五虽说住嘴了，可他哆嗦得车厢板咔咔直响，比说话声儿还大。拿刀的人掐了他大腿一把说："瞧您这点出息，可惜二十多年咸盐白吃了！"

这车左拐右拐，三转两转来到一条大墙之下。这里一片树林，连个人影都没有。拉三轮的停了车，握刀的抓住那五胳膊把他拽下车来说："朋友，漂亮点，有钱有表掏出来吧！"

那五语不成声地说："表有一块，可是不走字，您爱要请拿走。钱可没有多少，我出来就带了两块钱车钱。"

拉三轮的说："大少爷，没钱能捧角儿吗？我盯了你可不止一天了！"

拿刀的说："少费话，搜！"

搜了个一佛出世二佛朝天，果然只有两块钱，一块连卖零件也没人要的老卡字表。拿刀的一怒啪啪打了那五两个嘴巴，厉声说："把衣裳脱下来！"

那五从里到外，脱得只剩一条裤衩。然后就垂手站在那儿乱颤。现在他不害怕了，可觉着冷了，上牙直打下牙。

拉三轮的说："皮鞋！"

那五说："您留双鞋叫我走道啊！"

拿刀的说："往哪儿走？上派出所报告去？脱下来！"

那五弯腰脱鞋，只觉后脑勺叫人猛击了一掌，就背过气去了。等他醒来，发现鞋倒还在脚上。可天还不亮，赤身露体的上哪儿去呢？只好站起来活动活动筋骨，浑身冻得都透心凉了。

慢慢地有了脚步声，有了咿咿呀呀喊嗓儿声。"我说驸马，你来到我国一十五载……"有人一边说白一边走了过来，听声儿是个女的。那五赶紧又躲到树后头。约莫过了半个时辰，天渐渐透白了，有个人弯腰驼背地从他身后慢慢走了过去，那五喊了声："先生……"

那人停下来，朝这边望望，走了过来。那五眼尖，还差六七步远就认出来是拉胡琴的胡大头！

"胡老师！"那五哇的一声哭了起来。

"怎么着？那少爷呀？怎么总不来园子采访了？上这儿练功来了！哭什么？云奶奶老了？"

"哪儿啊，我叫人给扒光了！"

"咳，这是怎么话儿说的！"胡大头赶紧把自己大褂脱下来给那五披上，可他里边也只有一件没有袖儿的汗背心。看看那五，又看看自己说："不行，这一来不光您动不了窝，我也没法儿见人了。这么着，你先在这儿等会儿。我找左近人家去借件衣裳。你可别乱动。要不叫巡警看见说你有伤风化，还要罚大洋五毛！"

"这是到了哪儿了？还有巡警吗？"

"嗨，您怎么晕了，这不是先农坛吗！"

胡大头又把褂子要回去，穿得整整齐齐走了。那五端详一下方位。冤哉，这儿离清音园只隔着一道街，记得东边把角处还有个挂着红电灯罩的派出所！这时天大亮了，喊嗓的、遛弯的越来越多。那五躲在树下再也不敢动弹，那模样不像被人扒了，倒像他偷了别人的靴掖子！

十一

不到一顿饭时，胡大头领着武存忠来了，武老头还有老远就喊："人在哪儿呢？人在哪儿呢？"那五闻声站了起来。武存忠定神一看，哈哈大笑。捋着胡子说："我当是谁呢，听风楼主啊，怎么上这儿喝风来了？快穿上衣裳嘛！再冻可成了伤风楼主了！"

那五接过武存忠的包袱，一看是块蓝粗布，先皱了皱眉头。打开再一看，是一身阴丹士林布裤褂，洗得泛了白，领子上还有汗渍，又吸了口气。武存忠说："这是我出门做客的衣裳，您将就着穿。干净不干净的不敢说，反正没虱子。"那五穿好衣裳，武存忠就请他们一道到家去吃点心。那五问："你们二位早就认识？"胡大头说："我天天在这坛根遛弯，常去看老先生打绳子，见面就点头，没说过话！"

武存忠的家就在坛根西边。远对着四面钟，门口一片空场，堆着几垛稻草。稻草垛之间，有两帮人练武。一帮是几个半大孩子，由一个青年人领着练拳。那青年手里拿根藤棍，嘴里叫着号："蹦，劈，专，炮，横！"另一帮是两个小丫头自己在练剑。一边自己念叨："仙人指路，太公钓鱼……"武存忠一边走路，一边指点："小辛，剑摆平，别耷拉头！""你们那炮拳怎么打的！高射炮啊！冲鼻子尖打！"说着话领他们进了个门道，门洞里就摆着架用脚踩的打绳机，地上放了好几盘才打好的粗细草绳。武存忠领他们穿过这里，走进一间小南屋。南屋迎门放好了炕桌，小板凳，桌中间摆了一盘鬼子姜，一盘腌韭菜，十来个贴饼子。武存忠在让座的工夫，他老伴又端来一盆看不见米粒的小米汤。

"没好的，就是个庄稼饭，"武存忠说，"那少爷也换换口味！"那五生长在北京几十年，真没想到北京城里还有这样的地方，这样的人家，过这样的日子。他们说穷不穷，说富不富，既不从估衣铺赁衣裳装阔大爷，也不假叫苦怕人来借钱，不盛气凌人，也不趋炎附势。嘴上不说，心里觉着这么过一辈子可也舒心痛快。

他问："武先生还有点嗜好？"

武存忠说:"你是说抽大烟哪?我哪有那个福气,上一回是借地方办事,图那种地方不惹眼!我打一天绳子不够俩烟泡钱,一家人喝西北风去?也当喝风楼主吗?"

那五也笑了起来。喝了几口米汤,他缓过点劲来了,吃了口饼子,也觉着满口香甜。凑趣说:"您这嚼谷还真是味,明儿我真来跟您学打绳子吧!"

"您吃不了那个苦!细皮白肉的,干一天手心上就磨得没皮了。您看看我这手是什么手?"

武存忠把一只小蒲扇似的手伸到那五面前,那五摸了把,"哟"了一声,真是又粗又厚。光有茧子没有皮、比焊水壶的马口铁还硬实。

胡大头问那五怎么会遇上恶人的?那五不好意思说和贾家兄妹联手做套摆弄人,只说听大鼓散场晚了,如何如何。大头问他在哪儿听的大鼓?那五说:"清音茶社。"

大头摇了摇头说:"唉!听大鼓东城有东安市场,西城有西单游艺社。这清音茶社可是您去的地方吗?"

那五说:"反正消遣,哪儿不是唱大鼓呢?"

大头说:"唱与唱可大有分别。清音茶社里献艺的是什么人?有淌河卖唱的,有的干脆就是小班的姑娘。还有是养人的卖了孩子,在这儿见世面!光叫人抢了几件衣裳还真便宜了!"

那五一听,暗中直咋舌,没想到这里还有许多说道。武存忠听到这里,笑笑说:"您要说的是实话,这几件衣裳也许还能找回来。"

那五一听,喜出望外:"老先生有把握?"

"那倒不敢说。"武存忠说,"多少有点路子。这天桥管界的合字号朋友,都跟派出所联着,他们有个规矩,不论抢来的偷来的,是现钱是衣物,十天之内不会动它,防备派出所有人来找。过了十天,他们或是卖或是分,照例给局子里一份喜钱。"

那五说:"那么我马上去报案。"

武存忠说:"只要一报案,当天可就销赃。东西留着不是等报案,凡是报案的都是没门子的。"

那五说:"那怎么办呢?"

武存忠说:"我也不知道怎么办,不过可以托人打听一下。还是那句话，得是偷的抢的。若是报私仇，斗势力，后边别有背景。派出所管不到这个范围，所以我问你是不是实话。"

那五脸红一阵，摇摇头说："话是实话。东西不用找了，这点玩意儿我买得起，犯不上再劳您费心。"

武存忠笑笑，再没说什么。

吃过饭，胡大头就要送那五回家，那五心想穿这一身苦大力的衣裳进城，难以见人，就说：

"我把衣裳穿走怎么办，不耽误武老先生用吗？麻烦您上云奶奶那儿给我取一身衣裳来。我在这儿等着。"

武存忠不明白那五的心理，忙说："你穿走吧，有空送来，没空先放在那儿，我不等穿。"

大头明白那五的意思，心里嫌他这股死要排场劲，就说："不瞒您说，我送您回家是顺路上票房去说戏。下午、晚上又都上园子，我哪有空再来接您呢！作艺吃饭的人，工夫就是棒子面，我哪有半天的闲工夫？"

那五只得和胡大头一同告辞。出来时草绳机已经开动了。只见满屋尘土草屑，呛得睁不开眼，那个叫号练拳的小伙子赤着胸背，一边踩踏板，一边往机器里续草。那两个练剑的小姑娘头上包了毛巾，蹲在地上盘绳子。那五看了看，觉着实在不是他能干的营生。疾走几步穿过那过道，让武老先生留步。

武存忠拉住那五的手说："我和您祖父有一面之缘，又比您虚长几岁，我就卖卖老，嘱咐您几句话。"

"您说，您说。"

"依我看家业败了，也未见得全是坏事。咱们满族人当初进关的时候，兵不过八旗，马不过万匹。统一天下全靠了个人心向上立志争强。这三百年养尊处优，把满洲人那点进取性全消磨尽了，大清不亡，实无天理。家业败了可也甩了那些腐败的门风排场，断了四体不勤五谷不分的命脉，从此洗心革面，咱们还能重新做个有用的人。乍一改变过日子的路数，为点难是难免的，再难可也别往坑蒙拐骗的泥坑里跳。尤其是别往日本人裤裆下钻。宣统在东北当了儿皇帝，听说北京有的贵胄皇族又往那儿凑。你可拿准主意。多少万有血性的中国人还在抗日打仗。他们的天下能长久吗？千万给自己留个后路！"

那五说:"这您倒放心。政界的边我是一点也不敢沾。我没那个胆量!"

武存忠几句话说得那五脸上直变色,越琢磨越不是滋味。他忽然感觉到:原以为自己与贾凤楼合伙捉弄人的,到头来倒像是自己叫人捉弄了。原来自己不光办好事没能耐,做坏事本事也不到家!不由得叹了口气!

胡大头错会了意,就说:"武先生说的是好话,你别挂不住。依我看,你也该找个正当职业,老这么没头苍蝇似的不是办法!前些天听说你又辞了画报的事。这我倒赞成。那些报棍子吃艺人、喝艺人,还糟蹋艺人,梨园界没有人不骂的!"

那五说:"就算我想改弦更张,干什么去好呢?"

胡大头说:"只要拉下脸来,别看不起卖力气活,路还是有的。"

那五想了想:"您教我唱戏怎么样?"

大头笑了出来,说道:"少爷呀少爷,您算是江山好改禀性难移了。这张口饭是这么好吃的吗?坐科是八年大狱呀!出来还要再认师傅,何况您都这么大岁数了。按我跟府上的交情,给您说几出戏算什么,可那能换饭吃吗?"

那五说:"我也不求下海,也不想成名。能会几出在票房混混,分俩车钱,拿个黑杵儿就行!我小时候跟我爸爸学了几段,您不还说过我有本钱吗?"

胡大头看出这那五是不会安分守己一本老实地谋生活了,便不再进言。

云奶奶见那五半夜没回来,急得整宿没睡,一早起来就给菩萨上香,祷告许愿,求佛爷保佑少爷别出差错,让她死后难见老太爷,看到那五这么个打扮回来了,城不城乡不乡,粗布裤褂又大又肥,脚下却一双锃亮新皮鞋,实在哭不得笑不得。及至听说他遇了险,又哆哆嗦嗦地劝告,求那五安生在家,再也别去惹祸。她拿衣裳给那五换过。把武存忠的衣裳洗干净,压板正,又不声不响放了两块钱在那衣裳口袋内,等武存忠来取。过了两天,胡大头来了,说是来东城票房说戏,顺便把衣裳给武老头带回去。

云奶奶说:"又劳动您了不是,好歹赏个脸,吃了饭再走,要不我心里不落忍。"

胡大头在府里原是见过这姨奶奶的，也就不客气。喝茶的工夫，那五又提学戏的事，大头哼哼哈哈，不说准话。过一会儿那五出去买菜去了，云奶奶就问："刚才怎么个话头儿？"

大头就说那五想跟他学戏。"老太太，您想想十年能出个状元，可未必出个好戏子，他这么大岁数了，能吃那个苦吗？这不是又云山雾罩吗？"

云奶奶说："胡大爷，看在我面上，您收他吧。我不求他能挣钱，只要有个准地方去，有件正经事拴住他，他没空再去招三惹四，您就积了大德了！"

大头想了一想，等那五回来时，就对他说："您要学戏也行，一是进票房跟大伙一块儿学，我不单教；二是你可别出去说你是我的徒弟！"

那五说："这都依您，就这票房得出钱，我有点发怵！"

大头说："这你放心，我带着你去，他们不能收费。"

从此那五就学了京戏。

十二

这票房有穷富之分，票友有高下之别。一等票友，要有闲，有钱，还要有权。有闲才能下功夫，从毯子功练起；有钱才能请先生，拜名师，置行头；有权才能组织人捧场，大报小报上登剧照，写文章。二等的只有钱有闲，也能出名，可以租台子，请场面，唱旦的可以花钱拜名师。然后请姜妙香、言菊朋等名角傍着唱。三等的既无钱又无权，也要有条好嗓子，有个刻苦劲，练出点真本事，叫内外行都点头，方能混饭吃。那五算哪一等呢？他只是跟着胡大头，作为朋友，到票房玩玩。跟着转了两年，学会几出不用多身段的戏：《二进宫》《文昭关》《乌盆记》。别人花钱租行头、赁场子也没有让他过瘾的道理，所以一直没上过台。

日本投降前，云奶奶给人洗洗缝缝，还能挣口杂合面。国民党一回来，贪污盗窃，投机倒把，苛捐杂税，没有谁做新衣裳了，也没有谁把衣服送出去洗了。只得让那五搬到北屋与她同住，南房腾空，贴出一张招租的条儿去。这时房子也并不好租。因为解放军节节胜利，有钱人、

那　五／邓友梅　　227

当官的纷纷南逃，空下不少房子。普通百姓能将就则将就，物价一天三涨，谁还有心搬家换房？云奶奶当尽卖空，三天两头断顿儿了。

那五没机会上台，总得想法混饱肚子。那时社会上不光有唱戏的票友，还有"经历科"的票友，专门约业余演员凑堂会。那五先是经这些人介绍到茶馆唱清唱，后来又上电台去播音。茶馆只给很少一点车钱，电台连车钱也不给，但是可以代播广告收广告费。三个人唱《二进宫》，各说各的广告。杨波唱完"怕只怕，辜负了，十年寒窗，九载遨游，八进科场，七篇文章，没有下场"，徐延昭赶快接着说："妇女月经病，要贴一品膏，血亏血寒症，一贴就能好。"徐延昭唱完"老夫保你满门无伤"，杨波也倒气似的忙说："小孩没有奶吃是最可怜的了，寿星牌生乳灵专治缺奶……"

电台有个难得的好处，就是广播时报名。唱上几回，那五的名字在听众中有了印象。南苑飞机场的地勤人员办个业余剧团，请正式的艺人来教戏没人敢去，转而找到电台。请清唱的人去教。说好管吃管住，一月给两袋面。那五一想，这比在电台磨舌头有进项，就应邀去了南苑。到那儿一看，所谓管住，不过是在康乐部地板上铺个草垫子，放两床军毯。而管吃呢，是开饭时上大灶上领两个馒头一碗白菜汤。想不干吧，又怕得罪老总们挨顿臭打。硬着头皮待下来了。好处也是有的，大兵们个个是老斗，你怎么教他怎么唱，决不会挑眼。那五教了一个月，还没教完一出《二进宫》，解放军围城了。两边不断地打枪打炮。他一想不好，再不走国民党拉去当了兵可不是玩的，就押去挖战壕也受不了！死说活说要下两袋面来，离开飞机场，找个大车店先住下。这两袋面怎么弄走呢？跟大车吧，已经没有奔城里去的车了。雇三轮吧，三轮要一袋面当车钱，他舍不得。等他下狠心花一袋面时，路又不通了。急得他直拍着大腿唱《文昭关》。唱了两天头发倒是没白，可得了重感冒。接着又拉痢疾。大车店掌柜心眼好，给他吃偏方，喝香灰，烧纸，送鬼，过了一个多月才能下地，瘦得成了人灯。他那一袋面早已吃净，剩下一袋给掌柜做房钱。掌柜的给他烙了两张饼送他上路。就这么点路，他走了三天才到永定门。

来到家门口，大门插着，拍了几下门，里边有了回声，一个女的问："谁呀！"

那五听着耳熟，可不像云奶奶。看看门牌，号数不错。就说："我！"

"你找谁？"

"这是我的家！"

门哗啦一下打开了，是个年轻的女人。两人对脸一看，都哟了一声。还没等那五回过味来，那女人赶紧把门又推上了。那五使劲一推门，一个跟跄跌进门道里，那女人赶紧又把门关上，插好，朝那五跪了下去。

"五少爷，咱们远无冤近无仇的，您就放我条活命吧。以前的事是贾凤楼干的，我是他们买来挣钱的，没有拿主意的份儿呀！"

"别，别，凤姑娘，您这是打哪儿说起。我没招您惹您，您怎么找到我家里来了？"

云奶奶这时候赶到。直着眼看了一会儿，先把凤魁拉起来，又把那五扶起来。把两人都叫进屋，才问怎么档子事。那五说："我差点没死在外头，好容易挣命奔回来，我知道是怎么档子事？"

凤魁这才知道那五确是这一家的人，不是来抓她的，后悔吓晕了头，再也瞒不住自己身份了。这才说她租云奶奶房住时隐瞒了真情。她从小卖给贾家，已经给他们挣下了两所房子。现在外边城围得紧，里边伤兵闹得凶，没法演唱了，贾家又打算把她卖给石头胡同。楼下醉寝斋主暗暗给她送了信，她瞅冷子跑出来的。先在干姐妹家藏着，后来自己上这儿找了房。说完她就给云奶奶跪下磕头说："我都说了实话了。救我一命也在您，把我交给贾家图个谢礼也在您！我不是没有良心的人，您收下我，这世我报不了恩，来世结草衔环也报答您。"

云奶奶叹口气，拉起凤魁说："我也是从小叫人卖了的。要想害你早就把你撺出去了。你一没家里人看你，二没亲朋走动，孤身一人，听见有人敲门就捂心口，天天买菜都不出门，叫我给你带，我是没长眼的？早觉着你有隐情了，只是看你天天偷着哭鼻子抹泪，咱娘俩又没处长，我不便开口问就是了。我没儿没女，你就做我闺女吧。不修今世修来世，我不干损德事！"

凤魁痛痛快快地叫了声："妈！"娘俩搂着哭起来了。那五说："你们认亲归认亲，这凤姑娘总这么藏着也不是事，纸里还能包住火吗？"

云奶奶说："你看这局势，说话不就改天换地了？那边一进城，这些坏人藏还藏不及，还敢再找人？放坏？"

那五沿途过了解放军几道卡子，看到了阵势。点头说："这话不假，那边兵强马壮，待人也和气，是要改天换地的样儿。"

云奶奶问凤魁和那五是怎么认识的。凤魁不肯说，云奶奶生了气："你还认我这妈不认了？"

凤魁说："少爷就是听过我的玩意儿。"

云奶奶说："不对，那不至于一见面你就吓得跪下！"

凤魁无奈，只好遮遮掩掩地说了一下那五起哄架秧子的经过。云奶奶脸上红一阵白一阵什么也不说，只是拿眼看看那五。那五在一边又搓手，又跺脚，还轻轻地打了自己一个嘴巴说：

"我也叫人蒙在鼓里了不是！"

凤魁也替那五开脱说："这都是贾凤楼的圈套，五少爷是不知细情的！"

云奶奶朝门外作了个揖说："那家老太爷您也睁眼瞅瞅。这大宅门里老一代少一代净干些什么事哟！"

凤魁很讲义气，把她偷带来的首饰叫那五拿出去变卖了，三口人凑合生活。又过了个把月，北平和平解放了。云奶奶和凤魁这才舒了口气，可就是那五仍然愁眉不展的。凤魁问他：

"有钱有势的地痞恶棍怕八路，是怕斗争、怕共产。您愁个什么劲呢？"

那五说："你不出去，你也没看布告。按布告上讲，八路军在城市不搞乡下那一套。有钱的人倒未必发愁，可就是我没辙呀！八路军一来，没有吃闲饭这一行了，看样不劳动是不行了。"

凤魁说："您还年轻，学什么不行？拉三轮，淘大粪什么不是人干的？您读书识字，总还不至于去淘大粪吧！"

"说的也是，我就担心没有人要我。"

十三

过了些天，段上的巡警来宣布：凡是在北京的国民党军政人员，全算起义。在家睞着的可以到登记站报到。能分配工作的分配工作，要遣散的可以领两袋白面和一笔遣散费。那五在街上看看穿军装的八路和穿灰制服的干部，待人都挺和气。就把他从飞机场拣来当小褂穿的一件破军装叫云奶奶洗了洗，套在棉袄外边，坐车上南苑登记站去。登记站门口排了好长队。老的、少的、瞎子、瘸子都有，个个穿着破军装。那五就在后边也排上。好大工夫他才进了屋。屋里一溜四个桌子，每个桌子后边都坐着军管会的人。那五看到最后一张桌是个十几岁的小兵，就奔他去了。

"劳您驾，我报个到。"

"叫什么名字？"

"那五。"

"哪个部门的？"

"南苑飞机场，我是国民党空军。"

"什么职务？"

"教员！"

那小兵走到身后，从一大叠名册中找出一本翻了一遍，放下这本换了一本，又翻了一阵。

"你是什么教员？"

"唱戏的教员。"

"归哪一科？"

"没有科，票房的！"

这时另一个桌上有个四十多岁的人就走了过来，上下看看那五说："一个月多少饷？"

那五说："管吃管住，一个月两袋面。"

四十多岁的人对那小兵说："你甭翻了，国民党军队没这么个编制！"又对那五说："要有军籍才算起义士兵，你不在册。"

那五说："那么我归谁管呢？也得有个地方给我两袋面吧？"

四十多岁的说："你教什么戏？"

"国剧！我唱老生。这么唱：千岁爷……"

"知道了，你上前门箭楼，那儿有个戏曲艺人讲习会，他们大概管你！"

面虽没领到，可是摸到了解放军的脾气，这些人明知你是唬事儿，也不打你骂你。那五挺高兴。回家把军装脱了，又换上件棉袍，坐电车奔了前门。

前门对着火车站，人山人海。还有人在箭楼下泼了个冰场，用席围起来卖票滑冰。他好容易才找着道上了楼梯。刚一进门楼，就碰上一个二十多岁、白白净净、浑身灰制服又干净又板正的女干部。她问那五："您找谁?"

"听说这儿有个艺人学习班，我来登记。"

"噢，欢迎，进屋吧。"

原来门楼里还隔开了几间屋子。那五随女干部进了把头的一间。女干部在窗前坐下，让那五坐在她对面，"叫什么名字?"

"那五。"

"什么剧种?"

"国剧，现在叫京剧。"

"哪个行当?"

"老生。"

"哪个班社的?"

"我，我没入班社。"

"那怎么唱戏呢?"

"上电台;也上茶馆。"

"您等等吧。"

女干部转身出去了。过了一会儿回来对他说："我打电话问了老梨园公会的人，没有您这一号啊!"

"我确实靠唱戏吃饭!"

"谁能证明呢?"

那五眼睛一转，立刻说："我师傅，我师傅是胡大头! 我是胡大头的徒弟。"

女干部笑了："你师傅叫胡宝林吧?"

"哎，就是他。"那五心里直打鼓，他不知道胡大头还有别的名字，这名字是不是他。

女干部又出去了。一会儿领进一个人来，这人也穿一身崭新的灰制服，戴着帽子。那五一看正是胡大头。忙叫："师傅!"

"哎哟，我的少爷！"胡大头跺着脚说，"如今是新中国了，您也得改改章程不是？可不许再胡吹乱谤了！您算哪一路的艺人呀？"

那五说："算什么都好说，反正得有个地方叫我学着自食其力呀！"

胡大头说："您找武存忠去！他有俩徒弟是地下工作者。他们正成立草绳生产合作社，他能安排人。"

女干部听得有趣，忙问："这位先生，你到底是干什么的？"

胡大头说："他要填表可省事，什么也没干过！"

那五说："您怎么这么说呢？我不还当过记者吗？"

胡大头顶了他一句："对，您当过记者！还登过小说呢！"

女干部睁大眼睛问："真的，登过小说？"

那五说："登是登过，不过，没写好……"

女干部责任心很强，她虽然分工管戏曲，可是她那机关也有人管文学，就叫那五回家把他的原稿、当记者时的报纸全拿来，另外写一个履历表。

那五一看有缓。千恩万谢出了门。下午就把女干部要的东西全抱来了。他犹疑了一下，没说那本《鲤鱼镖》是买别人的。万一女干部说那书不好，再说明这来历也不迟。

女干部当晚就看了他的履历，又花几个晚上看了小说和报纸。终于得出结论：此人祖父时即已破产，成分应算城市贫民。平生未加入任何军、政、党派，政治历史可谓清楚。办的报纸低级黄色，但并没发表反共文章或吹捧敌伪或国民党的文章，不存在政治问题。小说虽荒诞离奇，但谈不到思想反动。文字却是老练流畅，颇有功底。对这样的旧文人，按政策理应团结、教育、改造。等那五三天后来问消息时，她已和某个部门联系好了，开封信叫他上一个专管通俗文艺的单位去报到。

正是：错用一颗怜才心，招来多少为难事！此后那五在新中国又演出些荒唐故事，只得在另一篇故事中再做交代。

迷人的海

邓刚

蓝色的海，黄色的岸。

他像一个酱褐色的海参，慢慢地爬着，从冷如冰窖的海水里，爬向暖和和的岸。在他前面十几米的地方，有一堆救命的柴草堆，一盒半打开的火柴——这是他下水以前细心准备好的。细小的柴枝在最下面，粗一些的在上，一层层重叠成人字形；火柴盒用一块鹅卵石压住，以防海风吹跑，精选出来的三支质量最好的火柴棍，半截露在外面——这完全是为冻僵的人准备的。此时他用双肘支撑着身躯挣扎地爬着，一寸一寸地与柴堆缩短距离。他的身后，拖着一个沉重的网包。鱼叉和鱼刀当当嘟嘟地撞击着地上的石蛋子；里面肥大的，肉乎乎的海参，还有贝壳上闪着七色彩光的鲍鱼、光滑似玉的大海螺。它们随着这个人每前进一步而紧张地蠕动着，并发出叽叽的吐水声。它们离开海就是死，他爬向岸就是生，显然，他战胜了它们，获得了胜利。

他是个身形魁梧的老海碰子，像棵苍劲的松树那样挺拔。但他的脑袋仿佛在滚水中烧炼过，面部肌肉扭曲，皮肤褶皱，给他添上几分粗犷的气息。据说，当年他在水下，突然被一条大鱼吞进肚里，他用刀剖开鱼肚钻出水面，但两只耳朵在鱼肚里化掉了，面孔也就模糊了。可是，他在海碰子中间，这张面孔却给他增添了光彩，使他在这弯弯曲曲的海岸线上享有盛名。

他能凭着一口气量潜进深深的水下，在那静静的蓝色世界里，在那刀锋箭镞般的暗礁丛中，游鱼一样钻来窜去，捕捉价值昂贵的海珍品，享受着迷人的猎获趣味。但这毕竟是凭一口气量，因为，死神紧紧地盘踞在喉头。稍不慎，尖削的牡蛎壳会轻易地划开皮肉，漫舞的海藻会无情地缠住身躯，狭窄的礁洞会突然截住出路，还有刺骨的、湍急的暗流、冷流、底流，会把人突然在水下冻僵、冲晕，拖向老洋深处。这一切，全凭着一口气量去对付，去周旋，去撞击。因此，人们赋予干这个行当的人，有个粗野、勇猛，甚至有些文理不通的称号——海碰子。千百年来，人们这样呼着、叫着，什么意义呢？谁也不知，也许是将生命抛进浪涛里碰大运吧。

　　终于，他挨近了这救命的柴草堆，但他并不是迫不及待地取那三根火柴。他是极有经验的，否则就会坏了大事。这就像一个饿枯了胃肠的人突然见到丰美的食物，必须抑制狼吞虎咽一样。他艰难地忍受着，用两肘支着地面，一点一点地收缩两条腿，一直到盘起双腿，渐渐坐稳。此时，他用哆嗦的手在干鹅卵石上反复地蹭着擦着，直到上面的水迹大部分消尽，才伸出手抓住了火柴杆。嚓——一束光亮送进柴草堆里，旋即漫出一缕淡淡的烟气。那突兀而生的火苗开始是懒散地在柴草里游动了一阵，然后呼地蹿起几尺高的火苗子。"啊啊！"那人从地面一跃而起，将整个身子向火堆倾去，就像一条活蹦乱跳的牙偏鱼，在火苗上反复烧烤。那火舌像无数枚炽热的钢针，穿透他的皮肤，扎进肉匣，骨缝里，驱除使他激烈战栗的寒气。这种灼烫挺痛不仅不使他感到一丁点痛苦，反而使他觉得说不出的舒适和快活。他的酱条石般的硬板板的身子变得柔软起来，黑黝黝的皮肤开始显出一块块红斑。"啊啊，烤出花来了！"他惊喜地喊道。这是海碰子的行话，就是烤到数了。火舌渐渐地往地面回缩，他的身子也跟着伏了下去，直至把肚皮烤得火辣辣地疼（这时他才有疼的感觉），然后，再慢慢地翻过身，将四肢反支起，烤脊梁。烤痛了再翻过去，就像一个杂技演员在反复做高难动作。身上的红斑渐渐扩大，连成云状的一片片，并放出光来。他这才长长地吁了一口气，恋恋不舍地放弃了那堆苟延残喘的炭火，随手从网兜里抓出几个大海螺扔进去，那海螺立即发出滋滋的声响，并冒出带着焦煳味道的鲜香气来。此时，潮流还没回长，他赶紧将网兜里的猎物倒在地上，并摆好再次生火的柴草，抓起那铁青色的鱼叉和鱼刀，朝奔涌的大海走去。

他在冰冷的海水里和灼烫的火烟中泡磨炙烤了五六十年，有岩石般坚硬的骨架，牛筋般扭紧的肌肉，黑胶板一样富有弹性的皮肤，伤痕累累的身躯。浪花砸上去，立即摔碎成千百滴油珠子，不剩一丝水迹。他对远近百里海域，水面上每一支暗流，水下每一处暗礁，他都了如指掌。他曾是个浓眉大眼，浑身乌亮的汉子时，俊俏的闺女们也朝他瞄过眉眼。但他不屑一顾，拥抱绸缎般的浪涛已使他精疲力尽和心满意足了。后来，在漫长的碰海生涯里，曾有过一闪即灭的失悔，特别是当他偶尔看到乱石丛中伸出的一朵干枝梅，淡蓝色的海面上游着一对海鸭子时，他的心尖就异样地颤动了几下，但立刻就过去了。因为那汹涌的浪涛给了他更丰富的内容和乐趣。他是这个世界最穷和最富的人，穷得每一文钱的来源，都得使他把整个生命抛进浪涛里换取；富得一日三餐，他都大口地嚼着海参鲍鱼。他的一生都在搏击，拼杀，夺取和寻求，尤其这"寻求"二字给他腾波踏浪的一生，增添了无穷的乐趣和迷人的魅力。他却寻求到五垅刺儿的海参（一般海参身上只有四排小肉刺儿），这是奇迹！这奇迹不仅是多出一刀菜（海参做菜时，一垅刺儿切一刀），而是给人一种美好的想象和诱惑。是啊，只要敢于寻求，五垅刺、六垅刺儿算什么！他要寻找最珍贵的，世世代代海碰子终生寻找过但始终未寻找到的东西。

当他还蹒蹒跚跚学步时，老一辈海碰子们讲到这个神物时，声音都颤抖着："那是宝啊！没有福气的人是得不到它的，有错鱼守护呢！"错鱼什么样？谁也没看见，但是谁都能说得有鼻子有眼，钢刀一样的身子，一公一母交错立在那里。"厉害呀，嚓——齐刷刷把人切成两段哩！……"老海碰子的爷爷不安分，强求过，结果他死在浪涛里；老海碰子的父亲强求过，结果他也同样惨死在浪涛里。老海碰子没见过爷爷的尸体，但见到父亲的尸体，虽然血糊糊的，但是完整的，并没有被错鱼切成两半。是根本没有那可怕的错鱼，还是父亲没有潜到错鱼守护的地方？老海碰子终生都在用行动揭这个谜。

山那面的海，叫半铺炕，那是个平静的海湾，即使是涌起风浪，也伤不了筋骨的。但也没有五垅刺儿的海参，更不用说那神秘的宝物了。老海碰子在那样的海里，可以横冲直撞，如走平地，但是他离开了那里。多年的经验告诉他，力气和收获是等价交换的。他选择了这边的海。

这边的火石湾，才是真正的海，刀一样直切下来的陡岸，全是坚硬的火石（因为这种橙黄色的石头受撞击就会迸出火花，所以海碰子称为火石），像一道金灿灿的屏障，贴着这陡岸直拔上去的是高高耸立着的火石山。在这刀削的陡岸中间，有一道豁口，下面有五十步长，五十步宽的小天地，铺着黄澄澄的鹅卵石。尽管这里天地狭小，但老海碰子却很满足，因为他的用武之地是豁口外的一铺万里的大海。他还满足的是背后那陡峭的高山，隔开了那个烟雾萦绕、噪噪营营的世界。豁口两侧的石壁轰轰地响着，迸碎的浪花从两面齐往豁口处喷洒、透着白光，现出一闪即灭的七彩光环。老海碰子兴奋了，这才是男子汉的海，只有他才会享受这种乐趣！就是死在这里也值得！可是，他哪里知道，现在，恰恰有另一个人，也悄悄地来到火石湾，要分享他的这种乐趣：与他一样寻找那迷人的希望！这个人已经来到火石湾，他却没有发现，浸沉在自己的欢乐里……

　　"我会得到的！"他执着地自语，高高地扬起手臂，将系着网兜的葫芦头扔进水里，一手接着鱼叉，一手摸着鱼刀，一个鱼跃，扎进翻滚的浪涛里。身子便箭样地钻进黑绿色的水中。他手中的鱼叉鱼刀也朝前直竖，那闪着寒光的锋刃劈着水，一直向下沉去。这段行程只能用三分之一的气量，这是严格计算好的，因为必须保证三分之二的气量在水下工作。在这一团模糊的水层里，也会出现奇丽的景色。有时，一大群丁鱼（只有一根钉子长短的小鱼），铺天盖地而来。仿佛千万支金针银线，在黑沉沉的空间流曳，把老海碰子团团织在其中。这使他感到快活，也有些慌。因为他知道，凡是这种鱼的后面，往往会跟着一些追食的大鱼。他根据鱼的外形来叫名的。有一种鲨鱼，它的头部高高隆起，两腮很滑稽地向两旁凸出，很像古代的相公帽，这种鲨鱼似乎也像相公那样文雅礼貌，见人频频点头，然后，从左面蹭你一下，又从右边蹭你一下，好像亲昵地缠着你。其实它这是在试探人的能力，因此它蹭你的速度越来越快，直到把人弄得眼花缭乱，晕头转向时，才猛地露出狰狞相，恶狠狠地扑来。但也有那种直率的、毫不讲客气的鲨鱼。那是一种有尖削的头颅、火箭般身形的箭鲨，一排锯齿般的尖牙闪着白粼粼的光。它的凶狠远超过山中的虎狼，它那对阴沉的小眼睛能在几里以外的水下看见人肉闪光。当它在百十米之外发现目标，便像炮弹一样射来，饥饿使它的凶猛、残忍和智力增强了数倍，它不仅能在水下横冲直撞地扫荡鱼类，而且会自动地跃出水面，攻击站在船头和礁边的渔人。它那飞跃在半空中的身子灵巧地横扫一下，刀片式的长尾将人扇进水里，然后，再去吞噬。海碰子最提防这种鲨鱼。

老海碰子潜到海底一两米处，那水色便豁然亮堂了，五彩斑斓的礁石尽收眼底。在那一片白花花的牡蛎丛中，撒满了孔雀蓝色、玫瑰色、橘红色的五角海星，像艳丽的花朵，闪着莹莹的光。这些漂亮的海星并不是装饰海底景致，而是在残酷地吸噬牡蛎肉。一大群老态龙钟的黑鱼游过来，瞪着博士眼珠，在研究老海碰子是什么动物。然而老海碰子连看也不看这些肥美的大黑鱼，这些家伙是水层中间的鱼，灵得很，鱼叉是弄不到的。但对付底鱼（贴近沙滩活动的鱼），他的鱼叉便显出神功来。多年的碰海生涯使他练就一对灼亮的神眼。只要他略一扫视，便会看出货色来。那些像一张树叶子似的浮在沙地上的牙偏鱼，牛舌头鱼，石茧子鱼（背面上长些石斑状保护色，极难辨认）和胖头鱼。它们总是紧贴在沙子上一动不动，一旦遇到不妙的情况，周身花边般的鱼翅就急速扇动，一股沙烟泥雾立即翻然而起，降落在鱼背上，渐渐盖得严严实实。但是，鱼尽管伪装得巧妙，却要露出两个叽里咕噜的眼珠子观察动静。老海碰子最会识别这种假象的。这时，一条烟叶似的大牙偏鱼飘然而至，老海碰子稳住不动，等它伏沙伪装后，准备动手擒拿，谁知这鱼夺路而逃，攀礁而上，游过了横在它头前的一排围墙般的暗礁。老海碰子惊呆了，虽然他成千上万次潜进水下，却很少看见牙偏鱼侧着扁扁的身子，扇动着周身花翅，飞快地升到礁石的顶端，像一片金叶在湛蓝的空间翻然而下，顺着礁背面的斜坡逃遁了。老海碰子垂着鱼叉，眯着友善的目光，欣赏着那条扁鱼的精彩表演。他感到有种说不出的充实，虽然在冰冷的水下，他的心胸却炽烈地燃烧起来。这种燃烧常常使他有些神经质。有时，一块奇形的石子儿，一尊玲珑的暗礁，一片磨亮的贝壳，都使他精神振奋，也许这就是一个海碰子寻求美好愿望的激情。

他沿着狭窄的礁缝急速地游动，一个长长的大海参躺在那里，酱褐色的身子缀满了一行行小肉刺儿，刺儿尖泛着淡白色，像密密麻麻的花点，远远看去那样迷人。海参最熊，不会跑也不会蹦，只有老老实实地束手就擒。但它对付鱼类，有一套本领，当鱼张口扑向它时，它便来一个特殊反应，唰地将肚里的肠子喷出去，那鱼一口衔住，以为猎物到手，立即摇摆而去。海参这时早借着喷吐肠子的反作用，退出半尺远，保全了性命。但在人的面前，这一切伎俩就等于零了。老海碰子在一道礁缝里就捕捉了五个大海参，装进腰间的小网兜里，双脚照地猛地一蹬，身子嗖地升起，等脑袋审出水面，已是气力殆尽。他大声地呼吸了一阵，便又扎进了水下。腰间的网兜装满了海参，他便浮出水面，踩着水，寻找漂浮的葫芦头，然后将海参转装进葫芦头上挂着的大网兜里。渐渐地，他喘气的声音和活动的姿势不那么从容了，在水下待的时间越来越短，升浮的速度越来越快，嘴巴露出水面的喘气声越来越大。但他还是继续拼命地扎着猛子，不断地寻找猎物，一个劲地呼吸、憋气、扎猛、升起，机械地重复这一系列动作。

终于，他感到冰冷的水泡透了他的皮肤，进而进肉里、骨头里。他开始慢慢失去了活力，变得麻木了，眼球里的火花也逐渐熄灭。水、礁石、海参和鱼全融成模糊的一团，他这才推着被网包压得半沉下去的葫芦头，艰难地朝岸边游去。再度去烤火，再度去补充热量，再度去积蓄力气，再度攥着鱼叉鱼刀，把自己抛在冰冷的海涛里。

在一个潮流不到半天的时间里，海碰子一般是下三次水。就是说他们的肉体在灼烫的火苗里加热半个小时，然后在冰冷的海水里冷却半个小时，这种加热和冷却要反复六次。当老海碰子最后一次游向岸去，才发现豁口处多了一个小黑点。那小黑点渐渐变大，终于，他看清了，是一个小海碰子。

那小海碰子虽然块头小，却很神气地站在那里，默默地审视着老海碰子出水、上岸、点火和烤身的每一个动作，俨然是个小监考官。老海碰子有些不快，他不愿意在这个最狼狈的情况下被别人这样注目，而且还是这么个乳臭未干的孩子！于是他尽力控制着全身的颤抖，故意装作不在乎，虽然烤火时照样翻来覆去地做着滑稽动作，但决不叫出声来，在小辈人面前呻吟，可真不像话。当他在激烈的炙烤下恢复正常功能时，便把目光朝小海碰子那边瞥过去。小家伙看样子不到二十岁，还是个孩子，他在海碰子队伍中还没有见过这么个幼嫩的小东西。那翘起的鼻头和红嘟嘟的小嘴，勾勒出一条温柔的曲线，脸蛋上还毛茸茸的，像一个注满汁水的小香瓜。但脖子下面那套衣服却使老海碰子生出气，小挽领，紧贴身，显得挺括利索。海碰子穿那种摆浪的衣服，逛海吗？就这身衣服也不合格！当海碰子应穿那种厚、肥、大、结实、保暖的衣服，白天烤火能遮风兜热；晚上睡觉能当被做褥。然而小海碰子根本没理会他的怒气，竟然仔细地将全身衣服脱下叠好。按规矩，应该过来拜上两句，用海碰子的话说"借借风"。但小海碰子毫不理会，就地摆开架势，立了门户。老海碰子有一种被冷落之感，不禁怒气横生：太放肆了！方圆百里的海碰子，还没见过这个样的！不过看到赤身裸体的小海碰子时，他倒几乎要笑了。这麦面捏似的身子也能下海？没有棱角的骨架在圆润的嫩肉里包裹着，小肚皮溜光溜滑的，纤细的小脚被沙窝里的冷水泡了不一会儿，就变成了粉红色。这样的小脚能蹬水？他撇了一下嘴，心想：差远啦！肚皮上的汗毛还没烧光呢！他的气消了大半。浪有些大了，豁口处不时地迸散着七彩光环的浪花，小海碰子有些惊奇，不时地张大嘴，露出一口小白牙，更显出嫩相来。看着这个柔嫩的小东西，老海碰子不由得想起那有力的蟹钳，锋利的鱼牙，尖削的牡蛎壳和那狭窄的暗礁缝。

"会弄碎的。"老海碰子揉搓着浑身烤出盐末的皮肤，竟在心下为这个不顺眼的小东西叹息了。

小海碰子也许看出了老海碰子的神情，便故意晃着身子走过来，显示其老练。还盯着地上的一堆海参，说道："货挺厚呀！"老海碰子惊奇地扬起脑袋，他没想到小家伙会说出这么老成的一句海碰子的行话，便不由细细打量他一番。这时，他才看得清楚，那张小香瓜似的脸上呈现出一圈水镜压出的印痕，胳膊和大腿处已划出一道道稀疏的伤口，光滑的肚皮上面的汗毛，开始烧得焦卷起来。看来，有点来历：他问道："半铺炕那边来的吧？"

小海碰子脸似乎一红，但老实地点点头。

"怎不在那儿待着？"

"那什么货色，四垅刺儿！"小海碰子露出很自负的样子。

老海碰子一怔，但没动声色，心里在冷笑，瞧不起四垅刺儿，哼，没看看你自己几垅刺儿！小嘴鱼吃蟹子，也不量量自己多大牙口！他轻视地扫了一眼小海碰子，谁知小家伙正朝他睃睁着眼，并突然喊道："你是从鱼肚子里钻出来的？"嫩嫩的小脸上充满了又惊又喜的神情。

老海碰子却闭上眼睛，不屑一顾，这正是老辈对少辈表示骄傲的一种方式。有什么大惊小怪的，在海碰子中间，谁不知道！

"那大鱼呢？"小海碰子并不是一味地敬仰，也不等他回答什么，却问起那鱼了，好像是几百年前就准备好的问号，终于盼到今天问了。

这个问号可大大地伤了老海碰子的自尊心，从那九死一生的鱼腹中逃出性命来，已是千幸万福了，已是天下第一了不得的事了，还要那鱼！真不知天高地厚！黄口小儿，不值一驳！老海碰子根本就没睁开眼皮。谁知小海碰子竟叹了一口气，为那条跑掉的大鱼惋惜，好像在说，你这事做得太缺心眼了，太欠考虑了，太不完美了，太不值得那么多的海碰子敬重了！老海碰子终于按捺不住，抬起眼皮，却见小海碰子正从裤衩后面拔出闪光的鱼刀，挥舞了一下，那气势，也要钻进鱼肚子一次，并豁开它，但不只是逃命，还要把那大鱼拖上来！

老海碰子终于什么话也说不出来，他有些疲倦，便就势往沙滩上一躺，闭上眼睛。但是他睡不着，小海碰子正在那边甩臂劈腿，做下水前的运动。"哼，海猫子不知潮流，涨潮下水！"老海碰子冷笑着自语，又投过一瞥——他被一道灼亮的东西刺了一下，不由得睁开眼睛。只见全身披挂整齐的小海碰子，手里正攥着一支亮铮铮的鱼枪。他近来模模糊糊地听说这个新玩意儿，是半铺炕那边的海碰子们用好钢打造的，上面安着一些巧妙机关，一勾扳机，枪头就会戳透鱼身，据说瞄哪儿打哪儿，极有准的。但是老海碰子并不认真听别人夸这家什儿，他从心里根本就不屑一顾。尤其是半铺炕那边的产物，他就更瞧不起。世世代代的海碰子都使鱼叉，叉的鱼还少吗？那可是腕子上的硬功夫，练不出来，便想新花样，懒人懒招儿，想不出力气弄鱼，笑话，不会使叉算什么海碰子！

小海碰子却走过来，嘻嘻地笑着，朝他那鱼叉踢了一脚，说道："该扔了，这破玩意儿！"老海碰子差点儿跳将起来，说我这鱼叉是破玩意儿，别闪了牙邦子！他这铁青色的鱼叉啊，爷爷使过它，父亲使过它，是一块车轴钢打出来的，什么样的车轴，拉两千斤石头的车轴！这鱼叉什么样的鱼没叉过？牙偏鱼、牛舌头鱼、胖头鱼……它还叉过一条十七斤八两的大鱼呢！别看它浑身是锈迹斑斑的，这是鱼血和盐水咬的，是业绩，是资格！你那鱼枪算什么，叉过十七斤八两的鱼吗？他想起那条麻袋大小的牙偏鱼，在鱼叉上扇动时的重量，使他在水里翻了好几滚儿……他充满感情地瞅了一眼横在地下的鱼叉，心里却忽地一下发虚了，这条立下过丰功伟绩的鱼叉此时竟那样难看，尽管他时时霍霍打磨，又尖总闪着一簇寒光，但与那支机关巧妙，亮光光的鱼枪一比，简直就像废铁条一样毫无颜色，畏畏缩缩地躺在地上，没有一丝威风。老海碰子终于没跳将起来，突然，又被一件什物定住了。原来小海碰子那窄窄的小脚上正套着两只大胶皮脚（橡皮鸭蹼）！那胶皮脚又宽又扁又大，颤颤的，鳖鱼尾一样，扇起水来，比他乒乓球拍子似的脚有力多了，小海碰子身上的现代化武器多着哪，他也根本不使用老海碰子那个碍事绊脚的葫芦头做漂子，而是从衣兜里取出一小卷东西，鼓着腮帮子吹一阵，便凸起一个比葫芦头还大得多的圆气球，当然比葫芦头轻飘多了。"真他妈的！"老海碰子不知是恨还是爱地骂了一句，有些颓丧起来。但是，当小海碰子转过身去，小脚后跟闪出两块绑得紧紧的红布条时，他这才恢复了一丝元气，轻轻一笑。这也是半铺炕那边的胆小鬼发明的玩意儿，据说能防鲨鱼，哈哈，那凶猛的大鲨鱼会怕这小小的红布条吗？再说，怕鲨鱼还当什么海碰子，在家老老实实地待着吃海菜得了！老海碰子得意地坐起来，这时，他觉得小海碰子身上的一切都暗淡无光了。

大海涨潮回流了。那城墙般的排浪"啊啊"地吼着，朝岸边压来，豁口两边交叉喷过来的浪花更猛烈了，犹似两扇白花花的水帘，遮住整个豁口，轰击的涛声夹带着咸味的海风又不断地朝豁口里灌，顺着他们背后狭窄的山径寻找出路。那小海碰子像故意演给老海碰子看，头戴水镜，腰挎鱼刀，足蹬脚蹼，手攥鱼枪，全副武装，雄赳赳地走向浪涛轰响的海。

"看不出潮流吗？"老海碰子终于在后面发声喊，亮出老一辈海碰子的威风。

小海碰子却回过头来嘻嘻笑着："染染身子（试试水）！"

这又一句老练的海碰子行话，不仅使老海碰子站立起来，并使劲地揉搓了一下眼睛。

这是一个莽撞的，毫无经验的小海碰子，但他却高傲而自负得很，他觉得世界就像晴天的海那样平坦，任他遨游。因此，他不相信什么艰难困苦，也不崇拜任何英雄，他觉得他会同那些英雄一样，当然要比他们更强些。其实他也有崇拜，那就是崇拜自己。半铺炕那温柔的海使他更坚定了"藐视一切"的信念。终于，听到五垅刺儿的海参，听到了剐鱼肚子的老海碰子，听到了比这一切更美好和更可怕的，有错鱼守护的东西。他开始有些吃惊，有些思索，进而有些不服气，这种不服气使他不甘于同半铺炕的海碰子们为伍，于是他来到火石湾。青春的热血在他心胸沸涌，他要干出一番惊天动地的事业来。

老海碰子默默地注视着小海碰子的每一个动作，他感到这是一个冒失鬼。下水之前，只是胡乱地蹦跳一阵，把烤火的柴草随便地往沙滩上一扔，任它散堆在那里，甚至连海都不看一眼，就扑通一声扎下去，泥鳅一样钻进绿色的浪涛里。下水之前要观察一下海，这是老海碰子最注意的事，在内行的海碰子眼里，海不是一块蓝色的平面。细细看去，在闪动的波纹里有几道颜色略异的带子，那就是海流子。海流子是海中的河流，有着湍急的流速，但海参、鲍鱼和扇贝最喜欢生活在海流子里，因这流动的水时刻保持新鲜、清凉、干净。这海流子的速度也是随着潮流的涨落而变化着的。坐南朝北的海，涨潮时，水流从西朝东奔走；退潮时，水流又掉过头来朝西流；潮终时，水流子稳住不动近半个钟头。多大多急的流子，老海碰子都能从里边捞出货来，这就是他拃住了稳流的时间和规律。小海碰子哪懂这个，只凭自己的力气和热情干，不管三七二十一地拍动脚蹼，在身后啪啪地打出两朵雪白的水花，拖着长长的浪道，身子挺得像一艘小炮舰，灼亮的鱼枪在头前开路，煞是威风。但这威风不一会儿就丧失殆尽，他扎了不几个猛子，就被哗哗流淌的海流子拖得远远的，这样，他大半的精力全用在挣扎着上岸。海底也不是到处都有暗礁（只有暗礁才有东西），一个猛扎下去发现暗礁有货，要浮上来"定位"。这"定位"也是极有讲究的，游泳技术再高的人，只要漂在水上，就会被浪推流拖，暗暗移了位，再扎下去绝不是原来的位置。小海碰子就吃这个亏，他刚刚扎一猛是暗礁，捕捉了几个海参，正想高兴，可第二个猛扎下去，却是一片白茫茫沙地。只好浮上来再扎猛找，连扎几个空猛，气力全部消尽。海碰子最怕扎空猛，同样是扎猛，手抓不上货来就觉得气力格外消损，常言道："好汉架不住三个空猛！"老海碰子是决不吃这个亏的，每当他发现一处暗礁有货时，先不急于干，而是赶紧浮上水面定位。他"定位"的方法既简单又高超，这就是看岸边的目标。俗话说"风吹浪打山不动"。老海碰子就是看准那稳坐四方的火石山峰。看准了火石山那金灿灿的尖顶，定住自己的位置，那浪下的暗礁怎么也不会丢的。

小海碰子毕竟太年轻了，他还没有这么多的经验，甚至他也根本不相信什么经验。他只相信自己那支亮灼灼的鱼枪、脚蹼和目空一切的想象。他看到老海碰子的那鱼刺状的骨架，锈斑斑的鱼叉和那可笑的葫芦头，完全像上一个世界的古物，就断定自己比老海碰子强一百倍。人们把老海碰子说得那样威风，那样神能，可真使小海碰子奇怪得不行，他嘲笑还来不及呢！但是，他被湍急的水流拖来拖去，又连连扎了几个空猛以后，终于筋疲力尽，浑身哆嗦起来，他这才感到火石湾的厉害，怪不得半铺炕那边的海碰子一提火石湾就脸色突变。他拼命地拍打脚蹼，挣脱海流子的冲击，拖着空空如也的网漂子朝岸上奔命。他像小叭狗一样爬出水面，战战抖抖地朝柴草堆连爬加跑，因为他背后拖着的网兜只装几个可怜的海参，所以爬得速度更快些。老海碰子不声不响地盯着小海碰子，他倒要看看这个毛头小家伙怎样点燃这胡乱堆在地上的柴草。他毕竟是老人，感情还是细腻的。当看到这个稚嫩的小叭狗爬上岸时，心里就有些不忍。他虽然想看看这个狂妄的小海碰子的狼狈相，但同时又暗暗摆好一堆柴草，好让小家伙在点不旺火的急难之时，马上能得到温暖的火。谁知他白操了这份老心，人家小海碰子更有招儿。只见他从衣袋里摸出一小瓶汽油，朝柴草上转圈一浇，啪地按了一下打火机，那火苗轰然而起，竟蹿得一人多高。小海碰子欢快地蹦着跳着，那火舌也张牙舞爪地乱飞，似乎在嘲弄老海碰子，你那堆火算什么，萤火虫一样！老海碰子生气了，觉得受了委屈，看着自己刚刚尽心尽意摆的那堆柴草，不由得气哼哼地踹了一脚。

一次又一次地失败，一次又一次空着网兜上岸，终于使小海碰子垂头丧气了。尽管他年轻，有脚蹼，有亮光光的鱼枪，有吹气儿的水漂子，有汽油，有打火机，但他拿不上货来。当一次次看到老海碰子拖着沉甸甸的网兜，满载而归，他服气了，渐渐地变得聪明起来。他不再频频下水，凭自己的一腔热血蛮干了，而是垂手站立，将一对稚气的大眼睛投向老海碰子。他开始感到，那一身伤痕累累的老皮，那鱼刺状的骨架，那锈鱼叉，那葫芦头，都不那么简单了。他几乎是不眨眼地盯着老海碰子的每一个动作，每一个细节，像一个最优等的见习生。

小海碰子的这一明显的变化，当然逃不过老海碰子的眼睛，他暗暗感到一股满足：这会儿知道厉害了吧？哼，差远哩！于是，老海碰子表现得更老练和稳重了，甚至有些高兴地在这个小海碰子面前表演自己的精彩技巧。

老海碰子扎进黑蓝色的水下，一大群肥胖的黑鱼照例友好地围上来，它们认熟了这个面孔模糊的人，知道他没有能力伤害自己，于是毫无顾忌地跟在他身后转悠，一旦见到他去揪那橘红色的扇贝时，便一涌而上，去吞食扇贝根带起的一些毛茸茸的小生物。老海碰子不耐烦地挥动鱼叉吓唬这些贪吃的家伙，但它们只是稍微摆动一下尾巴，照样簇拥在刚刚揪下的扇贝根处。有的鱼干脆连尾巴也不摆动。老海碰子叹了一口气，对付这些灵活的，浮在水层中间的鱼，他那柄鱼叉连个渔夫的小鱼钩都不如。但是，老海碰子突然听到一个异样的声响，噗——一条大黑鱼在那里扑腾起来，并溢出一股淡淡的血雾，这血雾还没来得及飘散，就被水流冲走。那鱼不动了，原来一支亮灼灼的枪刺正穿透了它黑硬的鳞片。顺着枪刺、枪杆和握着枪杆的手臂，他看到了小海碰子。这鬼东西，竟尾随他而来。小海碰子倾斜着身子，漂浮在蓝色的水层里，两只大脚蹼有节奏地摆动，控制着身子的平衡，却显得身子又细又小，像条小黄鱼。但此时，小家伙很惬意，他一次又一次拉紧枪栓，一次又一次地穿透那些无知的黑鱼。嘿——又一条大黑鱼在闪亮的枪刺上打旋，翻动，并涌着血雾。老海碰子看见小海碰子那一对大眼睛在水镜里笑成两道缝，心里不知怎么有些不舒服，黑鱼冒出的一股股血腥气，招来了别的鱼类，一条大牙偏鱼急急地赶过来，伏在暗礁根处。小海碰子灵巧地一个猛子扎下去，噗——几乎不用瞄准，也根本不用什么"鱼头往前半尺"的提前量，一下就把那牙偏鱼打个透心凉。速度之快，把老海碰子都惊呆了，他只见小海碰子将鱼枪朝牙偏鱼头上一指，那鱼随即就在沙地上挣扎翻动。尽管他睁大眼珠，也看不到枪刺从枪杆里射向鱼身的行程。"太快了，什么鱼也跑不了的！"老海碰子竟自言自语地赞扬起来。但他又忽地感到一阵痛楚。这可是他第一次赞扬一个初出茅庐的小海碰子；第一次看到他奈何不了的东西，别人却轻易拿到手了，第一次看到，别人也有比他强的地方！而这个人，竟是个肚皮上还没烧净汗毛的孩子！

那小海碰子找到了用武之地，一上一下地扎着猛子，身子如飞似的游动，蜃得水上水下一片水花烟雾。

老海碰子下意识地躲开了，他扎进更深的水下暗礁里，在那里寻找海参和鲍鱼。尤其那鲍鱼，凭借着暗绿色的外壳，紧紧吸在暗绿色的礁缝里，很隐蔽，弄鲍鱼，不同于捕捉海参海螺，得有极高的功夫，一叉下去，就得铲下来，决不能拖泥带水的重叉第二下，因为这鲍鱼身下长个吸盘，吸附在礁石上，叉它必须冷不防，否则它便立即死死吸住，任你将鲍鱼身上的壳叉得稀碎，那肉也牢牢地死贴在礁石上。老海碰子有意在这儿露一手，让小海碰子看看，打条黑鱼算得了什么，有本事再扎深点看看！但小海碰子此时根本不看，他正兴高采烈地追逐着黑鱼群。弄得老海碰子满耳朵都是"噗噗"的打鱼声，有些心烦意乱。

上岸时，小海碰子推着满载黑鱼的水漂子，得意扬扬地游在前边，身后的两只脚蹼像唱歌似的打着拍节，拍得水花"嘭嘭"响，伸出水面的那支枪刺，一闪一闪的，仿佛在向老海碰子炫耀它的威力和功绩。烤火的时候，小海碰子手舞足蹈地蹦来蹦去，并故意大声地"啊啊"着，好像刚刚完成了一个极其伟大的任务。他朝老海碰子这边嘻嘻着嘴："那鱼……真笨！"

老海碰子没吱声，一直阴沉着老脸，把腰勾在火堆上。

小海碰子突然沉默了，满脸的欢喜倏地一下消尽。老海碰子网兜里的"货"使他目瞪口呆，一个个巴掌大的鲍鱼在那里蠕动着，迎着阳光，壳碗里闪着迷人的彩光，似乎在笑他：狂什么？这才是上等货呢！

小海碰子愣怔怔地站在火堆旁，又开始垂头丧气了。

微微熏人的西南风转成略带凉意的小北风，轻轻地扫拂着海面。火石湾呈现出一片少有的平静，上面铺满一层金辉辉的阳光，显得那样平坦、敞亮，俨然是一个宽阔的大舞台。但是，这个舞台不再是老海碰子一个角色表演了，不再使他随意地驰骋腾跃了，那个才登上来的小角色使得他紧张并谨慎起来。他看出，那个攥着鱼枪的小海碰子在暗暗同他比试，大有要撵上他，超过他的架势。小海碰子扎猛的深度也越来越增加了，他有时竟和老海碰子并膀齐扎下去。这就使老海碰子拼足了全部气力，他是绝不会让小海碰子超过他的。每次上岸，他的网兜里总是沉甸甸的，他要在重量、质量和数量上占绝对的优势，他要永远是强者。但是，他发现小海碰子一次又一次朝更深的水下冲击时，他开始感到，这个小家伙不仅是要超过他，而有着一个不露声色的目的，这目的是什么呢？老海碰子突然醒悟了，小海碰子也在寻找这个最珍贵的世世代代海碰子始终未寻找的东西。如果不是这个迷人的希望，他绝不会这么执着地拼命。为了寻求，老海碰子不断地扎深猛子，朝更深的深处探望。他总觉得那里就有……也许就有错鱼，那里就有那个他终生寻求的东西！于是他越扎越深。然而他的肉体终于以各种痛苦的感觉向他宣告，它们无法完成意志的要求：当他向更深处扎下去时，两个耳朵眼里像有两支钢针插将进来，水压似乎要击穿他的耳膜，水镜也突地压紧在脸上，把鼻子都压得扁扁的，两个眼珠子被抠出来一样痛。最受不了的是一股透骨凉的水朝身上袭来，这是底流。底流的水是从老洋里，从那阳光永远晒不透的地方流过来，因此底流比水面上的流子还多一个可怕点，那就是温差。当你一接触底流，就像掉进冰窖里，四肢立时僵硬麻木，就是鱼游进底流里，也显得不那么灵活了。海碰子称这为两层水，最怵不过的。现在，小海碰子就朝这种底流试探。在升浮到水面上换气时，老海碰子往往发现小海碰子从脖梗往上一片赤红，并冒着一缕缕冷气。他知道，这小家伙已把脑袋触进了底流，但是他发现，那赤红的色痕正一次次从小海碰子脖梗往下伸延，有一次竟齐刷刷红到胸部以下。他深信，小海碰子终将会把他全身投进底流里。于是他感到问题严重，感到一种力量的威胁，感到一种可怕的挑战。

一连几天，老海碰子紧封着嘴唇，默默地做着每一个动作。小海碰子开始还嘻嘻地同他寻话说，但渐渐地被他这种阴沉的情绪感染了，也跟着沉默起来。但他并没有看出老海碰子在故意对他冷漠，只是感到这是一个不苟言笑的老人，他反而逐渐习惯并欣赏这种沉默，这种沉默给人带来一股潜在的威严感。呼啸的浪涛砸在小海碰子身上，他就不由得咧开嘴"啊哈"地叫几声，可是砸在老海碰子身上，他却一声不吭，甚至连眉眼也不眨动。小海碰子完全被这种沉默的威严和力量慑服了，他开始一步一个脚印地模仿老海碰子。例如从冰冷的海水爬上来时，他再也不像小叭狗那样轻快了，而是沉着地爬行，显出一种历尽艰难的样子，烤火时，他也不欢快地蹦跳了，而是学着老海碰子的动作。突其而来的浪击和尖削的牡蛎壳划割，他也决不哼一声。渐渐地，火石湾除了单调的涛声，就像死一般寂静。退潮前这一老一少默默地分坐在豁口两端，各自把鲜嫩的鱼肉穿在一根铁丝上，擎在火堆上烧烤，然后就是无声地咀嚼。下水时，他们各自错开时间和位置，这一堆火刚刚熄灭，那一堆火又呼呼燃起，这一个才艰难地爬上岸来，那一个又雄起起跳进水里。但总有在水下相遇的时分，这时，便看出老海碰子的手段厉害了。碰到那黑乎乎的狭窄礁缝时，小海碰子犹疑地探一下头，便一掠而过，老海碰子却满不在乎地径直潜进去，捕捉着肥大的海参、鲍鱼。小海碰子漂在水层里，惊奇而钦佩地望着老海碰子，脸上露出微红的愧色。这时，老碰子的嘴角上便撇出一丝不易察觉的笑意，其实每分每秒都在窥测小海碰子的不足之处。

海参有一个奇特的习性，它一离开水就要"融化"，变得黏糊糊，稀溜溜的。这时必须将它肚里肠子迅速清除掉，否则加速"融化"。清除的方法是用鱼刀在海参屁股上割一个口，那肠子便会自动流出来。但这刀口却极有讲究的，海碰子有句行话，"春三秋四"。春天的海参瘦，割三分刀口放肠子，秋天的海参肥，割的刀口要大一些，所以说"春三秋四"。小海碰子却不懂其中道理，只是胡乱地用刀在海参屁股上一剁完事。这刀口大小很重要，弄不好，不仅肠子放不干净，而且制出的海参干也外形难看。老海碰子看小海碰子胡乱地割，惋惜那堆肥大的海参。这可是力气换来的！于是他忍不住，便喝道："春三秋四，刀口再大些！"有时，海参化得稀溜溜的发滑，小海碰子抓来捏去拿不住，没法下刀，干瞪两眼着急。这时老海碰子便又喝道："使劲摔几下！"小海碰子便把海参朝石板上摔去，果然，没几下，那海参变戏法似的变得登登硬了。小海碰子便朝老海碰子感激地笑了，老海碰子却早把脸板着转向一边，根本不理会。心下当然得意极了，因为他那呵斥式的帮助，本意是显示自己的高强。

尽管老海碰子故意显示自己的高傲，但小海碰子也不在意，因为在摆弄海参这一套技术，他对老海碰子已甘拜下风了。但他也想把他那一套"现代化"推广给老海碰子。老海碰子撅着屁股在霍霍地打磨鱼叉，小海碰子走过来，说："我给你弄支鱼枪吧，这玩意儿……"老海碰子横了他一眼，没好气儿地说："咱使不惯那洋货，走了火，别穿了自家的脚丫子！""不会的。"小海碰子哗啦哗啦地拽着枪栓，说道："保险得很！"老海碰子一歪头，又格外用力去磨他那鱼叉，尽管他也看到用鱼枪打那黑鱼，噗噗，灵得很！……但却不愿承认。终于，他这宝贝鱼叉为他争了一次光，使小海碰子的鱼枪黯然失色。

火石湾底下布满了大大小小的石头，它底下的缝隙是海参藏身的窝穴。石头越大，货越多，只消把石头掀翻，就会看到下面聚满了海参，简直可以用手大把抓。但讨厌的是在这些石块下面，往往栖居着蛇一样形状的鳝鱼。这家伙有尖锐的牙齿，而且不怕人，任你掀得石块翻滚，也绝不会惊慌失色地逃走。不仅如此，那个蛇形脑袋上的一双阴森森的绿豆眼一直瞄着你，要多可怕就多可怕。一般的海碰子宁肯舍弃那成堆的海参，也决不碰这家伙一下的。何况火石湾里大多是狼牙鳝，牙里有毒液，能咬死人的。小海碰子哪料到这一招凶险，只见老海碰子掀石块抓海参，很是丰收，心下羡慕，于是暗暗学下这一招。他在水下平坦的沙地上一气潜了几十米，连个礁石影儿也看不见，正要升出水面，却见一块几百斤重的大石块躺在那里。他乐坏了，因为越是在这样孤零零的石头下面，东西就格外多。他浮到水面上长长地吸足了一口气，便一猛子扎到石块跟前，然后双脚蹬地，两手猛力一掀，借着水的浮力，把大石块翻动，露出黑乎乎的沙窝（石头下面压出的沙窝全是黑色），小海碰子急切地刚伸出手又缩了回去，因为黑沙窝里卧伏着的一条擀面杖粗的大狼牙鳝正蜿蜒而出，在那灰白的尖头上，两粒小眼珠子泛着死光。它含着一股隐藏的恼怒，寻找毁掉它窝巢的仇敌，终于找到了。它瞄着小海碰子逼近过来，使小海碰子感到毛骨悚然，竟忘记了这是水下，张嘴惊叫了一声，立即呛了一嗓子眼苦咸的海水，呼通一声冒出水面，脸色惨白，浑身战抖，踩水的步子也乱了路数，摇摇晃晃的。

老海碰子在旁边看得清楚，他小心地摸过去，一猛子扎近鳝鱼，把所有的力量都运到攥着鱼叉的手臂上，等到挨近鳝鱼的跟前时，出其不意，猛地一叉下去。那狼牙鳝欲发怒为时已晚，锋利的钢刃早已刺透它的脖子，把它紧紧按在沙地上。但狼牙鳝并不认输，它疯狂地卷动一阵，尖削的尾巴打得泥沙翻腾，老海碰子尽力憋住气，死按着鱼叉不动，单等那鳝鱼缠他。果然，狼牙鳝那蛇一样的身子顺着鱼叉一直狠狠地缠到他的胳膊上，而那鱼头也强力地扭过来咬老海碰子的手，因脖子被鱼叉扳住，咬不着，更凶了，张着嘴，咔嚓咔嚓地咬起鱼叉来。这时，老海碰子就势托起这条凶狠的鳝鱼，腾跃而起，浮出水面。他哗哗地踩着水，擎鱼的手高高举着，另一只手抽出鱼刀，用刀背朝鱼头猛击几下，那狼牙鳝才慢慢耷拉下脑袋。

这一系列动作，老海碰子干得那样从容、准确、果断，不动声色。小海碰子从头至尾看个清楚，惊诧极了。他踩着水靠上来，不知该对老海碰子说些什么话才好。

从打那条鳝鱼以后，小海碰子老是沮丧地垂着脑袋，并不时地瞅着那支亮光光的鱼枪发愣。老海碰子虽然还像往日那样不动声色，心里却痛快极了，嘲笑我这鱼叉是破玩意儿！口气太大了！你那鱼枪再高级有啥用，见了鳝鱼干瞪眼！但没几天，小海碰子又神气起来，在他脚下，居然也躺着一条长长的，青白色的大鳝鱼。鱼头上血斑淋淋，看样子是被鱼枪打了个透心。"好家伙！"老海碰子看着差点叫出声来，鱼叉是没有这个准头的。但他赶紧收回目光，继续保持不动声色。

小海碰子在火堆上转了一阵，走过来，用鱼枪挑着一条冒着热香气的大鳝鱼，嘻嘻笑道："尝尝鲜！"老海碰子哼了一声："那什么味道！"他用鱼叉从火堆里叉出一只烧得焦黄的大鲍鱼肉，也高高挑着，"这才是上品，不塞牙！"他知道，小海碰子还没有弄到大鲍鱼的功夫。谁知小海碰子毫不在乎地说："等我弄个比这还大的尝鲜！"他回头扫了一眼那条死鳝鱼，言外之意这么凶恶的家伙我都打上来了，鲍鱼算什么！

第一场凛冽的寒风扫过，进入初冬的大地，肃杀了的金色的山林，一夜之间消瘦了，露出了一条条弯曲的筋骨。火石湾变得严峻起来，滚动的浪涛似乎也冻凝了，缓慢地起伏着，偶尔泛起的白浪沫，却像一簇簇寒光闪烁的冰碴。豁口下面的沙滩上镶了一层薄冰，鹅卵石变成了亮晶晶的冰蛋蛋。

两个海碰子咯咯吱吱地踩着这些冰硬的鹅卵石，走向水边。冷飕飕的小北风扫过来，使他们不由得打一个冷战。这水能否下得去，是决定一个海碰子整个初冬季节能否下下去的考验。老海碰子首先走进了这个寒冷的蓝色世界，紧接着小海碰子也跟了进去。当温热的肉体一接触冰冷的水时，它的感觉并不是冷，恰恰相反，倒像被火燎一下或是感到一把烧热的刀子在全身狠狠一刮，这个感觉倏地一过，那种透骨的凉意才刷地一下浸过来；紧接着像有千万支冰针穿皮肉而进，在骨头上啮着、锯着、钻着，这是最难忍受的第一关，两个海碰子默默地忍受着。但不一会儿，小海碰子开始颤动了，那柔嫩的脊骨一阵扭动，便"啊啊"地叫着，被什么东西咬了似的逃出水面。他仿佛从开水锅里跳出来，浑身烫得紫红，冒着热气。然而老海碰子没有丝毫反应，像一块石头，一块酱褐色的石头浸在水里。小海碰子有些茫然地瞪着惊讶的大眼睛，他下意识地揉搓着变了色的皮肤，又战抖着走下水里。又是千万束冰针扎透皮肉而来，"啊啊！"他哀号着，扭动着，但不得不重新跳上岸。老海碰子还是纹丝不动，就像死了。小海碰子望着老海碰子，有些迷惑了。他立了一会儿，终于咬紧牙关又走下水里。"啊啊！"他又尖叫起来，但声音不那么尖了，也没有跳出去，他望着石块一样浸在水中的老海碰子，终于坚持住了。一老一少在水中痛苦地熬着。老海碰子是有数的，他紧闭双眼，在等待着疼痛消失。小海碰子此时也学着他，闭着眼，咬着牙，佝偻着身子，死死地挨着。初冬的阳光羞羞答答地照着这两尊石像，没有一丝温意。但奇迹来了，约莫一袋烟的时间，那扎在身上的千万支冰针突然开始融化了，不那么尖锐了，整个身上的皮肤出现一股微妙的"辣辣"的感觉，开始发热了。用海碰子的行话说"开始发烧"。这种难以置信的发烧只持续了一阵儿，便忽地消失了，这时他们开始缓慢地摆动胳膊，伸蹬两腿，像一条冻僵的鱼刚刚复苏，随即他们大动作地运动四肢，迅速游起来，现在，两个海碰子的感觉舒服极了，因为此时皮肤什么感觉也未存在了，没有冷的感觉，没有热的感觉，没有痛的感觉，甚至没有接触水的感觉。身子仿佛在一个莫名其妙的空间浮动，即使皮肤蹭到尖硬的礁石上也丝毫没有感觉，但这种"舒服"只能持续半小时，再次"返痛"就可怕了。海碰子就是抓住人体对寒冷的第一次"麻木"反应，而敢于潜进冰冷的水下。

　　他们飞速地游向火石湾深处。

　　整个大海犹如冻凝了的蓝色固体，被这两个酱褐色的长条切碎了，划出两股白花花的碎末来。猛然间，两个酱褐色的长条不见了，钻进了这蓝色固体的深处。

　　海碰子下水第一口气量是最长的，老海碰子的第一口气量总是先朝最深处扎，他猛力地蹬着那扁平的脚板，直挺在前面的鱼叉尖闪着一簇寒光，像一颗流星朝黑沉沉的水下划去。猛地，他腰骨一抖，一股更彻骨的凉意从伸在最前面的指尖，刷地一下扩展到全身，底流到了。老海碰子咬住牙，继续蹬下去，但实在难以忍受了，他的整个身子好似一点点往一个固体冰块里钻，而还没完全钻进去的两只脚，却觉得温乎乎的了，这说明底流的水冷到什么程度！一刹那间，老海碰子闪出个返回去的念头，但他看到身旁亮灼灼地一闪，攥着鱼枪的小海碰子竟扎了进来。于是老海碰子突地涌上来了力量，一直朝更深的暗礁扎下去，因为那里的海参几乎全是五垅刺儿的，而且个儿特别大。接近暗礁时，他脸上的水镜滋滋地压紧了，两个眼珠子往外鼓。他咬住牙，看准一个肥大的海参，尽全力抓上去，然后一个急返身，箭一样钻出水面。他"啊啊"地喘着气，踩着水，欣赏着手里肉乎乎的五垅刺的大海参，又长、又大、又肥，浑身布满了小奶头似的肉刺儿，真喜煞人，一只手几乎抓不过来。"呵！小猪崽儿！"他兴奋地叫起来。城里人形容大海参总是用"大灌肠，大黄瓜"，但他总觉得不妥，城里人从没有亲自从水里抓一下这海参，懂什么，竟瞎形容！还是叫小猪崽儿好，肉乎乎的，多像！但是，老海碰子突然感到一阵空虚，他陡地转身四顾，海面平静无声，一股恐怖感刷地涌上全身——小海碰子没上来！老海碰子的脑袋立时胀得老大个儿，他赶紧朝水里探望，依旧是黑沉沉地寂静。这不祥的寂静使他的恐怖变成一副可怕的画面：小海碰子那柔嫩的身子正死死地夹在黑乎乎的暗礁缝中，并溢一股鲜红的血沫沫……不可能！老海碰子在水面上疯狂地旋转了一下，希望在这静静的水面上窜出个小脑袋，然而一切都是悄然无声，那蓝色的平面无穷无尽地伸延到茫茫的天际。他真正害怕了，一个翻身扎进水里——但他的动作在水层空间收住了。一个红色的小脑袋正飞也似的从水下升腾，冲出水面。一出水，小海碰子就疯狂地大口喘气，嘴里却溢出一口口血水。而且他的水镜里面也喷满了血沫子。第一次扎深水，都会出现口鼻冒血的现象，老海碰子年轻时下海，也有过这种现象，但没这么严重过。这说明小海碰子心太好胜，想一下子干出个惊天动地来。

"快摘下水镜！"老海碰子大声喊。

小海碰子似乎没听见，他高高地举着鱼枪，为自己的胜利欢呼，因为枪尖上牢牢地插着两个肥大的五垃刺儿海参！此时，他什么也看不见（水镜里只是一片红色），却骄傲地踩着水，兴奋地喊着："两个！两个！我扎了两个……"

老海碰子一把摘下他脸上的水镜，用海水冲洗镜面的血沫子，喝道："洗脸！漱口！"小海碰子把头扎进水里使劲晃着，然后大口喝那苦咸的海水，咕噜咕噜地漱着嘴里的血水。可是他接过老海碰子洗干净的水镜后，却不舍气地又要往下扎猛。"上岸！"老海碰子更严厉地呵斥他，并一把拽住他，朝岸边游去。

两个火堆并在一起燃烧了，老海碰子和小海碰子一齐扎着手，拥抱着火堆，那火堆因为燃料增多而呼呼地烧着，火苗子欢快地往上蹿，交织着，扭结着，飞舞着，显示出一股友好的情绪。老海碰子从一个最大的鲍鱼壳上剜下肥嫩的肉来，擎在火上滋滋地烤，然后送到小海碰子的手里。"吃！"下了一声充满感情的命令。

火石湾的夜是美的，黑蓝色的夜幕罩得海天浑然一色，远处，灼亮的海火与星光交织闪烁，流动的暗云同微涌的浮浪搅在一起，躺在铺得厚厚的柴草堆上，看着这奇妙的景色，是一种享受。潮流按照日升月落地推移，已转到早潮了。"早潮快似马"，海碰子不在海边过夜是赶不上好潮流的。黑暗中，那堆还未燃尽的炭火红红的，熠熠闪光。豁口外面的海浪累乏了，正在轻轻地摩挲着岸礁，发出低低的鼾声。老海碰子睡不着，天幕上的星光正在他眼睛里变幻着色彩，一忽儿变成海参那泛着白光的肉刺儿，一忽儿又变成迷人的花点，一忽儿又变成刺眼的光团，像鱼叉尖，像鱼枪刺。甚至像那交叉而立的错鱼。这光团越来越近，终于垂下来，变成两只亮晶晶的大眼睛。老海碰子蓦地一愣，发现小海碰子正站在他的身前。

"你……见过错鱼吗？"他的一口小白牙在黑暗中显出来。

老海碰子没吱声。

"也许再扎深点就会看见的……"小海碰子还站在那里。

老海碰子坐起来，望着眼前这瘦小的身影。想到他毛茸茸的小香瓜脸，那嫩嫩的小肚皮，那窄窄的脚板，那被狼牙鳝惊吓的一瞬间，想到在水里冻得啊啊尖叫着往外跳……他笑了。

小海碰子被他笑得不好意思，转过身，回到他那堆柴草上，但他临躺下还自语道："再扎深点，我就能全看见……"

"全看见？"老海碰子望着他："全看见什么？"

黑暗中，小海碰子两只眼睛眯起来，狡猾地笑了："错鱼呗！……还有那个……"

老海碰子现在更加明白了，这个小海碰子所炽烈追求的，正是自己多年的愿望。"他会得到的！"老海碰子心里火燎似的默默想着。他想起那虽然柔嫩却已划出伤口的皮肤。想起虽然犹存但已烧得焦卷的汗毛，想起那灼亮的鱼枪，那脚蹼，那两只五垅刺儿的海参，那冒着血沫沫的小脑袋。……他似乎看到小海碰子已捧起那美好的东西，浮出蓝色的水面，向半铺炕的海碰子，向山那边的世界，兴奋地炫耀着："我得到啦！"啊，人们再也不会觉得老海碰子有什么能耐了，再也不会对他惊讶地瞪大眼睛，再也不会感到他的存在了！是的，尽管他拼杀寻求了将近一生，但他的时间毕竟不多了，他的力气毕竟消尽了，他的家什儿显然落后了（他的心里已对那亮光光的鱼枪有感情了），他一天一天衰老下去，这是谁也阻挡不了的，就像傍晚的太阳，虽能烧红满天云霞，绘出壮丽的景色，但终于要落下去的！小海碰子虽然稚嫩，但正是开始。一种痛苦的绝望情绪涌上来，使他霍地站起来，朝小海碰子那儿望去，黑暗中只有一束细长的光亮，那是鱼枪。他陡地感到，他那铁青色的鱼叉和亮灼灼的鱼枪，那扁平的脚板和橡胶脚蹼，烧光汗毛的老皮和烧卷汗毛的嫩皮，有着千丝万缕的联系。他看到这两种东西正扭结在一起，形成一股不可战胜的力量。这力量是错鱼切不断，浪涛冲不垮的。一种全新的充实感觉涌上来，老海碰子走过去。小海碰子睡着了，但紧紧地搂着鱼枪，老海碰子把自己身上的棉袄轻轻盖在小海碰子身上，然后坐在旁边，长久地注视着豁口外面，黑乎乎的海。

阴沉的东南风从茫茫的海天之间涌来，豁牙湾开始微微晃动。那些纷飞的碎浪突然像听到号令，排成一道长长的浪队，这长浪甚至几里长不断线，整齐而有节奏地向岸边推来。有经验的老海碰子对这异样的长浪是极有研究的。"碎浪两日静，长浪三天风"，这表示深海老洋里正风浪升腾。就像在水湾的中间投进一块石头，岸边就会荡来一道道涟漪一样，这是个狂风巨浪来临的讯号。坐南朝北的火石湾最怕东南风，长浪过后，火石湾就是一个倒海翻江、惊天动地的世界。它的到来几乎是一雾时，所以，一些没有经验的海碰子，往往被这整齐而有节奏的长浪所迷惑，毫不在意地游进去而突然遭难。但老海碰子却是不会上这个当的，在傍晚从豁口后面的山路分手时，他对小海碰子说："明天坏海，别来了。"小海碰子漫不经心地应了一声，心下却在反问："怎么会呢？这海多平！"他毫不在乎地昂头走了。小海碰子此时正热血奔涌，他觉得自己就要冲到胜利的终点。还能有什么难关呢？凶狠的狼牙鳝，他敢于射杀了；冰冷的考验，他经过了；深奥的底流，他钻下去了；五垅刺儿的海参，他捕到了。剩下的就是错鱼了。

第二天小海碰子迈着雄赳赳的步伐来到火石湾。望着白花闪闪的海面，一种即将获得惊人收获的感觉，在他的胸中燃烧。他高高扬起鱼枪，坚定而欢快地跃进冰冷的海湾里。

东南的天际升腾着一股灰雾般的云，难道它能染黑整个天穹吗？小海碰子全力地拍动脚蹼，向海里疾游而去。

仿佛一切都是提前安排好的，一旦等小海碰子游进火石湾深处，平静的海面突然露出狰狞的嘴脸，像一锅烧滚的开水，猛烈地沸动起来。那张牙舞爪的浪头，就像因锁了八百年的妖魔鬼怪，解脱出来了。顷刻，大海兜底荡动了，狂风驾着奔涌的浪头，哇哇地叫着扑向火石山岩。蓝湛湛的海水骤然变了颜色，暗礁下的灰沙黑泥乘机腾烟起雾，搅浑一切。小海碰子开始并不当一回儿事，当他潜进水下时，发现水镜外面一片漆黑，奔涌的浪涛即使在水下也激烈地摇摆他。他这才有些慌了，因为平时，海面上的风浪无论多大，只要一潜入水下，就稳如泰山。而现在，水下水上一齐动，他现在才明白老海碰子常说的那句话，"看着都是浪，浪和浪不一样！"也许现在他才有些感觉：原来他对世界还没看透。小海碰子钻出水面，我的天！各种形状的浪块拥挤着，撞击着，铺天盖地地向他头上压来，他慌忙拍动脚蹼，朝岸上奔去。但是，纷涌的浪头像无数只手掌，在后面既拖着，又推着，既扭挤着，又撕拽着，尽管他用尽气力地拍水奔游，却只能原地踏步。

狂风呼啸犹似号角齐鸣，巨浪奔涌就像万马飞奔，陡峭的岸墙炸着一道又一道四处喷沫的开花浪，轰隆隆的涛声此起彼伏，漫空回响。东南角的阴云已占领了整个上部世界，铅色的天空垂下冷漠的面孔，布满皱纹裂痕的山岩在默默地忍受。在这大风大浪轰击的劣势下登岸，是需要高超的技术和惊人的胆力，这对没有任何经验的小海碰子来说，将是一次可怕的考验。他疯子似的向岸边挣扎着，终于挣扎到离岸边几十米的地方，现在这几十米的短距离，也许是一个人永远走不完的路程。他想试探着朝岸边冲刺，但看到山一样高的浪头呼叫着扑向岸边时，他完全惊呆了，那黑色的浪块仿佛带着金属的硬度，高耸着，挺进着，驾着呼啸的风威，像一道移动着的黑色城墙，漫空压过去，那架势完全是要把豁口，把火石山，把火石山那面的世界一齐推平砸翻。在小海碰子前面高高地竖立着，豁口不见了，火石山不见了，整个世界被这道黑压压的城墙盖住了，似乎压根就没有豁口，没有火石山。突然，一声剧烈的轰响使整个天地震动了，那道黑压压的城墙破碎了，炸裂了，霎时，变成一片白花花的粉屑碎末，一落千丈地败下去，与此同时，那道金色的火石岸墙，那豁口，豁口下面的暗礁，像突然从地面升起，连同豁口外面水下犬牙般的礁峰，齐根露出、刀剑一样林立，但随即又沉下去，被第二道黑压压的浪头盖住。这种大起大落的浪涛使小海碰子畏惧了，他的体内热量一点点被海水淘尽，四肢开始发硬，他明白，再待下去就会活活冻死在水里。他后悔了，因为他想起老海碰子……而凶恶的风涛连后悔的时间也不给予他，更猛烈地颠簸着他。于是，他不顾一切地拼出全力向岸边冲刺，可是那道大浪撞在岸岩上，而产生的巨大的反作用力，猛烈地将岸底的沙土石块和小海碰子一齐卷拖了回去，还没等他来得及反应，后面的浪头又扑过来了。于是，两股巨流把小海碰子狠狠地按进水下，在那布满刀锋枪刺般的牡蛎礁上反复揉搓。等小海碰子被割得浑身血肉模糊，但风浪并不到此结束，而是继续把他抛来抛去地戏耍。此时小海碰子完全无能为力了，但他还有一丝知觉，这一丝知觉使他还紧握着鱼枪，在一个浪涛把他抛向半空时，还能睁一下眼睛。他觉得这是最后一眼看那个金色的火石山，那个小小的豁口，那个……不知为什么，他突然想看到那个老海碰子。真的，他看到了！——在那陡峭的岸壁上，贴着一个酱褐色的身影，正手搭着凉棚，朝海湾里观望着，小海碰子猛地一震，他想哭，他想笑，他想喊，但他什么声音也发不出来。于是，他用尽全身最后一点力气，将那支鱼枪举起来……不知什么时候，他忽忽悠悠感到身下触着一个硬实的东西，难道又撞在礁石上？他一惊，清醒了，却又觉得那物体是平坦的，柔和的，并有些温热的。

他觉得自己正在升起，于是，他努力睁开眼睛，终于看清，一个熟悉的脑袋在水面浮动，而他的整个身子正伏在这颗脑袋下面的脊梁上。小海碰子一下抱住了老海碰子的脖梗，像一个孩子扑进母亲的怀中，他感到整个世界稳定了……

一个不祥的感觉把老海碰子驱赶到火石湾来。当他看到涌进豁口里的浪涛正在撕揪着打湿的柴草，蓦地看到小海碰子的棉袄在浪尖上翻腾，他愤了！这个小家伙太狂妄！但是他那充满怒意的脸随即又变成惊恐、绝望和痛苦。他贴着陡峭的岸壁站立，焦急地观望着火石湾。在开锅般沸滚的浪丛寻找那个小脑袋。他疯狂地在陡峭的山岩上爬着，移动位置和角度，睁裂眼角，寻找着，寻找着。他扯着苍老的嗓门吼叫着，像一头老牛在呼唤丢失的小牛犊。老海碰子独身闯荡浪涛大半辈子，除了与风浪搏击而带来的收获而喜悦，而痛苦外，剩下的感情全枯萎了。今天却全部萌发而出。他吼着、叫着，一个巨大的开花浪差点把他砸下岸壁，但他全然不顾。他不相信，那个曾喷着血沫的小脑袋，那个套着胶皮脚的小海碰子，会这么快在世界上消失！现在他才发觉自己不能失去他。因为只有他和他在一起，才能寻求到那个迷人的希望。他知道，如果自己死了，这个小海碰子也会沿着他踏着的浪头干下去……

他终于在那黑色的浪丛里发现一道灼亮的闪光，那是小海碰子最后举起的鱼枪。于是，他不顾一切地纵身跃下岸岩。

老海碰子驮着小海碰子，漂浮在浪涛里。他观望、等待着，最高最大最可怕的浪峰的来临。这正是他与众不同的硬功夫。因为正是这样的浪头才能把他举得最高，送得最远，才能越过豁口前那些枪刺般的暗礁峰。同时，他选择了陡峭的岸攀登，因为浪涛在这样的岸上撞得虽猛烈，但没有回旋的余地。但登岸者必须一下子就抓住岸壁，绝没第二次机会。海碰子叫这一手为"抢硬滩"。今天，老海碰子决心拿出全身"抢硬滩"的本领。

终于，一道黑压压的巨浪从后面遮天盖地而来。老海碰子看准机会，紧驮着小海碰子，腾跃而上，保持着身子在浪峰尖顶上的位置，就像跳上一匹奔腾的烈马背上，那浪头确实像一匹从没驯过的烈马。它焦躁着、飞蹦着、嘶叫着，高高地举着这一大一小两个肉体，狂怒地朝豁口侧面的陡壁上摔去。轰——浪砸在石壁上粉碎了，无可奈何地栽下去，但那摔上去的肉体却像一块泥巴似的粘在石壁上，并没随浪头栽下去。老海碰子这种驾驭浪头登岸的能耐是远近闻名的，此刻，他的手指脚掌，完全是钢钩鹰爪，牢牢地抓住石壁上每一道裂纹。但这仅仅是度过一半危险，因为第二个浪头随之就到，如果不在几秒钟的间隙时间往上爬出几米，就会被紧跟而上的第二个浪头拍下水去，那就前功尽弃。平常日子，老海碰子这一手登礁抢上的功夫，玩得相当干净，但今天不同过往，他身上驮着一百来斤的小海碰子。于是，他大叫一声，拼出老命往上又扒又蹬，随之而来的浪头贴着他那扁平的脚掌下炸裂了，冲着他在石缝里留下的血珠散落下去……

　　伤痕累累的小海碰子像死鱼一样躺在那里，老海碰子几乎是一根根手指掰着，才把鱼枪从小海碰子僵勾着的手掌里挣脱出来。一阵阵咸味的冷风扑过来，老海碰子开始浑身打开哆嗦了。但是小海碰子一点感觉也没有，他冻透了。黑紫色的嘴唇紧闭着，两只半睁的大眼睛失去了光彩，整个身子呈现出一片模糊的殷红色，犹如一块冰冷的石条，纹丝不动。老海碰子焦急地四顾，他想寻找一块木片，一缕柴草，一丝火星，但火石湾边沿已被风浪洗劫一空。在这初冬的大地和天空，到处泛着阴风冷气，没有一丝温暖来拯救这个生命垂危的小东西。风浪还在火石湾里呼呼隆隆地、发疯地唱着粗野的歌。浑身打冷战的老海碰子只得把小海碰子紧紧抱在怀中依偎着，并用两手急速地摩挲着小海碰子全身。但是这太不够了，可还能有什么办法呢？老海碰子睁着赤红的双眼，瞪着这个可怜的小肉体。突然，他猛地站起来，用自己的棉衣把小海碰子包好，放在背风的凹地上。然后他像疯子一样朝陡坡上狂奔，狂跳，拼命地活动四肢。他那久经风浪的老骨头由于不断地扭动而发出嘎巴嘎巴的声响，终于，他的热血在冰冷的皮肤下面奔涌，脑门沁出一层细密的汗珠，浑身开始热气四溢了。于是他发出"啊啊"的欢快叫声，猛扑到小海碰子身上，掀开棉袄，把他热乎乎的身子紧贴上去，亲热地摩擦着。小海碰子冰块一样的身子使他浑身一战，那点疯狂蹦跳出来的热量立即消尽，并又开始哆嗦起来。他只得又站起来疯狂地蹦跳，然后又扑上去搂紧那个冰块。这样反复地做着，温着，老海碰子终于将自己一次次生发的热量，传给了那个奄奄一息的小海碰子。那个小冰块开始在老海碰子身上融化了，颤动了，并像吸吮奶汁一样在吸吮着温暖。一股打着冷战的喜悦从老海碰子心胸里涌上来，他仰卧在冻着冰碴的地上，把这个开始蠕动的小肉体放在自己身上，再把所有的衣物盖上，尽最大可能不丢失一点热量。静静地挨着、盼着。

小海碰子终于睁开了眼睛，两滴冻凝的泪珠融化了，滴进老海碰子干枯的眼窝。

两个海碰子站在岸上。小海碰子经过一场生死考验，已经恢复了元气，充满了自信，因为他感到海碰子所能遇到的最艰苦，最凶险的考验，几乎全走过来了，想象不出还会有什么样的磨难使他退却。当他又攥着鱼枪扎进暗礁丛时，甚至曾为自己在老海碰子面前哭过而难为情。老海碰子还是那样沉着和不动声色，但他的眼睛里含有一丝忧虑，每扎一个猛子前，他都要仔细地扫视一下平静的海面，因为那些难忘的经历时时在提醒他，风浪过后还会有更大的凶险。但他没有对小海碰子讲出这个忧虑，只是暗暗地观察着，提防着，保护着。他从心眼里喜爱这个莽撞而勇敢的小东西，无论多么可怕的打击，只要一过去，就毫不在乎，精神百倍。他相信小海碰子到了他的岁数，将会比他更老练，更有本领。

他们又跃进蓝色的海湾里。

小海碰子抢在前面，兴奋地拍打着水花，他的动作更熟练，更勇猛了，他认定前面只有最后一道难关，那就是错鱼。

小海碰子过分乐观了，老海碰子的忧虑是有根据的。海碰子的敌人不只是寒冷、激流、风浪和暗礁，还有前头说过的那凶如虎狼的鲨鱼。在这一场狂风恶浪后，一条凶恶的箭鲨窜进了火石湾。它在躲避风浪的日子里饿坏了。那对闪着凶光的眼睛在疯狂地扫视着，寻找着，终于，一道柔和的光线引起它的注意，并嗅出一股异样的肉香，它兴奋地加快了速度，流线型的身子哗嚓嚓切开水面，箭一样地飞射而来。

火石湾一下变了颜色，所有的游鱼嗖嗖地逃进礁洞，连牡蛎和扇贝也咯咯地关闭两扇贝壳，海水竟变得清了，冷了，静了，更恐怖了。

远处的海面刚刚翻腾异样的白花，老海碰子便大喊一声不好，拽着小海碰子就朝岸上游。小海碰子蒙头蒙脑地跟着游了一阵，有些不服气，快到岸边时，他转身回头看看，谁知刚一转头，却见一个黑乎乎的东西避着浪花已到跟前，他"啊"的一声滚到岸上，绑着红布的脚蹼在空中一闪，那箭鲨竟从水中腾跃而起。

两个海碰子在岸上愣住了。这是一条极漂亮又凶残的箭鲨，黑蓝色的背在阳光下闪着一道寒光，刀剐似的豁嘴在空中半张着，露出白森森的牙，金黄色的尾巴飞旋着甩过来一片水花。他们默默地站立在那里，没说一句话。刚才发生的这场可怕的景象，使整个火石湾变得深不可测了，小海碰子怔怔地瞪着两眼，脸上的余惊还未退尽。老海碰子站了一会儿，便顺着豁口后面的陡坡爬上高高的火石山，从那儿俯视整个海湾，能隐约看出那箭鲨的行踪。他看到那个黑乎乎的长影在蓝色的水面下时隐时现，这个家伙还不死心地在转悠。老海碰子坐在山岩上，静静地等着，等着那条箭鲨游走。是的，有了这个世界就有火石湾，就有箭鲨，就有海碰子，就有死亡，但海碰子从没断过根。他的父辈们就是这样同凶险拼杀、搏击和躲避。

天渐渐暗下来，老海碰子走下山岩，但他一愣——小海碰子走了！他感到一丝惆怅，也许小家伙害怕了，回到半铺炕那边去了。老海碰子呆立了好长一段时间，直到夜幕把大地盖得严严实实，他才长长地吁了一口气，躺在铺着柴草的沙滩上。火石湾这边的海曾吞噬过多少血气方刚的海碰子，他还不懂事的时候，就常常跟在村里送丧队伍的后面胡乱哭啼。但他还是勇敢地扎进了这个浸着父辈们血水、凶险而迷人的海湾！这里是好汉撵不走的地方！他深信，那个伤痕累累的小海碰子会回来的，如果他不回来，也丝毫不值得留恋，因为他不是好汉！

老海碰子安然地入睡了。

光是没有声音的，但却把鼾睡的老海碰子吵醒了。豁口外面，一道亮亮的丝线划出了海天的分界。他赶紧跳起来，爬上黑魆魆的火石峰朝东方眺望，那里的天空开始泛出暗红色的光，预示着一个金色的火球将在那儿升腾，红光在渐渐扩大，黑暗在悄悄退却。

风停止了吹拂，浪停止了波动，鸟不语，山无声，老海碰子屏住呼吸——一切都在庄严地等待。

一个金红色的圆边冒出来，世界变得清晰了；那圆边升腾着，扩展着，变成大半个金红色的圆，于是，大海被煮沸了，火球在升腾，她要剥离和跳出大海的母体，飞向广阔的天穹。大海母亲恋恋不舍地拥抱着这个刚分娩的婴儿不放，于是这金红色的圆球的下半部被拉长了，变形了，像一个巨大的、站立着的金卵。最后的粘连剥离了，那伸长的下体渐收拢，脱开了母体，腾地跳向空中，骤然射出万道金线。

这金色的火球越升越高，越炽烈耀眼，那万道金光给山川大地和海洋，给火石峰顶上的老海碰子，注满了为生命而燃烧的活力。老海碰子长长地吸了一口凉丝丝的、有点鲜味的空气，正要走下山来，却觉得脚上有异样的感觉，低头一看，两个脚脖子上正结结实实地绑着两块鲜艳的红布。这是小海碰子绑的，预防鳖鱼！他马上就意识到，小海碰子根本没走，他只不过是回去给他拿这红布，在他睡觉时给绑上的。他赶紧朝山下望去，小海碰子早已全身披挂，站立在火石湾前。那支鱼枪像柄长剑，在他手上亮光光的晃眼。老海碰子看了看那两块红布，他原本是瞧不起这胆小者发明的玩意儿，但此刻，他却觉得这两块红布似两股火苗，在他脚脖子上灼灼地烧，而且顺着小腿、大腿、胸脯一直烧上眉梢，他的整个身子发热了。老海碰子陡地飞下山来，直扑到小海碰子跟前，他想说"好样的！"但他的胸部剧烈地起伏一阵后，什么也没有说，只是迅速地抓起铁青色的鱼刀鱼叉，大步朝海边走去。

迎着冉冉升腾的红日，一老一少两个海碰子又并肩扎进了浪涛滚滚的大海……

美食家 陆文夫

吃喝小引

美食家这个名称很好听，读起来还真有点美味！如果用通俗的语言来加以解释的话，不妙了：一个十分好吃的人。

好吃还能成家！这是我万万没有想到的。想到的事情往往不来，没有想到的事情却常常就在身边；硬是有那么一个因好吃而成家的人，像怪影似的在我的身边晃荡了四十年。我藐视他，憎恨他，反对他，弄到后来我一无所长，他却因好吃成精而被封为美食家！

首先得声明，我决不一般地反对吃喝；如果我自幼便反对吃喝的话，那么，我呱呱坠地之时，也就是一命呜呼之日了，反不得的。可是我们的民族传统是讲究勤劳朴实，生活节俭，好吃历来就遭到反对。母亲对孩子从小便进行"反好吃"的教育，虽然那教育总是以责骂的形式出现："好吃鬼，没有出息！"好吃成鬼，而且是没有出息的。孩子羞孩子的时候，总是用手指刮着自己的脸皮："不要脸，馋痨坯；馋痨坯，不要脸！"因此怕羞的姑娘从来不敢在马路上啃大饼油条；戏台上的小姐饮酒时总是用水袖遮起来的。我从小便接受了此种"反好吃"的教育，因此对饕餮之徒总有点瞧不起。特别是碰上那个自幼好吃，如今成

"家"的朱自冶以后，我见到了好吃的人便像醋滴在鼻子里。

朱自冶是个资本家，地地道道的资本家，绝不是错划的。有人说资本家比地主强，他们有文化，懂技术，懂得经营管理。这话我也同意。可这朱自冶却是个例外，他是房屋资本家，我们这条巷子里的房屋差不多全是他的。他剥削别人没有任何技术，只消说三个字："收房钱！"甚至连这三个字也用不着说，因为那收房钱的事儿自有经纪人代理。房屋资本家大概总懂得营造术吧，这门技术对社会也是很有用的。朱自冶对此却是一窍不通，他连自家究竟有多少房屋，坐落在哪里，都是糊里糊涂的。他的父亲曾经是一个很精明的房地产商人，抗日战争之前在上海开房地产交易所，家住在上海，却在苏州买下了偌大的家私。抗日战争之初，一个炸弹落在他家的屋顶上，全家有一幸免，那就是朱自冶，他是到苏州的外婆家来吃喜酒的。朱自冶因好吃而幸存一命，所以不好吃便难以生存。

我认识朱自冶的时候，他已经快到三十岁。别以为好吃的人都是胖子，不对，朱自冶那时瘦得像根柳条枝儿似的。也许是他觉得自己太瘦，所以才时时刻刻感到没有吃够，真正胖得不能动弹的人，倒是不敢多吃的。好吃的人总是顾嘴不顾身，这话却有点道理。尽管朱自冶有足够的钱来顾嘴又顾身，可他对穿着一事毫无兴趣。整年穿着半新不旧的长袍大褂，都是从估衣店里买来的；买来以后便穿上身，脱下来的脏衣服却"忘记"在澡堂里。听说他也曾结过婚，但是他的身边没有孩子，也没有女人。只有一次，看见他和一个妖冶的女人合坐一辆三轮车在虎丘道上兜风，后来才知道，那女人是雇不到车，请求顺带的，朱自冶也毫不客气地叫那女人付掉一半车钱。

朱自冶在上海的家没有了，独自住在苏州的一座房子里。这房子是二十年代末期的建筑，西式的，有纱门、纱窗和地毯，还有全套的卫生设备。晒台上有两个大水箱，水是用电泵从井里抽上来的。这座两层楼的小洋房坐落在一个大天井的后面，前面是一排六间的平房；门堂、厨房、马达间、贮藏室以及佣人的住所都在这里。

因为我的姨妈和朱自冶的姑妈是表姐妹，所以在抗战后期，在我的父亲谢世之后，便搬进朱自冶的住宅，住在前面的平房里。不出房钱，尽两个义务：一是兼作朱自冶的守门人，二是要我的妈妈帮助朱自冶料理点家务。这两个义务都很轻松，朱自冶早出晚归，没家没务，从来也不要求我妈妈帮他干什么。倒是我的妈妈实在看不过去，要帮他拆洗被褥，扫扫灰尘，打开窗户。他不仅不欢迎，反而觉得不胜其烦，多此一举。因为家在他的概念中仅仅是一张床铺，当他上铺的时候已经酒足饭饱，靠上枕头便打呼噜。

朱自冶起得很早，睡懒觉倒是与他无缘，因为他的肠胃到时便会蠕动，准确得和闹钟差不多。眼睛一睁，他的头脑里便跳出一个念头："快到朱鸿兴去吃头汤面！"这句话需要作一点讲解，否则的话只有苏州人，或者是只有苏州的中老年人才懂，其余的人很难理解其中的诱惑力。

那时候，苏州有一家出名的面店叫作朱鸿兴，如今还开设在怡园的对面。至于朱鸿兴都有哪许多花式面点，如何美味等等我都不交代了，食谱里都有，算不了稀奇，只想把其中的吃法交代几笔。吃还有什么吃法吗？有的。同样的一碗面，各自都有不同的吃法，美食家对此是颇有研究的。比如说你向朱鸿兴的店堂里一坐："喂（那时不叫同志）！来一碗××面。"跑堂的稍许一顿，跟着便大声叫喊："来哉，××面一碗。"那跑堂的为什么要稍许一顿呢，他是在等待你吩咐吃法：硬面，烂面，宽汤，紧汤，拌面；重青（多放蒜叶），免青（不要放蒜叶），重油（多放点油），清淡点（少放油），重面轻浇（面多些，浇头少点），重浇轻面（浇头多，面少点），过桥——浇头不能盖在面碗上，要放在另外的一只盘子里，吃的时候用筷子搛过来，好像是通过一顶石拱桥才跑到你嘴里……如果是朱自冶向朱鸿兴的店堂里一坐，你就会听见那跑堂的喊出一连串的切口："来哉，清炒虾仁一碗，要宽汤、重青，重浇要过桥，硬点！"

一碗面的吃法已经叫人眼花缭乱了，朱自冶却认为这些还不是主要的；最重要的是要吃"头汤面"。千碗面，一锅汤。如果下到一千碗的话，那面汤就糊了，下出来的面就不那么清爽、滑溜，而且有一股面汤气。朱自冶如果吃下一碗有面汤气的面，他会整天精神不振，总觉得有点什么事儿不如意。所以他不能像奥勃洛摩夫那样躺着不起床，必须擦黑起身，匆匆盥洗，赶上朱鸿兴的头汤面。吃的艺术和其他的艺术相同，必须牢牢地把握住时空关系。

朱自冶揉着眼睛出大门的时候，那个拉包月的阿二已经把黄包车拖到了门口。朱自冶大模大样地向车上一坐，头这么一歪，脚这么一踩，叮当一阵铃响，到朱鸿兴去吃头汤面。吃罢以后再坐上阿二的黄包车，到阊门石路去蹲茶楼。

苏州的茶馆到处都有，那朱自冶为什么独独要到阊门石路去呢？有考究。那爿大茶楼上有几个和一般茶客隔开的房间，摆着红木桌、大藤椅，自成一个小天地。那里的水是天落水，茶叶是直接从洞庭东山买来的；煮水用瓦罐，燃料用松枝，茶要泡在宜兴出产的紫砂壶里。吃喝吃喝，吃与喝是一个不可分割的整体，凡是称得上美食家的人，无一不是陆羽和杜康的徒弟。

朱自冶登上茶楼之后，他的吃友们便陆续到齐。美食家们除掉早点之外，绝不能单独行动，行动时最少不能少于四个，最多不得超过八人，这是由吃的内涵决定的，因为苏州菜有它一套完整的结构。比如说开始的时候是冷盘，接下来是热炒，热炒之后是甜食，甜食的后面是大菜，大菜的后面是点心，最后以一盆大汤作总结。这台完整的戏剧一个人不能看，只看一幕又不能领略其中的含义。所以美食家们必须集体行动。先坐在茶楼上回味昨天的美食，评论得失，第一阶段是个漫谈会。会议一结束便要转入正题，为了慎重起见，还不得不抽出一段时间来讨论今日向何方？是到新聚丰、义昌福，还是到松鹤楼。如果这些地方都吃腻了，他们也结伴远行，每人雇上一辆黄包车，或者是四人合乘一辆马车，浩浩荡荡，马蹄声碎，到木渎的石家饭店去吃鲃肺汤，枫桥镇上吃大面，或者是到常熟去吃叫花子鸡……可惜我不能把苏州和它近郊的美食写得太详细，生怕会因此而为苏州招来更多的会议，小说的副作用往往难以料及。

与我有涉

如果朱自冶仅仅自我吃喝而与我无关的话，我也不会那么强烈地厌恶他。他当他的美食家，我当我的穷学生，本来是能够平安相处的。可是我在前面的一节中只说到朱自冶吃早点，吃中饭，他还有一顿晚饭没有吃哪！

朱自冶吃罢中饭以后，便进澡堂去了。他进澡堂并不完全是为了洗澡，主要是找一个舒适的地方去消化那一顿丰盛的筵席。俗话说饿了打瞌，吃饱跑勿动。朱自冶饱餐一顿之后，双脚沉重，头脑昏迷，沉浸在一种满足、舒畅而又懒洋洋的神仙境界里。他摇摇晃晃地坐上阿二的黄包车，一阵风似的拉到澡堂里，好像是到医院里挂急诊似的。

朱自冶进澡堂只有举手之劳，即伸出手来撩开门帘。门帘一掀，那坐账台的便高声大喊："朱经理来哉！"天晓得，朱自冶哪一天当过经理的，对资本家应该喊一声老板才对。不过，老板这种尊称那时已经不时髦了。一是缺少点洋味，二是老板有大有小，开爿夫妻老婆店也能叫作老板的。经理就不同了，洋行经理，公司经理，买卖大，手面阔，给起小费来绝不是三块两块的，五十元的关金券用不着找零头！所以那跑堂的一听到朱经理来哉，立刻有两个人应声而出，一边一个，几乎是把个朱自冶抬到头等房间里。这头等房间也和现在的高级招待所有点相似，两张铺位，一个搪瓷澡盆，有洗脸池，有莲蓬头。只是整个的面积较小，也没有空调设备。不碍，冬天有蒸气，夏天有一只华生老牌的大吊扇，四块木板在头顶上旋个不歇。

朱自冶向房间里一坐，就像重病号到了病房里，一切都用不着自己动手。跑堂的来献茶，擦背的来放水，甚至连脱鞋也用不着自己费力。朱自冶也不愿费力，痴痴呆呆地集中力量来对付那只胃，他觉得吃是一种享受，可那消化也是一种妙不可言的美，必须潜心地体会，不能被外界的事物来分散注意力。集中精力最好的方法就是泡在温水里，这时候四大皆空，万念俱寂，只觉得那胃在轻轻地蠕动，周身有一种说不出的舒坦和甜美，这和品尝美食有异曲同工之妙，但是二者不能相互代替。他就这么四肢不动，两眼半闭地先在澡盆里泡上半个钟头。泡得迷迷糊糊、昏昏欲睡的时候，那擦背的背着一块大木板进来了。他把朱自冶从澡盆里拉出来，把木板向澡盆上一盖，叫朱自冶躺上"手术台"，开始了他那擦背的作业。读者诸君切不可把擦背二字作狭义的理解，好像擦背就是替人擦洗身上的污垢。不对，朱自冶天天一把澡，有什么可擦的？这擦背对他来说实在是一种古老的按摩术，是被动式的运动。饭后百步走被认为是长寿之道，但是奉行此道者需要自己迈开双腿。擦背则不同，只消四肢松弛地躺在"手术台"上，任人上摩下擦，伸拳屈腿，左转右侧，放倒扶起，同样收到运动的功效，却用不着自己花力气。真正的美食家必须精通消化术，如果来个食而不化，那非但不能连续工作，而且也十分危险！

朱自冶的此种运动时间也不太长，大体上不超过半个钟头。然后便在卧榻上躺下，开始那一整套的繁文缛节，什么捏脚、拿筋、敲膀、捶腿。这捶腿是最后的一个节目，很可能和催眠术有点关系，朱自冶在轻轻的拍打中，在那清脆而有节奏的响声中，心旷神怡，渐渐入睡。这一觉起码三个钟头，让那胃中的食物消化干净，为下一顿腾出地位。

当朱自冶快要醒来时，我也从学校里下学归来。书包一放，妈妈便来关照：

"今天还在元大昌，快去！"

妈妈的话只有我懂，那朱自冶还有一顿晚饭没有吃哪！

朱自冶吃晚饭也是别具一格，也和写小说一样，下一篇决不能雷同于上一篇。所以他既不上面馆，也不上菜馆，而是上酒店。中午的一顿饭他们是以品味为主，用他们的术语来讲，叫"吃点味道"。所以在吃的时候最多只喝几杯花雕，白酒点滴不沾，他们认为喝了白酒之后嘴辣舌麻，味觉迟钝，就品不出那滋味之中千分之几的差别！晚上可得开怀畅饮了，一醉之后可以呼呼大睡，免得饱尝那失眠的苦味，因此必须上酒店。

苏州的酒店卖酒不卖菜，最多备有几碟豆腐干、兰花豆、辣白菜之类。孔乙己能有这些便行了，君子在酒不在菜嘛。美食家则不然，因为他们比君子有钱，酒要考究，菜也是马虎不得的。既不能马虎，又不能雷同，于是他们便转向苏州食品中的另一个体系——小吃。提到苏州的小吃，我又不愿多写了，除掉如前所述的原因外，还因为它会勾起我一段痛苦的回忆，我被一个我所厌恶的人随意差遣！

苏州的小吃不是由哪一爿店经营的，它散布在大街小巷，桥堍路口。有的是店，有的是摊，有的是肩挑手提沿街叫卖的。如果要以各种风味小吃来下酒的话，那就没有一个跑堂的能对付得了，必须有个跑街的到四下里去收集。也许是我的腿长吧，朱自冶便来和我妈商议：

"你家高小庭蛮机灵，阿好相帮我做点事体，我也勿会亏待伊。"

妈妈当然答应啰，她住了人家的房子不给钱，又没有什么家务可料理，心里老是过意不去，巴不得能为朱自冶做点事，以免良心受责备。

可怜的妈妈不知道剥削二字，只承认一切现存的社会法规。她教育儿子不能好吃，却对朱自冶的好吃不加反对，她认为那是一种"吃福"，好吃与吃福是两回事体。可我却把它当作一回事，怎么也不愿意去替朱自冶当跑街的。堂堂的一个高中生怎么能去给一个好吃鬼当小厮呢！

妈妈又哭了，父亲谢世后家境贫困，是靠我的大哥当远洋水手挣点钱："去吧小庭，我们头顶人家的天，脚踏人家的地，住了人家的房子不出房租，又不交水电费，算起来相当于全家的伙食费。只要朱经理说个不字，你就念不成书，我们一家就会住在露天里。只怪你爸爸走得早啊，我求求你………"

我只好忍辱负重，每天提着个竹篮去等候在酒店的门口。等到华灯初上，霓虹灯亮满街头的时候，朱自冶和他的吃友们坐着黄包车来了。一长串油光锃亮的黄包车，当当地响着铜铃，哇哇地揿着喇叭，像游龙似的从人群中夺路而来，在酒店门口徐徐地停下。他们一个个洗得干干净净，浑身散发着香皂味，满面红光，春风得意。朱自冶的黄包车总是走在前面，车夫阿二也显得特别健壮而神气。阿二替朱自冶掀掉膝盖上的毡毯，朱自冶一跃落地，轻松矫捷。在酒店门口迎接他们的不是老板，也不是跑堂的，而是两排衣衫褴褛，满脸污垢，由叫花子组成的仪仗队。乞丐们双手向前平举，嘴中喊着老爷，枯树枝似的手臂在他的左右颤抖。朱自冶似乎早有准备，手一扬，一张小票面的钞票飞向叫花子的头头："去去。"

叫花子的头头把手一扬，叫花子们呼啦一声散开，我这个手提竹篮，倚门而立，饥肠辘辘的特殊叫花子便到了朱自冶的面前。这个叫花子所以特殊，是因为他知道一点地理历史，自由平等，还读过三民主义；他反对好吃，还懂得人的尊严。当叫花子呼啦一声散开而把我烘托出来的时候，我满腔怒火，汗颜满面，恨不得要把手中的竹篮向朱自冶砸过去！可是我得忍气吞声地从朱自冶的手中接过钞票，按照他的吩咐到陆稿荐去买酱肉，到马咏斋去买野味，到五芳斋去买五香小排骨，到采芝斋去买虾子鲞鱼，到某某老头家去买糟鹅，到玄妙观里去买油汆臭豆腐干，到那些鬼才知道的地方去把鬼才知道的风味小吃寻觅……

我提着竹篮穿街走巷，苏州的夜景在我的面前交替明灭。这一边是高楼美酒，二黄西皮，那霓虹灯把铺路的石子照得五彩斑斓；那一边是街灯昏暗，巷子里像死一般的沉寂，老妇人在垃圾箱旁边捡菜皮。这里是杯盘交错，名菜陆陈，猜拳行令；那里却有许多人像影子似的排在米店门口，背上有用粉笔编写着的号码，在等待明天早晨供应配给米。这里是某府喜事，包下了整个的松鹤楼，马车、三轮车、黄包车在观前街上排了一长溜。新娘子轻纱披肩，长裙曳地，出入者西装革履，珠光宝气；可那玄妙观的廊沿下却有一大堆人蜷缩在麻袋片里，内中有的人也许就看不到明天……"朱门酒肉臭，路有冻死骨"，这句众所周知的诗句常在我的头脑里徘徊。

朱自冶倒是不肯亏待我，常常把买剩的零钱塞在我的口袋里："拿去！"那种神情和给叫花子是差不多的。

我睁眼、僵立。感到莫大的侮蔑。

"拿去吧，是给你奶奶买肉吃的。"

侮蔑被辛酸融化了。我是有个老祖母，是她把我从小带大的，那时已经七十六岁，满嘴没牙，半身不遂，头脑也不是那么清楚的。可是她的胃口很好，天天闹着要吃肉，特别是要吃陆稿荐的乳腐酱方，那肉入口就化，香甜不腻。她弄不清楚物价与货币的情况，在她的头脑中一切都是以铜板和银圆计算的。她只知我的哥哥每月要寄回来几千块钱（能买一百多斤米），为什么不肯花二十六个铜板给她称一斤肉回来呢？三百个铜板才合一块钱！她把这一切都归罪于我的妈妈，骂她忤逆不孝，克扣老人，而且牵牵连连地诉述着陈年八代的婆媳关系，一面骂一面流眼泪。妈妈怎么解释也没用，只好一面在配给米里捡石子，一面把眼泪洒在淘米箩里。我在这两条泪河之间把心都挤碎！

当我用朱自冶的零钱买回几块肉来，端到奶奶的床前时，她一面吃，一面哭，一面用颤颤巍巍的手抚摸着我的头："好孙子，还是你孝顺，奶奶没有白带你……"

我一听这话，眼泪便簌簌地往下流，我想大哭，大喊，想问苍天！可是我拼命地哽住喉咙，俯伏在奶奶的床头，把头埋在棉被里。既然在侮蔑中把钱接过来了，为什么不能让奶奶得到一点安慰！

"上有天堂，下有苏杭"啊！这句老话不知道是谁发明的，而且大言不惭地把苏州放在杭州的前面。据说此种名次的排列也有考究，因为杭州是在南宋偏安以后才"暖风熏得游人醉，直把杭州作汴州"。而苏州在唐代就已经是"十万夫家供课税，五千子弟守封疆"了。到了明代更是"翠袖三千楼上下，黄金十万水东西"。近百年间上海崛起，在十里洋场上逐鹿的有识之士都在苏州拥有宅第，购置产业，取其进可以攻，退可以守。苏州不是政治经济的中心，没有那么多的官场倾轧和经营的风险；又不是兵家的必争之地，吴越以后的两千三百多年间，没有哪一次重大的战争是在苏州发生的；有的是气候宜人，物产丰富，风景优美。历代的地主官僚，富商大贾，放下屠刀的佛，怀才不遇的文人雅士，人老珠黄的一代名妓等等，都欢喜到苏州来安度晚年。这么多有钱有文化的人集中在一起安居乐业，吃喝和玩乐是不可缺少的，这就使苏州的园林可以甲天下，那吃的文化也是登峰造极！风景不能当饭，天天看了也乏味，那吃却是一日三顿不可少的。苏州所以能居于天堂之首，恐怕主要是因为它的美食超过了杭州。这也许是苏州人的骄傲吧，可我那时简直觉得这是一种罪恶，是人间最最不平的表现！我不知道地狱里可有"天堂"，可我知道"天堂"里确有地狱，而且绝大多数的人都在地狱的边缘上徘徊。说老实话，当我开始信仰共产主义的时候，我没有读过《资本论》，也没有读过《共产党宣言》，多半是由朱自冶他们促成的；他们使我觉得一切说得天花乱坠的主义都没有用，只有共产才能解决问题！如果共掉了朱自冶的房产，看他还神气不神气！

我偷偷地唱着一支从北平传来的歌：

> 山那边呀好地方，
> 穷人富人都一样，
> 你要吃饭得做工呀，
> 没人为你作牛羊。
> ……

这支歌的曲调很简单，唱起来也用不着尖起嗓门儿费死力，可它却使我从"朱门酒肉臭，路有冻死骨"中找到了出路，出路就在山那边！

我决定到解放区去了，那已经是一九四八年的冬天。我不知道解放区的形势，总以为国民党还很强大，还有美国的原子弹什么的。无产阶级要夺取全国胜利，恐怕还要经过几年、几十年的浴血奋斗！我读过

《铁流》与《毁灭》，知道革命的艰难困苦，知道那是血与火的洗礼。所以当时的心情很悲壮，准备去战死沙场。"风萧萧兮易水寒，壮士一去兮不复还"！当时的心情很有点像荆轲辞别高渐离。

我的高渐离便是苏州，是这个美丽而又受难的城市叫我去战斗！临行之前，我上了一趟虎丘山，站在虎伏阁上把这美丽的城市再看一遍：再见吧，你的儿子将用血来洗尽你身上的污垢！傍晚，我照样去替朱自冶买小吃，照样买了一块乳腐酱方送到奶奶的床前：吃吧，奶奶，孙子从屈辱中接过钱来为你买肉，这恐怕是最后的一回！我的判断没有错，当奶奶发觉最孝顺的孙子失踪之后，她哭喊了三天便与世永别。

年轻时的记忆多么深刻啊！"文化大革命"期间的挂牌、游街、屈辱、受罪如今已经淡忘了，仿佛那是一场不屑一顾的游戏。可是三十多年前离乡别井，暗中告别亲人，向着黑暗猛冲的情景，却点滴不漏地保存在记忆里。也许我是欢喜记着光荣而忘掉屈辱吧，可又为什么不把三四十年前的屈辱也忘记？每当我在电影或电视中看到受伤的战士从血泊中爬起来，举起枪，高喊着报仇的口号向敌人猛扑过去的时候，我的心便会向下一沉，两眼含着泪水。虽然这种镜头看得太多了，也觉得老一套，可是这种话我不许孩子们说，孩子们一说我就要骂："小赤佬，你懂什么东西！"

快乐的误会

没想到我进入解放区已经太晚了，淮海战场上的硝烟已经消散，枪炮声已经沉寂。解放区的军民沉浸在欢乐的高潮中，准备打过长江去！我们这些从蒋管区去的学生被半路截留，被编入干部队伍随军渡江去接管城市。我从苏州来，当然应该回到苏州去，因为我熟悉那里的大街小巷以及那种好听而又十分难懂的语言，带个路也方便。至于回到苏州去干什么，谁也没有考虑，如果那时有人提出什么前途、专业、工资、房子等等，我们这一伙"小资产"便会肯定他是国民党派来的！革命就是革命，干什么都可以，随便。我们的组织部长却不肯随便，一定要根据各人的特长和志趣来分配，因此就出现了十分快乐的场面：

组织部长把我们二十多个学生兵召集到一个祠堂里。祠堂的正中摆着方桌，桌上放着档案和纸笔，二十多人分坐在两边。

组织部长是个大知识分子，早年毕业于交通大学的机械系。他对我们这些小知识分子十分熟悉："现在要给大家分配工作了，组织上尽量照顾各人的特长和志愿，希望你们在回答问题之前好好地考虑，分定之后就不许犯自由主义。"

当时的气氛本来很严肃，却被我的老同学，诨名叫丁大头的人弄得豁了边。丁大头的头其实也不大，可是他的知识很广博，天文、地理、历史、哲学他样样都懂一点。因为他的脑子里包容的东西太多，所以看起来他的头好像比平常的人大了点。他第一个被部长叫起来：

"你想干什么呢？"

"随便。"丁大头回答得很爽气。

部长翻了翻眼睛："随便是个什么东西？说得具体点。"

"具体点……那也随便。"

人们哄堂大笑了："他什么都懂，可以随便！"

部长也笑了，翻翻档案："什么都懂的人到什么地方去呢？……我问你，你对什么东西最感兴趣？"

"看书。"

"那你为什么不早说呀，到新华书店去。"

丁大头被一句定终身，后来在某地的新华书店当经理，而且是个很称职、很懂行的经理。

第二个被叫起来的是个女同学，苏州姑娘，长得很美，粗布的列宁装和八角帽使得她在秀丽中透出矫健的气息。

部长向她看了一眼便问："你会唱歌吗？"

"会。"

"来一段《白毛女》试试。"

"北风那个吹……"女同学拉开嗓子便唱。那时我们天天唱歌，谁也不会忸怩。

"好了，好了，到文工团去！"

这位女同学的命运也不坏，"文化大革命"前唱民歌，很有点名气。如今听不见她唱了，这小老太婆也可能是在哪里教徒弟。

轮到我的时候便糟了，我怎么也想不起最欢喜什么，除掉反对好吃之外，我好像对什么都欢喜。我没有任何特长，连唱起歌来都像破竹子敲水缸。

部长等得不耐烦了："难道你一样事情都不会干？"

"会会，部长，我会替人家买小吃，熟悉苏州的饮食店。"我绝不能承认万事不通呀，可这一通便出了问题！

"挺好，干商业工作去，苏州的食品是很有名的。"

"不不，部长，我对吃最讨厌！"

"你讨厌吃？很好，我关照炊事班饿你三天，然后再来谈问题！下一个……"

完了，命运在一阵哄笑声中决定了。可我当时并不懊丧，也不想犯自由主义，扬子江在怒号，南岸的人民在呼喊，要拯救劳苦大众于水深火热之中，要推翻那人吃人的旧社会，再也不能让朱自冶他们那种糜烂的、寄生虫式的生活延续下去！朱自冶呀，朱自冶，这下子可由不得你了。我们绝不会让你饿肚子，至少得让你支起个炉灶来烧东西。也不能老是让阿二拉着你，你自己有两只脚，应该是会走路的。

风萧萧兮江水寒，壮士一去兮又复还。我又回到苏州来了，几经转折之后又住在朱自冶的门前。朱自冶对我刮目相看了，他称我同志，我喊他经理；他老远便掏出三炮台香烟递过来，我连忙摸出双斧牌香烟把它挡回去。别跟我来这一套，你那高级烟浸透了人民的血汗，抽起来有股血腥味。朱自冶在解放之初有点儿心虚，生怕共产党会把他关进监牢，那牢饭可不是好吃的！

隔了不久，朱自冶便镇静自若了，因为我们取缔妓女，禁鸦片，反霸，镇反，一直到三反五反都没有擦到他的皮。他不抽鸦片不赌钱，对妓女更无兴趣，除掉好吃之外什么事儿也没有干过。镇反挨不上他，他不开工厂不开店，谈不上五毒俱全和偷税漏税。所以他经常竖起大拇指对我说："共产党好，如今没有强盗没小偷，没有赌场没有烟铺，地痞、流氓、妓女都没有了，天下太平，百姓安定，好得很！"他说的可能是真话，可我把他上下打量，心里想，你为什么不说没有赌吃嫖逛呢？赌和嫖你沾不上，吃和逛你是少不了的。等着吧，现在是新民主主义！

朱自冶并没有消极地等待，还是十分积极地吃东西，照样坐着阿二的黄包车上面店，上茶楼，照样找到另一个人帮他跑街买吃的。

那时候我的工作很紧张，没有什么上下班的时间，也没有星期天，没早没晚地干，运动紧张的时候便睡在办公室里。可那朱自冶比我还积极，我起床的时候他已经坐着黄包车走了；我睡得迷迷糊糊的时候才听见他的黄包车到了门前。他每逢到家的时候都要踩一下铃铛。那铜铃的响声在深夜的小巷里像打锣似的。他有时候也不回家，仲夏之夜吃饱了老酒，干脆就睡在公园的凉亭里，那里风凉，还有一阵阵广玉兰的香气。他渐渐地胖起来了，居然还有个小肚子挺在前面。妈妈对他说："朱经理，你发福了，人到了四十岁左右都会发胖的。"可他却说："不对，我这是心宽体胖。现在用不着担心那些强盗和流氓了，别看我有几个钱，从前的日子也是很难过的。生日满月，四时八节，我得给人家送礼，一不小心得罪了人，重则被人家毒打一顿，轻则被人家向黄包车上掷粪便。就说那个上饭店吧，以前也是提心吊胆的。有一次我们几个人吃得正高兴，忽然有个人走到我们的房间里来，要我们让座位。我不知道他是什么人，拌了几句嘴，结果得罪了流氓头子，被他的徒子徒孙们打了一顿，还罚掉了四两黄金的手脚钱！现在好了，那些家伙都看不见了，有的进了司前街（苏州的监狱所在地），有的到反动党团特登记处登了记，一个个都缩在家里。饭店里也清净多了，人少东西多，又便宜，我吃饱了老酒照样可以在公园里打瞌睡，用不着防小偷！"朱自冶拍拍小肚子："你看，怎么能不发胖呢！"

我听了朱自冶的话直翻眼，怎么也没有想到，革命对他来说也含有解放的意义！

当我深夜被朱自冶的铃声惊醒之后，心头便升起一股烦恼，这苏州怎么还是他们的天堂？劳苦大众获得解放的时候，那寄生虫也会趁汤下面，养得更肥！我没有办法触动朱自冶，可我现在有了公开宣传共产主义的权利，便决定首先去鼓动拉黄包车的阿二。

阿二住在巷子的头上，在那口公井的旁边。他和我差不多的年纪，却比我生得高大、漂亮、健壮。小时候我和他在巷子里踢皮球，皮球踢上房顶之后总是他去爬屋面。他的老家是苏北，父亲也是拉车的；父亲拉不动了才由儿子顶替。阿二每天给朱自冶拉三趟，其余的时间可以另找生意。他的那辆车是属于"包车"级的，有皮篷，有喇叭，有脚踏的铜铃，冬春还有一条毡毯盖住坐车者的膝头。漂亮的车子配上漂亮的车夫，特别容易招揽生意。尤其是那些赶场子的评弹女演员，她们脸施脂粉，细眉朱唇，身穿旗袍，怀抱琵琶，那是非坐阿二的车子不可。阿二拉着她们轻捷地穿过闹市，喇叭嘎咕嘎咕，铜铃叮叮当当，所有的行人都要向她们行注目礼；即使到了书场门口，阿二也不减低车速，而是突然夹紧车杠，上身向后一仰，嚓嚓掣动两步，平稳地停在书场门口的台阶前，就像上海牌的小轿车戛然而止似的。女演员抱着琵琶下车，腰肢摆扭，美目流眄，高跟鞋槖槖几声，便消失在书场的珠帘里。那神态有一种很高雅的气派，而且很美。试想，如果一个标致的女演员，坐上一辆破旧的硬皮黄包车，由一个佝偻蹒跚的老人拉着，吱吱嘎嘎地来到书场门口，那还像个什么样子呢！有什么美感呢？人们由于在生活中看不到、看不出美好与欢乐，才甘心情愿地花了钱去向艺术家求教的。

由于上述的种种原因，所以那阿二虽然是拉黄包车，家庭生活还是过得去的。我去动员的时候，他们一家正在天井里吃晚饭。白米饭，两只菜，盆子里还有糟鹅和臭豆腐干，他的老父亲端着半斤黄酒在吱吱呷呷的。我寒暄了几句之后便转入正题：

"阿二，现在解放了，你觉得怎么样呢？"

阿二是个性情豪爽的人，毫不犹豫地说出了他的体会："好，现在工人阶级的地位高了，没有人敢随便地打骂，也没人敢坐车不给钱。"

我听了把嘴一撇："哎呀，你怎么也只是看到这么一点点，工人阶级是国家的主人，绝不是给人家当牛做马的！"

"我没有给人家当牛做马呀！"

"还没有，你是干什么的？"

"拉车。"

"好了，从古到今的车子，除掉火车与汽车之外，都是牛马拉的！"

"小板车呢？"

"那……那是拉货的，不是拉人的，人人都有两条腿，又没病又不残，为什么他可以架起二郎腿高坐在车子上，而你却像牛马似的奔跑在他的前面！这能叫平等吗？你能算主人吗？还讲不讲一点儿人道主义！"

阿二吸了一口气："唏，这倒是真的。"

阿二的爸爸叹了口气："没有办法呀，他给钱。"

"钱……！"我把钱字的音调拉了个高低，表示一种轻蔑，"你可知道朱自冶他们的钱是从哪里来的？他们榨取了劳动人民的血汗，你拿了一点血汗之后又把他服侍得舒舒服服的！"

阿二的眉毛竖起来了："可不，那家伙坐车很挑剔，又要快，又怕颠。"

我趁热打铁了："问题还不在于朱自冶哪，我们年轻人的目光要放远点，你看人家苏联……"我滔滔不绝地讲起苏联来了，就和现在的某些人谈美国似的："苏联的工人阶级，一个个都是国家的主人，不管什么事儿，没有他们举手都是通不过的。他们的工作都是开汽车，开机器，开拖拉机，没有一个是拉黄包车的。"我向阿二爸爸的酒杯乜了一眼："拉车弄几个钱也作孽，仅仅糊个嘴。人家苏联的工人都是住洋房，坐汽车，家里有沙发，还有收音机！半斤黄酒有什么稀奇，人家都喝伏特加哩！"我的天啊，那时我根本不知道伏特加是什么，若干年后才喝了几口，原来像我们在粮食白酒里多加了点水！

阿二和他的爸爸更不知道伏特加为何物了，他们听到这个名词还是第一回。那老头儿还咂咂嘴，他以为伏特加是和茅台酒差不多的。

阿二也心动了："哦……呃，那才有奔头。爸爸，我们也不要拉车了，你也当了一世的牛马啦！"阿二当然不是为了伏特加，我知道，他是想开汽车。那时候，年轻的人力车工人最高的理想便是当司机。

阿二的爸爸把酒杯向起一竖："唏……快吃饭吧，吃完了早点睡，明天一早要去拉朱自冶上面店。"白搭，我说了半天，他等于没听见。老头儿的思想保守，随他去！

我抓住阿二不放，约他到我家来玩，继续对他讲道理，而且现身说法，拿自己作比："你看我，高中毕业的时候，有个同学约我到西山去当小学教员，每月三担米，枇杷上市吃枇杷，杨梅上市吃杨梅，不要钱。还有个同学约我到香港去上大学，他的爸爸在香港当经理，答应每月给我八十块钱港币，毕业以后就留在他的公司里当职员。我为什么不去哪，人活着不都是为了吃饭，更不能为了吃饭就替资本家当马牛！"除了讲道理以外，我还借了一大堆《苏联画报》给他看，对他进行形象化的教育，说明我们青年人要为这么一种伟大的理想去奋斗。说实在，我所以能讲苏联如何如何，也都是从画报里看来的，画报总是美丽的！

阿二的觉悟果然提高了，也和他的父亲闹翻了，坚决不再拉车，另找职业。我在旁边使劲儿打气："好，你这一步走得对，最好是进厂，当产业工人去！"

隔了不久，阿二垂头丧气地来找我："我把苏州都跑穿了，别说工厂啦，连饭店都不收跑堂的！"

我连忙说："千万要坚持，不要泄气。"

"气倒没有泄，可是肚皮不争气，没饭吃了！"

我听了也着急："啊，这倒是个严重的问题，再克服一下，我去帮你想想办法。"

我给了阿二几个钱，立刻到民政局去找一位同志，他是和我一起渡江过来的。

那位同志一听就喷嘴："你这位老兄毛里毛糙的，做事也不考虑考虑，现在有些资本家消极怠工，抽逃资金，工厂不关门就算好的了，你还想到哪里去找职业？"

"好好，我检讨。可你总不能见死不救呀，想想办法吧。"

那位同志沉吟了一下："这样吧，我正在搞失业工人登记，准备以工代赈，先解决他们的吃饭问题。"

以工代赈的项目是疏浚苏州城里的小河浜，这个工作很辛苦，但也很有意义。旧社会给我们留下了很多污泥浊水，我们要把浊水变清流，使这个东方的威尼斯变得名副其实，使这个天堂变得更加美丽，是我们革命的一个方面。

阿二听说这也是革命工作，二话没说，不讲价钱，天天去挖污泥，抬石头，工作比拉车辛苦几倍，但是每天只有三斤米。

阿二的爸爸也没有办法，为了吃饭，只好在门口摆起一个卖葱姜的小摊头。因为他家就住在公井的旁边，人们往往在洗菜的时候才发现忘了在菜场上买葱姜，所以生意还是不错的，只是那一碟糟鹅和半斤黄酒从此绝迹。那老头儿每天见到我时总是虎着眼睛把头偏过去。我的心里也有歉意，总是在暗中安慰着老头："老伯伯，你别生气，总有一天会喝上伏特加的！"我把老头儿的虎眼当作一根鞭子，每天抽一下自己："下劲儿干，争取社会主义的早日胜利！"每当我深夜拖着沉重的双腿走过这空寂无人的小巷时，都要看一看阿二家的窗口，默默地叨念："老伯伯，我高小庭总算对得起你，我没有怕苦，也没有怕累，我和你家阿二都在为明天而奋斗！"

为了阿二的事情，妈妈可生了我的气："你这个不识好歹的东西，朱经理哪一点亏待过我们？人家花钱坐车碍你个屁事呀，你硬要和人家作对，弄得阿二家衣食不周，弄得朱经理出入不便，早晚都要到街上去叫车，有时候淋得像个落汤鸡，你这个缺德的东西！"

我绝不和妈妈争辩，解放以后再也不能让她流眼泪，何况她的道德观点和我也没法统一，她还相信三从四德，还认为京戏里的那种老家奴十分了不起。只是我听了妈妈的责骂以后，再也不敢去鼓动那个为朱自冶跑街买小吃的人了，那人是个老头，他挖不动污泥，更抬不动石头。

朱自冶对我也有感觉了，再也不喊我高同志，再也不请我抽香烟，在门口碰到我时便把头一低，擦身而去。看不出他的眼神，不知道他对我是恨呢，还是忌？不管怎么样，他的手里总算有了一样东西，一个草提包，包里有双套鞋，包口上横放着一把洋伞。他黎明出门时估不透天气，所以都带着雨具，以免叫不到车时淋成落汤鸡。我看了暗中高兴："你迟早得自食其力，应该一样样地学会。"

鸣鼓而攻

也许是组织部长在我的档案里写了点什么，所以我的工作转来转去都离不开吃的。全行业公私合营的时候派不出那么多的公方代表，我只好滥竽充数，被派到某个有名的菜馆里去当经理。

这个菜馆我很熟悉，但在解放前从来没有进去过，只是在门口看见有许多阔绰的人进进出出，看见有许多叫花子围在门前，看见那橱窗里陈列着许多好吃的东西，在霓虹灯的照耀下使人馋涎欲滴。我读过安徒生的童话《卖火柴的小女孩》，总觉得那卖火柴的女孩就是死在这个菜馆的橱窗前。我进店的时候正是冬天，天也常常飘雪，早晨踏着积雪跑到店门口时，我的心便突然紧缩，生怕真的有个卖火柴的女孩倒在那里，火柴梗儿撒满了一地。

我在店里也坐不稳，特别看不惯那种趾高气扬和大吃大喝的行为。

一桌饭菜起码有三分之一是浪费的，泔脚桶里倒满了鱼肉和白米。朱门酒肉臭倒变成是店门酒肉臭了，如果听之任之的话，那我还革什么命呢！

我首先发动全体职工讨论，看看我们这种名菜馆究竟是为谁服务的？到我们店里来大吃大喝的人，到底有多少是工人农民，有多少是地主官僚和资产阶级！用不着讨论，这不过是一种战斗的动员而已。每个职工都很清楚，农民根本不敢到我们的店里来，他们一看那富丽堂皇的门面就害怕，不知道一顿要花几石米！还不如到玄妙观里去坐小摊，味道也不错，最多三毛钱。工人一生之中能来几回？除非他有特殊的事体。可是谁都认识朱自冶，都知道他们的吃法和口胃。每一个服务员都背得出一大串老吃客的名单，在那长长的名单中没有一个是无产阶级。其中有几个高级职员的成分难以划定，据老跑堂的张师傅反映，他们有的是老板的亲戚，有的是老板手下的红人，而且都有股份。当然，每天来吃的人并不全是老顾客，你也不能叫所有的吃客都填登记表，写明前六项。可是，老的服务员对判断吃客的身份都很有经验，他们能从衣着、举止、神态，特别是从点菜的路数上看得出，来者绝大部分都不是工人农民，至少曾经有过一段并非工农的经历。

实行对私改造的那段时间，资本家的心情并不全是兴高采烈，也不都想敲锣打鼓，有些人从锣鼓声中好像看到了世界的末日，纷纷到我们的店里来买醉。他们点足了苏州名菜，踞案大嚼，频频举杯。待到酒酣耳热时便掩饰不住了："朋友们，吃吧，吃掉他们拖拉机上的一颗螺丝钉！"这话是一种隐喻，因为那时候我们把拖拉机当作社会主义的标志。一讲到社会主义的农业便是像苏联那样，大农场，拖拉机。"吃掉他们拖拉机上的一颗螺丝钉！"当然是对社会主义不满，气焰嚣张，语气也是十分刻毒的！

我把收集的材料，再加上我对朱自冶他们的了解，从历史到现状，洋洋洒洒地写了一份足有两万字的报告，提出了我对改造饭店的意见，立场鲜明，言辞恳切，材料生动确凿，简直是一篇可以当作文献看待的反吃喝宣言！

领导上十分欣赏我的报告，立即批准在本店试行，取得经验后再推向全行业。

我放手大干了！

首先拆掉门前的霓虹灯，拆掉橱窗里的红绿灯。我对这种灯光的印象太深了，看到那使人昏旋的灯便想起旧社会。我觉得这种灯光会使人迷乱，使人堕落，是某种荒淫与奢侈的表现。灯红酒绿的时代早已一去不复返了，何必留下这丑恶的陈迹？拆！

店堂的款式也要改变，不能使工人农民望而却步。要敞开，要简单，为什么要把店堂隔成那么多的小房间呢，凭劳动挣来的钱可以光明正大地吃，只有喝血的人才躲躲闪闪。拆！拆掉了小房间也可以增加席位，让更多的劳动者有就餐的机会。

服务的方式也要改变。服务员不是店小二，是工人阶级，不能老是把一块抹布搭在肩膀上，见人点头哈腰，满脸堆笑，跟着人家转来转去，抽下抹布东揩西拂，活像演京戏。大家都是同志嘛，何必低人一等，又何必那么虚伪！碗筷杯盏尽可以放在固定的地方，谁要自己去取，宾至如归嘛，谁在家里吃饭时不拿碗筷呀，除非你当老爷！

以上的三项改革，全店的职工都没有意见，还觉得新鲜，觉得是有了那么一点革命的气息。可是当我接触到改革的实质，要对菜单进行革命时就不那么容易了。

我认为最最主要的是对菜单进行改造，否则就会流于形式主义。什么松鼠鳜鱼、雪花鸡球、蟹粉菜心……那么高贵，谁吃得起？大众菜，大众汤，一菜一汤五毛钱，足够一个人吃得饱饱的。如果有人还想吃得好点，我也不反对，人的生活总要有点变化，革命队伍里也常常打牙祭，那只是一脸盆红烧肉，简单了点。来个白菜炒肉丝、大蒜炒猪肝、红烧鱼块，青菜狮子头（大肉圆）……够了吧，哪一个劳动者的家里天天能吃到这些东西？

反对的意见纷纷而来，而且都是从老年职工那里来的。

跑堂的张师傅反对了。他说话有点嬉不溜溜地："啊哈，这下子名菜馆不是成了小饭铺啦！高经理，索性来个彻底的改革吧，每人发两块木板，让我们到火车站摆荒饭摊。"

我听了把眼睛一抬："同志，有意见可以提，态度要严肃点，这是革命工作，不是和吃客们打哈哈的！"我知道他和资产阶级的老爷太太们周旋了几十年，说话不上路，所以特地点了他一点。

"好好，没意见，这样做我们也可以省点力。"张师傅服了。

管账的也提意见了："高经理，我的意见也可能不正确，只是我有点担心……喏，这样做当然是对的了，可那赢利是不是会有问题？"他说起话来吽吽缩缩，因为他和原来的老板是亲戚，三反五反时曾经擦破点皮。

"你的担心我也考虑过，可是社会主义的企业是为人民服务，绝不能像资本家那样唯利是图！"

"对对，对对对。"管账的马上服帖。

死不服帖的是那几位有名的厨师，如果用现在的职称来评定的话，他们不是一级便是二级。他们可以著书立说，还可以到外国去表演。可我那时并没有把这种宝贵的技术放在眼里，他们也可能没有把我这样的外行放在眼里，特别是那个杨中宝，好像我剜了他的肉似的。

"这不是都卖点儿家常便饭了吗？"

"家常便饭有什么不好呀？"

"家常便饭家家会做，何必上饭店？"

"出门的人哪有背着锅子走路的？"

"出门的人都想尝尝天下的名菜，噢，苏州的名菜就是红烧狮子头？"

"那要看是什么人？"

"什么人都有，包括像你这样的干部在内！"

"我出差每天三毛钱伙食，两毛钱伙补，一顿吃掉五毛钱，还有早晚两顿没有着落哩！"

"不是所有的人都和你一样，他们自己贴。"

"贴，拿什么贴？不少人就是因为出差时嘴馋，才贪污了公款。"

"如果人家请客呢？"

"为什么要请客，拉拉扯扯的。三反五反的教训还不够吗？不少人被资本家拉下水，就是从请客吃饭开始的，说不定那些见不得人的勾当，就是在我们楼上的小房间里干出来的！"

"人家结婚呢？"

"结婚，更不能铺张浪费，买几斤糖，开个联欢会，我们机关里就是这样干的。"

杨中宝火了："高经理，你说的都是外行话，机关是机关，饭店是饭店。请把我调到机关里去当炊事员吧，保证没意见！"我看着杨中宝直翻眼，把到了嘴边的话咽回去。我不能对一个老工人发脾气，他的工龄和我的年龄差不多，是地地道道的无产阶级，而我的本人成分是学生，属于小资产阶级，再怎么革命也是革不掉的，只好暂时忍耐一点。何况他们所以反对也有道理，因为这一改他们就没有用武之地了。白菜炒肉丝不需要什么高超的手艺，连我都会……是呀，他们的技术不能发挥，也很可惜。调到机关里去当炊事员虽然是气话，调到交际处去当炊事员倒是很合适的……

会场沉寂。

我要设法打开僵局，目光便向青年人投射过去。那时候我已懂得，如果遇事打不开局面，最好是鼓动青年人起来带头。他们不保守，有闯劲，闯过了警戒线也无妨，然后再向回拉一点。矫枉必须过正，也许就是这个道理。

"青年同志们谈谈嘛，你们也是店里的主人，未来是属于你们的，谈谈。"

年轻的职工们只是笑，看看老师傅又看看我，两边都为难，一时拿不定主意。内中有个小伙子，名字叫作包坤年，跑堂的，虽然还没有满师，讲话却是很有水平的：

"同志们，我们的店必须改革，必须彻底地改革！再也不能为那些老爷们服务了，要面向工农兵。面向工农兵绝不是一句空话，要拿出菜单来作证明。烧什么菜，就是为什么人服务。蟹粉菜心不仅工农兵吃不起，而且还要跟着老爷们受罪！为什么，菜心都给他们吃了，菜帮子都到了工农兵的碗里！生炒鸡丁要用鸡脯，鸡头鸡脚都卖给拉黄包车的，这分明是对工农兵的瞧不起。农民进店来只点豆腐汤，有人竟然回生意：'嘿，吃豆腐汤到玄妙观去吧，那里的豆腐汤又好又便宜。'玄妙观只卖豆腐脑，分明是捉弄乡下人的。要是朱自冶他们来了就不得了，从堂口到厨房，都是忙得飞飞的。鱼要活的，虾要大的，一棵青菜剥剩了拇指那么一点点……"

包坤年这么一带头，人们就跟着发表意见，纷纷揭露我们的浪费，以及重视筵席而看不起小生意。这些情况我以前都不了解，听了十分生气，把手指在桌面上敲敲："你看，你们看，不改革怎么得了呢！"

跑堂的张师傅低头不语了，回掉农民的生意可能就是他干的。几个厨师也不讲话了。苏州的名菜选料精细，浪费肯定是有的；围着朱自冶之类的人转也不假，名厨要靠吃家，要靠他们扬名，要靠他们品出那千分之几的差别。最好能碰上孔夫子，孔子曰："食不厌精，烩不厌细！"

改革方案就这么定下来了，包坤年是立了功的，他后来表现得也十分积极，我指向哪里他打向哪里。我也为他的进步创造了很多有利的条件。至于他在"文化大革命"中把我打得半死，那是后话，暂且不提……

我当时把全部精力都扑在改革上，每晚回家都在十一点之后。我改了店堂，换了门面，写了大红海报张贴街头，还向报馆里投了稿，标题是：名菜馆面向大众，大众菜经济实惠！

开张的那一天，景象是十分壮观的。老头老太结伴而来，还搀着小孙子、小妹妹。那些拉车的、挑担的、出差的，突然之间都集中到店门口。门前的黄包车、三轮车、马车停了一长溜。这种车水马龙的情景解放前我也曾见过，可那是拉着老爷太太们来的；老爷太太们美酒高楼，拉车的人却瑟缩在寒风里。如今瑟缩的人们都站起来了，昂首阔步地进入店堂，把楼上楼下两个像会场似的堂口都挤得满满的。一时间板凳桌子乒乓响，人声鼎沸如潮水，看起来有点混乱，可那气氛实在热烈！服务员上菜也很迅速，大众菜，大众汤，都用不着现做，汤装在木桶里，菜装在大锅里，一勺一大碗，川流不息地送出去。店门口的行人要靠右走，进出连成两条线，如果用门庭若市来形容，那是十分贴切的。

朱自冶和他的吃友们居然也来了，很好，我倒要看看你们今天想吃点什么东西！谁知道他们先在门口看看广告，再到店堂里瞧瞧热闹，俯下身去看看大众菜，鼻子吸了那么几吸，然后带着不屑一顾的神情走出去，还相互拍拍打打地发笑哩！我见了义愤填膺："反对吧，先生们，我改革的目标就是要叫你们反对！"

老头老太的反应可就不同了："啊哟，以前只听说这家菜馆有名，越有名越不敢来，今天可算见了世面！"

挑菜的农民也说了："这菜馆我以前来过几回，都是挑着青菜进后门，一直送到厨房里，从来不敢向店堂里伸头！"

多么深刻的写照呀，多么自豪的语言，人民的称赞使我忘记了疲劳，感动得心都发抖。不管将来的历史对我这一段的工作如何评价（放心，它无暇顾及），可我坚信，当时我绝无私心，我是满腔热忱地在从事一项细小而又伟大的事业！

当时，我们的领导也到了现场，看了也很满意，虽然秩序有点混乱，那也是前进中的缺点，要我们好好地总结提高，然后推向全行业。

化险为夷

这一下朱自冶可就走投无路了！尽管我们的经验很难推开，许多名菜馆都是敷衍了事，弄几只大众菜放在橱窗里装装门面。可是风气一开，那苏州名菜便走了味，菜名不改，价钱不变，制作却不如从前那么精细。朱自冶有一张什么样的嘴啊，他能辨别出味差的千分之几哩！一吃便摇头，便皱眉，便向人家提意见。朱自冶看错皇历了，这时候再也没有人把他当作朱经理，资本家三个字也不是那么好听的。有钱又怎么样，不许收小费，你爱吃便进来，嫌丑请出去，反正营业额的大小和工资没有关系。如果依了你朱自冶的话，还要落得个为资产阶级服务的臭名气！

朱自冶怎么受得了呀，他每吃一顿便是一阵懊丧，一阵痛苦，一阵阵地胃里难受。每天都觉得没有吃饱，没有喝够，看到酒菜却又反胃。他精神不振，毫无乐趣，整天在大街上转来转去，时常买些糕点装在草包里，又觉得糕点也不如从前，放在房间里都发了霉，被我的妈妈扫进垃圾堆。那个很有气派的小肚子又渐渐地瘪了下去。

有一天晚上，朱自冶居然推门而入，醉醺醺地站在我的面前：

"高小庭，我……反对你！"

资产阶级开始反扑了，这一点我早有准备："请吧，欢迎你反对。"

"你把苏州的名菜弄得一塌糊涂，你你，你对不起苏州！"

"这是你的看法，菜碗没有打翻，一塌糊涂是谈不上的。是的，我对不起苏州的地主和资产阶级，对苏州的人民我可以问心无愧！"

"你你……你对不起我！"

"是的，应当对不起你，因为你自己也是资产阶级！"

"小庭啊，人可要凭点儿良心，这些年来我可没有亏待过你！"

朱自冶语无伦次了，他竟然想揭下伤疤当膏药贴，这就惹得我火起："朱经理，我是对不起你，也对不起你的朋友；你的朋友中有三个是地主，有两个是在反动党团特的册子上登过记的，还有三个是拿定息的，包括你自己在内。别以为定息可以拿到老，这资产阶级总有一天要被消灭！"

朱自冶吓了一跳，以为我们的政策又要改变。对他来说吃当然很重要，消灭却是性命攸关的。他的酒意消掉了一半，不由自主地向后退，掏出一根前门牌香烟塞过来，被我用一根飞马牌香烟挡回去。他乘势把香烟一叼，吸了一口："该死，今天托人到常熟去买了一只叫花子鸡，味道还和从前一样，不免多喝了几杯，这就糊里糊涂地跑到你家来了。咦，我是从哪个门里进来的呢！"朱自冶想夺门而走了。

"慢点！"

朱自冶站住了。

"朱经理，如果我有什么地方对不起你的话，那就是我没有告诉你一句最要紧的话：你再也不能这样下去了，要逐步地学会自食其力！"

"是的，我一定铭记。"

从此以后，我很少碰到朱自冶，他当然也不会再来向我表示反对。我对他倒是十分关心，常常向妈妈问起。妈妈说她也不清楚，经常不见朱自冶回家，房间里一股霉味。我想，朱自冶也许是去干什么了吧，吃是终身的必需，总不能是终身的职业。

隔了不久，包坤年来向我汇报，他经常向我汇报。

"不得了，杨中宝他们开地下饭店了，是专门为资本家服务的，每天晚上赚大钱！"

"可当真？"

"一点不假，是我亲眼看见的，地点就在你家东面的五十四号里，天天晚上有许多资本家在那里聚会，杨中宝烧菜，一个妖里妖气的女人收钱！"

包坤年说得有根有据，我怎能不问不理？立刻到居民委员会去调查，找杨中宝来谈话，一问一查又找到了朱自冶的踪迹。

朱自冶开始隐退了，他对饭店失望之后，便隐退到五十四号的一座石库门里。这门里共有四家，其中一家的户主叫作孔碧霞。孔碧霞原本是个政客的姨太太，这政客能做官时便做官，不能做官时便教书，所以还有教授的头衔。苏州小巷里的人物是无奇不有的。据说，年轻时的孔碧霞美得像个仙女，曾拜名伶万月楼为师，还客串过《天女散花》哩！可惜的是仙女到了四十岁以后就不那么惹人喜爱了，解放前夕，那政客不告而别，逃往香港，把个孔碧霞和一个八九岁的女儿遗弃在苏州。

孔碧霞年轻的时候打扮惯了，也可能是由于登过台的关系，所以举手投足、顾盼摆扭等都讲究个形体美。讲究得过了分便变成矫揉造作、搔首弄姿；特别是在无姿可弄而要硬弄时便有点怪里怪气。苏州话骂人也不是那么好听的，人家暗地里叫她"干瘪老阿飞"。

朱自冶一贯的不近女色，为什么突然之间和孔碧霞混到一起去呢？很简单，那孔碧霞烧得一手好菜！

孔碧霞数十年的风流生涯，都是在素手做羹汤中度过的。她丈夫的朋友都是政界、实业界、文化界的高雅得志之士，像朱自冶这样的人是休想登堂入室的。什么美食家呀，在他们看起来，朱自冶只不过是个肉头财主，饕餮之徒，吃食癫皮。哪有一个真正考究吃的人天天上饭店？"大观园"里的宴席有哪一桌是从"老正兴"买来的？头汤面算得什么，那隔夜的面锅有没有洗干净呢！品茶在花间月下，饮酒要凭栏而临流。竟然到乱哄哄的酒店里去小吃，荷叶包酱肉，臭豆腐干是用稻草穿着的，成何体统呢！高雅权贵之士，只有不得已时才到饭店里去应酬，挑挑拣拣地吃几筷，总觉得味道太浓，不清爽，不雅致。锅、勺、笊篱不清洗，纯正的味儿中混进杂味，而且总有那种无药可救的、饭店里特有的油烟味！朱自冶念念不忘的美食，在他们看起来仅仅是一种通俗食物而已。他们开创了苏州菜中的另一个体系，这体系是高度的物质文明和文化素养的结晶，它把苏州名菜的丰富内容用一种极其淡雅的形式加以表现，在极尽雕琢之后使其返乎自然。吃之所以被称作艺术，恐怕就是指这一体系而言的。

孔碧霞的烹调艺术，就是得之于这一派的真传。她在当年的社交界是个极其有名的姨太太，会唱戏，会烧菜，还会画几笔兰花什么的。二十多年间她家的庭院里名流云集，两桌麻将让八个男人消遣，一桌酒席由她来做精彩的表演。她家有一个高级的厨娘，这高级的厨娘也只能当她的下手！

朱自冶被逼得走投无路之后，偶尔听到他的一位吃友谈起，说是五十四号里有个孔碧霞，此人当年如何如何，如何身怀绝技。

朱自冶一听便笑了："你老兄是说吃解馋的吧，好菜怎么能在家里做呢。你没有那么多的佐料、高汤，没有那么大的炉火与油镬，办不成的。"

"不信？那也没有办法，我请不动那位尊神。她根本就不把我们这些人放在眼里。解放前我想尽天法也没有打得进去……对了，近几年来听说她的家境不好，手头拮据，也许看了孔方兄的面上，能为我们操办一席。你家和她靠近，去试试。"

朱自冶病急乱投医了，他为了吃总会干出一些冒冒失失的事体；他冒冒失失地去敲五十四号的大门，径直说明来意。

如果是在解放前的话，孔碧霞不把朱自冶赶出来才怪哪！可那孔碧霞不如朱自冶，她没有那么多的存款和定息，已经把房子租给了三家，还得靠变卖家具和首饰度日。同时她也多年不操此道，有点技痒难熬，很想重新得到别人的称赞，再现昔日的风流。她内心已经许诺，表面上还要搭搭架子：

"啊呀，朱先生倷（你）是听啊里（哪里）一位老先生活嚼舌头根，倷伲（我们）女人家会做啥格（什么）菜呢，从前辰光烧点小菜，是呒没（没有）事体弄弄白相（玩儿）格！"这女人的一口苏白像唱歌似的好听，可惜写出来却不是那么好懂的。

朱自冶当然懂啰，涎皮搭脸地恳求着："行行好吧，不管你办什么我们都吃，总归要比饭店里好点。"

"饭店！……"孔碧霞十分轻蔑地拉长了声音，"你们男人家真没出息，闻了饭店里的那股味道之后居然还吃得下东西！"

朱自冶目瞪口呆了，饭店里有什么味道？有的是美食的香味，闻了以后才胃口大开哩！"啊，是是，我们这些人都是凡夫俗子，吃了一世什么也不懂，赏个光吧，让我们开开眼界"。

"好吧，那就献丑了，你们几个人呢？"

朱自冶默算了一下，把食指一环："九个。"

"不行，最多只能七个，人多是没好食的。"

"那就八个，正好一桌。"

孔碧霞笑了："朱先生，你不懂规矩，那下手的一个位子是给烧菜的人留着的。"

"好好，对不起。"朱自治嘴里叫好，心里犯疑，哪有厨师上桌的？为了吃也只好迁就了，随即从身边掏出一沓钞票，数了五十元放在桌子上，心里盘算，这十块钱就算小费。

孔碧霞面有难色了："哎呀，这几个钱吃点什么呢？"

朱自治把心一横，八十块全部豁出去，买个面子。

孔碧霞迟疑了半晌，好像在那里算账，最后乜了朱自治一眼："好吧，不够的地方我也凑个份子。唉，你这人也实在可怜！"

事情就这样定下了，孔碧霞足足地准备了五天。据说还有一只红焖鳗没有来得及做，因为买回来的鳗鱼必须先用特殊的方法养一个星期，而那朱自治又馋得等不及。

至于这一顿到底吃了些什么，我没有参加，不能乱吹。

杨中宝是参加了的。那一天他正好休息，在大街上碰到了朱自治。朱自治是去通知他的吃友们准时上阵的，没想到有位老友因病不起，需要另找候补的。看见杨中宝便说："走走，跟我去见见世面。"接着便把如何找到孔碧霞等等说了一遍。连说带吹，借以发泄对我们饭店的怨气。

杨中宝从来不服人，艺高人总有那么点傲气。名厨师都是男人，哪来这么个女的！可是，他也听他师傅说过，在清末民初的时候，苏州有一种堂子菜，是从高等妓院里兴起来的。做这种菜的全是聪敏漂亮的女人，连丑丫头都不许帮边，那做工细得像绣花似的。他反正闲着没事，那朱自治又不用他出钱，何不趁此去见识见识，如果真有可取的话也可学点技术；如果言过其实的话也可把朱自治揶揄一顿，煞煞他的锐气！

杨中宝只向我讲了事情的来龙去脉，说明他没有开地下饭店，同时对这种捕风捉影的小报告十分恼火，说是有人和他过不去，他一气之下就不谈孔碧霞了，而是缠着我把他调到交际处去。这事儿很快就办成了，所以我一直不知道那天晚上孔碧霞如何大显身手，究竟吃些什么稀世的美味！读者诸君也不必可惜，在往后的年月里我们还会见到她表演。"文化大革命"可以毁掉许多文化，这吃的文化却是不绝如缕。我当时只能从朱自治的行动上来进行推测，肯定那天晚上的一桌菜是"此曲只应天上有，人间哪得几回闻"！

朱自冶一吃销魂，从此很少见到他的踪影。他再也不像没头苍蝇似的在街上乱转，再也听不到他清晨开门去赶朱鸿兴；他不食人间烟火了，一日三餐都吃在孔碧霞的家里。一个会吃，一个会烧；一个会买，一个有钱。两人由同吃而同居，由同居而宣布结婚，事情顺理成章，水到渠成。

朱自冶终于成家了，一个曾经有过无数房屋的人，到了四十五岁上才有了家庭！家庭是个奇妙的东西，他会使人变得有了关栏，言行举止也规矩了点。朱自冶稳重些了，注意言谈，也注意外表。衣着和过去大不相同。笔挺的中山装，小口袋里插着两支钢笔，颇有点学者风度，这恐怕是孔碧霞参照她前夫的形象加以塑造的。

那孔碧霞不仅会烧菜，治家也是能手。结婚以后她千方百计地调整住房，让朱自冶搬过去，把五十四号里的三户人家搬过来。三户人家的住房面积都有了扩大，她自己也不蚀本。因为那五十四号是个中式的庭院，有树木竹石，池塘小桥，空间很大，围墙很高，大门一关自成天地，任他们吃得天昏地黑也没人看见。那时候，像我这样的反吃战士比较多，还有反穿的；谁要是考究饭菜，讲究衣着，那就有被斥之为资产阶级的危险，或者说是和资产阶级的思想沾了边。所以有钱的人也不得不稍加隐蔽，关起门来吃，吃到肚子里谁也看不见！当然，完全看不见也不可能，人们每天早晨都看见朱自冶夫妇上菜场。两个人穿着整齐，一个拎篮，一个拎包，一个人的膀子套在另一个人的膀子里，惹得行人侧目而视，哧溜一声："干瘪老阿飞！"

我的妈妈从来不说孔碧霞的坏话，她认为这个女人是行了件好事，使得一个败子回头。她买菜回来常常对我说："又碰到朱经理啦，现在变好了，夫妻两个亲亲热热，像个过日子的。"

我听了只是哼哼，心里想：这叫变好？这是关起门来逃避改造！

人之于味

朱自冶逃避改造，我对他也无可奈何。他不到我们的店里来吃饭，我也不能冻结他在银行里的存款；说他有资产阶级的思想也白搭，他本来就是资产阶级。让他去吃吧，革命不是一次完成的，只要他规规矩矩，不再叫喊什么苏州菜不如从前，不再闯到我房间里来提意见。

朱自冶当然不会提意见啰，偶尔碰到我时，也是陌若路人，头也不点，挺着那重新凸起来的肚子扬长而去，像个得胜的公鸡，气得我两肺直扇！

更为气愤的是居然有人和朱自冶唱着一个调子，说我们的饭店是名存实亡，饭菜质量差，花色品种少，服务态度恶劣！而且说这种话的人百分之九十以上都不是资产阶级。有干部，有工人，还有老头老太什么的。我听了很不服，改革才进行了一年多，你们怎么会从赞扬变成反对？两片嘴唇翻得倒快哪！我只好耐心地加以解释：

"老太太，少说两句吧，一年前你能到这里来吃饭，还算见了世面！"

"世面已经见过了，现在要吃好东西！"老太太晃着几张大钞票，"喏，儿子寄来的，他再三关照我要增加营养，高兴的时候便到你们店里来改善改善。改善个屁，还不如我自己烧的！""那就自己烧吧，自己烧的东西合口味。"我想起孔碧霞来了，不觉说漏了嘴。

老太太火了："你……你这话像是开黑店的人说的，我能烧还要你们干什么，白养着你们拿薪水！"

包坤年挺身而出了："什么叫开黑店，你嘴里放干净点！社会主义的企业是黑店？你诬蔑……"

我连忙拦阻："好了，算了算了。老太太，你别生气，这菜如果没有动过的话，我们退钱。"

对干部模样的人我就不大客气了："同志，你是出差的吧？"

"对，咱从北京出差到苏州，听说苏州菜名扬四海，你们的店很有名气，特地来品尝品尝，可你们却拿出这玩意儿！"

"同志，有这样的玩意儿已经不错了，你的伙补一天才几毛钱？"

"咱自己就不能补？现在不是包干制的时代了，咱花得起！"

"艰苦朴素的作风还得保持。"

"对对，谢谢您的教导，早知如此应该背一袋窝头上苏州，你们这家饭店嘛，存在也是多余的！"袖子一甩，走了。

我叹了口气，觉得这人的资产阶级思想也是很严重的，才拿了几天薪金制，就这么财大气粗地当老爷！至于我们这家饭店的存在……唉，确实有了点问题。这两年国民经济大发展，农村连年丰收，工人调资定级，干部拿了薪水……那人民币又特别禁花，肉才六毛多一斤，五香茶叶蛋五分钱一个，二两五的洋河大曲连瓶才两毛二分钱。许多人都阔绰起来了，看到大众菜便摇头，认为凡属"大众"都没有好东西，"劳动牌"也不是好香烟。我想为劳动大众服务，劳动大众却对我有意见。有人把意见放在桌面上，更多的是不愿费口舌，反正有名的菜馆多的是，他们的改革本来就不彻底，临时弄点大众菜装装门面的，时过境迁连门面也不装了，橱窗里琳琅满目，各种名菜赫然在焉！他们趁着市面繁荣时拼命地掏人家的口袋，掏得人家笑嘻嘻的，那营业额像在寒暑表上哈热气，红线呼呼地升上去！我们也曾有过黄金时代啊！想那改革之初，营业额也曾一度上升，我还以此教育过管账的，说他是杞人忧天。隔了不久便往下降，降，降……降掉了三分之一，再降下去确实会产生能否存在的危机！

好吃的人们啊！当你们贫困的时候，你们恨不得要砸掉高级饭店，有了几个钱之后又忙不迭地向高级饭店里挤，只愁挤不进，只恨不高级。如果广寒仙子真的开了"月宫饭店"，你们大概也会千方百计地搭云梯！

一九五七年的春天是个骚动不安的季节，到处都在鸣放，还有闹事的。店里的职工开始贴我的大字报了，废报纸上写黑字，飘飘荡荡地挂在走廊里。我看了以后倒也沉得住气，无非是大众菜和营业额等等的问题。只有一张大字报令人气愤，说我是拿饭店的名声，拿职工的血汗来换取个人的名利，说那杨中宝是被我打击、排挤出去的！署名是"一职工"，可从那语气和那么多的形容词来看，肯定是包坤年写的。你这小子也太不应该了，当初改革时你也曾热情支持，说杨中宝开地下饭店也是你汇报的，怎么能把一堆屎都甩到我的头上来呢！当然，我也没有必要对此加以解释，只要有千分之一的正确性，都是应该接受的。

正当我惶惑不安，心情烦躁的时候，却来了我的老同学丁大头。

丁大头到北京开会，路过苏州，特地下车来看看我。转眼八年啦，真叫人想念！我情不自禁地叫起来："老伙计，我要好好地请你吃一顿，走，上我们的饭店去！"我叫过以后也觉得奇怪，这话可不像我说的，怎么见了面就想请客呢！

丁大头摇摇头："罢啦，你们的饭店我已经领教过了，还把大字报浏览了一遍。老伙计，你这些年都干了些什么呢？"

"干了点什么？等等，你等等。等会儿我会全部告诉你。"我连忙把我的爱人叫出来，向丁大头介绍："喏，这就是我的爱人。这就是我常常对你说起的丁大头。"

丁大头欠了欠身子："丁正，绰号大头……哎哎，这个雅号再也不能扩散了，我和你一样，大小也是个经理！"

我爱人掩着嘴笑，盯住大头看，好像要弄清楚那头是否比平常人大点。

我说："你别呆看了，快到小菜场去看看，买点儿什么东西。"丁大头对我们的饭店已经领教过了，带他到人家的饭店里去更是制造口舌。所以我想叫爱人随便弄点菜。晚上就在家里吃一点。

谁知道我的爱人没手抓了，结婚两年多她还没有弄过饭哩！她只会替丁大头倒茶、递烟。说："你们先谈会儿吧，妈妈到居民委员会开会去了，等她回来再替你们准备吃的。"

我一听便急了，居民委员会开会是个马拉松，又拉又松，等到他们开完会，那小菜场肯定已经关门扫地。便说："你就烧一顿吧，不能样样事情都依赖妈妈。"

我爱人来话了："怎么，你把说过的话都忘啦，你说年轻人如果把业余时间都花在小炉子上，肯定不会有出息。"她把双手一摊："你看，我这个有出息的人还不知道油瓶在哪里！"

丁大头哈哈地笑起来了："对，我可以证明，这话肯定是他说的，一切后果由他负责！"

我连忙摆摆手："好了，你到居民委员会去一趟，就说家里来了人，让妈妈早点儿拔签。"

爱人出去之后，我便滔滔不绝地倒苦水，从头说到尾："……那些大字报你都浏览过了，进行人身攻击的不谈，那是一个年轻人跟着人家起哄。可是我的改革有什么错？旧社会的情景你也见过的，就是为了消灭那种不平才去革命，才去战斗。我不会忘记，临离开这个城市的时候我曾经对她发过誓言。当然，那只是一种壮志，个人的力量是很微薄的，可是在我力所能及的范围内绝不能让那些污泥浊水再从阴沟里冒出来，绝不能让那些人还生活在他们的天堂里！他们可以关起门来逃避，但是不能让我们的同志在吃的方面去向资产阶级学习。当年我们遥望江南，为的是向旧世界冲击；曾几何时，那些飘飘荡荡的大字报却对着我冲击了！冲吧，我问心无愧！"

丁大头沉默了，直抽烟，他的心情大概也是很不平静的。

"说话呀，你的知识比我广博，这些年又在新华书店工作，整天埋在书堆里，你可以随便抽出一本书来敲敲我的头，最好是那些布面烫金的，敲起来有力！"

丁大头笑了："那不行，敲破了头是很难收拾的，我只是想告诉你一个奇怪的生理现象，那资产阶级的味觉和无产阶级的味觉竟然毫无区别！资本家说清炒虾仁比白菜炒肉丝好吃，无产阶级尝了一口之后也跟着点头。他们有了钱以后，也想吃清炒虾仁了，可你却硬要把白菜炒肉丝塞在人家的嘴里，没有请你吃榔头总算是客气的！"

我跳起来了："你你……你也不能天天吃清炒虾仁呀！"

"谁天天到饭店里吃炒虾仁的，他有那么多的工资吗？"

"可也不少呀，同志，你不能低估这种潮流！"

"是你把大众低估了。大众是个无穷大，一百个人中如果有一个来吃炒虾仁，就会挤破你那饭店的大门！你老是叨念着要解放劳苦大众，可又觉得这解放出来的大众不如你的心意。人家偶尔向你要一盘炒虾仁，不白吃，还乐意让你赚点，可你却像沙子丢在眼睛里。"

"不不，我对大众没意见。"

"我知道，你是对那个朱什么冶有意见，他闭门不出了，你到哪里去揪他呢！"

"也不是全躲在家里。"

"当然，肯定会有许多人跟着劳苦大众去吃虾仁，告诉你吧，即使将来地主和资本家都不存在了，你那吃客之中还会有流氓与小偷，还有杀人在逃的，信不信由你。"

我信了。我早就发觉过这一点，住旅馆需要工作证和介绍信，吃饭只要有钱便可以。我只好叹气了："唉，你的话也不无道理，可我总觉得勤俭朴素是我们民族的美德，何必在吃的方面那么顶真呢？"

"说得对，这对你个人来说是一种美德，希望你能保持下去。可你是个饭店的经理，不能把个人的好恶带到工作里。苏州的吃太有名了，是千百年来劳动人民创造出来的文化，如果把这种文化毁在你手里，你是要对历史负责的！"

我一听便凉了。我在学校里读过历史，知道那玩意可不是好惹的，万一被它钉住了，死都逃不脱！可我也怀疑，这吃的艺术怎么会是劳动人民创造的呢，说得好听罢了，这发明权分明是属于朱自冶和孔碧霞之流。

也怪我的妈妈太热情，这天的晚饭竟然是五菜一汤，汤是用活鲫鱼烧的，味道鲜美。

丁大头眉开眼笑了："你看，这资产阶级的风气已经渗透到你的家庭中来了，注意！"

南瓜之类

丁大头走后，我仔细地检查了我的行为。一个老朋友来了，为什么立即想到要去买菜呢？很简单，这是一种乐趣，也含有尊重与慰劳的意味。过去为什么不是这样的呢？记得渡江后和他在无锡分手时，我也曾为他送行，花了五分钱在摊头上吃了一碗小馄饨，他十分满意，我也情意绵绵。今天为什么不能那样做，一顿花掉五块多钱！也很简单，那时的五分钱是我全部流动资金的十分之一，而我今天的工资是七十五，加上我爱人的工资，再扣去家庭的开支，那五块钱也就等于五分钱。物质和精神的砝码一样大，情谊的天平是平平的。如果我今天还请丁大头吃小馄饨，即使他不介意，我又有什么必要让他忆苦思甜！如果让妈妈和爱人知道的话，肯定要给我一顿臭骂："这些年你一直惦记个丁大头，来了以后只肯花五分钱，你还像不像个人呢！"

我当然像个人，而且自以为像个很好的人，不随波逐流，不见异思迁……可我有没有感到时间在流去，生活在变迁？我只知道忘记了过去就等于背叛，却不知道忘记了变化也和背叛是差不多的，同样是违反了人民的心意。不去管什么朱自冶了，让他在小庭院里快活几天！

正当我想转弯的时候，反右斗争开始了。这个运动没有碰到我，我差点儿还成了英雄哩。谁都承认我立场坚定，方向对头，早就以实际行动打击了资产阶级的"今不如昔"。只是由于我的心中有鬼，说话吞吞吐吐，行动也不积极，白白错过了一个提拔的好机会，是个扶不起的刘阿斗。

我想转弯也来不及了，因为跟着便是大跃进，大跃进之后便是困难年。大跃进的时候人人都顾不上吃饭，困难年人人都想吃饭了，却又没有什么东西可吃的；酱油都要计划供应了，谁还会对大众菜有意见？连菜汤都是一抢而空，尽管那菜汤是少放油，多放盐。凡是能吃的东西人们都能下肚，还管它什么滋味不滋味！

这就苦了朱自冶啦！他吃了四十多年的饭，从来就不是为了填饱肚皮，而是为了"吃点味道"。这味道可是由食物的精华聚集而成的。吃菜要吃心，吃鱼要吃尾，吃蛋不吃黄，吃肉不吃肥，还少不了蘑菇与火腿。当这一切都消失了的时候，任凭那孔碧霞有天大的本领也难以为炊。

人也真是个奇怪的动物，有得吃的时候味觉特别灵敏，咸、淡、香、甜、嫩、老，点点都能区别。没得吃的时候那饿觉便上升到第一位，饿急了能有三大碗米饭（不需要上白米）向肚子里一填，那愉快和满足的感觉也是难以形容的。朱自冶尽管吃了一世的味道，却也难逃此种规律。他被饥饿从小庭院中逼出来了，又拎着个草包成天在街上兜。这一次不是寻找美味了，只要看见那里围着人，便拼命地向里钻，企图能买到一点红薯、萝卜或花生米之类，不管什么价钱。无奈，他经常总是提着个空包回来，神情沮丧，疲惫不堪地走过我家的门前。我第一次见到他财大并不气粗，他也许是第一次感到金钱并不是万能的。照理说那朱自冶也饿不了，城市不比农村，他有定量供应。大跃进之前他家的定量吃不了，经常向外调剂，现在虽说捐献掉两斤，那也不至于饿肚皮。奇怪，一旦缺少了副食品和油之后，那粮食就好像是棉花做的，一天八两一顿下肚，还不知道是塞在哪个角落里！何况那思想也有问题，一顿不饱十顿饥，眼睛一睁便想吃东西。朱自冶以前是眼睛一睁便想吃头汤面，现在却老是睁着眼睛看饭桌上的饭碗，总觉得他碗里的饭要比孔碧霞女儿少了点。孔碧霞也没好气：

"是你的肚子里有鬼！"

"我有鬼还是你有鬼？一个是空的，一个是实的！"

孔碧霞一把夺过女儿的饭碗："给你，都给你，反正女儿也不是你养的！"

孩子哇的一声哭起来了，夫妻俩吵得不可开交。吵到后来实行分食制，一只煤炉两只锅，各烧各的。在吃上凑合起来的人，终于因吃而分成两边。再也看不见他们两个套着膀子走路了，再也听不见孔碧霞嗲声嗲气地叫喊："老朱嗳，你来哪！"

资产阶级的家庭关系本来就是建筑在金钱上的，当金钱处于半失效的状态时，那关系也就会处于半破裂。我倒有点为朱自冶庆幸了，这下子他可以不再迷信金钱，也可以知道一粥一饭的来之不易，不要那么无休止地去寻求美味。

我这样想并不是幸灾乐祸，因为我和朱自冶同处于一个灾祸之中，他饿我也饿，同样的饿得难受。按说，我是一个饭店的经理，在吃的方面还是有点儿办法的，在这种特定的时刻，权力的作用会明显地超过金钱。可我一贯自认为是个很好的人，饿死事小，失节事大，不去搞那些鬼把戏。老实说，也没有饿到真的爬不起来的地步。况且我的家庭很巩固，妈妈和我的爱人拼命地保证重点。妈妈总是让我先吃："快吃吧，吃了上班去，我反正没事，等一歇。"我知道这"等一歇"是什么意思，总是偷偷地把饭泼掉点。我的爱人重点保证女儿，孩子读小学，正在长身体，放学回家等不及放书包，便喊肚子饿，不管给她多少，她都会呼呼啦啦地吃下去，哪像现在的孩子，吃饭都要大人逼！

我爱人的身体本来就不好，不久便发现腿也肿了，脸也膀了。这是当时的一种流行病，浮肿病，谁都会医，药方也很简单，一只蹄髈，一只鸡，加四两冰糖煎服便可以，到哪里去找呢？

我有点心事重重了，走路也闷着头。走过阿二家门前时，他在门内向我招手。

阿二早已不挖河道了。当年以工代赈时，每天只拿三斤米，他积极工作，毫无怨言，不愧为工人阶级。领导上十分器重他，安排他到搬运站去工作，现在是基层工会的主席。他对我很信任，总以为我说的话都是对的。可不，那黄包车已经进了博物馆，三轮车也不多见，他虽然没有当上司机，却也是司机的领导哩。

我进了阿二家的门，见阿二的爸爸也坐在天井里。这老头儿有好几年对我不予理睬，后来儿子当了干部，定了工资，讨了媳妇，阿三、阿四也都就了业。老头儿也不卖葱姜了，在那摆摊头的地方摆张小桌子，天天晚上弄点老酒抿抿，看见我总是笑嘻嘻地打招呼："来来，弄一杯!"如今的日子又不大好过了，小桌子又搬到天井里。我喊他一声老伯伯，他想笑也却没有张开嘴。

阿二把我拉到一边："怎么样，我看见阿嫂的脸色有点不对!"

"是啊，有点浮肿。"

"这样吧，我们有两辆汽车到浙江去拉毛竹，毛竹没有拉到，却在哪个山沟里弄来两车南瓜。你准备一辆小板车，天不亮便到码头上去，我弄一车给你。"

"不不，我又不是你们单位里的人，怎么好分你们的东西，再说……"

"别说啦，我绝不会做那种'狗皮捣灶'的事情，那南瓜有我的一份，你先拉去吃。我们经常有车子在外面跑，总比你活络点。"

"那……"

"那什么呀，去拉吧!"老头儿在旁边插话了，"南瓜有什么稀奇，大农场，拖拉机，我还等着喝你的伏特加哩!"老头儿咧开嘴笑了，他是在挖苦我的。

我也笑了："老伯伯，你别挖苦我，我还没有翻你的老底呢。那时候阿二去挖河泥，你看见我连头也不点。后来怎么样啦，天天喊我弄一杯。别着急，目前是暂时的困难，好日子会回来的!"

老头儿真心地笑了，连连点头："对对，我相信，相信。"

千千万万个像阿二爸爸这样的人，所以在困难中没有对新中国失去信心，就是因为他们经历过旧社会，经历过五十年代那些康乐的年头。他们知道退是绝路，而进总是有希望的。他们所以能在当时和以后的艰难困苦中忍耐着，等待着，就是相信那样的日子会回头，尽管等待的时间太长了一点。我很后悔，如果当年能为他们多炒几盘虾仁，加深他们对于美好的记忆，那，信心可能会更足点!

我回家把这件事情告诉了妈妈，妈妈谢天谢地，连忙四处奔走，去借小板车。

小板车借回来了，可那朱自冶却像幽灵似的跟着小板车到了我的家里! 他的样子很拘谨，也很可怜。叫他坐也不坐，痴痴呆呆地站在门角落里。我暗自稀奇，现在来找我干什么，难道还对大众菜有意见！

妈妈对朱自冶一直很尊敬，硬拉朱自冶坐下，还替他倒了杯水：

"朱先生，有什么话你就说吧，是不是又和孔碧霞吵架啦！"

"哪有力气吵啊，你们看，瘦的！"朱自冶叹了口气，拍拍他那曾经两度凸出来的肚子，他那肚子是生活的晴雨表。

是呀，朱自冶那个颇有气派的肚子又瘪下去了，红油油的大脸盘也缩起来了，胖子瘦了特别惹眼，人变得像个没有装满的口袋，松松拉拉的全是皮。我说："忍耐一下吧朱先生，这对你也是一种磨炼！"

"啊……也对，也对。"朱自冶迟疑着，想站起来，又坐下去。

妈妈是个饱经沧桑的人，她从朱自冶的神态上就已经看出，这是一种有求于人而又难以启口的表现。她在解放前被逼得无路可走时，也曾向朱自冶借过钱。也曾经对我说过，向人借钱的日子最不好过，失魂落魄地跑进门，开不出口来又跑出去，低声下气地不知道要兜几个圈子。她大概是不想让自己受过的罪再让别人受，便替朱自冶壮胆：

"朱先生，有什么话就说吧，说出来也好让我们帮助。人生一世，谁还没有个为难之处！"

"南瓜。"朱自冶没头没脑地开了口："听说你家去拉南瓜，能不能分点给我，我……我给钱。"

妈妈虽然知道朱自冶绝不是来借钱的，却没料到他是来讨南瓜，这事儿她不好做主，因为南瓜和我爱人的浮肿病有点关系，万一有个三长两短，那就说不过去。不答应朱自冶吧，她也觉得说不过去，因为她知道许多公子落难、义仆救主的故事，只好抬起头来看看我："小庭，你看哪！"

用不着看了，朱自冶那可怜巴巴的样子就在眼前。从他趾高气扬地高踞在阿二的黄包车上，大摇大摆地出入茶馆酒肆，直到今天抖抖索索地向人家讨几只南瓜，天意的惩罚也是够受的啦！

我点了点头："好，分点给你。"

朱自冶双手一合："谢谢，谢谢，我给钱！"说着便把手伸进口袋，他并没有忘记钱的魔力。

我突然产生了反感："不要钱，你要答应我一个条件！"

"什么条件？"朱自冶又慌了。

"跟我一起去拉板车。不劳动者不得食，总不能再叫人把南瓜送到你家里！"

"当然当然，我一定劳动！可……可我不会拉板车，弄不好会把车子拉到河里。"

我一想，这倒也是个实际问题："你总会推吧，我在前面拉，你在后面推。"

"会，我一定用力推。"

"那好，明天早晨四点钟，你在巷头上烟纸店的门口等我，过时不候！"我给他把时间定死了，劳动者总要守点儿劳动纪律。

第二天早晨三点五十五分，我把小板车拉出了大门，在空寂的小巷里哐啷哐啷地向前滚。

果然不错，朱自冶站在那里哩。我本来的意思是叫他站在烟纸店的屋檐下，那里可以避一避深秋黎明时的寒露。可他却紧紧地裹着一件旧雨衣，像个电线杆似的站在路灯的下面，为的是能让我一眼便看见。我看了很高兴，劳动是能改造人的，起码叫他懂得了准时准点。

"早啊，朱先生，叫你久等了吧。"

"可不是，我已经抽掉了五根香烟！"朱自冶说着便脱雨衣，弯下身来帮我推。

我连忙说："穿上，空车是用不着推的。"我存心要教会朱自冶一点儿劳动的本领，便把车杠向上一提："你看，只要前高后低，重心在后，它自己会向前滚的，费不了多少力。等会儿装了南瓜，也只要你在上坡下桥时帮我一把。到了平地，你只要一手搭住车帮，弯腰向前，把体重压到车帮上，跟着跑跑便可以。"

朱自冶嘘了口气，原来这推车也不费力！他把雨衣向手弯里一搭，甩打甩打地走在我的身边。朱自冶东张西望，兴致勃勃，好像是第一次看到这黎明前的苏州，第一次看到清洁工人在路灯下扫地，第一次听到那粪车在巷子里辚辚地滚过去。

"高经理，现在几点啦，我怎么觉得还是在半夜里。"

"四点零三分。怎么，你没有表吗？"我有点奇怪了，朱自冶的时间怎么是用抽几支香烟来计算的？

"不瞒你说，读大学的那一年家里给了我一只浪琴金表，我戴了三天就不想要了，总觉得手腕上多了个东西，很不舒服。"

我差点儿笑出来了，那只浪琴表大概早已下肚，放在肚子里是最舒服不过的。

"那你不要准时上课吗，迟到了也是很不舒服的。"

"迟到，嘿嘿，我根本就不到。野鸡大学，文凭也可以卖的。唉，书到用时方恨少呀，现在想看点儿书了，还有许多字不识呢！"

我对朱自冶刮目相看了，不会拉板车也罢，能看点儿书总是好的，开卷有益。

"都看点儿什么书呢？"

"喏，当然是关于吃的，食谱。这些时没有什么吃的了，晚上睡不着，想起自己一生吃过的好东西，好像那些大盘小碗，花花绿绿的菜看就在眼前。不瞒你说，我在这方面的记忆力特别好，我能记得几十年前吃过的名菜，在什么地方吃的，是哪个厨师烧的，进口是什么味道，余味又是怎么样的……你别笑，吃东西是要讲究余味的，青橄榄有什么吃头？不甜不咸，不酥不脆，就是因为吃了之后嘴里有一股清香，取其余味。人真是万物之灵呀，居然能做出那么多好吃的东西！从天上吃到地下，从河里吃到海里。人要不是会钻天打洞地去吃的话，就不会存在到今天！恐龙只会吃草，那么巨大的东西如今又在哪里？……你别叹气。是的，我也觉得很可惜，当年吃过了就算了，没有写日记，现在回想起来就不那么全面，所以想看食谱，复习复习，还可以熬馋呢！……哎哎，你慢点走啊，听我说，那些食谱看了叫人生气，记载得很不详细，我认为最好吃的里面都没有，特别叫人生气的是看不起我们苏州的菜，都是些奇里古怪的东西，什么皇帝吃过的。皇帝有什么了不起，每天一百只菜，摆摆场面，还不知道有几只是可以吃的！乾隆皇帝为什么要三下江南呀，就是到苏州来吃的……"

我实在熬不住了："快走吧，拉南瓜去！"我把南瓜二字说得特别响，目的是让他的头脑清醒点。

"对对，我们绝不能忽视南瓜，用南瓜照样可以做出上等的美味。你们的店里过去有一只名菜，名叫西瓜盅，又名西瓜鸡。那是选用四斤左右的西瓜一只，切盖，雕去内瓤，留肉约半寸许，皮外饰以花纹，备用。再以嫩鸡一只，在气锅中蒸透，放进西瓜中，合盖，再入蒸笼回蒸片刻，即可取食。食时以鲜荷叶一张衬在瓜底，碧绿清凉，增加兴味。"朱自冶背完了食谱，又摇摇头，"其实那西瓜盅也是假的，鸡里并没有多少瓜味。瓜甜鸡咸，二者不配，取其清凉之色而已。我们可以创造出一只南瓜盅，把上等的八宝饭放在南瓜里回蒸，那南瓜清香糯甜，和八宝饭浑然一体，何况那南瓜比西瓜更有田园风味！……"

够了，这一大篇吃经念下来，已经快到码头了。我也不想打断他的话，也不再希望他有什么转变，这人是本性难移！让你去画饼充饥吧，我可要改变主意。我本来想把南瓜分给他一半，现在重新决定：分给他三分之一。

殊途同归

万万没有想到，一个好吃的人和一个反好吃的人居然站到一起来了！"文化大革命"中我成了走资派，朱自冶成了吸血鬼，两个人挂着牌子，一起站在居民委员会的门口请罪。

朱自冶成为吸血鬼犹可说也，我成了走资派……也有道理。因为在困难年过去之后，我觉得时机已到，可以对过去的改革加以检讨，再也不能硬把白菜炒肉丝塞到人家的嘴里了。何况当时的形势和人们的要求也逼着我的转变。领导上提出要开高级馆子、卖高价菜，借以回笼货币。我们本来就是名茶馆，更是义不容辞的。人们在困难年中饿坏了，连我这个素以不馋而自居的人，也想吃点好东西。妈妈也到自由市场上去游转，五块钱一斤豆油，十块钱一只鸡，看了摇头惊呼，还是笑嘻嘻地拎一只回来，加水煎熬，放在我爱人的面前："吃吧，孩子，这两年苦坏了你！"老人说这话的时候眼泪都掉下来了，其实我爱人的浮肿病早已消退。只有小女儿兴高采烈，到处宣扬："我们家今天吃了一只鸡！"好像发生了什么惊天动地的事情！

高价菜又把朱自冶吸引到我们的店里来了，而且是和孔碧霞一起来的。两个人虽然没有套着膀子，却是合拎着一只大草包，一人抓住一个拎襻，相视而笑，十分亲热。那包里装满了高级糖，高级饼，两人刚刚剃过高价头，容光焕发，喜气洋溢，一股子高级香水味。金钱又发生作用了，那垂老的爱情当然是可以弥合的。

二十元一盆的冰糖蹄髈，朱自冶一下子便买了两只，分装在两个饭盒子里。我和朱自冶自从拉了那趟南瓜之后，见了面都要点头，说两句天气，以纪念那一段共同的经历。困难终于过去了，店里有了东西卖，我也觉得增添了几分光彩。看见朱自冶来买蹄髈便和他搭话："好呀，老顾客又回来啦！"

朱自冶也高兴，笑着，拉拉我的手，可那话却是不好听的："没有办法呀，蹄髈和冰糖自由市场上没有，只好到你们店里来买老虎肉！"

"噢……那你为什么不趁热吃，带回去给孩子？"

"不不，你们的蹄髈没烧透，不入味。我们带回家去再烧一下，再用半斤鸡毛菜垫底，鲜红碧绿，装在雪白的瓷盘里，那才具备了色香味。你们的菜呀，还差得远呢！"

我听了有点懊丧了，当年不该把南瓜分给他三分之一。可我也接受了教训，决不把这股气扩散到别人的头上去。一九六三、一九六四年的供应情况又和大跃进之前差不多了，我要致力于炒虾仁，使人对这美好的日子留下更深刻的记忆，人总不能老是后悔。可这恢复工作比我当初的改革要困难百倍，从精细到粗放，从严格到马虎，从紧张到懒散，从谦逊到无理，都是比较容易的，要它逆转可得费点劲儿哩！

包坤年早就不当"店小二"了，这是在我的启发下改变的。他的行政职务虽然还是服务员（对此他很有意见），服务的时候却像个会议的主持人，高坐在那会场似的店堂里。吃客拥进店堂的时候他便高声大喊："喂喂，不要乱坐，先把前面的桌子坐满！听见没有，你为什么一个人溜到窗子口？"

"同志，请你来一下。"

"要点菜吗？看黑板，都写着咧。"

"同志，我想要两只苏州名菜。"

"名菜？每一只菜都有名字，写得清清楚楚的。"

几乎每天都有吃客吵到我的面前："我们是来吃饭的，不是来受气的！"我忙着给人家赔不是，同时抓紧时间开会，做思想工作，订服务公约，批评别人，检查自己。还得感谢我们苏州的滑稽艺术家张幻尔（愿他安息）。他那时编演了一个滑稽戏，名叫《满意不满意》。这戏还真帮了我不少忙，我还请他到店里来作了一次报告，他的报告比我的报告有效，所以便招待了他一顿，没有收钱，是在宣传费用中报销的。

以上种种，到了"文化大革命"中自然就成了罪孽，说我是全面复辟了资本主义，伤天害理地强迫革命群众去服侍城市里的老爷！张幻尔的那一顿饭也不是好吃的，他陪着我狠狠地被斗了一整天！

包坤年成了头头了，对准着我造反。他那时有一种错觉，认为打倒了局长便可以当局长，打倒了经理便可以当经理。局长已经被人家抢先打倒了，他也只好屈就点，马马虎虎地先当个经理。包坤年确实也具备了各种对我造反的条件：历史清白，一贯拥护革命路线，最最难得的是在一九六三年便抵制过我的复辟行为，遭到过我的残酷打击！这话也并非完全捏造，一九六三年我是批评过他，他那名菜都有名字的妙语，还被报纸上的一篇文章引用过，虽然没有点名，总会有点压力。所以他在控诉我的罪行时总是义愤填膺，热泪盈眶："那时候黑云压城城欲摧，我势单力薄，孤军奋斗，只好暂时屈服在他的淫威下面，我盼啊，盼啊……"包坤年经常在店堂里看小说，词儿是不少的，也不空洞，他对我的情况十分熟悉，重磅炸弹都捏在他手里。那时候他老是跟着我转，我也把他当作左右手，可算是无话不谈的。诸如我小时候曾经帮朱自冶买过小吃，住了他家的房子不给钱等等。有些话是为了说明旧社会的不平，有些话纯属闲聊，并无目的。包坤年把这些事儿都串起来了，批道：

"这个死不悔改的走资派，从小便被资本家收买，眼看蒋家王朝的末日已到，便带着不可告人的目的混入我解放区，混入革命队伍。解放初期伪装积极向上爬，攫取了权力；一有机会便全面复辟资本主义，为他的主子效力！"这些话虽然不合事实，却也很有逻辑性。我是在蒋家王朝末日已到时到解放区去的，解放初期我是很努力，当了经理当然有了权力，一有机会是改变过经营管理！任何事情只要先把它的性质肯定下来，怎么说都有理，而且是不需要什么学问的。"白马非马"，如果我首先肯定了你是只马，那就不管你是白的还是黑的，你怎么玄也休想滑得过去！要不然的话，世界上的黑白为什么会那样容易被颠倒呢？

也有人是出于一种好奇心理："是呀，哪有房屋资本家是不收房钱的？不是一天两天啊，一住几十年，这里面到底是什么关系？"这些人并无恶意，只是想知道人与人之间的秘密关系。

包坤年可要抓住这些关系做文章了，立刻通过居民委员会去外调。

　　这个朱自冶呀，没说头。他除掉好吃之外还有个致命的弱点——怕打。当包坤年把袖管一捋，桌子一拍，他就语无伦次，浑身发抖。

　　"说，你有没有收买过高小庭？"

　　"收……收买过的。"

　　"怎么收买的？"

　　"经常给他钱。"

　　"在什么地方给的？"

　　"在酒店里。"

　　"总共给了多少？"

　　"大……大约有几十万。"

　　"啊！这么多的钱你是怎样从银行里取出来的？"

　　"用，用不着取，是零钱，对对，是伪币。"

　　幸亏包坤年要比我的老祖母明白得多，如果他也只知道铜板和银圆的话，很可能要闹笑话，几十万元的伪币只是一包香烟钱。

　　"伪币？……伪币也是钱！快说，解放以后你们是怎么勾结的？"

　　"没有。解放以后他对我不大客气。"

　　"胡说，把他带走！"

　　"啊啊，我该死，我忘了，困难年他还给了我一车南瓜哩！"该死的朱自冶呀，他忘了说三分之一，为了这个数字，还害得我多挨了几拳头！

　　这下子不得了啦，证据确凿，罪行累累！更不得了的还在后面呢，三转两绕把个孔碧霞也牵出来了。她的前夫解放前夕逃往香港，困难年还从香港给她寄过罐头，秘密指令就藏在罐头里！她是潜伏特务，我和特务内外勾结，窃取国家机密……包坤年看的都是反特小说，看多了自己也会编。你看：天亮前的三点五十五分，朱自冶穿着一件美制的雨衣（那件破雨衣确实是美国货），歪戴着一顶鸭舌帽（没有戴），站在电灯柱下徘徊，连续不断地抽了五支香烟。准四点，高小庭拉着板车从巷子里出来，左右这么一看，轻轻地说了一声："走……"故事的开头很有吸引力，因而十分畅销，到处请他去作批判发言。他没完没了地讲着。我弯成四十五度角站在那里，还要不时地回答问题：

　　"你有没有罪？"

"有罪，我有罪！"我确实承认自己有罪。当年包坤年听说杨中宝到孔碧霞家吃饭，便编造出杨中宝开地下饭店，而且还有个妖里妖气的女人收钱。我不但没有批评他，却从自己的需要出发，对他重用，加以鼓励。如果编造谎言能得到好处的话，那他为什么不编呢？好处越大，他就会编得更加离奇！

"回答，你是不是罪该万死！"

我拒不回答。我不想死，我要活。我有错误要纠正，还有那愿意为之牺牲的共产主义事业……

拳头又落到我的身上来了，打得并不重，却像刀尖刺在心头，我总觉得包坤年握着的刀柄，有一半儿是我作成的！

居民委员会也不能没有表示，可那批斗的事儿都给包坤年包了，他们捞不到，只好勒令我和朱自冶、孔碧霞早晨到居委会的门口请罪。我和朱自冶终于站到了一起！

挂着牌子站在居委会的门口请罪，那滋味比"押上台来"更难受。押上台去向下一看，黑压压的一大片，也不知道有几人是我认识的。站在居委会的门口就不同了，巷子里早晨进出的都是熟人。那拎着菜篮的老太是看着我长大的，那阿嫂结婚的时候曾经请我坐过席，那孩子嘛……前几天见了我还喊叔叔哩！我低着头不敢看人，人们也不忍看我。好端端的一个人，又不偷又不抢，怎么突然之间像个吊死鬼似的，胸前挂个牌子，一动不动地竖在那里！有人绕道走了，绕不掉的人便匆匆地奔过去，装着没看见。偏偏我又能从他们的脚步和鞋袜上看得出是谁。看得最准确的当然是我的妈妈了，她小时候缠过足，后来才放开，那双半大的脚围着儿子转过多少回啊，如今是那么沉重而零乱，歪斜而迟疑。

只有阿二满不在乎，他走到我身边便高声咳嗽，轻轻地说："别着急，先熬着点。"

孔碧霞可熬不住呀，她是个爱打扮而又讲风度的人，如今剃了个阴阳头，挂着个女特务的牌子站在那里。特务而加女字，更容易引起人们的注目和非议，因为谁都不会想到女特务会做菜，总是想到女特务会搞一些乱七八糟的男女关系。再加上那个该死的朱自冶，居然交代他曾经看到孔碧霞从外国罐头上剥下商标纸，一直压在玻璃台板里，破四旧的时候才烧毁，使得包坤年的故事里又多了一个情节。这密码就在商标纸的背后！孔碧霞又羞、又恨、又急，站了不到半个小时便砰然一声倒地，满脸鲜血，人事不省。亏得居委会主任并不存心要和谁作对，便叫人把她挽回去。

我对朱自冶更加反感了，请罪的时候都离他远点，表示我和他并非同类。你朱自冶好吃倒也罢了，在那样的情况下，好吃根本就算不了一回事体。可你为什么那么怕打，为了一时的苟安，竟然不顾夫妻情义，提供那种不负责任的细节。由此我也得出结论，好吃成性的人都是懦弱的，他会采取一切手段，不顾任何是非，拼命地去保护、满足那只小得十分可怜而又十分难看的胃！

第二天一早，阿二带着二十多个搬运工人来了，一个个身强力壮，头上戴着柳条帽。队伍由一部大榻车开路，榻车上装着杠棒、绳索和铁钎。车子到了我们的面前时便往下一停，有人大喝一声："是谁叫你们站在这里的？"

朱自冶又吓了，慌忙回答："是居委会主任。"

阿二把手一挥："去几个人，把主任找来。"

五六个人同时拥进大门，把主任拉到了大门口。

"是你叫他们站在这里的？"

"是的，请问你们是哪一派的？"居委会主任感到有些来者不善。

"我们是杠棒派，告诉你，这里不许站人，妨碍交通！"说着便有人到榻车上，抽杠棒，拿铁钎。

居委会主任连忙摆手："革命的同志们，这件事情可以商议，可以商议。"

阿二说："这样吧，如果你觉得不好交代的话，那就叫他们到拐弯的弄堂里去扫地。"

居委会主任是个很有社会经验的人，他立刻明白了阿二的用意，也没有必要冒挨打的风险，便对我们挥挥手："回去，各人回家云拿扫帚。"

阿二高兴地瞟了我一眼："不许偷懒，扫得干净点！"

我听了暗自发笑，那拐弯的弄堂是条死弄堂，总共不到三十几米，划不了几扫帚。

可是我却无法和朱自冶分开，我扛着扫帚进弄堂，他也紧紧地钉在我后面，我扫他也扫，我歇他也歇，还要找机会向我表示谢意："还是你的朋友好，够交情！"

我忍不住叫出来了："我的朋友是不讲吃喝的！"

士别三日

其实并不是别了三日，三三得九，整整九年我没有见过朱自冶。他大概还住在五十四号里，我与全家下放到农村去了九年。

九年的时间不算太短了，所见所闻再加上亲身的经历，足够我进一步思考吃饭的问题。在思考中度过了五十大寿。

过生日的那一天，妈妈杀了一只老母鸡，开后门弄来一斤洋河大曲，闷闷地喝了几杯。三杯下肚之后突然惶恐起来，怎么搞的，什么事儿还没有干哪，却已经到了五十岁！解放初期我和五十多岁的老先生一起开会，上下台阶都要看着他们，防止有个闪失什么的。在我的印象中，年过半百已经是老人了；在农民的生活中，五十岁的人如果有儿有女而且儿女都很孝顺的话，他是不挑重担的。"一事无成两鬓斑，常使英雄泪满衫"，我虽然不是英雄，却也流下了几滴眼泪。我在泪眼与醉意中胡思乱想：如果能让我重新工作的话，我第一要……第二要……简直像在做梦似的。梦也是一种预感吧，它有时候也能实现，只是实现起来不如梦中那么容易。

灾难过去之后，我又回到了苏州。这一次可不是背着背包回来了，一家大小，瓶瓶罐罐，台凳桌椅，农具家具装满了一卡车。我对苏州城有点不习惯，觉得它既陌生又熟悉。大街小巷都没有变，可是哪来的这么多人哩！苏州人没有事儿并不是游园林，而是荡马路。如今，你连过马路都得当心点！在大街上碰到多年不见的熟人时，只能站在人行道的边上讲话，讲话要提高嗓门，还不停地有人从你的肩膀上擦来擦去。大批下放并没有能减少城市的人口，却把个原来比较安静的城市涨得满满的。涨得我连个安身之处也没有了，只好借住在亲戚的家里。也好，这下子可以和那朱自冶离得远点，他在城东，我在城西。

组织部的同志找我去谈话，那位同志也和我差不多的年纪。当年要饿我三天的老部长早已不在了，愿他安息，在"文化大革命"中，他在另外一个城市里"自动跳楼"。什么都懂的丁大头也不在了，他就死在"什么都懂"的上面，而我这个什么都似懂非懂的人却活到了今天……

"组织上考虑，你还是回到原来的工作岗位，有什么意见？"

我什么意见也没有，只是感到一阵心酸，忍不住自己的眼泪。如果坐在我面前的还是老部长的话，我会和他抱头痛哭的！

老部长啊，你再也用不着饿我三天了，我已经深深地懂得了吃饭的意义；放心吧，丁大头，我再也不会硬把白菜肉丝塞到人家的嘴里。我要拼命地干，我要把时间放大三倍，一份为了老部长，一份为了你……

"不要激动，过去的都过去了，困难还在前面。"

我点点头。这是用不着说的，每次灾难都是首先影响到吃饭，灾难过去之后第一个浪头便是向食品市场冲击，然后才想到打扮，想到电风扇和电视机。

我的估计没有错，但是还有两点没有估计在内。十年动乱以后乱是停止了，可那动却是大面积的！人们到处走动，纷纷接上关系，访战友，看亲戚，老同学，老上级，有的被关押了十年，有的从反右以后便失去了联系。人们相互打听，谁谁有没有死，谁谁又在哪里。"好呀，看看去！"几乎是每一个家庭都会发生一次惊呼："啊呀，你怎么来啦……"我虽然反对好吃，可在这种情况之下并不反对请客。我也是人，也是有感情的，如果丁大头还能来看我的话，我得好好地请他吃三天！

还有一点没有估计在内，那就是旅游的兴起。旅游这个词儿以前我们不大用，一般的都叫作"游山玩水"，含有贬义。现在有新意了，是领略祖国的山河之美。不管是什么意思，我都不反对，人是动物，应该到处走走。特别是欢迎外国朋友们来走走，请他们看看我们民族的文化，顺便赚点儿外汇。别以为苏州的园林都是假山假水，人工造的，试问：世界上哪有一种文化不是人为的？真山真水虽然伟大，但那算不了文化，是上帝给的。何况苏州的园林假得比真的还典型、集中、完美，全世界独一无二，不是吹的！

苏州的饭菜呢？经理。在这个古老的天堂里吃和玩本来是并驾齐驱的，你既不反对请客，不反对旅游，还欢迎外国朋友，那就不能落后，落后了是要挨打的。

可不是，开始的那阵子人们意见纷纷，什么吃饭难呀，品种少呀，态度坏呀。有人提意见，有人发牢骚，有人指着我的鼻子骂山门。那包坤年还和一帮年轻的吃客打了起来，真的挨了几拳头！没有办法，包坤年也需要有个恢复的过程。"文化大革命"期间他不是服务员，而是司令员，到时候哨子一吹，满堂的吃客起立，跟着他读语录，做首先……然后宣布吃饭纪律：一号窗口拿菜，二号窗口拿饭，三号窗口拿汤；吃完了自己洗碗，大水槽就造在店堂里，他把我当初的改革发展到登峰造极！

别人对我发牢骚，我也对别人发牢骚，我的牢骚只能私下里发："现在的事啊，难哪……"不能在店堂里发，如果伙着大家一起发的话，那不是要把店堂吵炸啦！我得注意点，年岁也不小了，不能那么毛毛糙糙。特别是对包坤年，得讲个团结，他整天都在等着我打击报复呢！不错，他在"文化大革命"中打过人，但也只是打过我，没有打过别人。朱自冶招得快，没有挨过打，孔碧霞也不是他打的。他自己也是上当受骗，又没有能当上经理，牢骚要比我多几倍！

包坤年挨了人家几拳之后，便到办公室里来找我，面部的表情是很尴尬的："高经理，我……过去，对不起你……"

我连忙摇手："算了算了，过去的事情别提，那也不能完全怪你。如果你是来检讨的话，那就到此为止；如果你有什么事儿的话，那就直说，不必顾虑。"

包坤年翻翻眼睛，半信半疑："我想……我这个人不适宜当服务员，说话的嗓门儿都是两样的，容易惹人家生气。过去的那些年胡思乱想，都是不切实际。今后再也不能靠吵吵喊喊了，要凭本事吃饭，技术第一。所以我想好好地学点儿技术。"

"你想离开饭店?"

"不，那也是不现实的。我想去当厨师，学烧菜。不管怎么样，我学起来总比别人方便。"

"噢……"我的脑子悠转着，考虑两个问题：一是包坤年的服务态度恐怕一时难改，很难保证他在相当长的时间内不和吃客打起来。二是厨房里确实也需要人，培养年轻的厨师已经成了大问题。我二话没说，马上同意。

包坤年十分满意，到处宣扬："放心，这个走资派是不会打击报复的，我那么打他，他都没有记仇，你贴了张大字报，发过几次言有什么关系！"

别小看了包坤年的宣扬，还真起了点稳定人心的作用。人心思治，谁也不想再翻来覆去。牢骚虽多，可那牢骚也是想把事情做好，不是想把事情弄坏，只不过性急了一点。性急也是一种动力，总比漫不经心好些。

我和同志们仔细地研究了吃客的意见，发现除掉有关服务态度之外，要求也很不统一。有的要吃饱，有的要吃好；有的要吃得快（赶着玩儿），有的不能催（老朋友相聚）；有的首先问名菜，有的首先问价钱；有人发火是等出来的，有人发牢骚是因为价钱太贵。不能把白菜炒肉丝硬塞在人家的嘴里，可那白菜炒肉丝也是不可少的，只是要炒得好些。

我的思想也解放了，不搞一刀切，还引进了一点洋玩意儿。不叫大众菜，叫"快餐"，一菜、一汤、一碗饭，吃了快去游园林，否则时间来不及。其实那快餐也和大众菜差不多，只是听起来还有点效率。否则的话，人家一看"大众"便上楼，谁都欢喜个高级。我们把楼下改成快餐部，一律是火车座，皮靠椅，坐在那里吃饭也好像是在旅行似的。青年人特别满意，带劲儿，又新鲜，又花不了他们几个钱。我年轻的时候只知道拖拉机，他们现在比我们当年懂得多，还知道外国有种餐厅是会转的。怎么个转法我也不知道，反正在火车座儿里吃饭也有动的意味。当然，快餐的味道也不错，如果要添菜也可以，熏鱼、排骨、油爆虾、白斩鸡都是现成的。有个青年朋友吃得高兴起来还对着我打响指："喂，最好来瓶威士忌！"这一点我没有同意，我担心那威士忌和伏特加也是差不多的。

楼上设立炒菜部，把会场似的店堂再改过来，分隔成大小不同的房间，一律是八仙桌，仿红木的靠背椅，人多可加圆台面，墙角里还放几盆铁树什么的。老年人欢喜怀旧，进门一看便点头："唔，还是和过去一样的！"其实和过去也不一样了，如果真和过去一样的话，他们也会有意见："怎么搞的，二十多年了，还是这样破破烂烂的！"

当我忙得满身尘土、焦头烂额的时候，背后也有人说闲话："都是这个老家伙，当年拆也是他，现在隔也是他，早干什么的！"我听了心往下沉，什么，我也成了老家伙啦！老……老得还可以嘛，那家伙二字是什么含义？也罢，干活儿不能动手抓，总得使几样家伙的，何况我从拆到造也不是简单的重复，内中有改进，有发展，这就叫不破不立。遗憾的是从破到立竟然花去了十多年，我的心里也是不好受的。

改进店堂和引进一点洋玩意都好办，要恢复传统的名菜，全面地提高烹饪技术就难了，难在缺少人才。杨中宝和他的同辈人都纷纷退休了，有的是到了年龄，有的是想尽办法提早退休，好让子女顶替。名菜虽然都有名字，有些菜名，青年人连听也没有听到过，他们的心里也很急，纷纷要求学习，而且对杨中宝十分想念。许多人虽然没有见过杨中宝，但都听师傅说起过，说杨中宝的手艺如何如何，肯定也会说我当年对杨中宝是怎样怎样的。历史不仅是写在书中，还有口碑世代流传！

我决定去求见杨中宝，希望他不计前嫌，来为我们讲课，按教授待遇，每课给八块钱。

我去的那天天下大雨，大雨也要去！

杨中宝见我冒雨而来，十分感动："啊……你还没有忘记我！"他确实老了，行动蹒跚，耳朵也有点不便。当我说明来意并作了检讨之后，他紧紧地握住我的手，拍拍我的手背："你呀，还说这些干什么呢，那些事我早就忘光了。我只记得那里是我的娘家，我在那里学徒，在那里长大。我发过几次狠了，临死之前一定要回娘家去看看兄弟姐妹。你请也要去，不请也要去，听说你们现在忙得不错哩！"

我听了很感动，这是一个老工人的胸怀，也是一个老工人的心意，他对我们的事业是有感情的，那感情比我深厚。

杨中宝来了，是由他的孙子陪同来的。他先把我们的店里里外外看了一遍，不停地点头叫好，说是和过去简直不能比。特别是那宽大的厨房，冰箱，排气风扇，炊事用具，雪白的灶头，他当年在交际处也没有这种条件。我把所有菜单都请他过目，他看得十分仔细。

杨中宝开讲的时候，全店上下都来了，把个小会场挤得满满的。我请他解放思想，放开来讲，多讲缺点。可是杨中宝讲得很有分寸，入情入理：

"我看了，你们工作得蛮好。要说苏州的名菜，你们差不多全有了，烧得也好。缺点是原料不足和卖得太多引起的。这事很难办，现在吃得起的人太多，十块八块全不在乎。据讲有些名菜你们连听也没有听见过，这也难怪，一种菜往往会有很多名字。比如说苏州的'天下第一菜'，听起来很吓人，其实就是锅巴汤……"

下面轰的一声笑起来了。

"就是锅巴汤，你们的菜单上天天有。有些名菜你们应该知道，但是不能入菜单，大量供应有困难。比如说鲃肺汤，那是用鲃鱼的肺做的。鲃鱼很小，肺也只有蚕豆瓣那么大，到哪里去找大量的鲃鱼呢？其实那鲃肺也没有什么吃头，主要是靠高汤、辅料，还得多放点味精在里面。鲃肺汤所以出名，那是因为国民党的元老于右任到木渎的石家饭店吃了一顿，吃后写了一首诗，诗中写道：'老桂开花天下香，看花走遍太湖旁；归舟木渎犹堪记，多谢石家鲃肺汤。'从此石家饭店出了名，鲃肺汤也有了名气。有些名菜一半儿是靠怪，一半儿是靠吹。"

我向椅背上一靠，深深地透了口气。

"你们的缺点也不少，为什么把活鱼隔夜杀好放在冰箱里？为什么把青菜堆在太阳里？饭店里的东西除掉酒以外，其余的都得讲究新鲜。过去有一只菜叫活炒鸡丁，从杀鸡到上菜只有三分多钟，那盆子里的鸡丁好像还在动哩！"

包坤年举手发言了："杨师傅，请你说说，这么快都有什么秘密？"

"也没有什么秘密，主要手脚快，事先做好一切准备，乘鸡血还未沥干时便向开水里一蘸，把鸡胸上的毛一抹，剜下两块鸡脯便下锅，其他什么也不管。这……这主要是供表演用的，也可以为厨师增加点名气。"

杨中宝为我们讲了两个多钟头，又到厨房里去实地操作表演；老人的兴致极高，不肯休息，回家后便犯老病，睡了十多天。

我本来想打报告，把杨中宝请回来当技术指导，补足他的原工资，外加讲课津贴。现在再也不敢惊动他了，让老人安度晚年。青年人的学习热情很高，不肯罢休，说是刚刚听出点味道来，怎么能停下呢！这话很对，我过去没有重视人才，更没有想到培养的问题，现在悔之未晚，得加倍努力！想来想去，想出了一个主意：出招贤榜！谁熟悉哪个烧菜的名手，都可以推荐，不管是在职的还是退休的，讲一课都是八块钱，年老体弱的人，可以叫出租汽车去接。

这一下可坏了，一张招贤榜又把个朱自冶引到了我的身边！

吃客传经

不知道是谁首先想起了朱自冶，一经宣扬以后，人人都同意请朱自冶来讲课。这使我十分吃惊，原来好吃也会有这么大的名气！

是的，请朱自冶来讲课的理由是很充分的。他从一九三八年开始便到苏州来吃馆子，这还没有把他在上海的"吃龄"计算在内，不间断地吃到了大跃进之前。三年困难之中虽然一度中断，但他从未停止在理论上的探讨，据外间流传，就是在那极其困难的条件下，他写成了一本食谱。"文化大革命"期间他什么都肯交代，唯有这份手稿却用塑料纸包好埋在假山的下面。此种行为的本身就可以跻身于科学家、理论家、文学家的行列，且不说他到底写了点什么东西。包坤年说得好："只要他讲讲一生都吃了哪些名菜，就可以使我们大开眼界！"我同意了。我再也不能把个人的好恶带到工作里。何况我不见朱自冶已经整整十年，十年寒窗还能中状元，你怎么能把个朱自冶看死呢？可是我没有亲自登门求教，是包坤年叫了一部出租汽车去的。朱自冶六十八岁，符合我所说的坐车条件。包坤年说他想借此机会去向朱自冶和孔碧霞检讨，过去的事情是一时昏了头。我想也对，这个检讨由他去作比较适宜，谁欠的账谁还，我也不能包揽。

朱自冶讲课的那一天，也是我主持会议。他的吃经我已经听过一些了，特别是关于南瓜盅，我的印象是很深的，我要听听这些年他到底有了哪些发展。

朱自冶并不是很会讲话的人，尤其是到了台上，他总是急急巴巴，抖抖合合的。讲起吃来可大不相同了！滔滔不绝，而且方法新颖。他一登台便向听众提出一个问题：

"同志们，谁能回答，做菜哪一点最难？"

会场活跃，人们开始猜谜了：

"选料。"

"刀功。"

"火候。"

朱自冶——摇头："不对，都不对，是一个最最简单而又最最复杂的问题——放盐。"

人们兴致勃勃了，谁也没有料到这位吃家竟然讲起了连一个小女孩都会做的事体。老太太烧菜的时候，常常在井边上，一面淘米一面喊她的孙女儿："阿毛，替我向锅子里放点盐。"世界上最复杂和最简单的事情都有最大的学问在里面，何况我们的几个老厨师都在频频点头，觉得是说在点子上面。

朱自冶进一步发挥了："东酸西辣，南甜北咸，人家只知道苏州菜都是甜的，实在是个天大的误会。苏州菜除掉甜菜之外，最讲究的便是放盐。盐能吊百味，如果在鲃肺汤中忘记了放盐，那就是淡而无味，即什么味道也没有。盐一放，来了，鲃肺鲜、火腿香、莼菜滑、笋片脆。盐把百味吊出之后，它本身就隐而不见，从来就没有人在咸淡适中的菜里吃出盐味，除非你是把盐放多了，这时候只有一种味：咸。完了，什么刀功、选料、火候，一切都是白费！"

我听了大为惊讶，这朱自冶确实有点道理！

朱自冶的道理还在向前发展："这放盐也不是一成不变的，要因人、因时而变。一桌酒席摆开，开头的几只菜都要偏咸，淡了就要失败。为啥，因为人们刚刚开始吃，嘴巴淡，体内需要盐。以后的一只只菜上来，就要逐步地淡下去，如果这桌酒席有四十个菜的话，那最后的一只汤简直就不能放盐，大家一喝，照样喊鲜。因为那么多的酒和菜都已吃了下去，身体内的盐分已经达到了饱和点，这时候最需的是水，水里还放了味精，当然鲜！"

朱自冶不仅是从科学上和理论上加以阐述，还旁插了许多有趣的情节。说那最后的一只汤简直不能放盐，是一个有名的厨师在失手中发现的。那一顿饭从晚上六点吃到十二点，厨师做汤的时候打瞌睡，忘了放盐，等他发觉以后拿了盐奔进店堂时，人们已经把汤喝光，一致称赞：在所有的菜中汤是第一！

整整的两个小时，朱自冶没有停歇，使人感到他的学识渊博，像冰山刚刚露了点头。他在掌声中走下台来，挺胸凸肚，红光满面，满头的白发泛着银光，更增加某种庄重的气息。包坤年从人群中挤上去，紧紧地拉住了朱自冶的手："朱老，你讲得太好了，我都做了记录，只是记录得不全面，我想带只录音机到府上去拜访，请你再讲一遍。"

"这个嘛……可以，不过最好请你在下午三点以后，我吃了饭得睡一会儿。"

"当然当然，你以后的报告我一定当场录下来，不再麻烦你。我想根据录音再加整理。"

"不必了吧，我是随便讲讲的。"

"哪里，你的讲话太珍贵了，不留下来太可惜！"

"好吧，整理好给我看看。"

"一定，一定要请你过目的。"

朱自冶到底在野鸡大学里混过，老来颇有点教授风度。包坤年一贯重视收集材料，包括收集批斗你的材料，热情都是很高的。我也向朱自冶发出邀请，请他下个星期继续讲下去。

朱自冶连续为我们讲了三课，包坤年借来一只四喇叭，把朱自冶的讲话全部录下。可惜的是讲到第二课大家便有点着急，讲了半天的盐，这盐怎么还没有放下去呢？厨师们不像我那么外行，放盐的重要性他们是知道的；他们更想知道朱自冶在放盐上有哪些绝技。朱自冶不像杨中宝，他只肯在台上讲，不肯到厨房里去表演。讲到第三课的时候便开始说故事了，说是哪一年和哪几个人去游石湖，吃了一顿船菜如何精美，哪一年重阳节吃螃蟹，光是那剔螃蟹的工具便有六十四件，全是银子做的。而且讲来讲去只有一个观点，现在的菜和过去不能比，他以前说皇帝不懂吃，现在又说清朝是如何的。我当然不能说他是宣扬今不如昔，却也产生了一点怀疑，饭菜不比文物，文物是越古的越值钱。如果在山洞里发现了一幅原始社会的壁画，哪，了不起！可那山洞里的烤野牛是否也算是最好吃的？厨师们打哈欠了，有的干脆回家去睡觉，说是不听他吹牛。讲到第四课味道就不正了，把什么大姑娘唱小曲、卖白兰花、叫堂会等等都夹在菜里面。

我决定叫暂停，可那包坤年有意见，说是这样珍贵的材料如果不及时抢救，那是要对历史负责的！

我听到对历史负责就发怵，心里就没有个底。很难说啊，万一那朱自冶还有许多货真价实的东西没有讲出来，或者说他已经讲出来的东西我们并不理解，那倒真是要负责的！好在这一类的难题现在已经难不倒我了，我也学会了一套，即遇事拿不准时，千万不能说死，这里打一个坝，那里要留一个口，让他走着我瞧着，到时候再说话，总归是我对。

"这样吧，朱自冶的报告必须暂停，因为人们已经听不下去。抢救材料的事情当然不能停，反正你已经开始了，那就由你负责到底，我可以提供一定的条件。"

包坤年雀跃了："买个四喇叭！"

"四喇叭不能买，那是属于集团购买力，要上面批。录音磁带你可以买，宣传费用中可以报销，也不要全买TDK，买点儿国产的。"

包坤年十分满意："高经理，谢谢你的信任，我一定把这个任务好好地完成。"

讲课就这样结束了，朱自冶前后讲了三课，三八二十四，外加出租汽车费。可是事情并没有结束，另外的一个口子还开着哩，那录音磁带不停地向外流。

包坤年每隔一个星期便要报销两盒磁带，而且全是TDK，我在批发票的时候便问他："你的任务什么时候才能结束呢？"

包坤年神气活现："啊呀经理，现在的事情闹大了，到处都来请朱自冶作报告，而且都是找我联系，不会有结束的时候。我们也不想结束，决定成立一个烹饪学学会，对外联络可以有个正式的名义。朱自冶当会长，我当副会长，你也是发起人之一。考虑到你的工作忙，所以请你当理事长，挂挂名的。"

"啊！"我的脑袋嗡了一下，立刻产生了一种条件反射，那包坤年又像在"文化大革命"期间一样了，要成立什么战斗队！

"不不，我不能参加，我对烹饪学是一窍不通。"

"不需要你通，表示赞助而已。"

"不不，我赞助不起，我们没有那么多的宣传费，当年请张幻尔吃顿饭，也不过花了一盘磁带的钱。"

包坤年笑了："经理呀，你也真是……赞助不等于要钱，钱我们有办法，可以印讲义。你看地摊上卖的《缝纫大全》，一本一块多，成本才几毛钱？穿的有人要，吃的还愁没有生意！何况我们可以趁作报告的时候往下发，用不着私人掏腰包，人家也有宣传费。"

我看着包坤年直翻眼，佩服。他实在比我还会做生意，我只想到掏私人的腰包，没想到要挖公家的宣传费。可以预料，那比掏私人的腰包更容易。我无权反对他们这样做，只好提一点忠告式的意见：

"讲义也不能瞎编呀，不能把那些大姑娘唱小曲等等的东西也编进去。"

"不不，讲义是我执笔的，它和小说不同，全谈学术，牵不到男女关系。"

我笑笑，在发票上签了个名："拿去吧，下次请买国产的。"包坤年拎起发票抖了抖："放心吧，下次用不着你批了，我们还要买四喇叭，买计算机！"

说实在，我没有把包坤年的话全当真的，他们想得起劲罢了，成立个学会谈何容易！就凭包坤年这点儿烧菜的本领，再加上朱自冶讲放盐，又有多少学术可以研究呢，弄不成的。包坤年欢喜赶时髦，赶那么一阵子就要回头。

我想得太简单了，过分低估了包坤年的活动能力。不错，包坤年在烧菜方面的本领还没有学到家，可是他在估量形势、运用关系方面却很老练。饭店是个公共场所，什么人都有；有名的饭店当然会有有名的人物前来光顾，只要主动热情，多加照顾，帮着订菜订座，那关系便可以搭上去。老的搭不上便搭小的，通过小的也可以牵动老的，包坤年便可由此而登堂入室，看准时机，帮助人家操办家庭宴会。儿女婚事，老友相聚，用得着酒席的地方很多，花几个钱也不在乎，唯一困难的是缺少技术与劳力。包坤年精力充沛，技术虽然不算好，但他能请动技术很好的老师傅。老师傅会烧，朱自冶会吹，包坤年能跑腿，酒席价廉物美，包你满意。趁人家吃得高兴时，他们便宣传烹饪学学会的宗旨，请求赞助。如果他们是成立营养学学会的话，赞助的人可能不多，营养学虽然可以防病健身，延年益寿，但是很难懂，而且也不如烹饪学实惠，烹饪学是看得见摸得着的，硬是有一桌丰美的筵席放在你的面前！"学会"二字也很有吸引力，反动学术权威早已打倒了，现在人人都知道，任何学术总比不学无术好，赞助学术不会犯错误，即使错了，学术问题也是可以讨论的，讨论得越多越有名气！

朱自冶的名气越来越大了：一个老专家，在十年浩劫中写了一本书，某某经理看了佩服得五体投地，用小汽车接他去作报告，出两百块工资请他当顾问，他不去……

包坤年在外面活动的风声，朱自冶那越来越大的名声，呼呼地吹到我的耳朵里。"让他走着我瞧着，到时候再发表意见。"现在时候已经到了，我也无话可说了。我不能说朱自冶讲课是吹牛，大家别去听，听一次讲放盐还是可以的。我也不能揭朱自冶的老底，说他一贯好吃，死不改悔……正中，一个人要做出点学问来，必须终乆不渝，坚持到底！对于包坤年我也不好说什么，我不能说他是开地下饭店，他再也不找我在发票上签字。唉，一切实用主义的工作方法都是自搬石头自砸脚，有的随搬随砸，有的从搬到砸要隔几十年！

口福不浅

过了不久，我的老朋友阿二到店里来找我。我们两个人虽然不再住在一条巷子里，可是两家人家却经常来往。当我搬进新大楼的时候，他们一家都来道喜，连阿二的爸爸也由孙子们搀扶着爬上楼。他对我的妈妈说："恭喜你呀老嫂子，你活了一生一世，从今以后再也不必担心房东会把你赶出去！"我的妈妈老迈了，回不出话来，只是擦眼泪。阿二更是经常到我家来，说说老话，坐一坐。有时候觉得老话也重复得太多了，便抽烟喝茶，无言相对，好像也是一种享受。他直接到店里来找我，这还是第一次。

阿二见了我便把手一举："无事不登三宝殿，有件事情求求你。"

"什么事？"

"我家大男要结婚了，就在这个星期天。我想到你们店里订两桌酒席，可你们要排到三个星期之后！经理呀，能不能帮帮忙呢？"

我为难了："哎呀，你何必来凑这种热闹，人家在饭店里摆酒席是图排场，收人情，省事情。你也准备收人情吗，我应当送几十块呢？"

"去，我也不准备大请客。你家、我家、亲家，还有几个小朋友，总共不到二十人。"

"那好，两桌酒席你家摆不下吗，不能摆在天井里吗？你到店堂里去看看，闹哄哄的，想说几句高兴的话谁也听不见；到时候服务员要下班，拿着扫帚站在旁边，你能吃得安逸？"

"啧啧，哪有卖瓜的说瓜苦的。"

"瓜倒不苦，不是吹的，现在的几只菜都不推扳，表扬信收到了一大堆，可我总觉不如家宴随便。还有一个问题不好解决，我们有店规，凡属本店的工作人员，一律不得在本店与熟人同席，以免吃客们产生误会。你叫我怎么办，站在边上看！"

"嗬，那不能。这一次我要好好地请你喝两杯，当年如果不是你动员我参加失业登记，今天的情况也许就是两样的。"

"行，自家办。我可以帮助你请个好厨师，呱呱叫的手艺。"

阿二笑了："那倒不必，我们家人手多，个个能动手。鸟枪换炮啦，伙计，人人都有一两样拿手菜哩！"

"更好，一人烧一只，我烧最后的一只汤。"

阿二拱拱手："免了，你的汤我已经领教过了。星期天晚上早点来，等你。"

我的心里喜滋滋的，真的等着这桌酒席。我给他家惹过麻烦，害得阿二的爸爸摆葱姜摊头。也就是在那个天井里，阿二叫我去拉过南瓜，如今在那里摆上两桌酒啊，不吃也美！

正当我美的时候，包坤年蹦跳着进来了，看样子他也很美；我美他也美，这个世界才会变得更美！

包坤年高高地叫了一声："经理，给！"把一张印着金字的大红请柬塞到了我手里。我把请帖翻过来一看："为庆祝烹饪学学会成立，特订于二十八日（星期日）中午假座××巷五十四号举行便宴招待各界人士，务请大驾光临。"好，又是一顿酒席来了！我对这桌酒席的反应很快，不假思索地便说了出来："抱歉，我星期天有个约会，要到人家吃喜酒去。"说着便把请帖向桌上一丢。

包坤年搔搔头皮："你那是什么时候？"

"晚上六点。"我又不假思索地说了出来。

"好极了，不冲突，我们是中午十二点。"

我再把请帖拿起来看看，果然不错，中午二字明明白白地印在那里。我只好摆观点了："不行，我没有参加你们的学会，也算不了是哪一界的人士，去是不合适的。"

"经理呀，正是因为你不肯当理事长，才使得我们的工作进行得十分顺利，空出一个理事长的位子来，解决了大问题！要不然的话，我们早就吵散啦，学会到今天也不能成立！"

"噢！"原来如此，参加是一种赞助，不参加还是更大的赞助！事物的因果关系实在微妙之极！

"去吧经理，某某某都去了，你不去是不像话的。又不是开大会，也不要你发言，纯粹是吃，一顿美餐，不去很可惜。"

"我不大欢喜吃。"

"那就少吃点，见识见识，对你来说也是一种业务学习。老实告诉你吧，这一桌酒席是百年难遇。朱自冶指挥，孔碧霞动手，我们几个人已经忙了四天。所有的理事都想参加，挤不进来大有意见。没有办法，孔碧霞有规矩，最多不得超过八人，再三商量才同意改用圆台面，连你十个。"

包坤年的话使我动摇了。当年杨中宝到孔碧霞家去吃饭，只听说吃得好上天，却一直不知道究竟吃了些什么东西。如今有了机会，不去见识一下是会终身遗憾的。何况我参加不参加都是赞助，如果再空出一个位子来，还不知道会引出什么后果哩！

"好吧，我去。"

"一言为定，不来接你了，五十四号你是熟悉的。"

"太熟悉了，我闭上眼睛也能摸到。"

五十四号我是很熟悉，读中学的时候我每天都要从那里经过，常常看见有许多油光锃亮的黄包车停在门口，偶尔还有一辆福特牌的小轿车驶过来，把巷子里的行人挤得纷纷贴上墙头。那两扇黑漆的大门终日紧闭着，门上有一条缝，一个眼。缝里投信件，眼里装有玻璃，据说这是一种窥视镜，里面能看清外面，外面看不见里面，叫花子是敲不开门的。那时候沿门求乞的人很多，差不多的人家都装有这种东西。我从来不知道那门里是什么样子，只是看见那高高的围墙上长满了爬墙虎，每到秋天便飘送出桂花的香气。如今的桂子又飘香了，我从一个孩子变成了"各界人士"，又到了五十四号的门前。

那两扇黑漆斑驳的大门敞开着，有一位年轻而漂亮的妇女站在门里面。她的穿着很入时，高跟皮鞋，直筒裤，银灰色的衬衫镶着两排洁白的蝴蝶边，衬衫也是束腰的。她笑嘻嘻地迎了上来，我以为是收入场券的，连忙把请柬掏出来给她看。她掩嘴，深深一鞠躬，左手向前一伸："请进。"跟着便高声地叫喊："妈妈，高经理来啦！"

噢……对了，她就是孔碧霞的女儿，是那个政客兼教授留下来的。姑娘也应该有这么大了，连我的女儿都有孩子了。我再回过头来看看她，活像孔碧霞，孔碧霞年轻的时候，也该是一代风流！

孔碧霞从那条铺着石子的花径上走过来了。我抬头一看，简直不认识了，她好像已经把原来的脸形留给了女儿，自己变成了一个半老的贵妇。现在不会有人喊她干瘪老阿飞了，她也发了胖，胖得丰满圆润，比站在居委会门前请罪时年轻得多。她的头发向上反梳着，在后脑上高高隆起。这种高，正好抵消了因发胖而造成的横向发展，所以不会造成人们视觉上的错误，好像发了胖的女人都比以前矮了一点。她的衣着并不花哨，时间已经使她懂得了打扮的真谛；年轻而漂亮的人不管穿什么衣裳都好看，淡妆浓抹都相宜。年老的人如果要打扮的话，主要是用衣着来表示某种风度和气质而已。所以孔碧霞的衣着很素净，一件普通的蓝色西装外套，做工考究，质地高贵，和她的年龄、体型都很相配。

孔碧霞对我很热情，像她这样精细的人，很难忘记细小的事情。

"高经理呀，就怕你不来哪。哼，也老了，当阿爹了吧?"

"没有，刚当上外公。"

"好，都是一样的。快请进，就等你开席。"

我跟着孔碧霞往前走，一个幽雅而紧凑的庭院展现在面前。树木花草竹石都排列在一个半亩方塘的三边，一顶石板曲桥穿过方塘，通向三间面水轩。在当年，这里可能是那位政客兼教授的书房，明亮宽敞，临水是一排落地的长窗。所有的长窗都大开着，可以看得清楚，大圆桌放在东首，各界人士暂时都坐在西头。

包坤年从曲桥上走过来了，把我向各界人士一一引见，其中有两位是朱自冶的老吃友，我当年替他们买过小吃的。有一位是我的老领导，我年轻时便听过他的报告。其余的三位我都不熟悉，一个沉默寡言，两个谈笑风生，谈吐间流露出一股市侩气。

朱自冶穿着一套旧西装，规规矩矩地系着一条旧领带，领带塞在西装马甲里。这套衣裳不知道是从哪个箱子的角落里翻出来的，散发着浓重的樟脑味，可是朱自冶穿着并不显得滑稽，反而使我肃然而有敬意。好熟悉，这种装束是在哪里见过的？对了，我在读高中的时候，老师们的衣着基本上分为两大派。一派是长袍蓝衫，一派是西装革履。国文教员总是穿长袍，物理教师都是穿西装的。烹饪学属于科技，穿长袍蓝衫显得太陈旧，穿制服又没有特点，穿崭新的西装又显得没有根基，西装而是旧的，妙极！好像是一个潦倒多年的老科学家刚被重视，刚被发现！这一身打扮肯定是出于孔碧霞的大手笔，朱自冶穿衣裳一贯是很拆烂污的。

朱自冶多年不穿西装了，行动很不自然，碰碰撞撞地越过几张椅子，把一本烹饪学讲义塞到了我的手里。我拿着讲义在我的老领导的面前坐下，也觉得十分拘谨。解放初期当我还在工作队的时候，曾经和这位领导同志有过一段时间的接触，在我的印象中他是个不苟言笑，要求严格，对知识分子有点不以为然的人。我们那一伙"小资产"在他的面前都装得十分规矩而谨慎。今天在此种场合中相遇，还使人感到有点手足无措，最主要的是找不出话来说，只好把手中的讲义慢慢地翻阅。

"小高。"

"……"

老领导叫了我一声小高以后，也发现我的年纪已经不小了，立刻改了口："老高呀，你要好好地看看这本书，多向人家学习学习。"

"是，我一定好好地拜读。"

"现在不能靠外行领导内行了，要好好地钻进去。"

"是的，我在这方面过去犯过错误。"

"知道错误就好，现在还来得及。"

我点点头，继续把讲义翻下去，发现这本由朱自冶口述、包坤年整理的大作，并不是什么新鲜的东西，是从几种常见的食谱中抄录而来的，而且错漏很多，不知道是抄错的还是印错的。我抬起头来看看朱自冶，想向他提出一点问题，可那朱自冶却避开我的目光，双手向前划着，好像赶鸭子似的请大家入席。

人们鱼贯而出，互相谦让，彬彬有礼，共推我的老领导走在前面。

人们来到东首，突然眼花缭乱，都被那摆好的席面惊呆了。洁白的抽纱台布上，放着一整套玲珑瓷的餐具，那玲珑瓷玲珑剔透，蓝边淡青中暗藏着半透明的花纹，好像是镂空的，又像会漏水，放射着晶莹的光辉。桌子上没有花，十二只冷盆就是十二朵鲜花，红黄蓝白，五彩缤纷。凤尾虾、南腿片、毛豆青椒、白斩鸡，这些菜的本身都是有颜色的。熏青鱼、五香牛肉、虾子鲞鱼等等颜色不太鲜艳，便用各色蔬果镶在周围，有鲜红的山楂，有碧绿的青梅。那虾子鲞鱼照理是不上酒席的，可是这种名贵的苏州特产已经多年不见，摆出来是很稀罕的。那孔碧霞也独具匠心，在虾子鲞鱼的周围配上了雪白的嫩藕片，一方面为了好看，一方面也因为虾子鲞鱼太咸，吃了藕片可以冲淡些。

十二朵鲜花围着一朵大月季，这月季是用钩针编结而成的，可能是孔碧霞女儿的手艺，等会儿各种热菜便放在花里面。一张大圆桌就像一朵巨大的花，像荷花，像睡莲，也像一盘向日葵。

人们从惊呆中醒过来了，发出惊讶的叹息：

"啊……"

"啧啧。"

还没有入席，我就受到批评了："老高，你看看，这才是学问哪！看你们那个饭店，乱糟糟的。"

我没有吭气，四面打量，见窗外树影婆娑，水光耀廊，一阵阵桂花的香气，庭院中有麻雀吱吱唧唧，想当年那位政客兼教授身坐书房……

朱自冶又把两手向前划着，邀请大家入席。同时把领带拉拉松，作即席讲说：

"诸位，今天请大家听我指挥，喝什么酒，吃什么菜，都是有学问的。请大家不要狼吞虎咽，特别是开始时不能多吃，每样尝一点，好戏还在后面，万望大家多留点儿肚皮……"

人们哈哈地笑起来了，心情是很愉快的。

"……吃，人人都会，可也有人食而不知其味，知味和知人都是很困难的，要靠多年的经验。等会儿我可以一一介绍，敬请批评指教。开席，拿酒杯。"

包坤年立即打开酒橱，拿出一套高脚玻璃杯，两瓶通化的葡萄酒。这一套朱自冶不说我也懂了，开始的时候不能喝白酒，以免舌辣口麻品不出味。可我就想喝白酒，我学会喝酒是在困难、苦闷的时刻，没有六十四度不够味。

包坤年替大家斟满了酒，玻璃杯立刻变成了红宝石，殷红的颜色透出诱人的光辉。葡萄美酒夜光杯，那制作夜光杯的白玉之精也可能就是玻璃。

包坤年是副会长，斟完了酒总要讲几句的，为了要突出朱自冶，多讲了也不适宜，便举起筷子来带头："同志们请吧，请随意……"

朱自冶也不想为别人留点面子，煞有其事地制止："不不，丰盛的酒席不作兴一开始便扫冷盆，冷盆是小吃，是在两道菜的间隔中随意吃点，免得停筷停杯。"说着便把头向窗外一伸，高喊："上菜啦！"

随着这一声叫喊，大家的眼睛都看住池塘的南面，自古君子远庖厨也，厨房和书房隔着一池碧水。

电影开幕了：孔碧霞的女儿，那个十分标致的姑娘手捧托盘，隐约出现在竹木之间，几隐几现便到了石板曲桥的桥头。她步态轻盈，婀娜多姿；桥上的人，水中的影，手中的盘，盘中的菜，一阵轻风似的向吃客们飘来，像现代仙女从月宫饭店中翩跹而来！该死的朱自冶竟然导演出这么个美妙的镜头，即使那托盘中是装的一盆窝窝头，你也会以为那窝窝头是来自仿膳，慈禧太后吃过的！

托盘里当然不是窝窝头，盖钵揭开以后，使人十分惊奇，竟然是十只通红的番茄装在雪白的瓷盘里。我也愣住了，按照苏州菜的程式，开头应该是热炒。什么炒鸡丁，炒鱼片，炒虾仁等等；第一只菜通常都是炒虾仁，从来没见过用西红柿开头！这西红柿是算菜还是算水果呢？

朱自冶故作镇静，把一只只的西红柿分进各人的碟子里，然后像变戏法似的叫一声："开！"立即揭去西红柿的上盖：清炒虾仁都装在番茄里！

人们兴趣盎然，纷纷揭盖。

朱自冶介绍了："一般的炒虾仁大家常吃，没啥稀奇。几十年来这炒虾仁除了在选料上与火候上下功夫以外，就再也没有其他的发展。近年来也有用番茄酱炒虾仁的，但那味道太浓，有西菜味。如今把虾仁装在番茄里面，不仅是好看，而且有奇味，请大家自品。注意，番茄是只碗，不要连碗都吃下去。"

我只得佩服了，若干年来我也曾盼望着多给人们炒几盘虾仁，却没有想到把虾仁装在番茄里。秋天的番茄很值钱，丢掉多可惜，我真想连碗都吃下去。

唔，经朱自冶这么一说，倒是觉得这虾仁有点特别，于鲜美之中略带番茄的清香和酸味。丁大头说得不错，人的味觉都是差不多的，不像朱自冶所说有人会食而不知其味。差别在于有人吃得出却说不出，只能笼而统之地说："啊，有一种说不出的好吃！"朱自冶的伟大就在于他能说得出来，虽然歪七歪八地有点近于吹牛，可吹牛也是说得出来的表现。在尽情的享受和娱乐之中，不吹牛还很难使那近乎呆滞的神经奋起！

　　"仙女"在石板曲桥上来回地走着，各种热炒纷纷摆上台面。我记不清楚到底有多少，只知道三只炒菜之后必有一道甜食，甜食已经进了三道：剔心莲子羹，桂花小圆子，藕粉鸡头米。

　　朱自冶还在那里介绍，这种介绍已经引不起我的兴趣，他开头的一笔写得太精彩了，往后的情节却是一般的，什么芙蓉鸡片、雪花鸡球、菊花鱼等，我们店里的菜单上都有的。

　　人们的赞叹和颂扬也没有停歇：

　　"朱老，你的这些学问都是从哪里得来的？"

　　"很难说，这门学问一不能靠师承，二不能靠书本，全凭多年的积累。"

　　"朱老，你过了一世的快活日子，我们是望尘莫及。"

　　"哪里，彼此彼此，'文化大革命'和困难年也是不好过的。"

　　"算啦，那些事情都过去了，吃吃！"

　　"是呀，将来到了共产主义，我们大家天天都能吃上这样的菜！"

　　我听了肚里直泛泡，人人天天吃这样的菜，谁干活呢，机器人？也许可以，可是现在万万不能天天吃，那第五十八代的机器人还没有研制出来哩！

　　"老高。"

　　"……"

　　"你为什么不说话呀，像朱老这样的人才你以前一点儿也不知道吗？"

　　"知道，我很早便知道。"

　　"那你为什么不请他去指导指导，把你们的饭店搞搞好。"

　　"请……请过，我们请他讲过课。"

　　"那是临时的，没有个正式的名义。"

　　人们突然静下来，目光都集中在我的身上。我凝神了。在今天的这顿美餐里，似乎要谈什么交易！

"名义……这名义就很难说了。"

"也是一种专家嘛！"

"叫什么专家好呢？"我等待着人们的回答。科学家、文学家、表演艺术家，你哪一家都靠不上去！

"吃的……"说不下去了，"吃的专家"是骂人的。

"会……"会吃专家也不通，谁不会吃？

包坤年把筷子一举："外国人有个名字，叫'美食家'！"

"好！"

"好！"

"对！"

"美食家，美食家！"

"来来，为我们的美食家干一杯！"

朱自冶踌躇满志了，忍不住把那旧西装敞开，举杯离座，绕台一周，特别用力地和我碰了碰杯，差点儿把那薄薄的玻璃杯都碰碎。是呀，他那吃的生涯如今才达到了顶点；辛辛苦苦地吃了一世，竟然无人重视，尚且有人反对，他的真正的价值还是外国人发现的！

我只恨自己的孤陋寡闻，一下子就败在包坤年的手里。我只知道引进"快餐"，却没有防备那"美食家"也是可以引进的。好吃鬼、馋痨坯等等都已经过时了，美食家！多好听的名词，它和我们的快餐一样，也可以大做一笔生意。如果成立世界美食家协会的话，朱自冶可当副主席；主席可能是法国人，副主席肯定是中国的！

人们在欢乐声中拨动了第十只炒菜，这时候孔碧霞走了进来，询问大家对炒菜的意见。人们纷纷道谢，邀请孔碧霞同饮一杯。我站起身来为孔碧霞斟满酒，举起杯：

"谢谢朱师母，你的菜确实精美，谢谢你，也谢谢孩子，她为我们奔走了半天。"我对孔碧霞也没有多少好感，但是我得承认，她的确是做菜的能手，一级厨师的手艺，应该由她来当烹饪学学会的主席或者是副主席。世界上的事情往往是会做的不如会吹的，会烧的也不如会吃的！

孔碧霞很高兴："哪里，能得到经理的称赞很不容易。"她举起杯来划了个大圈子："怠慢大家了，几只炒菜连我也不满意，现在没有冬笋，只好用罐头。”

“啊，没说的。”

“来来，为美食家的夫人干一杯！”

一杯干了以后，包坤年开始收酒杯了，别以为宴会已经结束，早着呢，现在是转场，更换道具的。

朱自冶又拿出一套宜兴的紫砂杯，杯形如桃，把手如枝叶，颇有民族风味。酒也换了，小坛装的绍兴加饭、陈年花雕。下半场的情绪可能更加高涨，所以那酒的度数也得略有升高。黄酒性情温和，也不会叫人口麻舌辣。我向那酒橱乜了一眼，看见还有两瓶五粮液放在那里，可能是在喝汤之前用的。我暗自思忖，这桌饭不知是谁出钱，是朱自冶的银行存款呢，还是人家的宣传费？

孔碧霞告辞以后，下半场的大幕拉开，热菜、大菜、点心滚滚而来：松鼠鳜鱼，蜜汁火腿，"天下第一菜"，翡翠包子，水晶烧卖……一只"三套鸭"把剧情推到了顶点！

所谓三套鸭便是把一只鸽子塞在鸡肚里，再把鸡塞到鸭肚里，烧好之后看上去是一只整鸭，一只硕大的整鸭趴在船盆里。船盆的四周放着一圈鹌鹑蛋，好像那蛋就是鸽子生出来的。

人们叹为观止了：

“老高。”

“……”

“你看看，这算不算登峰造极？”

“算。”

“就凭这一手，让朱老到你们的店里去当个技术指导还不行，每月给个百二八十的。”

我明白了，这恐怕是今天的中心议题，连忙采取推挡术：“不敢当，我们的庙小，容不下大菩萨。”

“你们的庙也不小呀，就看方丈的眼力啰……”

幸亏那只三套鸭帮了忙，当它被拆开以后人们便顾不上说话了，因为嘴巴的两种功能是不便于同时使用的。

我看了看表，这顿饭已经吃了将近三个钟头，后面还要喝五粮液（我很想喝），还会有一只精彩的大汤作总结，还会有生梨或者是菠萝蜜。可我不敢终席了，因为终席之后便是茶话，那圈套便会绕到我的脖子上面。

"实在对不起，我下面还有一个约会，不能奉陪到底。谢谢朱先生，谢谢诸位，谢谢……"我不停地说谢谢，不停地向后退，退了五步便转身，径直奔石板桥而去。过得桥来回头看，见那长窗里的人都呆在那里。

我觉得今天的举止很不礼貌，也不光彩，好像是逃出来的。如果不向女主人打个招呼，那孔碧霞会伤心，她是很要面子的。

孔碧霞和她的女儿还在忙着，听说我要走，有点儿扫兴："啊呀，大概是我做的菜不好吧，不合你的口胃！"

"哪里，你的菜做得确实不错，什么时候请你到我们的店里去讲讲，交流交流。"

孔碧霞笑了："有什么好交流的，这些菜你们都会做，问题是你们没有这么多的时间，细模细样地做，还得准备个十几天……哎，你不能再坐会儿吗，还有一只大汤咧。"

"知道……"我突然想起件事情来了，"朱师母，今天的甜菜里面怎么没有南瓜盅？困难年朱先生和我一起去拉南瓜的时候，说是要创造出一只南瓜盅，有田园风味！"

孔碧霞咯咯地笑了："你听他瞎吹，他这人是宜兴的夜壶，独出一张嘴！"

巧克力

出了五十四号向西走，到阿二家去。天啊，那里还有一桌酒席等着我哩！我什么也不想吃了，三套鸭不好消化，那一番谈话也值得回味。可我想和阿二和他的爸爸干几杯，当然是白酒，六十四度，喝下一口之后像一条热线似的直通到肚里，哈的一声长叹，人间无数的欢乐与辛酸都包含在内。

秋天对每个城市来说，都是金色的。苏州也不例外，天高气爽，不冷不热，庭院中不时地送出桂花的香气。小巷子的上空难得有这么蓝湛，难得有白云成堆。星期天来往的人也不多，绝大部分的人都在忙家务，家务之中吃为先，临巷的窗子里冒出水蒸气，还听到菜下油锅时滋啦一声炸溜。

从五十四号到阿二家，必须经过我原来住过的地方，这地方的样子一点儿也没有变。石库门，白粉墙，一排五间平房向里缩进一段，朱自冶住过的小洋楼就在里面。我仿佛看见阿二的黄包车就停在门前，朱自冶穿着长袍从门里出来，高踞在黄包车上，脚下铃铛一响，赶到朱鸿兴去吃头汤面。四十年来他是一个吃的化身，像妖魔似的缠着我，决定了我一生的道路，还在无意之中决定了我的职业。我厌恶他，反对他，想离他远点。可是反也反不掉，挥也挥不走，到头来还要当我的指导，每月给个百二八十的。百二八十是多少？加起来除以二，正好是一百元人民币！如果杨中宝能来当指导，我情愿在一百之外再加二十，奖金还不计算在内。可这朱自冶算什么，食客提一级最多是个清客而已，他可以指导人们去消遣，去奢靡，却和我们的工作没有多大的关系。美食家，让你去钻门子吧，只要我还站在庙门口，你就休想进得去！

一直走到阿二家，我心中的怨气才稍稍平息。这里是个欢乐的世界，没有应酬，没有虚伪，也谈不上奢靡。天井里坐满了人，在那里嗑瓜子，吃喜糖。我的一家都来了，包括我那个刚满周岁的小外孙在内。这孩子长得又白又胖，会吃会笑，还会做眯眼，捏捏小拳头和人表示再会。现在都是独生子女，一个娃娃可以有六个大人在他的身上花费物力和精力。满天井的人都以娃娃为中心，给他吃，逗他笑，从这个人的手里传到那个人的手里。

有人把硬糖塞到我那小外孙的嘴里，他立刻吐了出来。

"怎么，他不吃糖吗？"

"他呀，要吃好的！"

"试试，给他巧克力。"

有人拿了一条巧克力来，剥去半段金纸，塞到孩子的手里。果然，这孩子拿了就往嘴里送，吃得咂咂地流口水。

人们哄笑起来了："啊呀，这孩子真聪明，懂得吃好的！"

我的头脑突然发炸，得了吧，长大了又是一个美食家！我一生一世管不了个朱自冶，还管不了你这个小东西！伸手抢过巧克力，把一粒硬糖硬塞到孩子的小嘴里。

　　孩子哇的一声哭起来了……

　　满座愕然，以为我这个老家伙的神经出了问题。

刘
恪

红
帆
船

　　宣统三年。那年正好闰六月。据旧辈人讲，闰六月的年份，日子都不好过。恰好，那是中国多事的一年。

　　长江，自夷陵上溯涪陵数百里属川江地段，山高路远，水急滩险。泱泱流水如丝如带把黑道和白道的人都纠缠在一条神秘的峡江里。泊岸靠湾的帆船都把桅杆缩在绿色的山褶里，等着明日的"祭江"。六月六是长江的传统，每年这一日各帮各派都准备纸钱、牺牲，给龙王爷叩头⋯⋯

　　天薄黄昏。唯有一般红色的帆船溯江而上，山静船寂，一切都在无声地运动。顺风逆流行船，只有回波搂抱着船头，撕碎的浪花鱼跃式翻上甲板舔着覃驼子的脚。他像一只弯曲的虾用生命把握红帆船，不时唇边裂出几个简单而模糊声音。他是驾长，只有船工能听懂他每一个像石子样生硬的音符。甲板上，横竖成行六对推桡人，一仰一俯扇形摇橹划桨，黑红的脊梁拱起桼然的水晶珠巴巴地下滑，湿了肋骨砸着船板。六对推桡人，"杭育杭育"，划一而动。中间有人稍分神减力，推桡的力量便减了，船速在无形中慢了，这一丝一毫都在覃驼子的感觉中，突然，手中飞出篾纤索"叭"一声，一条紫红色的血痕便烙在肩胛上，"覃驼子，我日你亲娘！"在话音中又飞去一个"叭"，那人嘴边渗出血汁，他用舌尖舔一舔，手上加劲推桡，一切又在无语之中。

　　覃驼子是个魔鬼，可有船就得有他。江是船的陆地，他是船的桅帆！这时，暮色绛霞，牢笼天地。峡江两岸的悬崖活似鸢雕的翅膀沉重地垂下来覆在覃驼子心上，天垂一线，地余一缝，他似乎感到巨鹰在俯冲拼搏中礁石瞬间崩裂，它也黑羽翻飞碧血迸溅，褚红的雾霭弥漫泛化，死亡沉入泥沙，生存浮于苍空，它，一只带血的鹰雕衔着浮云凝然不动，晚霞把那个带血的阴影钉在船上。桅帆太高，在嘶溜嘶溜地解剖天体，帆篷鼓得太满似女人腆出的大肚子，是长条红褐色的块面缀成，拼成一个谁也未曾注意的隐形八卦图。长风把这幅画帆对旋成一个个的红涡，霞光把时间凝滞在山头，船舷犁着一川惨烈的江水，隆起的波涛似那杀猪时屠刀抽走而喷出的黑紫黑紫血浆，唯有一个个透明的泡儿像蛤蟆眼鼓起，饱满地胀裂，溅出的腥雾与黑红色浓浓地泥着嗓眼。覃驼子浑身都在躁动中，胸壁的血潮涌得他四肢抖索……

血样的人，血样的长江，还有，还有血样的红帆船！

红帆船尾部是篷舱，舱门合得严实，船启航就没开过，门，关闭了一个谜！龙老板带着家眷躲在谜里！

昨日，覃驼子在夷陵市的小巷找吕半仙给龙老板占卦，卦云：☳下震上坤上六迷复……吕半仙不肯解卦，小眼儿觑条缝，"覃驼子为自己占一卦算了。丹他自己占了一卦：☵坎下离上未济亨小狐汔济濡其尾……半仙不语，好久，叽咕道：盈亏有数，虚实不兼，强者不占天意，弱者不贪地利，独豕难封穴，人上忌带点。覃驼子虽无法索解，但感觉不利，归船，要老板另择吉日，龙老板要六月六日赶回蛰龙镇主持江祭节。按规矩，行船起止全凭领水定夺，可龙老板对覃驼子有再生之恩，他不好违老板的意愿。启航了。

云天静静，江峡也静静。覃驼子凶狠地督催船夫，两眼如电清扫着岸沿，悬崖凹凸，峰峦起伏，或幽谷沟壑，或榛莽荆棘，或巉岩峭石，仿佛都潜藏着一种巨大的恐惧与神秘，透出一种特别沉重的气氛厚厚地压在船夫心里，似乎天体在色彩中融化，悬崖峭壁也熔铸成火红色的烙铁，正炙着鳖黑的皮肤呲呲地冒着蓝色的烟尘而石雕的骨骼兀立不动只有猫头鹰哭泣"唔……哇"地从草木中挤出，参得闯江人头皮发麻，实实的心泡像被鱼钩扯了一下，死一般的寂寞从暗礁与潜流里逼出。头桨吆喝起号子：嗬……嗬嗬……嗬……嗬哟……哟嗬嘿地……哟哦嘿……哟哦嘿……咿哟哦……低沉而雄浑的声音从船头荡起砸在浑浊的江浪上搅着石湾浮游的渣屑，心血与江流汇合成此起彼伏的潮流，号子催促它咆哮奔腾，一股无形而有力的气势掠过江岸抠着山峰回荡在大江水面绕成无数漩涡，倏忽扎入河床在春笋般林立的礁石迷宫里肆无忌惮地镂刻江峡自己永恒的铭文，然后耸动那积淀太久历史的沙砾从中梳理一条水的航道。水族凝聚了它全部的内劲飞腾它摧枯拉朽的力量狠狠地向沙滩撕着礁石……红帆船就在这天际与地沿的窄缝里艰难地蠕动。

红帆船满载着货物，中舱货物高过人头，后舱依然紧闭，龙老板和内眷谜一样地关在里面。龙家是蛰龙镇大族，龙老板是族长，做着蛰龙镇最大的生意，有自家的店铺和船队，出峡是生漆、药材、柑橘；返程则是布匹、食盐、砂糖，还有五金百货。上溯重庆下抵汉口，都有他的生意。覃驼子是红帆船的灵魂，龙家最忠实的仆人。此次是他生平最认真的一次闯峡过滩，狠劲督催着桡夫划船，他在船头左右盘旋，眼睛锃锃发亮。他觉得这次闯峡分秒都是那么漫长。夜霭朦胧，他极力提着心气在苍茫混沌中努力滤清一种东西，幽暝的峡谷昏昏惨惨中冷风塞塞地刮得骨头每个关节都霍霍作响，他暗淡的脑子里渐渐聚拢一种细微的感觉，圆眼球边缘飘来一条如线白带，虽遥远但极分明，这时红帆船开始萎缩，缩到最后只是一个红色的蚂蚁在白带子上逼真地蠕动，他的手脚也全凭一种感觉逗引着红蚂蚁顺着白带方向爬行，只要不偏离自带子，红帆船便在向前。覃驼子在川江领航大半生无论什么艰险他都这样赶着红蚂蚁挪过长长的自带子。也怪！数十年竟无一次事故。船，过绞滩站，继而铁棺峡，连最艰难的空舱崖也过了。覃驼子深深地吁了口气，顺龙老板的意思争取天黑前赶过鲤鱼滩，明日早便可到蛰龙镇。

覃驼子这时才忍不住敞开嗓门拉起号子：

　　　　嘿哟，哟……嘞……

　　　　嘿哟嗬哩哟／嘿哟，哟

　　　　嘿哟嗬哩哟／嘿哟，挫

　　　　哟哦哟吔……

　　　　哟哦哟咿……

　　　　哟嗬——哟吔

吆喏嗬哟／哟喏嗬哟

哟嗬——哟吔

嗬哟咿吔／嗬哟咿吔

嘿哟／嘿挫／嘿哟／嘿挫

嗨／嗨／嗨

哟——咋／哟——咋

嘿／嘿／嘿

摹驼子的号子与丛林芬芳和鸟兽音韵混合成峡谷中一股强大的氤氲之气充斥于空气与水息之中，号子包容了人生与自然，融山的灵秀与水的清明裹挟着江流与帆船，在大地起起伏伏的胸膛上虽漫无目的却按自身的节奏演绎不同人生。覃驼子是天生地养的。他不知晓自己父母是谁，唯一的记忆是那年冬天他从山林里走出来，在蛰龙镇讨饭，冰天雪地中被野狗咬伤，饿倒在龙老板的商行，被龙家救了并收养了他，十来岁在龙家船队里混，长大了就没离开龙家那艘红帆船，岁月晃晃悠悠地过，号子也晃晃悠悠地喊。

船到鲤鱼滩，两岸峭壁气势肃森。江流在这里七回八折像一溜错叠的屏风，船在丛林般的暗礁里绕行，贴南岸悬崖上的人则可飞身跃入舱中，若在江中横拉一根"二心潭"的篾缆便无一船能过。所以，船家大忌在空舱崖，商家大忌在鲤里滩。覃驼子眼睛在江面直溜，突然，嘴唇碰出几个字："完屎，日牯的！江心横着二心潭，若是轻舟覃驼子还可砍断桅帆钻过去，可那也得顺流而下，今天重载货船又是逆水行舟，即便用安全斧砍断纤缆也是没用的，两岸早已是天罗地网了。果然，一声吆喝，草丛里、礁石后一排排红衣人钻出。"嗖"一阵破空之声，鲜活的飞镖像游鱼样咬掉桅杆顶部的滑轮，升帆的主纲给扎断了，硕大的帆篷"嘶溜'"一下委顿，滑在甲板上，一伙红衣如叶子般飘在船舱。中间一个领头模样的往桅杆顶一抬手，"砰"地一掷石，铁器碰撞，顺桅杆掉下两把飞镖，那人飞身一闪飘若红云在数丈高处把飞镖悄无声息地收走了。然后问："哪个是当家的？"

"我，是我！"覃驼子怕桡夫子插话坏了事很快迎上去。

"娘的，都站不直个样，当老爷，屙坨尿照照。"

"老板委了我，有事我当家，开价吧！"

"要人，要三千现大洋！"

"给一千，其余的你们挑货。"覃驼子为了息事应允了。川江多长，土匪多众，匪与匪、匪与兵都相互拉扯着，每一号溜子都有自己的行规，一般以不杀生犯命、掠劫全部财物为准，双方也不结怨记仇，说个各自认可的数，在讨价还价中不动刀枪息事宁人。还一宗，土匪一日之中不犯二主，二客也不夺一人，这日被犯，头头们便留下被劫标志，抑或一帕黄绢，一片柳叶，一品梅花，一路川江若再遇强人，只需示以标记便平安，只有仇结怨深的才杀人越货。时有显名于江湖的强人偶尔还有济人于危难之中的义举，这怕也算作山泽野林所谓的"强盗文明"。

但今天这伙强人并不着急抢钱夺物，在船上神神秘秘地瞧，似是找啥东西。突然，一个红衣人踢着那根最粗最长的撑篙，这根撑篙平素不用，只在危难之际，几个人合力撑顶免得船只触礁。先时，帆篷滑下来把它打横在甲板上，被绊的红衣人回腿一钩居然没把长篙挑动。覃驼子一笑，"这是一根主篙，我来把它挪到旁边去。"覃驼子拿得谨慎，旁边挠夫子来帮忙，覃驼子蹬了他一脚，"走开，一根竹秆还用得着帮手。"这一切都落在那收镖的头目眼里，悄移到覃驼子侧边用腿往覃驼子裆下一靠，覃驼子稳步一退居然没倒。"好功夫！"头目喝彩一声反手从背后抽出长刀，白光一晃，竹篙哗啦剥离，一道银光迸溅，竹篙里挤满的现大洋哐哐啷啷响成一片散了一地，这头目也真了得，挥刀之间竟把几个竹节里的大洋般般齐地剁成两半儿，把一队人一船人看得眼花花的。覃驼子晓得坏事了，反倒沉住劲儿，"爷们，反正钱、货、人都在，想啥子办，就啥子办吧！

"让龙老板出来说话！"头头点明了，眼球一转，几个红衣人在覃驼子脖子上用力架了个"井"字，覃驼子把人拨开，"犯不着，杀我驼子一口刀足够。"船上桡夫子紧张起来了。这时，后舱门哗然而开，龙清云稳稳地站在舱门口。

"龙老板，还算爽快！今日个也不破你的财，只要一人。"

"嗨，看你们，何不早说呢，要人，你看挑哪一个都中，我一定替他包养家属。"他对甲板上的船工一摊手。

"只怕你舍不得哟，把后舱的人请出来。"头目一吆喝，几个红衣人把少夫人扶出来。少夫人像受惊的小白兔，眼波水晶晶地闪动，怕是那些红衣人的映照，白而红的脸显得更加娇媚，倒看呆了一船人。

"绑票！嘿嘿，用不着这一套，我龙清云也是一方头面人物，一言九鼎的男人，你们放了夫人。"龙清云有些紧张。

"不，不是，凭我们大爷的名声用不着绑票，带人走。"

龙清云抢前一步拦住少夫人，"不行，黑白两道的人我见多了，川江多长我的朋友多长，弟兄们不要欺人太甚，龙家也能陪你们兜几年圈子。"他的话没掺假。

哪知这伙强人并不理会，倒是头目沉思了一下，"要么，我们就带内舱的小娃崽走，你想想！"

龙清云明白这事儿一定有根由的，而一时他又想不起哪个仇家下这种黑手。半晌，龙清云转身进了后舱抱着儿子，"只要不带走夫人，别的条件都可依！"龙清云的大度潇洒让满船人又吃悚又钦佩，可少夫人不干，哭喊着抢自己的儿子。这时，红衣人已抱着娃崽上了跳板，覃驼子晓得少夫人最心疼满崽，失去娃儿便是挖了她的心肝，他蹿上跳板出其不意地夺回小孩，这一剧变连龙清云也呆了。那头目反应极快，大刀往龙清云头上一架，"先把夫人拉上岸！"几个红衣人拥着少夫人立在岸边，然后头目单手从覃驼子手中抱过娃崽，极快地向岸上退去。"你们带走娃崽该让少夫人上船！"覃驼子去拦头目。龙清云喊："红莲，快些上船来呀！"他不顾死活地去扭那头目，情势很危急，覃驼子返身提起安全斧去逼头目，跳板上两个红衣人双刀交叉向覃驼子扎来，覃驼子用斧头硬接住，翻过斧柄，仄边一扫，"扑通！"两个人立步不稳掉在江里。岸上骚动了，有人往船上拥，覃驼子用力把长跳板用脚给蹬掉，跳板上的人如下元宵丸一样滚到水里。那头目一手抱着孩子，单刀向覃驼子劈去。覃驼子只有蛮力而不会格斗，侧身慢慢地到船舷，但刀锋已迫近他的头。这时，桡夫子也都操着家伙蹿上来，头头见势不妙，回旋之中又用刀抵着龙清云，"臭桡夫子，想找死，赶快退下去。"人们又退到中舱。瞬间，覃驼子斧柄荡过来，打在头目的腰眼上，但斧柄同时也被头头的刀锋削断，刀的惯力斜剽上，眼看要把覃驼子那条胳膊削掉，龙老板双手死死地缠住那头头握刀的手。头头恼了，刀尖向龙清云的下肢戳去，"哎呀！"一声惨叫，龙清云倒在船的桅杆边，覃驼子这时不顾性命握着短斧向头头砍去，可被岸上跃来的红衣人接住了。那头头一声长啸在船边一个鱼跃，腾空而上，在空中连翻几个筋斗，平稳地落在几丈远的悬崖上，一手抱着孩子，随口一声呼哨，船上的红衣人凶狠地逼近龙清云。少夫人在岸上大喊："你们要杀人，我就在石头上碰死。"但红衣人刀劈半空，要收刀来不及了。突然，中桅一声炸响，訇然倒塌，把刀和红衣人叩翻，一声不吭地死了，而龙清云在下面竟安全无恙，岸上和船上的人都无声无息地站着。俄顷，头目招了招手，一队红衣人拥着少夫人和娃崽渐渐消失在绿色的草丛里。

些许残霞覆盖山川与河流，树枝沙沙地摇落了遍地铜钱，血色渐渐被青黛舔噬，岩石与流水复归寂然。船上，覃驼子忙着给龙老板包扎。仅仅一个时辰的打击，龙清云一下变成个痴痴迷迷的呆子，任覃驼子搬动着。

船重新启航，可红色的帆篷却没法升起……

江畔的崖石凝固着寂寞与清冷，只有江涛把声音叠印在无情的石纹之间，纵然荡溢千古的浪花也无法洗出一个属于它们的平等与自由。血峰融化在遥远的暮天，一条酱黄色的带子沿沙滩绵延不断地伸去，拖拽着沉重的山影，西边极处的红色还没完全死亡，云层飘忽弥漫的褐紫在千千万万个山头风流。须臾，袅袅婷婷的暮霭由红而黄而紫而灰，不知是从云天堕落还是由江表升腾，朦胧把整个山脉包容，只有山石是江河最好的证人。可它也无法回答眼前发生了曾重复过无数次的故事，是人主宰自然，还是自然主宰人类？抑或二者兼而有之？长江，你能回答么？你永远那么长那么流，把这儿的一切都勾连，包括人与自然。这时，天与山，山与水，水与雾都在融合，一片苍青中时隐时现地拉出条由青而黛而灰而白的毛茸茸的狐狸尾巴，色彩与光线在这里搅拌，天地间一切都无法在时空意义上分解，唯有人与水的生命是相通的，以其物化形式和自然这个整体化合，又以其精神形式构成博大恢宏的力量沟通历史与现实，把人与物，灵与肉浇铸成一个可感的实体。一切昨天都被今天代替，但一切直接现实只有明天。明天是长江的节日，六月六。一只受伤带血的红帆船等待明天！

第一章

　　长江把宣统流走，民国又流了无数个日月，小小蛰龙镇依然那样。古镇是南北朝建镇，原属归乡县，亦称乐乡。小镇依山营构，屋檐相叠，户户勾连。临江一线是吊脚楼，背依长江而门户面山，然后是层层叠叠的屋檐铺到半山，整个镇就一条二里长的街。那地面是麻石条铺就，无论冬去夏来街面部有叩叩地声音，两边店铺相对而立。招呼嬉笑之中时日从指隙滑过去，晨开暮合之时光阴随云雾飘过。依南背山的店铺叠合之际一条条幽暗深邃的小巷从褶皱里抖出，顺巷进去便有无限的曲折无限的廊奥，小石坎路时而横穿人家中堂在天井里驻足，阳光快快地从斗型的瓦墙上流下来，从镂花的木门里可以窥到小户人家的悠然或凄清。厨房的葱香和茅房的骚腥掺杂丝丝地扑在墙根的阴沟里，最精美的鱼肉与最肮脏的断头绿蝇或蝉蜕的长蛆在松软而黑褐的泥土中构筑着罪恶的巢穴，养育的却是最娇嫩的草芽。就如同这儿的人们每隔十年二十年换出一片新人，但却带着这千百年古镇孵化出有毒菌的优美痼疾。从宣统三年到今天的小镇究竟换了几茬人谁也没认真数过，即使真正清数也未必能数清。

　　素来喧闹的小镇近月来却是一片寂静。人们都绷着阴沉的脸小声嘀咕些什么。只有一个人例外，唱唱闹闹横斜小镇，下赌场抢钱耍赖，下馆子敲掉瓶脖子灌得烂醉，欠了酒钱还闹得店家不得安生。说他像泼皮无赖衣着却又像公子哥儿，似乎有些少爷风度遗迹，可那双手脚倒像个爬滩背纤的桡夫子。他从酒铺子里出来了。歪斜着身子两手把那件藏青绉纱小袄一脱，巴巴地把一片膊子拍得山响，紧绷绷的骨头也在扎扎地响。他竖着，木然不动，一双红爆爆的血眼迷惘而凶狠，像石头那么固执地挤着人群，他身体摇晃目光直视。当你以为他丢魂失魄的时候，他出其不意地抱住一个男人或女人，手指间传感出奇异的力量足使你断筋碎骨。他放浪形骸于亦人亦鬼之中，那乱莲蓬的巴茅般头发直愣愣地竖起，酒气也熨术平郡片松针，烛光活活地把一个魔影钉在古老的巷墙上。他远瞄近看，闭上左眼右眼瞧，长长地打了个酒嗝儿，翻出一股浊黄的酒浪鼓着嘴嘟嘟嘟地朝着自己的影子喷刷一阵变质的汤菜，一转身影子没了。"龟儿子，你戏耍爷儿们。"旋上一圈，四面八方重重叠叠的影子在飞舞，无论是麻黄青石街面还是狭窄的巷墙，是他自己把自己的影子折叠成一件弯曲变形的艺术品。月亮残缺后，黎明才把他的实体和虚影重合为一个真实的整体。

他就是龙海江。龙海江便日日夜夜竖在梦幻与现实的交汇处。

正是深秋入冬的季节，江上却不得安宁。每隔几日泊在江湾的小船的渔夫或大船的桡夫子便在夜里悄无声息地失踪。这种事奇怪得让人没法想通，船只完好无损，船上一切东西也没挪动，只有人像影子一样被云彩抹掉，人们自然在镇里江上四下寻找但就像弥散在宇宙的一丝青烟无迹可寻。接连几日的失人弄得江上无人行船，镇上店铺关门。蛰龙镇的旧辈人说这怕是千年未遇的怪事，蛰龙镇开始人心惶惶了。行走在冷清清的街道上，你便会突然感到自己的影子嵌在墙隙或麻石条间被挤得透不过气来，提着心，脚似踏着云雾的头上分明有沉重的黑色像无形的椭圆体压着，好像总有铁爪挠钩来扑人。虽身体躲掉了但汗毛与头发隐隐被拂着，身后时时都有厚重的脚步踢来，猛回头什么也没有，而前面不是撞墙就是碰翻人，吓得你往小巷钻，似乎被逼上一条绝路，永远也不敢再回来了。

后来，一些老船家合计在江上守夜。夜里几个人在中舱围着一盆炭火，温上酒，吃些酸渍渍的泡菜，边喝酒边聊天，大面上都自由谈笑，可每人心里都坠着一种神秘的恐惧。后半夜烟酒也不解困，一位百岁老人夹着炭火点烟炙着伙计们的手脚，皮肤上烧得冒烟也不觉得疼痛。江上似隐隐传来美妙之极的音韵在催眠，每个人都迷迷糊糊的，心里似乎明白但手脚不能动弹。待明日，阳光涂满平静的码头，几位老船家醒来，船只依然，独百岁老人没了。

这条水道是唯一与外界相通的途径，江上绝人绝船，时间久了，蛰龙镇可抗不住。外面的货物运不来，里面土产送不出，镇上几家大的店铺字号都空了柜台。自晚清到民国蛰龙镇最盛的是龙清云商号，龙清云死后让屈氏家族占了北半街。屈老板约齐镇上几家大老板，贴告示以重金诱人下江，江上玩水的人并不怕死，也有人敢应，但上船的人绝无归期。只好由屈老板出面请巫师主持法会，男女老少都到江滩上跪拜祭祀，把粉面捏成的童男童女抛入江中，巫师在江滩用石头布好八卦阵，祭坛上点燃七星灯，香烛齐燃，烧的纸钱经江风一扬漫天飞舞黑色的尘埃，暮夜里似降了场黑雪，高高低低的黑房子龇牙咧嘴地在镇上张狂，怪兽的绿眼在山川扫瞄蜿蜒的蛰龙山像花斑黑蟒在蠕动，天体几颗黑绿黑绿的星点在遥远的山脊恐惧地张望。巫师披头散发仗剑手舞足蹈，口中叽里咕噜地吆喝，沉溺在莫名其妙的颤抖和惶惶惑惑的感觉之中，守夜的巫婆像幽灵围绕着祭坛似哭似笑，闪动那凶残恶毒，妖媚淫欲的眼睛。暗夜把白昼吞下，那似乎是一点光感把山峰、古镇与长江剪贴在神秘的黑幕中，阴风僵硬地刮着灯烛散布着恐惧与绝望的光……闹腾一夜，晨光舔着女巫们裸露的上身，白生生的乳峰挺立在江边，上面好似点过红润的蜡烛，男法师口吐白沫倒在祭坛下，长剑划破了指头，黑红的血像葡萄样点满了祭坛的围幛，血痂是一片片火红的鱼鳞。

这一夜，龙海江在一家店铺里喝得烂醉如泥，死乞白赖地撒野。老板火了。平素蛰龙镇大店小铺都让着他，看他爹龙清云的面子，抑或也夹杂些同情，日子久了，镇上人都烦他了，视为祸害怪物。早晨老板命伙计把海江抬到江边扔在龙家那条红帆船上，并使人在沙滩守着不让他上岸，让神灵或妖魔收拾他。龙海江在红帆船上不知不觉地躺了一天一夜，二日醒来，爬上岸，安全无恙。蛰龙镇人大奇，这赖崽倒福大命大，说不准一切祸福都应验在他的身上，硬逼着他出峡。没想到几日后，他和覃驼子满载一船货物回来了。人们吃着海江运回来的东西议论海江，于是，龙海江成了蛰龙镇名头最响的人物。于是，几家老板联合请他降怪除妖。海江本是糊里糊涂在船上待一夜，也是糊里糊涂地出峡回来，如今又要糊里糊涂地降什么怪物，这可急坏了龙家，覃驼子提议带人在江上整夜保护他，驼子还准备了一根细长的纤绳，一端用钢钎卡在石缝里，然后又准备一柄锋利的鱼叉，把纤绳一端拴在海江腰间，"少爷，夜里莫困觉，有响动你就拉纤绳，我在岸上会赶来保护你的！"覃驼子千叮咛万嘱咐地离开红帆船。

海江还是糊里糊涂地躺在自家大船上。

初冬，江风扎人。覃驼子缩在江滩上死死地盯着红帆船。他的灵魂与骨肉都是龙家的，龙清云临咽气时只把他叫到榻前，"驼子你是个明白人，替我守护龙家，包括大姨和娃崽，龙家的产业也由你经管。"这是覃驼子一生刻骨不忘的，他自己其实不如一条野狗，蒙龙老爷给他这样的殊荣与信任便是为龙家死了也值得。

海江躺在帆船上倒着瞅蛰龙镇。古镇叠着的檐瓦似亘古以来积淀的岩页一片片折着错杂的历史，偶尔从缝隙里漏出一点点灿然的光，幽幽的黄昏与嘈杂的人影正一点一滴地被青灰色的巷墙挤成烟尘，流浪的清风扫着拐弯抹角的墙根把鹰鸟留下的粪味与潮湿腐泥的臭味扬在凄清的夜空。青黛色的石级一层层地从江边摆上古镇，各种各样的鞋板在上面搓出一些不耐烦的"哧溜"，小镇的盲目自尊势利骄横或者是奴颜卑微麻木愁苦还有凶残狡诈淫荡贪婪也是那样层层摆上去的，继而也搓出那些虚伪的喧闹。夜来了，罗列起厚厚的黑暗尘封了悠悠的古镇，于是，留下了可怕的岑寂……"呵来——哩咯哟！"一个女人困惑地喊叫。女人，女人是什么东西，他认识的女人：大姨，竹姑，秀凤，还有一个淡远了的小姨。她们脸上是各种变幻不定的图案，鼻梁下两个美丽的圆孔喷着迷离恍惚的气息，胸前颤颤巍巍耸起两座雪白的山，雪白的腿，雪白的脸……他想着女人，江水摇着红帆船，夜静了，江也静了，水声格外清晰，他还想着女人。良久，船隐隐有些移动。他用耳朵贴着舱板谛听，他自小跟覃驼子闯峡，水声能告诉他水底的一切奥秘：水急而脆响一定是直流；遇到阻力产生浪花声音鸣耳；"呜——呼呼"低沉而回荡的长音准是洑波区，回水击浪，对旋生涡；要是呼呼之声不绝后面还会跟"嗵嗵""咕咕"的声音，似巨礁入水卷成蜂窝巢穴，这便是特大泡漩，江上人最怕这个。海江听得水声是冷冷清空有浪沫扎船头，依然想着谜样的女人。后来声音变了，水声复杂，或势若奔雷，或嘈杂错乱，声音起落，水波晃荡，船身却平稳，"怪！日牯的妖魔来了。"他试图站起来，"咦，龟儿子咋站不得哟！"身体竟控制不住地抖动，眼睛半开半合一片朦胧，心跳也不规则，他把两条腿顽固而执着地顶住舱板，船板"扎扎"地响，这时，生命的恐惧感才四面八方地包围了他。龙清云临死时把儿子叫到身边仅说了一句话："所有东西都可以不要，但不能离开覃驼子和红帆船，红帆船要是无缘无故地扎扎喳喳地响，就当心自己的命。海江突然浑身躁动，一股热情洋溢的江流在脉管里奔涌，似乎在心中转成一个旋涡把那些沉沦了的往昔和现实的梦幻都飘浮起来，喧哗叫嚣的江涛势不可挡地裹挟着他，躯体如一片残叶迅猛异常地运动。他用锋利的鱼叉把舱门顶开，四下一扫什么也没看到，他已感觉到船在江心，"日娘，真遇上大怪了。"他抓住钢绳乱抖，岸上却无信号反应，四下死一般地沉寂，他极力辨别水域，咋啦，船在逆流而上，江滩与流水在黑暗中古怪地排列组合宛如一团团毛茸茸怪物，忽喇喇地扑来，一切都是面目全非，幽幽森森的长巷黑洞似的天井冰冷的岩石黑色的山峦，上下左右扑闪扑闪似巨翅的蝙蝠剪来剪去，水雾湿漉漉的活像山圹里打捞的青绿苔藓，隐隐可见芝麻大的光斑映着鬼眼，转瞬，茜紫色半透明的液衣滑滑溜溜罩着红帆船。天体和江峡同时黑暗但黛黑的山影似乎有些硬度，而远天却如黑狸狸毛乎乎的手掌。海江也算是个川江通，知道江面阔大蛰龙镇也不遥远，同时腰间那根纤绳还悠悠地荡着，心，渐渐镇定下来，可眼中一点异物没见。

船越行越快，移到小镇西南的临江石边。据旧辈人讲临江石可是个不吉利的地方，常有船在那儿无缘无故撞个粉碎。他赶去掌舵，船尾似翘起来了舵不吃水像毫不费劲摇着一片棕榈叶子，船与人空荡荡地失去凭依，海江想收拾撑可又不能放下钢叉，他灰心了，坐在中舱，"日娘的，死活就这么一堆肉了。"突然，船在江中陡停并急剧地晃动，船近于半倾斜他无法稳住，好家伙！三十六舱的大船竟似颠簸箕一样半倾江心。他死死地盯住江面，右舷隐若有一个巨大的黑洞，一股特别强的引力把海江往里面吸缩，他几乎一个筋斗栽下去了，于是拼命大喊："救命啦，快拉绳，日娘——"但一切都来不及了，他只好抱着锋利的钢叉向黑洞深处猛力扎去，人也随之翻出船外，由于上抛的惯性，他竭力想摆脱引力的控制，可腰间的纤绳与钢叉把他连成一体，身体成半圆弧沉重地坠下来，撞在一个似乎无比坚硬又硕大无朋的还带点儿滑腻的物体上，双眼金花一闪，整个世界辉煌灿烂，刹那间又变成一个冰冷混沌的黑暗，感觉思维出现短暂的空白，不过他灵魂的极深处还昭示着一丝生存的慰藉，那就是当你闻到死亡的芬芳时一定不忘了还抓住一点什么。于是，他把全部的力量集中在头和膀子碰到的那个物体上，手脚并用死死地贴住它，任凭周围搅得天翻地覆。大约是在水面极快地冲出了好几十米，一种奇怪的魔障堵住了海江的眼，整个江面什么也看不见。良久，海江觉得自己也随物体潜入深水区了。只听得耳边呼呼哗哗的声音如同逼进窄峡的疾风，寒彻冰冷的激流如刀片削着他的皮肤与骨头，还有毛石在打磨肋骨，那是种碎裂后的粉末化成钢炉飞溅的红渣与糙砺的沙砾搅和在五脏六腑里痛苦地搓揉。那是一种火热的肢解，被割裂的每根神经感受到疼痛后的舒服，麻木后的和谐，他这时只有一个顽固的念头：无论是死是活都要弄清，我现在在哪里？我的对手是谁？手和身体的感觉已经失灵了只有魂魄可能卧在一淌冰川之上任一匹野马狂滥地拖拽，在风驰电掣中奔腾，他丝毫不能动弹，把一切都交给了运动的惯性……

他再没水下感觉了。隐隐约约看到一排排红色向他扑来，一阵阵喧哗盖在他的身上，幢幢的人影和魆魆魔鬼毫发无差，雪白雪白的眼睛像剑一样锋利，顿顿挫挫的牙齿像锯子一般断裂生命。谁都能吃人，谁人都能被吃。今夜没有月亮，他极想看到他在什么地方，他的对手是谁？

第二日，江滩上躺着一条硕大骄傲的江鲨！

只一日，海江伤还没好，但他成了川江上的英雄。

千年古镇的奇事，竟然杀死了一条比船还大的江鲨，而海江更是千年未遇的奇人杀死巨鲨还安然无恙。蛰龙镇的人无不感到一种极大的荣耀。江鲨被剁成无数小块分给蛰龙镇所有的人，就连外乡外镇的人也慕名想分享一份殊荣。更多人是小心翼翼地把鲨肉收藏起来，不愿轻易吃掉仿佛得到了一份稀世珍宝应该给予子孙才对。

没想到几日内接二连三地出事，凡属吃了鲨肉的人家无一幸免干净地死完，蛰龙镇一下子便死了几十人。

恐惧重新出现，危机覆盖古镇。人们议论纷纷：海江杀死的是鱼精，不能吃，现在鱼的灵魂发怒了，蛰龙镇的人都活不了！自然话题由鱼殃及人由谈死转到求生。海江不过是个落魄的公子哥儿，有啥子能耐居然杀死江鲨，这里面有故事；或曰海江杀鱼恼了水族它们向蛰龙镇复仇；或曰海江杀鱼那晚他骑着巨鲨威威武武整个江湾银光闪闪，灿烂辉煌之中包藏一片杀机，一定是鱼精附体，海江也成了精怪。于是，海江不能再留在蛰龙镇的话题悄悄地传开了。于是，杀更多的人和杀一个人的选择很快成为定局。怨恨与愤怒悄悄包围海江，杀，必须杀死他！英雄与魔鬼、恩人与仇人、生与死本是最亲的邻居。人们把昨日的狂欢与今天的凶残揉成一体。发自愚昧野蛮躯体深处的邪恶意识恣肆汪洋地在小镇上弥漫开来。

在小巷的酒铺，海江在大吃大喝，把那杀鱼的过程吹得雄伟壮观，沉醉的眼仁白的黑的红的轮流转悠。"你，你们都给我跪下，是我，我老子救了你，你们。我，我是金身罗汉转，转世。"他站在桌上把酒菜踢翻，醉眼望着倾斜的店铺头脑又幻化出一片奇异美妙的世界……他被人塞在桌下痛打，于是糊里糊涂地吐了满地的糊浆，辣酒与酸水腥味与臭气弥漫了小店……他被滚席般掀在清冷的街心。

一会儿，杂货店的那位姑娘眼泪汪汪地把他搀起，覃驼子也赶来帮忙把海江半抬半拖地架回家。

三天后，蛰龙镇纷纷扬扬地盖了层洁白的雪。鳞次栉比的叠檐滚动着一捧捧珍珠，江风一吹洒落了满街的杨花柳絮，蛰龙山的草木披银缀玉，奇长的江滩白亮白亮的，兀立的礁石冷峻而刻毒地注视簇拥的人群和各色长旗条幡，女巫精神抖擞地在旗下吆喝，几个汉子在江滩边堆起柴草，巫师鬼歌巫咒地哼哼从祭坛上点燃香烛纸钱把那堆柴引燃。从小镇到江滩的石级都站满了人，龙海江从那里押下来……"点天灯"楚地俗刑，让恶满罪盈的人站在干柴之上，从头顶燃火慢慢烧下来，最后在大火中融化一切。

这时，只等头面人物镇长屈老板主持祭祀。屈家的"兴隆商行"中门大开，屋檐下覃驼子跪在雪地石板上叩破头颅的鲜血早已凝成冰碴，他在屈老板家门已跪求一天一夜愿以身代海江，屈老板望着稠粘浓厚的血液煽起心底的怜悯与钦佩，他有心宽宥，可是流传旧俗他一个人没法更改，况且也是关系拯救全镇性命的大事。得与镇上更多的头面人物共议商定。他带人下江滩了。覃驼子尾随其后沿石级跪拜而下，一路寂寞冰冷的石级留下覃驼子温温湿血，至江边，覃驼子抱着海江的身子站在柴上，"你们烧吧，把我和少爷一起化了。"众人上前怎么也不能把驼子分开，屈老板叹了口气，"倘若我死后有个驼子，足矣！"于是再邀人共议，他提出明年独资筹办"江祭"，这次用杨柳木刻个海江替身烧了。众人也心下明白，看着死者和生者的情面，况且覃驼子和海江是江上独绝的领水，不能后继无人。

龙海江，长江的流凌抻平了他心里的皱纹，寒彻的冰冷激醒了他脑的灵性与心的青春，浇灭了雄伟的疯狂和灿烂的沉醉，舔平了暴烈的行为与毫无由来的冲动。龙海江凝固了，凝固了他父辈和家族的一切辉煌与屈辱；凝固了超越时空的历史与现实及将来，摹写一部千百万年前蛮荒丛林与千百万年后文明楼群组接的奇奥诡谲的大书；凝固了生与死苦与乐恩与仇爱与恨织就的厮杀与亲吻，美丽的暴力和残忍的愉悦描绘的一卷卷色彩斑驳光怪陆离的预言图，展示人类童年时期未曾泯灭的纯真以及衰老时期可怕的残暴……

凝固了，龙海江！如长江流水般冷峻，岩石般坚硬！

第二章

雾，乳白色，从两山石壁泼下来，石缝中横斜伸出松柏把白若丝绢的雾裁划。晦暗幽暝的川江上什么也看不清，红帆船泊在江湾。桅杆坚挺地从狭长通道戳向朦胧遥远的天宇，雾，温柔地润滑地缠着它，一种最奇妙的阴阳组合。舱门"吱呀"一响，稠雾神经质地抖动几下，绽开的帷幕把声音荡得远远的，末了又关闭天鹅绒般的雾纱。

雾里隐隐传来橹桡吃水的声音，那是盘巫镇的货船，领水盘石岸也是船主。他和碧妹掌的是夫妻船，川江数百里唯一的夫妻船，江上声名也追得上红帆船。同行是冤家且盘、龙两镇两家祖上还有私仇，故江上两姓接火都暗中较劲，打架斗殴也要争番输赢。江上人恩仇情爱都是公开的，即便干仗斗得死去活来，散场了该说该笑无碍，危难之中还能帮帮忙。海江雕塑般竖在船头，用长篙拍拍顶篷示意起床。甲板上顷刻骚动，船尾渐渐唰唰冲起一片水泡，清新的晨凉中于是有了些温热，水息中杂着些许尿臊，哈欠中乳雾又揉进一份口臭，各色响声叮咚出一片繁忙……货主睡眼惺忪地钻进舱来口里嘟哝："这帮粗蛮汉子闹嚷啥子。"在船侧把尿撒在舷边，海江一天篙扫去差点没把他打下水，吓得货主拎着裤子往船后跑。货主利川人舔呱得很，特小家子气，一路上紧赶慢催，船工都烦透他了。江上行船规矩严，动作说话讳忌挺多：桡夫子在甲板船舱只能仰睡不能扑卧，犯翻船忌；把洗脸说成"抹面子"，犯落水忌；拉屎撒尿不能在中舱以前，谨防晦气冲人。出江进峡运输，或则货主包船守货管船工吃喝工钱，或则一揽子包给船主到终点码头提货，可运费特高。长江船工既是奴隶也是皇帝，平日给商行或船主干活生死握在船主与领水手中，但老板也得让着船工一点，恼了这帮汉子，他们能把货船摇到江中最紧要的滩口，或触礁沉船，或船工吆喝着鸟兽散，船随水漂，这叫"放飞"。老板们最害怕。因而大江之上富贵与贫贱在生与死的交汇口和谐平衡了。

海江熟悉地发出船家指令："抹面子——""浇灭火口，""赶篷，""打点手脚，""到位！"船上一片忙碌，前甲后舵，左舷右舷，人影晃动，铁链与纤绳，桡橹与流水，长篙与礁石，舱板与悬帆一切都是有声的呼应配合……"舵工靠后，抬挽上前。""松缆！""挂梢，""锁天篙啰！"——船上几通鼓响，咚咚不同节奏传不同声音不同意思，听到"摆开喽！"的吆喝，所有人都精力于一，守己一职。红帆船一耸，船岸相分，雾也跟着一荡，一切响声凝于船头，船头型出川江一片坦途，泠泠汩汩的流水包裹着波涛，浪花与漩涡，依稀的江峰隐约的滩石都叠在粼粼的波纹里，坚挺的桅杆戳着谜样的天，帆篷鼓着苍白的晨光，船甲裁划苍茫的水域，把大地浑黄的血液和天宇灰淡的灵魂无休止地搅动。船工纤夫没有回顾与展望，因为幸福和痛苦是等同的，过去和未来都没有现实的界限。他们用铁样的肩扛着流水般的人乏，用脚踩出一路江的歌，那种发自灵魂的呻吟和脉管里醲稠的黑血律动，在那颤抖着尚未窒息的意识里翻动着古老的心曲：

脚蹬石／哟吧

四股索／肩上拉／哟嗨

周年四季／索滩爬

晦嗨……哟吧

周身骨子／累散架

趿岩跳坎／眼发花

眼泪汪汪哟……往前爬

嘿嘿……哟哟……

凶滩恶水／打烂船／嗨哟

船工淹死／喂鱼虾／哟嘿

嗨嗨……咿哟……

这就是船工的号子，龙海江只喜欢无词的号子，不爱这种带白话的把意思都喊明，或许正是这种无词的音律更能沟通大自然的灵性，故每当海江喊号子时，常常引起江峡两岸的猿猴高一声低一声错落有致的伴合。他用高亢的音律、无词的节奏合着纤夫痛苦的呻吟，追赶石岸的夫妻船。

　　海江对石岸夫妇又怨恨又佩服，尤其是碧妹，这次在夷陵市好主顾又让她拉去了。自己摊了这个疙疙瘩瘩的酸主。那女人论岸上活儿船上功夫绝不比男人差。川江上百十年难出一个闯江女人，以她的气量与性格走了第一。即使男人闯江也是把生命交给江里鱼虾保管的，爱独往独来，一包破烂行李卷儿上船扔在舱角儿里，出峡跟一家老板返回，说不准又跳槽合上了新的主顾，多则挣一包大洋，少则管一个肚皮儿圆，下船上码头便是茶店酒肆，赌场窑子窝儿进几出钱干净地抖落了，然后上船再挣。虽吃苦也有玩乐，赤条条一生无牵无挂落得清净潇洒，因而船夫多不结婚或结了婚也不顾家。近些年船夫结婚的多了起来，船上岸上都安家。多数拖得很晚才结婚，怕河上人变成河下鬼坑了人家媳妇。川江男人随兴所至活得自由，死了喂鱼虾也没啥遗憾，数百里江岸渐渐寡妇村寡妇寨寡妇船也多了。

　　于是，碧妹和石岸的夫妇船就更显眼了。

　　去年盘龙两家的船在万县码头。海江和一个货主谈好生意后带桡夫子去下馆子，返回，货主把货上在盘家船上，海江和石岸干了一仗，可也没法，沿江这种戗行的事也多。海江帮人运了一船红橘，沿江下去又遇暴雨护理不善，烂了。货主和海江都认倒霉。盘家货船也到，但货主是个黑道上的人物，为争运费石岸被人打成重伤，碧妹也泼辣死死地扭着货主，海江又觉得挺解恨的。

　　"你要现大洋，跟爷们去困一觉，也不打听这是哪家码头，臭婊子。"说完狠狠扇了碧妹几巴掌。碧妹披头散发眼睛睁得溜圆又踢又咬像发疯的母狮，"骚娘养的，还是个夹杆子男人，无赖，我割了它。"她手腿并用对货主裤裆里撞，货主嗷嗷地叫。旁边拥上几个帮手把石岸往死里打，碧妹又去护男人，被货主把上衣撕成碎片。海江凝固在冰川里的血慢慢地烧开了，头都要崩裂了，突然，他阵风带人似的扑上踢翻两人，一拳栽在货主脸上，鼻涕口水眼泪血浆迸出灿烂的鲜血梅花，仅在一扑一击中扭打的场面拉开了。这时小巷钻出一些方头方脑的人围来厮打，海江吃了大亏，但他精明，死死地盯住货主，海江哗啦一下拽开他的衣，五指牢牢地抠进去勾住脖子下的锁骨，货主疼得杀猪一般叫，海江也被打得鼻青脸肿了。这时，覃驼子带着石生、滩崽、二玄子赶上，一片混打。"滩崽，把弟兄引开，我今日跟狗日的结了。"海江一挥手双掌错击，货主断了一根骨，告饶地说："弟兄停手，都依你！"

"把龟日的孙子赶开，快给钱。"海江眼红暴暴的。

"都莫打了，停手，给钱，让那狗日的婆娘塞洞洞。"

有人捧出三十个现大洋。海江手一松，货主瘫在地上，他顺势揪住头发，"再给三十现大洋，人家男人养伤，不然我掏你的心。"货主抬抬手，又送上三十。人散开了，海江五指上劲一提，货主惨痛狂叫，头盖半边血糊糊的，头发给海江拔了一半，"龟崽，爷儿们扯平了，日后我遭暗算，老子只找你抵命。"说完鼓着腮一吹，手上黑的白的红的纷纷飞起似散落的断纱乱线，他这时才觉得周身疼痛。这么多年，他算今日出了口恶气，心里是舒服的，那手掌中粘粘稠稠的浆液似温润新嫩的豆腐，一种动人的鱼腥与迷魂的芬芳拌在每个骨节里，渗出些不尽言说的舒畅继而幻化为美妙的晕眩。覃驼子挽着他。碧妹手里托着三十个大洋："给你养伤。"海江一挥手给拍翻了："你把我看成啥人啦！"碧妹弯腰一个个捡起，跪在地上托着大洋。"臭婆娘，死开些，我是你爷。"碧妹霍然而起，给海江两巴掌："我谢你救人，打你骂人。"说完扔下钱，咚咚地给海江磕了几个头，"我替我男人叩头，咱们恩怨两清。"转身跑了。

"是个真女人！"海江也和众人上红帆船。

雾开了。浮云敞开了一片蔚蓝，轻风收着满山的一片苍黄。纤夫在山崖和沙滩上爬行，红帆船不紧不慢地跟着盘石岸的船。江浅滩宽礁石丛中纤夫赤裸着身体，即使时令变化，最多加件上衣但不能穿裤子，涉水衣湿再在沙滩礁石上爬，裤裆里硬生生地嚓嚓响，一会儿干一会儿湿，不用两个时辰大腿内侧便磨得血肉黏糊，甚至连卵袋子也擦破。江上船夫，在甲板上推桨摇橹的叫"桡夫子"，离船在岸上背缆索叫"纤夫"。撑篙佣人是"西差"，舵工叫"瓜大"，驾长叫"领水"。他们像岩页一层层摞上去摞成蔚然的大山，长江的浪沫在脚下推推揉揉地伴奏船工的命运曲，人生和帆船与江流组成古怪的生存依赖关系，汇演着古怪而又永恒的令人无法逃避的剧目，那种犬牙交错的节奏日夜拍打着感伤的人生与寂寞的命运。希望的斑点是支永不退潮的船歌，九曲回肠地倾诉表达着芸芸众生的愚昧妄想，诅咒和忏悔，亲爱与仇恨。人，只要把一生交给了长江，什么苦恼与羞辱、欢乐和痛楚都会像江流那样浩浩荡荡潮汛般涌来，"走蛟"般冲走。苍白的晨光开启苍白的迷雾展示苍白的人生度过苍白的一天，带着沉重的忧患与无边的恐惧。只有在与江浪搏斗和暗礁争生存的时候人才瞬间爆发出卓越的智慧与聪颖，如果那个时候他们不是用全部的心智与力量去征服那冷寞的流水和顽固的石头，只凭借那闪电的灵感领悟那些连伟人也无法破译的妙谛真言，他们便无法求得生存。但他们又绝对天才地感悟人生，在江浪的拼搏中平日那片浑浑噩噩的僵直思维一种密密麻麻毫无头绪的迷惘突然闪灼着一个灿烂辉煌的红色浮标，像一颗彗星燃起强大的光焰，在广袤的天空和深邃的思想库房也许他寻找不到伟人的坐标，可他一定意识到自身生命本体所拥有的特殊价值。于是，那强健伟岸的肌体总恢宏廓大一种思想，热情洋溢地激荡着一种不可穷尽的鲜活生命力。

红帆船接近石岸的船，海江想超过它趁早赶回蛰龙镇。用长篙敲敲纤缆，看来纤夫还是满着劲儿的，纤索敲上去蛮有弹性的。川江纤索也有讲究，在山里挑上等竹子，破竹之时把那层溜青的竹皮留下，然后泡在石灰水里再在炉灶上久蒸久煮，最后编成纤缆。纤索便柔软而有弹性拉力也好，不带湿水不生蛀虫，即使在夏日磨破手指肩胛也不溃烂化脓。一会儿，盘家船停了。都沿北岸纤路溯江而上的，或停船等候，或抛纤过桡超过前船。货主又开始嘟哝了："这船像老牯牛拖车慢慢悠悠，啥子时候才到涪陵，误我生意我少给你们钱。"石生说："老抠，少一个子儿我割你耳朵下酒。"海江没吱声，他想治治货主，干脆慢慢等船，他示意石生传鼓，"咚，咚咚"船家以自己的节奏传达自己的语言，不一会儿那边船也"咚咚"回音了。海江心里明白，他把船靠上去。碧妹说："你们抛桡上前走吧，莫误了工夫。"石生凑上脸，"妹崽崽，请我出力，不消袋烟工夫，准完事儿。"

"龟崽子。莫邪乎！我当家的也算个人物，这还没起水，怕你旗杆杆硬，也只一袋烟的劲。"碧妹奚落他。

"咦，借把你戳戳，保准味儿就不一样。"石生涎一皮赖脸。

海江正经地："盘老板下去许久，得看看，水下暗礁太乱，石生，你去试一试。"石生咕嘟嘟灌了瓶酒，扎入水中……好一阵石生传话，没见盘老板。碧妹这才着急了。

"滩崽，管好船，我去看看！"海江开始脱衣喝酒。入水时，滩崽喊："这个湾抬水挽要当心喽，海哥——"

"抬挽"是船家独绝的功夫。江上行船纤索长达几里，无论是岸上的悬崖或水中的暗礁都极易绊住。船过处要碰上泊湾的桅帆，纤索得抛过别家桅杆，把那么长那么重的纤缆拉起弹性抛成半弧形在极快的一瞬间超越别的桅帆，这不仅仅是超人的力量还要特殊的技巧。"旱挽"在岸上拉起，遇到悬崖挽纤更难，或滑石坠落或纤索弹倒人，遇江则致残遇石则必死。"水挽"比"旱挽"更难，人在水中有劲不好使。长江峡水很怪，即使在夏日河床底下礁石丛中也是阴冷刺骨。这是秋冬之际，江水如割，抬水挽的人冻得像个圆球，水下长了会终身残废。岸上船上人都死死盯着江面……

海江扎入水里便感到无数长矛竹箭向他射来，体内酒的热量缓缓如流与江水阴冷的包围在疯狂地撞击搏斗！那个混杂如织的水晶世界里到处是空间而又绝无空间感，每一个自由都付出极大的努力，刚钻出水面享受呼吸和视觉自由，浊流与浪花便恶狠狠地扑来，脸忽忽地感到有无数带钢刺的手掌拍向他，水的混浊风的尖利铺天盖地涌来就像他从娘的胎衣里钻进黑洞似的长廊死命地向外拼挤却永远也冲不破那堵黑暗的闸门。海江顺着江中石壁向上爬，拱出水面，石生也在不远的地方，"找到盘老板么？"

"这块儿没得！"石生向海江靠拢，"我是顺流找的！"石生水性比二玄、滩崽的都好，他既寻不着，顺水找是没用的。"我们在回流和礁石缝再找一找。海江吩咐。"海哥，太险了。"石生虽这么说，还是潜入水下，海江明白这是最危险的，可也只能这样了，他还得暗中保护石生。他趁酒劲在水底滑翔，侧耳是轰轰隆隆的响声，礁石像一队队大兵扛着排枪套着锐利的刺刀向他的肋骨划来划去，肌肉如同撕裂的橡皮而皮肉包裹的骨头又如鱼刺只管朝软耷耷的皮肉外钻，江流一如漂动的海带随一股惯性拖拽着他的躯体总把他往旋涡和石丛中塞，手脚攀扑的礁石似攥着烧红的铁屑，无法辨别是疼痛还是麻木。回流，要命的回流拼命把他卷成弧形。刚扶着一块礁石又一股拉力把他塞在另一个岩石缝里，只要身体卡住一切都完结了。他努力地避开，不断地摸索，摸索，极力辨认石头与流水不同的东西，其实看与摸都起不了大作用，一切都只能是感觉的驱使……

突然，他觉得有人体在石缝之中，试图拉一下，不行。他极力在那个空间探索，是人！但无法弄出！得找石生。他露出江面，脚蹬着礁石，刚找到石生，"石生——"话没喊完一叠浊流又把他重重地拽下水里，他正极力抵御时，又一个方向一股漩流把他卷到礁石柱上。海江死死地抱住石柱。他明白，撞入可以闯到死亡馨香的魔谷。这儿的漩流不是从这一点到那一点，而是像两股交汇的力量相互推拿交织。幽谷的极深处，水下世界也有它自己的山脉平川、洞穴峡谷。有犬牙交错的礁石丛林尖锐凌厉的石笋随时可以把你穿透，随时可以把你嵌入黑色的夹缝里。这时，石生也滑下来了。他俩小心翼翼地摸索，数着不可穷尽的礁石：石笋、石洞、石门，找到了！在一个宛若两堵高墙的礁石夹缝里，盘石岸卡在中间。那里的水也逼成一条薄如冰片的利剑在刺着石缝与人。海江觉得已被冰窟凝固了，手脚也不十分听指挥。他一只手牢牢地扣住石岸的腿，石生慢慢抬动着盘老板身体，突然一晃，他头撞在石柱上了，一只手卡在窄缝里。海江移过去一个胳膊抱着石生的脖子，用脚蹬住石柱，石生才脱险，两人再搬盘石岸的身体，不知付出了多大劲花了多长时间，似乎是在没有时空概念的领域找到一具被沙漠埋葬了千百年的木乃伊，然后，他们极小心地上浮……

"把盘老板送回去，我来抬挽，你在船上帮我一把。"

"海哥，我去抬挽，你这几天不舒服——"

"快去，你下水时间长些。"海江独自向礁石丛游去。他接近岩石像鹰爪样抠着礁石上被江浪孵化出来的蜂窝小洞，双脚像猴子上树借着劲儿往上冲，极力避免浊流拉起的漩涡把他卷走。礁石阴面太滑，费了好大劲他才爬上，那纤索原来被崖石上的老鹰嘴勾住了，这情势抬纤缆无济于事，必须爬上去把纤索往下摁，纤出鹰嘴才能抬挽。江流冲腾而下，两家都是逆水行舟，岸上的缆索得不上力，而连接船帆的纤绷得紧紧的，这块鹰嘴石集中了船只的全都力量。他在石上歇息片刻用手弹压纤索，毫无用处。抬挽分阴手阳手，阳手托举，阴手压迫翻出，这时阴手与阳手并用也动不了纤缆分毫。他灵机一动，"推桡——"船上忙乱起来。船缓缓而进减轻了缆索的绷力，海江借巧劲儿使缆索脱钩。这时，岸上与船上力劲贯通，纤缆绷平，海江只能单手抬挽，身体紧紧地贴在光滑的石上，刹那间，纤缆呼啸而过掠得礁石上的碎砾像羽毛一般飞到江里，在极快的瞬间海江的右手在石头与纤索中擦了一下，分明似流星飘闪他却感到如锋利无比的刀刃削过。随着纤索的反弹力，他被高高地抛离礁石。海江分不清是飞腾还是坠落，意外的轮空使他处在惯性的控制中，这时唯一意念是离礁石远一些，否则会粉身碎骨，于是，他又借劲翻出了两个筋斗然后扎入江里。之后，一切都在模糊迷蒙之中……如何浮出水面，如何被拉上盘家的船，他都记不清了。只听得石生喊："海哥，你的五个指甲上哪儿去了？"于是，他感到了疼，感到了冷，感到了女人的声音，"快点，快把短裤扒了，拉他的'鸡儿'，冷得缩进去了，就没用了。"有人搓他的下体，可他周身是麻木的。头脑里拼接各种图画：久远年代像荒漠的沙滩蓬乱的荆棘一只秃鹰在滑翔掠过苍凉的水面尖利的嘴啄着一具腐烂腥尸的眼珠子，肋骨上盘着花斑大蟒殷红的毒箭贪婪地在白骨上扎进去企图吸走最后一滴骨髓，来吧，狗日的！渴望生存和渴望死亡具有同样价值，如同满足情欲和满足饥饿同样重要，女人，女人是何物？向他涌来通体黑亮的女人硕大饱满的乳房如两个旋转的圆球绕出无数魔圈像对称的太极图螺旋式地上升渐渐化成天体的山峰。向下沉沦悠悠地旋进了一个幽深的黑洞枣红色的火炬在嗓眼燃烧，情的焦渴与欲的饥饿，阴冷和温暖在争夺他弥散的意志。醒来，让灵魂睁开眼，看看拥抱他带来热量的女人，他怀里是一团彩色的云雾充满了女人肉体的滑腻的香味，舌苔上布满了潮润的快乐……一切欲望都复苏了。浑身泛涌着流星失去轨迹后在光辉灿烂的太阳照耀下与别的星星对撞时迸发的一种壮丽堂皇的感觉，下腹饱满了一片潮润活游泛开……可是，黑色女人在最激动人心时离开了他。

他明白，是碧妹拯救了他的生命力！

海江沉沉地睡了一觉，醒来，红帆船已到蛰龙镇。石生和二玄子正同货主吵架，一个为了货物一个为了开价。海江摆摆手，大家都静了。"海老板，我的一舱盐一舱糖都成了水，本利都赔了，你们不给赔，还要工钱，真坏!"

海江晓得是这二玄子的鬼主意。从城里批发的砂糖、食盐都是散装，只要悄悄在舱里泼上几桶水，那货就没救了。那五金百货坏得更惨，只要在江中把船弄得七颠八倒货碰货，到码头全成废品，抑或在皮棉毛织品上泼上染料或拉屎撒尿……江湖行船也有规矩：对好货主，好吃好喝，尽心尽意地送到码头还帮忙装货卸货。治那些奸商小人，怎么毁他的货都成但不准偷窃分毫。这次利川人算碰上鬼摸头了。海江说："你两舱货还在吗，其他货也完好。上船我就说你莫小气，对伙计好。你不信，今日你不给每个兄弟十个大洋，我让兄弟们把货扔到江里，再陪你打官司。"

货主嚷起来："你不是成心敲我？开初讲好五个大洋，如今我折了本，你们还榨我，丧尽天良!"他嗡嗡地哭起来。

"明着跟你说，弟兄们今日吃你了。货我们不包赔，行船有规矩。如果老板不跟货船，货物由我包，差一斤一两我龙海江全赔；如今你押船监运，我们分毫不管。这川江山重水复风险万千，遇上船翻人亡，黑道劫船，你呼天喊地也没用。今日你给足钱，弟兄们死活把你送到涪陵，要少一个'袁大头'，便把你的货掀到江里，你哭灵也没用。"海江说完了跳上岸，"石生、滩崽、二玄子，把船照管好，我回镇。"

在街口石级上，海江再回头，红帆船又开航了。

峡江暮色中红帆船缓缓地游进山群的衣褶里，鲜活似一个红色的浮标！一点红色的火炬!

第三章

小巷，童年的曲径。海江每次走进这悠悠的小巷便想起悠悠的童年。于是把还带鱼腥水息的身子贴在凉浸浸的巷墙上张开五指摩挲那青幽幽的巷墙，粗糙的手纹里还织着江滩的泥沙与毛茸茸的绿苔藓奇妙地糅和，于是剥蚀的巷墙和棱形的青砖浇铸了他不同年月的各种印迹，于是把梦幻般的旧日记忆镶在重叠的缝隙里……龙家是声威赫赫的大家族，各种节日爆竹为他炸出无穷美好的音韵与图画。每到这时候他总拉着佣人竹姑的女儿秀凤造就他们的梦境的天地。昏暗幽凉的小巷，从不同门窗漏出小户人家温馨的烛光，映着门庭和窗棂上不同色彩的福禄寿禧，檐瓦流着清凉如许的月光，把一鳞片羽的光斑筛在墙缝生出的柔弱蒿草和花叶蕨上，朦胧的紫烟把他们和各种屋宇梦一般地浮起。平日秀凤总是拉着他的手指，用竹签把他指甲缝里的污垢拨得干干净净，低下头用软软的唇吮吮手指肚，用小手绢擦掉鼻下的黏液，然后拿着小坎肩儿和他去小巷里数那些总也数不清的灯笼：三个圆的，五个八角形的……数得倦了，秀凤便掏出块小圆镜子对着孤独的月亮把光斑反映在檐梁的背光处看那颤动的蜘蛛网怎样把飞翔的蚊蚋收容，瞧龙家庭院三楼飞檐下的燕窝里探头探脑的小燕；或是，把光斑映到他的脸上晃晃悠悠落下一片银色的世界，待他眼花缭乱的时候，秀凤突然跑来刮他的鼻子或在脖子和胸口胳肢几下掉头便跑；他便在后面追，小巷一弯一折总是没有尽头，满是诱惑的脚步，好不容易捉到秀凤，他搂着柔软的云雾，好久，他衣衫上还留下女儿家动人的气息与迷醉的笑容。他也在她身上乱捣鼓几下，她不笑，总恼！气得海江少爷脾气上来便狠劲儿拧她的屁股蛋；她不哭，也狠劲儿拧他，如同两头小羊在巷里抵角，厮打得筋疲力尽挽着回家。又是两天赌气，两天不说话，还鼓着小白眼儿吐舌。于是便引来龙清云的责备，自然每次总是训海江，那种男人不能欺侮女人的教诲深深刻在他倔强的骨子里并莫名其妙地得出结论：女人需要男人保护的时候也需要男人欺侮。

小巷可以上街，小巷可以下长江，小巷可以去蛰龙山后的桃花坞，总之，小巷通人生各种各样的路。家境败落的时候他还小，常和秀凤去后山桃花坞打柴，爬树、刈草、掏鸟窝、扑山雉。山坳里满是桃树和桑树，平坦的草地像绿毡子把它们栽成一丛一湾，又把它们织成连绵的整体，还有一方绿潭从山的胸脯上陷下去，清清粼粼地光照鉴人。他把野花插在她头上，捡来些桃花瓣儿碾碎后将那红色的浓汁涂在秀凤脸上。天气和暖时他俩躲在草丛里吃桑葚子，四片嘴儿染得紫嘟嘟的而牙齿是鲜红的，秀凤张开嘴贴着他的脸哈热气，"是甜？是香？你说，快点说呀！"

海江故意说："我看——不甜，也不香！"

"哼，瞎说，又香又甜，真是猪猡，不信你舔舔嘛。"

海江傻傻地一笑，秀凤像画儿一样贴着他，海江果真轻轻地在她唇上一舔，一点微麻继而是又软滑又柔嫩的感觉从唇边荡开洇了一脸温润，心里像有个小虫子啃了一下。往后在巷墙里捉住秀凤总去舔舔唇，秀凤时而温顺，时而反抗……曲折的巷墙是曲折的人情，幽深的巷墙是幽深人欲！一切都那么遥远，那么朦胧！归来吧，无尽的小巷，尽管你重重叠叠，幽暗凝重的光把过去融化把今天凝固，我依然温习着旧日的情怀；去吧，听凭峡江的长流用泥沙把光阴搓逝，我依然只舔着巷墙潮润的苍苔，让屋檐拖出的阴影把我包裹！

落日的余晖勾勒出龙家大院起起伏伏的轮廓。如今前院全卖给别家商号，在巷墙里七弯八拐的才能摸到后院。推响吱吱呀呀的耳门，沉沉没有灯光寂寂没有厅堂的厢房，更显得苍凉凄清。江上人归来没准时间，家人也没法准备，只有大黄狗蜷屈在门坎上抬起头舔着他的腿肚子，摇摇晃晃地竖着毛茸茸尾巴进屋"报讯"。接着竹姑点着蜡烛在天井回廊里照路，大黄狗在前摆头摇尾停在东厢房"吱呀"一下长嘴拱开了房门，海江疲惫地翻在床上，竹姑给他盖上线毯，"少爷，歇一歇，立马给你弄吃的。"她走了。只有大黄狗爪子在门板上嘶嘶地捞，毛茸茸的尾巴在海江腿上摩挲。海江用脚在它头门点点，大黄狗知趣地退下来悄悄地出了房屋，在天井里绕了个圆圈又钻进海江隔壁厢房的门缝。又从门缝沁出一个娇滴滴的声音："海崽，你回来了，过来给我捶捶腰！"然后是沉重得像大蟒蛇样的身体在床板上扎扎地扭动。海江答应了一声，准备过去，但身体支不起，可又怕大姨一会儿闹翻天地。他侧着身，正好从门望到天井。那棵石榴树和藤架的影子幽幽地填着那可怜的灰白色空间，灰光摹写木格窗棂上那淡远残缺的"福"字，瓦楞上白晃晃的天窗，月光怕是爬到了西墙扫着青灰色的瓦片把溶液样的乳白凝成一层粉粒般的白霜，尘灰从檐梁上掉下来，蛛网在摇晃地过滤，那种没有声音的"咚"把烛光给砸没了。里屋暗了，天井却越发雪白。夜霭轻轻盈盈地笼着小院，婆娑的石榴用依然翠绿的衣裙梳理坠落的月光，爬上瓦檐的秋丝瓜，不多的叶儿还倔强地咬着长藤，萎缩的一二条丝瓜像旧中堂大钟摆在白绿的天光中晃悠悠。天井里砖墙石缝里的纺织娘幽幽地织，搅得墙根的"土狗子"也嘤嘤地哭，那声音像浓浓的烟圈儿搅得他心潮泛起浮渣般的情绪。头脑里空空地响如雷霆滚滚，一会儿胀裂一会儿冰固，耳边时而是钥匙掏锁嚓嚓有声，时而是磨刀石在铁锅蹭出的妙妙喳喳转眼化成檐下滴漏声"咚咕咚咕"地敲着耳膜，如江涛拍击着船板……啊，无数锥子扎着他的心脏，锤子敲着他的头颅，眼前是爆竹碎裂的五颜六色的星火……"海哥，海哥——"那个熟悉而陌生的声音仿佛在蛰龙山山顶柔柔地呼唤，可遥远得让他分辨不清是杂货店妹崽还是碧妹。有人翻动他的身子，"海哥，洗洗！"是盆子放在春凳上的声音，迷糊中有人给他擦身子，拧毛巾的水珠滴滴嗒嗒地撞在铜盆上，"哎呀，天神，烫死人，你病了。"是秀凤的惊呼，接着只觉得柔和的毛巾在眼槽、鼻翼轻轻地抹，在太阳穴拐弯再到耳背、耳沿、耳垂至内耳孔和曲折的耳槽。帕子上的水味还带有熏烟的气息甚至还有油垢与汗渍，一切都那么亲切地渗入神经的末梢，把疲软的细胞重新分裂而组合……"来喝碗姜汤！"秀凤一勺一勺地喂他，好像一种甘甜把骨髓里的酸楚和皮肉的疲惫都淹没了，慢慢他什么都不知道了，又重新开启了一个世界……

每年划龙舟是秀凤最激动的日子。开始他们一起在沙滩上奔跑，看覃驼子指挥船队，后来是秀凤看他赛龙舟。划完龙舟秀凤拖着他跑到后山的桃花坞，她把围兜裙一摘铺在地上，把包子、鸡蛋、粽子，还有隔年浸的泡菜放在上面。海江狼吞虎咽地吃，秀凤望着他笑笑，看着他喉结不停地蠕动就用手在他胸口慢慢地揉，"没人和你抢，吃那么急！也不怕呛——"

"唉，你也吃呀！呆样子的！"说完，打了个嗝儿倒在草地上拉着秀凤的手，又要舔她的唇。秀凤不依，他拉她，俩人在草地上撕扭，倒了，把青嫩的草碾成绿毡子。日渐暖，春装未脱，野花乱目。突然秀凤叫起来："不得了，树上小虫掉下来了。"她素怕那种肉乎乎的小青虫，海江伸手帮她逮，用力过猛倒把虫抖在秀凤脖子里，吓得她一个劲儿往海江怀里钻，海江帮她翻衣领，虫子没见却翻出一片雪白的肩胛，"咋没有了?"

"哎呀，钻下去了。"她急得乱抖衣。海江又翻出一片小小的胸脯。"该死，莫翻了。"她掩上衣，可虫子分明还在，她脸也憋紫了，身子也在抖索，手在乱拍，可越拍越出不来，"嗨，又要面子，又怕，还是我帮你捉！"结果海江又翻开了崭新的一页，秀凤敞开了从未敞开过的雪白，虫子没捉到却捉到了两个未曾熟透的桃儿，海江双手紧紧地压着，秀凤用手去捞他撕他，又是一阵扭打……"看，把我的手抓得血糊糊的。"海江生气了。秀凤一看果然鲜血淋漓，极不好意思地说："我，我不是有意的。"她拉过他的手，用柔软的舌给他慢慢地舔，血干净了。海江还在疼得抖，也不吭声。"那我，我让你摸一会儿吧。"秀凤拉着他的手往胸口上放，海江把头埋在她怀里，手指在她身上自由地爬行但又像蜗牛那般艰难地蠕动，终于，他久久地捻着那两个桃儿……"你还在生我的气?"秀凤抚着海江漆黑的头发问。海江抬头一笑，"其实我没恼，生气是装出来的。"秀凤一愣，良久，低下头，第一次来舔海江的唇……

那天，海江和秀凤两个才觉得自己真正长大了。

他醒来了。秀凤歪在床边睡着了。他移动身子把秀凤扶正，自己觉得清醒得多了。不由自主地去舔秀凤的唇，嗅到她喷出来匀匀的气息。他想摸她的胸口，手指小心翼翼地挪动，每一个窸窸窣窣的声音都像迷蒙而恍惚的云雾一般。秀凤的身体有一种独特的而又实在无法说清的气息包裹着，是一种恍惚不定的迷人和一种真切可感的实体。他虽抚摸过无数次，但每次都给他新的内容和新的感受。那种浮游的温暖暴涨为火热的激情，深层意识里既翻涌出月光一样的透明与亲切，又掀起一片混沌与怅惘……他的手指在执着地寻找少年时就熟悉的形体，他嗓子重新发干，焦渴，热望。水，像长江急浪奔涌而来，啊，浑厚的江涛推推涌涌把他抬起来又沉重地搁浅在沙滩上，峡谷震荡，他仿佛陷入了泥泞沼泽之中。他挣扎着，一种强烈的意念与情绪推动着他，"呼!"回波弯里的浪沫带着腐烂的肉体和污浊的渣屑把他裹着抛入一个巨大的漩涡……那种天翻地覆的情欲不可遏制地冲击腹部……

秀凤翻动身子用手牢牢地护着，他们又像少年一样撕扭，"不行的，我们要结了婚才给!"

"反正迟早都是我的!"他把她的手像拆篱笆一般掰开。

"你病了，当心身子骨!"秀凤从床上霍然坐起，海江一把没拽住，秀凤就像鱼一样滑到门边，"海哥，莫怪我!"

秀凤走了，走得像一片月光，月光属于那家杂货店。月光拧下的橘子汁滴在檐梁上，灰塌塌的蚊帐包裹着雕花的旧式龙凤床;高靠背的太师椅毫无生气地站立着；屋梁坠下的蛛丝儿飘飘悠悠地钓着灰色的欲望，让人想到清明节晃荡在墓碑旁的纸幡；老鼠在楼上不耐烦地吱吱地叫，啃得木板墙沙沙响，小巷深处偶尔传来几声狗吠猫叫……

龙家大院是一迷三折式的，前厅沿街连着大商行，接着进来是中堂客厅，都连着三层高的楼房。后院东西两排厢房，东首是大姨和海江的屋子，西侧是覃驼子和佣人的，早先竹姑和秀凤住在西厢下首，她们去杂货铺理生意，现在只偶尔轮着住在这里。旧时大姨和二姨都住在前厅二楼上。二姨是海江的亲妈，宣统三年在江上和弟弟海林一起失踪，龙清云为了寻回二姨和海林卖掉了前厅两层大楼，可仍是杳无音信。龙清云也就认定了生死有命，富贵在天。加上在鲤鱼滩带回严重的积伤，镇上本族不断的人事纠缠，从此也懒得管生意，生活更随自己的意，泡在茶店酒楼，光在赌场就输掉一半铺子。伙计都辞完了，一连几天几夜住到春香院，把身子也淘得空空的。那年一病不起，后来自己痛痛快快地死了，葬他的时候已经把前厅都给卖了，如今只剩下这后院与杂货铺。于是大姨便移到后院厢房东首，那时海江年岁不大，还随大姨住一个房，长大了才分床住在隔壁的厢房。龙清云死的时候是分别把每个人都叫到床前吩咐自己和家族的后事，每个人都各自按遗嘱办事，日后诸多事都应验了他的遗嘱。从财产上竹姑和秀凤分出龙家，龙清云给他们一家杂货铺，如今是他们养活这个后院，不然，连这安身立命的后院也会被大姨卖掉的。所以，海江常常疑心父亲是个预言家。

大姨的变化在龙家是个谜。海江是不断地长高长大而大姨像乡下人蒸发米糕一样横着长，长得又胖又圆。倒也奇怪，她走路竟是那么轻盈盈的几乎听不到脚步声，让你时时感到她可能失重突然会翻一筋斗。大姨的声音和她的身体是那么不相称：时而似山涧叮咚清泉那么清脆悦耳，时而娇滴滴如纯真少女，时而嗓音又细长又尖利，像一根白带抻得远远的连着山那边的毛刺猬，拽得毛刺猬球在你周身滚动扎得你心都发抖。海江的生命都似乎给她一点一点地扎破了。每夜里也不知大姨是睡着还是醒着，喉咙里恰如撑了根小棍儿支着有无数老鼠、蜈蚣、蝎子在狭窄的黑色廊道里挤得吱吱地叫，口里像吃着碎石牙齿扎得嚯嚯地响。她翻身真是地动山摇压得古老的双凤床似断似裂地响……

尤其不能忍受的是大姨每晚都尿好多次。那种特殊的音韵和特殊的腥臊是从木板缝沁过来弥漫房子的每一个角落，宛如橙红的色彩胀得眼睛往外鼓，喉结也艰难地滑动，于是海江大脑一会儿是纯粹的空白，一会儿又是金碧辉煌。自从二姨有了海林，海江便跟大姨睡一床。幼时是恬然与安谧的。海江有个衔着乳头睡的习惯，到十来岁还那样，大姨总笑他，"海崽是个少不得婆娘的人。"拽着他的小鸡用头去磨蹭用嘴去亲吻，总是逗得海江裂开唇哇哇地笑。海江在似明非明的时候，大姨是胸脯是神话故事里的桃林，一片明媚的月照着童年的清明。他觉得那软嘟嘟的奶袋子装有无穷无尽的宝藏以至于他开始总认为秀凤不是女人，才有两个小桃儿。大姨的胸脯实在太暖和了，每夜都把海江捂一个红脸捂一身汗，醒来时总要哇哇喊几声。大姨每夜都带他睡，爹也不来看他和大姨，有时被大姨捂得透不过气来了便在那片光明的世界里拳打脚踢，没想大姨高兴坏了，笑着哼着还故意让他在胸口踢打。冬夜太长，尿憋急了，海江醒来却是动弹不得，好不容易挣出手脸，抽抽腿，不能踢，脚使不上劲，他的小腿被大姨大腿夹住了。他撒尿了，又舒服又痛快！被子里全浇湿了。大姨恼了，把他从热被子里拖起来扔在冰冷的榻板上，还打了他的屁股。

爹死后，最初几年大姨还明明白白只是间或犯些糊涂，她让覃驼子在红帆船上管水上生意，竹姑管杂货铺，家里的事她也开始亲自张罗。渐渐大姨开始变化，小院也逐渐热闹。镇上一些老板经常来大姨厢房谈生意，每次闹腾到深夜，打麻将、抽烟、喝酒。白天大姨便呼呼地睡大觉。再后来老板们都偷偷摸摸地来鬼鬼祟祟地去，总在那儿小声叽叽咕咕，那灯光也神秘秘地燃到后半夜。大姨厢房里是咬牙切齿的响兼有杭唷、杭唷的牴牛般的拼劲在一来一往地搏斗碰撞出共鸣的声浪。大姨那时是一种独特的母猫似的叫声。每日上午大姨心绪总是好的，还哼着轻松悠扬的鄂西山歌：雪花那个哟，飘飘兮；杨柳那个呀，天天兮。阿哥上了床，阿妹闪了腰，嗳呀咿哟嗬，嗳呀咿哟嗬。鄂西民歌在她细细溜溜的嗓子里真是动听极了。曾像摇篮曲样伴随海江的童年。还有大姨每日都要吸水烟，她端着那青铜铸造的水烟壶，一根铮亮的弧形烟管在口里吧嗒吧嗒，管道下端是筒状壶，里面总是咕咕／嘟——／嘟嘟／咕的声音，浓烈的烟味和香味一样迷人。有时，她厢房里斗形的烟嘴一明一暗的眨眨地烧，配合着山歌的轻音慢调，煞是和谐，集镇上的男人，镇长、族长、老板、叫卖的、跑堂的都想来坐一坐，于是大姨端着水烟壶在厢房里转悠，大口大口地吸烟，慢慢地凑到每一个男人脸上哈一口气，烟轻轻地扫着那些呆脸，男人们着了魔似的耸耸鼻子努力地摆着脑袋追着烟雾像吸鸦片一样地吞进肺腑里，眯着眼摇摇晃晃地享受。大姨伸出那猪肠衣般的肥软细腻的手，努力弯曲那肥肥的指关节点点他们的额头，男人们呆呆直坐如同圣徒受洗。那时大姨的音容笑貌比十八岁的闺女还娇媚，吸引着那些男人恨不得当场为她去死！大姨为啥变得这样？海江不明白。问覃驼子和竹姑好多次，他们也支支吾吾地不肯说，或者他们也根本说不清，说得清的早说清了，说不清的只有沉默。不过大姨变化以后给这个小院带来无穷的麻烦。而且越来越厉害。

几年前的夏天。大姨的厢房突然"啪"的一声像爆了气胎，把海江从床上惊起来。只听大姨喊："日出江花喽！哈哈，龙清云你这个烂私儿，当皇帝了，我也当娘娘！……万顷波光摇碎玉，一天风荷藕花香……"说的话竟然让人听不懂。"大姨妈，快开门，我是海江。"海江知她又闹事赶紧去拍门。

"哈哈，海崽！你妈跑了咋就带海林，龟儿子吔，你妈不要你，我带你，长大没良心，哼，我药死你！"

海江气昏了。使劲打门，竟然纹丝不动，他憋足劲用力一撞小院都晃荡，厢房门却没开。"海崽，你想强奸你大姨么？来呀，来呀！……唔，我的峰儿吔！"这时竹姑和秀凤也都围来了。他们踏在春凳上从雕花木窗往里瞧，呆了。覃驼子跪在地板上，赤着背，大姨拿着一根引烟香火一下一下地往驼背上扎，深深地扎下去"咝"冒出指甲大一团白紫色烟，背皮抖动一下香火挪动便是一个黑点点。大姨呼呼地吹着香头，香火又鲜红如血。覃驼子背上有碗大一片黑点点像娃崽身生出的水痘子。大姨极认真地给驼子扎，口里还咕嘟嘟念念有词，围着驼子一个劲地转。大姨这时是一丝不挂的。大姨赤身裸体在小院家里人都看得习惯了，不以为然，但却记不得她从什么时候开始一丝不挂的。就像厢房关久了的狮子满院乱转，时快时慢令人眼花缭乱，却又没沉重的脚步声。就是冬夜她也走得浑身大汗淋漓，谁也没法挨她，男人抓她如同捏着鳝鱼那般滑溜溜的，女人抓她隐隐觉得她身上有股气体往外喷，幸好，大姨周年四季都守在后院，从不往街上乱跑。

别的女人身体随着年龄越变越老，大姨不同，虽全身肉嘟嘟的，但每个部位都很匀称，光鲜灿烂，看不出四十多岁，没一个女人比得上她的娇美。大姨来龙家皮肉就是雪白雪白的，比家里案桌上摆的那大薄胎瓷瓶还光滑，洁白，细腻，要是出汗以后皮肤白里透红，就像吃奶的娃儿家的皮肉鲜嫩得连光线都能透过⋯⋯

一家人常看大姨却永远也看不明白，她绝不是疯子。明白时，精明能干，什么都能想到，什么都知道。看了多少年月每天看都觉得有点变化，可细细一比较发觉又没什么不同的，看大姨时又觉得每个人都在看自己，似疯非疯，似明非明，似乎觉得龙家都这样，蜇龙镇也这样，世界上所有的事也都如此！他们站在天井里静静地想着⋯⋯

一时间，他们都忘了厢房里发生的事儿。

这一夜，海江失眠了。瞪着一双大大的眼睛望着永远也望不完的屋脊与檐梁。这一夜，大姨似乎还安静，只是那尿多少年一贯，昨夜浇得格外长，哗啦啦的浇得海江格外心躁。乳白色的热气蒸腾缭绕，捂得他脸热心跳，那种特异的腥臊钻进鼻子爬到嗓眼像毛虾的触须捞痒似的，牵得他全身抖动。在激动颤抖中他读着自己和两个女人旧日的历史！

但发展的时间并不把所有的历史都注释明白。

第四章

海江把手张开像蒲扇在灰黑的空中扇了几扇，一股湿漉漉的江风迎面扑来。沉重的云影似乎要压垮山峰。他知道暴风雨要来了。海江犹豫了一下，还是果断地吩咐："石生把舵，二玄子撑篙，滩崽帮我升帆后再去推桡！"

"海哥，今日怕有风暴，顺水挂帆，夜又暗，太险喽！"

"滩崽，我晓得的，赶在夜半闯过空舻崖就没事了。"

滑轮在咕嘟嘟地响，船打横，一会儿摆直了，船头水响，破浪了，顺水暗夜挂帆四个人都紧张起来了。海江天生一副闯江眼，对流水与礁石，地形和方位都有特殊的记忆，眼睛在江面和两岸一搜索，船就能自觉移到江中安全的位置，甚至，倾耳听听两岸鸟鸣猿啸他就能知道红帆船到了哪个地方。所以，雾天他也启航。少顷，船便冲出一百多米。海江的指令像撒豆子似的，"右半舵，左，左！""尾直，桡平水！""天篙左舷，准备，顶住！""左满舵！"石生、滩崽、二玄子几个兄弟都是自小一起江上玩水长大的，行船走水配合得十分默契。兄弟几个岸上水下，上溯重庆下至汉口，风雨急流，暗礁险滩都玩过，一块儿"偷关"是常有的事，只不过平日均是小舟轻载，天气也不如这般恶劣，今夜用红帆船重载偷关却是第一次。长江偷关水险无比。川江沿岸官设私办的税关极多，绞滩站也敲得极狠，加上黑道上人出其不意的拦截，小本经济若是这样卡子都泊住，莫说赚钱，连本都会全部丢光，只有艺高胆大的人便在夜半更深的时候偷偷出关闯峡。偷关难。选了雨夜、雾夜躲过了人的关卡，可峡中险滩会连人带船一起撞碎，要躲过险滩，择清风月朗之夜哨卡又极易发现，会连船带物全部扣下。所以，偷关是十之八的人财两空，船家轻易不肯冒那份险，若是闯关出峡一两次倒也能发个小财。

这次，他们是替盘石镇碧妹偷关。

海江自从那次水下救起盘石岸以后，江上好久没见盘家夫妻船，自然蛰龙镇的人也不会打听盘石镇的事，海江不知怎么鬼使神差的总记挂着石岸的生命和碧妹的安危，以及他们的船。没有定型的记忆像峡谷江潮，平川跑马！自然每个人有更多的自己的事要记要做，所以，总是记的日子少忘的日子多。有天，碧妹托人请海江帮她"领水"一趟，口气又冲又硬，"姓龙的，你要不来就不是个男人。"

海江去了。盘家夫妇的船虽粗笨可装载量挺大，盛了满满的一船货。可行船时，那个腮旁长满毛的舵工总和海江不配合，瞪着一双充满敌意的眼。那次是下水行船，除了装货，碧妹还把石岸送到汉口去看病。盘石岸那次从江里捞起来，好不容易留了口气，人是全废了，吃喝都得碧妹一勺一羹地喂，海江看了，好一阵难受。白日合作一天，指挥别家船工总不大顺手，加上舵工别别扭扭地不灵便，好几次差点搁浅、触礁。依往日的性子，他挥手便走人了。这次不知为啥忍住了。不顺风，江流也带汛潮，加之载货太满，船行很慢。傍黑，泊黛溪口，江湾三三两两竖着桅杆，微波起起落落摇着篷舱，舱门不时裂出一两个脑袋互相吃吃喝喝，爬岸上船人来人往错错杂杂。码头小镇约莫两三户人家，小店小摊拍卖诱人的温馨，海江往岸上走……

"海老板，你不能上岸！"碧妹叫住他。

"这是为啥子！"海江倒惊奇了。停船泊湾无论货主还是船老板都不管船工的私生活，特别对领水更是宽厚。

"也不为啥，总之你不能上岸！"碧妹也一个蛮劲儿。

"娘的，老子今日在船上窝了一天，夜里还憋气。"他说着无意瞟了碧妹一眼，看她脸色眼神挺特别，似有心里不愿说的事。她也是出奇的倔强，"你走，快滚，臭男人！"

小小黛溪街，一泡尿能走完，却茶店酒馆、摊贩乞丐之类的都有，汇三江船纳四方客，三教九流的在这里聚合在这里分散。海江踱进一家小店，靠在铺柜上沽了二两酒，撮一碟儿咸菜，吱吱地喝闷酒……突然觉得有人站在他的背后，鼻息拂着颈项的汗毛，还有清淡的香味，"大哥，要人陪陪酒么？"他回头一看，是一位眉目清秀的女人，粲然一笑挺醉人的，心里犹豫着。"哦，是海大哥，你的名字好响吧！"她善解人意地来挽海江的膀子，她胳膊细软得滑腻，一种花香软羽的舒服感，顿觉一天闷气没了，便跟着女人走进了另外的小店。外屋摆摊里屋却收拾得干净，门帘还是绣着映日荷花的绿纱绸，雕花龙凤床边的梳妆台是刻花镂纹的，中间日月镜把门边一切都收在里面，"我给你打盆热水擦擦！"她边说边换衣，背上一片雪白，而镜子却把她姣好的前胸画给了海江，他觉得小屋在轰轰隆隆地响，女人换了小褂儿，拿盆又进了侧门，叮咚的器皿和哗哗的水声，"海大哥，识得你好早吧，你的红帆船从江中过，看你在甲板上指挥真威武，我还到码头等过你好多次，真是想你——"女人捧着一盆水回来，海江没影儿了。女人深深地叹了口气，"真是个怪男人！"

船上静了。船工大都上码头胡混去了。海江上船倒在舱里毫无目的地躺着。黛溪峡谷的暮霭那么柔软，把黑夜纠缠得退到山后，灰暗的光和溪水从高处流下来，黛溪镇燃起三三两两的灯火。灯光从后舱板缝里沁过来携着碧妹断断续续的声音。碧妹是个奇特的女人。论船上的活儿她比男人还厉害。能把几里路长的纤缆收挽得像竹姑纺棉花纱似的轻松，手伸出在空中画一个弧，然后带点弹性在空中抛出一个非常好看的圆，一圈圈地收，越收越快活像城里耍戏的女子玩红绸舞。船上人叫这

"收雪花盖"。平日男人收完一根长纤缆累得腰酸手软，她不红脸不喘吁，照常去洗擦甲板收理船舱，舱板船上尽管桐油灰浆剥落不少，但整齐干净。她也喊号子：嗬嗬哟吔……嗬嗬嘿哟……／哟哦嘿……哟哦嘿……／咿……哟……哦……／哟哦嗨／哟哦，嗨，哟哦嗨／哟哦／嗨，嗬咿挫／嗬／嗬咿挫／嗬，吆喝哟吔／吆喝，挫嗬挫！起调慢，渐渐长调，情绪激起时，短调一字一顿响得有劲，脸上黑红黑红汗珠直滚，快活得很，站在船舷边傍水撑篙，先用力一送，篙入水插得稳稳地，然后顶在胳肢窝下把身体弯成弓形，一手反在后腰一手扶着撑篙，晃晃悠悠地从船头撑到船尾，那黑黑的刘海发在额前和两腮飘拂，大襟衣的布扣挤掉了滑落出一片小胸脯，黝黑的皮肤光光亮亮地敞着，她毫不在乎，哼她的号子。海江的红帆船有时跟她的船错过，一切都落在海江眼里，特别那声音搅得人心里发颤。奇怪，川江一带巫师行法事，仙姑跳大神也是叽叽咕咕地喊，节奏音韵和号子相近；大姨夜里也曾那么喊过，只是声调略不同。这江上的号子多半没词只是一种调式、节奏的变化，从古喊到今一辈人一辈人移下来，把不同时代的情绪和力量凝聚进去，可竟没人琢磨号子把长江喂养的每一个人都融进去了，更没想过号子为啥很少有词，和巫术法事有啥关系？和女人及房中幽事有连贯么？和山歌情歌和巴人舞呢？海江隐隐感觉到了，他觉得没法说明白这一切，一丝古怪的念头爬上他脑子的深处，可这时他不愿说。碧妹的皮肤黑得真好！她的肚脐眼呢？她的屁股呢？海江想看看，仅仅看看而已。

"嗵——叭——"沉重的声音从后舱传来，隐隐觉得有撕扭喘息的声音，"嘭嗵"是舱板碰撞的声音，"老杂毛，惹得老娘性急，杀你这老鳖！"碧妹十分严厉的声音。

"杀吧，老子就喜欢吃你那口烂肉！"

"咚——哗啦！力好像撞碎了什么东西。"嘶啦——"扯破衣服的声音，"嗨哟！"是木棒捶击。"烂婆娘，臭货！"呼呼哧哧。

海江推了下后舱侧门，闩着的。"开门！"海江拍得舱门哗哗地响，没开，里面还在不停地扭打，"你敢动，老子剐了你！"男人低沉的吼声，舱内瞬间安静。海江见事急，"嗵"地用小臂把门给撞开，只见那络腮胡子舵工握着一把鱼刀，两眼溜圆瞪着海江，"你敢动，小杂种，识相的走开！"碧妹上身衣全撕了，浑身黑黝黝地似涂满了一层透明的桐油般，一个实实在在的身子被老舵工挤在舱角里。海江向前跨了一步进了舱，舵工毫无含糊一刀向海江腿上砍去，他没退，腿肚上一汪灿烂鲜红的血"哧溜"一线射到舱的顶板上，舵工一眼看呆傻了，"真有不怕死的人，娘的！老子送了你！"他又一刀扑砍过来，碧妹喊着扑过来，海江趁舵工弯身低头之际，双手捧住那棕刷般的头，攒足全部气力像挽舵一般来个满旋，只听得"咕嘟"一声那络腮胡子的头便转了向，一双眼翻出白煞煞的光，没吭声瘫在床板上，那把鱼刀也被碧妹抢到手里了。刹那间，舱内静极。突然，碧妹向他猛扑过来，拼命厮打，"龟日的，关你啥子事，来闯祸！"

海江百般不解地说："那老屁眼虫不是想干你吗？"

"我想他干，喜欢他干，关你啥子事，你这杀人犯！"

海江觉得碧妹简直是怪物，一怒之下跑了。

后来，他才知道，那胡子舵工是碧妹姨父。这事涉及人命，长江上乱世年代杀人和被人杀虽是常出现的事儿。但官家和私家都还是可以找麻烦的，较真了，还是脱不了干系的，幸好，碧妹一个人兜着了这桩人命，家族私了了。

帆篷鼓得正满，船滑动着，无声先影⋯⋯

仲夏，正值涨水季节，江水虽没满峡可流速疾快，江岸水浪激石的声音是一个长调加一个紧板，"呼——哗啦，呼——哗啦！"前一个音是那么沉闷逼人，后两个节奏又是那么惊心动魄，那种与礁石搏击和与沙滩撕磨的声音虽然同样是浪潮，在船家的耳朵里却不一般，所以，暗夜行船地形方位海江是清楚的。若是汋波回流处得格外小心，若搅进去不是打烂船头便是搁浅沙滩，胆小的人顺岸走，胆大的人则爱放任中流，中流江水冲击迅猛，滑翔过峡破浪无痕，船其实并非卧在江水之上，而是卧在一股热流一股血液一股雄浑之气上乘风破浪过关闯滩⋯⋯海江最喜欢中流放舟，帆船飞流直下青山已过，峡谷锁不住云雾难挽留阳光照无影，那时他格外珍爱生命，心底里涌上无限的热情，那是一种多么豪迈壮阔的感觉，太阳流云，青山飞石都是瞬间，那种力量感、运动感使他激动不已发出爽心的大笑，尽情地拉起号子，让心底里冲腾出来的声音追逐着苍鹰衔着几缕风流云彩啄碎远天的一片蔚蓝，他挥动的长篙仿佛飞遏激浪点塌万重关山飞指千里峡谷⋯⋯海江这种胆量和气魄征服了女人也征服了男人，征服了长长的川江，连老川江罩驼子也佩服不已。闯江哪怕是分毫差别都会船毁人亡，海江就是这样驾着红帆船在风雨和波涛中，赢得了自然也赢得了他自己。海江或许得力于他自己，其实只有他明白还得力于他那条神奇的红帆船。他行船无数也帮别人领水带船过，可那些船总不顺手，出点这样或那样的毛病，只有他的红帆船消融了白昼的太阳，也吞下了夜里的月亮，连点点星辰也抹不掉它高扬的红帆，在幽暗深奥的船舱里流云匆匆山峰也匆匆，人生更匆匆，啊，红帆船你满载了这么多匆匆。它最无私，既送腰缠万贯的富翁，也驮身无分文的船工与纤夫；它最有性格，发怒时既掀翻衣衫褴褛的穷人，也撕碎锦衣玉食的贵人；它有着石头般的顽固与流水般的无情，又有巨峰般的崇高与大海般的宽容！它，红帆船！红红的帆，红红的船！既雄浑壮丽又温柔文静，既污秽浑浊又质朴纯洁！海江，红帆船！红帆船，海江！人生与川江，川江与人生！红帆船，既包容了它们的复杂，又阐释了它们的单纯！啊，红帆船！一任江流高高地托起……

今夜长江太暗，两岸山峰直愣愣地往怀里扑，江水与峡谷在无休止地抖动，只要是洪流便永远不会疲倦！它凝聚着一股强大的生命力，潜藏着不可遏制的激情，还有泛滥的欲望与狂暴的冲动！天顶的黑云仿佛压在头顶，江沿礁石也在中流拥挤悄悄拱起浪沫。偷偷闯关，不能有桨声人语，不能打火燃灯，否则岸上卡子发现后果不堪设想，长期守在江边的关卡又是极精明，躲掉他们也不容易。这时在江上行船全靠领水的感觉把握，靠领水和船工的默契，平常人在这种黑夜和睁眼瞎子无二，海江不一样，他只要往红帆船一站，精神抖擞，印堂中有特殊的感觉泛开，心明眼亮地看到峡江一幅图画：迷茫混沌的江面渐渐梳理成一条洁白的带子极其分明地在头脑深处飘动，红帆船在收缩，在凝聚！最后变成一个红色的水晶珠沿着白色的带子慢慢地滚动。这时，海江心里流出无声的号子，身体随节奏而运动，全凭音调的高低强弱来控制一切，只要红珠子不滑出白带子的轨道，红帆船在江上是怎么也不会出事的；而控制红色水晶珠的号子仅在心里从不喊出唇口，罩驼子也曾告诉过他类似的感觉，可罩驼子只能当红帆船的主人；而海江不同，他是用江的主人。海江在红帆船上自己也觉得怪，简直不相信指令是自己当时发出的，红帆船该进该退都在脑壳里摆着，船走得那么自然，冥冥之中渡过无数险关。在别的船上虽不那么顺手，但感觉还是保持着，所以海江领水从未出过大事故。他暗想一定是爹的灵魂在佑护他，但这是说不明白的。江上人只知道海江是川峡航行的守护神，知道的是那只奇奥神秘的红帆船！

五月天孩儿脸，说变就变。天气在擦眼之际坏了。未及防范就有股恶风蹿进峡谷，风凉得直往肋骨里扎。且风不是顺峡谷长吹，而是没秩序乱七八糟地在江面像怪兽乱撞，林木摇撼，沙石飞扬，山谷中受到惊扰的猿群发出阵阵短促惶恐的鸣叫，江水似一条巨大的水蟒在里面狂滥恣意地搅动，耸起的波浪都高过舱篷了……"收帆！"海江大喊，接着还想说什么只觉得风把嘴堵住了，船在江中急速地旋转。"帆、帆落不下来，海哥！"二玄子急着大叫。"别慌，我来试试！"石生过去帮忙，也不行。这时，船在江中像一个旋转的圆盘子。

"你们拿撑篙，莫让船撞岸，我来落帆！"海江抽把快刀，也不是走也不是爬，而是顺着舱板一滚，扑过去抱住桅杆"嚓嚓"几刀把主钢索砍断，风对旋，帆"呼啦啦"一下半截子给吹飞了，"轰轰，呼呼，哗啦！"一阵巨大的轰鸣，峡谷仿佛撕裂了一般。好家伙，肯定有巨石坠江，"注意浪头！"海江喊。

"海江，风大浪急，舵推不住，失灵了。"滩崽在喊。

"稳住，不推满舵，注意，右半舵——"

"前甲板盖货的帆布吹走了。"二玄子喊。

"注意舱里货，收桡子，拖长篙，注意两侧！"

风呼啸盖过，浪头叠起一排排推来，浪花劈头盖脸扑来湿透了他们一身。这时夜光不稳定，隐约可看到一些巨大的形体直起直落。江岸峭壁活似一阵阵苍青色的云块压过来。江海知道这儿没有沙滩和回流区，一折一转的拐角底下布满了利刃般的暗礁，船是绝无办法靠岸的。急风裹着水浪一次又一次撕扭着他们的衣衫，肋骨被重重叠叠的浪涛碎片剪得生疼，水珠子像棱形的碎石沙砾磋磨着手臂和脸颊，宛如火钳一点一点地炙得皮肉吱吱地扭动，还有峡谷底部翻出的阴冷瑟瑟地刮着骨头。如果这时仅想救得人的平安还好办点，但他们必须保护红帆船，可船渐渐在失控。水墙直起直落冲过人头在甲板、篷舱上捣得粉碎四面飞溅，山谷骤然变得狰狞凶狠，江湾也黑得触目惊心。有时船身被浪托起擦着悬崖上下错动，"呼啦"一声水击石响，他们同时伸篙，同时反弹倒在甲板。峡谷如爆炸一般响过，二玄子叫了声"完了！"瞬息，船沉重地坠下去似插进一个阴森的渊潭，二玄子觉得无数又大又笨的黑熊龇牙咧嘴地扑过来，天体与大地，石头与江潮全溶化成一个整体而形成一个无边无涯的黑洞空间。只有时间，时间在一条狭长的通道里艰难地蠕动……

"石生，你来船头，我把舵，二玄子和滩崽撑篙。"

"海哥，船晃得太狠，没法走！"

"龟日的，蠢货！爬，快爬！"海江恶狠狠的。

海江接过船舵，这时的方位感已经差了，脑子里红色水晶珠晃晃忽忽，白色带状也飘动起来。他竭力稳住神，可白带红珠时断时续地。他明白，糟了，船上的四条生命在刹那间可能完结。自己倒无所谓，可还有几个兄弟！他横了心，死活也得拼闯，心中反复吟咏那无词的号子镇定情绪，稳住，稳——住！江面的水雾，浪涛，疾风组成混沌未开的宇宙，仿佛有位睥睨千古的暴君把遥远的洪荒年代推到今天，又在今天把一切碾得粉碎。固体变成液体而液体融化成那不安宁的浊血，啊，一条烟雾迷茫水浪滔天的狭长大江！它把天地间一切都搅得分不清道不明。嘎嚓嘣咚，起落飞扬，那些可怕的声响不知从哪儿发出，有时似乎在幽远而不可触摸的深渊，有时似乎又高高飞扬于峰巅，长江是一部交混式奏鸣曲。跌宕顿挫抑扬起伏的摇滚音律与变形嘈杂而毫无规律的节奏，在一个深邃奇诡的黑洞里迅跑，有如森然可怖的怨鬼如泣如诉地鸣叫，有如披头散发的疯女和醉汉歇斯底里地狂暴怒吼。这种凄凄惨惨悲悲切切的声响洪水猛兽般从四面八方漫溢过来，撕裂耳鼓炸碎头颅，那种咆哮轰鸣澎湃激荡从身体所有的孔隙里灌进来把每个细胞都撑得满满的……突然，红色水晶珠一滑，红帆船一个冷凝，如被炸雷击中似的，神经质地抖动了几下。糟了，触礁石了。但船似乎荡悠悠的有些弹性，海江知道是石生他们三人在前甲板上用长篙抵住了。

"怎么办？船头扎坏了。"石生喊。

"不管它，先合力把船用篙打开！"海江拨着舵。

一分一秒，船与岸，水与石胶粘着，大约是一股迥风扑来，浪抬起，船又悠然地打开了，海江迅速用舵调整方向……"哎，我的竹篙卡住了，拔不动！"是二玄子在喊。

"快撒手，蠢货，你要命还是要篙！"海江话没说完，又一排浪扑过来，船身急剧地晃动——江上发生的一切都是瞬间。这时长篙别弯了像弹弓样，张弛之间二玄子像断了线的风筝样飞射而出。石生和滩崽齐喊"二玄——"

可是，船被一个浪峰甩下来箭一般地向下游射去。

"二玄子落水了。"三人都惊呆了。

船还在飞驰。石生跃起，"停船！快停船！"

"不能停船，停不住！"海江回答。

"就是你这龟日的，讨那黑×婆娘的好，偷鸡巴关！"石生绝望地喊叫，扑着来撕海江，海江木然。"龟崽，是你送了二玄的命，你——"石生扑打海江，海江依然没还手。

是的，他恨自己，他一辈子都会如大姨预言的：离不了女人。他觉得自己浑身都充满一种疯狂的因子，想毁坏一切，杀人报仇于女人。自私嫉妒狂暴残忍哪怕是片刻的宁静中，他都能奇迹地爆发出一股野蛮的疯狂，身体似在火山的喷口上烤炙，要不顾一切地发泄。所以，江上越是凶险他越是喜欢，别人越是古怪凶狠，他越爱和他拼搏。也许碧妹这种人合他的口味，大姨这种人激发他的情欲，秀凤永远只给他一种博爱！他承认，这次来偷关有讨好碧妹的成分，讨好她那堆黑色的肉体。

"龟日的，你打吧，狠命地打！"海江狠狠地揪着石生号叫，浑身都在冲动得发抖。石生突然停住了，掰开海江的手，飞快几步，然后一个纵身鱼跃扎入茫茫的大江！

周围一切似乎都坍塌了，乱七八糟的雨点从桅杆顶泼下来，船头铁锚与链条发出刺耳的撞击声，雨刷着悬崖峭壁也刷着船舱油漆篷。一阵雨浇息了一阵风一阵雾，也浇灭了水浪。船家闯峡不怕雨不怕黑，但怕风怕雾。这时，船可以掌握了。"石生，你这龟日的，快上船——"

"龙海江，畜生！我要找不到二玄，一定杀了你，剐了那黑婆娘！"石生愤愤地哭狠狠地骂，在江里游动。可是，船是飞速而下的，离二玄入水地方少说也有一里之遥了。江面也越来越窄，再有二里也该到空舱崖了。山腰间隐隐有些光柱在闪动，雨雾又把它扯成模糊的火星在黑黝黝的山间颤抖，透过雨雾一线峡江的轮廓也能隐隐画出。海江本来对峡江地理熟透了，刹那间便毫发不爽地在现实环境里找到了他和船准确的方位，很快地调整距离与速度，但红帆船也绝无法往江沿靠。红帆船已到空舱崖一带而且是很快要闯峡口了，那里绝对是九死一生。

"滩崽，你下水，和石生一块儿去找二玄，活的找人，死的要尸，还有两个时辰就天亮了，你们先回蛰龙镇。"

"海江，你晓得在虎牙滩落水是啥子都找不着的，石生游水很行，他会找上岸的。"滩崽比海江大，是个老实人，心地最好，他担心海江出事，一个人驾船过峡太危险。

海江提着长篙朝滩崽扑去，"叭"的一下把滩崽从甲板上扫到水里，"找到石生，回镇上告诉覃驼子，死活莫管我！"

"海江——"滩崽凄然长叫，但浪花把他涌走了。

空舱崖像一把剪刀竖在前面……

海江一个人驾红帆船独闯空舱崖这是第一次，也可能是最后一次。因为川江人称空舱崖为鬼门关。船到空舱江自窄，人到空舱心自寒。空舱崖分为三段：头滩、二滩、三滩。自西而东为纵向峡谷，两岸刀劈斧削悬崖犬齿般下扎，远看呈剪刀交错状，近了，钻进去似一个黑匣子。头滩，乱石密如竹节。靠把石、黄蜡石、豆子石就像削尖了无数竹箭栽在江底，中间最大的一块叫门坎石，几乎横切江面占了水域的一半，把水的流势天然裁划为南北两流。若有丝毫误差，船底全部划破；但船的外形似是完好无破，冲出半里后船自然沉入江底。门坎石分流后形成南槽水和北槽水，两槽底床，暗礁星罗棋布，至枯水季节江中从水的拱起耸动可以看到"品"字形石阵，除江水"走蛟"而外，空舱崖的水成梯形坎坝有几米高的落差，所以，船到这儿航道是"S"形的。若逆水而上得让船尾打头，取下船舵，百十人拉纤而上；顺流而下得把货物卸下来，将空船横于江中，船工的撑篙像竖在江中的竹筏，努力减缓速度，依次过峡。

闯空舱崖只有经验不行，必须有勇气与智慧。有男儿血性拼杀的那股浩然之气，那股长虹的阴阳之力以死相搏的决心，方可无虞。打这里过的领水，往往是先咕嘟咕嘟地喝上半瓶白酒，把世间一切都忘记，一鼓作气地闯空舱崖。自二玄落水，海江晓得今日死多生少，索性把滩崽也赶下水，用这条性命扎扎实实地和空舱崖拼一回。

他无父无母亦不在乎于生死！倒在乎于胜负！

空舱崖峡口像个吸盘把海江浓缩进去。他的船已失去前甲的撑篙，全部关键维系一舵，所以要冲得快把握得紧每一个细小的动作都要极准确，慢了反而容易误事。顺流难过三滩，逆水难闻头滩。可今夜水在时涨时落，滩头的礁石在水下时隐时现。他提着一口气，尾直，红帆船向前逼进。这时，色彩与声响冻结他的各个部位，大概只有手、心、腿如一，脑子里非常清晰地映现飘逸的白带，红色水晶珠凝然不动，印堂泛化一种隐隐的气流向两颊及太阳穴推动，然后聚于天庭游丝般地向后椎蠕动，眼睛似乎看到江底礁石像黛青色的玉珠挪动，红帆船尾舵像金鱼的尾翼轻轻地拨动渐入头滩。舵手，重要在手，手的感觉。力度与角度，陡停与旋转，左舷与右舷全都在分毫的手感之中，舵的几分几寸船头的方位便是几尺几丈。所以，优秀的领水必须是一流的舵手。峡谷是死亡的幽谷，对世间一切都不仁慈。这时，船身的每次耸动都很关键。流水有泡有漩，而泡漩绝对与水下暗礁的位置、形状、形成阻力的方向是相应的。他的脑子里并不全是白带飘动中的红色水晶，还有游弋在白带附近的黑蚂蚁，用假想测量距离，以感觉控制船舵。红帆船像鸟儿展开翅膀缓缓地飞，双翼掠着水面，浪花扑湿羽毛，舷边在水面划出属于自己的疆域，而且是仅有的最佳方位。边缘已消失，只有礁石与船紧紧地贴着，宛如剥青豆瓣儿，用指甲匀匀剥开青皮两指再轻轻合拢一挤，豆粒滑出。谁也未曾想到最为惊心动魄的较量竟是最为轻巧容易的事。

南槽水激激作响，船头忽左忽右，黄蜡石——豆芽石——箭石。头滩让海江感觉是赤身裸体在冰川上奔跑，滑入二滩后冰水便将他淹没了浑身骨隙里钻进了碎玻璃碴似的没有疼痛只有麻木。突然，他把握不住自己，浑身发抖起来，倒不害怕，人极度紧张集中于一而使自己失去了调节的弹性。海江想，日娘的，今天是完了，遗憾的是船上应载几个女人，死了也免得寂寞。他急速调整舵，船摆动得很厉害，直插三滩而去。他把舵摆得弧度很大，想大起大落地旋转企图减少直接下冲的力量。满以为水涨而梯级落差消失了。没料到长江潮涨潮落，汛期洪峰高，潮与低谷也有特殊的变化，怕是水峰刚刚涌过，三滩落差比人还高，船义满载。龟日的，啥子法也没得……直闯，船头会插针般下去翻一个跟头船毁人亡；横过，船会像娃娃崽在沙滩上滑坡似的滚鸭式往下翻，同样是人亡船毁。这时没有犹豫的空隙，海江咬着牙把船急速打横，迅疾抢上甲板拖着竹篙防止翻船撞礁……船尾向前是逆水行舟状，竹篙也还在努力地撑，可没法延缓下滑的力量，船到梯级坎依然还是悬空了一般。海江脑子一闪，浮现一种极端的真实：原来只有这一瞬间，世界所有的东西是属于他的。水腥味隐退了，是死亡，死亡的焦腥味和葱油饼的香气。于是他眼前一片红光灿烂……红帆船腾空而起，然后沉重地一耸！

风筝，断线放飞任它飘吧！黑暗原来也这么绚烂瑰丽。峡谷像一个金光闪闪的棺材盒子，山峰重重叠叠仅是通向天堂的石级，流水似火红的朝霞把他送向一个迷人的遥远，他仅仅只是一只鸟儿，是藏在茫茫的云海里好还是藏在寂寞的山林里好呢？最好是裂变为一块石头躲在山里，找是它，不找也是它；是水珠收容于江河，看是它，不看也是它；是人超然于时空之外，是生也这样，是死也这样……

好久，海江发觉自己还活着。红帆船坠下的时候，他就像炸飞的石子弹在江中。这时茫茫四顾，没红帆船的影子。刚出峡口的水更急，直线把他往下游冲去，他奋力往岸边游，但漩流似乎有种引力拉着他走。于是，紧急下潜，江底泥沙翻滚，浊水呛人，好家伙，准是上游那段滑坡了。细碎的沙砾打磨着肌肤，他想起老辈人传说，大禹为了打通川峡，曾变成一头黄牛，用头角撞开黄牛峡一段，弄得满头血污淋漓。他觉得自己变成了一头猪在泥沙里顽强地拱起；泥沙越来越大，像一叠叠沉重的黑色铁板向他劈头盖脸地压来。整个大江震怒了，如虎豹雄狮横行无忌地乱撞，是一股扭动的泥石流翻江倒海把海江紧紧地裹进去，他又奋力往上浮，可泥沙一层层地往他身上盖，他双手拼命地刨，脚往下蹬，头极力向上冲。水中不如陆地，力量没支撑点，他使出的劲儿都被江浪化解了，海江终于筋疲力尽了，而且，他要换水面的新鲜空气，这时绝望了。龟日的，真是憋气，没死在空舱崖，竟然埋在江沙中。他觉得这是一生最大委屈。泥沙还在不断地涌，他想自己肯定是落于暗河或暗洞中，不然，凭他水上功夫，不可能浮不上去。天灭我！突然，他觉得还有一个人在江底蹿似的，希望产生于泥沙，他尽量地朝动荡不安的地方挪。"咚"，他身体被撞了一下，是柔软的物体，嘿，有办法了，他又奋力挣扎，果然，一个黑色的庞然大物在水中蹿，似乎是想吃他；

他等那东西接近，憋足全身的劲猛地抱住那个物体，那东西一惊，急急忙忙地往上蹿，他感到呼呼哗哗的声音把世界淹没了。海江这时也不管死活也不知祸福，死死地抱紧，双臂像一道铁圈套着它……渐渐水势减弱，而且他还能极细地换气。少顷，他发觉了危险，急忙撒手，向相反的方向猛力浮游，居然冲出了水面。江面依稀是朦胧的乳白。他自由了。确定方位后他向下游冲去，他知道离夷陵市不远了，离太阳已经不远了……

就在江水向南仄，流向在这儿改变的时候，海江发现他的红帆船居然搁浅在西岸！他爬上去一看，一切东西都在，只是颠簸得零乱了。这时，海江突然"哇"的一声，尽情地放开嗓门哭喊起来，哭了生平最痛快的一次……

这次，海江脑子里刻下一个最难忘的符号：

人，最痛苦的是对生的奋斗过程，最美好的是在自己知道要死了而完成对死的体验。他刚好从最美好到最痛苦的过程都尝试了。

后来，他才知道，那夜虎牙滩北岸滑坡了。

据老人讲这是峡江近百年来最大的一次滑坡。而那夜他估计是条江豚救了他的性命！据《未州志》载：虎牙始平坦无大滩，为未州八大胜景之一。汉晋时北岸虎头崖崩，滑入江，虎牙滩自此始成。

第五章

民国二十六年由蛰龙镇筹办端午龙舟大赛。蛰龙镇人对划龙舟有特殊的感情。屈原是秭归人；距蛰龙镇亦不算远，也算得上故里的一种情怀。《隋书地理志》载："屈原以五月望日赴汨罗，土人……鼓櫂争归竟会亭上……为竟渡之戏。"旧俗习传至今，无论丰年灾年，穷人富人都在习俗中相悦融合。因而绿林中的龙头大爷柳蛮子也带人来参赛。屈老板把镇上有名的老人请来会商，素来镇上以"祭江""划龙舟""社日""庙会"为盛典，是各家凑份子，这次是柳大爷和屈老板包了，邀川江各乡镇各帮派参加。这是蛰龙镇近几十年来最热闹的一次，镇上的男女老少都涌到江滩上看新鲜。覃驼子是川江上的老把式，屈老板请他来调度。东道主可以参加两支龙舟队，海江是主力队，石生也带一支队。石生和滩崽那次在江里没找到二玄，连尸体也没看到。在川江上这也没啥稀奇的，江上人性子暴，重义轻生，三个好朋友闹了几天别扭，火性子一消又和好如初。江上人也爱面子讲名誉，即使亲兄弟划龙舟也打得死去活来。石生一开始就说要同海江拼死夺龙旗标，海江笑一笑似乎不在意。

五月初五日，沿江两岸人山人海，顺江滩排下去好几里路长。各路船队都差不多到齐，一条船代表一个队，船尾舵手处插一面小红旗以示队别。"奉山帮"一面金黄旗；"云红帮"三角褐色旗；"楚帮"，"巫帮"各队归整一致。每队队员的衣服随龙舟尾的旗帜颜色黑、黄、白，紫，绿等，一溜船队唯缺大红猩猩色。川江楚地，色彩素有讲究，以红色为崇。自春秋战国来，男婚女嫁家具是红的；门联窗花是红的；帖子是红的；彩船是红的；上江一带连棺材也是红的。方位尚东，动物崇凤；造楼立房讲究阴阳；行船、节庆、坟茔都有楚地自己的风习。海江着一身杏黄服，腰间束带红色镶黑边，带上金黄色彩线绣两条龙，二龙头争雄于腹，中间日月朝阳珠，熠熠闪光意为"二龙抢珠"，腰肋却是双凤之身缠绕，凤尾腾交于后椎。秀凤绣的这条腰带让镇上所有的人都称绝。

大赛在古镇至临江石一段进行。

辰时之后，一条精美漂亮的彩龙船停在码头上，镇上的头面人物和各帮派的头领都在上面。船分二层楼和一个珠光宝气的塔顶，楼上楼下都雕龙刻凤，四周悬角坠有彩色绣球，底层用五色彩线织的围幔。二楼四周是扶栏，二楼摆着几张漆花桌子，头领门在品茶闲谈……人像江潮一样起起伏伏叠在江滩上，黑压压的人头和挥动的手臂涛起浪落。缺牙少齿的老爹抱着孙子；老婆子歪着小脚牵着老倌的衣角，手搭凉棚地往江上望；娃娃崽穿红着绿嬉笑打闹在人堆里乱蹿；青年妹崽脸上一片潮红乌黑亮的头发像江岸的柳条丝；少妇那堆如云的发髻插上一二朵雪白的栀子花如丝如缕的清香往鼻口里滴，花多了，江滩被香气弥漫笼罩。小娃儿家脖子上挂着编好的五色香袋，精致玲珑，淡淡药香缭人。楚山水泽多雾瘴，蛇蝎蜈蚣奇多。故《荆楚岁时记》说，采艾吊香，以兰汤沐浴以洁其身，穰毒祛邪！精明人家则趁热闹节日挎篮叫卖，或鞭炮香烛或食品果脯。旧时家族对男女管束甚严，偶有一日开放，你调我打嬉笑调情，是他们最畅心乐意的一天。南方端午节，天薄炎热轻纱单衫，人群中男女拥挤摩肩擦臂，情愫像江潮一样翻涌。偶有轻薄少年在妹崽中钻来挤去手脚也占些便宜，有时妹崽脸儿一红宛宛一笑，或不关痛痒地骂上几句，好多妹崽这么闹腾一天情窦全开日后闹出不少好听的故事。只有顽童不谙世事在大人腋下或胯裆挤出来叽叽喳喳如同一林惊鸟，声音弥盖了一川江水。端午是南方最盛大自由的节日。

突然，"叭叭叭"三声清脆的枪声破空穿云，震动峡谷，上游一片红云压来，几条船飞箭一般顺流冲下……

"柳大爷来了！"有人小声嘀咕，江岸霎时一片寂静。覃驼子在小舟上用信号旗指示，几条轻舟又拥着一条华贵精美的彩龙船靠在码头与镇上的彩龙船比肩。

柳大爷，川江多大他的声名多大，几乎成了神话传说中的人物。可这位吓得人屎裤裆的柳大爷真正见他的极少，真名自然也不会有人知道。今日，他紫红色脸颊下有飘飘的髯须，金色，光鲜灿亮，天庭地廓浑成王宰之相，披一身猩猩红袍，风牵衣动散发着他一身豪气。他从彩龙船头一腾跃是盈盈燕落之势，抱拳一环，"诸位，打搅了，今日来助个兴，热闹热闹。"众人入座，柳大爷与屈老板谦座。柳居东首座，解披风抖入右臂弯，爽朗笑声从彩船飘出。他，柳大爷，只要镶在人群中，那种气度、威严使他成为众人之王。覃驼子不知怎么的这时忽然想到他的主人，龙清云。那件猩猩红披风在一腾一跳之中似铺天盖地而来，披风用红莲彩线绣成"接天荷叶无穷碧，映日荷花别样红"。覃驼子觉得这姿态、颜色他似熟悉可说不上在哪儿见过。柳大爷抬头请大家喝茶，一晃眼白光"刷刷"，每人茶杯多了一银刀子，这银刀子很特别，一头是勺子凹进去像银白色的漩涡，窝心蓄着一个篆刻"柳"字，另一头是柳叶刀。怪的是沿叶边不是刀锋，柳叶牵出一根细长的三棱形茎脉才是真正的刀锋，这是柳家传统，暗器做成生活小用如茶勺酒勺之类的，那银器遇毒变色，既可以试毒又作防身用。"好多年吵闹地方百姓，今年也算我赔礼，与民同乐是我儿的意思。"柳大爷说的是诚心实话，各方头面人物也都庆贺！

"我来迟了点，开始竞渡比赛吧！万柳大爷说。

"柳大爷要几道航？"屈老板问。

"就一道航，兄弟们在山里闷得慌，出来玩玩。"柳大爷认真地说，"传话给少爷，今日划龙舟公平比赛，不许用强！"柳大爷是有意让人放心。这时，有人传话给正在江中荡舟的年轻人。这人海江见过，海江曾给向师长运一船军火，就是他带人截的。海江去葫芦寨避风头知道他叫柳爷，山寨实际管事的就是他，连大爷柳蛮子也让几分。他年轻英俊，身上全无匪气，据说还读过洋书，很少说话，办事凌厉。听说葫芦寨人，不怕蛮子爷而怕少爷，无疑是个厉害敌手。

这时，岸上锣鼓唢呐已经响了，龙舟一溜溜成扇形向江中移动，覃驼子赶忙用信号旗指挥船队归位，在和海江错船时，"海子，今日夺旗，尽力而已，来的对头贼多——"

"晓得的，放心！没啥子事！"海江答话，但心里却在想今日能夺第一，出尽风头，是人生幸事，死也值。他的船轻轻地掠着水波，众多的龙舟向江中推成人字形雁阵。猛然，他惊奇地发现：盘巫镇的龙舟队领队击鼓竟是一个女的。细看却是碧妹，这可是开天辟地第一遭。上次偷关，货物在夷陵市出手顺利，返回来一切和碧妹交代清楚。碧妹拿出很大一笔钱财说给二玄子家里人，被海江骂了一顿，"你以为钱能换命？二玄家里人由我们兄弟包养了。"完了冷冷地和碧妹分手了。今日见她竞渡，顿时，心里有些杂乱。

此时，江岸鞭炮齐鸣，两只彩龙船似检阅式地快速向上游驰去。数百米外，覃驼子又挥动另一面彩旗，江岸人声鼎沸一片喧嚣嘈杂伴着爆竹声，各种颜色的爆花碎片在空中闪闪烁烁，那淡紫色的青烟已织成一片浓香如弥漫的云覆在江上，江中各色龙舟都已归航道排成一条线，遥远处彩龙船上一面巨大的绿旗挥动，岸上江面瞬息静寂。只见绿旗猛地往下一扎，岸上三声沉闷的老铳接连响过，那"轰"的声浪把龙舟神经质地抖动一下，顿时，鼓点响桡入水，声震两岸，峡谷摇撼，浪叠飞溅。江岸上，人们仿佛有谁给拎着脖子似的，鼓点锣锤一下一下都砸在人们心里，彩色短桨和急水号子与锣鼓的节奏构成和弦。开始几条船势均力敌，前后差距不大，黄队石生的船略为占先。只听得锣鼓的节奏"咚锵——咚锵——"排开的龙舟如海浪扑滩，若潮汛卷雪，那冲腾的速度如枪出膛箭离弦，龙舟前后似鱼咬尾般紧紧盯着。江岸开始躁动了挥着，彩旗叫号，锣鼓鞭炮密不透风地响。犹如山呼海啸峰巅颤动草木侧伏。渐渐龙舟有了前后距离，追赶也猛烈。碧妹的船似乎略胜一筹，多出一船之隔。石生的船紧紧盯着，除锣鼓声，号子也开始强烈了，"嘿左，嘿左，嘿左，屈大夫喂，嘿左，嘿左，嘿左，我哥回哟！嘿左——"碧妹和石生的船已抢在最前。碧妹鼓声和号子很猛，鼓点响起头下沉，身体为之耸动，乳房也明显地剧跳，仿佛所有的力量从乳峰滑出来。脸色也没有任何表情，船像一柄黑色的青铜剑直插临江石；只是鼓点掩饰不了她内心狂暴的情绪，似乎要敲碎山的脊梁把所有的男人都挤在纵横交错的石缝里然后碾出头颅的汁液砸碎白厉厉的骨头。还有对自己男人的厌恶，那瘫软的一堆烂肉在夏日的舱板里蚊子叮着他化脓的伤口，苍蝇红绿的身体拱出黑血与腥臭，肥白肥白的长蛆从蛀穿的骨膝里收缩着颤抖着爬出来，那种肥软蠕白又像锥子挤进她灵魂的缝隙里。"咚咚锵"的锣鼓声雄壮洪亮，充满了情绪与欲望，她需要刺激而石岸是枯萎了的骷髅，碧妹胸前跳动的那对残忍的山峰包容世界充满了人的力量。而这种力量需要长江那么壮阔的流水去滋润……石生对那个黑色的精灵充满火山喷口那么强烈的怒火，要撕碎她，像雷电对流云那样残酷无情！像烈火对干柴那般猛烈地烧她撕她吃她！石生不是在指挥龙舟而是在命令自己闯上前吞了那黑色的女人。所以，石生的船总有意抢水道扼断对方的去路。碧妹也毫不放松地往前闯，两条船在最前面相互交织着冲突着。各地来看龙舟的人都在叫喊为自己的龙舟队加油，蛰龙镇人最多喊声最高，都为海江船没冲上前而呼喊焦躁。

覃驼子遥遥地看着各队争水道而疾速前冲，攥着旗杆的手已汗漉漉的了。海江还在第四，在一片龙舟中或前或后，锣鼓与号子并不急切，但很沉稳，红紫二队也前后紧随。柳少爷的船也只紧紧盯着海江的船，看来蛰龙镇今天遇到一阴一阳两支劲敌。彩龙船上柳蛮子谈谈笑笑似乎不很在意，其实，他心里有数。抢在最前的一黑一黄来势急切迅猛，恐后劲不足，拼抢水道时，两船似有积怨，算定会打架的。后面一红一黄绝对会超上去，海江和儿子的船都很沉稳，速度很快，他知道这是争一二名的关键。但他没动声色和各地头面人物喝茶饮酒……覃驼子心里格外复杂，首先自然是希望海江第一，江上人太重面子讲荣誉。另外这种场合太让他想念已逝的主人龙清云。龙家是蛰龙镇威威武武的大家族，合家算佣人才十多口人却占半边大街。龙老板有如花似月的两位夫人，两个儿子，连二姨的陪房丫头都是镇上极漂亮的女人。可仅仅一二年光景家破人亡。以前得龙家不少好处的亲戚朋友，见龙家衰落都赶来拆烂污占便宜。年轻的覃驼子，血气方刚精力旺盛。他悄悄喜欢上了二姨红莲的陪房丫头竹妹子。竹妹子的水灵像刚带露的花，那姿态风韵都向夫人学的，说话行动格外逗人。那时他和竹姑都住在后院，厢房仅一板之隔，每次竹姑服侍二姨睡觉后才回后院。夜里竹姑在自己厢房洗澡，那是一个椭圆长条形盆，每次都半躺在里面哗哗地浇水，浇得覃驼子清醒又糊涂。厢房的木板干缩后都有小裂缝，缝隙一线光把他拎到木板前眯着一只眼去瞧：那朦朦胧胧的热雾如长江的峡谷涌动的雾岚层层缠绕着她，该死的缝隙给他只一线雪白雪白的脊梁，起落之际像后夜蛰龙山林间挂在花枝的弯月，银光闪烁纯洁溶人。盆里泝泝的水声就像红帆船的桡子在江里撩拨，搅得他浑身发胀，潮血一鼓一鼓地脑门泛涌，檐灰像金星那般爆爆闪闪地全炸在眼中，脑子一片似烟似雾的恍恍惚。他用手指去抠那可恶的缝隙，线条日渐变成"明线"中孔那般大。于是又一幅完整的图画向他展开，人生未见过的神秘都向他一点点泄露，于是他有了一个更美丽的设想，这个设想就让他激动了半个月，为这个设想他拿出了驾红帆船的勇气，每次站在竹姑门口心就像气球被针给扎瘪了，可一退回求胜的勇气又来了。那次他摸准了竹姑回房的时间预先躲在她的床下，眼睁睁地看她洗澡，那是一种多么灿烂辉煌的感觉。竹姑上床了，他也想，不敢，要是她喊起来呢？夏夜，他蛰伏在床下热得他就像火上燎烤，床下的耗子在他身边蹿，他气得逮住两只捻得"吱吱地叫，一会儿手心是一汪酽酽的血和一团黏稠的肉泥。竹姑在床上翻动，扇子在扑腾。他想着令人心焦的雪白身子，嗓子发干，悄悄地到竹姑的浴盆痛痛快快地喝了一顿，些许咸腥竟让他感到比江里鲜嫩鱼汤还美。从此，他再也不敢躲在床下了。但竹姑的身体日夜激励着他折磨着他，终于，忍不住了。有天在竹姑归房时，覃驼子拦腰抱住了她，搂上床，可遇到了竹姑强烈的反抗。这下把他击垮了，似乎世界塌了一半，日子从此失去了色彩。龙清云问他，他只好支支吾吾地说了。龙老板笑了笑，后来竟亲自把驼子带到竹姑房里，让他们一起睡觉……

那年，龙老板去重庆了。覃驼子驾红帆船先回蛰龙镇本是后半夜，他晃晃悠悠地上岸，手里捧着一个金戒指，喜滋滋地。他想，竹姑一定会喜欢。进了屋直奔后院，去推竹姑的厢房，可床上空空的，他犯疑，竹姑能去哪儿？反正，夜里也不能睡了，他悄悄地找，后院没见人影；他上前厅爬上二楼，刚拐弯和一个人满撞了。他看是竹姑便不松手了，竹姑急急忙忙地把他往楼下拖，他觉得奇怪，似乎二楼有响动，于是，返身往上跑，竹姑拽着他，"覃驼子你硬要去，我就在楼上跳下去撞死！"覃驼子赶忙拽住竹姑，这时楼上有房门在响，脚步声移过来，覃驼子也悄悄移过去，这关键时刻，"覃驼子——"竹姑大声一喊，只见楼上人影一闪，一阵风掠过，覃驼子向前扑去，那黑影疾奔楼扶栏。覃驼子也是闯江过峡的人，加上大院的每个角落都熟极，他从楼上回廊斜插过去，截住那黑影。可那人双手一拨，劲道奇大，覃驼子没估计到，晃悠一下差点倒下，那黑影已在楼外扶栏。覃驼子想，你这可是插翅也飞不了。他像豹子样扑过去，可那人影一个腾跃进了扶栏，竟然落在两丈以外的对街屋檐，并且悄声无息。覃驼子大骇，返回来。大姨、二姨的门紧闭着，竹姑在楼梯口昏过去了。

这件事几十年过去了。可也迷了几十年！

后来覃驼子多次逼问竹姑，竹姑宁死不说，"你这种没肝没肺的女人，龙家对你厚恩厚德，你却让龙老爷戴绿帽子，你算个人么？"覃驼子总是那么恶狠狠地咒她，逼急了竹姑便哭，"驼子，你是好人，不要逼我，要不我跳江算了。"覃驼子再也不好为难她。后来，二姨失踪了，竹姑差点坠楼了，主要是女儿秀凤丢不下。按说覃驼子和竹姑应是至情至义的一对，可人偏偏古怪，覃驼子一生交给了龙老板，竹姑一生交给了二姨，反而两人之间的情分倒淡了。龙老板死的那年，覃驼子一句话没说，一头叩下去把榻前的香碗碰得粉碎。竹姑日夜伤心地哭，她到龙家，龙老板把她和二姨一样地对待。龙清云死的时候颇有歉意，"驼子、竹妹子，我对不起你们两个，来世报答。分给竹姑的杂货铺谁也不能动。其余的家都交给驼子。"后来，竹姑静心杂货铺，让秀凤管门面，她还侍候后院三人的生活，只是驼子和竹姑虽形同夫妻但一直没结婚。

这时，江上和岸上突然山摇地动。

石生的黄队终于和黑队碧妹斗起来了，一来一往地碰撞。那驰驶中的飞舟船头是各自伸出的龙脖子，龙颈上披红带彩两角挂着红绣球，骨溜溜的两个眼珠子像玻璃球，黑黄两队龙头已坏，绣球飞了彩带拖在水里，自然两支龙舟前进的速度减慢了。后面的龙舟迅速地超过去。海江掠过石生时大喊："你是龟崽，跟娘儿们斗，掉分，赶紧前冲。"石生尾随海江向前赶，活活把碧妹气黑了眼。这场龙舟赛本来有夺标的盼头，活活让狗日的石崽给搅了，她恨不得剥了石崽煨汤喝，一气之下吩咐，"撞翻石崽那条船！"盘巫队可是怨气冲天，拼出最后一搏，从后面追上去对石生龙舟中段斜插，坏了的龙舟头早成锯齿了，迅猛异常地向石生船扎去，桡夫子忙坏了，赶紧举起短桨向黑船乱扎，"轰"一声石生龙舟大倾斜，桡手咕咕地下饺子般滚下水了。这下可热闹了，几十条汉子像鸭子样直扑黑队，一时间楫飞棹舞詈骂如歌，黑队也落水了，一场水上激战……海江和柳少爷的船很快在一二三名中追逐。柳少爷的人真不弱，桡入水齐，手臂弧度很好，个个精神抖擞！红龙舟略为占了一桨之先。海江沉着冷静并没特别反应，只是号子略有变化"嘀嘀嗨嚯，嘀嘀嗨嚯"。其他龙舟布满中流，前前后后连成约一里的长线。龙舟在水浪中起伏，层层麟甲彩画髹漆，首尾此翘彼伏真如活龙在江涛中腾跃蹿动，山脉蜿蜒波叠在浮云雾霭中也似一条苍青色的游龙翱翔天地之间。江中与岸上融为一体，金鳞折日天摇波，壮士麾旌鸣大鼍。黄头胡面锦抹额，疾风怒雨神鬼过，渴蛟饮河貌触石，健马走阪丸注坡。龙舟队离临江石越来越近，海江把身体前倾，鼓点与节奏一致，节奏与号子一片，以前是"咚锵，咚锵"的双音节，这时换成单音"嗵，嗵，嗵""杭、杭"，短促而激越。龙舟先是在水中游翔而这时倒像块黄色的滑雪板在冰川上溜走，前方的夺标船只有三四百米了，四周有小船护旗，以防纠纷。两只彩龙船停在那里，船上没了说笑，各帮都关注自己的船队。

江面上渐渐集中在三四只船的竞争，红黄两队竞争特激烈，仅仅是一二米之隔，龙舟夺标，扣人心弦！三百米，二百米，一百米……红队与黄队仅半舟之差，各队暗暗较劲。黄队速度突然奇快，眼睁睁地最后一冲，两岸人嗓子都哑了。五十米，三十米，十米，红黄两舟并列了。柳大爷在彩龙船上霍地站起，"咔嚓"一下把手中的杯子拧个粉碎；覃驼子见了这个细节，怕柳大爷出手伤人，于是，把龙头大旗向彩龙船那边乱晃扰乱柳蛮子视线……

最后的关键，关键仅在一瞬……黄队突然鼓锣号子全停，短暂全息，只有海江的手势发挥作用，一切节奏感与运动感全消失只有感觉如流，黄龙舟几乎从水中蹿起，"嗨"一下向那面绣有黄色飞龙的旗扎去——黄队第一！

人们全都松了口气。

标旗船突然戏剧般的变化，在黄队冲向船头拔旗之时，红船柳少爷竟在三丈远处，突然双脚一点弹到龙舟头，再腾跃而起几个空心筋斗翻，一点一弹像箭一样射向标旗，宛若弹丸刚好和海江同时抢到点，这空中功让岸上人一齐喝彩。柳少爷执上端，海江抢下节，在标船上一争一夺各不相让……龙舟赛本以船行第一者胜，可规定又是夺旗者第一，当然各占一理。抢夺中两人同时落水，论功夫海江不是柳少爷对手，可在水中海江又占优势，二人在江中像红黄二龙激烈争夺。彩龙船靠拢了，谁是第一？

水中二龙争斗。柳少爷动了性子，想下黑手。突然两人同时发现握旗杆的两手大拇指都是双层指甲，两层指甲中是一条缝槽。海江心潮一动，神思分散，旗自然在柳少爷手中，覃驼子松了口气，柳蛮子倒也不失公正，"赛龙舟只是为了好玩，红黄两队都夺到旗，今年两个第一，再赶绣一面龙旗，题'双龙居首'如何？"众人一致赞成！

江上龙舟都分别找到终点。石生和碧妹争斗被劝止了。龙舟赛一结束，柳大爷带着旗和人回山林中的葫芦寨。

今天蛰龙镇空巷，但有两个人没去看龙舟竞赛，一个是大姨，这不奇怪；一个是秀凤。

为什么呢？别人不知道，她自己也不知道？！

第六章

月，高傲而清冷地贴着悠远的蓝天，只有细丝般的浮云给它织出忧郁的皱纹。高高的蛰龙山起起伏伏拉出一条诱人的阴影，长街曲巷破碎的雪月斑斑点点装点古镇奇诡狰狞的面貌。海江在小巷里徘徊，这儿摸摸那儿嗅嗅。小巷，历史的轮廓和古旧的颜色统一起来重叠为现实的倒影。海江拐出小巷，深夜正街也一片寂然。龙家商行虽然易主了，可依然是蛰龙镇最大最气派的。正面是三叠式的门楼；三层皆是兽脊鸟檐；四周俱是翘尾飞翼；每个檐角下都吊着小小风铃，轻风一荡全是旧日的回音。每层楼都有回廊扶栏，凭栏而眺，风云烟雨远山近江尽收眼底。底层最是阔大，一溜排开九根粗大的廊柱支撑门楼，每根柱底都是大理石墩，柱上彩画油漆剥落处依稀可见虫蛀空的小眼。门面最气度的是一溜精致的木门，上部是镂空的门窗，下半截是任意水花与龙凤对映图，木门拼合在木槽上然后用木杠横连锁上便是一堵木墙，镇上人称这是"雕花隔扇门"。旧曰"清云商行"的镏金字朱红匾没有了。在这儿他和覃驼子感觉不一样，覃驼子闲着便来门楼站站，经常流出两行浑浊的泪。驼子把昨日看成永恒，永恒在他的心里，所以，他对龙家一切都不放心。海江不，他把明天看成永恒，永恒没有到来，要向前走才有永恒。龙家的一切对他都显得不那么重要了。所以，他想咋办就咋办！

不过龙家最会完在他手中心里多少涌出一点酸楚，他低下头搓着手，发现有一个影子贴着他，"你还没睡么？"

"嗯——"她声音很细贴着海江两人坐在凉浸浸的石级上。

沉默，他们和夜一样的沉默。他俩都用手说话成了种习惯。秀凤的手在海江的肩上脸上企图摸出每根须毛与纹路的准确含义。海江总是在她的胸脯和屁股蛋寻找旧日的痕迹，一切回忆都像浪向他们盖来……山坞里，桃花谢了只有绿叶罗织，晚霞如血草地如茵，他们又在这里寻找乐园。

"海哥，给你个辣萝卜！"秀凤扭开小瓶儿一股酱香味逗人口水，那是隔年的红辣椒浸泡的白萝卜，密封不动第二年开坛，拎一根萝卜条红得透明酱汁儿颤颤地往下坠。竹姑最会做，海江最爱吃。秀凤自己却抽另一个瓶里细长细长的豆角，嘬着嘴吮着往里缩，眯着眼睛有滋有味地嚼，"你也吃个辣萝卜，真好吃！"海江劝她。

"不嘛，男人才吃辣的，女人吃酸的！"她笑着说。

"咦，酸得牙齿都打战，耳根凉飕飕的。我晓得，只有怀了娃崽崽的女人才爱吃酸！"他刮她鼻子。

"嗯，我怀了。"秀凤像蚊子声嗡嗡地，脸像一束映山红。

"怀的哪个的？"海江紧张极了。

"你的，你的嘛，真是个活宝。"她把头往他怀里钻。

"咋的，我们又没同床！"海江越发糊涂了。她为啥这样说呢？愚蠢的男人总不明白女人最聪明的心思！那日太阳困惑了，晚霞似入睡前，额顶蒙眬迷离的睡意，云霞搓没了远峰，峡谷拖出一些青黛色的影子。少顷，过滤的金钱捂出山月，蓝幽幽的紫气绕着泡桐、山楂、栗子树，不知疲倦地打捞着人的情韵。秀凤灿然鲜润的脸，鼻息淡淡如香思，甜醇如暮霭。她闭着眼睛用手指在海江脸上抚摸，慢慢滑到他的胸膛，那是个宽广的世界，像未曾打磨的岩石粗粝坚硬。秀凤的手摸不到骨头四处都是有弹性的钢板，让秀凤切实感到在漂流的长江上她背后有座结实挺拔的山，每靠着他心里的惶惑迷乱就没有了。她把耳朵贴在海江胸口倾听，怎么也辨不到心的跳动，全是震得耳鼓轰隆的江涛声，依稀有千军万马在呐喊厮杀，无数浪叠冲击礁石爆裂万千水花，有无数洪流涌来裹着永不停息地奔跑，这时她极想化成一滴血汇入他的心潮……就是那次秀凤两唇裹着海江两个豆点大的小乳头拼命地吸吮，软软的舌舔得海江骨髓里乳白干干净净。唔，世界被秀凤吞掉了！

那时候的月比今夜的圆，今夜的月都是一些零星的碎片。奇怪今夜小镇街上空空落落地，安静得像扫帚扫过似的。夜的古镇竟也和人一样的寂寞，街道与小巷沉默着，海江和秀凤也沉默着。有时候沉默是一首优美的山歌。

秀凤伏在海江怀里他们还像过去一样用手说话。

海江十个指头如春日的柳枝尽情地梳理，他细数着每个肉乎乎疙瘩里藏着的奥秘，从心里把它和自己比较。自己太硬，一切都和船铺和礁石一样；秀凤太柔和了，连背脊也那么光滑，平坦中优美地凹下去成一条长长的峡谷，如同清澈的流泉在山溪间潺潺湲湲地流淌。她变了，少年时海江拧的屁股蛋儿硬，如今变得复杂柔软，腰际之后还有两个深潭似的旋涡，是那么精致玲珑美丽迷人！还有那红红小兜式胸衣里的桃儿也变了，把红兜兜撑得满满的，好几次海江粗糙生硬的手把她的兜兜系带给绷断了。手像红帆船在两峰峡谷顽强地冲，最后他掀动了漫溢潮汛的大海……哦！一股伟力四处狂暴地扩张，胶粘着情绪与意气，把那片红帆鼓得满满的！一股热力融贯全身，体内再没有角落了。海江的手脚十分笨地把一切伪装都撕掉了，他那粗糙的手指在秀凤细腻的肌肤上触摸，那种特殊感觉是世界上唯一的真实。

"唔，哦哦！海哥——我们结婚吧，要不我管不住自己。"

"嗯，我们结婚！是的我们结婚！你不怕当寡妇么？"

"结了婚，你回镇上来，我们开店子。"

"要我离开红帆船？离开峡江？"

"让覃驼子去管江上的活儿。"

"不行，我还在船上！"海江固执地说。秀凤沉默了。海江空出手来，抱着秀凤的头，喃喃地，"我们结婚吧！你给竹姑说了么！"他提提秀凤的耳垂。

"问过，我妈总不开口说话，问急了，她直摆手！"

"这倒怪了，我明天问驼子，让他作主！"他俩都晓得竹姑和驼子是没结婚的夫妇，只是因为习惯，秀凤碍口而没叫驼子为爹，从礼仪上他们都把驼子作长辈对待。"莫问了，他们老辈人总弯弯拐拐的事，我们后人咋弄得清白。"秀凤说。

是的，龙家祖辈几代人尽是神神秘秘的……

海江算是龙家的末代公子，家族的事对他永远是个谜。父辈的事覃驼子和大姨应该是清楚的，可他们是封了口的瓶。镇上还有位伯爷已经一百多岁了，熟知龙家祖上的事。海江和秀凤在一个半塌的小屋里找到他，给他把家里收拾好，可问到龙家的历史便缄默不语了。他俩只从街谈巷议中零乱地知道点，还靠他们想象顺出一条线索：龙清云的父亲，少年时便熟读经史百家成为学人，是清末最后一批举人。后来弃文经商，灌了墨汁的人脑子精明但也把心灌黑了，虽发了大财亦做了些见不得人的黑心的事，把蛰龙镇的大户都挤垮了。龙清云年少也读书，那些不满龙家的人偷偷唆使清云学坏，后来成了个嫖赌浮浪的纨绔弟子，有说不完的女儿家故事。镇上秀气的妹崽都和他有染。那时大姨是邻县一个大户的女儿，家势比龙家大，仅姐妹俩，是两朵花。妹妹沉稳，姐姐风流，一时迷了城里多少公子哥儿，放浪形骸，恣情肆意，弄得一帮少爷为她打了几次恶仗，最后还闹出人命。她本是来蛰龙镇躲风情账的，可又在蛰龙镇写了一本风情的书。龙清云和她玩得天昏地黑，后求居然怀上了娃崽。龙清云本无心思娶她，可这种事又赖不掉；大姨风月场中玩久了便想终得有个归依，她又极满意龙清云，紧盯着不放，把龙老爷子活活气病了。后来达成协议，在娘家生娃崽，待娃崽长大了再带回蛰龙镇。这事做得机密，镇上没人知晓，好多年后才从山里传出一点消息，镇上也还是只极少的几个人知晓。好些年后，龙清云想把娃崽接来，湘鄂川边界闹红军，有的说他参加了红军，有的说他入了土匪。请算命先生推测，他并不断其生死下落，仅说福人天相日后能当父母官，至州县太爷。大姨生了那个娃崽后居然再无生育，性子也变得烈了，爱吵爱闹，气得龙老太爷不行，后来，龙清云又娶了张小姐，他们定亲很早，龙清云觉得小家碧玉，不会风流纵情，拖下来了。没想张小姐在龙家温柔贤惠，合家称她二姨。也有人说二姨是绝世的美人，在闺中不愿嫁蛰龙镇。是闺中有旧情人？还是龙清云风流名声？谁也说不准。二姨来龙家最重要的陪嫁是闺中一直侍奉她的竹妹子。

二姨来蛰龙镇过了三年五载太太平平的红火日子. 二姨上下人丁的关系都好，她比大姨还美，性子又好，连大姨对二姨也很好。奇怪的是，二姨生海江的时候，刚好是龙老太爷归天，红白喜事一起办是蛰龙镇未曾有过的。海江是大姨带养的，大姨格外喜欢海江，二姨倒省心闲事。又二年二姨生了海林，两个女人各带一个孩子，后来便是二姨和海林在鲤鱼滩被劫失踪，是啥原因？海江和秀凤一点也不知道，镇上也无人知晓。所以，海江一直是大姨带大的，镇上年纪稍轻的人都以为海江是大姨亲生的儿子。海江最初的记忆，父亲是个风度儒雅、倜傥俊秀的男人，有好多好多人围着他。这种印象很快像流星一样闪过，代替一个长期病歪歪的影子……

月沉默，街沉默，海江和秀凤也沉默，但他心里却一片喧闹。秀凤似乎还想说什么但没说，默默推开海江的手，站起来默默地走下台阶，海江也默默地……他拉她进小巷去后院，她默默地推开他，走回自己的那家小杂货店。

海江近了后院天井。天井，南方乡镇小院的典型结构。几幢房子组合构成"回"字的模式，里面各厢房相连有回廊环抱，正中是青砖或麻石垒起的方形井口，四面屋檐连城漏斗状。里面从不与外界连通，砖隙苍苔像绿色的耳朵贴着聆听古老而疲惫的声音；砖石上黏糊着残菜垢抑或鸡骨鱼刺毛皮烂肉，拌和那肥得流油的泥浆融汇那红头绿体的苍蝇；粉红无毛的死耗子或者猪毛狗肠羊肚子溃烂的软体上麇集着笨拙蠕动的长蛆；令人恶心的腐臭里还有大姨平日毫无拘束冲刷腥臊尿罐的浊水……已是后夜的天井，布置一个圣坛。那是覃驼子请的巫师道士给大姨做法事的。圣坛上香烛缭绕，氤氲成阵。正中一盏七星灯，灯是斗柄状。每斗支点上有瓦碟盛满豆油，油中一根白白的比羽毛还轻的"灯芯草"。豆灯如注，光弱而精明，烛光之上蓝青色的火尖，顶一线青烟，孤直不弯，烛火不荡，其实檐不封口惨惨阴风是足可灭光的，可蜡灯一根不灭。法师按北斗方位坐好，披发仗剑，合掌念经。正北方，闭门连成一体挂一巨幅太极图，图画中一黑一白像两个猫儿眼，细眼瞧图中开合推涌对旋运动如同长江漩流愈转愈快，天井飞旋天地合源，渐渐眼前推出一个神秘的深穴，一股强大的引力拽着变幻不定的黑白挟着你不由自主地抖动，仿佛有坠下深渊之感。静，天井与回廊！香案烛台浓重的焦烛味，粉末般飘洒，挠人鼻息又酷似兰草馥郁，心胸也感到沉甸甸的。玄色道袍里裹着道士与道姑的躯体弥散着汗息与霉气，凝神发功之际神情怡然，那缓缓如流的精气与神韵从毛孔偾张弥散，整个后院天井阴阳之气交汇缠绕。阴森可怖惨淡凄凉的布置里道师巫女在那儿用气韵阴阳交媾。法师们在一种感悟的极乐天地里，百汇皆通，体畅心乐。于是，天地男女上下东西黑白水火自然界有生命的与无生命的都轰轰烈烈投入阴阳际会。快感与疼痛、美丽与丑陋、善良与恶毒在天井里绞织，这一切组成天井里的特殊氛围，是大姨也是海江一家独一无二的生存环境，也是川江楚人离不开的环境。故史书云："楚有江汉川泽山林之饶。江南地广，或火耕水耨，民食鱼稻，以渔猎山伐为业……信巫鬼，重淫祀。"巫术之源在奉巫一带，巫山是其象征。神鬼泛滥在涪陵一隅，酆都著称鬼城，一条大江不仅养活人群还伺奉无数鬼神……

海江进了大姨的厢房看视。其实海江和大姨有着亲妈一样的感情，大姨以灵与肉养育了他。他爱她却对她一点办法也没有，空留一份忧愁。其实所有的人都不会有办法的。厢房里宁静如水，明媚如月。大姨的脸上有千种妖媚万种娇态，春波盈盈的眼欲闭欲合流出母亲的温柔，黑灵灵的眼球儿在杏仁框内溜溜地滑，还含一颗晶莹的泪珠。她望着海江，嘴边浅浅的酒窝轻轻地荡漾，编贝样的雪齿漏出无声的语言。海江把她身子挪好，拂平她散乱漆黑的头发。她粲然一笑……

海江回到自己的厢房倒在自己床上，任着灰白的月光从天窗落下来洗着他的脸，他还在想着大姨的事，但他怎么也想不明白。

海江特别古怪地想：假如明天早晨太阳不从东方升起呢？假如人的生命只是生命本身而和世界一切均无联系？假如长江向西流了呢？假如他海江不存在呢？

可世界还在，长江还在，红帆船还在，女人们还在！可那又和我有什么关系？我不在，一切都没有我的意义！看来，个人，一切存在的和不存在的意思都差不多！

海江不晓得自己为什么这么想？不明白！反正他这样想了。

第七章

日本人开进夷陵市，峡江被腰斩了。沿江乡民和船工日夜提心吊胆，求神拜佛保佑平安。也怪，日本鬼子打遍大半个中国，数这峡江难进，然而他们又极想灭掉重庆政府。据说日本在鄂西川东这块土地上栽得特惨，这事简直成了个谜！这倒好，江船只能上溯重庆，战乱时，船工反而闲了。桡夫子整日或在船上猫着喝闷酒或去镇上闲逛，蛰龙镇反比以往热闹了几分。沿江的村寨和小镇都郁结着一阵阵散发不开的潮气让人闷得慌。入夜，山谷与江面逼进来萧杀的风，把古镇和江滩都梳理一遍。码头本是小镇最热闹的地方，时下却冷落多了，偶尔有几个背脚子肩着一只敞口大背篓，手里支撑着一根样子"得得得"地戳着峡江的脊梁，顺石级爬上古镇衣裙的褶缝里。一线长街红红绿绿地或吊灯或支烛晃着各种木然的脸，大商行不挣小钱都早早闭门，小摊贩便支着锅灶一溜排出各种小吃。江水煮出的希望像鼎锅或黄或绿的泡沫堵着镇上那些只求生存的人口。洒脱的船工和小镇的泼皮无赖踢踢踏踏地在麻石条街搓出一些困顿与无聊，看场皮影戏？听听鱼鼓大书？抑或嘬几口酒扔几颗花生米、瓜子儿，哼着川鄂流行的民间小调，和街头不正经的女人逗闷子。有钱的人则在春香院泡女人，茶馆里光了头的老倌在给缺了牙的老太摆朱仙镇大战的故事……

海江是个闲不住的人，这年月他还去帮人家巫山镇的人去领水，而且是去夷陵市。他不怕，日本人也没三头六臂，能吃人？船到平善坝，下江逃难的人像蜜蜂一样多，船老板这才改变主意。海江上岸，平善坝人已成堆，叫叫喊喊哭哭啼啼乱成一片。海江打听才知道，有队鬼子兵正向这里开来，他也只好和难民一块儿往猴子泡逃。是夜，他们翻过几座山顺小路往前摸索，黑暗中的猴子村像女人耷拉着的奶袋子灰心丧气地贴在山的肋骨缝里，三三两两的村舍错落相叠像几片浓黑的叶子，一群疲惫的难民躲在叶子里。海江缩在一家神案底下。农家的祖宗牌位暗红如潮信或凝如紫块或黑成硬痂，神龛上的蛛丝沾满了灰尘似毛茸茸的狗尾巴，竖如披纱垂若鞭摇，香炉里翻腾着烟雾一丝一缕地上升，一轮一圈地散开，融和着昏迷不醒的月晕。海江也觉得眼皮被混浊的黏液封住，沉沉地坠落……

　　突然，枪声神经质地激起暗夜的波纹，寂寥惊醒了。鸡飞狗叫，牛羊奔突，人声鼎沸。顺着牛羊蹄踏进来的皮靴铁钉嗑着石板像猴子的尿泡从头浇到脚疹出你无数恐惧。屋外乱成一片，枪声与哭声，金属与皮革的摩擦声，偶尔一声尖叫把夜撕得颤颤地发抖，刀片碰着物体是一种冰凉的清脆。海江仿佛觉得有一片冰刀把头发都削掉了。隐隐觉得马皮鞭子和刀枪树林般地围起一道栅栏，他稀里糊涂地被抓起来又稀里糊涂地和几个壮实男人锁在一起。后来，小村便格外的静，静得天地都凝固了，静得连蚊子也不敢飞出声音来，静得世界发生了什么或者将要发生什么也不知道。第二天，黎明还带着浓厚的睡意，海江他们被拉起来推向村外。是走向死亡么？海江并不害怕，这种有准备的死比无准备的死总有意味些。他一直有一个顽固的想法：让一个人享受死亡太幸福了，这些好处应分给那些让自己去死的人一部分，只要有机会他会让他的对手陪他一同享受的。正在海江胡思乱想之际，不小心碰到一个女人的胸脯。一摸，女人没有奶黑幽幽的洞里涌出黏乎浓稠的水液，骨头伸出来尖利扎人。海江吓得手一缩，碰得女人一晃，那颗头颅咕咕唾唾地掉在石板上空空洞洞地响，像炸雷劈碎了山头。后面一个汉子不知因什么倒下了再也没爬起来。这时，海江觉得脚板踏着了热乎乎东西，是白色的石板还是黑色的黏土像磁铁牢牢地吸着两片脚丫子，他感觉不到那粘粘稠稠的血液。一抬脚，心里撕出无边的疼痛，再踏下去便有遍地碎玻璃渣似的棱形尖角，划得呼吸的两片肺叶巴巴地疼。那头为什么会掉下来？女人是割头了轮奸还是轮奸了割头呢？隐隐见洋鬼子的洋刀上幽幽地闪着蓝光，刀尖挑着女人的奶，乳白色的晨光刚从山缝里裂出来，红艳灿烂的奶头如灯如烛点燃正在隐退的黑，照出那绝伦的残忍与恶毒。鬼子在咕咕地笑，撕鸡腿子一样的声音从白利利的牙齿里挤出来，还有枪口也挑着女人那毛茸茸的神圣在晃荡中滴下一点黑红色"叭"砸在鬼子戴的钢盔上比爆响的枪声还要清脆。这时，海江极想把鬼子裆里那玩意扭下来当个锣锤儿⋯⋯

　　前队鬼子停住了。据说过不了猴子泡，两陡峡之间有一石猴兀自扼守幽径，每天有节奏地从猴屁股沁出一线清泉成弧形注到对山之腰，状若猴子撒尿故名猴子泡。鬼子觉得好玩儿都涌上去把头伸到水下或饮或淋，清泉甘甜醇香，舒服得鬼子嗷嗷直叫，喝饱了猴子尿，一会儿便捂着肚子滚下山涧哇哇乱叫似那鲜活的鱼扔在沙滩上扑腾着，渐渐抽搐得像小狗那么大，也就渐渐地咽气。气得鬼子用小钢炮轰炸猴子泡，炸飞的碎石如同钢刺扎得鬼子皮开肉绽。是夜，猴子泡地震，两山峡谷全被碎石堵成一个石坝。鬼子前进一步碎石和猴子尿样冲向鬼子，浑身还隆起豆子大的血泡，痛痒难熬。鬼子只好拖着尸体撤回夷陵市，再也没有信心从江北入川了。

　　走南路的鬼子更惨。一进入高山峻岭就像误入了汪洋大海，昏昏沉沉地找不到方向，而且还三三两两神奇地失踪。鬼子下令烧山，可火势不上山反而扑向鬼子，烧得他们焦头烂额。后来黄龙镇一支日本中队被山里土匪柳蛮子给炸飞了。东洋人派出好多侦察小队，侦察地形确定行动路线。可进山的鬼子一个也回不来。乡下人说：洋鬼子遇到山鬼就活不成。日本人最后只好客客气气地请柳爷赴会，后来一个英俊漂亮的青年来传信说，柳爷请日本长官进山议事。日本司令官亲自进山，没想见到的柳爷就是那个送信的青年人，司令官待了一天一夜回夷陵市，柳爷送给他们一把柳叶形银刀。司令官找了很多人研究这把小刀，可总不明白啥意思。只是再也不提从南线进攻了。改用水路入川。军舰进峡自得找最好的领水。那时海江正押在东山给鬼子军需站干苦力活儿，汉奸们把他认出来带到司令部。鬼子司令对他很客气，好饭好菜招待他，还给他讲大东亚共荣的道理。那些菜是海江一辈子吃得最好的，于是他毫不犹豫地答应给他们领航。司令官乐坏了，当即叫些日本女人跳舞唱歌。海江想，日本女人也那么好看，应该强奸她几个，也把她们的奶割了吊在船的桅杆上……

昏昏晕晕的黄煞天是川江极少见的。红与黄在天体交融繁衍出杂乱无章的云彩，雾霭像黄沙细粉股地吃，峡两岸都凝重得下坠，黑绿黑绿的岩石中杂糅一些枯黄，江滩上礁石或狼立鬼蹲或龇牙咧嘴，斑斑块块并没一致的黑色与青黛。只有年年月月中浑黄的江水反反复复叠印着一层一层的褐色水痕……日轮丰田号溯江而上，傲慢而凶狠地逡巡峡江，在平善坝向两岸悬壁和山野开炮，石头在火花中粉碎出一些缤纷与斑驳。青紫色的硝烟像灰尘一样抖入黄绿的草丛，千孔百窗的头骨进溅出雪白思维和黑红的水晶，在折断的枯枝上孕育花的春天。山坳几个村寨茅棚都轰塌了。烟火处，四下奔跳的人影幽灵般飘逸，"哒哒哒"一阵枪声响过把人影钉在高山的臂弯。鸟声鹊语也融成一片黑绿，枪声打出一片寂静。海江有点后悔了。不过他始终想把东洋鬼子胯裆里吊的那东西当锣锤儿，听说鬼子那东西极大，当锣锤一定敲得更响。江里的鱼救过他两次生命，如今是要把鬼子一个个地送给它们一定是最好的回报礼物！

船行很慢，洋鬼子架着望远镜向两岸指手画脚，不时打几枪轰几炮，不知是用枪打发寂寞还是用声音掩饰莫名的恐惧。舰船过了空舱崖，船急剧地向巨礁"迎我来"撞去，东洋人吓得哇哇直叫，"不当紧！"海江摆摆手，鬼子把刺刀横在他脖子上。只见舰船擦着礁石急速旋转，悠地一下荡过巨礁。"迎我来"是峡江中一道极奇特的水道屏障，船行要迎着礁石猛开，必须贴着礁石再拐弯，成"C"形绕着继续上行，略有偏差水中暗礁便沉船无疑。这里，不知多少船家吃过大亏，心里总怕撞着石头，稍一犹豫距离方位便把握不好，马上触礁出事。海江非常熟练地指挥，船绕暗礁平稳前进，把鬼子官乐得哇哇地叫"素嘎"，鬼子撤了洋枪刺刀竖着大拇指晃着头赞他。鬼子安心了，也就不监督海江了。

丰田号并不像打仗的。东洋人指指划划在测量、绘图。船上还带有日本婆娘，穿得花花绿绿背上像背了包袱，胸口几乎全敞开。那皮肉虽是白净可还是赶不上大姨那身皮肉，唱的歌不如山歌合耳，跳舞不如巫婆跳大神。海江想，要是有包炸药塞到船舱里那一定比唱歌跳舞好玩，不如撞礁石沉船算了，可那要割鬼子们的"雀雀"做锣锤儿就麻烦了。

得想个好主意才行。他向舵手比画比画一下航线，便转到左舷边，正好舱里钻出一个鬼子，俩人撞了个满怀，把鬼子点烟的打火机给碰掉了。鬼子正想发火，见是领水，哼哼哈哈地捡起打火机走了。海江突然冒出一个绝妙的主意：用油火把这一船人烧了不是最好的法子么?! 他佯装去后轮舱撒尿，机舱里轰轰隆隆地响，两个值班的人似睡非睡，这倒是挺方便的。明火与汽油是关键。他见甲板上几个大油桶，刚凑过去，一把白晃晃的刺刀横在他面前，鬼子咕噜咕噜凶得很，他只好回到前甲板。这时，轮船快到鲤鱼滩了，再不下手，过了鲤鱼滩可就没有好地方下手了。海江急得头皮发炸……

　　鲤鱼滩，实际是一条纵向狭长的暗礁，水面只露出一个硕大的背脊活似大青鱼在江里游翔，礁石在江中略偏南侧把长江天然分成双流。北面江宽但暗礁林立，南面水窄巨轮一般无法通过。南江看似水急浪高一般帆船易过，日轮虽可以过去，但能左右摇晃，若在江南触礁连退路都没有。海江心里拿定主意。"翻它狗日的。"这时，太阳隐退，江面浸透惨惨的黑红色，紫灰色的雾从江面吹起，把日轮浮移到鲤鱼滩。两岸峭壁直起直落似大墙巨臂擎着一个色彩斑斓的天体，浮云在樱红色火焰中燃成无数种图案，蒸腾的气体飘忽着沉重的呻吟。也有像彗星一样的云质扫出蘑菇状，转眼化为奔驰的象群，最后仅是一线流动的红樱横掠广阔的苍穹，像一支带血的雄鹰俯冲山群，飞矢击的，凝于一峰。曝光的焰质纷纷坠于苍茫的原野和骚动不安的江流。须臾，密密匝匝的金丝橙线胶织如网笼罩四野，漫山遍野的绀红紫红茜红赭红妃红橙红捣成红的河流，溶液像瀑布样在群峰飞溅渐渐聚成彩色的云雾。红彤彤的山，红彤彤的水，红嘟嘟的船! 人，浸泡在血色之中。红，是伟大的生命之色；红，也是残忍无情的死亡之色!

　　暮色黄昏变成血色红天。

　　日轮刚插进鲤鱼滩。突然有嗖嗖的破空之声，"砰嘭"几响船上的大探照灯给擦灭了。鬼子们叫叫嚷嚷没弄清是咋回事，"龟日的，太好了!"海江晓得是红衣人飞镖把船的眼睛扎瞎了。他一个箭步冲进舵轮室把舵扭了一个大转弯，猛向南拐，"轰——扎扎"山摇地动，仿佛所有的山头压在轮船上，人被震得在甲板上翻滚碰得鼻青脸肿，船头已撞得粉碎，南岸一些飞悬的石头震下来又砸得鬼子像狼一样号叫。大副本在悠闲地抽烟，突然变化之中他没忘去抢主舱，到海江拉转舵盘时，他便向海江扑去，两个人撕扭起来。海江劲大，几下把大副的衣给撕坏了，打火机从口袋里滑出掉在甲板上，海江不顾一切地去摸打火机，大副拼命去扑海江……这时，船上船下和岸上人接火了，枪声撕得紧。他着急地摸，摸甲板，摸舱门，还有不同的角落！大副似乎发现他的目的，极力地阻止。海江终于在舵轮座的左侧摸到了，黑暗中手被大皮靴踩着了，那铁钉似乎扎破了他的骨头，疼得眼冒金花。他用另一只手勾住脚脖拼力一拽"扑通"沉重的声音撞着舱板，他拾了打火机想站起来，腿被大副抱住了，于是，他顺势用双腿夹着大副的脖子。大副也不赖，手指像铁屑扎着他腿肚子，急切之中也无法摆脱，他顾不了许多了，翻身就地而滚，腿像铁夹子样钳着一颗头颅，拧麻绳一般顺右向转，大副也转，海江突然一陡转向左一个猛旋，大副哇哇大叫，想用手拆开腿跑掉，海江身子一缩，正和大副是两个半截身子对接。大副来掏海江下体，海江双腿如弓，两弓重合把大副的头挤在膝弯，正好使劲，海江用膝盖狠命一碾，"呀"一声未完，"噗"大副头骨被碾碎，似乎有圆溜溜的东西滑出来……他爬起冲出舱，在舷边被一鬼子船堵住，一举击在肩胛上，他一晃，侧身一仄，抬腿一窝心脚，把鬼子踢下船撞在岸边礁石上，被红衣人一刀断了脖子。他边跑边脱短褂到中舱，用力摁打火机，偏偏又碰不出火来。这时，柳爷已领着人冲到船的左舷边，鬼子在楼顶组织人把小炮向岸上轰炸，机枪泼水一般封得柳爷一溜人不好运动。"海江，想法子堵住他们机枪！鬼子武器好，久了，我们一百多号人吃大亏！"柳爷隔舱喊道。

"只有用火烧！"海江把打火机抛给柳爷。柳爷"叭"把打火机打着，可海江小褂儿点不出明火，"麻二，快在衣上浇酒！"顿时，蓝幽幽的火舔着衣服，海江忍着烧疼把衣往机舱扔，可机舱门"啪啪"关上。"嗵！"柳爷半空鱼跃一脚划破几块玻璃。"叭叭"舱里飞出几枪，一个红衣人中弹。海江不顾死活把小褂儿塞进舱里"呼——哧哧"机舱热热闹闹地燃了，但仅仅只是机舱，蹿不上楼顶。"麻二，我顶住鬼子，你和海江搬油桶。"实际上油桶没法搬，而从甲板更无法到机舱，"扳倒它，打开油桶让它流，烧得更热火！"海江拧了几下，油盖怎么也开不了。"闪开！"麻二几枪，仍没打开。急切中海江从鬼子尸体上摸到一把刺刀，好不容易给撬开，油四下漫溢，前甲板、中甲板、船舷、中舱"呼呼地都燃着火，把二楼鬼子全逼在船尾。红衣人逼在舱里痛痛快快地打鬼子。海江蹿过火往后甲舱滚去，觉得腿被划了一下，有些生疼，用手一摸腿上居然留着一个滚圆的珠子，滑滑腻腻地似粘了溶液的大鱼眼，是大副的眼珠子还粘在他腿上。他撕了一条布带子也不管伤在哪儿把腿胡乱缠了几道。

岸上船上打得越发激烈了。

岸上礁石旁已躺了好些红衣人。鬼子枪又密又准，眨眼间，冲到船上的两个人又倒下了如破空崩碎的石头坠在江里。船上几十人挤在楼下烈火旁也很危险，而且还有个日本兵真刀真枪地和柳爷他们硬拼，鬼子兵纷纷倒在火里。海江像突然记起什么大事儿，从甲板上拎起一把洋刀，从熊熊烈火中抢出几个日本兵，急急忙忙扒开烧焦的衣服，红衣人觉得奇怪，只见海江拿着洋刀割了那东西，把柳爷都闹呆了。这时从楼上冲下几个鬼子，柳爷一梭刀撂倒两个。有一个鬼子还没死见海江在割"雀儿"赶紧捂住裤裆在甲板上滚，又被漫来的油火烧得哇哇叫。另有一个鬼子端着刺刀来挑海江，海江根本不会玩刀弄枪，被鬼子逼得往船舷退，突然想到侧边有安全斧，侧身跑去，鬼子一个飞刺差点掏了海江的心，柳爷的刀临空横掠削了鬼子的天灵盖，一汪血喷起像朵爆开的红罂粟。红衣人成批涌上来了，可这时底舱已成火海，二楼鬼子冲下来容易可从梯口冲上去难，多数人在火海边团团转，这时甲板都热得烫人了。突然，侧边不知从什么地方冒出几个鬼子，两个鬼子夹着柳爷，柳爷挡开右边一个，左边刺刀又到了他肋下。这时，海江侧翼扑来在鬼子背后重重一劈，像剁木材似的从头到屁股成了两瓣，好家伙！力使得那么重，那血呼哩哗啦地四面飞，还是热喷喷的，"咕嘟"塞了他一满口，腥味咸味搅得他心里一翻"哇"地一下喷出红的黄的那酸酸的水液鼓得像半透明的鱼肚泡泡，是一个堂而皇之的灿烂天地。机舱火势这时旺旺地冲起来，浓浓厚厚地升腾，明亮而飘逸的火有血的辉煌、肉的壮丽！"敲他娘的，痛快！真痛快！"他提着斧头乱打乱劈，不分青红皂白活的死的一起剁成肉酱，发泄着旧日积淀的狂暴怨艾！他觉得整个身体都充满了狂热恣肆的激情，脸上涂了一层又一层的黑血，火光熏烤，脸上如同喷绘了浑厚的彩漆。血，血撕去阴柔温和的面纱，残酷与暴烈的温柔抚摸着肌肤泛化出人类全部的贪婪，只有这血与火的洗礼把人类全部的邪恶凝聚成一个透明的纯真！安全斧像一把漂亮的大刀在飞舞，拦腰剁断鬼子的屁股如同秋后山坳里掰苞谷棒子那么清脆，骨头爆爆地断裂像折断枯枝扔到火堆里嗞嗞地燃，手里浸透了黑红的黏液似江里捉鱼捞虾那种触摸的喜悦，还有秀凤的桃儿与屁股蛋和大姨那白皙的肌肤激起他心底的滋润和感觉的温柔。他精神格外亢奋，"嗨，嗨咿哟／哟嗬咿吔／哟嗬／嘿左／嘿左"喊着川江号子拼斗……

柳爷领着人往楼上冲，枪对枪，刀对刀，干得激烈！

海江依然拿着洋刀去扒鬼子的衣在他裆下剜。"你疯了！是干啥子！"一个红武人不理解地问。

"你不晓得，这是我得的锣槌、鼓槌。古时候不是割耳朵、割头请功么，我要割他们的屌！"海江说。

柳爷大声喊，"龟儿子，顶着鬼子尸体冲！"麻二拖着鬼子尸体爬上梯口，几个红衣人也顶着尸体跟上，一会儿又被逼回来。"老脸，加强点岸上火力！"柳大爷眼睛都气红了。撕下几个鬼子衣浸满油，点着火往楼顶上扔，火顺着楼梯口爬上去。楼上开始哇哇地叫，枪声也弱了，只见人影一个个在火上飘。柳蛮子吩咐儿子说："你把二楼收拾下，有用的东西都带走！"随后身影一闪，上楼了。楼上一片碰碰撞撞的声音，杂着不间断的惨叫，还有女人的哭喊，仿佛所有的金属和所有的肉体在搏击，是那么沉重而惨淡，就似船头下水的锚咕碌咕碌地往下坠……海江也跟着往楼上涌。

楼上双方人都已搅成一团。东洋鬼子的刺刀挺狠，刺得准劲儿特足，受伤了也不停手。柳蛮子和鬼子刀法不一，不顺手，差不多是一对一顶住了。海江不知怎么下手，围着他们团团转。楼口又涌上来一批红衣人，一阵厮杀，鬼子挤到船的尾部。这时，柳爷也跃上来换蛮子爷，蛮子爷喊："老脸，把鬼子和女人分开！枪炮和女人全带走。"

"柳大爷，给我留一个。"海江说。

"哈哈，你也想尝尝洋味儿！好的，你挑一个吧！"

柳爷逼开两个鬼，让蛮子爷从楼口跳下去，这时背部漏空，一个鬼子用刺刀从背后向柳大爷扎去，海江提斧横扫，鬼户低过头，偏过枪，一刺刀扎在海江受伤的腿上，疼得海江像掉了腿似的。柳蛮子已半身下楼，返回来不及，背刀上戳，正好捅入鬼子腹部，抽刀，血如喷注，肠肚哗然而下"噗"地盖在蛮子爷头顶。蛮子爷手臂上支托住鬼子往岸上一甩，鬼子撞在礁石上，可红红绿绿的肠子还缠在蛮子爷的手臂上。他气坏了，脚蹬楼梯口，一个回弹，又上了楼。鬼子见他是总头头，几个人端着刺刀向他逼来。这给了柳爷的方便，"刷刷"从侧面一下削了两个鬼子头。柳蛮子猛砍猛剁，柳爷却不慌不忙好像身上全部长了眼睛无一漏洞。明眼看着他向正面子下刀，刀锋到对面不及眨眼工夫却削掉的是侧边的一个鬼子头。父子两人一个野蛮一个文明但都是杀人的行家，把海江给看呆。鬼子只剩几个，但绝不畏惧，也不投降，还在咿咿呀呀地拼……

海江不管他们了，从舱口边拖了个日本婆娘，半扛半抱地下楼。这时铁板已烫得人走路像跳舞似的，前甲上的油桶已被老脸带人运上岸了，火势小多了，但烧得时闻久了，钢板已是一片暗红隐隐透明，海江稀里哗啦把那日本女人衣服扒了，女人早已吓得瘫成一堆泥。这时，柳蛮爷捧着左臂下来了，他负了伤。"海江，你干啥子?"

海江极认真冷静地说："烤红苕!"

"好，有种，老子当了一辈子土匪也没这么干过!"

"你答应给我一个女人!"海江吼着。他拎着那女人的手脚靠近烧红的甲板，那秀美的头发拖拽在甲板上，"呼哧"火一燎头上一片枯焦，"呀"尖利的惨叫，女人昏死了。有红衣人来劝他，海江咬着牙不理，"龟儿子，你晓得猴子泡死了好多女人?"那阴冷带着寒意的字似乎是从牙齿间嚼出来的。海江把女人小心地放好，并拢两条腿，她像一个睡熟了的人在水上平静地浮着，背上冒出青紫色的烟雾。突然，那女人一下弹起，把岸上的人吓了一大跳。瞬间，那沉重的黑体又颓然倒下。于是，女人，不再动了，静静的像块黑色的礁石。那是由雪白变成粉红而转为黑色的如同后院天井里永远荡漾着黑褐与惨绿一样。军舰与天井，混杂的综合色与浓腻的腥臭味，一切可视的物体变成看不见的感觉，似乎觉得纤毫茸毛似的水液与动荡不安的气体在融合。一切所谓的历史与现实、丑恶与善良，残暴与温柔在这儿交混，化为一条感觉的河流。终于，一股大潮汹涌澎湃咆哮奔腾，撕下这古老河床的一切肮脏与丑陋，裹挟着洪荒年代积淀下来的野蛮与愚昧，包括人生、自然、社会全部不清的也不要分清的道理流向东方……

红衣队人走了。他们留给海江一句话："龟日的他，不得好死的，断子绝孙的龙海江！"哈哈！好死与坏死！海江从来没想过。仅仅十天半月，他明白了他大半辈子没弄明白的死亡含义。眼前就是一个死，死得热热闹闹的，血红血红的鬼子在火中扭动，烧焦！渐渐成一个黑色的骷髅黑色的幽灵！不知是他点燃了红绿的火焰还足火焰埋葬了他，反正一个实实在在的形体了。他们在死亡之前把最美妙的和最痛苦的都享受了，这比江上人祖祖辈辈都是那么苦熬而又是无声无息地死在水里又顺江流走的要好。死，真简单！不过是毁掉一个肉体。但似乎又不那么容易。每个人时时刻刻都面临着死，但在各种偶然的过滤中时间又把你从险境中保存下来。海江有太多的机会和理由死在峽江水里，而且该是粉身碎骨，可又没死。面临死，他没感到极其悲可怕，往往因一些复杂的感觉干扰了。也许因为活着，处处都让人感到死亡。死亡时，人又觉得会有一个新的活着。红衣人说他"不得好死"这话太糟，没一点新鲜感。因为海江很早就知道他注定不得好死！

苍茫大江你争我夺地流淌，清波与浊流，泡漩与浪花，山与水，石与船整个峡谷发出各种复杂的呼吁！这是长江在未来的预演：哀怨绝望的叹息？悲痛凄婉的倾诉？恶毒残忍的诅咒？还有，上达神灵的祈祷?！山川江流，你能回答么？人呢？谁能回答？谁敢回答?！

幽幽黑夜，唯有长江上那艘恶魔的船在燃烧……

夏夜的长江充满神奇的奥秘，在宁静墨绿的水表下或浑黄呼啸的浊浪潮汛里，它注入了新质（包括美丑善恶）汰洗旧的腐朽，耸动着一股倔强而野蛮的潜热。人类童年的清源流过多少惊心动魄的岁月、时间注射的杂质？虽是黄褐沙砾搅得一江川水惶惶不可终日，但终于有了这澎湃的流凌和湍急的漩涡与棕黄的浪沫，是它们拱破这凝铸如铅的寂寞！

哦，长江！你从没休止过，将来会么？记得你沉睡的时候生命也在顽强地律动，从不改变你行进中的节奏，你具有永恒的力量！但是常人总不注意这些，海江总是注意的。他常问自己，人总是不断地死，而江河永远也不灭亡。假如，江河不断灭亡，而人却永远不死呢?！

第八章

红帆船太老了，它需要休息！

红帆船在离蛰龙镇的几里路处维修，海江便搭了个茅棚在那儿住。半夜里海江"哐嘟"打开眼，他不知道自己在哪儿，小棚里层层叠叠的黑色似铅块般重重地压着他。极细微的声音从芦苇墙壁缝隙里伸过来，风拨着草叶窸窸窣窣地响。她，碧妹躺在自己身边，两个胳膊死死地抱着海江的腿，头脸贴在他的小腹处。海江拽着她两个软软的膀子，提到枕头上，这女人睡得特别沉，还没醒。哦，这是望龙湾，自己在这儿修红帆船，覃驼子是白天来夜里回去，碧妹却是夜里来白天回盘巫镇……

秀凤绝不像碧妹，秀凤的倔强也是温和的，而碧妹的温柔都是倔强的。秀凤呢？她失踪快一年了，就像青烟散在云天不留一星痕迹。两年前春上，竹姑病了。把全家人都急坏了，她是不能死的，维系这个家庭的核心其实是她。连最不管事的大姨还在床头守了她几天几夜，两个女人叽叽咕咕地说些别人听不明白的话，时而笑得那么开心仿佛沉浸在无边的幸福之中，时而号啕大哭像是一种永诀。可所有郎中都回答同一内容的话：她没病！但是竹姑一天天枯萎了像一片赭色荷叶被秋风揉碎在池塘里。弥留的时候，竹姑没丝毫痛苦，人也特别清醒。若是海江单独在她身边，她把眼睛直愣愣地盯着海江像不认识似的，好久，她说几句不明不白的话，"旧时候，蛇和鱼打架，鱼把蛇吞了半截，蛇说我们是一个娘养的你不能吃我，鱼把蛇放了。蛇然后却把鱼吞了。鱼说我们是一个爹的儿子你不能吃我。蛇说，爹娘都是上辈子人的事，和我们没关系。"在她晓得大限已到的时刻，把所有的人都赶跑只留秀凤，给她说了一通除秀凤而外别人永远无法知道的话。竹姑死了。秀凤没哭像个呆人似的。覃驼子总是唉声叹气地，别人也弄不明他什么心思。海江照理说，他和竹姑没任何关系，但他格外悲伤。完了，龙家真正的衰落恐怕从竹姑的死算起，竹姑带走龙家大院最后一点温馨与情绪。后来，还是覃驼子的主意，在蛰龙山上龙清云墓旁挖了个坑把竹姑埋葬了。

秀凤换了个人，白日在杂货铺，夜里来侍伺后院几个稀里糊涂的人。海江每次去秀凤房里，她总是客客气气地；久了，便赶他走！她也来海江厢房，只是看看，每次都急急忙忙似有人拽着她跑。那是夏夜，秀凤收拾得整整洁洁，静静地依在海江身旁，他们又开始用手说话了。

还是旧时的奶，旧时候的屁股蛋儿，只是觉得含义比以往不一样。秀凤一件一件地把自己的衣服脱掉，脱得海江眼睛发直发直。秀凤从来没这么大方过，衣服与衣服摩擦的窸窸窣窣像一曲山弯情歌那么优美。"嗯，把我背后兜兜的扣儿解开"秀凤用肩撞撞发呆的海江，一下抖出所有的洁白，连天窗漏下的月光也少了。最后秀凤静静地摆在海江床上，"海哥，我们从没认真过，今日夜你真的搞吧，把我搞死也不会怨你的！"

海江觉得一切都不真实，秀凤是病了还是疯了？

"唉，发啥子呆，你不早些年就要搞么，缠了这么多年，今日才算我俩的缘分，快呀，你，你真是个大傻——"秀凤在宛宛地笑，也侧身给海江扒衣服。海江脱衣上床和秀凤并排躺着，两个不动，也不说话，好像怕碰碎了什么。沉默，喘息，手轻轻地——又沉默，一阵抖颤的波动，终于，一个漫长的期待过去了。"哎呀！我的天神，啥子这么痛咆！"

"哪，哪儿？要不今日就算了吧，我，我有些——"

"莫管那些，只要你觉得好就行，我没事。"

缓缓而移的江流在峡谷变得拥挤杂乱，红帆船在江中艰难地航行，江岸上猿声柔婉绵延，此起彼伏，男人和女人数出奇特的号子：

> 唔，唔唔哟……喔……呵，呵……
> 嗨，嗨嗨……咿哟……嗨嗨……呀
> 咦——哟哟／嗨——哟哟咃——
> 啊哈，阿里哟……啊啊哟……
> ……

那是两只糊涂而疯狂的野牛，在失败和困顿中顶出一根希望的廊柱，一切模糊的音节迷漫着一种情绪与冲力，两个可怕的肉体在挣扎、撕裂，把全部的力量与欲望凝聚在生存与死亡的奋斗过程之中！滚滚激荡的流水润滑声音与力量托着山峰与红帆，人呢？人只是似流云的飘浮物随浪沫由一种悠远而绵长的力量向前推进……

"海母哥！""凤子！""我的头裂了。""莫走了，不能，不能，我的心都扎碎了，天——"他们把一切交给另外的世界，只有感觉在疯狂的对话，极限的舒畅撑破了体积的包容与一切世俗的痛苦组合，仿佛生存只有神秘，而死亡才具有快意！

终于，他们完成了一次灿烂辉煌而疯狂残暴的组合！

那是他们永远难忘而又最刻骨铭心的一夜！

然而，仅有这一夜，后来秀凤失踪了。海江寻遍了蛰龙镇，寻遍了峡江，寻遍了他所能寻的地方。

覃驼子说："莫找了，你找不到的，她说不准——"

"去哪儿了，老屁眼儿虫，你咋不给我看住她！"

"我也不晓得她去哪里，她起心要走是找不到的。"

"你，你给我去找，老鬼，你给找回来！"

自然，覃驼子更找不到，弄得最后覃驼子跟海江发火，"你们龙家男人最没骨气，几辈人都过不了女人关。"

"老屁虫，你以为你一辈子没结婚就骨气么？"

"江上男人拿得起放得下，女人和衣服一样能脱能穿！"

"呸，你还是女人洞里钻出来的——"

他们吵嘴，可吵嘴还是找不回秀凤……

碧妹侧睡着一身润润的暖暖的，热气和汗味浓浓地扑来，睡觉也不安稳，胸兜儿都不知去哪儿了，一双盈盈丰满的乳房挤着他半边肋骨。海江的手自下而上地搓摸，那是双船家粗粝的手像杨树皮似的盖在她身上擦得咝咝地响。

她醒了。但不愿打开眼睛，嘴贴着海江的脸，那浓浓的热气宛若鸡毛帚子扫得鼻翼痒痒的。他把头侧一下，女人似潮汛样盖过来半开的唇儿呷着他腮旁的短须。他被包围了，蒸笼里的热气一阵阵地蒸得他舒舒服服，脆硬的骨头也在扎扎而响。碧妹和别的女人不一样她像一盆红红的炭火烤着你主动把你的情绪调得满满的，她感觉男人也让男人感觉她。

碧妹是个真谛也藏有难解的奥秘。

她为了治好石岸的病，走江闯峡倾家荡产，可世上不是所有的病都能治好的，男人永远是个活着的死人。她规规矩矩地守了石岸三年，后来不守了。在船上江边洗衣时，船工像饿狼样兜着她，"石岸不行了，把我的撑篙借你用用！"

　　"你给海江那龟日的托个话，我要他。他不来，我收拾你们，还找你们要辛苦费。"她大大方方的。

　　别人还真把话传给海江，海江一笑，没理会。

　　于是，碧妹在船工中名声大振……

　　二玄子死后，石生和碧妹成了对头。

　　"石崽，你和我男人共个字，莫仇结怨深，老娘给个面子，陪你睡一夜，旧日恩怨了了。行啵！"

　　"臭婆娘，老子要治死你！"石生不客气当夜在碧妹家住下。石生一肚子怨愤，全身紧绷绷，下腹几乎和江里礁石一样。夜里的空气剧烈地抖动，好像顺流而下的船头失去了舵控，疯狂号叫着向江岸石壁以雷霆万钧之力撞击，"叭嗒"巨响中石头与船头一同粉碎甚至连惯性也粉碎了。愤怒产生出来的毁灭感摧枯拉朽，手指也能把石头碾成粉末，那种可怕的力量把人像机器一样操作。石生觉得一切运动的频率感都消失了就像划龙舟最后的冲刺，时间和空间都在额前凝固了。

　　碧妹像死人一样不动不挪，石生也疲惫地倒下！

　　"碧妹，别恨我，二玄子是我最好的朋友。"

　　"嘻嘻，龟儿子，你就这本事，还算男人！"碧妹笑着，没事儿样，把石生吓得眼睛发直，"你，你是个魔鬼！"石生当晚跑出碧妹家，连鞋也忘了穿，落个笑话在船工中间。

　　碧妹男人后来无缘无故地死了。赶巧，一次碧妹的船和红帆船同泊黛溪口，船工都上镇里玩，碧妹跳上红帆船后舱，海江正在擦舱板，碧妹给海江屁股一脚，"海崽，你还是个人么，和我一个婆娘赌气，几年不理我！"

　　"你这烂婆娘，石岸是你杀的么？"

　　"是我杀的，你有啥屁放？"

　　"你不是人，发了疯，杀了男人好当婊子！"

　　"他活着比死还难受，死对他是件好事。我当婊子啥稀奇，男人还要下窑子呢!"她像说一种永恒的真理。

"你,你最后一点良心都当咸菜卖了。杀人犯!"

"龟儿子,你杀的人还少?把洋婆子炒人皮,畜生!"

海江恼了,掴了碧妹一巴掌。碧妹毫不忍让,咬牙切齿地来撕他,他一下把碧妹掀翻在舱板上,狠狠地拧挤。碧妹一声不吭撕海江的耳朵抓他胸脯掏他下体,"海崽,当心我有天把你杀了。"

"烂婆娘,你还没那本事,让你也不敢!"

终于,碧妹不动了。海江也停住了手,他站起来跨出舱,"海子,你回来,你这个无情无义的东西,你最伤人心。我这一辈子最服气的就是你,为了你,我才杀了男人。我晓得秀凤已经走了,你,娶了我吧!"

海江心里一抖,过去一切都像水一样翻出浪花,双腿一软,坐在舱口。他依稀记得那次在夷陵市码头为她打那个混蛋老板时,他就喜欢碧妹了。

碧妹把他拖到舱里,"你晓得我啥时喜欢你的吗?"

"杀那老屁眼虫的络腮胡子。"

"不,那次你们救了石岸,你都冻昏了,我光身子把你焐热,用手把你那个冻得缩进去的东西掏出来,搓热,我男人就那次报废的。只有那次我觉得对不起石岸。"

海江回忆那次被救起来后恍恍惚惚的感觉,心里有些感动,"其实我为你,也打了人,杀了人,还丢了二玄!"

"我晓得的,女人报答男人只有一种办法,来吧!"

他们俩倒在红帆船的舱板里,恬静而平和,身体紧紧地贴着。奇怪:他俩倒反而没有那种急风暴雨式的撞击。黄昏像忧郁而动人的梦罩着黛溪口,江流的波沿舔着红帆船的舷板耸着属于峡江的摇篮,浪花在紫蓝色的暮霭中编织一个个雪白而圣洁的花环,江猿在迷蒙的峡谷里咏叹着永远迷人的歌谣……

哦,最优美的还是也只能是这样的回答:

女人是海水,男人是帆船!

怕是五更后的天气,离黎明不算太远了,碧妹的手还在海江身上缠绕,认真而执着,"海子,你还想要么?"

"不，不要，我有些困了。"

"我想要，你不要往后没机会了。"

"是啥子意思?"海江惊奇地问。

"我好像是怀上了。"

"嗯，是吗?"海江搂紧碧妹。

"哐"棚外门边沉重地坠下一个声音，他们都没理会，只顾发酵他们的情绪。海江隐隐感觉到有种可怕的东西向他浸入，他和碧妹的房事已经习惯，习惯容易产生麻木，有时他像江边疾风和水浪雕塑的石头，慢慢被碧妹暖热，情绪一旦上来又几个时辰不能消停。碧妹一进入海江怀抱就失去思索，每次她都在大汗淋漓中得到最大的满足，那也是她一身布满幸福的时候，她真恨不得就那么死去算了。但又想，人生不要太不知足了，想要的东西太多不能样样都要，如果贪的太重总有一天会失去的，一个好女人不应该那样。她的手或轻或重和船上摇橹一样把平静的水波击碎又把破碎的浪花扔在后面，手指头最喜欢重复地而又不厌其烦地去梳理那些复杂的结构，这时一种温情在动与不动之间像气球在平静的塘水上漂浮，所有的浓情蜜意在手指上泛滥传染给对方的每一部位，每一个细小的动作都有特殊规定的含义。男人要学会读懂女人每一个无声的文字：特别的字眼与轻柔的动作。别在粗鲁和匆忙中疏忽了她们而用残酷和冷漠把她包裹起来。

海江是绝顶聪明的精灵。他虽不懂自己却懂用江水养大的所有女人。但他性格特别怪，对与错是不动声色，固执与倔强深入了他的骨髓，即便干错了事他也不会认错，但他会改变的，只是用行为回报另一种正确! 而海江周围的女人，无论长幼构成，一个特殊复杂的化界，这些人没一个人是真正的母亲或妻子。竹姑，大姨，秀凤，碧妹他一个也不能割舍。这些女人都让他大爱大恨以至于即使时间像流水把空间冲洗干净而这些女人的影子依然篆刻在他的灵魂深处，就像一切伟力它可以粉碎岩石却无法粉碎石纹一样。她们经常像红帆船一样在海江头脑的流水里航行……

"咚咚咚!"有人敲门，"船家，有仇人追杀我，帮个忙吧!"

海江和碧妹刚到火候，"莫理他。"碧妹抱着海江的腰。

"不行的! 这人倒在门边有一小会儿了，看来有伤。"海江边穿衣边说，"到我们草棚躲躲吧！"

"唉，对家厉害哟，这块也不好躲。"

海江开了门，"没事，这方圆十里百里的人，不论哪个人都会给我点面子。"

"我，我想过江，还有重要事办！"

"哦，你等等，我去背桨，你先下去。"

"多谢了。"那人虽急急忙忙，但身体不灵便。海江同碧妹交代，"我划你的小船过江，来了人你对付一下。"他下滩了。远处狗叫人声已传来，摇摇晃晃的火把，怕有一二十根。黑夜，一切都是无声无影的行动，一点动静便把一切平衡打破，无形的压力在黑色中膨胀。碧妹预感不好，也穿好了衣。守在江岸。一切都发生那么快，也不容细想。一路火把拥来，海江已在江滩。为了延缓时间，碧妹迎上去，"都是哪路吃粮的兄弟？深更半夜有啥子好事？"

"有个男人来过么？"红衣队的领头问。

"有呢，向蛰龙镇那方向去了。"

"追，快向上追！"头目领队越过小茅棚向蛰龙镇跑，队尾一个伙计眼尖，"头儿，江上有人，快看！"

头目又气喘吁吁地跑回来，"烂婊子，不想活了，走，带她下沙滩。"一队人推推搡搡下了江滩，可江滩只剩礁石与黄沙，悠闲的细浪抻着岸边已皱叠了的沙纹，小船快到江心了。"船家，把那人摇回来有你重赏。"

"哦，赏好多大洋?力海江大声地回话。

"给你五千，不少吧，还能给你别的好处。"

"等等，我就给你们送回来！"江心的船似乎在改变方向。船上海江问，"你能给我好多钱?"

"我没带钱，就一条命！"那人阴沉沉地说。

"哟嗬，你的命值五千现大洋！嘿，人发财也容易。我要没猜错，把你的枪给我！"海江手里的桨没停，船顺流走。

"你要枪干啥子?"那人又说，"我不会用枪逼你的！"

"我不能白救你，一条枪换条人命！"

"痛快人，成得的，给你！"那人把枪给海江，船又向北岸移去……

"快把人送回来，不然我们开枪了。"岸上红衣人喊。

"哈哈，收你那屌玩意儿，想唬你大爷！！"

"你是谁？敢截柳爷的要犯！"

"回去告诉柳爷说我龙海江截了他的溜，给次面子。"

江岸稍静。"海江老板，这次不行，他是共产党，晓得葫芦寨的情况，送回来。你救了他，共产党也不会给你啥好处的，何况，你还有一个女人押在我们手上。"

海江犹豫了，船在江中随泡旋转……

"海江，我认得你的。把枪给我，撂他几个龟日的，我以命换命，绝不拖累你。你送我回南岸，别让他们伤了那女人。"那人从海江手里拿过枪。

"嘿，像个男子汉，冲这话我送你过江。"

船调正航向，向北岸……

"姓龙的，再不送回来，我们撕了你女人。"

"龟儿子，我干你的亲妹子，哪个敢动——"

"海子，你自己拿主意，莫管我，男人有男人的主意。"碧妹声音大，喊得两岸大山发抖。

江边江心一片寂静，水的旋流把小船拽得大摇大摆，船还是在向北岸移……

南岸枪声响起，"莫怪我们，龙兄弟，我们给女人'点天灯'了。"喊声也在枪声之中。

"龟儿子，要敢动那女人一根毛，日后碰上老子，炒你心肝祭她的坟。"龙海江大声喊话。

"你送我回去。我死她死都是一条命。"那人说。

"不行！你他娘的莫给我卖嘴，我龙海江啥人物，随便听人摆弄。"海江上了倔脾气，把船使劲向北摇……

火光中隐隐见人影闪动，有厮打声，"海崽，给我报仇！"远远见旺旺的火堆烧得一个人影，海江险些从船上栽下去。"龟日的，给我狠狠地打。"他依然摇着船，船在晃。那人枪法挺好，一下撂倒火旁的两个，岸上的子弹也雨点一样泼过来，压得他俩不能抬身。江岸有火是明处，一会儿红衣人又死了几个。由于岸上枪封得紧，小船没法划，失去控制的小船随流水箭一般朝下游射去，燃烧的火变成小红点，最后江岸寂静了，小船也寂静了。一两声江猿清锐的啼鸣震颤着冥冥夜空。

时间过了多久？小船流了多远？海江没法判断，最后只知道船搁浅在江北沙滩上了。俩人爬上岸，海江才发现自己手臂和腿都中弹了，那人来扶他，"我带你参加队伍，过两年回蛰龙镇。共产党可是为穷苦人的。"

"日娘的，你给我死开去，我一辈也不想见你了。"

那人叹了口气，爬上北山。这时天已明，太阳在山沿抹了一线胭脂红，把蓝天与青山明明白白地拱开！

那人在山坳回头：龙海江躺在沙礁上头顶着北边青山。脚踩着一条浩浩荡荡的长江，分明地写着一个"大"字。

唉，人合拢是个"1"，敞开才是个"大"字！

第九章

一九五〇年，蛰龙镇解放了。

龙家后院经过了几十年风风雨雨如今剩下三个人。

大姨永远是那样也只能是那样……

大法事后，仅仅是能让大姨不再乱脱衣服。最重要的是竹姑和秀凤走后，她似乎清醒了许多，有时也能帮家里点忙，镇上解放了，她又和以前一样，而且多了一个怪毛病，爱吃猪眼睛，一段时间不给她吃，她便拿头到墙上去撞，碰得头脸血糊糊的，也不吃别的东西，几天身上便乌紫乌紫的，肥大的身体活像个大气泡泡。反倒是她糊涂时挺好，能吃能够喝，有说也有笑，身体光鲜发亮艳如桃花灿若金星。深夜，依然那么喊叫，那么撒尿……

奇怪，她似乎越活越年轻了。最犯难的是找猪眼睛。

覃驼子为她想方设法找眼睛。蛰龙镇的屠户都晓得，每次都特意把猪眼睛留好，可远不够，覃驼手还得上江下江地为她找猪眼睛。海江还在维修那只红帆船，三四年了，总是修不完修不好！每日里调油泥，刷红漆，补红帆，换破损了的船板，自从碧妹死后他再也不在望龙湾住了，每日回后院，钻进厢房躺在古床上，斜眼天井发呆……

覃驼予匆匆忙忙地端着一大碟猪眼睛，高高隆起像座小山，大姨端着一个长条春凳在天井里吃猪眼睛，覃驼子做猪眼睛也有经验了，油炸猪眼睛煎炒红烧猪眼睛糖醋猪眼睛笼蒸猪眼睛清炖猪眼睛，还有粉蒸，爆炒，水煮……大姨吃猪眼睛猴急，端上来她便伸手拎一个滚烫的猪眼睛，两个手心不停地倒，然后往嘴里一扔鼓起腮帮把自己的眼睛也瞪得像猪眼睛似的，用力把脖子伸长使劲儿往下咽，直到喉咙里吐吐碌碌地响，瞪着的眼直泛白，"咕嘟"咽下去了，她便闭着眼用手在胸口慢慢搓摸。那时一脸神情极做怀孕的母亲抚着肚中的胎儿洋溢无限幸福，那种畅心悦意是她最美好的时刻。不一会儿又吞下几个。覃驼子坐在旁边认真地看着她；她这时才细细认真地吃。那厚厚的唇边黑的红的白的紫的像脓包洞穿以后涌出的浆汁散发着温柔的芳香味儿……

"大姨，好吃么？"覃驼子目瞪口呆地望着她吞眼睛。

"嗯，哼哼，世上最蠢的是猪，可最聪明的是眼睛！"大姨吃得手舞走蹈，挺起那对白白软软的大奶，把肚子扒出来露出肚脐眼，"覃驼子，你看看，这里，唔——"大姨打了个嗝儿，覃驼子看了半天没发现啥不同的地方，"大姨——"

"龟日的，真蠢！人的眼睛在这里，老屁眼儿虫，真蠢！"

海江一直呆呆地望着他们。真他娘的绝了，人最聪明，可眼睛最愚蠢。大姨发现眼睛是在肚子上，新鲜！他没想到。

终于，蛰龙镇从骚动中平静下来。新政府开始管事。海江一点也没想到他救过的那位共产党当了副县长还管军事上的事儿。据说他是深山鹤凤小镇人，最早入了葫芦寨柳蛮子手下，后来跟贺胡子闹红军绕着中国跑了一个大圆圈又南下参加葫芦寨剿匪，最后留在蛰龙镇当了父母官。

他到龙家后院来看海江，见到大姨。大姨看到他似乎发现了一点什么，心有所感应般地悸动，眼睛直发亮，格外亲切地和他说话。海江爱理不理，他们往日的怨艾还没消除。高副县长倒是很讲仁义，特别对海江道歉（以两个人的生命换了他的生命。）并给碧妹修了烈士墓，龙家后院政府也作为重点照顾。后院的生活也稍稍安定了。覃驼子老了，峡江风险太大，海江不让他玩水了，去管那家杂货铺。大姨也能在后院管点事。海江和他的红帆船也归到县里的运输行业。日子倒也过得平稳。又是一年，红帆船终于修好了。是峡江最漂亮的船。

入夏的日子。海江在镇上碰上了柳爷，两个都是很惊奇，在茶馆里聊了好半天。他两个人都是少爷出身，葫芦寨被共产党灭了，柳蛮子战死，其他人跑到国外，柳爷带着一个叫蝶儿的女人投降了，政府宽大了他。海江是少爷身份从少年起就没过少爷日子，由覃驼子带着他闯江闹峡在江上长大。这两人气缘很投，一个山王，一个水王，坐下来聊天，说到向师长和鲤鱼滩打日本，说到柳爷派人追杀高海峰，偏偏是海江救了他。如今两人都在高副县长管辖下生活，好多当年的事儿如今说起来都有隔世之感，生出无穷喟叹！海江说这是天意，柳爷说这是劫数。海江去柳爷那儿走走看看，蝶儿很客气地接待他。蝶儿似乎比柳爷大，但是绝世美人儿，某些地方有些像大姨。柳爷属特殊人物，一切都是政府包起来，算啥民主人士类的，生活倒得优越。有天晚上柳爷告诉海江，共产党又要搞运动了，他这次怕是难逃劫数。说的是每个人都要算历史上的旧账。海江不以为然，他觉得这个世界和他发生关系的只有那条长江和龙家的那个后院，别的，他想不出来有谁会找他啥子麻烦。他依然无牵无挂地驾着那条红帆船在自由地航行。突然，海江发现红帆船入水后船板总是扎扎喳喳地响，开始没在意，新屋住人，新船下水总是有一阵响的。可过了一段时间，红帆船愈发响得厉害了。他想起爹的遗言，怕江上遇险，停船上岸帮驼子干活。驼子告诉他，发现自己骨节发生变化，夜里躺在床上有几次居然背脊笔直的，也扎扎喳喳地响，怕不是好兆头。海江想不出会有啥大祸临头，每日还是悠然轻松的。有天夜里，他去找柳爷，蝶儿告诉他，柳爷失踪了，县上也在找他呢。后来，他又听说盘巫镇枪毙了好多坏人，那血把半条江都流红了，这时海江才感到一种无形的东西向他扑来。

不久，县里真搞起运动来，叫啥"肃反运动"。高副县长兼肃反委员会主任，忙乎得可厉害，好一阵见不上面。又有传说葫芦乡枪毙了好几十人，葫芦村都成了无人村，这些消息像噩梦一样罩着海江。不多久县里也开始了。首先把一批有名的人给抓起来，蝶儿自然跑不了。那天海江亲眼看到委员会的人收拾蝶儿，把她带到江滩上，找块有礁石和沙砾的地方"曝尸"。南方夏日的沙滩细沙晒成茜红色，鸡蛋焐在里面，小会儿便熟了。他们把蝶儿衣服全扒光，平展展地放在沙滩上，雪白的身子一会使像煮熟的大红虾，皮肉一层层地卷席般揭起。一个中午晒胸晒背，直晒得蝶儿不再动弹。眼看再有个把时辰蝶儿就要命归黄泉了。这时忽见高副县长带通讯员赶来，对委员会的人说蝶儿属民主人士的家属，本人亦是投诚人员，按政策应宽大，属团结对象。委员会的人虽悻悻然，但也只好放了人，蝶儿死里逃生拣条命。

蛰龙镇又开始枪毙人了。少数几个是公审判决，多数的人却是像牵羊羔一样带到蛰龙山的桃花坞如放竹筏子样。海江心里格外难受，那曾是他和秀凤最美好的地方，还有父亲和竹姑的墓地。他偷偷跑去看了一次，那方碧绿的小谭凝固了，永远封住了梦一样的美好。海江明白柳爷说的，劫数难逃。

第二天，肃反委员会来人找他了解问题。问他解放前是否有人命血债。当然是有的，三四十年代的长江中段什么故事都发生过。特别是有了重庆政府以后，各种势力都交织在千百里峡江上，这是与大中国唯一沟通的水道。鬼子、汉奸、土匪，奸商、大兵、地痞把这个峡谷闹得天翻地覆。那个年代发生杀人或者被人杀掉比喝凉水还容易，有幸与不幸正义与邪恶除暴防身与贪利杀生无时不发生，能在川江留口气的人无不是从死人堆里爬出来的，特别是名震一方的人物。海江当然不会例外。结果政府传讯了他。他把能想起来而又与人命有关的故事反反复复地说给委员会的人听，他们也不厌其烦地追问、记录，最后摁个血红血红的手印。高副县长兼肃反主任来看他骂他："你是个傻×，啥事儿你都说。猪猡！"

"你的委员要我都说嘛！政府也天天说坦白从宽！"

"现在行署追查你的问题，我都没法结你的案。"

海江这才知道事儿糟了。不过他觉得自己的事儿还有理可说。把日轮引进峡江是想撞翻沉船，杀碧妹姨父是因他要强奸碧妹，还有些杀人的事也是不得已的。"不好！"海江的心忽然"格登"一下，"要坏事就会坏在送剿匪伤员翻船那事上。"

那次海江划着小船去办事，半道上被剿匪部队送伤员的担架队叫住，带队的军人让他把这十几副担架的伤员及民伕送往对岸，海江爽快地答应了。船小，一次只能运五六个伤员及民伕，那天江上风浪较大，海江送前两次也还顺利，只是累得够呛。第三次海江想喘口气，可带队的军人说不能耽搁，催促所剩伤员民伕都上船。小船塞满了人船身下沉，海江告之船超载遇大浪会后果不堪，可他说的话没人听。船到江中几排大浪扑来，几个民伕惊慌大叫乱动，"龟儿子莫乱动！"海江还没说完船就失去了重心，骤然被大浪拍翻。在水中海江抓住一个伤员拼命游向岸边，一船十几个人除了几名会水的民伕外都被恶浪卷走了。后听说海江救的那个伤员在半路上也死去了。

"那次翻船不是我的错！"

"我也把你这些道理给上头说了。可上面要证人。"

"那些伤员和民伕可以作证。"

"他们早和剿匪部队转移了，到哪去找？"

"天地良心可作证！"海江急了。

"良心顶个屁，给人定案只看文字证据！"

海江此时真有些懵了。

"你说你想把日轮触礁沉没，那正好证明你用船送剿匪伤兵时也是有心让它翻船，你不想让伤兵船翻又正好证明你不想让日本轮触礁。这你用嘴咋说得清！况且还有人说你和葫芦寨土匪过往从密！"高主任浑身一凛，猛然把话头打住。

海江没词了，只好认命。龟日的，在江上玩了那么多年死了千百次而没死，那么乱的年月，刀枪水火给他情面，鬼子土匪都拿命不去，没想到太平年月他却会翻船。即便死，也算是个屈鬼。海江想过各种各样的死亡，唯独没想过屈死。他想高主任总会为他想办法的，就像他救蝶儿那样。

这年秋后，蛰龙山脱去黄色的秋衣，肃杀的山，凄清的镇。长江也浅落了，两边江岸裸露出一线白沙滩，江水也泛白。天灰白风也灰白，天地间似有一张巨大的灰白像裹尸单样缠着蛰龙镇。海江的案子一直拖到秋后行署才下批文，这是最后一批犯人处理公文，也是最后的希望。高副县长倒真是为海江努了力，亲自去行署通关节，但行署领导严厉批评了他，说海江罪行严重证据确凿，不可感情用事。并流露出对他工作很不满意。于是，海江作为要犯批以单独处决日期。

秋夜，蛰龙镇一个小院里单关着龙海江。凄清惨白的迷雾舔着窗棂上的黄表纸，夜霭幽幽地探进来绕着油灯如江上晃动的小船，颠簸着长江的历史和人命运。弯弯曲曲的小巷里萎缩着又臭又腥的霉气，催生着丝丝悲哀与愁怨。小院天井翻腾着如痴如诉的腐肉味，像一个苍白的噩梦缠着一个羸弱的侏儒，虚掩的门缝还散发出浓重的酒香撺着那沉重的夜气和混浊的光晕……

高主任和海江坐在小桌边。海江一口干了剩下的白酒，打了个酒嗝儿说："好啦，反正迟早都得堵枪眼，走！"

高主任没动，也一口干了剩的酒说："你走吧，我放了你！"

"放我走?！"海江吃惊地说，看守的人白天告诉他上边已批了处决日期，他也作好了死的难备。

"你走远一些，我们俩恩怨已了，日后政府抓了你我可不管了。"高主任拉开门吩咐哨兵让开。

海江这时停住了，"放我，你咋向上边交差？"海江明白生机和死亡同时悬在他身上，他并不怕死，人往往是这样，别人要你死，你却偏想活下来，自己要死，便不愿意再活。

"我的事不用你管！"高主任果断干脆地。

海江也是个顶天立地的男子汉，也晓得共产党的王法，肃反主任公开放走一个要犯还想活么？过去他龙海江救人也没指望有啥回报，杀人也不曾怕什么报应。那时候他和碧妹以死救活了他，今日他又还我龙海江一个活，自己却要死，颠来倒去好像我龙海江是个施恩图报的小人似的。

"我不走，你毙了我吧！"海江坚决地说。

高主任吃了一惊，"不走？你，你一定要走！"

"你要逼我，我就撞墙跳江算了。"海江脖子一梗，"旧辈人说，救人需救彻。几年前我救你，今日还是我救你，救一次和救两次意思都一样。不然，倒是我第一次是救你，第二次倒是害你，我成了什么人了。"

高主任晓得他倔强，多劝也无用。咕咚咚倒了两碗酒端起说："我敬你是个男子汉，我恨自己太呆，生死之际还讲啥是非道理，还有啥用，不求生也可以求死的。"

"一个男人来去干干净净，你要亲自去临江石干，然后让覃驼子用红帆船把我运到鲤鱼滩水葬。"

高主任点点头，两只碗用力一碰，"哐"两碗都缺了半块，他们含着缺口把大半碗酒都喝完了，然后把酒碗狠命地摔碎。这时，他俩的口里都在流血。新破的碗口尖利的瓷片把唇和舌都割破了，他们抿了抿唇，把血与酒一齐咽下去。海江把高主任推出屋，"你能这样，我死而无悔！"

第二天晚上，肃反委员会决定秘密处决龙海江。

天与地在白昼整整相恋了一天，企盼的是太阳坠下大地那一刹那的激动人心的交媾，把鲜红明艳的处女潮汛喷洒在无生命的天体染红了浪漫的云彩，孕育生命的经血在大地泥土里热情洋溢地繁衍以至于有了朝气蓬勃的幼芽和芸芸众生的人类与凶猛纵欲的野兽。日月交混把火红与雪白、温柔与顽强奇妙地柔和成天地之间的精气，阴阳和畅。紫晶般的暮岚抽成兔毛般细长的纤沙让无边无涯的长风送到一个新的遥远。血红太久不耐烦地凝成灰黑色与褐色，长天暮色一会儿布满了沾着茸茸羽毛ID幽幽蓝光，无论有生命与无生命的物体瞬间又淹没在一片短暂的黑暗之中！夜，太不和谐！等了好久，月光才舔掉了黄昏的凝重，把一切复杂和血一般的残忍归简于女人般的优美。

海江站在临江石上，他望望山，看看江。西山正努力去舔嫦娥那熠熠阴柔的脸。而山石还在不知疲倦地裁剪阴影俨然是一个伟人与神圣在创作传世的自画像。突然，一个黑影蹿来和海江并排站在悬崖上，它是龙家后院那条看家的大黄狗。秋夜眨着幽蓝森然的眼睛望着来者的死亡和去者的生存，长江这时有一种残酷而逼真的美，粼粼波光闪着热情而动人的眼，它在欢迎江的儿子归来。好几个阴影在海江对面三五十米，归整排列成行，听到金属碰击的声音，大黄狗直直地站起浑身毛发隐隐粲然，竖着两个卵巢形的耳朵聆听一种迫近它来的音乐，那一双黑漆发亮的眼珠子晶莹透光，逼视得那些阴影骨子里发酸，它嗦嗦鼻子尽情地吸吮苍穹飘下来的天体不干净的分泌物和山坳里蒸发的氤氲，那是一种酒香调和了的血腥味……

高主任轻声吩咐执行队："朝胸口，不准补枪，若把他打伤了，老子把你们也给毙了。开始——"

执刑队长走出来，他杀人无数，枪法奇准，就肃反过程中只在下面几个镇毙人，枪管子就打热了。他端着枪找脚再找肚子渐渐挪到胸口略上一点，胸口，准星，眼睛连成一条线了，正要扣动扳机，准星上悠悠荡着一点妃色，似红星在爆光，他呆了。于是执行队长命令："全体执枪，向胸口瞄准，三，二，一，射击！"

子弹咔嘣出膛似金箔从生者与死者之间拉出一条富有弹性的距离，有一条光灿灿的线宛如一只只金黄色的蜻蜓拽着长长的闪光的尾巴扑向海江。

奇迹出现了。大黄狗猝然之间伏在海江胸口，大黄狗的头碎成一朵瑰丽绚烂的血梅花儿，但依然牢牢地竖着。

"高主任，还是你补一枪吧，我疼得很！"海江说。

高主任从腰上拔出手枪也没瞄，子弹像簧片儿向海江的头颅弹去，金光迸溅，中了。海江绝死无疑，但没扑倒而是借最后一点力，抱着大黄狗凌空一蹿像猴子抱石，屈膝在临江石上一弹成一个优美的弧形滑下博大精深的长江，下面是覃驼子和红帆船，海江和大黄狗正好落在中舱，而海江的影子正好在清明的空间划出一条黄灿灿的虚线，是问号的虚线，没想到海江最终死于临江石下，死于他最初杀死巨鲨的那个临江石下……

一声凄厉的猿鸣似天穹开裂般划破夜空，天籁为之禁呃，山川为之震颤，峡谷为之摇荡。在一阵悚然的短瞬寂静后，突然爆发出成百上千只猿猴惊天动地的啼鸣！或激越或苍凉，或悲戚或暴怒，在这一片黑色的、殷红色的、幽蓝色的声浪中，苍冥中发出了一声沉重的叹息，在百里川江久久回荡……良久峡江复归死一般寂静。

纯净的江面月光抹下了一个阴影。长江轻轻地抖了一下，抖出细粼粼的江波把足光叠出无数道褶痕，悄悄送出水族生物厮杀与捕斗而溅出的水腥气，但又丝毫不改它的初衷，完成它亘古不变的流程而不做任何的生与死的注释！

不久以后，蛰龙镇传出一条特别令人震惊而又激动人心的消息：高副县长兼肃反委员会主任在他的办公室里用手枪把自己的脑袋打碎了。

又传说高副县长和龙海江是什么什么关系……

这件事比肃反枪毙千百名犯人影响还要大。蛰龙镇人议论了好久，全县震动，整个峡江也给震动了。

又过了许久，听说上面来了公文，内容写得是什么，蛰龙镇的人无从知晓；只大略听说，那全是海江和高副县长的是是非非。之后，公家人又到龙家大院去过几次……于是，蛰龙镇的人，又议论了好久好久……

后　记

我顺着三峡到鄂西深入生活，收集的资料和听到的故事，准备写几个系列。这个系列我写的是船工、土匪、淘金汉、寡妇等，就其长江船工的生活这部小说不过是川江中的一滴水。我顺着他们告诉我的蛰龙镇去寻找龙家后院，早已不存在，但残墙颓壁还有。听说解放的第三年也就是海江死的第一个春天，大姨六十多了竟生了一个又胖又嫩的儿子，也不知是谁的遗腹子！顺着柳爷的踪迹我在鄂西山林听到了许多闻所未闻而又惊心动魄的故事，这些土匪的故事我已写成系列之二《山鬼》，去年发表在《长江》丛刊上。这些生活让我难过了两年也思索了两年。感谢《十月》的重视与支持！

覃驼子他没去寻找秀凤。世界上既有奇特的血缘也就有奇特的生存方式。覃驼子以自己的独特方式总结了一生。那年深秋，他驾着红帆船载着海江的尸体和大黄狗出峡，到了鲤鱼滩。鲤鱼滩使长江分水而流，透明淋漓的波涛呼啸扑向黑色的礁石，冲起高过人的浪花。它终于爬不上悬崖在岩石的缝隙里委顿了，粉碎的水珠勾着山弯皱褶里最隐蔽的奥秘企图把山的真实洗清。浪涛，被割裂的白色冰水，被喷涌的卷帘瑞雪，还有银灰色的泡沫，守着这残留的白昼等待那无边的暗夜，以它的嘈杂喧闹，掩盖峡江深层的恐惧与悲哀！

红帆船驶来了。像红色的箭镞红色的火炬！

红帆船静静地停在鲤鱼滩，覃驼子不急不忙地点燃一切……红，慢慢扩大慢慢升起又慢慢地红透，红了帆船红了草木红了整个峡江，覃驼子抱着海江站在这灿烂的红色中。红帆船，用了几代人而刚刚被海江维修一新的红帆船！是那么红艳灿烂！红船头红舱板红帆篷红桅杆。龙姓一家族包括它最忠实的仆也在这火焰中总结了。但不包括那些存在的和可能存在的神秘的延续部分。

红帆船疲惫了，它要寻找一种永恒！长江呢？长江从洪荒年代发源亘古至今泱泱而流，像一组古老而沉重的编钟发出震撼人心的旋律，虽有千回百折起伏跌宕，它还是永远奔腾不息。长江在永恒的运动把一切都推向未来。但是运动得太长久太猛烈，时空将无法永远负载它运动的生命，那时候断裂的不是长江而是水生命的自身！

　　警惕，仅仅只一条的长江！

敬告作者

为了保护有关作者的合法权益，我社曾多方联系本套书所涉及作者的版权事宜。但遗憾的是，由于种种原因，仍未能与少数作者取得联系。现谨对尚未取得联系的作者深表歉意，并请有关作者或著作权人见书后，尽快致函作家出版社，以便及时奉寄样书和稿酬。

通讯单位：作家出版社

通讯地址：北京市朝阳区农展馆南里10号

邮政编码：100125

联系电话（传真）：010-65925260

图书在版编目（CIP）数据

寻根文学 / 陈晓明主编． -- 北京：作家出版社，
2018.12

（改革开放40年文学丛书）

ISBN 978-7-5212-0315-8

Ⅰ．①寻… Ⅱ．①陈… Ⅲ．①小说集 – 中国 – 当代
Ⅳ．①I247

中国版本图书馆CIP数据核字（2018）第296080号

寻根文学

主　　编：陈晓明
统　　筹：兴　安　崔庆蕾
责任编辑：宋辰辰
装帧设计：意匠文化·丁奔亮
出版发行：作家出版社有限公司
社　　址：北京农展馆南里10号　　邮　　编：100125
电话传真：86-10-65067186（发行中心及邮购部）
　　　　　86-10-65004079（总编室）
E-mail:zuojia@zuojia.net.cn
http://www.zuojiachubanshe.com
印　　刷：三河市兴博印务有限公司
成品尺寸：152×230
字　　数：406千
印　　张：26.5
版　　次：2018年12月第1版
印　　次：2018年12月第1次印刷
ISBN 978-7-5212-0315-8
定　　价：1200.00元（全20册）